AMANTE DESATADO

J. R. Ward es una autora de novela romántica que está cosechando espléndidas críticas y ha sido nominada a varios de los más prestigiosos premios del género. Sus libros han ocupado los puestos más altos en las listas de best-sellers del *New York Times* y *USA Today*. Bajo el pseudónimo de J. R. Ward sumerge a los lectores en un mundo de vampiros, romanticismo y fuerzas sobrenaturales. Con su verdadero nombre, Jessica Bird, escribe novela romántica contemporánea.

www.jrward.com

LAS NOVELAS DE LA HERMANDAD
DE LA DAGA NEGRA EN PUNTO DE LECTURA

1. AMANTE OSCURO

2. AMANTE ETERNO

3. AMANTE DESPIERTO

4. AMANTE CONFESO

5. AMANTE DESATADO

J.R. WARD

AMANTE DESATADO

La Hermandad de la Daga Negra V

Traducción de Patricia Torres Londoño

punto de lectura

Título original: *Lover Unbound*
© 2007, Jessica Bird
Esta edición se publica por acuerdo con NAL Signet,
miembro de Penguin Group (USA) Inc.
Todos los derechos reservados
© Traducción: 2009, Patricia Torres Londoño
© De esta edición:
2010, Santillana Ediciones Generales, S.L.
Torrelaguna, 60. 28043 Madrid (España)
Teléfono 91 744 90 60
www.puntodelectura.com

ISBN: 978-84-663-2406-9
Depósito legal: B-1.498-2011
Impreso en España – Printed in Spain

© Diseño de portada e interiores: Raquel Cané

Primera edición: abril 2010
Segunda edición: agosto 2010
Tercera edición: diciembre 2010

Impreso por **blackprint**
A CPI COMPANY

DEDICADO A TI.
NO TE ENTENDÍ AL PRINCIPIO
Y ME DISCULPO POR ESO.
PERO GRACIAS A TU MANERA DE SER,
DE TODAS FORMAS INTERVINISTE
Y LO SALVASTE NO SÓLO A ÉL,
SINO A MÍ EN ESTA MISIÓN.

AGRADECIMIENTOS

QUIERO EXPRESAR MI INMENSA GRATITUD A LOS LECTORES
DE LA «HERMANDAD DE LA DAGA NEGRA»,
Y LES MANDO UN SALUDO CALUROSO A LOS CELLIES.

MUCHÍSIMAS GRACIAS A KAREN SOLEM, KARA CESARE,
CLAIRE ZION, KARA WELSH.

GRACIAS A DORINE Y ANGIE, POR CUIDARME TANTO.
Y UN AGRADECIMIENTO ESPECIAL TAMBIÉN A S-BYTE
Y VENTRUE POR TODO LO QUE HACEN GRACIAS
A LA BONDAD DE SU CORAZÓN.

COMO SIEMPRE, MUCHAS GRACIAS A MI COMITÉ EJECUTIVO:
SUE GRAFTON, JESSICA ANDERSEN, BETSEY VAUGHAN.

Y MI COMPAÑERO. Y MIS RESPETOS PARA LA INCOMPARABLE
SUZANNE BROCKMANN.

A DLB, ¿SABES QUÉ? TU MAMÁ TODAVÍA TE ADORA. A NTM,
COMO SIEMPRE, CON AMOR Y GRATITUD. COMO VOSOTROS
BIEN SABÉIS.

Y TENGO QUE DECIR QUE NADA DE ESTO SERÍA POSIBLE SIN:
MI ADORADO ESPOSO, QUE SIEMPRE ME APOYA.
MI MARAVILLOSA MADRE, QUE ESTÁ CONMIGO DESDE…
BUENO, DESDE EL PRINCIPIO.
MI FAMILIA (TANTO AQUELLA A LA QUE ME UNEN LAZOS
DE SANGRE COMO AQUELLA QUE ELEGÍ LIBREMENTE).
Y MIS QUERIDOS AMIGOS.

GLOSARIO DE TÉRMINOS Y NOMBRES PROPIOS

ahvenge (n.). Vengar, acto de retribución mortal, ejecutado generalmente por machos enamorados.

attendhente (n. f.). Elegida que atiende las necesidades más íntimas de la Virgen Escribana.

cohntehst (n. m.). Conflicto entre dos machos que compiten por el derecho a ser pareja de una hembra.

Dhunhd (n. pr.). Infierno.

doggen (n.). Miembro de la clase servil en el mundo de los vampiros. Los doggen mantienen las antiguas tradiciones de forma muy rigurosa, y son muy conservadores en cuestiones relacionadas con el servicio prestado a sus superiores. Sus vestimentas y comportamiento son muy formales. Pueden salir durante el día, pero envejecen relativamente rápido. Su esperanza de vida es de quinientos años aproximadamente.

Elegidas, las (n. f.). Vampiresas destinadas para servir a la Virgen Escribana. Se consideran miembros de la aristocracia, aunque de manera más espiritual que material. Tienen poca o ninguna relación con los machos, pero pueden aparearse con guerreros con objeto de reproducir la especie si así lo dictamina la Virgen Escribana, a fin de perpetuar su clase. Tienen la capacidad de predecir el futuro. En el pasado eran utilizadas para satisfacer las necesidades de sangre de miembros solteros de la Hermandad, y tras un periodo en que dicha práctica fue abandonada por los hermanos, ha sido recuperada.

ehros (n. f.). Elegidas entrenadas en las artes amatorias.

esclavo de sangre (n.). Vampiro, hembra o macho, que ha sido sometido para satisfacer las necesidades de sangre de otros vampiros. La práctica de mantener esclavos de sangre ha caído, en gran medida, en desuso, pero no es ilegal.

ghardian (n. m.). El que vigila a un individuo. Hay distintas clases de ghardians, pero la más poderosa es la que cuida a una hembra sehcluded.

glymera (n. f.). El núcleo de la aristocracia, equivalente, en líneas generales, a la flor y nata de la sociedad inglesa de los tiempos de la Regencia.

hellren (n. m.). Vampiro que ha tomado a una sola hembra como compañera. Los machos toman habitualmente a más de una hembra como compañera.

Hermandad de la Daga Negra (n. pr.). Guerreros vampiros muy bien entrenados que protegen a su especie contra la Sociedad Restrictiva. Como resultado de una cría selectiva en el interior de la raza, los hermanos poseen inmensa fuerza física y mental, así como la facultad de curarse rápidamente. En su mayor parte no son hermanos de sangre, y son iniciados en la Hermandad por nominación de los hermanos. Agresivos, autosuficientes y reservados por naturaleza, viven apartados de los humanos. Tienen poco contacto con miembros de otras clases de seres, excepto cuando necesitan alimentarse. Son protagonistas de leyendas y objeto de reverencia dentro del mundo de los vampiros. Sólo se les puede matar infligiéndoles heridas graves, como disparos o puñaladas en el corazón y lesiones similares.

leahdyre (n. m.). Persona de poder e influencia.

leelan (n.). Término afectuoso que puede traducirse como «el más querido».

lewlhen (n. m.). Regalo.

lheage (n.). Término de respeto utilizado por un sometido sexual para referirse a su dominante.

mahmen (n. f.). Madre. Utilizado para efectos de identificación y también como término afectivo.

mhis (n.). El ocultamiento de un entorno físico determinado; la creación de un campo de ilusión.

nalla (f.) o **nallum** (m.) (n.). Amada o amado.

newling (n. f.). Virgen.

Ocaso, el (n. pr.). Ámbito atemporal donde los muertos se reúnen con sus seres queridos y pasan a la eternidad.

Omega, el (n. pr.). Figura malévola y mística, orientada a la extinción de los vampiros, debido a su resentimiento hacia la Virgen Escribana. Existe en un ámbito atemporal y tiene grandes poderes, aunque no el de la creación.

periodo de necesidad (n.). Periodos de fertilidad de una vampiresa, que generalmente duran dos días y que cursan con un intenso deseo sexual. Se presentan aproximadamente cinco años después de la transición de una vampiresa y cada diez años a partir de ese momento. Todos los machos responden en algún grado si están cerca de una hembra durante este periodo. Puede ser un tiempo peligroso, en el que se presentan conflictos y peleas entre machos competidores, particularmente si la hembra no se ha apareado.

pherarsom (adj.). Término que alude a la potencia de los órganos sexuales masculinos. Es la traducción literal de algo parecido a «digno de entrar en una hembra».

Primera Familia (n. pr.). El rey y la reina de los vampiros y todos los hijos que puedan tener.

princeps (n.). El más alto nivel de la aristocracia de los vampiros, sólo inferior a los miembros de la Primera Familia o a las Elegidas por la Virgen Escribana. Es un título hereditario que se adquiere sólo por nacimiento y no puede conferirse.

pyrocant (n.). Se refiere a una debilidad extrema en un individuo, la cual puede ser interna (como una adicción), o externa (como un amante).

rahlman (m.). Salvador.

restrictor (n.). Humano desprovisto de alma y perteneciente a la Sociedad Restrictiva que se dedica a exterminar vampiros. Los restrictores sólo mueren si reciben una puñalada en el pecho; de lo contrario son inmortales. No comen ni beben y son impotentes. Con el paso del tiempo, su cabello, piel e iris pierden pigmentación y se vuelven rubios, pálidos y de ojos apagados. Huelen a talco para bebés. Integrados a la Sociedad por el Omega, conservan su corazón extirpado en un jarrón de cerámica.

rythe (n.). Fórmula ritual de honrar a un individuo al que se ha ofendido. Si es aceptada, el ofendido elige un arma y ataca con ella al ofensor u ofensora, quien no opone resistencia.

sehclusion (m.). Estatus conferido por el rey a una hembra de la aristocracia. Coloca a la hembra bajo la dirección exclusiva de su ghardian, que por lo general es el macho más viejo de la familia y tiene el derecho de determinar todos los aspectos de la vida de la hembra, pudiendo restringir a voluntad sus relaciones con el mundo.

shellan (n.). Vampiresa que se ha apareado con un macho. Generalmente las hembras no toman más de un compañero debido a la naturaleza altamente territorial de los machos.

Sociedad Restrictiva (n. pr.). Orden de asesinos o verdugos convocados por el Omega con el propósito de erradicar la especie de los vampiros.

symphath (n.). Subespecie dentro del mundo de los vampiros, caracterizada por la capacidad y el deseo de manipular las emociones de los demás (para efectos de intercambio de energía), entre otros rasgos. En términos históricos han sido discriminados por los vampiros y perseguidos por éstos en ciertas épocas. Están al borde de la extinción.

tahlly (adj.). Término cariñoso que se puede traducir aproximadamente como «querido».

trahyner (n.). Palabra utilizada entre los machos en señal de respeto mutuo y de afecto. Puede traducirse como «querido amigo».

transición (n.). Etapa crítica en la vida de un vampiro en la que éste o ésta se transforma en adulto. A partir de entonces, deben beber sangre del sexo opuesto para poder sobrevivir; no son resistentes a la luz solar. Esta etapa se presenta generalmente alrededor de los veinticinco años. Algunos vampiros no sobreviven a su transición, especialmente los machos. Antes de la transición, los vampiros son físicamente débiles, no tienen conciencia ni respuesta sexual, y son incapaces de desmaterializarse.

Tumba, la (n. pr.). Cripta sagrada de la Hermandad de la Daga Negra. Es utilizada como lugar ceremonial y también para guardar las jarras de los restrictores. Allí se realizan, entre otras ceremonias, inducciones, funerales y acciones disciplinarias contra los hermanos. Nadie puede entrar, excepto los miembros de la Hermandad, la Virgen Escribana o los candidatos a la inducción.

vampiro (n.). Miembro de una especie separada del *Homo sapiens*. Los vampiros tienen que beber sangre del sexo opuesto para sobrevivir. La sangre humana los mantiene vivos, pero la fuerza así adquirida no dura mucho tiempo. Tras la transición, que ocurre a los veinticinco años, son incapaces de salir a la luz del día y deben alimentarse regularmente. Los vampiros no pueden «convertir» a los humanos por medio de un mordisco o una transfusión sanguínea, aunque en algunos casos son capaces de procrear con la otra especie. Pueden desmaterializarse a su voluntad, aunque deben ser capaces de calmarse y concentrarse para hacerlo, y no pueden llevar consigo nada pesado. Son capaces de borrar los recuerdos de las personas, pero sólo los de corto plazo. Algunos vampiros son capaces de leer la mente. Su esperanza de vida es superior a mil años, y en algunos casos, incluso más.

Virgen Escribana, la (n. pr.). Fuerza mística consejera del rey en calidad de depositaria de los archivos vampirescos y dispensadora de privilegios. Existe en un ámbito atemporal y tiene grandes poderes. Puede ejecutar actos de creación mediante los cuales les otorga la vida a los vampiros.

wahlker (n.). Individuo que ha muerto y regresado a la vida desde el Fade. Se les respeta mucho y son venerados por sus tribulaciones.

whard (n.). Guardián de una hembra recluida.

PRÓLOGO

Escuela diurna de Greenwich Country
Greenwich, Connecticut
Veinte años atrás

Llévatela, Jane.

Jane Whitcomb agarró la mochila.

—Pero vas a venir, ¿no?

—*Ya* te lo dije esta mañana. *Sí.*

—Está bien. —Jane observó a su amiga mientras se marchaba caminando por la acera, hasta que oyó el claxon de un coche. Se colocó bien la chaqueta y echó los hombros hacia atrás, antes de dar media vuelta para quedar frente a un Mercedes Benz. Su madre la estaba observando desde la ventanilla del conductor, con el ceño fruncido.

Jane se apresuró a cruzar la calle y pensó que el objeto que llevaba en la mochila hacía mucho ruido. Se subió en el asiento trasero y puso la mochila entre sus pies. El coche empezó a moverse antes de que ella pudiera cerrar la puerta.

—Tu padre vendrá a casa esta noche.

—¿Qué? —Jane se colocó bien las gafas sobre la nariz—. ¿Cuándo?

—Esta noche. Así que me temo que…

—¡No! ¡Tú lo prometiste!

Su madre le lanzó una mirada por encima del hombro.

—¿Cómo has dicho, jovencita?

A Jane se le humedecieron los ojos.

—Me hiciste una promesa para mi cumpleaños número trece. Se supone que Katie y Lucy van a…

—Ya he avisado a sus madres.

Jane se dejó caer sobre el respaldo.

Su madre la miró desde el espejo retrovisor.

—Quítate esa expresión de la cara inmediatamente, por favor. ¿Acaso crees que eres más importante que tu padre? ¿Es eso?

—Claro que no. Él es *Dios*.

De repente, el Mercedes dio una curva inesperada y se oyó el chirrido de los frenos. Su madre se dio la vuelta, levantó la mano y se dispuso a darle una bofetada, al tiempo que el brazo le temblaba.

Jane se encogió atemorizada en el asiento trasero.

Tras un instante de tensión, su madre volvió a mirar hacia delante y se arregló el peinado perfecto con una mano tan firme como agua hirviendo.

—Tú… No te sentarás a la mesa con nosotros esta noche. Y tu pastel irá a parar directamente al cubo de la basura.

El coche comenzó a moverse de nuevo.

Jane se secó las mejillas y clavó la mirada en la mochila. Nunca había tenido una fiesta de pijamas. Había suplicado durante meses enteros.

Pero ahora todo se había arruinado.

Guardaron silencio durante el resto del viaje y, cuando el Mercedes quedó aparcado en el garaje, la madre de Jane se bajó del coche y se dirigió a la casa sin mirar hacia atrás.

—Ya sabes adónde ir —fue lo único que dijo.

Jane se quedó en el coche, tratando de calmarse. Luego recogió la mochila y sus libros, se bajó y atravesó la cocina arrastrando los pies. Richard, el cocinero, estaba inclinado sobre el cubo de basura, deshaciéndose de un pastel con cobertura blanca y flores rojas y amarillas.

Jane no le dijo nada porque tenía un nudo en la garganta. Richard tampoco le dijo nada porque Jane no le caía bien. A él sólo le gustaba Hannah.

Mientras Jane salía hacia el comedor por la puerta del servicio, pensó que no quería encontrarse con su hermanita y rogó que Hannah estuviera en cama. Esa mañana había dicho que no se sentía bien. Probablemente porque tenía que entregar un informe en la escuela.

Camino a las escaleras, Jane vio a su madre en el salón.

Los cojines del sofá. Otra vez.

Su madre todavía llevaba puesto el abrigo de lana azul pálido y tenía la bufanda en la mano y seguramente se quedaría así hasta que quedara satisfecha con la colocación de los cojines, un proceso que podía llevarle un rato. El patrón con el que se medían todas las cosas era el mismo con el que se medía el peinado: todo tenía que estar impecablemente bien.

Jane se dirigió a su habitación. A esas alturas sólo le quedaba esperar que su padre llegara después de la cena. De todas maneras se enteraría de que estaba castigada, pero al menos no tendría que mirar su sitio vacío durante toda la cena. Al igual que su madre, su padre detestaba las irregularidades y las cosas fuera de lugar y el hecho de que Jane no estuviera sentada a la mesa era una tremenda irregularidad.

Si eso ocurría, la bronca que recibiría de su padre sería mucho más intensa, pues no sólo tendría que oír lo mucho que había decepcionado a la familia por no estar presente en la cena, sino por el hecho de haber sido grosera con su madre.

Arriba, la habitación pintada de amarillo brillante de Jane tenía el mismo aspecto que el resto de la casa: perfecta, al igual que el pelo y los cojines del sofá y la forma de hablar de la gente. Todo estaba en orden. Todo parecía perfecto y congelado, como la fotografía de una revista de decoración.

Lo único que no encajaba era Hannah.

Jane guardó la mochila en el armario, encima de las hileras de zapatos; luego se quitó el uniforme de la escuela y se puso un camisón de franela. No había razón para ponerse ropa. No iba a ir a ninguna parte aquel día.

Cogió sus libros y los llevó hasta el escritorio blanco. Tenía deberes de inglés y también de álgebra y francés.

Miró de reojo su mesilla de noche. Allí la estaban esperando *Las mil y una noches*.

No podía pensar en una mejor manera de pasar su castigo, pero primero tenía que hacer los deberes del colegio. Tenía que hacerlo. De otra forma se sentiría demasiado culpable.

Dos horas después, Jane estaba en la cama con *Las mil y una noches* en el regazo, cuando la puerta se abrió de repente y Hannah asomó la cabeza. Su cabello rojizo y ondulado era otra desviación. El resto de la familia tenía el cabello rubio.

—Te he traído algo de comer.

Jane se enderezó, preocupada por su hermanita.

—Te vas a meter en líos.

—No, no lo haré. —Hannah se deslizó dentro de la habitación con una cesta en la mano con una servilleta bordada, un sándwich, una manzana y una galleta—. Richard me ha dado esto para que tuvieras algo de comer por la noche.

—¿Y tú?

—No tengo hambre. Toma.

—Gracias, Han. —Jane cogió la cesta, mientras Hannah se sentaba a los pies de la cama.

—¿Qué fue lo que hiciste?

Jane sacudió la cabeza y le dio un mordisco al sándwich de rosbif.

—Me enfadé con mamá.

—¿Por lo de la fiesta?

—Ajá.

—Bueno… Yo tengo algo que puede alegrarte. —Hannah deslizó una cartulina doblada por encima de las mantas—. ¡Feliz cumpleaños!

Jane miró la tarjeta y parpadeó rápidamente un par de veces.

—Gracias… Han.

—No estés triste, yo estoy aquí. ¡Mira tu tarjeta! La hice especialmente para ti.

En el frente de la tarjeta había dos figuras dibujadas torpemente con palotes por la mano de su hermana. Una tenía cabello rubio y liso y debajo estaba escrita la palabra *Jane*. La otra tenía el pelo rizado y rojo y debajo decía *Hannah*. Estaban agarradas de la mano y en sus caras circulares aparecía una gran sonrisa.

En el momento en que Jane iba a abrir la tarjeta, las luces de un coche iluminaron el frente de la casa y comenzaron a avanzar por la entrada.

—Ha llegado papá —dijo Jane en voz baja—. Será mejor que te vayas.

Hannah no parecía tan preocupada como estaría normalmente, probablemente porque no se sentía bien. O tal vez estaba distraída con… Bueno, con lo que fuera que Hannah se distraía. Se pasaba el día en las nubes, lo cual era posiblemente la razón para que viviera tan feliz.

—Vete, Han, en serio.

—Está bien. Pero lamento mucho que no hayas podido tener tu fiesta. —Hannah corrió a la puerta.

—Oye, Han. Me ha encantado la tarjeta.

—Pero aún no la has visto por dentro.

—No necesito hacerlo. Me gusta porque la hiciste para mí.

La cara de Hannah se iluminó con una de esas sonrisas esplendorosas que hacían que Jane pensara en un día soleado.

—Habla de ti y de mí.

Mientras la puerta se cerraba, Jane oyó las voces de sus padres procedentes del vestíbulo. En segundos se comió lo que Hannah le había traído, metió la cesta entre los pliegues de las cortinas que estaban junto a la cama y se dirigió al montón de libros escolares. Agarró *Los papeles póstumos del club Pickwick,* de Dickens, y regresó a la cama. Se imaginaba que podría ganar algunos puntos si su padre la encontraba trabajando en algo de la escuela.

Sus padres subieron una hora después y Jane se quedó en tensión, esperando que su padre llamara a la puerta. Pero no lo hizo.

Era muy extraño, pues su padre era tan controlador que era fácil predecir sus actos con precisión. Lo cual resultaba curiosamente cómodo, aunque a Jane no le gustaba tener que hablar con él.

Jane dejó *Pickwick* a un lado, apagó la luz y metió las piernas entre las sábanas. Nunca dormía muy bien debajo del dosel de la cama y al cabo de un rato oyó que el reloj antiguo que estaba en la parte superior de las escaleras dio las doce campanadas.

Medianoche.

Jane se levantó, se dirigió al armario, sacó la mochila y la abrió. El tablero de una güija cayó al suelo, abierto y boca arriba. La niña se sobresaltó y se apresuró a recogerlo, como si pensara que se había roto, y luego le colocó de nuevo la tablilla que se movía y señalaba las letras.

Ella y sus amigas estaban muy ilusionadas con jugar con la güija porque todas querían saber con quién se iban a casar. A Jane le gustaba un chico que se llamaba Victor Browne que iba a su clase de matemáticas. Últimamente habían conversado un poco y Jane realmente pensaba que podían hacer buena pareja. El problema era que no estaba segura de lo que él sentía hacia ella. Tal vez sólo le gustaba porque le ayudaba con los deberes.

Jane puso el tablero sobre la cama, apoyó las manos sobre la tablilla y respiró hondo.

—¿Cuál es el nombre del chico con el que me voy a casar?

Realmente no esperaba que aquel artilugio se moviera. Y, en efecto, no lo hizo.

Lo intentó un par de veces más y luego se recostó con expresión frustrada. Al cabo de un minuto, le dio un golpecito a la pared que estaba detrás de la cama. Su hermana le respondió y unos segundos después Hannah se deslizó por la puerta. Cuando vio el juego, se entusiasmó y saltó a la cama, de manera que la aguja salió volando.

—¿Cómo se juega?

—¡Shhh! —Si las pillaban en esa situación, estarían castigadas para siempre. Eternamente.

—Lo siento. —Hannah dobló las piernas y se abrazó las rodillas para evitar cometer otro error—. ¿Cómo…?

—Uno le hace preguntas y ella contesta.

—¿Y qué se puede preguntar?

—Con quién nos vamos a casar. —Ahora Jane estaba nerviosa. ¿Qué haría si la respuesta no era Victor?—. Empieza tú. Pon los dedos sobre la tablilla, pero no la empujes ni hagas nada. Sólo… así, sin empujar. Muy bien… ¿Con quién se va a casar Hannah?

La tablilla no se movió. Ni siquiera cuando Jane repitió la pregunta.

—Está estropeada —dijo Hannah, retirando las manos.

—Déjame probar con otra pregunta. Vuelve a poner las manos. —Jane respiró profundamente—. ¿Con quién me voy a casar yo?

La tabla emitió un ligero crujido, al tiempo que la tablilla comenzaba a moverse. Cuando se movió hacia la letra *V,* Jane se estremeció. Con el corazón en la garganta, observó cómo la tablilla se movía después hacia la letra *I.*

—¡Es Victor! —exclamó Hannah—. ¡Es Victor! ¡Te vas a casar con Victor!

Jane no se molestó en callar a su hermana. Era demasiado bueno para ser…

Luego la tablilla indicó la letra *S*. *¿S?*

—No, eso está mal —dijo Jane—. Tiene que ser un error...

—Espera. Averigüemos de quién se trata.

Pero si no era Victor, Jane no sabía quién podía ser. Y ¿qué clase de chico tendría un nombre como *Vis...*

Jane trató de empujar la tablilla, pero esta insistió en señalar la letra *H*. Luego la *O, U* y, por último, la *S*.

VISHOUS.

Jane sintió una oleada de pánico que le atenazaba las costillas.

—Te dije que estaba estropeada —murmuró Hannah—. ¿Quién se llama Vishous?

Jane desvió la mirada y luego se dejó caer sobre las almohadas. Éste era el peor cumpleaños que había tenido en la vida.

—Tal vez deberíamos intentarlo de nuevo —dijo Hannah. Al ver que su hermana vacilaba, frunció el ceño—. Vamos, yo también quiero que me conteste algo. Es justo.

Las dos niñas volvieron a poner los dedos sobre la tablilla.

—¿Qué me van a regalar en Navidad? —preguntó Hannah.

Pero la tablilla no se movió.

—Intenta una pregunta de sí o no, para empezar —dijo Jane, que todavía estaba inquieta con la palabra que había señalado la güija. ¿Sería que la tabla no sabía escribir correctamente?

—¿Voy a tener algún regalo en Navidad? —preguntó Hannah.

La tablilla comenzó a crujir.

—Espero que sea un caballo —murmuró Hannah, al tiempo que la tablilla daba vueltas por el tablero—. He debido preguntar eso.

La tablilla se detuvo frente al *No*.

Las dos niñas se quedaron mirando la tabla.

Hannah se envolvió entre los brazos como si tuviera frío.

—Yo también quiero un regalo.

—Sólo es un juego —dijo Jane, cerrando el tablero—. Además, está totalmente estropeado. Se me cayó al sacarlo.

—Yo quiero regalos.

Jane se estiró y abrazó a su hermana.

—No te preocupes por esa estúpida tabla, Han. Yo siempre te compro algo en Navidad.

Un poco más tarde, Hannah se marchó y Jane se volvió a meter entre las mantas.

«Estúpida tabla. Estúpido cumpleaños. Todo es una estupidez».

Cuando cerró los ojos, se acordó de que todavía había abierto la tarjeta de su hermana. Volvió a encender la luz y la cogió de encima de la mesilla de noche. Dentro decía: *¡Siempre iremos de la mano! ¡Te quiero! Hannah.*

La respuesta que le había dado la tabla acerca de la Navidad era un error absoluto. Todo el mundo adoraba a Hannah y le compraba regalos. A veces era capaz incluso de hacer cambiar de opinión a su padre, y nadie más podía hacerlo. Así que era evidente que Hannah tendría regalos.

«Estúpida tabla…».

Al poco rato, Jane se quedó dormida. Debía de haberse quedado dormida, porque Hannah la despertó.

—¿Estás bien? —preguntó Jane, incorporándose. Su hermana estaba de pie al lado de la cama, con su camisón de franela y una extraña expresión en el rostro.

—Me tengo que ir. —La voz de Hannah parecía triste.

—¿Tienes que ir al baño? ¿Te sientes mal? —Jane apartó las mantas—. Yo te acompaño…

—No, no puedes. —Hannah suspiró—. Me tengo que ir.

—Bueno, cuando termines de hacer lo que tienes que hacer, puedes regresar aquí y dormir conmigo, si quieres.

Hannah miró hacia la puerta.

—Tengo miedo.

—Sí, asusta un poco sentirse enfermo. Pero yo siempre estaré aquí para ti.

—Me tengo que ir. —Cuando Hannah volvió a mirar a Jane, parecía… como si de alguna manera se hubiese vuelto adulta. No parecía una niña de diez años—. Trataré de regresar. Haré todo lo que pueda.

—Hummm… Está bien. —Quizá su hermana tuviese fiebre o algo así—. ¿Quieres que vaya a despertar a mamá?

Hannah negó con la cabeza.

—Sólo quería verte a ti. Vuelve a dormirte.

Cuando Hannah se fue, Jane volvió a hundirse entre las almohadas. Por un momento pensó que debería ir a ver cómo estaba su hermana en el baño, pero el sueño la venció antes de que pudiera reunir la energía para seguir ese impulso.

A la mañana siguiente, Jane se despertó con el sonido de unos pasos apresurados en el pasillo. Al principio supuso que alguien había derramado algo que iba a dejar una mancha en la alfombra, en una silla o en la colcha. Pero luego oyó las sirenas de una ambulancia en la entrada de la casa.

Jane se levantó, miró por la ventana del frente y luego asomó la cabeza al pasillo. Su padre estaba hablando con alguien abajo y la puerta de la habitación de Hannah estaba abierta.

Jane se dirigió de puntillas por la alfombra persa hasta la habitación de su hermana, mientras pensaba que no era normal que Hannah estuviera levantada tan temprano un sábado. Realmente debía estar enferma.

Se detuvo al llegar al umbral. Hannah estaba inmóvil sobre la cama, con los ojos abiertos clavados en el techo y la piel tan blanca como las inmaculadas sábanas que cubrían la cama.

No parpadeaba.

En el otro extremo de la habitación, lo más lejos posible de Hannah, estaba su madre, sentada en la ventana, con su bata de seda color marfil formando una especie de remolino a su alrededor.

—Vuelve a la cama. Ya.

Jane salió corriendo hacia su habitación. Cuando estaba cerrando la puerta, alcanzó a ver a su padre, que subía las escaleras con dos hombres de uniforme azul. Hablaba con autoridad y Jane oyó las palabras *fallo cardiaco congénito* o algo así.

Jane se metió en la cama y se tapó la cabeza con las mantas. Mientras temblaba en medio de la oscuridad, se sintió muy pequeña y muy asustada.

La tabla tenía razón. Hannah no recibiría ningún regalo de Navidad ni se casaría con nadie.

Pero la hermanita de Jane cumplió su promesa. Y regresó.

1

E ste cuero no me convence para nada.

Vishous levantó la mirada desde su centro de informática. Butch O'Neal estaba de pie en la sala de la Guarida, con un par de pantalones de cuero y una cara de esto-no-va-a-funcionar.

—¿Acaso no te quedan bien? —le preguntó V a su compañero de casa.

—No es eso. No te ofendas, pero esto parece ropa de macarra. —Butch levantó sus pesados brazos y dio una vuelta, mientras su pecho desnudo reflejaba la luz de las lámparas—. Me refiero a que, vamos…

—Son para luchar, no para que vayas a la moda.

—Lo mismo sucede con las faldas de los escoceses, pero nunca me verás con una de ellas puesta.

—Afortunadamente. Tienes unas piernas demasiado feas para que esa mierda te siente bien.

Butch puso cara de aburrimiento.

—Si quieres, muérdeme.

«Eso quisiera yo», pensó V.

Vishous hizo una mueca y se estiró para alcanzar su reserva de tabaco turco. Mientras sacaba un papel de fumar, preparaba una línea de tabaco y liaba un cigarro, se dedicó a hacer lo que hacía habitualmente: recordó que Butch estaba felizmente emparejado con el amor de su vida y que, aunque no fuera así, su amigo tenía tendencias muy distintas.

Mientras encendía el cigarro y le daba una calada, V trató de no mirar al policía, pero no lo consiguió. Esa maldita visión periférica. Siempre lo traicionaba.

¡Por Dios, realmente era un pervertido! Especialmente si uno pensaba en lo unidos que estaban los dos.

En los últimos nueve meses, V se había acercado más a Butch de lo que se había acercado a ninguna persona a lo largo de sus más de trescientos años de vida. Vivían juntos, se emborrachaban juntos, hacían ejercicio juntos. Habían tenido experiencias de vida y muerte y se habían enfrentado a profecías y fatalidades juntos. Él había contribuido a doblegar las leyes de la naturaleza para convertir al humano en vampiro y luego lo había curado, cuando éste había puesto a prueba su talento especial con los enemigos de la raza. También lo propuso para ser miembro de la Hermandad… y lo había apoyado durante la ceremonia de apareamiento con su shellan.

Mientras Butch se paseaba de un lado a otro como si estuviera tratando de acostumbrarse a los pantalones de cuero, V se quedó mirando las siete letras que tenía tatuadas en la espalda en lengua antigua: MARISSA. V había hecho las dos aes y habían quedado bastante bien, a pesar del hecho de que su mano había temblado todo el tiempo.

—Sí —dijo Butch—. No estoy seguro de que me sienta cómodo con esto.

Después de la ceremonia de apareamiento, V se fue de la Guarida durante el día para que la feliz pareja pudiera tener un rato de privacidad. Atravesó el patio del complejo y se encerró en una de las habitaciones de huéspedes de la mansión, con tres botellas de Grey Goose. Bebió como un cosaco, se emborrachó hasta más no poder, pero no logró el objetivo de quedar inconsciente. La verdad lo mantuvo inclementemente despierto: V estaba ligado a su compañero de casa de una manera que complicaba las cosas y, sin embargo, no cambiaba nada en absoluto.

Butch sabía lo que estaba pasando. ¡Maldición, era su mejor amigo y lo conocía mejor que cualquier otra persona! Y Marissa también lo sabía porque no era estúpida. Y la Hermandad lo sabía porque aquellos malditos idiotas eran como viejas chismosas que no soportaban que nadie tuviera un secreto.

Nadie tenía ningún problema con eso.

Pero él sí. V no soportaba lo que sentía. Y tampoco se soportaba a él mismo.

—¿Vas a probarte el resto del equipo? —preguntó V, echando el humo—. ¿O vas a seguir quejándote otro rato porque no te gustan los pantalones?

—No me hagas ponerte contra el suelo.

—¿Y por qué querría privarte de tu pasatiempo favorito?

—Porque me está doliendo el dedo. —Butch avanzó hasta uno de los sofás y agarró una cartuchera de cuero. Tan pronto la deslizó por sus inmensos hombros, el cuero ciñó su torso a la perfección—. ¡Mierda! ¿Cómo has hecho para que ajustara tan bien?

—Te tomé medidas, ¿recuerdas?

Butch se abrochó la hebilla de la cartuchera y luego se inclinó y deslizó los dedos por la tapa de una caja de madera lacada en negro. Se quedó un rato acariciando el escudo dorado de la Hermandad de la Daga Negra y luego deslizó los dedos por los caracteres en lengua antigua que decían: «Dhestroyer, descendiente de Wrath, hijo de Wrath».

Ése era el nuevo nombre de Butch. El antiguo y noble linaje de Butch.

—¡Ay, maldición, abre la caja! —V apagó el cigarro, lió otro y lo encendió. ¡Era estupendo que los vampiros no enfermaran de cáncer! Últimamente vivía fumando como un condenado a muerte—. ¡Vamos!

—Todavía no lo puedo creer.

—Abre la maldita caja.

—De verdad, no puedo…

—¡Ábrela! —A esas alturas V ya estaba tan enervado que podría levitar en la silla.

El policía accionó el mecanismo de la cerradura de oro macizo y levantó la tapa. Sobre una cojín de satén rojo reposaban cuatro dagas iguales de hoja negra, cada una fabricada exactamente para que se ajustara a las características de Butch y afilada para ser letal.

—¡Virgen santísima! ¡Son preciosas!

—Gracias —dijo V, soltando otra bocanada de humo—. También hago buen pan.

El policía clavó sus ojos almendrados en el otro extremo de la habitación.

—¿Tú has hecho esto para mí?

—Sí, pero no es nada especial. Las hago para todos nosotros. —V levantó su mano derecha enguantada—. Soy bueno con el calor, como bien sabes.

—V… gracias.

—De nada. Como ya te he dicho, soy el hombre de las cuchillas. Lo hago todo el tiempo.

Sí… sólo que tal vez no siempre se concentraba tanto. Por Butch había pasado los últimos cuatro días trabajando en las dagas sin parar. Maratones de dieciséis horas con su maldita mano resplandeciente sobre el acero, que le habían hecho doler la espalda y arder los ojos. Pero, maldición, estaba decidido a que cada una fuera digna del hombre que las empuñaría.

De todas formas, las dagas todavía no eran suficientemente perfectas.

El policía sacó una de las dagas y se la puso sobre la palma de la mano. Al sentirla, sus ojos brillaron.

—Por Dios… siente esto. —Butch comenzó a blandir el arma de un lado a otro frente a su pecho—. Nunca había visto nada con un peso tan exacto. Y la empuñadura. ¡Dios… es perfecta!

Esos elogios alegraron a V más que cualquier otro comentario que hubiese recibido en la vida.

Pero también lo irritaron más.

—Sí, bueno, se supone que así deben ser, ¿no? —Vishous apagó el cigarro en un cenicero, aplastando su frágil punta encendida—. No tendría sentido que salieras al campo con un juego de dagas Ginsu.

—Gracias.

—De nada.

—V, de verdad…

—A la mierda. —Al ver que su compañero no le respondía con otra grosería, V levantó la mirada.

Maldición. Butch estaba frente a él y los ojos almendrados del policía brillaban con una expresión de comprensión que V deseó que su amigo no tuviera.

V clavó la mirada en el mechero.

—De nada, policía, sólo son unos cuchillos.

La punta negra de la daga se deslizó por debajo de la barbilla de V, obligándolo a levantar la cabeza y a enfrentarse a la mirada de Butch. Su cuerpo se tensó. Luego se estremeció.

Con el arma en esa posición, Butch dijo:

—Son hermosas.

V cerró los ojos y pensó en cuánto se despreciaba. Luego se inclinó deliberadamente sobre la cuchilla, de manera que la hoja le cortó la garganta. Mientras se tragaba la punzada de dolor, se aferró a ese dolor y lo usó para recordarse que él era un maldito pervertido y que los pervertidos merecían que les hicieran daño.

—Vishous, mírame.

—Déjame en paz.

—Oblígame.

Durante una fracción de segundo, V sintió el impulso de lanzarse sobre su amigo y golpearlo hasta dejarlo inconsciente.

—Sólo te estoy dando las gracias por hacer algo genial —dijo Butch—. No es nada del otro mundo.

¿Nada del otro mundo? V abrió los ojos y sintió cómo su mirada lanzaba un destello.

—Eso es pura mierda. Y tú lo sabes *muy* bien.

Butch quitó la daga y, mientras dejaba caer el brazo, V notó un hilillo de sangre deslizándose por el cuello. La sentía tibia… y suave, como un beso.

—No vayas a decir que lo sientes —murmuró V en medio del silencio—. Me puedo poner violento.

—Pero sí lo siento.

—No hay nada que lamentar. —¡Por Dios, ya no podía seguir viviendo allí con Butch! Con Butch y Marissa. El recuerdo constante de lo que no podía tener y no debería desear lo estaba matando. Y Dios sabía que ya estaba en muy malas condiciones. ¿Cuándo había sido la última vez que durmió durante el día? Llevaba varias semanas sin hacerlo.

Butch guardó la daga en el bolsillo de la cartuchera, con la empuñadura hacia abajo.

—No quiero hacerte daño…

—Basta; no vamos a hablar más de este asunto. —V se llevó un dedo a la garganta y recogió la sangre que se había sacado con la daga que él mismo había hecho. Mientras la lamía, la puerta oculta que llevaba al túnel subterráneo se abrió y el olor del océano invadió la Guarida.

Entonces apareció Marissa, con ese aire de Grace Kelly… hermosa, como siempre. Con la cabellera rubia y larga y su rostro perfectamente moldeado, Marissa era conocida como la gran belleza de la especie e incluso V tenía que mostrar admiración, aunque ella no fuese su tipo.

—Hola, chicos… —Marissa se detuvo de repente y se quedó mirando fijamente a Butch—. ¡Por… Dios… mira esos pantalones!

Butch frunció el ceño.

—Sí, ya lo sé. Son…

—¿Podrías venir aquí un momento? —Marissa comenzó a retroceder por el pasillo en dirección a su habitación—. Necesito que vengas aquí un minuto. O tal vez diez.

Butch comenzó a despedir el olor que producen los machos cuando se aparean y V estaba seguro de que el cuerpo de su amigo se estaba preparando para tener sexo.

—Linda, soy todo tuyo.

Al tiempo que salía de la sala, el policía miró a V por encima del hombro.

—Ahora sí me están gustando estos pantalones. Dile a Fritz que necesito cincuenta pares. Inmediatamente.

Al quedarse solo, Vishous se inclinó sobre el equipo de sonido Alpine y le subió el volumen a *Music is my savior*, de MIMS. Mientras el rap inundaba el ambiente, pensó en que antes solía usar la música para acallar los pensamientos de los demás, pero ahora que había dejado de tener visiones y todo ese asunto de leer la mente de otros se había evaporado, usaba los compases del rap para no oír a su compañero haciendo el amor.

V se restregó la cara con las manos. *Realmente* tenía que salir de allí.

Durante algún tiempo intentó que ellos se mudaran, pero Marissa insistía en que la Guarida era «acogedora» y le gustaba vivir allí. Lo cual tenía que ser una mentira. La mitad de la sala estaba ocupada por una mesa de futbolín, la televisión estaba encendida sin volumen en ESPN*, veinticuatro horas al día, siete días

---
*ESPN es un famoso canal de televisión de deportes.

a la semana, y para rematar siempre estaban resonando los acordes de un rap machacón. La nevera era una zona catastrófica en la que se encontraban unas cuantas sobras mohosas de Taco Hell y Arby's. Las únicas bebidas de la casa eran vodka Grey Goose y whisky Lagavulin. Y toda la lectura se limitaba a *Sports Illustrated* y... bueno, números atrasados de *Sports Illustrated*.

Así que no había muchas cosas tiernas ni acogedoras. El lugar parecía en parte la casa de una fraternidad y en parte un vestidor de hombres. Decorado por Derek Jeter[*].

¿Y qué pasaba con Butch? Cuando V sugirió una mudanza, el tío le lanzó una mirada fulminante por encima del sofá, negó con la cabeza una sola vez y se fue a la cocina a buscar más Lagavulin.

V se negaba a pensar que Butch y Marissa se habían quedado porque estaban preocupados por él o algo similar. La sola idea le volvía loco.

Se puso de pie. Si quería propiciar una separación, él iba a tener que iniciarla. El problema era que no estar todo el tiempo con Butch le resultaba... impensable. Era mejor la tortura en la que se encontraba ahora que vivir en el exilio.

Le echó un vistazo a su reloj y pensó que podría tomar el túnel subterráneo y dirigirse a la mansión. Aunque todos los otros miembros de la Hermandad de la Daga Negra vivían en aquella monstruosa mansión de piedra, todavía quedaban muchas habitaciones disponibles. Tal vez debería probar una para ver cómo se sentía. Durante un par de días.

Pero esa idea hizo que el estómago se le revolviera.

De camino a la puerta, V alcanzó a sentir el olor del apareamiento que salía de la habitación de Butch y Marissa. Mientras pensaba en lo que allí estaba sucediendo, sintió que le hervía la sangre. La vergüenza le puso la piel de gallina.

Lanzó una maldición y agarró su chaqueta de cuero, sacando, al mismo tiempo, su teléfono móvil. Mientras marcaba un número, sintió el pecho helado como un congelador, pero pensó que al menos estaba haciendo algo para remediar esa obsesión suya.

Cuando respondió una voz femenina, V ignoró el saludo seductor de la mujer y dijo:

---

[*]Derek Jeter es un famoso jugador de béisbol de la Liga Americana.

—Al atardecer. Esta noche. Ya sabes qué ponerte y debes tener el pelo recogido y el cuello libre. ¿Qué dices?

La respuesta fue un ronroneo de sumisión.

—Sí, mi lheage.

V colgó y arrojó el teléfono sobre el escritorio y después observó cómo rebotaba contra la mesa y caía sobre uno de sus cuatro teclados. A la esclava que había elegido para esa noche le gustaba el sexo especialmente duro. Y él estaba preparado para ofrecérselo.

¡Por Dios, realmente era un pervertido! Hasta la médula. Un pervertido sexual descarado e impenitente... que de alguna manera era conocido dentro de su raza por ser como era.

Era una locura, pero, claro, las motivaciones y los gustos de las hembras siempre habían sido extraños. Pero a V esa reputación le importaba tanto como las mujeres con las que estaba. Lo único que le importaba era tener voluntarias para satisfacer sus necesidades sexuales. Lo que se decía sobre él, lo que las mujeres necesitaban creer acerca de él, sólo era masturbación oral para unas bocas que no tenían en qué ocuparse.

Mientras bajaba hacia el túnel y se dirigía a la mansión, V se sentía cada vez más irritado. Gracias a ese estúpido horario de turnos que habían establecido en la Hermandad, esta noche no podría salir a pelear y eso lo ponía furioso. Preferiría mil veces estar cazando y matando a esos malditos asesinos inmortales que perseguían a la raza que estar sentado contemplándose las pelotas.

Pero había otras maneras de combatir las frustraciones.

Ésa era la función de las correas de inmovilización y los cuerpos complacientes.

Cuando entró a la inmensa cocina de la mansión, Phury se quedó paralizado, como si acabara de cortarse con un cuchillo o algo así. Las suelas de sus zapatos quedaron pegadas al suelo y se quedó sin aire. Su corazón primero se detuvo y luego empezó a palpitar como loco.

Antes de que pudiera retroceder y escabullirse por la puerta de servicio, lo vieron.

Bella, la shellan de su hermano gemelo, levantó la mirada y sonrió.

—Hola —lo saludó.

—Hola. —«Márchate. Ahora».

¡Por Dios, Bella olía deliciosamente bien!

Bella agitó el cuchillo que tenía en la mano y que estaba usando para cortar un pavo asado.

—¿Quieres que te haga un sándwich a ti también?

—¿Qué? —dijo Phury, como si fuera un idiota.

—Un sándwich. —Bella señaló con la punta del cuchillo el pan y el frasco casi vacío de mayonesa, la lechuga y los tomates—. Debes de tener hambre. No comiste mucho durante la última cena.

—Ah, sí… No, no tengo… —Pero el estómago de Phury lo puso en evidencia al rugir como la bestia hambrienta que era. «Maldito».

Bella sacudió la cabeza y volvió a concentrarse en la pechuga de pavo.

—Saca un plato y ponte cómodo.

Bueno, esto era lo último que él necesitaba. Preferiría que lo enterraran vivo, antes que sentarse solo en la cocina con ella, mientras le preparaba algo de comer con sus hermosas manos.

—Phury —dijo Bella sin levantar la mirada del pavo—. Plato. Asiento. Ahora.

Phury obedeció porque, a pesar de que descendía de un linaje de guerreros y era miembro de la Hermandad y la superaba en peso por unos buenos cincuenta kilos, no era más que un dócil cachorrito cuando estaba ante ella. La shellan de su gemelo… la shellan embarazada de su hermano gemelo… no era una persona a la que él podía decirle que no.

Después de deslizar un plato sobre la encimera y ponerlo junto al de ella, Phury se sentó al otro lado y se forzó a no mirar las manos de Bella. Estaría bien siempre y cuando no se quedara observando sus dedos largos y elegantes y esas uñas cortas y muy bien cuidadas y la manera como…

Mierda.

—Te juro —dijo Bella, cortando otra loncha de pechuga de pavo— que Zsadist quiere que engorde hasta que parezca una casa. Si tengo que estar otros trece meses insistiéndome para que coma, no voy a caber en la piscina. Ya casi no me valen los pantalones.

—Tienes buen aspecto. —¡Maldición, estaba estupenda! Con su cabello largo y oscuro y sus ojos color zafiro y ese cuerpo alto y estilizado. El bebé que llevaba en su vientre todavía no se notaba debajo de la camisa suelta, pero el embarazo era evidente en el brillo de la piel y la manera como se llevaba la mano a la parte inferior del abdomen con frecuencia.

El estado de Bella también era evidente en la expresión de ansiedad que reflejaban los ojos de Z cada vez que estaba cerca de ella. Como los embarazos de los vampiros solían presentar una alta tasa de mortalidad de la madre o el feto, para el hellren que estaba enamorado de su pareja, el embarazo de ésta era al mismo tiempo una bendición y una maldición.

—Pero ¿tú te sientes bien? —preguntó Phury. Después de todo, Z no era el único que se preocupaba por ella.

—Muy bien. Me siento un poco cansada, pero no es tan grave. —Bella se lamió los dedos y luego agarró el bote de mayonesa. Mientras movía el cuchillo dentro del frasco, éste sonaba como una moneda que alguien estuviera sacudiendo—. Pero Z me está volviendo loca. Se niega a alimentarse.

Phury recordó el sabor de la sangre de Bella y tuvo que mirar hacia otro lado pues sus colmillos se alargaron. Lo que él sentía por ella no tenía nada de noble y, al ser un hombre que siempre se había preciado de su naturaleza honorable, Phury sentía una terrible contradicción entre sus emociones y sus principios.

Y lo que él sentía, definitivamente, no era recíproco. Bella lo había alimentado aquella única vez porque él lo necesitaba con desesperación y ella era una mujer de buen linaje. No porque se sintiera inclinada a protegerlo o porque lo deseara.

No, todo eso era para su hermano gemelo. Desde la primera noche en que lo vio, Z la cautivó y luego el destino hizo posible que ella lo rescatara del infierno en que él estaba encerrado. Phury sacó el cuerpo de Z de aquel siglo de ser un esclavo de sangre, pero fue Bella quien resucitó su espíritu.

Lo cual era, desde luego, una razón más para amarla.

¡Maldición, cómo le gustaría tener un poco de humo rojo encima! Había dejado arriba su reserva.

—¿Y a ti cómo te va? —preguntó Bella, poniendo sobre el pan unas finas lonchas de pavo y cubriéndolas con hojas de lechuga—. ¿La prótesis nueva todavía te está dando problemas?

—Está un poco mejor, gracias. —La tecnología del mundo actual estaba a años luz de lo que había hace un siglo, pero, teniendo en cuenta todos los combates a los que él se enfrentaba, su pierna amputada era una preocupación constante.

Su pierna amputada… sí, había perdido una pierna, es cierto. Se la había volado de un tiro para rescatar a Z de aquella maldita bruja que lo tenía como esclavo. El sacrificio había valido la pena. Al igual que el sacrificio de su felicidad para que Z estuviera con la mujer que los dos amaban.

Bella tapó los sándwiches con pan y deslizó el plato de Phury por encima de la encimera de granito.

—Aquí tienes.

—Esto es exactamente lo que necesitaba. —Phury saboreó el momento en que hundió sus dientes en el sándwich y el pan se deshizo como si fuera piel. Mientras tragaba el primer bocado fue asaltado por el triste placer de pensar que Bella le había preparado ese tentempié y lo había hecho con una cierta clase de amor.

—¡Qué bien! Me alegro. —Bella le dio un mordisco a su propio sándwich—. Eh… Hace un par de días que quería preguntarte algo.

—¿Ah, sí? ¿Qué?

—Como sabes, estoy trabajando en Safe Place con Marissa. Es una organización tan maravillosa, llena de gente estupenda… —Hubo una larga pausa, el tipo de pausa que hizo que Phury se preparara para sufrir un golpe—. En todo caso, acaba de llegar una nueva trabajadora social que vino a aconsejar a las nuevas madres y sus bebés. —Bella se aclaró la garganta y se limpió los labios con una servilleta de papel—. Es realmente genial. Agradable, divertida. Yo estaba pensando que tal vez…

¡Ay, Dios!

—Gracias, pero no.

—Pero ella es realmente agradable.

—No, gracias. —Phury comenzó a comer a toda velocidad, mientras sentía que la piel le temblaba por todo el cuerpo.

—Phury… Ya sé que no es asunto mío, pero ¿por qué el celibato?

Mierda. Más rápido con el sándwich.

—¿Podríamos cambiar de tema?

—Es por Z, ¿verdad? La razón por la cual nunca has estado con una mujer. Es el sacrificio que haces por él y por su pasado.

—Bella… por favor…

—Tienes más de doscientos años y es hora de que empieces a pensar en ti mismo. Z nunca va a ser totalmente normal y nadie lo sabe mejor que tú y yo. Pero ahora está más estable. Y se va a sentir todavía mejor con el paso del tiempo.

Cierto, siempre y cuando Bella sobreviviera al embarazo: hasta que ella no saliera del parto sana y salva, su gemelo no estaría bien. Y por extensión, Phury tampoco.

—Por favor, déjame presentarte…

—No. —Phury se puso de pie, masticando como una vaca. Los modales en la mesa eran muy importantes, pero aquella conversación tenía que terminar antes de que su cabeza explotara.

—Phury…

—No quiero una mujer en mi vida.

—Tú serías un hellren maravilloso, Phury.

Phury se limpió la boca con una toalla de la cocina y dijo en lengua antigua:

—Muchas gracias por esa comida que preparaste con tus manos. Que tengas buena noche, Bella, la amada esposa de mi hermano Zsadist.

Phury se sintió culpable por no ayudarla a recoger, pero se imaginaba que eso era mejor que sufrir un aneurisma, así que atravesó la puerta de servicio hacia el comedor. A medio camino de la enorme mesa de diez metros, se sintió sin fuerzas, arrastró uno de los asientos del comedor y se dejó caer sobre él.

¡Por Dios, el corazón le estaba latiendo como loco!

Cuando levantó la mirada, Vishous estaba al otro extremo de la mesa y lo observaba fijamente.

¡Maldición!

—¿Estás un poco tenso, hermano? —Con su metro noventa y cinco de estatura y descendiente del gran guerrero conocido como el Sanguinario, V era una especie de gigante. Tenía los iris blancos como el hielo, rodeados por un marco azul, cabello negro azabache y una cara angulosa e inteligente que podría hacerlo ver muy atractivo, pero la perilla y los tatuajes de advertencia que tenía en la sien le daban un aire de malignidad.

—Tenso, no. Para nada. —Phury apoyó las manos sobre la tabla brillante de la mesa, mientras pensaba en el porro que se iba a fumar tan pronto como llegara a su habitación—. De hecho, iba a ir a buscarte.

—Ah, ¿sí?

—A Wrath no le gustó el ambiente de la reunión de esta mañana. —Lo cual era una afirmación exageradamente modesta. V y el rey terminaron enfrentados cara a cara acerca de un par de cosas y ésa no fue la única discusión que tuvieron—. Nos sacó a todos del combate esta noche. Dijo que necesitábamos un poco de reposo y esparcimiento.

V enarcó las cejas y parecía más inteligente que una pareja de Einsteins juntos. Pero el aire de genio no era sólo apariencia. El tío hablaba dieciséis lenguas, desarrollaba juegos dc ordenadores para expertos y podía recitar de memoria los veinte tomos de las Crónicas. El hermano hacía que Stephen Hawking pareciera un candidato a la estupidez.

—¿A todos? —preguntó V.

—Sí. Pensaba ir al Zero Sum. ¿Quieres venir?

—Acabo de concertar una cita para un asunto privado.

Ah, sí. La poco convencional vida sexual de V. ¡Por Dios! Él y Vishous se encontraban en los extremos opuestos del espectro sexual: él no sabía nada y Vishous lo había explorado todo y por lo general de manera intensa… un camino virgen y la autopista más congestionada del mundo. Y ésa no era la única diferencia entre ellos. Si uno pensaba un poco en el asunto, ellos dos no tenían nada en común.

—¿Phury?

Al oír la voz de Vishous, Phury hizo un esfuerzo para concentrarse en el momento presente.

—Lo siento, ¿qué has dicho?

—Dije que una vez soñé contigo. Hace muchos años.

¡Ay, por Dios! ¿Por qué no se había ido directo a su habitación? En este momento podría estar encendiendo un porro.

—¿Y qué viste?

V se acarició la perilla.

—Te vi de pie en una encrucijada, en medio de un campo blanco. Era un día de tormenta… sí, una gran tormenta. Pero cuando tú agarraste una nube del cielo y la envolviste alrededor de un charco, la lluvia cesó totalmente.

—Parece muy poético. —Y era todo un alivio. La mayoría de las visiones de V eran terroríficas—. Pero no le encuentro el significado.

—Nada de lo que veo carece de significado y tú lo sabes.

—Entonces debe ser una alegoría. ¿Cómo podría alguien envolver un charco? —Phury frunció el ceño—. ¿Y por qué me lo dices ahora?

V frunció las cejas negras sobre aquellos ojos que parecían un espejo.

—Yo… Dios, no tengo idea. Simplemente sentí que tenía que decirlo. —Después de lanzar una maldición, se dirigió a la cocina—. ¿Bella todavía está ahí dentro?

—¿Cómo sabes que ella está…?

—Porque siempre te quedas hecho un desastre después de verla.

CAPÍTULO
2

Media hora después y tras comerse un sándwich de pavo, V se materializó en la terraza del ático privado que tenía en el centro. Aquella noche hacía un tiempo horrible, con el frío y la lluvia de marzo y un viento terrible que revoloteaba alrededor como un borracho agresivo. Mientras observaba el paisaje del puente de Caldwell, V pensó que ese panorama de postal, con las luces de la ciudad titilando al fondo, le aburría.

Al igual que la perspectiva de los juegos y la diversión que le esperaban esa noche.

Entonces pensó que tal vez empezara a parecerse a un viejo adicto a la cocaína. Si bien en el pasado la sensación de euforia solía ser intensa, ahora satisfacía sus vicios sin mucho entusiasmo. Era un tema de necesidad, no de placer.

Apoyó las palmas contra el borde de la terraza y se inclinó hacia delante hasta sentir en la cara el golpe de aire helado que le hacía revolotear el pelo hacia atrás como si fuese un modelo. O quizá... se parecía más al superhéroe de una tira de cómic. Sí, ésa era una imagen mejor.

Sólo que él sería el malo de la película, ¿no?

De pronto se dio cuenta de que sus manos estaban acariciando la piedra lisa del borde. El muro tenía metro veinte de alto y rodeaba todo el edificio como si fuera el borde de una bandeja. Encima tenía una superficie de un metro de ancha que era toda una invitación a saltar, para encontrarse con los diez metros de aire ligero que esperaban al otro lado, el preludio perfecto para el ataque de la muerte.

Ése sí era un panorama que le interesaba.

V sabía de primera mano lo dulce que era esa caída libre. La presión del viento contra el pecho que dificultaba la respiración. La manera como los ojos se humedecían y las lágrimas se deslizaban por las sienes y no por las mejillas. La forma en que el suelo se apresuraba a recibir el cuerpo que caía, un anfitrión preparado para darle la bienvenida a sus invitados.

No estaba seguro de haber hecho lo correcto cuando decidió salvarse aquella vez que saltó. En el último momento se desmaterializó y regresó a la terraza. A… los brazos de Butch.

Maldito Butch. Siempre regresaba a los brazos de ese maldito hijo de puta.

Dio media vuelta para evitar el impulso a dar otro salto y abrió una de las puertas corredizas con el pensamiento. Las tres paredes de cristal del ático estaban blindadas, pero no impedían el paso de la luz del sol. Aunque si lo hicieran, a V tampoco le gustaría quedarse allí durante el día.

Aquello no era un hogar.

Cuando puso el primer pie dentro, el lugar y los fines para los cuales lo usaba se impusieron sobre él como si la fuerza de gravedad fuera distinta allí. Las paredes, el techo y el suelo de mármol de la inmensa única habitación eran todos negros. Al igual que los cientos de velas que V podía encender a voluntad. La única cosa que se podía clasificar como mueble era una cama de gran tamaño que nunca usaba. El resto era equipo: la mesa con las correas de inmovilización. Las cadenas que la sostenían a la pared. Las máscaras y las mordazas de pelota y los látigos y los bastones y las cadenas. El armario lleno de pesos para los pezones y ganchos y herramientas de acero inoxidable.

Todo para ser usado con mujeres.

Se quitó la chaqueta de cuero y la arrojó sobre la cama, luego se quitó la camisa. Nunca se quitaba los pantalones durante las sesiones. Las esclavas nunca lo veían completamente desnudo. Nadie lo veía completamente desnudo, a excepción de sus hermanos durante las ceremonias en la Tumba y eso sólo porque los rituales así lo exigían.

Nadie tenía por qué ver cómo era él ahí abajo.

Las velas se encendieron a voluntad y una luz líquida se proyectó sobre el suelo brillante, antes de ser absorbida por la cúpula negra del techo. No había nada romántico en el aire. El lugar era una cueva en la que se realizaban actos profanos voluntarios y la iluminación sólo buscaba asegurar que las correas de cuero y los adminículos metálicos y las manos y los colmillos quedaran en el lugar adecuado.

Además, las velas podían ser usadas para propósitos distintos a la iluminación.

V se dirigió al bar, se sirvió un trago de Grey Goose y se recostó contra la barra. Algunas mujeres de la especie creían que ir allí y sobrevivir a tener relaciones con él era una especie de rito de iniciación. Luego había otras que sólo podían encontrar la satisfacción con él. Y también algunas otras que querían explorar la forma de mezclar el dolor y el sexo.

Las exploradoras tipo Lewis y Clark* eran las que menos le interesaban. Por lo general no eran capaces de aguantar y tenían que recurrir a la palabra o a un gesto de seguridad que él les indicaba cuando estaban en la mitad del proceso. Siempre las dejaba marchar rápidamente, aunque las lágrimas y los sollozos sólo eran asunto de ellas. Nueve de cada diez querían intentarlo de nuevo, pero sólo había una oportunidad para ello. Si flaqueaban con mucha facilidad la primera vez, probablemente volverían a flaquear también la segunda y él no estaba interesado en entrenar a gente débil para ese estilo de vida.

Aquellas que eran capaces de resistir le llamaban lheage y lo adoraban como a un dios, aunque a él le tenía sin cuidado aquella reverencia. V tenía que domar a una bestia y los cuerpos de esas mujeres eran únicamente el instrumento que usaba para apaciguarla. Fin de la historia.

Luego fue hasta la pared, cogió una de las cadenas de acero y la dejó deslizarse por encima de la palma de la mano, eslabón por eslabón. Aunque era un sádico por naturaleza, no se excitaba al hacerles daño a sus esclavas. Su faceta sádica se alimentaba de matar restrictores.

---

*La expedición de Meriwether Lewis y William Clark fue la primera expedición terrestre en Estados Unidos que, partiendo del Este, alcanzó la costa del Pacífico.

Lo que a él le interesaba era llegar a controlar la mente y el cuerpo de sus esclavas. Las prácticas eróticas que realizaba con ellas, y también las otras cosas, lo que decía, lo que les hacía ponerse para sus encuentros... todo estaba cuidadosamente calculado para producir un efecto. Claro que había una dosis de dolor y, sí, tal vez las mujeres lloraban a causa de su sensación de vulnerabilidad y miedo. Pero siempre le suplicaban que les diera más.

De lo que él les daba, si tenía ganas de dárselo.

V le echó un vistazo a las máscaras. Siempre las hacía usar una máscara y nunca debían tocarlo, a menos de que él les dijera dónde, cómo y con qué tocarlo. Era raro que él llegara a tener un orgasmo durante el curso de una sesión y, si ocurría, las mujeres lo consideraban un orgullo. Si decidía alimentarse, era sólo porque tenía que hacerlo.

Nunca humillaba a quienes venían allí, ni las obligaba a hacer algunas de las cosas horribles que sabía que les gustaban a los amos sexuales. Pero tampoco las consolaba al principio, ni en la mitad ni al final, y las sesiones sólo se regían por sus reglas. Él les decía dónde y cuándo y si alguna salía con algún disparate relacionado con celos o derechos de posesión, las expulsaba de inmediato. Para siempre.

Le echó una ojeada a su reloj y levantó el mhis que rodeaba el ático. La mujer que iba a venir esta noche podía rastrearlo porque él se había alimentado de su vena hacía un par de meses. Cuando terminara con ella, arreglaría eso para que ella no tuviera ningún recuerdo del lugar donde iba a estar.

Aunque sí sabría lo que había ocurrido. Le quedarían marcas por todo el cuerpo.

Cuando la mujer se materializó en la terraza, V dio media vuelta. A través de las puertas correderas, la mujer no era más que una sombra curvilínea anónima, vestida con un corpiño de cuero negro y una falda negra, larga y suelta. Tenía el pelo negro recogido sobre la cabeza, tal y como él le había dicho.

Ella sabía esperar. Sabía que no debía llamar.

V abrió la puerta con el pensamiento, pero ella también sabía que no debía entrar sin ser llamada.

La miró de arriba abajo y sintió su olor. Estaba totalmente excitada.

V sintió que sus colmillos se alargaban, pero no porque estuviera particularmente interesado en la humedad que la mujer tenía entre las piernas. Necesitaba alimentarse y ella era hembra y tenía todo tipo de venas que succionar. Era un asunto de biología, no de fascinación.

Extendió el brazo y le indicó que entrara con un gesto del dedo. Ella avanzó, temblando, como si presintiera lo que le esperaba. V se encontraba particularmente irritable esa noche.

—Quítate la falda —le ordenó V—. No me gusta.

La mujer se abrió enseguida el cierre de la falda y la dejó caer al suelo con un rumor de seda. Debajo llevaba una liguero negro y medias de nailon negras con encaje en la parte superior. No llevaba bragas.

Hummm… sí. Iba a cortar aquel liguero que llevaba en las caderas con una daga. Dentro de un rato.

V se dirigió a la pared y cogió una máscara que sólo tenía un agujero. Si quería respirar, tendría que hacerlo por la boca.

—Póntela. Ya —le dijo, arrojándosela

La mujer se cubrió el rostro sin pronunciar palabra.

—Súbete a la mesa.

No la ayudó a subirse; sabía que descubriría cómo hacerlo. Siempre lo descubrían, todas. Las mujeres como ella siempre encontraban la manera de llegar hasta la mesa de V.

Para pasar el tiempo, sacó un cigarro de su bolsillo trasero, se lo puso entre los labios y cogió una vela negra del candelabro. Mientras encendía el cigarrillo, se quedó observando el pequeño charco de cera líquida que brillaba al pie de la llama.

Levantó la mirada para ver cómo iba la mujer. Bien hecho. Se había acostado boca arriba, con los brazos y las piernas extendidos y abiertos.

Después de inmovilizarla con las correas, V sabía exactamente por dónde comenzaría esa noche.

Cuando se le acercó, todavía llevaba la vela en la mano.

Bajo las lámparas del gimnasio de la Hermandad, John Matthew adoptó la postura de combate y se concentró en el oponente con el que estaba entrenando. Los dos hacían una pareja perfecta, como un par de palillos chinos. Eran delgados y frágiles y parecía que podían romperse con facilidad. Al igual que todos los vampiros que todavía no habían pasado por la transición.

Cuando Zsadist, el hermano que estaba enseñando el combate cuerpo a cuerpo esa noche, silbó, John y su compañero se hicieron una reverencia. Su oponente dijo el saludo apropiado en lengua antigua y John respondió usando el lenguaje de signos. Luego comenzaron a combatir. Las manos pequeñas y los brazos huesudos se agitaban por aquí y por allá sin producir mayor efecto; las patadas salían volando como aviones de papel; los dos esquivaban los golpes con muy poca precisión. Todos sus movimientos y posturas eran sombras de lo que deberían haber sido, ecos de un trueno, no los rugidos mismos.

El trueno se oyó en otra parte del gimnasio.

En medio del combate se oyó un tremendo estruendo, y un cuerpo sólido y enorme cayó sobre las colchonetas azules como un saco de arena. Tanto John como su oponente se giraron a mirar… y abandonaron de inmediato sus torpes intentos de practicar las artes marciales combinadas.

Zsadist estaba trabajando con Blaylock, uno de los dos mejores amigos de John. El pelirrojo era el único de la clase que ya había pasado por la transición, así que tenía el doble del tamaño de todos los demás. Y Zsadist acababa de tirarlo al suelo.

Blaylock se levantó enseguida y se enfrentó una vez más a su oponente como un guerrero, pero volvió a caer un segundo después. A pesar de lo grande que era, Z también era un gigante y era miembro de la Hermandad de la Daga Negra. Así que Blay estaba enfrentándose a una especie de tanque de guerra que, además, tenía una gran experiencia en combate.

Dios, Qhuinn debería estar aquí para ver esto. Y por cierto, ¿dónde estaba Qhuinn?

Los once estudiantes soltaron un «¡Ole!» cuando Z tumbó tranquilamente a Blay, lo tiró boca abajo sobre la colchoneta y le hizo una llave que lo obligó a darse por vencido. Tan pronto Blay gritó que se rendía, Z lo soltó.

Cuando Zsadist se detuvo junto al muchacho, le habló con el tono más amable de que fue capaz.

—Cinco días después de tu transición y lo estás haciendo bien.

Blay sonrió, aunque tenía la mejilla aplastada contra la colchoneta, como si la tuviera pegada al suelo.

—Gracias —dijo con la respiración agitada.

Z estiró el brazo y lo ayudó a levantarse. Al fondo se oyó el sonido de una puerta que se abría.

A John casi se le salen los ojos de las órbitas cuando vio lo que estaba entrando por la puerta. Bueno, *mierda...* eso explicaba dónde había estado Qhuinn toda la tarde.

El hombre que venía caminando lentamente por entre las colchonetas medía uno noventa, pesaba ciento veinte kilos y tenía cierto parecido con alguien que el día anterior no pesaba más que un bulto de comida para perros. Qhuinn había pasado por la transición. Dios, por eso no se había comunicado ni había mandado ningún mensaje durante el día. Estaba ocupado desarrollando un cuerpo nuevo.

Al ver que John lo saludaba con la mano, Qhuinn hizo un gesto de asentimiento, como si tuviera el cuello tieso o le doliera mucho la cabeza. Tenía un aspecto horrible y se movía como si le doliera cada hueso del cuerpo. También jugueteaba con el cuello de su nueva camiseta talla XXXL, como si le estuviera molestando, y todo el tiempo se ajustaba los vaqueros con una mueca de dolor. Tenía un ojo morado, lo cual era una sorpresa, pero tal vez se había golpeado con algo en medio del proceso de transición. Decían que uno daba muchas vueltas cuando estaba experimentando el cambio.

—Me alegro de que hayas venido —dijo Zsadist.

Al responder, la voz de Qhuinn sonó más profunda, con una cadencia totalmente distinta de la voz de antes.

—Quería venir, aunque no puedo hacer ejercicio.

—Buena cosa. Puedes descansar un poco por allí.

Mientras Qhuinn se apartaba de las colchonetas, su mirada se cruzó con la de Blay y los dos sonrieron muy lentamente. Luego miraron a John.

Con lenguaje de signos, Qhuinn dijo:

—Nos vemos en la habitación de Blay después de clase. Tengo un montón de cosas que contaros.

Cuando John asintió con la cabeza, la voz de Z tronó en medio del gimnasio.

—Se acabó el recreo, señoritas. No me hagáis romperos el culo, porque lo haré.

John volvió a mirar a su pequeño contrincante y adoptó la posición de ataque.

Aunque uno de sus compañeros había muerto a causa de la transición, John estaba desesperado porque a él también le tocara. Claro que estaba muerto de miedo, pero era mejor estar muerto a seguir siendo un ser despreciable y asexuado, que estaba en el mundo a merced de los demás.

Estaba más que preparado para convertirse en un hombre.

Tenía algunos asuntos familiares que arreglar con los restrictores.

Dos horas después, V se encontraba más satisfecho que nunca. Como era de esperar, la mujer no estaba en condiciones de desmaterializarse, así que V le puso una bata encima, la hipnotizó hasta dejarla en un estado de aturdimiento y la bajó en el ascensor de carga del edificio. Fritz estaba esperando en la acera con el coche. El anciano doggen no hizo ninguna pregunta después de recoger la dirección de la muchacha.

Como siempre, el mayordomo era como un enviado de Dios.

Más tarde, cuando se encontraba otra vez solo en el ático, V se sirvió un poco de Goose y se sentó en la cama. La mesa estaba cubierta de cera endurecida, sangre, el producto de la excitación de la muchacha y los resultados de los orgasmos de V. Había sido una sesión más bien sucia. Pero así eran las sesiones aceptables.

Le dio un largo trago a su vaso. En medio del denso silencio del lugar, después de satisfacer sus perversiones, en medio del golpe helado de su cruda realidad, su mente se llenó de una cascada de imágenes sensuales. Aunque la vio por pura casualidad, V se había apropiado de la escena que había visto hacía unas semanas, como si fuera un ladrón, y la había guardado en su lóbulo frontal aunque no le pertenecía.

Hacía unas semanas había visto a Butch y a Marissa… juntos. Ocurrió cuando el policía estaba en la clínica de Havers en cuarentena. En la esquina de la habitación de la clínica había una videocámara y V los vio por accidente en la pantalla del ordenador: ella estaba vestida con un traje brillante color melocotón y él llevaba un pijama de hospital. Se estaban besando larga y apasionadamente y era evidente que sus cuerpos ardían de deseo.

Con el corazón en la boca, V vio cómo Butch daba media vuelta y se montaba sobre ella y luego vio cómo la bata se le abría, dejando expuestos los hombros, la espalda y las caderas. Cuando Butch empezó a moverse de manera rítmica, V vio cómo la columna se le doblaba y después volvía a estirarse, mientras las manos de ella se deslizaban hacia el trasero de él y le clavaba las uñas.

Fue hermoso verlos juntos. Eso no se parecía en nada a ese sexo violento que V había tenido toda la vida. Allí había amor e intimidad y… dulzura.

Vishous aflojó el cuerpo y se dejó caer sobre el colchón, mientras el vaso se giraba un poco y casi derrama el contenido. Dios, ¿cómo sería tener esa clase de sexo?, se preguntó V. ¿Le gustaría? Tal vez sintiera claustrofobia. No estaba seguro de poder resistir las manos de alguien por todo el cuerpo y no se podía imaginar cómo sería estar totalmente desnudo.

Pero luego pensó en Butch y decidió que probablemente todo dependía de la persona con la que uno estuviera.

Se cubrió la cara con la mano buena y deseó que sus sentimientos se evaporaran. Se odiaba por pensar esas cosas, por el apego que sentía, por sus arrepentimientos inútiles y la conocida sensación de vergüenza que llegaba con la fatiga. Al sentir que un cansancio que le calaba hasta los huesos se iba apoderando lentamente de él desde la cabeza hasta los pies, V trató de luchar contra esa sensación, pues sabía que era peligrosa.

Pero esta vez no pudo. Ni siquiera logró una pequeña victoria. Cerró los ojos pesadamente, al mismo tiempo que el miedo recorría su columna vertebral y le ponía la piel de gallina.

¡Ay… mierda! Se estaba quedando dormido.

Aterrorizado, trató de abrir los párpados, pero era demasiado tarde. Se habían vuelto duros y pesados, como si fueran paredes de ladrillo. El vértice del remolino lo había atrapado y se lo estaba tragando, a pesar de lo mucho que él intentaba liberarse.

Aflojó la mano que sostenía el vaso y a lo lejos notó que éste caía al suelo, haciéndose añicos. Su último pensamiento fue que él era como ese vaso de vodka, que se derramaba y se rompía, sin poder mantenerse de una pieza.

Un par de manzanas más allá, hacia el oeste, Phury cogió su Martini y se recostó contra el sofá de cuero en el Zero Sum. Él y Butch habían estado bastante callados desde que aterrizaron en el club, cerca de media hora antes, y se dedicaban sólo a observar la gente desde la mesa de la Hermandad.

Dios sabía que había muchas cosas que ver.

Al otro lado de una pared formada por una cascada, la pista de baile del club se mecía con música tecno y una cantidad de humanos que bailaban empujados por oleadas de éxtasis y cocaína y que hacían cosas sucias, vestidos con ropa de marca. Sin embargo, la Hermandad nunca se mezclaba con la chusma. Su pequeña propiedad estaba en la sala VIP, una mesa situada al fondo, junto a la salida de emergencia. El club era un buen sitio para relajarse y descansar. La gente no los molestaba, el alcohol era de primera y estaba en pleno centro, donde la Hermandad hacía la mayor parte de su trabajo de cacería.

Además, el dueño se había convertido en pariente, ahora que Bella y Z estaban juntos. Rehvenge, el hombre que dirigía el club, era el hermano de Bella.

Y también el proveedor de Phury.

Mientras le daba un buen sorbo a su copa agitada-pero-no-revuelta, Phury pensó que esta noche iba a hacer otra compra. Sus reservas ya se estaban agotando de nuevo.

Una rubia pasó contoneándose junto a la mesa con sus pechos bamboleándose como manzanas debajo de una blusa de lentejuelas platcadas. Su minifalda le marcaba las nalgas y el tanga de lamé. Con aquel atuendo parecía que iba medio desnuda.

Tal vez la palabra que estaba buscando era *vulgar*.

Era una chica típica. La mayoría de las humanas que se paseaban por la sala VIP estaban en el límite de que las arrestaran por indecencia; pero, claro, las damas tendían a ser profesionales o el equivalente civil de las prostitutas. Cuando la puta se sentó en el sillón de al lado, Phury se preguntó por una fracción de segundo cómo sería comprar un rato con alguien como ella.

Llevaba tanto tiempo siendo célibe que parecía totalmente inconcebible pensar en algo como eso, y mucho menos poner en práctica la idea. Pero tal vez eso le ayudaría a sacarse a Bella de la cabeza.

—¿Has visto algo que te guste? —preguntó Butch, arrastrando las palabras.

—No sé de qué estás hablando.

—¿Ah, no? ¿Quieres decir que no te fijaste en esa rubia que acaba de pasar por aquí? ¿Ni en la manera como te miraba?

—No es mi tipo.

—Entonces busca una morena de pelo largo.

—Me da igual. —Cuando Phury terminó su Martini, sintió deseos de tirar el vaso contra la pared. Mierda, no podía creer que hubiese llegado a pensar siquiera en pagar por tener sexo.

Desesperado. Perdedor.

Dios, necesitaba un porro.

—Vamos, Phury, tienes que saber que todas las chicas de aquí te miran de arriba abajo cada vez que vienes. Deberías intentarlo con alguna.

Bueno, *demasiadas* personas habían decidido presionarlo hoy.

—No, gracias.

—Sólo digo que…

—Púdrete y cállate.

Butch soltó una maldición entre dientes y no dijo nada más. Lo cual hizo que Phury se sintiera como un desgraciado. Tal y como debería sentirse.

—Lo siento.

—No es nada.

Phury llamó con la mano a una camarera, que se acercó enseguida. Mientras la muchacha se llevaba el vaso vacío, él murmuró:

—Ella trató de conseguirme una cita con alguien esta noche.

—¿Perdón?

—Bella. —Phury agarró una servilleta empapada y comenzó a doblarla en cuadraditos—. Dijo que había una trabajadora social en Safe Place.

—¿Rhym? Ah, es súper…

—Pero yo…

—¿No estás interesado? —Butch sacudió la cabeza—. Phury, hermano, sé que probablemente me vas a volver a insultar, pero es hora de que te intereses. Esa mierda tuya con las mujeres tiene que terminar.

Phury tuvo que soltar una carcajada.

—No podías ser menos directo, ¿verdad?

—Mira, tú necesitas vivir un poco —dijo Butch.

Entonces Phury señaló con la cabeza a la rubia biónica.

—¿Y tú crees que pagar por tener sexo es vivir un poco?

—A juzgar por la manera en que te está mirando, creo que no tendrías que pagar.

Phury se obligó a imaginarse la escena. Se imaginó levantándose y yendo hasta donde estaba la mujer. Agarrándola del brazo y llevándola a uno de los baños privados. Tal vez ella se la chupara. Tal vez él la montara sobre el lavabo y le abriera las piernas y se la metiera hasta tener un orgasmo. ¿Cuánto tiempo habría pasado? Quince minutos, a lo sumo. Después de todo, él podía ser virgen, pero la mecánica del sexo era bastante simple. Todo lo que su cuerpo necesitaba era que lo agarraran con fuerza, un poco de fricción y estaría listo.

Bueno, en teoría. En este momento su verga estaba totalmente flácida. Aunque quisiera perder la virginidad esa noche, no sería posible. Al menos, con ella no.

—Yo estoy bien —dijo. La camarera llegó con otro Martini. Después de darle vueltas a la aceituna con el dedo, se la metió en la boca—. De verdad. Estoy bien.

Los dos volvieron a quedarse en silencio y entre ellos sólo se escuchaba el lejano golpeteo de la música, que llegaba desde el otro lado de la pared. Phury estaba a punto de hablar de deportes, porque no soportaba el silencio, cuando vio que Butch se ponía tenso.

Una mujer que estaba al otro extremo de la sala VIP los estaba observando fijamente. Era esa jefa de seguridad, la que tenía cuerpo de hombre y un corte de pelo masculino. Hablando de un hueso duro de roer. Phury la había visto esposando a humanos borrachos como si estuviera azotando perros con un periódico.

Pero, un momento, no estaba mirando a Phury. Tenía los ojos clavados en Butch.

—¡Vaya! Alguna vez estuviste con ella, ¿verdad? —preguntó Phury.

Butch encogió los hombros y le dio un sorbo al Lag que tenía en el vaso.

—Sólo una vez. Y fue antes de Marissa.

Phury volvió a mirar a la mujer y no pudo evitar preguntarse cómo habría sido esa relación. Parecía el tipo de mujer que puede hacer que un hombre vea las estrellas. Y no necesariamente de placer.

—¿Es bueno el sexo anónimo? —preguntó, sintiéndose como si tuviera doce años.

Butch esbozó una sonrisa lenta, discreta.

—Yo solía pensar que sí. Pero cuando es lo único que conoces, claro, la pizza fría te parece fantástica.

Phury le dio un sorbo a su Martini. Pizza fría, vaya. Así que eso era lo que le esperaba. ¡Qué atractivo!

—Mierda, no quisiera ser aguafiestas. Sólo que es mejor con la persona correcta. —Butch se tragó su whisky. Cuando vio que una camarera venía a recoger el vaso para traerle otro, dijo—: No, hoy quiero más. Gracias.

—¡Espera! —dijo Phury, antes de que la mujer se marchara—. Yo sí quiero otro. Gracias.

Vishous supo que el sueño lo había atrapado porque se sintió feliz. La pesadilla siempre comenzaba con él en un estado de dicha total. Al principio estaba absolutamente feliz, se sentía completo, un cubo de Rubik resuelto.

Luego se oía un disparo. Y una inmensa mancha roja brillante estallaba en su camisa. Y un grito cortaba el aire, que parecía tan denso como un muro.

El dolor lo atenazaba como si lo hubiesen alcanzado las esquirlas de una bomba, como si estuviese empapado en gasolina y alguien encendiera una cerilla, como si le estuvieran quitando la piel a pedacitos.

Ay, Dios, se estaba muriendo. Nadie podía sobrevivir a semejante agonía.

Cayó de rodillas y…

Se levantó de la cama como si alguien le hubiese dado una patada en la cabeza.

En medio de la jaula de paredes negras y cristales rodeados de oscuridad del ático, su respiración parecía una sierra que estuviera cortando dura madera. Mierda, el corazón le estaba palpitando tan rápido que sentía que tenía que ponerse las manos sobre el pecho para que no se le saliera.

Necesitaba un trago… *ahora.*

Mientras notaba las piernas como si fueran de trapo, V se dirigió hasta el bar, cogió un vaso limpio y se sirvió un trago triple de Grey Goose. Ya tenía el vaso casi en los labios, cuando se dio cuenta de que no estaba solo.

Se sacó una daga negra del cinturón y se dio media vuelta rápidamente.

—Sólo soy yo, guerrero.

¡Dios mío! La Virgen Escribana estaba frente a él, envuelta en un manto negro de la cabeza a los pies, con la cara cubierta, y su figura diminuta dominando el ático. Por debajo de su manto un resplandor se reflejaba en el suelo de mármol, tan brillante como el sol de mediodía.

Ah, éste era exactamente el público que V quería tener ahora. Vaya, vaya.

Hizo una reverencia y se quedó quieto, mientras trataba de encontrar la forma de darle un sorbo al vaso estando en esa posición.

—Me siento honrado.

—¡Qué mentiroso! —exclamó ella secamente—. Levántate, guerrero. Quiero ver tu rostro.

V hizo su mejor esfuerzo por poner cara de hola-cómo-te-va, en lugar de la expresión de maldita-sea que tenía en este momento. ¡Maldición! Wrath lo había amenazado con denunciarlo ante la Virgen Escribana si no era capaz obedecer las reglas. Parece que había cumplido su palabra.

Mientras se enderezaba, V pensó si darle un sorbo al vodka podría ser considerado como un insulto.

—Sí, así sería —dijo la Virgen Escribana—. Pero haz lo que debes hacer.

Se tomó el vodka como si fuera agua y volvió a poner el vaso en el mueble bar. Quería más, pero con algo de suerte la visita de la Virgen no sería muy larga.

—El propósito de mi visita no tiene nada que ver con tu rey. —La Virgen Escribana se acercó flotando y se detuvo cuando estaba apenas a unos treinta centímetros de él. V combatió el impulso de dar un paso hacia atrás, en especial cuando ella estiró una mano resplandeciente y le acarició la mejilla. El poder de la Virgen Escribana era como el de un rayo: letal y preciso. Uno nunca quería ser su blanco—. Es la hora.

«¿Hora de qué?», pensó V, pero guardó silencio. Uno no le hacía preguntas a la Virgen Escribana. A menos que quisiera agregar a su currículum el honor de haber sido utilizado para limpiar el suelo.

—Tu cumpleaños se acerca.

Cierto, pronto cumpliría trescientos tres años, pero no se le ocurría ninguna razón para que eso lo hiciera merecedor de una visita de la Virgen Escribana. Si quería desearle un feliz cumpleaños, una tarjeta por correo habría sido suficiente. Joder, podía sacar una tarjeta electrónica de felicitación y mandársela ese día.

—Y tengo un regalo para ti.

—Me siento honrado. —Y confundido.

—Tu compañera está lista.

Vishous tembló de arriba abajo, como si alguien lo hubiese pinchado en el trasero con un cuchillo.

—Perdón, pero qué… —«Sin preguntas, idiota»—. Ah… con el debido respeto, yo no tengo compañera.

—Sí la tienes. —La Virgen dejó caer su brazo resplandeciente—. La he escogido entre todas las Elegidas para que sea tu primera compañera. Es la de sangre más pura, la belleza más sublime. —Al ver que V abría la boca, la Virgen Escribana siguió hablando como si fuera una apisonadora—. Vosotros dos os aparearéis y procrearéis y luego tú también engendrarás hijos con las demás. Tus hijas vendrán a engrosar las filas de las Elegidas. Tus hijos se convertirán en miembros de la Hermandad. Ése es tu destino: convertirte en el Gran Padre de las Elegidas.

La palabra Gran Padre cayó como una bomba de hidrógeno.

—Discúlpame, Virgen Escribana… Eh… —V se aclaró la garganta y recordó que si uno hacía enfadar a su santidad, después se necesitaban unas pinzas para recoger los pedazos humeantes de lo que quedaba—. No es mi intención ofenderte, pero yo no voy a tomar compañera, pues mi propia…

—Sí lo harás. Y te aparearás con ella mediante la ceremonia apropiada y ella dará luz a tu descendencia. Al igual que lo harán las otras.

De repente, V se imaginó atrapado en el Otro Lado, rodeado de mujeres, si poder pelear, sin poder ver a sus hermanos… o… Dios, a Butch… y se quedó con la boca abierta.

—Mi destino es ser guerrero. Con mis hermanos. Yo estoy donde debo estar.

Además, con lo que le habían hecho, ¿sería posible que él tuviera descendencia?

V esperaba que la Virgen se enfureciera por su insubordinación, pero en lugar de eso dijo:

—Es muy temerario por tu parte negar la posición que se te ha asignado. Eres tan parecido a tu padre…

Error. Él y el Sanguinario no tenían *nada* en común.

—Santidad…

—Harás lo que te digo. Y te someterás por tu propia voluntad.

La respuesta de V no se hizo esperar, violenta y dura.

—Para eso necesitaría una maldita buena razón.

—Tú eres mi hijo.

V dejó de respirar y sintió que su pecho se convertía en cemento. Seguramente era una generalización…

—Hace trescientos tres años saliste de mi vientre. —De pronto, se levantó la capucha que cubría la cara de la Virgen Escribana, dejando al descubierto una belleza fantasmagórica y etérea—. Levanta tu llamada mano maldita y verás nuestra verdad.

Con el corazón en la garganta, V levantó su mano enguantada y se quitó el guante de cuero con torpeza. Horrorizado, se quedó observando lo que había detrás de la piel tatuada: el resplandor de su mano era idéntico al de ella.

¡Por Dios! ¿Por qué nunca antes había establecido la conexión?

—Tu ceguera —dijo ella— te permitió negarlo. Sencillamente no querías ver la verdad.

V se alejó de ella con pasos inseguros. Cuando tropezó con el colchón, se dejó caer y se dijo que aquél no era momento para perder la cabeza…

Pero, espera… tal vez ya la había perdido. Y eso era bueno porque, de otra manera, en este momento estaría gritando como loco.

—¿Cómo… es posible? —Sí, ésa era una pregunta, pero ¿a esas alturas a quién le importaba?

—Sí, supongo que, por esta vez, puedo perdonarte por hacer esa pregunta. —La Virgen Escribana flotó alrededor de la habitación, desplazándose sin caminar, mientras su vestido permanecía congelado, como si estuviera tallado en piedra. En medio del silencio, V pensó que ella le recordaba a una pieza de ajedrez: la reina, aquella ficha que, a diferencia del resto de las piezas del tablero, podía desplazarse en todas direcciones.

Cuando por fin habló, su voz parecía de ultratumba. Imbuida de autoridad.

—Yo quería saber cómo era la concepción y el alumbramiento físico, así que adopté una forma que me permitiera tener relaciones sexuales y me marché al Viejo Continente en estado de fertilidad. —De pronto se detuvo frente a las puertas de cristal de la terraza—. Elegí al hombre con base en lo que creía que eran los atributos masculinos más deseables para la supervivencia de la especie: fuerza y astucia, poder y agresión.

V pensó en su padre y trató de imaginarse a la Virgen Escribana teniendo relaciones con él. Mierda, eso debió de ser una experiencia brutal.

—Así fue —continuó ella—. Recibí exactamente lo que había ido a buscar y obtuve la dosis completa. Cuando el apareamiento comenzó, ya no hubo manera de echarse para atrás y él hizo honor a su naturaleza. Sin embargo, al final se negó a darme su semilla. De alguna manera sabía lo que yo quería y sabía quién era.

Sí, su padre era excelente para descubrir las motivaciones de los demás y aprovecharlas en beneficio propio.

—Probablemente fue ingenuo por mi parte pensar que podría pasar inadvertida para un macho como él. Ciertamente era astuto. —La Virgen Escribana miró a V desde el otro extremo de la habitación—. Me dijo que sólo me daría su semilla si le entregaba un hijo varón. Nunca había logrado engendrar un varón y sus instintos de guerrero querían tener esa satisfacción. Yo, sin embargo, quería a mi hijo para las Elegidas. Tu padre podía entender de tácticas y estrategias, pero no era el único. Yo también conocía bien sus debilidades y tenía el poder de garantizar el sexo de la criatura. Acordamos que él te tendría tres años después del nacimiento, durante tres siglos, y podría entrenarte para combatir en este lado. Después, tú servirías a mi propósito.

¿El propósito de ella? ¿El propósito de su padre? Mierda, ¿y él no tenía nada que opinar en el asunto?

La Virgen Escribana continuó en voz más baja.

—Después de llegar a un acuerdo, él me obligó a complacerlo durante horas y horas, hasta que la forma que había adoptado casi muere en el proceso. Estaba poseído por la necesidad de concebir y yo lo soporté porque también quería lo mismo.

Soportarlo era la expresión correcta. Al igual que el resto de los machos que vivían en el campamento de guerreros, V había sido obligado a observar a su padre teniendo relaciones sexuales. El Sanguinario no distinguía entre pelear y follar y no hacía ninguna concesión con respecto al tamaño o la fragilidad de las hembras.

La Virgen Escribana comenzó a moverse de nuevo por la habitación.

—Te entregué en el campamento el día que cumpliste tres años.

De repente V cobró conciencia del zumbido que sentía en la cabeza, como si un tren estuviera ganando velocidad. Gracias a ese bonito acuerdo entre sus padres, él había llevado una vida miserable, tratando siempre de superar las consecuencias de la crueldad de su padre y las perversas lecciones del campamento de guerreros.

—¿Y tú sabes lo que él me hizo? ¿Lo que me hicieron allí? —preguntó V, con una voz que parecía un gruñido.

—Sí.

V decidió mandar a la mierda todas las reglas de cortesía y dijo:

—Entonces, ¿por qué demonios me dejaste allí?

—Porque había empeñado mi palabra.

V se puso de pie rápidamente y se llevó la mano a la entrepierna.

—Me alegra saber que tu honor se ha mantenido intacto, aunque a mí no me pasó lo mismo. Sí, ése es un intercambio muy justo.

—Puedo comprender tu rabia…

—¿De verdad puedes, *mamá*? Ah, eso me hace sentir mucho mejor. Pasé veinte años de mi vida luchando por sobrevivir en esa letrina. ¿Y qué conseguí? Que mi cabeza y mi cuerpo se volvieran una mierda. ¿Y ahora tú quieres que yo me convierta en tu semental? —V sonrió con frialdad—. ¿Qué pasaría si no puedo dejarlas embarazadas? Si sabes lo que me ocurrió, ¿no has pensado en eso?

—Sí puedes.

—¿Cómo lo sabes?

—¿Acaso crees que hay alguna parte de mi hijo que no pueda ver?

—Tú… *perra* —susurró.

Una oleada de calor brotó del cuerpo de la Virgen Escribana, lo suficientemente caliente como para chamuscarle las cejas y luego su voz tronó en todo el ático.

—No te olvides de quién soy, guerrero. Me equivoqué al elegir a tu padre y los dos sufrimos por ese error. ¿Acaso crees que no me importó ver el curso que siguió tu vida? ¿Crees que te miraba desde lejos y me quedaba impávida? Me sentí morir todos los días al pensar en ti.

—Bueno, ahora sí pareces una maldita madre Teresa —gritó V, consciente de que su propio cuerpo había comenzado a calentarse—. Se supone que eres todopoderosa. Si te hubiera importado, aunque fuera un poco, podrías haber intervenido…

—Uno no elige su destino, se lo asignan…

—¿Quién se lo asigna? ¿Tú? Entonces, ¿es a ti a quien debo odiar por todas las malditas cosas que me hicieron? —Ahora

V estaba resplandeciendo de arriba abajo; ni siquiera tuvo que bajar la mirada para saber que lo que estaba dentro de su mano se había extendido por todo su cuerpo. Exactamente igual a ella—. ¡Dios! ¡Maldita sea!

—Hijo…

V enseñó los colmillos.

—No me llames así. *Nunca.* Madre e hijo… Tú y yo no somos eso. Mi madre habría hecho algo. Cuando yo no podía defenderme, mi madre habría estado allí…

—Yo quería estar…

—Cuando yo estaba sangrando, herido y aterrorizado, mi madre habría estado allí. Así que no me vengas ahora con esa mierda de mi hijo querido.

Hubo un largo silencio. Luego se oyó la voz de la Virgen Escribana, clara y fuerte.

—Te presentarás ante mí al terminar mi retiro, que comienza esta noche. Se te mostrará a tu compañera como una formalidad. Regresarás cuando ella esté adecuadamente preparada para que la sirvas y harás lo que fuiste concebido para hacer. Y lo harás por tu propia elección.

—De ninguna manera. Y al diablo contigo.

—Vishous, hijo del Sanguinario, lo harás porque, si no lo haces, la raza no sobrevivirá. Si existe alguna esperanza de soportar la carnicería de la Sociedad Restrictiva, se necesitan más hermanos. Los miembros de la Hermandad no son más que un puñado ahora. En épocas anteriores había veinte o treinta guerreros como vosotros. ¿De dónde podrían salir más guerreros si no es de un linaje cuidadosamente seleccionado?

—Tú permitiste que Butch entrara en la Hermandad, y él no era…

—Ésa fue una dispensa especial para honrar el cumplimiento de una profecía. Pero no es lo mismo y tú lo sabes muy bien. Su cuerpo nunca será tan fuerte como el tuyo. Si no fuera por su poder innato, nunca podría funcionar como un hermano.

V desvió la mirada.

La supervivencia de la especie. La supervivencia de la Hermandad.

Mierda.

Se paseó un poco y terminó junto a su mesa de operaciones y su pared de juguetes.

—Yo no soy el indicado para esa clase de trabajo. No soy un héroe. No estoy interesado en salvar el mundo.

—La lógica está en la biología y no se puede contradecir.

Vishous levantó su mano resplandeciente y pensó en la cantidad de veces que la había usado para incinerar cosas. Casas. Coches.

—¿Y qué hay de esto? ¿Quieres tener a toda una generación con una maldición como la mía? ¿Qué sucederá si mis descendientes heredan esto?

—Es un arma excelente.

—Lo mismo que una daga, pero uno no incinera a sus amigos con una daga.

—Tú recibiste una bendición, no una maldición.

—¿Ah, sí? Trata de vivir con esto.

—El poder exige sacrificio.

V soltó una carcajada.

—Bueno, pues yo renunciaría a esto en cualquier momento con tal de ser normal.

—No obstante, tienes un deber para con tu especie.

—Ah, sí, claro. De la misma forma que tú tenías un deber con el hijo que trajiste al mundo. Será mejor que reces para que yo resulte más consciente de mis responsabilidades.

V se quedó mirando la ciudad por la ventana y pensando en la cantidad de civiles que había visto golpeados, heridos y muertos a manos de los restrictores del Omega. Miles de inocentes habían muerto a lo largo de los siglos a manos de esos bastardos, y la vida ya era suficientemente difícil como para que, además, a uno lo estuvieran persiguiendo. Él debería saberlo.

Demonios, detestaba pensar que la Virgen Escribana tenía razón en cuanto a la lógica. Ahora sólo había cinco miembros en la Hermandad, incluso con la entrada de Butch: de acuerdo con la ley, Wrath no podía combatir porque era el rey. Tohrment había desaparecido. Darius había muerto el verano anterior. Así que sólo había cinco para enfrentarse a un enemigo que estaba siempre en continua renovación. Para empeorar las cosas, los restrictores tenían una fuente infinita de humanos que podían arrastrar a sus filas de inmortales, mientras que los hermanos tenían que nacer y ser criados como tales y sobrevivir a la transición. Claro, los estudiantes que estaban entrenando en la parte posterior del complejo se convertirían algún día en soldados. Pero esos chicos nunca poseerían el tipo de poder y resistencia, ni la capacidad de curación que tenían los descendientes de la Hermandad.

Y en cuanto a la posibilidad de procrear más hermanos... no había muchos padres donde escoger. Al ser el rey, Wrath podía estar con cualquier mujer de la especie, pero estaba absolutamente enamorado de Beth. Al igual que lo estaban Rhage y Z de sus mujeres. Suponiendo que Tohr todavía estuviera vivo y alguna vez regresara, no iba a tener ánimo de dejar embarazadas a las Elegidas. Phury era la otra posibilidad, pero era célibe y tenía el corazón roto. En realidad no era un hombre de los que se enredan con putas.

—Mierda. —Mientras V reflexionaba sobre la situación, la Virgen Escribana guardó silencio. Como si supiera que una sola palabra de ella podría hacer que mandara todo a paseo, incluida la raza.

Finalmente se volvió hacia ella.

—Lo haré, pero con una condición.

—¿Cuál?

—Viviré aquí, con mis hermanos. Pelearé con mis hermanos. Iré al Otro Lado para... —¡Mierda! ¡Ay, Dios!— acostarme con quien sea. Pero mi hogar está aquí.

—El Gran Padre vive...

—Pero éste no, así que tómalo o déjalo. —V miró a la Virgen Escribana con odio—. Y quiero que sepas una cosa. Soy lo suficientemente egoísta como para marcharme ahora mismo de aquí si tú no aceptas. Y entonces, ¿qué harías? Después de todo, no me puedes obligar a follar con mujeres durante el resto de mi vida, a menos que tú misma quieras ocuparte de mi verga. —Sonrió con frialdad—. Qué tal esa lección de biología, ¿eh?

Ahora fue la Virgen Escribana la que empezó a pasearse por la habitación. Mientras V la observaba y esperaba, pensó con odio en que los dos parecían reflexionar de la misma manera, moviéndose.

La Virgen se detuvo junto a la mesa, sacó una mano resplandeciente y la pasó por encima de la tabla de madera. Los restos de la sesión de sexo se evaporaron y todo el desorden desapareció, como si ella no aprobara lo sucedido.

—Pensé que tal vez te gustaría una vida de placeres. Una vida en la que estuvieras protegido y no tuvieras que pelear.

—¿Y desperdiciar todo ese cuidadoso entrenamiento que recibí de la mano de mi padre? Eso *sí* que sería un desperdicio. En cuanto a la protección, me habría sido muy útil hace trescientos años. Ya no.

—Pensé que tal vez… te gustaría tener una compañera propia. La que escogí para ti tiene el mejor linaje. Una muchacha de sangre pura, elegante y hermosa.

—Y también escogiste a mi padre, ¿cierto? Entonces tendrás que disculparme si no muestro demasiado entusiasmo.

La mirada de la Virgen Escribana se posó sobre el equipo de juguetes eróticos.

—Te gustan los apareamientos… tan bruscos.

—Soy hijo de mi padre. Tú misma lo dijiste.

—No podrás ejercer estas… prácticas sexuales con tu compañera. Sería vergonzoso y terrible para ella. Y no puedes estar con ninguna otra mujer distinta de las Elegidas. Eso sería una degradación.

V trató de imaginarse cómo sería renunciar a sus tendencias.

—Mi monstruo necesita salir de vez en cuando. En especial ahora.

—¿Ahora?

—Vamos, mamá. Tú conoces todo de mí, ¿no? Así que ya debes saber que dejé de tener visiones y estoy medio psicótico por la falta de sueño. Con seguridad sabes que la semana pasada salté desde este edificio. Cuanto más tiempo continúe esto, peor me voy a poner, en especial si no puedo hacer un poco de… ejercicio.

La Virgen Escribana hizo un gesto de desprecio que indicaba que no estaba de acuerdo.

—No ves nada porque te encuentras en medio de una encrucijada en tu propio camino. Y el libre albedrío no se puede ejercer si uno sabe cuál será el resultado final; en consecuencia, la parte de ti que puede ver el futuro se suprime a sí misma de manera natural. Ya regresará.

Por alguna razón totalmente absurda, V sintió una sensación de alivio, aunque siempre había combatido la intrusión del destino de los demás en su cabeza, desde que comenzó a tener visiones hacía varios siglos.

Luego de repente comprendió una cosa.

—Tú no sabes lo que sucederá conmigo, ¿verdad? No sabes qué voy a hacer.

—Quiero tu palabra de que cumplirás con tus deberes en el Otro Lado. Que te encargarás de lo que hay que hacer allí. Y la quiero ahora.

—Dilo. Di que no sabes lo que pasará. Si quieres mi promesa, concédeme eso.

—¿Para qué?

—Quiero saber que hay algo sobre lo que tú no tienes poder —dijo V con rabia—. Para que sepas cómo me siento.

El calor que emanaba de la Virgen Escribana fue subiendo hasta convertir el ático en una sauna. Pero luego dijo:

—Tu destino es el mío. No conozco tu camino.

V cruzó los brazos sobre el pecho y se sintió como si le fueran a pasar una soga alrededor del cuello y estuviera parado en una silla raquítica. Maldición.

—Tienes mi palabra.

—Toma esto y acepta tu denominación como Gran Padre. —La Virgen Escribana le alcanzó un pesado medallón de oro, atado a una cuerda de seda negra. Cuando V agarró el medallón, la Virgen asintió una vez con la cabeza para sellar su pacto—. Ahora me iré e informaré a las Elegidas. Mi retiro termina en varios días a partir de hoy. Vendrás a mí en ese momento y serás instalado como el Gran Padre. —La capucha negra volvió a levantarse sin que ella tuviera que usar las manos. Justo antes de que cayera sobre su rostro resplandeciente, la Virgen se despidió—: Hasta entonces. Cuídate.

Luego desapareció sin hacer ningún ruido ni ningún movimiento, como una luz que se extingue.

V se dirigió hasta la cama antes de que sus rodillas lo traicionaran. Cuando su trasero tocó el colchón, se quedó mirando el medallón. El oro era antiguo y estaba marcado con caracteres en lengua antigua.

No quería tener hijos. Nunca había querido tenerlos. Aunque suponía que, bajo estas circunstancias, no era más que un donante de esperma. En realidad, no tendría que ser el padre de ninguno de esos hijos, lo cual era un alivio. No servía para eso.

Guardó el medallón en el bolsillo trasero de sus pantalones de cuero y se cogió la cabeza con las manos. De repente, recordó imágenes de él mientras crecía en el campamento de guerreros, recuerdos diáfanos y nítidos como un cristal. Tras soltar una maldición en lengua antigua, buscó su chaqueta, sacó el teléfono y tecleó un número de marcación rápida. Cuando se oyó la voz de Wrath al otro lado de la línea, también se oyó un zumbido al fondo.

—¿Tienes un minuto? —preguntó V.

—Sí, ¿qué sucede? —Al oír que V no respondía, Wrath bajó más la voz—. ¿Vishous? ¿Estás bien?

—No.

Luego se oyó un ruido y se oyó la voz de Wrath a lo lejos.

—Fritz, ¿podrías venir a aspirar más tarde? Gracias, hombre. —El zumbido cesó y se oyó una puerta que se cerraba—. Te escucho.

—¿Recuerdas… ah, recuerdas la última vez que te emborrachaste? ¿Que te emborrachaste de verdad?

—Mierda… Ah… —En medio de la pausa, V se imaginó las cejas negras del rey, hundiéndose detrás de las gafas oscuras—. Dios, creo que fue contigo. Por allá en mil novecientos, ¿cierto? Siete botellas de whisky entre los dos.

—En realidad fueron nueve.

Wrath soltó una carcajada.

—Empezamos a las cuatro de la tarde y tardamos… ¿cuánto?, ¿catorce horas? Estuve inconsciente durante todo el día siguiente. Cien años después y todavía creo que siento la resaca.

V cerró los ojos.

—Recuerdas que cuando estaba amaneciendo, yo, ah… ¿te dije que nunca había conocido a mi madre? ¿Que no tenía ni idea de quién era y qué había ocurrido con ella?

—La mayor parte de ese episodio es un recuerdo borroso, pero, sí, me acuerdo de eso.

Dios, estaban tan perdidos ese día. Borrachos como cubas. Y ésa era la única razón por la cual V había abierto un pequeño resquicio para hablar acerca de lo que le taladraba la cabeza día y noche.

—¿V? ¿Qué ocurre? ¿Esto tiene algo que ver con tu mahmen?

V se dejó caer sobre la cama. Cuando aterrizó, el medallón que tenía en el bolsillo se le clavó en el trasero.

—Sí… Acabo de conocerla.

CAPÍTULO

4

Al Otro Lado, en el santuario de las Elegidas, Cormia estaba sentada en un catre, en medio de su habitación blanca, con una pequeña vela encendida junto a ella. Llevaba el tradicional vestido blanco de las Elegidas, tenía los pies descalzos apoyados sobre el mármol blanco y las manos cruzadas en el regazo.

Estaba esperando.

Ella estaba acostumbrada a esperar. Era la naturaleza de la vida de las Elegidas. Esperaban a que el calendario de rituales les brindara alguna actividad. Esperaban a que la Virgen Escribana hiciera una aparición. Esperaban que la directrix les dijera cuáles eran las labores que debían desempeñar. Y esperaban con elegancia y paciencia y comprensión; de no ser así, degradarían la totalidad de la tradición de la cual formaban parte. Aquí ninguna hermana era más importante que otra. Como Elegidas, eran parte de un todo, una molécula entre muchas que formaban un cuerpo espiritual operativo… Cada una era al mismo tiempo de una importancia crucial y absolutamente insignificante.

¡Así que pobre de aquella mujer que fallara en sus deberes, no fuera a contaminar al resto!

Hoy, sin embargo, la espera conllevaba un peso inevitable. Cormia había pecado y estaba esperando su castigo con terror.

Durante mucho tiempo había deseado que le concedieran la transición, había deseado secretamente con impaciencia recibir la transición, pero no para bien de las Elegidas. Ella quería sentirse totalmente realizada por ella misma. Quería sentir que su respiración y los latidos de su corazón tenían un significado y pertenecían a un ser individual del universo y no al radio de una rueda. Y creía que el cambio era la llave que la llevaría a esa libertad privada.

El cambio le había sido concedido recientemente, cuando fue invitada a beber de la copa en el templo. Al comienzo se sintió entusiasmada y asumió que sus deseos clandestinos habían pasado inadvertidos y se habían cumplido. Pero luego llegó su castigo.

Al bajar la vista hacia su cuerpo, Cormia culpó a sus senos y a sus caderas por lo que estaba a punto de sucederle. Se culpó a sí misma por desear ser alguien específico. Debería haberse quedado como siempre había sido...

De pronto, la fina cortina de seda que tapaba el umbral se movió y la Elegida Amalya, una de las ayudantes personales de la Virgen Escribana, entró en la habitación.

—Entonces, ¿está arreglado? —preguntó Cormia, apretando los dedos hasta que le dolieron los nudillos.

Amalya sonrió de manera bondadosa.

—Así es.

—¿Dentro de cuánto tiempo?

—Él vendrá al término del retiro de su alteza.

La desesperación hizo que Cormia preguntara lo inconcebible.

—¿Y no podría ser otra de nosotras la escogida? Hay otras que lo desean.

—Tú has sido la elegida. —Al ver que los ojos de Cormia se llenaban de lágrimas, Amalya se acercó en medio de un silencio absoluto, pues sus pies descalzos no hacían ningún ruido—. Él será amable con tu cuerpo. Será...

—No es cierto. Es el hijo del guerrero llamado el Sanguinario.

Amalya retrocedió con sorpresa.

—¿Qué?

—¿Acaso la Virgen Escribana no te lo dijo?

—Su santidad sólo dijo que había hecho arreglos con uno de los miembros de la Hermandad, con un guerrero de buen linaje.

Cormia sacudió la cabeza.

—A mí me lo dijeron antes, cuando ella vino a mí la primera vez. Pensé que todas lo sabían.

Amalya adoptó una expresión de preocupación y frunció el ceño. Sin decir palabra, se sentó sobre la cama y abrazó a Cormia.

—No quiero que eso suceda —susurró Cormia—. Perdóname, hermana. Pero no quiero que suceda.

Entonces Amalya dijo con poca convicción:

—Todo irá bien… de verdad.

—¿Qué sucede aquí? —Una voz muy aguda las separó con más efectividad que un par de manos.

La directrix se detuvo en el umbral con mirada de sospecha. Con un curioso libro en una mano y un rosario de perlas negras en la otra, parecía la representación perfecta del propósito y la vocación de las Elegidas.

Amalya se puso de pie rápidamente, pero no intentó negar lo que había sucedido. Como Elegida, uno siempre debe regocijarse con su destino; un sólo momento de debilidad se consideraba como una aparente desviación por la cual había que sufrir una penitencia. Y a ellas las habían atrapado.

—Hablaré con la Elegida Cormia ahora —anunció la directrix—. A solas.

—Sí, por supuesto. —Amalya se dirigió a la puerta con la cabeza gacha—. Si me disculpáis, hermanas.

—Irás directamente al Templo de la Expiación.

—Sí, directrix.

—Y te quedarás allí durante el resto del ciclo. Si te veo en los patios, me sentiré muy decepcionada.

—Sí, directrix.

Cormia cerró los ojos y rezó por su amiga, mientras ésta salía de la habitación. ¿Todo un ciclo en el templo? Uno podía enloquecer por la falta de sensaciones.

La directrix habló de manera tajante.

—A ti también te enviaría allí, si no hubiera cosas que debes atender.

Cormia se secó las lágrimas.

—Sí, directrix.

—Deberás comenzar a prepararte desde ahora leyendo este libro. —El libro con encuadernación de cuero aterrizó sobre el diván—. Ahí están explicados los derechos del Gran Padre y tus obligaciones. Cuando hayas terminado, recibirás una tutoría sexual.

«¡Ay, Virgen santísima, por favor, que no sea con la directrix… por favor, que no sea con la directrix…!».

—Layla te instruirá. —Al ver que Cormia relajaba los hombros, la directrix comentó—: ¿Acaso debería ofenderme por el alivio que te produce saber que no soy yo quien va a enseñarte?

—En absoluto, hermana mía.

—Ahora me ofendes con la mentira. Mírame. *Mírame.*

Cormia levantó los ojos y no pudo evitar echarse hacia atrás con pavor, mientras la directrix clavaba sus ojos en ella.

—Deberás cumplir con tu deber y hacerlo bien o te expulsaré. ¿Me entiendes? Serás desterrada.

Cormia estaba tan aterrada que no pudo responder. ¿Desterrada? ¿Desterrada… al más allá?

—*Respóndeme.* ¿Está claro?

—S-sí, directrix.

—No te vayas a equivocar. La supervivencia de las Elegidas y del orden que he establecido aquí es lo único que importa. Cualquier individuo que se interponga en el camino será eliminado. Recuerda eso cuando tengas deseos de sentir pena por ti. Esto es un honor y podrá ser revocado con terribles consecuencias que yo definiré. ¿Está claro? *¿Está claro?*

Cormia no pudo hablar, así que se limitó a asentir con la cabeza.

La directrix asintió y un extraño destello iluminó sus ojos.

—A excepción de tu linaje, tú eres totalmente inaceptable. De hecho, la totalidad de esto es completamente inaceptable.

La directrix se marchó en medio de un murmullo de faldas, mientras la seda blanca de su ropaje la siguió, flotando tras ella.

Cormia se cogió la cabeza con las manos y se mordió el labio inferior, mientras contemplaba su destino: su cuerpo acababa de ser prometido a un guerrero que ella nunca había visto… el cual descendía de un padre salvaje y cruel… y sobre sus hombros descansaba la noble tradición de las Elegidas.

¿Honor? No, esto era un castigo… por la audacia de desear algo para ella.

Cuando llegó otro Martini, Phury trató de recordar si era el quinto, ¿o el sexto? No estaba seguro.

—Caramba, menos mal que no vamos a pelear hoy —dijo Butch—. Te estás tomando esa mierda como si fuera agua.

—Tengo sed.

—Eso imagino. —El policía estiró los músculos mientras seguía sentado en el sofá—. ¿Y cuánto tiempo más piensas quedarte ahí a rehidratarte, Lawrence de Arabia?

—No tienes que acompañarme…

—Échate a un lado, policía.

Phury y Butch levantaron la cabeza al tiempo. V acababa de aparecer frente a la mesa y parecía que algo le pasaba. Tenía los ojos muy abiertos y la cara pálida y tenía el aspecto de haber tenido un accidente, pero no estaba herido.

—Hola, hermano. —Butch se deslizó hacia la derecha para dejarle sitio en el sofá—. No creí que vinieras esta noche.

V se sentó y su chaqueta de cuero se infló, haciendo que los hombros se le vieran realmente inmensos. Con un gesto muy poco característico, comenzó a golpear la mesa con los dedos.

Butch frunció el ceño al verlo.

—Tienes un aspecto horrible. ¿Qué sucede?

Vishous se agarró las manos.

—No quisiera hablar aquí.

—Entonces, vayamos a casa.

—De ninguna manera. Voy a estar atrapado allí todo el día. —V levantó la mano. Cuando la camarera se acercó, puso un billete de cien sobre la bandeja—. Mantenme surtido de Goose, ¿vale? Y esto es sólo para la propina.

La chica sonrió.

—Con gusto.

Cuando la muchacha se marchó hacia la barra, como si llevara patines, V inspeccionó la sala VIP con la mirada y las cejas muy juntas. Mierda, la verdad es que no estaba mirando a la concurrencia sino buscando una pelea. Y sería posible que también estuviera… ¿resplandeciendo un poco?

Phury miró hacia la izquierda y se golpeó la oreja dos veces, para pasar un mensaje a los matones que vigilaban una puerta privada. El guardia de seguridad asintió y comenzó a hablar con su reloj de pulsera.

Momentos después, un tío inmenso con tupé salió por la puerta. Rehvenge iba vestido con un traje negro de corte perfecto y llevaba un bastón negro en la mano derecha. Mientras avanzaba lentamente hacia la mesa de la Hermandad, sus clientes se apartaban para abrirle paso, en parte por respeto a su tamaño y en parte porque su reputación le precedía y le tenían miedo. Todo el mundo sabía quién era y de lo que era capaz: Rehv era el tipo de traficante de drogas que se ocupaba personalmente de su negocio. Si uno lo hacía enfadar, terminaba en trocitos, como la comida del canal de cocina.

El cuñado mestizo de Zsadist estaba demostrando ser un asombroso aliado para la Hermandad, aunque la verdadera naturaleza de Rehv lo complicaba todo. No era muy inteligente meterse con un symphath. Ni literal ni metafóricamente. Así que era un amigo y un pariente más bien incómodo.

Su discreta sonrisa no dejaba ver casi los colmillos.

—Buenas noches, caballeros.

—¿Te molesta si usamos tu oficina para un asunto privado? —preguntó Phury.

—No voy a decir nada —vociferó V, al mismo tiempo que llegaba su bebida. Con un ágil movimiento de muñeca, se tomó todo el vaso como si tuviera fuego en las entrañas y el licor fuera agua—. No. Voy. A. Hablar.

Phury y Butch se miraron y enseguida hicieron un trato: lo obligarían a hablar.

—¿Tu oficina? —le dijo Phury a Rehvenge.

Rehv levantó la ceja con elegancia y sus ojos color amatista brillaron con astucia.

—No estoy seguro de que queráis usarla. Hay micrófonos por todas partes y cada sílaba que se dice allí queda grabada. A menos… claro… de que yo me encuentre dentro.

No era lo ideal, pero cualquier cosa que afectara a la Hermandad, afectaba a la hermana de Rehv, la compañera de Z. Así que aunque el tío era en parte symphath, tenía una motivación para guardar silencio sobre lo que ocurría.

Phury se deslizó por el sofá, se puso de pie y miró a V.

—Lleva tu copa.

—No.

Butch también se levantó.

—Entonces lo vas a dejar. Porque si no vamos a ir a casa, hablaremos aquí.

Los ojos de V relampaguearon. Y ésa no era la única parte de su cuerpo que estaba brillando.

—Mierda…

Butch se inclinó sobre la mesa.

—En este momento estás proyectando un aura como si tuvieras el trasero conectado a la pared. Así que te recomiendo que dejes esa mierda de que yo-soy-una-isla y lleves tus lamentables excusas para ser como eres hasta la oficina de Rehv, antes de que tengamos una escena. ¿Has entendido?

Butch y V se quedaron mirándose a los ojos durante un instante. Luego V se levantó y se dirigió a la oficina de Rehv. En el camino, su rabia despedía un tóxico olor químico que le provocaba un picor en la nariz.

Increíble, el policía era el único que podía lidiar con V cuando se ponía así.

Así que había que agradecerle a Dios la existencia del irlandés.

Todo el grupo atravesó la puerta vigilada por un par de gorilas y se instalaron en la cueva que Rehvenge usaba como oficina. Cuando la puerta se cerró, Rehv fue hasta su escritorio, buscó algo debajo y luego se oyó un pitido.

—Listo —dijo, sentándose en la silla de cuero.

Todos se quedaron mirando a V… que enseguida comenzó a pasearse de un lado a otro como si quisiera comerse a alguien. Parecía un animal enjaulado. Finalmente se detuvo, al otro extremo de donde estaba Butch. La lámpara empotrada en el techo no brillaba tanto como lo que estaba resplandeciendo por debajo de su piel.

—Te escucho —murmuró Butch.

Sin decir palabra, V se sacó algo del bolsillo posterior de sus pantalones. Cuando estiró el brazo, dejó caer un pesado medallón dorado, que colgaba de un cordón de seda.

—Parece que tengo un nuevo trabajo.

—¡Ay… mierda! —susurró Phury.

El encuentro en la habitación de Blay era una especie de fiesta para John y sus amigos: John estaba sentado a los pies de la cama y Blay en el suelo, con las piernas cruzadas. Qhuinn estaba recostado en un puf inflable y la mitad de su cuerpo colgaba de la silla. Había varias cervezas Corona abiertas y circulaban paquetes de Doritos y Ruffles.

—Bueno, suéltalo —dijo Blay—. ¿Cómo fue tu transición?

—Olvídate del cambio, me acosté con una mujer. —Al ver que Blay y John lo miraban con ojos desorbitados, Qhuinn soltó una risita—. Sí. Tuve sexo. Perdí mi virginidad, por decirlo así.

—No jodas —dijo Blay, jadeando.

—De verdad. —Qhuinn echó la cabeza hacia atrás y se tomó la mitad de la cerveza—. En todo caso, os diré que la transición… hermano… —Miró a John y entrecerró sus ojos de dos colores—. Prepárate, John. Es durísima. Uno quisiera morirse. Reza para morirse. Y luego se pone peor.

Blay asintió con la cabeza.

—Es horrible.

Qhuinn terminó su cerveza y arrojó la botella vacía a la papelera.

—La mía fue con testigos. La tuya también, ¿no es así? —Al ver que Blay asentía, Qhuinn abrió el minibar y sacó otra Corona—. Sí, me refiero a que… fue extraño. Con mi padre en la habitación. Y el padre de ella también. Entretanto, mi cuerpo se estaba desbaratando. Me habría sentido avergonzado, si no hubiese estado tan ocupado sintiéndome tan mal.

—¿A quién usaste? —preguntó Blay.

—A Marna.

—Súúúúper.

Qhuinn entrecerró los ojos.

—Sí, ella fue *muy* especial.

Blay abrió la boca.

—¿Ella? ¿Fue con ella que tú…?

—Sip. —Qhuinn soltó una carcajada, al ver que Blay se desplomaba en el suelo como si acabara de recibir un tiro en el pecho—. Marna. Ya sé. Yo mismo casi no puedo creerlo.

Blay levantó la cabeza.

—¿Cómo sucedió? Y que Dios me ayude, porque si omites algún detalle, te muelo a patadas.

—¡Ja! Como si tú fueras tan abierto con respecto a tus cosas.

—No eludas la pregunta y comienza a ladrar como el perro que eres, amigo.

Qhuinn se inclinó hacia delante y John siguió su ejemplo y se sentó en el filo de la cama.

—Bueno, fue cuando todo acabó, ¿sí? Me refiero a… el brindis, la transición ya se había terminado y yo estaba acostado en la cama… sí, hecho un asco. Ella andaba por allí en caso de que yo necesitara beber más de su vena y estaba sentada en una silla en el rincón o algo así. En todo caso, su padre estaba conversando con mi padre y yo me quedé medio inconsciente. Lo siguiente que supe es que estaba solo en la habitación. De pronto se abrió la puerta y era Marna. Dijo que había olvidado su jersey, creo. Yo le eché una mirada y… bueno, Blay, tú sabes cómo es ella, ¿verdad? Se me puso dura en un segundo. ¿Acaso puedes culparme?

—En lo más mínimo.

John parpadeó y se acercó un poco más.

—En todo caso, yo tenía encima una sábana, pero de alguna manera ella se dio cuenta. Hermano, ella me miraba de arriba abajo y sonreía y yo pensaba: «Ay, Dios mío». Pero luego su padre la llamó desde el vestíbulo. Se tenían que quedar en mi casa porque ya era de día cuando terminó la transición, pero era evidente que su padre no quería que ella tuviera nada que ver conmigo. Así que cuando iba saliendo, me dijo que regresaría más tarde. En realidad, no le creí, pero mantuve una cierta esperanza. Pasó una hora y yo seguía esperando… agonizando. Pasó otra hora. Luego pensé, bueno, ya no vendrá. Llamé a mi padre por el teléfono interno y le dije que me iba a dormir. Me levanté, me arrastré hasta la ducha, salí… y ella estaba en la habitación. Desnuda. Sobre la cama. Por Dios, lo único que pude hacer fue quedarme mirándola. Pero enseguida reaccioné. —Qhuinn clavó la mirada en el suelo y asintió con la cabeza—. Lo hicimos tres veces. Una después de la otra.

—¡Guau! —susurró Blay—. ¿Te gustó?

—¿Tú qué crees? Claro. —Al ver que Blay asentía con la cabeza y se llevaba la Corona a los labios, Qhuinn dijo—: Cuando terminé, la metí en la ducha, la bañé muy bien y luego se lo chupé durante media hora.

Blay se atragantó con la cerveza y se la tiró encima.

—¡Por Dios!

—Sabía a ciruela madura. Dulce y almibarada. —Al ver que a John casi se le salían los ojos de la cara, Qhuinn sonrió—. Alcanzó el clímax sobre mi cara. Fue fantástico.

El muchacho tragó saliva, como si fuera tan hombre que no le preocupara esconder la reacción de su cuerpo a los recuerdos que sin duda debían estar pasando por su cabeza. Al ver que sus vaqueros se hinchaban en la parte de la braguera, Blay se cubrió la ingle con una manta.

Como John no tenía nada que esconder, simplemente clavó la mirada en la botella.

—¿Vas a convertirte en su novio? —preguntó Blay.

—¡Por Dios, no! —Qhuinn levantó la mano y se tocó el ojo morado con suavidad—. Eso sólo fue… algo que pasó. Me refiero a que, no. ¿Ella y yo? Nunca.

—Pero ¿acaso ella no era…?

—No, no era virgen. Claro que no era virgen. Así que nada de noviazgos. En todo caso, ella nunca me aceptaría como su novio.

Blay miró a John.

—Se supone que las mujeres de la aristocracia son vírgenes antes de casarse.

—Sin embargo, los tiempos han cambiado. —Qhuinn frunció el ceño—. De todas formas, no se lo contéis a nadie, ¿vale? Pasamos un buen rato y nada más. Ella es guapísima.

—Mis labios están sellados. —Blay respiró hondo y luego se aclaró la garganta—. Ah… es mejor con alguien más, ¿no?

—¿El sexo? Mil veces, amigo. Masturbarse produce alivio, pero no se parece en nada a lo de verdad. Por Dios, ella era tan suave… en especial entre las piernas. Me fascinó estar encima de ella, metiéndome dentro, oyéndola gemir. Me gustaría que hubierais podido estar allí. Os habría encantado.

Blay entornó los ojos.

—¿Verte haciendo el amor? Sí, claro, eso es algo que tenemos que ver.

Qhuinn sonrió lentamente y con un poco de picardía.

—Os gusta verme combatir, ¿no?

—Sí, claro, eres bueno para eso.

—¿Y por qué el sexo sería diferente? Es algo que haces con el cuerpo.

Blay parecía desconcertado.

—Pero… ¿qué hay de la privacidad?

—La privacidad es un asunto de contexto. —Qhuinn sacó una tercera cerveza—. ¿Y sabes una cosa, Blay?

—¿Qué?

—También soy muy bueno para el sexo. —Destapó la cerveza y le dio un sorbo—. Así que esto es lo que tenemos que hacer. Me voy a tomar un par de días para recuperar fuerzas y luego nos vamos de clubs al centro. Quiero hacerlo otra vez, pero no puede ser con ella. —Qhuinn miró a John—. Y tú vas a venir con nosotros al Zero Sum. No me importa que no hayas pasado por la transición. Iremos juntos.

Blay asintió con la cabeza.

—Los tres formamos un buen equipo. Además, John, pronto vas a estar donde nosotros estamos.

Mientras sus dos amigos comenzaban a hacer planes, John guardó silencio. Todo ese asunto de buscar chicas le resultaba un galimatías y no sólo por el hecho de que todavía no hubiese pasado por la transición. Tenía una mala experiencia con las cuestiones de naturaleza sexual. La peor.

Durante una fracción de segundo, John tuvo un recuerdo vívido de la sucia escalera en la que había ocurrido. Sintió la pistola contra la sien. Sintió cómo le arrancaban los vaqueros. Sintió cómo le hacían lo impensable. Recordó que el aire se le atragantó en la garganta y los ojos se le humedecieron y luego se meó sobre las vulgares zapatillas deportivas del tío que lo tenía agarrado.

—Este fin de semana —anunció Qhuinn—, vamos a asegurarnos de que alguien se encargue de ti, Blay.

John dejó su cerveza en el suelo y se pasó una mano por la cara, al tiempo que Blay se ponía colorado.

—Sí, Qhuinn… No lo sé…

—Confía en mí. Voy a asegurarme de que suceda. Y luego, ¿John? Tú eres el siguiente.

El primer impulso de John fue negar con la cabeza, pero se contuvo, para no quedar como un idiota. Ya se estaba sintiendo bastante mal con ese cuerpo diminuto y poco masculino. Si además declinaba una oferta de tener sexo entraría definitivamente a las filas de los perdedores.

—Entonces, ¿tenemos un plan? —preguntó Qhuinn.

Al ver que Blay comenzaba a juguetear con la parte de abajo de su camiseta, John tuvo la impresión de que su amigo iba a decir que no. Lo cual hizo que John se sintiera mucho mejor...

—Sí. —Blay carraspeó—. Yo... eh, sí. Estoy como un trapo. Es casi lo único en lo que puedo pensar, ¿sabéis? Y es muy doloroso.

—Sé exactamente a qué te refieres —dijo Qhuinn, y sus ojos de distintos colores brillaron—. Y todos vamos a pasar muy buenos ratos. Mierda, John... ¿por qué no le dices a tu cuerpo que se ponga las pilas?

John se limitó a encogerse de hombros y pensó que le gustaría poder marcharse.

—Entonces, ¿qué tal si le damos un poco a los videojuegos? —preguntó Blay y señaló la Xbox que estaba en el suelo—. Seguramente John nos va a ganar otra vez, pero todavía podemos competir por el segundo puesto.

Fue un gran alivio poder concentrarse en otra cosa y los tres se metieron en el juego, mientras le gritaban al televisor y se arrojaban papeles de caramelos y latas de cerveza. Dios, a John le encantaba aquello. En la pantalla, los tres competían como iguales. Él no era pequeño ni se había quedado rezagado; de hecho, era mejor que sus amigos. En el juego, podía ser el guerrero que deseaba ser.

Mientras John les daba una paliza, miró a Blay y se dio cuenta de que su amigo había elegido precisamente ese juego para hacer que John se sintiera mejor. Pero, claro, Blay tenía la facultad de saber cómo se sentían los demás y cómo ser amable sin avergonzar a la gente. Era un excelente amigo.

Después de agotar los cuatro paquetes de latas de cerveza, de hacer tres viajes a la cocina, jugar dos rondas completas de sKillerz y ver una película de Godzilla, John miró su reloj y se levantó de la cama. En pocos minutos Fritz vendría a buscarlo, porque todas las noches tenía una cita a las cuatro de la mañana y tenía que cumplirla o lo expulsarían del programa de entrenamiento.

—¿Nos vemos mañana en clase? —preguntó, utilizando el lenguaje de signos con la mano.

—Vale —respondió Blay.

Qhuinn sonrió.

—Te mando un mensaje más tarde, ¿vale?

—Vale. —John se detuvo en la puerta—. Ah, oye, se me olvidó preguntarte. —Luego se dio un golpecito en el ojo y señaló a Qhuinn—. ¿Qué te pasó en el ojo?

Qhuinn mantuvo la mirada firme y la sonrisa tan amplia como siempre.

—Ah, no es nada. Sólo resbalé en la ducha. Qué estupidez, ¿no?

John frunció el ceño y miró a Blay, que clavó los ojos en el suelo y se quedó quieto. Muy bien, aquí había algo…

—John —dijo Qhuinn con tono imperativo—, los accidentes ocurren.

John no creyó a su amigo, especialmente teniendo en cuenta que Blay seguía con la mirada fija en el suelo, pero siendo alguien que tenía sus propios secretos, no iba a inmiscuirse.

—Sí, claro —dijo con la mano. Luego se despidió con un rápido silbido y se marchó.

Al cerrar la puerta oyó las voces gruesas de sus amigos y puso la mano sobre la madera. Tenía tantos deseos de estar donde ellos estaban, pero ese asunto del sexo… No, la transición sería la manera de convertirse en hombre para poder vengar a sus muertos. No un asunto para follar con chicas. De hecho, tal vez podría seguir el ejemplo de Phury.

El celibato tenía muchas ventajas. Phury llevaba toda una eternidad absteniéndose de tener sexo y había que verlo. Tenía la cabeza muy bien puesta y era un tío genial.

No era un mal ejemplo a seguir.

Que vas a ser el qué? —interrumpió Butch.

Mientras su compañero lo observaba, a V casi le resultó imposible pronunciar la maldita palabra.

—El Gran Padre. De las Elegidas.

—¿Y qué demonios es eso?

—Básicamente, un donante de semen.

—Espera, espera… ¿Entonces vas a hacer una especie de donación intravenosa?

V se pasó una mano por el pelo y pensó en lo bueno que sería atravesar el muro con su puño.

—Es un poco más íntimo que eso.

Hablando de intimidad, hacía siglos que él no tenía sexo normal con una mujer. ¿Sería posible que lograra excitarse durante el apareamiento formal y ritual de las Elegidas?

—¿Por qué tú?

—Tiene que ser un miembro de la Hermandad. —V se paseó alrededor de la habitación en penumbra, mientras pensaba que sería mejor mantener oculta la identidad de su madre durante algún tiempo—. No hay mucho donde escoger. Y el grupo cada vez es más reducido.

—¿Y vas a vivir allí? —preguntó Phury.

—¿Vivir allí? —interrumpió Butch—. ¿Quieres decir que no podrás pelear con nosotros? ¿O… andar con nosotros?

—No, puse esa condición antes de aceptar.

Mientras Butch soltaba el aire con alivio, V trató de no alegrarse por el hecho de que a su compañero de casa le importara tanto verlo como a él le importaba que lo vieran.

—¿Cuándo?

—Dentro de unos días.

—¿Wrath ya lo sabe? —preguntó Phury.

—Sí.

Mientras V pensaba en lo que acababa de aceptar, sintió que el corazón comenzaba a latirle en el pecho como si fuera un pájaro que agitara las alas para salirse de la jaula. El hecho de que dos de sus hermanos y Rehvenge lo estuvieran mirando aterrados hacía que el pánico fuera peor.

—Escuchad, ¿os molestaría disculparme durante un rato? Necesito… mierda, necesito salir de aquí.

—Iré contigo —dijo Butch.

—No. —V estaba desesperado. Si había habido una noche en la que él se había sentido tentado a hacer algo absolutamente inapropiado era precisamente ésta. Ya era suficientemente malo lo que sentía por su compañero de casa en sus fantasías; convertirlo en realidad sería una catástrofe que ni él, ni Butch ni Marissa podrían controlar—. Necesito estar solo.

V se volvió a guardar el maldito medallón en el bolsillo trasero y se marchó, en medio del tenso silencio que reinaba en la oficina. Mientras cruzaba apresuradamente la puerta lateral y salía al callejón, pensó que desearía encontrarse con un restrictor. Necesitaba hallar uno. Le rezó a la Virgen Es…

Se detuvo en seco. Bueno, mierda. Claro que nunca más volvería a rezarle a su maldita madre. Ni volvería a invocar su nombre.

Dios… ¡Maldición!

Se recostó contra la fría pared de ladrillo del Zero Sum y, a pesar de lo mucho que le dolía, no pudo evitar recordar su vida en el campamento de guerreros.

El campamento estaba situado en el centro de Europa, en lo profundo de una cueva. Unos treinta soldados lo habían usado como base, pero también había otros residentes. Una docena de pretrans que habían sido enviados allí para recibir entrenamiento y otra docena o más de prostitutas que les hacían la comida y atendían a los hombres.

El Sanguinario llevaba años dirigiéndolo y había sacado a algunos de los mejores luchadores que tenía la especie. Cuatro miembros de la Hermandad habían comenzado allí, bajo la dirección del padre de V. Sin embargo, muchos otros, de distintos niveles, no habían logrado sobrevivir.

Los primeros recuerdos de V eran la sensación de hambre y de frío y de ver comer a los demás, mientras su estómago rugía de hambre. Durante sus primeros años, lo que le había impulsado era el hambre, y al igual que los otros pretrans, su única motivación era alimentarse, sin importar cómo tuviera que hacerlo.

Vishous aguardaba en medio de las sombras de la caverna, manteniéndose lejos del reflejo intermitente de la luz que venía de la hoguera que calentaba el campamento. Siete venados frescos estaban siendo devorados en medio de un obsceno frenesí y los soldados arrancaban la carne de los huesos y masticaban como animales, mientras que la sangre les ensuciaba las manos y la cara. Un poco alejados de la cena, todos los pretrans temblaban con codicia.

Al igual que los otros, V estaba al borde de la inanición. Pero él no se mezclaba con los otros jóvenes. Él esperaba en medio de la oscuridad, con los ojos fijos en su presa.

El soldado que había elegido era tan gordo como un cerdo, la carne se le escurría por encima de los pantalones de cuero y los rasgos faciales ya eran irreconocibles en medio de esa cara inflada y deforme. El glotón se pasaba la mayor parte del tiempo sin camisa y, mientras se paseaba por el campamento dando patadas a los perros abandonados que vivían allí o persiguiendo a las putas; su abultado pecho y su barriga se bamboleaban de un lado a otro. Sin embargo, a pesar de que era un haragán, el soldado era un asesino terrible y lo que le faltaba en velocidad lo compensaba con fuerza bruta. Tenía unas manos tan grandes como la cabeza de un hombre adulto y se rumoreaba que les arrancaba las extremidades a los restrictores y luego se las comía.

A la hora de la comida siempre era uno de los primeros en atacar la carne y comía rápidamente, aunque carecía de precisión. En realidad no se fijaba mucho en lo que se llevaba a la boca, de manera que siempre terminaba con una capa de trozos de carne de venado y chorros de sangre y pedazos de hueso que le cubría el pecho y el estómago, una sangrienta túnica tejida por sus torpes movimientos.

Esa noche el hombre terminó temprano y se recostó, con una parte del costillar del venado en la mano. Aunque ya había terminado, seguía lamiendo el costillar que se había estado comiendo y espantaba a los otros soldados para divertirse.

Cuando llegó la hora de los castigos, los combatientes abandonaron el foso de la hoguera y se dirigieron a la plataforma del Sanguinario. A la luz de las antorchas, los soldados que habían perdido durante las prácticas eran obligados a agacharse a los pies del Sanguinario y eran violados por quienes los habían derrotado, en medio de las risas y los aplausos de los demás. Entretanto, los pretrans se lanzaron sobre los restos del venado, mientras que las mujeres observaban con envidia, esperando su turno.

La presa de V no estaba muy interesada en las humillaciones. El soldado gordo observó durante un rato y luego se marchó, con una pata de venado en la mano. Su asqueroso camastro estaba al otro extremo de donde dormían los soldados, porque el hedor del gordo era insoportable aun para las narices de sus compañeros.

Acostado, parecía como un campo ondulante, pues su cuerpo estaba formado por una serie de colinas y valles. La pata de venado que reposaba sobre su barriga era el premio en la cima de la montaña.

V aguardó hasta que los ojos redondos del soldado fueron tapados por unos párpados grasientos y su pecho comenzó a oscilar con un ritmo lento. En pocos minutos el hombre abrió sus labios de pescado y soltó un ronquido, seguido de otro. Fue en ese momento cuando se acercó V, sin hacer ruido con sus pies descalzos sobre el suelo de tierra.

El asqueroso hedor del hombre no detuvo a V y tampoco le importó que la pata del venado estuviese tiznada. V se inclinó con sus pequeñas manos extendidas, tratando de alcanzar el hueso.

Justo cuando acababa de agarrarla, una daga negra se clavó junto a la oreja del soldado y el ruido que produjo al penetrar en el suelo sólido de la caverna despertó al hombre.

El padre de V se alzaba sobre ellos como un bulto a punto de caer, con las piernas abiertas y los ojos fijos. Era el hombre más grande de todos los que había en el campamento, se rumoreaba que era el macho más grande que había nacido en su especie, y su presencia inspiraba miedo por dos razones: por su tamaño y porque era absolutamente impredecible. Siempre tenía un humor cambiante y sus estados de ánimo eran violentos y caprichosos, pero V sabía la verdad que se ocultaba tras ese temperamento tan variable: no había nada que no estuviera calculado para causar un efecto. La astucia maligna de su padre era tan profunda como el grosor de sus músculos.

—Despierta —gritó el Sanguinario—. ¿Qué haces holgazaneando mientras este debilucho te roba tu comida?

V se alejó de su padre y comenzó a comer, hundiendo sus dientes en la carne y masticando lo más rápido que podía. Podría ser azotado por eso, probablemente por los dos hombres, así que tenía que comer lo más posible antes de que comenzara la paliza.

El gordo comenzó a excusarse hasta que el Sanguinario lo pateó en la planta del pie con una bota con pinchos. El hombre se puso pálido, pero sabía que no podía gritar.

—Las disculpas por lo ocurrido me aburren. —El Sanguinario se quedó mirando fijamente al soldado—. Lo que quiero saber es qué vas a hacer al respecto.

Sin respirar siquiera, el soldado cerró el puño, se inclinó y lo clavó en el costado de V, que tuvo que soltar la pata de venado, pues el impacto le sacó el aire de los pulmones y la carne que tenía entre la boca. Mientras jadeaba, recogió el bocado del suelo y se lo volvió a meter entre los labios. Sabía a sal debido al contacto con el suelo de la caverna.

Cuando comenzó la paliza, V siguió comiendo entre golpe y golpe, hasta que sintió que el peroné se le iba a partir. Entonces lanzó un grito y perdió su pata de venado. Alguien la recogió y huyó con ella.

Todo el tiempo el Sanguinario se carcajeaba sin sonreír, y el sonido de sus carcajadas salía a través de unos labios delgados y rectos como cuchillos. Y luego le puso fin a la paliza. Sin hacer ningún esfuerzo, agarró al soldado gordo de la nuca y lo lanzó contra la pared de piedra.

Entonces las botas con pinchos del Sanguinario se plantaron frente a la cara de V.

—Saca mi daga.

V parpadeó con los ojos secos y trató de moverse.

Se oyó el crujido del cuero y al instante el Sanguinario colocó su cara ante él.

—Saca mi daga, chico. O quieres que te haga ocupar el lugar de las putas esta noche frente a la hoguera.

Los soldados que se habían reunido alrededor de su padre se rieron y alguien arrojó una piedra que golpeó a V en la pierna herida.

—Mi daga, chico.

Vishous hundió sus pequeños dedos en el suelo y se arrastró hasta donde estaba la daga. Aunque estaba apenas a unos sesenta centímetros de distancia, parecía estar a kilómetros de él. Cuando finalmente logró agarrarla con la palma de la mano, tuvo que usar las dos manos para sacarla del suelo pues estaba muy débil. Tenía el estómago revuelto debido al dolor y, mientras tiraba del arma, vomitó la carne que había robado.

Cuando acabó de vomitar, levantó la daga para entregársela a su padre, que se había vuelto a poner de pie.

—Levántate —dijo el Sanguinario—. ¿O acaso crees que yo debo inclinarme ante alguien tan insignificante como tú?

V hizo un esfuerzo para sentarse, pero no se podía imaginar cómo iba a hacer para ponerse de pie, si apenas podía sostener los hombros. Se pasó la daga a la mano izquierda, apoyó la derecha contra el suelo y se impulsó. El dolor era tan fuerte que la vista se le nubló... y de repente ocurrió algo milagroso. Una cierta luz brillante se apoderó de él desde sus entrañas, como si el sol hubiese penetrado en sus venas y hubiese ido borrando el dolor hasta hacerlo desaparecer por completo. Su visión volvió... y vio que la mano le brillaba.

Pero ese no era momento para asombrarse. Se levantó del suelo tratando de no apoyarse sobre la pierna herida. Con la mano temblorosa le alcanzó la daga a su padre.

El Sanguinario se quedó mirándolo durante un segundo, como si nunca hubiese esperado que V se pusiera de pie. Luego tomó el arma y dio media vuelta.

—Que alguien lo vuelva a tumbar. Su insolencia me ofende.

V aterrizó otra vez contra el suelo, cuando la orden fue cumplida, y enseguida desapareció la luz y regresó el dolor. Se quedó esperando otros golpes, pero cuando oyó el rugido de la multitud, se dio cuenta de que la diversión del día sería el castigo de los perdedores y no él.

Mientras yacía en el pozo de su desgracia, mientras trataba de respirar a pesar de los golpes que había recibido, se imaginó a una pequeña mujer vestida de negro, que se le acercaba y lo acunaba entre sus brazos. La mujer lo abrazaba, susurrándole palabras tiernas, acariciándole el pelo y tratando de proporcionarle un poco de alivio.

V se sintió agradecido por esa visión. Ella era su madre imaginaria. La que lo amaba y quería que él estuviera seguro y caliente y bien alimentado. A decir verdad, la imagen de esa mujer fue lo que lo mantuvo vivo y le ofreció la única paz que conoció.

El soldado gordo se inclinó sobre él y su aliento fétido y húmedo llenó la nariz de Vishous.

—Si me vuelves a robar, no te recuperarás de lo que voy a hacerte.

El soldado lo escupió en la cara y luego lo agarró y lo arrojó lejos del asqueroso camastro, como si fuera un desecho.

Antes de que V perdiera el conocimiento, lo último que vio fue a otro pretrans terminándose la pata de venado con voracidad.

M ientras trataba de zafarse de sus recuerdos, V soltó
una maldición y comenzó a recorrer el callejón con
los ojos, como si fueran periódicos viejos atrapados por el viento.
Dios, estaba hecho un desastre. La tapa de su Tupperware se había
abierto y las sobras de su vida lo rodeaban por todas partes.

Un desastre. Un verdadero desastre.

¡Menos mal que en esa época no sabía que todo eso de mi-
mamá-me-ama no era más que una mierda! Eso le habría hecho
más daño que todos los abusos que le esperaban.

Se sacó el medallón de Gran Padre del bolsillo posterior y
se quedó mirándolo. Todavía lo estaba observando cuando, minutos después, el medallón se cayó al suelo y rebotó como una moneda. V frunció el ceño… hasta que se dio cuenta de que su mano
«normal» estaba brillando y había quemado el cordón de seda.

¡Maldición, su madre era unaególatra! Había creado la especie, pero eso no había sido suficiente. Demonios, no. Ella también quería participar en la mezcla.

¡Demonios! V no estaba dispuesto a darle la satisfacción
de que tuviera cientos de nietos. Ella era un desastre como madre,
así que por qué tenía él que proporcionarle otra generación para
que también acabara con ella.

Y, además, había otra razón por la cual él no debería ser el
Gran Padre. Después de todo, él era digno hijo de su padre, así

que la crueldad era parte de su ADN. ¿Cómo podía estar seguro de que no terminaría haciéndoles daño a las Elegidas? Esas mujeres no tenían la culpa de nada y no se merecían lo que les iba a meter entre las piernas si él se apareaba con ellas.

No, no iba a hacerlo.

V encendió un cigarro, recogió el medallón y salió del callejón. Giró hacia la derecha por Trade. Necesitaba con desesperación una pelea antes de que amaneciera.

Y contaba con encontrar a algún restrictor en el laberinto de cemento del centro.

Era una apuesta bastante segura. La guerra entre la Sociedad Restrictiva y los vampiros tenía solo una regla: nunca combatían cerca de los humanos. Lo último que quería cada uno de los bandos era tener víctimas o testigos humanos, así que el nombre del juego eran las batallas secretas y el centro de Caldwell constituía un estupendo escenario para los combates a menor escala: gracias al éxodo del comercio hacia los suburbios, que había tenido lugar en los setenta, había cientos de callejones oscuros y edificios vacíos. Además, los pocos humanos que andaban por la calle estaban ocupados principalmente en satisfacer sus distintos vicios. Los cual significaba que la policía también tenía mucho que hacer.

Mientras caminaba por la calle, V se mantuvo alejado de la luz que proyectaban las farolas y los automóviles. Gracias a la noche tan horrible que estaba haciendo, había pocos transeúntes por allí, así que cuando pasó ante el bar McGrider's, al Screamer's y delante de un nuevo club de striptease que acababa de abrir, V se encontraba completamente solo. Un poco más arriba, pasó por delante de la cafetería Tex-Mex y el restaurante chino que estaba situado entre un par de locales donde hacían tatuajes. Unas calles más adelante vio el edificio de apartamentos de la avenida Redd en el que solía vivir Beth antes de conocer a Wrath.

Estaba a punto de dar media vuelta y regresar hacia el centro, cuando se detuvo bruscamente. Levantó la nariz. Olfateó. La brisa traía olor a talco para bebé y como a esa hora las viejecitas y los bebés por lo general estaban durmiendo, era evidente que su enemigo se encontraba cerca.

Pero también había algo más en el aire, algo que hizo que la sangre se le helara en las venas.

V se abrió la chaqueta para poder agarrar sus dagas y comenzó a correr, siguiendo el olor hasta la calle 20, que salía de Trade, tenía un solo sentido y estaba rodeada de edificios de oficinas que a esa hora de la noche estaban vacíos. Mientras recorría el pavimento irregular y resbaladizo de la calle 20, el olor se fue volviendo más fuerte.

Pero tenía la sensación de que era demasiado tarde.

Cinco calles más adelante vio que estaba en lo cierto.

El otro olor era la sangre derramada de un vampiro civil y, cuando la niebla se despejó, la luz de la luna iluminó un espectáculo macabro: un macho que ya había superado la transición, vestido con ropa de gala hecha jirones, que estaba más allá de la muerte, con el torso retorcido y la cara golpeada hasta el punto de hacerlo irreconocible. El restrictor que lo había matado estaba revisando los bolsillos del vampiro, con la esperanza, sin duda, de encontrar la dirección de su casa y poder localizar otras víctimas.

El restrictor sintió la presencia de V y miró por encima del hombro. Era una cosa blanca como la piedra caliza y el cabello, la piel y los ojos parecían de tiza. Grande, con una constitución de jugador de rugby, parecía haber pasado hacía mucho tiempo por su iniciación. V lo supo porque, aparte del hecho de que la pigmentación natural del bastardo ya se había desvanecido totalmente, tan pronto como se puso de pie se preparó para luchar y se llevó las manos al pecho, mientras echaba el cuerpo hacia delante.

Los dos se lanzaron uno contra el otro y se estrellaron como coches en un cruce: defensa contra defensa, peso contra peso, fuerza contra fuerza. En el primer asalto, V recibió un puñetazo en la mandíbula, de esos que hacen que el cerebro quede dando vueltas dentro del cráneo. Se quedó momentáneamente aturdido, pero logró devolver el favor con la suficiente fuerza como para poner al restrictor a girar como un trompo. Luego salió a perseguir a su oponente y lo agarró desde atrás por la chaqueta de cuero hasta tumbarlo en el suelo.

A V le gustaba el forcejeo y era bueno en la lucha cuerpo a cuerpo.

Sin embargo, el restrictor era rápido y se levantó enseguida del pavimento helado, lanzándole una patada que sacudió los órganos internos de V como si fueran una baraja de naipes. Cuando V salió tambaleándose hacia atrás, tropezó con una botella de Coca-Cola, se torció el tobillo y cayó sentado en el asfalto, más rápido que si hubiese tomado un tren expreso. Mientras se desmoronaba, mantuvo los ojos fijos en el restrictor, que se movía muy rápido. El bastardo se dirigió al tobillo herido de V, lo agarró por encima de la bota y se lo torció con toda la fuerza de sus brazos y su enorme pecho.

V lanzó un grito, al tiempo que se giraba boca abajo sobre el suelo, para evitar el dolor. Apoyándose en su tobillo herido y en sus brazos, se levantó del asfalto, dobló la pierna buena hasta pegarla contra el pecho y la disparó como un martillo, que le dio al desgraciado en la rodilla y le destrozó la articulación. El restrictor se desmayó y la pierna se le dobló de manera absolutamente incorrecta, mientras caía sobre la espalda del vampiro.

Los dos se enzarzaron en una lucha a muerte, y los músculos de sus antebrazos y sus bíceps parecían a punto de estallar, mientras daban vueltas por el suelo hasta terminar al lado del civil asesinado. Cuando V sintió que el restrictor lo mordía en la oreja, realmente se enfadó. Tras zafarse de los dientes del bastardo, le clavó un puño en el lóbulo frontal que dejó al desgraciado fuera de combate el tiempo suficiente para que V pudiera liberarse.

O tratar de liberarse.

Ya que un cuchillo se clavó en su costado, cuando estaba sacando sus piernas de debajo del restrictor. El dolor punzante fue como una picadura de abeja en las hemorroides y V se dio cuenta de que el cuchillo había atravesado la piel y el músculo, justo debajo de la cavidad torácica, del lado izquierdo.

Dios, si el cuchillo también había alcanzado el intestino, las cosas se iban a poner feas rápidamente. Así que era hora de terminar aquella pelea.

Lleno de energía por la herida, V agarró al asesino de la barbilla y la parte de atrás de la cabeza y retorció al hijo de puta como si fuera una lata de cerveza. El ruido de la cabeza al desprenderse de la columna vertebral fue como el de una rama que se parte en dos y el cuerpo del desgraciado cayó enseguida desencajado, con los brazos abiertos y las piernas inmóviles.

V se llevó una mano al costado al sentir que se desvanecía la oleada de energía. Mierda, estaba empapado por un sudor frío y las manos le temblaban, pero tenía que terminar el trabajo. Registró rápidamente al restrictor para buscar sus documentos de identidad, antes de hacerlo desaparecer.

Los ojos del asesino lo miraron por un segundo y su boca se movió lentamente.

—Mi nombre... solía ser Michael. Hace... ochenta y... tres... años. Michael Klosnick.

Al abrir la billetera, V encontró un carné de conducir vigente.

—Bueno, Michael, que tengas un buen viaje al infierno.

—Me alegra... que haya terminado.

—No ha terminado. ¿Acaso no lo sabes? —Mierda, la herida del costado lo estaba matando—. Tu nueva casa será el cuerpo del Omega, amigo. Vas a vivir allí sin pagar alquiler durante toda la maldita eternidad.

El asesino abrió los ojos pálidos como platos.

—Estás mintiendo.

—Por favor. ¿Crees que me molestaría en mentir? —V negó con la cabeza—. ¿Acaso tu jefe no lo mencionó? Supongo que no.

V desenfundó una de sus dagas, levantó el brazo por encima del hombro y dirigió la hoja de la daga directamente hacia el enorme pecho del bastardo. Se produjo un estallido de luz lo suficientemente brillante para iluminar todo el callejón, luego una pequeña explosión y... Mierda, la luz alcanzó al civil envolviéndolo también en llamas, gracias a la fuerte brisa. Cuando los dos cuerpos terminaron de consumirse, el único rastro que quedó en la brisa helada fue el denso olor a talco de bebé.

Mierda. ¿Ahora cómo iban a hacer para avisar a la familia del civil?

Vishous inspeccionó el área y al ver que no encontraba otra cartera, se recostó contra un contenedor de basura y se quedó allí, respirando con dificultad. Cada vez que tomaba aire sentía que lo estaban apuñalando de nuevo, pero no respirar tampoco era una buena opción, así que trató de seguir haciéndolo.

Antes de sacar su teléfono para pedir ayuda, miró su daga. La hoja negra estaba cubierta con la sangre oscura del asesino. Recreó la pelea en su cabeza y se imaginó qué habría hecho otro vampiro en su lugar, uno que no fuera tan fuerte como él. Uno que no tuviera su mismo linaje.

V levantó su mano enguantada. Si esa maldición había decidido su camino, la Hermandad y sus nobles propósitos eran lo que le daba forma a su vida. Y ¿qué pasaría si hubiese resultado muerto esa noche? ¿Si el cuchillo hubiese penetrado en su corazón? Quedarían sólo cuatro combatientes.

Mierda.

En el tablero de ajedrez de su maldita existencia, las piezas ya estaban alineadas y la partida estaba definida con anticipación. Dios, había muchas ocasiones en la vida en que uno no lograba elegir su camino porque ya había sido elegido para uno.

El libre albedrío no era más que mierda.

Al diablo con su madre y todo ese drama, él tenía que convertirse en el Gran Padre por el bien de la Hermandad. Era algo que le debía al legado para el cual trabajaba.

Después de limpiar la daga en sus pantalones de cuero, volvió a guardarla con el mango hacia abajo, se puso de pie y se tocó la chaqueta. Mierda… su teléfono. ¿Dónde estaba su teléfono? En el ático. Debía haberlo dejado allí después de hablar con Wrath…

De repente se oyó un disparo.

Una bala lo alcanzó justo en el centro del pecho.

El impacto le hizo perder el equilibrio y lo tumbó a cámara lenta. Cuando quedó totalmente tendido sobre el suelo, no pudo más que quedarse allí mientras sentía una terrible presión que le hacía saltar el corazón y le nubló la consciencia. Lo único que podía hacer era tratar de respirar, con aspiraciones rápidas que subían y bajaban por el corredor de su garganta.

Con el último resto de energía que le quedaba, levantó la cabeza y se miró el cuerpo. Un tiro de bala. Sangre en la camisa. El dolor insoportable en el pecho. Ésa era la realización de su pesadilla.

Antes de que pudiera sentir pánico, perdió el sentido y la inconsciencia se lo tragó entero… una comida que digeriría en medio de un baño ácido de agonía.

—¿Qué demonios crees que estás haciendo, Whitcomb?

La doctora Jane Whitcomb levantó la vista de la historia clínica que estaba firmando y frunció el ceño. El doctor Manuel

Manello, el jefe de cirugía del hospital Saint Francis, venía por el pasillo como un toro. Y ella sabía por qué.

Esto se iba a poner feo.

Jane garabateó su firma en la parte de abajo de la prescripción, le entregó la historia a la enfermera y observó cómo la mujer desaparecía rápidamente. Era una buena estrategia defensiva y muy frecuente por esos alrededores. Cuando el jefe de cirugía se ponía así, la gente buscaba escondites... lo cual era lo más indicado, cuando estaba a punto de estallar una bomba atómica y uno tenía dos dedos de frente.

Jane se encaró a él.

—Así que ya te has enterado.

—Aquí. Inmediatamente. —Manello empujó la puerta de la sala de descanso de los cirujanos.

Al ver que ella entraba con él, Priest y Dubois, dos de los mejores bisturíes del Saint Francis, le echaron una mirada al jefe, se deshicieron del resto del refrigerio que habían comprado en la máquina y salieron rápidamente de la habitación. Tras ellos, la puerta se cerró sin hacer ni un murmullo en el aire. Como si ella tampoco quisiera llamar la atención de Manello.

—¿Cuándo me lo ibas a contar, Whitcomb? ¿O acaso pensaste que Columbia estaba en otro planeta y yo nunca lo iba a averiguar?

Jane cruzó los brazos sobre el pecho. Era una mujer bastante alta, pero Manello de todas maneras la sobrepasaba unos cinco centímetros y tenía la misma constitución de los atletas profesionales a los que operaba: hombros grandes, pecho ancho y enormes manos. A los cuarenta y cinco años, se mantenía en excelente forma física y era uno de los mejores cirujanos ortopedistas del país.

Además de que era un auténtico hijo de puta cuando se enfadaba.

¡Menos mal que Jane sabía controlar las situaciones tensas!

—Sé que tienes contactos allí, pero pensé que serían lo suficientemente discretos como para esperar a ver qué decidía yo sobre el trabajo...

—Es lógico que lo quieras, de otra forma, no te habrías tomado el trabajo de ir hasta allí. ¿Es por el dinero?

—Muy bien, en primer lugar, no me interrumpas. Y en segundo lugar, vas a bajar la voz. —Al ver que Manello se pasaba una mano por su gruesa mata de pelo negro y respiraba profundamente, Jane se sintió mal—. Mira, he debido decírtelo. Debe de haber sido muy incómodo que te cogiera por sorpresa de esa manera.

Manello negó con la cabeza.

—No es lo que más me gusta, no. Recibir una llamada de Manhattan para enterarme de que una de mis mejores cirujanas va a presentarse a una entrevista de trabajo en otro hospital con mi mentor.

—¿Falcheck fue el que te lo dijo?

—No, uno de sus subalternos.

—Lo siento, Manny. Pero no sé cómo va a salir la entrevista y no quería ensillar los caballos antes de traerlos.

—¿Por qué estás pensando en dejar el departamento?

—Tú sabes que yo quiero más de lo que puedo tener aquí. Tú vas a ser jefe hasta que tengas sesenta y cinco años, a menos que decidas irte. En Columbia, Falcheck tiene cincuenta y ocho. Allí tengo más oportunidades de llegar a ser jefa del departamento.

—Ya te he nombrado jefa del Servicio de Trauma.

—Y me lo merezco.

Manello sonrió.

—No te vendría mal un poco de humildad.

—¿Para qué? Los dos sabemos que es cierto. ¿Y en cuanto a Columbia? ¿Tú querrías estar bajo las órdenes de alguien durante las próximas dos décadas de tu vida?

Manello bajó los párpados y ocultó sus ojos caoba. Durante una fracción de segundo, Jane pensó que había visto una especie de destello en ellos, pero luego él se llevó las manos a la cadera. Su bata blanca se estiró cubriendo todo el ancho de sus hombros.

—No quiero perderte, Whitcomb. Eres la mejor cirujana de trauma que he tenido.

—Y tengo que pensar en el futuro. —Jane se dirigió a su taquilla—. Quiero ser mi propio jefe, Manello. Soy así.

—¿Cuándo es la maldita entrevista?

—Mañana a primera hora. Luego me voy de fin de semana. Como no estoy de guardia, me voy a quedar en la ciudad.

—Mierda.

En ese momento se oyó un golpecito en la puerta.

—Pase —dijeron los dos al tiempo.

Una enfermera asomó la cabeza.

—Un caso de trauma, tiempo estimado de llegada, dos minutos. Hombre de aproximadamente treinta años. Herida de bala, con el ventrículo probablemente afectado. Ha perdido el conocimiento dos veces en la ambulancia. ¿Quieres aceptar el paciente, doctora Whitcomb, o prefieres que llame al doctor Goldberg?

—No, está bien, yo lo atiendo. Preparad la sala cuatro en el callejón y diles a Ellen y a Jim que ya voy para allá.

—Perfecto, doctora Whitcomb.

—Gracias, Nan.

La puerta se cerró y Jane miró a Manello.

—Volviendo a lo de Columbia, tú harías exactamente lo mismo si estuvieras en mi piel. Así que no me puedes decir que te sorprende.

Hubo un momento de silencio y luego él se inclinó un poco.

—Pero no te voy a dejar ir sin pelear. Lo cual tampoco debe sorprenderte.

Manello salió de la sala y se llevó la mayor parte del oxígeno con él.

Jane se recostó contra su taquilla y miró hacia un espejo que colgaba de la pared. Su reflejo se veía con claridad, desde su bata blanca de médico hasta su traje verde de cirugía y su cabello rubio y corto.

—Se lo ha tomado bien… —se dijo—. Considerando toda la situación.

De pronto se abrió la puerta y Dubois asomó la cabeza.

—¿Ya no hay moros en la costa?

—No. Y yo voy para el callejón.

Dubois abrió completamente la puerta y entró, sin que sus zuecos hicieran ruido sobre el suelo de linóleo.

—No entiendo cómo lo haces. Eres la única que no necesita sales aromáticas después de lidiar con él.

—En realidad, no es tan terrible.

Dubois resopló por la nariz.

—No me malinterpretes. Yo lo respeto mucho, de verdad.
Pero no me gusta cuando se enfada.

Jane puso la mano sobre el hombro de su colega.

—La tensión termina afectando a la gente. Tú pasaste un
mal rato la semana pasada, ¿recuerdas?

—Sí, tienes razón. —Dubois sonrió—. Y al menos ya no
arroja cosas.

CAPÍTULO

7

†

El Departamento de Urgencias T. Wibble Jones del hospital Saint Francis tenía la mejor tecnología, gracias a una generosa donación del personaje que le había dado su nombre. Llevaba apenas un año y medio de funcionamiento y el complejo de más de cuatro mil metros cuadrados estaba dividido en dos partes, cada una con dieciséis cubículos de examen. Los pacientes de urgencias eran admitidos de manera alterna por el pasillo A o el B, y se quedaban con el equipo al cual eran asignados hasta que les daban de alta, eran admitidos o eran llevados al depósito de cadáveres.

En el centro del complejo estaba lo que el personal médico llamaba «el callejón». El callejón estaba destinado exclusivamente a pacientes de trauma y éstos se dividían en dos clases: los que llegaban «rodando» en ambulancia y los que llegaban «por el tejado» y eran traídos por un helicóptero que los dejaba en el helipuerto que había once pisos más arriba. Los que llegaban por el tejado solían ser casos más graves y provenían de un área que cubría ciento cincuenta kilómetros a la redonda de Caldwell. Había un ascensor exclusivo para esos pacientes, que los llevaba directamente al callejón y tenía capacidad para acomodar dos camillas y diez miembros del personal médico.

La sección destinada a los pacientes de trauma tenía seis salas de examen abiertas, cada una equipada con rayos X y ecógrafos, oxígeno, suministros médicos y con mucho espacio para maniobrar. El centro operativo, o la torre de control, estaba justo en el centro, un cónclave de ordenadores y personal que, lamentablemente, siempre estaba corriendo. A todas horas había como mínimo un médico de admisión, cuatro residentes y cuatro enfermeras de guardia, para atender un promedio de dos o tres pacientes hospitalizados.

Caldwell no era tan grande como Manhattan; en realidad era mucho más pequeño, pero había mucha violencia entre pandillas, tiroteos entre traficantes de droga y accidentes de tráfico. Además, con casi tres millones de habitantes, uno veía una infinita variedad de ejemplos de la torpeza humana: alguien que llegaba con una herida producida por un martillo neumático en el estómago porque había tratado de arreglarse la bragueta de los pantalones con él; otro que llegaba con una flecha en el cráneo porque un amigo quería probar que tenía buena puntería y resultaba que no; un marido que había pensado que sería excelente idea reparar la estufa y salió electrocutado por no haberla desenchufado previamente.

Jane vivía en el callejón y era la dueña de él. Al ser jefa del Servicio de Trauma, era la responsable administrativa de todo lo que sucedía en esas seis salas de reconocimiento, pero también tenía formación como médico de urgencias y cirujana de trauma, así que estaba bastante ocupada. Diariamente pasaba revista para ver quién tenía que ir al piso de arriba a las salas de cirugía y muchas veces ella misma practicaba las operaciones.

Mientras esperaba al paciente que le habían anunciado, revisó las historias clínicas de los dos pacientes que estaban recibiendo atención en ese momento y supervisó el trabajo de los residentes y las enfermeras. Cada miembro del equipo de trauma había sido seleccionado por ella y, cuando elegía a su personal, no necesariamente se dirigía a los licenciados en las mejores universidades, aunque ella había estudiado en Harvard. Lo que buscaba eran las cualidades de un buen soldado o, como le gustaba decir, una actitud mental que combinara inteligencia, energía y serenidad. En especial la serenidad. Había que ser capaz de mantenerse firme en un momento de crisis, si uno iba a trabajar en el callejón.

Pero eso no quería decir que la compasión no fuera también un elemento fundamental en todo lo que hacían.

Por lo general, la mayoría de los pacientes de trauma no necesitaban que les cogieran la mano o les ofrecieran palabras de consuelo. Tendían a estar sedados o inconscientes debido a que estaban sangrando como locos o traían una parte del cuerpo metida en hielo, o el setenta y cinco por ciento de la piel quemada. Lo que estos pacientes necesitaban eran carros de reanimación dirigidos por gente bien entrenada y sensata, que supiera manejar bien las paletas.

Sin embargo, sus familiares y seres queridos siempre necesitaban recibir un trato amable y un poco de consuelo, cuando eso era posible. En el callejón se salvaban y se perdían vidas diariamente y los únicos que dejaban de respirar o volvían a respirar aliviados no eran los pacientes que estaban en las camillas. Las salas de espera también estaban llenas de gente que sufría: maridos, esposas, padres, hijos.

Jane sabía lo que era perder a alguien que formaba parte de uno y mientras desempeñaba su trabajo como médico era muy consciente del aspecto humano de toda la medicina y la tecnología. Ella siempre se aseguraba de que su personal funcionara con los mismos estándares con que ella lo hacía: para trabajar en el callejón uno tenía que ser capaz de hacer las dos partes del trabajo: necesitaba la actitud mental de quien está en el campo de batalla y también establecer una buena relación con los pacientes y sus familias. Como le decía a su personal, siempre había tiempo para dar un apretón de manos, escuchar las preocupaciones de alguien u ofrecer un hombro donde llorar, porque en cualquier momento uno podía estar del otro lado de esa misma conversación. Después de todo, la tragedia no discriminaba a nadie, así que todo el mundo estaba sujeto a los caprichos del destino. Sin importar el color de la piel o la cantidad de dinero que uno tuviera, o si era homosexual o heterosexual, o ateo o devoto, desde el punto de vista de Jane, todo el mundo era igual. Y todo el mundo tenía un ser querido, en alguna parte.

De pronto se le acercó una enfermera.

—El doctor Goldberg acaba de llamar para decir que está enfermo.

—¿Con esa gripe horrible?

—Sí, pero habló con el doctor Harris para que lo sustituyera.

¡Bendito Goldberg!

—¿Dijo si necesitaba algo?

La enfermera sonrió.

—Dijo que su esposa estaba feliz de verlo cuando se despertaba. Sarah le está haciendo sopa de pollo y está encantada de cuidarlo.

—¡Qué bien! Necesita un poco de descanso. Lástima que no lo pueda disfrutar.

—Sí. Mencionó algo sobre que su esposa le iba a obligar a ver en vídeo todas las películas que se han perdido en los últimos seis meses.

Jane se rió.

—Eso lo pondrá más enfermo. Ah, oye, quiero que revisemos el caso Robinson. No había nada más que hacer por él, pero creo que necesitamos analizar la muerte de todas maneras.

—Tenía el presentimiento de que así sería, así que lo he colocado para el día que vuelvas de tu viaje.

Jane le dio un apretón de manos a la enfermera.

—Eres una princesa.

—Bah, sólo conozco bien a mi jefa, es todo. —La enfermera sonrió—. Nunca los dejas ir sin revisar y volver a revisar, por si acaso se hubiese podido hacer algo diferente.

Eso era muy cierto. Jane recordaba a cada uno de los pacientes que habían muerto en el callejón, los admitiera ella o no, y tenía el inventario de los muertos en la cabeza. Por la noche, cuando no podía dormir, los nombres y las caras desfilaban por su memoria como si fuera una especie de microficha antigua, hasta que creía que iba a enloquecer.

Esa lista de muertos era lo que más la impulsaba y juró que no dejaría que el herido que estaba a punto de llegar fuera a engrosarla.

Jane se dirigió a un ordenador y abrió la historia del paciente. Ésta iba a ser toda una batalla. Se encontraban ante un apuñalado que también tenía una bala en la cavidad torácica y, teniendo en cuenta el lugar donde lo habían encontrado, estaba segura de que debía tratarse de un traficante de drogas que estaba haciendo negocios en el territorio equivocado o de un gran comprador que había sido engañado. Fuera como fuera, no era muy probable que tuviera seguro médico, aunque eso tampoco importaba. El Saint Francis aceptaba a todos los pacientes, independientemente de sus posibilidades económicas.

Tres minutos después, las puertas giratorias se abrieron de un golpe y el herido entró a toda velocidad: el señor Michael Klosnick yacía sobre una camilla, un gigante caucásico con una cantidad de tatuajes, ropa de cuero y una perilla. El sanitario que estaba junto a su cabeza lo estaba ventilando, mientras que otro sostenía el equipo y empujaba la camilla.

—Sala cuatro —les dijo Jane a los sanitarios—. ¿Cómo vamos?

El que estaba ventilando al paciente dijo:

—Ya le hemos inyectado dos ampollas de lactato de Ringer. Tensión arterial de sesenta sobre cuarenta y cayendo. Frecuencia cardiaca alrededor de ciento cuarenta. Frecuencia respiratoria, cuarenta. Intubación orotraqueal. Lo desfibrilamos cuando veníamos hacia aquí. Le aplicamos una descarga de dos mil vatios. Taquicardia sinusal de ciento cuarenta.

En el cubículo cuatro, los sanitarios detuvieron la camilla y le pusieron el freno, mientras que el personal del callejón se preparaba. Una enfermera se sentó en una mesa pequeña para tomar nota de todo. Otras dos estaban listas a alcanzar los suministros que Jane solicitara y otra se preparó para cortar los pantalones de cuero del paciente. También había un par de residentes observando y listos a ayudar si era necesario.

—Tengo su cartera —dijo el sanitario y se la entregó a la enfermera con las tijeras.

—Michael Klosnick, treinta y siete años —leyó ella—. La foto del documento de identificación está borrosa pero… podría ser él, suponiendo que se haya teñido el cabello de negro y se haya dejado la perilla después de sacar la foto.

Le entregó la cartera a la enfermera que estaba tomando nota y luego comenzó a quitarle los pantalones.

—Veré si lo tenemos en el sistema —dijo la otra mujer, mientras comenzaba a ingresar el nombre en el ordenador—. Lo encontré… esperen, cómo… Debe ser un error. No, la dirección está bien, pero el año está equivocado.

Jane soltó una maldición entre dientes.

—Puede ser un problema del nuevo sistema de archivo, así que prefiero no apoyarme en la información que hay ahí.

Hagamos una hemoclasificación y una placa de tórax inmediatamente.

Mientras le sacaban sangre, Jane hizo una valoración preliminar. La herida de bala era un pequeño agujero situado exactamente al lado de una especie de excoriación en el pecho. Sólo se veía un chorrito de sangre que no daba muchas pistas sobre lo que podría estar pasando dentro. Y la herida de arma blanca era prácticamente igual. No se veía mucho desde fuera. Jane rogó que no hubiese afectado a los intestinos.

Le echó una mirada al resto del cuerpo y vio una cantidad de tatuajes… ¡Caramba! Tenía una cicatriz muy fea de una antigua herida en la pelvis.

—Dejadme ver la radiografía y quiero un ultrasonido del corazón…

De pronto se oyó un grito que resonó por toda la sala.

Jane se giró a mirar a la izquierda. La enfermera que estaba desnudando al paciente estaba en el suelo convulsionando y sus brazos y sus piernas golpeaban las baldosas. Tenía en la mano el guante negro que llevaba el paciente.

Durante una fracción de segundo, todo el mundo se quedó paralizado.

—Sólo le tocó la mano y se cayó —dijo alguien.

—¡Volvamos a concentrarnos aquí! —dijo Jane con tono autoritario—. Estévez, tú encárgate de ella. Quiero saber cómo está inmediatamente. El resto, seguid en lo que estáis. ¡Ahora!

Sus órdenes pusieron a todo el mundo en movimiento. Todos volvieron a concentrarse en su trabajo, mientras que la enfermera era llevada al cubículo de al lado y Estévez, uno de los residentes, comenzaba a examinarla.

La placa de tórax parecía estar relativamente bien, pero por alguna razón la ecografía cardiaca era de mala calidad. Sin embargo, las dos mostraban exactamente lo que Jane esperaba: taponamiento del pericardio por una herida de bala en el ventrículo derecho; la sangre se había filtrado dentro del espacio pericárdico y estaba comprimiendo el corazón, comprometiendo su funcionamiento y dificultando el bombeo.

—Necesitamos una ecografía abdominal, mientras trato de ganar un poco de tiempo con el corazón. —Tras definir cuál era la lesión más urgente, Jane quería tener más información sobre la herida de arma blanca—. Y tan pronto terminemos, quiero que reviséis los dos aparatos de ultrasonido. Algunas de estas imágenes del tórax tienen ecogenicidad.

Mientras uno de los residentes comenzaba a maniobrar sobre el vientre del paciente con el transductor, Jane tomó una aguja de punción lumbar calibre veintiuno y la conectó a una jeringa de cincuenta centímetros cúbicos. Cuando una enfermera desinfectó el pecho del hombre, Jane la introdujo en la piel, atravesó la pared torácica hasta alcanzar el pericardio y extrajo cuarenta centímetros cúbicos de sangre para aliviar el taponamiento. Entretanto, dio orden de que prepararan arriba la sala de cirugía número dos y avisaran al equipo de cirugía cardiovascular para que estuviera listo.

Luego le entregó la jeringa a una enfermera para que la tirara.

—Veamos la ecografía abdominal.

Era evidente que el aparato no estaba funcionando bien, pues las imágenes no eran tan claras como hubiera querido. Sin embargo, mostraban buenas noticias, que Jane confirmó cuando palpó el abdomen. No parecía que hubiese afectado ningún órgano importante.

—Muy bien, el abdomen parece estar bien. Subámoslo, inmediatamente.

Cuando iba saliendo del callejón, Jane asomó la cabeza al cubículo en el que Estévez estaba examinando a la enfermera.

—¿Cómo está?

—Se está despertando. —Estévez sacudió la cabeza—. Logramos estabilizar el corazón después de colocarle las paletas.

—¿Estaba fibrilando? ¡Por Dios!

—Igual que el tío de los teléfonos que tuvimos ayer. Como si hubiese sido golpeada por una inmensa descarga eléctrica.

—¿Habéis llamado a Mike?

—Sí, su marido ya viene de camino.

—¡Estupendo! Cuida bien a nuestra chica.

Estévez asintió con la cabeza y bajó la vista hacia su colega.

—No te preocupes.

Jane alcanzó al paciente, que era trasladado en la camilla por el callejón hacia el ascensor que llegaba directamente a las salas de cirugía. En el piso de superior, se puso el traje de quirófano, mientras las enfermeras lo ponían sobre la mesa de operaciones. A petición suya, habían instalado en la sala un equipo de cirugía cardiotorácica y la máquina de circulación extracorpórea, y las ecografías y los rayos X que habían tomado abajo estaban en la pantalla del ordenador.

Con las dos manos enguantadas y separadas del cuerpo, Jane volvió a revisar las imágenes del tórax. A decir verdad, las dos eran bastante deficientes, muy borrosas y con esa ecogenicidad, pero tenía suficiente para orientarse. La bala estaba alojada en los músculos de la espalda y Jane iba a dejarla allí: los riesgos de extraerla eran mayores que los de dejarla y, de hecho, la mayoría de la víctimas de heridas de bala salían del callejón con su pequeño trofeo de plomo, en el mismo sitio donde se había alojado desde el principio.

De pronto Jane frunció el ceño y se acercó más a la pantalla. Parecía una bala curiosa. Era redonda, no tenía la típica forma alargada que acostumbraba ver en sus pacientes. Sin embargo, parecía estar hecha de plomo normal.

Jane se acercó a la mesa en la que yacía el paciente, que ya había sido conectado a las máquinas de anestesia. Tenía el pecho preparado y las zonas circundantes estaban cubiertas por campos quirúrgicos. El color naranja del antiséptico le daba el aspecto de un bronceado ficticio.

—Nada de circulación extracorpórea. No quiero perder tiempo. ¿Tenemos sangre suficiente a mano?

—Sí, aunque no hemos podido averiguar su tipo de sangre —dijo la enfermera que estaba a su izquierda.

Jane la miró por encima del paciente.

—¿No hemos podido?

—El resultado decía que no era identificable. Pero tenemos ocho litros de tipo cero.

Jane frunció el ceño.

—Muy bien. Procedamos.

Con un bisturí láser, hizo una incisión a lo largo del pecho del paciente, luego seccionó el esternón y usó un separador de costillas para abrir la reja costal y dejó al descubierto…

Jane se quedó sin aire.

—Santa…

—¡Mierda! —terminó de decir alguien.

—Succión. —Al sentir que se producía un momento de pausa, Jane miró al enfermero que le estaba ayudando—. Succión, Jacques. No me importa qué apariencia tenga, puedo arreglarlo... siempre y cuando tenga el camino despejado y pueda ver bien esa maldita cosa.

Se oyó una especie de zumbido mientras extraían la sangre y luego Jane pudo ver con claridad una anomalía que nunca antes había visto: un corazón de seis cavidades en un pecho humano. Esa ecogenicidad que había visto en los ecocardiogramas era, en realidad, un par de cavidades adicionales.

—¡Fotos! —gritó—. Pero que sea rápido, por favor.

Mientras tomaban fotografías, pensó: «Vaya, el Servicio de Cardiología va a alucinar con esto». Ella jamás había visto algo semejante, aunque el hueco que había en el ventrículo derecho sí le resultaba absolutamente familiar. Había visto cientos de ellos.

—Sutura —dijo.

Jacques le puso un portagujas en la palma de la mano, el instrumento de acero inoxidable que lleva agarrada en el extremo una aguja curva con hilo negro. Metió la mano izquierda por detrás del corazón e introdujo el dedo por la parte posterior de la herida y comenzó a suturar la zona anterior hasta cerrarla. El siguiente movimiento fue levantar el corazón del espacio pericárdico y hacer lo mismo por debajo.

En total, tardó menos de seis minutos. Luego quitó el separador, reacomodó la reja costal y usó alambre de acero inoxidable para cerrar las dos mitades del esternón. Justo cuando estaba a punto de comenzar a poner las grapas desde el diafragma hasta las clavículas, el anestesista gritó y los aparatos comenzaron a pitar.

—Tensión arterial sesenta cuarenta y cayendo.

Jane inició el protocolo para fallo cardiaco y se inclinó sobre el paciente.

—Ni se te ocurra —le dijo con voz tajante—. Si te mueres, me voy a enfadar mucho.

De manera imprevista y contra toda lógica médica, el hombre abrió los ojos y la miró fijamente.

Jane dio un paso atrás. Por Dios... sus iris tenían el esplendor incoloro de los diamantes y brillaban con tanta intensidad que le recordaron a la luz de la luna en una noche despejada de invierno. Y por primera vez en su vida, se quedó paralizada de asombro. Mientras se miraban directamente a los ojos, sintió como si estuvieran unidos cuerpo con cuerpo, como si estuvieran entrelazados y retorcidos, como si fueran indivisibles...

—Está palpitando otra vez —gritó el anestesista.

Jane volvió a concentrarse en la operación.

—Quédate conmigo —le ordenó al paciente—. ¿Me oyes? *Quédate conmigo.*

Jane podría jurar que el tipo había asentido con la cabeza antes de que sus párpados volvieran a cerrarse. Y entonces ella siguió trabajando para salvarle la vida.

—Tienes que olvidar ese incidente de la patata explosiva —dijo Butch.

Phury entornó los ojos y se recostó contra el sofá.

—Rompieron mi ventana.

—Claro que sí. V y yo le estábamos apuntando.

—Dos veces.

—Eso prueba que los dos somos muy buenos tiradores.

—La próxima vez, ¿podrían elegir la ventana de alguien...? —Phury frunció el ceño y se retiró el Martini de los labios. Sin ninguna razón aparente, sus instintos se pusieron alerta de repente y se encendieron las alarmas como una máquina de casino. Le echó un vistazo a la sección VIP, en busca de algún indicio de problemas—. Oye, policía, ¿tú...?

—Algo no va bien —dijo Butch, frotándose el centro del pecho; luego se sacó de debajo de la camisa una gruesa cruz de oro—. ¿Qué demonios sucede?

—No lo sé. —Phury volvió a inspeccionar la concurrencia con sus ojos. Por Dios, era como si un mal olor hubiese penetrado de repente en el salón y hubiese teñido el aire con algo que hacía que la nariz le picase. Y, sin embargo, no parecía haber nada fuera de sitio.

Phury sacó su móvil y llamó a su gemelo. Cuando Zsadist contestó, lo primero que preguntó era si Phury estaba bien.

—Yo estoy bien, Z, pero tú también lo estás sintiendo, ¿no?

Al otro lado de la mesa, Butch se llevaba el móvil a la oreja.

—¿Mi amor? ¿Todo bien? ¿Estás bien? Sí, no lo sé... ¿Que Wrath quiere hablar conmigo? Sí, claro, pásamelo... Hola, grandullón. Sí. Phury y yo. Sí. No. ¿Rhage está contigo? Bien. Sí, voy a llamar a Vishous ahora mismo.

Después de colgar, el policía presionó un par de teclas y se volvió a llevar el teléfono a la oreja. Butch frunció el ceño.

—¿V? Llámame. Tan pronto oigas este mensaje.

Terminó la llamada justo cuando Phury estaba colgando de hablar con Z.

Los dos se recostaron. Phury comenzó a jugar con su copa. Butch jugueteaba con su cruz.

—Tal vez se fue al ático para estar con una mujer —dijo Butch.

—Él me dijo que tenía una cita al principio de la noche.

—Bueno. Entonces tal vez esté en mitad de una pelea.

—Sí. No tardará en llamar.

Aunque todos los teléfonos de la Hermandad tenían un chip de GPS, el de V no funcionaba cuando lo llevaba encima, así que llamar al complejo y rastrear su móvil no iba a ser de mucha ayuda. V pensaba que su mano era la culpable de que no funcionara y decía que cualquier cosa que hiciera brillar su mano causaba una interferencia magnética o eléctrica. Sin duda afectaba la calidad de la llamada. Cada vez que uno hablaba con V por teléfono se oía un zumbido, como si estuviera hablando desde un fijo.

Phury y Butch no tardaron más de minuto y medio en mirarse y decir al mismo tiempo.

—¿Te molesta que vayamos a...?

—Vamos...

Enseguida se pusieron de pie y se dirigieron a la salida de emergencia del club.

Fuera, en el callejón, Phury levantó la vista hacia el cielo.

—¿Quieres que me desmaterialice y vaya a su apartamento en un abrir y cerrar de ojos?

—Sí, hazlo.

—Necesito la dirección. Nunca he estado allí.

—Commodore. Último piso, extremo suroccidental. Yo te esperaré aquí.

Phury tardó únicamente un minuto en aparecer en la terraza del elegante ático, situado a unas diez calles del río. Ni siquiera se molestó en acercarse a la pared de cristal. Podía percibir que su hermano no estaba allí y regresó junto a Butch en un segundo.

—No.

—Entonces está de cacería… —El policía se quedó inmóvil, con una extraña expresión en el rostro. Luego giró abruptamente la cabeza hacia la derecha—. *Restrictores.*

—¿Cuántos? —preguntó Phury, abriéndose la chaqueta. Desde que Butch había tenido su encuentro con el Omega, era capaz de sentir a los asesinos como si pudiera verlos con anticipación, como si los bastardos fueran monedas y él, un detector de metales.

—Un par. Hagámoslo rápido.

—Perfecto.

Los restrictores doblaron la esquina y, tan pronto vieron a Phury y a Butch, adoptaron la posición de ataque. El callejón en el que estaba el Zero Sum no era el mejor lugar para tener una pelea, pero, con suerte, no habría muchos humanos por allí debido a que la noche estaba muy fría.

—Estoy listo —dijo Butch.

—Entendido.

Y los dos se lanzaron contra sus enemigos.

Dos horas después, Jane abrió la puerta de la unidad de cuidados intensivos. Ya había recogido sus cosas y estaba lista para irse a casa, con el maletín de cuero colgado del hombro, las llaves del coche en la mano y su impermeable puesto. Pero no quería marcharse sin ver antes a su paciente de herida de bala.

Mientras avanzaba hacia el control de enfermería, la mujer que estaba al otro lado del mostrador levantó la vista.

—¿Qué tal, doctora Whitcomb? ¿Ha venido a ver a su paciente?

—Sí, Shalonda. Ya me conoces, no los puedo dejar en paz. ¿Qué habitación le has dado?

—La número seis. Faye está con él ahora, controlando que se encuentre bien.

—¿Veis por qué os quiero tanto, chicas? Porque sois el mejor equipo de cuidados intensivos de la ciudad. A propósito, ¿ha venido alguien a verlo? ¿Habéis encontrado a algún pariente?

—Llamé al número que había en su historia clínica. El tipo que contestó dijo que llevaba diez años viviendo en ese apartamento y nunca había oído hablar de Michael Klosnick. Así que parece que la dirección era falsa. Ah, ¿y ha visto las armas que le encontraron? Iba armado hasta los dientes.

Mientras que Shalonda entornaba los ojos, las dos dijeron al mismo tiempo.

—Asunto de drogas.

Jane sacudió la cabeza.

—No me sorprende.

—A mí tampoco. Con esos tatuajes en la cara ciertamente no tiene pinta de corredor de seguros.

—A menos que trabaje con un equipo de luchadores profesionales.

Shalonda soltó una carcajada, mientras Jane sacudía la cabeza y comenzaba a avanzar por el corredor. La habitación número seis estaba al fondo, a mano derecha, y mientras se dirigía hacia allí, revisó a otros dos pacientes que había operado, una mujer que tenía perforada la vejiga debido a una liposucción mal hecha y otro que había quedado ensartado en una cerca tras un accidente de moto.

Los cubículos de la unidad de cuidados intensivos eran de seis metros por seis aproximadamente y estaban totalmente equipados. Cada uno tenía una pared de cristal al frente, con una cortina que se podía correr para tener un poco de privacidad y no eran de esos cuartos que tenían ventana, un cartel de Monet o una televisión sintonizada en un programa de entrevistas. Si uno estaba lo suficientemente bien como para preocuparse por lo que veía en la tele, entonces estaba en el lugar equivocado. Las únicas pantallas e imágenes aquí eran las del equipo de monitores que rodeaba la cama.

Cuando Jane llegó a la habitación número seis, Faye Montgomery, una verdadera veterana, levantó la vista, pues estaba revisando la vía del paciente.

—Buenas noches, doctora Whitcomb.

—Faye, ¿cómo estás? —Jane dejó su maletín en el suelo y agarró el historial clínico que estaba colgado junto a la puerta.

—Yo estoy bien y, antes de que pregunte, está estable. Lo cual es asombroso.

Jane revisó los datos más recientes.

—No me digas.

Estaba a punto de cerrar el historial cuando vio el número que había en la esquina izquierda y frunció el ceño. El número de diez dígitos que identificaba al paciente estaba muy, pero muy lejos de los números que recibían los pacientes recién admitidos, así que revisó la fecha en la que abrieron la historia: 1971. Al mirar las hojas del principio, se encontró con que aquel hombre había ingresado otras dos veces al hospital por el Servicio de Urgencias: una por una herida de arma blanca y la otra por una sobredosis; los años eran 1971 y 73.

Ah, diablos, Jane ya había visto eso otras veces. Todos los números se parecían cuando uno los escribía deprisa. El hospital había comenzado el proceso de informatización de los historiales a finales del año 2003 y antes de esa fecha todo se escribía a mano. Evidentemente este registro había sido realizado por alguna persona que copió mal las fechas: en lugar de escribir 01 y 03, había puesto 71 y 73, como si el paciente hubiese ingresado en los setenta.

Sólo que… el año de nacimiento no tenía sentido. Según la fecha que aparecía en la historia, el paciente habría tenido treinta y siete años hacía tres décadas.

Jane cerró la historia y puso la palma de la mano encima.

—Tenemos que pedirles a los del servicio de transcripción de datos que tengan más cuidado.

—Sí. Yo pensé lo mismo. ¿Quiere estar un rato a solas con él?

—Sí, gracias.

Faye se detuvo en la puerta.

—He oído que estuvo maravillosa en el quirófano esta noche.

Jane sonrió.

—Todo el equipo lo hizo muy bien. Yo me limité a hacer mi parte. Oye, olvidé decirle a Shalonda que voy a coger Reino Unido en primavera. ¿Querrías, por favor…?

—Sí. Y antes de que preguntes, sí, ella está en Duke otra vez este año.

—¡Estupendo! Así podremos abusar mutuamente la una de la otra durante otras seis semanas.

—Ésa es la razón para que los escogiera. Trabajar en el servicio público para que los demás podamos ver cómo lo hacéis. Sois tan altruistas.

Cuando Faye se marchó, Jane cerró la cortina y se acercó a la cama. El paciente estaba respirando con la ayuda de una máquina y sus niveles de oxígeno eran aceptables. La tensión arterial estaba estable, aunque un poco baja. El ritmo cardiaco estaba lento y la lectura del monitor era curiosa, pero, claro, el tipo tenía seis cavidades palpitando.

¡Por Dios, qué corazón el de este hombre!

Jane se inclinó sobre el paciente y estudió sus rasgos faciales. De origen caucásico, probablemente del centro de Europa. Bien parecido, aunque eso no era relevante, y los tatuajes que tenía en la sien envilecían un poco su aspecto. Se acercó un poco más para estudiar los tatuajes. Tenía que admitir que eran hermosos, con un intricado diseño de una mezcla de caracteres chinos y jeroglíficos. Se imaginó que debían ser símbolos de una pandilla, aunque el paciente no parecía de esos que se viven enfrentando en la calle; tenía una apariencia más feroz, como si fuera un soldado. Tal vez los tatuajes tenían que ver con algún tema de artes marciales o algo así.

Cuando miró el tubo que tenía en la boca, notó algo raro. Jane empujó el labio superior con el pulgar. El hombre tenía unos caninos muy pronunciados. Notoriamente afilados.

Arreglados, sin duda. Hoy día la gente se hacía cualquier cosa para verse distinta y este hombre ya se había marcado la cara.

Jane levantó la manta ligera que el paciente tenía encima. El vendaje de la herida del pecho tenía buen aspecto, así que siguió revisando el resto del cuerpo, mientras iba levantando la manta. Revisó el vendaje de la cuchillada y palpó la zona abdominal. Mientras presionaba suavemente para sentir los órganos internos, miró los tatuajes que tenía encima del pubis y luego se fijó en las cicatrices que tenía alrededor de la pelvis.

A este hombre lo habían castrado parcialmente.

A juzgar por la cantidad y la apariencia de las cicatrices, no había sido mediante una operación quirúrgica sino probablemente el resultado de un accidente. O al menos eso esperaba, porque la otra explicación probable sería que hubiese sido torturado.

Jane se quedó mirando la cara del hombre, mientras lo volvía a tapar con la manta. De manera impulsiva, le puso una mano sobre el antebrazo y le dio un apretón.

—Has tenido una vida difícil, ¿cierto?

—Sí, pero me ha sentado muy bien.

Jane se dio media vuelta.

—Por Dios, Manello, me has asustado.

—Lo siento. Sólo quería echar un vistazo. —El jefe de cirugía se detuvo al otro lado de la cama y miró al paciente de arriba abajo—. ¿Sabes? Yo no creo que hubiese sobrevivido en manos de otro.

—¿Has visto las fotografías?

—¿Las de su corazón? Sí. Quiero enviárselas a los chicos de Columbia para que las analicen. Puedes preguntarles qué opinan cuando estés allí.

Jane dejó pasar ese comentario sin responder nada.

—No ha sido posible establecer su grupo sanguíneo.

—¿De verdad?

—Si nos da su consentimiento, creo que deberíamos hacerle un análisis completo hasta los cromosomas.

—Ah, sí, tu segundo amor. Los genes.

Era curioso que Manello se acordara de eso. Era probable que alguna vez Jane hubiera comentado que casi termina trabajando en investigación genética.

Con la ansiedad de un drogadicto, Jane recordó las entrañas del paciente, vio cómo sostenía el corazón en la mano, sintió el peso del órgano en la palma de su mano, mientras le salvaba la vida.

—Este hombre puede representar una oportunidad clínica fascinante. ¡Dios, me encantaría estudiarlo! O al menos participar en el estudio.

El zumbido de los monitores pareció aumentar en medio del silencio que se instaló entre ellos hasta que, unos segundos después, Jane sintió algo que le erizó la piel de la nuca. Levantó la vista y vio que Manello la estaba mirando fijamente, con una expresión solemne, la mandíbula apretada y la frente arrugada.

—¿Manello? —Jane frunció el ceño—. ¿Estás bien?

—No te vayas.

Para evitar la mirada de su colega, Jane bajó los ojos hacia la sábana que había doblado y había metido debajo del brazo del paciente. Entonces comenzó a alisarla distraídamente, hasta que ese gesto le recordó algo que su madre siempre hacía.

Jane detuvo la mano.

—Podrás conseguir a otro ciruja…

—Al diablo con el departamento. No quiero que te vayas porque… —Manello se pasó una mano por el pelo—. Por Dios, Jane, no quiero que te vayas porque te voy a echar mucho de menos y porque yo… Mierda, yo te necesito, ¿vale? Te necesito aquí. Conmigo.

Jane parpadeó como si fuera una idiota. En los últimos cuatro años nunca había percibido ningún indicio de que el hombre se sintiera atraído hacia ella. Claro que estaban muy próximos. Y ella era la única que lo podía calmar cuando se enfadaba. Y, sí, hablaban todo el tiempo sobre los asuntos del hospital, incluso en sus ratos libres. Y cenaban juntos todas las noches cuando estaban de turno y… él le había hablado de su familia y ella le había contado de la suya.

Maldición.

Sí, pero Manello era el tío más atractivo de todo el hospital. Y ella era tan femenina como… bueno, como una mesa de quirófano.

Ciertamente tenía tantas curvas como una mesa de quirófano.

—Vamos, Jane, ¿cómo es posible que no te hayas dado cuenta? Si me dieras la más mínima señal, estaría en tus bragas antes de un segundo.

—¿Acaso estás loco? —dijo Jane en voz baja.

—No. —Manello entrecerró los ojos y la miró con una expresión de lujuria—. Estoy muy, pero muy lúcido.

Jane no supo qué responder a los avances románticos de su jefe. Sencillamente no sabía qué hacer.

—No estaría bien —fue lo único que atinó a decir.

—Seríamos discretos.

—Pero si nos pasamos el tiempo peleando. —¿Qué diablos era lo que estaba diciendo?

—Ya lo sé. —Manello sonrió de oreja a oreja—. Eso me gusta. Tú eres la única capaz de plantarme cara.

Jane se quedó mirándolo por encima del paciente, tan desconcertada todavía que no sabía qué decir. Dios, hacía tanto tiempo que no había un hombre en su vida. En su cama. En su cabeza. Tanto tiempo. Llevaba años volviendo a casa sola, duchándose sola, acostándose sola, despertándose sola y yendo a trabajar sola. Tras la muerte de sus padres, se había quedado sin familia y, debido a la cantidad de horas que pasaba en el hospital, tampoco tenía un círculo de amigos ajenos al trabajo. La única persona con la que realmente hablaba era… bueno, Manello.

Mientras lo observaba en ese momento, a Jane se le ocurrió pensar que la verdadera razón por la cual quería marcharse era precisamente Manello, aunque no sólo por el hecho de que él se interpusiera en su carrera en el hospital. De alguna manera ella había presentido esta situación y quería salir huyendo antes de que se hiciera evidente.

—No digas nada —murmuró Manello—, éste no es un buen momento. A menos de que estés tratando de decir algo como «Manny, te amo desde hace años, vamos a tu casa y pasemos en la cama los próximos cuatro días».

—Tú estás de turno mañana —dijo ella de manera automática.

—Llamaría para decir que estoy enfermo. Diría que contraje ese virus que ronda por el hospital. Y, como tu jefe, te ordenaría que hicieras lo mismo. —Se inclinó sobre el paciente—. No te vayas a Columbia mañana. No te vayas. Veamos hasta dónde podemos llegar con esto.

Jane bajó la vista y se quedó mirando las manos de Manny… esas manos fuertes y anchas, que habían arreglado tantas caderas y hombros y rodillas, y habían salvado la carrera y la felicidad de tantos atletas, tanto profesionales como aficionados. Y Manello no sólo operaba a gente joven y en forma. También se preocupaba por salvar la movilidad de las personas mayores y de los heridos y de los enfermos de cáncer y había ayudado a mucha gente a seguir disfrutando de sus brazos y sus piernas.

Jane trató de imaginarse cómo sería el tacto de esas manos sobre su piel.

—Manny… —susurró—. Esto es una locura.

Al otro lado de la ciudad, en el callejón a la salida del Zero Sum, Phury se levantó de debajo del cuerpo inmóvil de un restrictor blanco como un fantasma. Con su daga negra había abierto un tajo en el cuello del asesino y un chorro de sangre negra y viscosa caía sobre el asfalto cubierto de nieve derretida. Su instinto lo impulsaba a apuñalar al maldito en el corazón y devolvérselo al Omega, pero ése era el método antiguo. El nuevo era mejor.

Aunque corría a cargo de Butch. Y le costaba un gran esfuerzo.

—Éste está listo para ti —dijo Phury y retrocedió.

Butch se acercó. Sus botas rompieron el hielo de los charcos. Tenía un gesto adusto, los colmillos alargados y ahora despedía el olor a talco de bebé de sus enemigos. Ya había terminado con el asesino con el que estaba peleando, le había aplicado su tratamiento especial y ahora tenía que volverlo a realizar.

El policía parecía al mismo tiempo motivado y dolorido; cuando se puso de rodillas, colocó una mano a cada lado de la cara pálida del restrictor y se inclinó. Luego abrió la boca, se acomodó sobre los labios del asesino y comenzó a inhalar larga y lentamente.

Los ojos del restrictor brillaron, mientras que una niebla negra comenzaba a brotar de su cuerpo y era absorbida por los pulmones de Butch. El policía siguió succionando sin parar, al tiempo que una corriente de maldad pasaba de un recipiente a otro. Al final, su enemigo quedó convertido en cenizas grises y su cuerpo se vino abajo completamente hasta que el polvo fue arrastrado por el viento helado.

Butch descansó un momento y luego se desplomó sobre el costado, en un extremo del callejón resbaladizo. Phury se acercó y le ofreció la mano…

—No me toques. —La voz de Butch era apenas un murmullo—. Enfermarías.

—Déjame…

—¡No! —Butch dio media vuelta y se apoyó en el suelo para comenzar a levantarse—. Sólo dame un minuto.

Phury se detuvo junto a él, protegiéndolo y vigilando en caso de que aparecieran más asesinos.

—¿Quieres ir a casa? Yo iré a buscar a V.

—Diablos, no. —Butch levantó sus ojos almendrados—. Él es mío. Lo encontraré.

—¿Estás seguro?

Butch se incorporó totalmente y aunque su cuerpo temblaba como una hoja, comenzó a caminar.

—Vamos.

Cuando Phury lo alcanzó y empezó a acompañarle por la calle Trade, pensó que no le gustaba la expresión del policía. Tenía cara de estar molido, pero no parecía que quisiera darse por vencido.

Después de recorrer el centro de Caldwell sin encontrar absolutamente nada, el hecho de que V no apareciera lo puso claramente más enfermo.

Estaban en las afueras, junto a la avenida Redd, cuando Phury frenó en seco.

—Deberíamos regresar. No creo que haya venido tan lejos.

Butch se detuvo y miró a su alrededor.

—Oye, espera. Éste es el edificio donde solía vivir Beth —dijo con voz apagada.

—Necesitamos regresar.

El policía negó con la cabeza y se frotó el pecho.

—Tenemos que seguir buscando.

—No estoy diciendo que dejemos de buscar. Pero ¿por qué vendría tan lejos? Estamos en el límite de la zona residencial. Hay demasiados testigos como para tener una pelea, así que V no vendría hasta aquí a buscar asesinos.

—Phury, ¿y si lo han capturado? No hemos visto más restrictores esta noche. ¿Y si han dado un gran golpe y se lo han llevado?

—Si estaba consciente, eso es muy poco probable, teniendo en cuenta esa mano de V. Siempre tiene esa tremenda arma, aunque le quiten sus dagas.

—¿Y si lo han golpeado hasta dejarlo inconsciente?

Antes de que Phury pudiera responder, pasó a toda velocidad la furgoneta del telediario del Canal Seis. Dos calles más abajo se encendieron las luces de freno y la camioneta se detuvo.

Lo único que Phury pudo pensar fue «mierda», las furgonetas de los periodistas no corrían de esa manera porque un gatito se hubiese encaramado a un árbol. Sin embargo, tal vez se trataba de un asunto entre humanos, algo como una pelea entre pandillas o algo así.

El problema era que un presentimiento horrible y opresivo le dijo que ése no era el caso, así que cuando Butch comenzó a caminar en esa dirección, Phury lo siguió. Ninguno dijo nada, lo que mostraba que probablemente el policía estaba pensando exactamente lo mismo: «Por favor, Dios mío, que no sea algo relacionado con nosotros, que sea la tragedia de alguien más».

Cuando llegaron a donde estaba la furgoneta, encontraron el operativo típico de un crimen: dos patrullas del Departamento de Policía de Caldwell aparcadas en la entrada del callejón en que terminaba la calle 20. Mientras un reportero hablaba hacia una cámara bajo la luz de un reflector, hombres en uniforme se paseaban alrededor de un círculo cerrado con cinta amarilla. Los curiosos se agolpaban para conocer los detalles morbosos y cuchichear.

La brisa que venía del callejón traía el olor de la sangre de V, al igual que el olor dulzón de los restrictores.

—¡Ay, Dios…! —La angustia de Butch se dispersó por la noche fría, agregándole un claro olor a laca a la mezcla.

El policía se abalanzó hacia la cinta, pero Phury lo agarró del brazo para detenerlo, aunque sin éxito. Butch estaba tan lleno de maldad, que se zafó del brazo de Phury y le dio un golpe al abdomen que le revolvió el estómago.

Sin embargo, Phury se mantuvo junto a su amigo.

—Quédate atrás. Es probable que hayas trabajado con algunos de esos agentes. —Cuando el policía abrió la boca, Phury siguió hablando sin darle oportunidad de contestar—: Súbete el cuello, bájate la gorra y quédate quieto.

Butch le dio un tirón a su gorra de los Red Sox y metió la barbilla entre el cuello de la chaqueta.

—Si él está muerto…

—Cállate y preocúpate por mantenerte de pie. —Lo cual era todo un desafío, pues estaba hecho polvo. Por Dios… si V estaba muerto, eso no sólo destrozaría a todos los hermanos, sino que él mismo se encontraría en serios problemas. Después de practicar su talento especial con los asesinos, V era el único que podía extraer la maldad de su cuerpo.

—Vete, Butch. Te estás exponiendo demasiado. Vete ahora.

El policía se alejó un par de metros y se recostó contra un coche aparcado en medio de las sombras. Cuando por fin parecía que iba a quedarse allí, Phury regresó al escenario del crimen y se unió al grupo de curiosos que observaban junto a la cinta amarilla. Al echarle un vistazo al lugar, lo primero que notó fueron los restos en el sitio donde fue aniquilado el asesino. Por suerte, la policía no parecía prestarles mucha atención. Probablemente creían que el charco viscoso era sólo aceite de coche y la quemadura en el suelo, los restos de una hoguera encendida por un indigente. No, los policías estaban concentrados en el centro de la escena, donde era evidente que había estado Vishous, en medio de un charco de sangre roja.

¡Ay... Dios!

Phury miró al humano que estaba parado junto a él.

—¿Qué ha sucedido?

El hombre se encogió de hombros.

—Un tiroteo. Parece que ha habido una pelea.

De repente, un chico que estaba vestido de manera extravagante comenzó a hablar en voz alta y de manera agitada, como si fuera el mejor espectáculo que hubiese visto en la vida.

—La víctima recibió un balazo en el pecho. Yo lo vi todo y llamé al número de emergencias. —Movió su móvil como si fuera un trofeo—. La policía quiere que me quede por aquí, para poder interrogarme después.

Phury bajó la mirada hacia el chico.

—¿Qué pasó?

—Por Dios, no me van a creer. Parecía sacado de uno de esos programas de vídeos espectaculares. ¿Los han visto?

—Sí. —Phury inspeccionó con la mirada los edificios que rodeaban el callejón. No tenían ventanas. Probablemente aquél era el único testigo—. Entonces, ¿qué fue lo que viste?

—Pues, yo iba caminando por Trade. Mis amigos me abandonaron en Screamer's y me quedé sin forma de regresar a casa. Así que resulta que voy caminando y de pronto veo un estallido de luz un poco más adelante. Fue como una llamarada enorme que salía del callejón. Apresuré el paso porque quería ver qué estaba pasando y entonces oí el disparo. Fue más bien como una explosión. De hecho, sólo me di cuenta de que había sido un disparo cuando llegué aquí. Uno pensaría que eso retumba más...

—¿Cuándo llamaste al número de emergencias?

—Bueno, pues esperé un poco porque me imaginé que alguien iba a salir corriendo del callejón y no quería que me dispararan. Pero como nadie salió, me imaginé que habrían desaparecido por detrás o algo así. Así que me acerqué y vi que no había ninguna otra salida. Tal vez el tío se disparó solo, ¿saben?

—¿Cómo era el herido?

—¿La víctima? —El chico se inclinó hacia Phury—. Ésa es la palabra que usan los policías. Yo los he oído.

—Gracias por la aclaración —susurró Phury—. Entonces, ¿qué aspecto tenía?

—Pelo negro. Con perilla. Mucho cuero. Me quedé junto a él mientras llamaba al 091. Estaba sangrando, pero estaba vivo.

—¿Y no viste a nadie más?

—No. Sólo a él. Así que la policía me va a interrogar. De verdad. ¿Ya te lo he dicho?

—Sí, enhorabuena. Debes sentirte feliz. —¡Por Dios, Phury realmente tuvo que hacer un esfuerzo para no romperle la cara al chico!

—Oye, no seas tan amargado. Esto es genial.

—Pero no para el tío que salió herido, ¿no te parece? —Phury volvió a echarle un vistazo al escenario. Al menos, V no estaba en manos de los restrictores y tampoco había acabado muerto al instante. Seguramente el restrictor le disparó primero, pero V todavía tuvo fuerzas para hacerle desaparecer antes de quedar inconsciente.

Pero, un momento… el disparo se oyó después del estallido de luz. Así que debió aparecer un segundo restrictor.

A su izquierda, Phury escuchó una voz con una dicción perfecta:

—Les habla Bethany Choi, de las noticias del Canal Seis, informando en directo desde la escena de otro tiroteo ocurrido en el centro. De acuerdo con la policía, la víctima, Michael Klosnick…

¿*Michael Klosnick*? Seguramente V había cogido la identificación del asesino y se la encontraron a él.

—… fue llevado al hospital Saint Francis en estado muy grave, con una herida de bala en el pecho…

Muy bien, ésta iba a ser una larga noche: Vishous estaba herido. Lo tenían los humanos. Y sólo tenían cuatro horas hasta que amaneciera.

Tendrían que moverse rápido.

Phury marcó el número del complejo, a medida que se dirigía hacia Butch. Mientras el teléfono sonaba, le dijo al policía:

—Está vivo en el Saint Francis, con una herida de bala.

Butch se dejó caer contra el coche y murmuró algo como: «Bendito Dios». Luego agregó:

—Entonces, ¿vamos a sacarlo de allí?

—Enseguida. —¿Por qué Wrath no contestaba al teléfono? «Vamos, Wrath… responde»—. Mierda… esos malditos cirujanos se deben haber llevado la sorpresa de su vida cuando lo abrieron… ¿Wrath? Tenemos un problema.

Vishous se despertó en un estado de desdoblamiento y recuperó totalmente el sentido, a pesar de que estaba atrapado en una jaula de carne y huesos agonizantes. Sin poder mover los brazos ni las piernas, sentía los párpados cerrados y tan pesados como si hubiese estado llorando cemento. Parecía que el oído era el único sentido que le funcionaba: dos personas estaban hablando a su lado. Se oían dos voces. Un hombre y una mujer, y no reconocía ninguna de las dos.

No, un momento. Sí conocía una de las voces. Era la que le había estado dando órdenes. La voz de la mujer. Pero ¿por qué?

¿Y por qué demonios le había permitido que le hablara así?

V siguió la conversación sin prestar realmente atención a las palabras. La mujer hablaba como un hombre. De manera directa. Autoritaria. Imperativa.

¿Quién era ella? ¿Quién…?

La identidad de la mujer lo golpeó como una bofetada y le dio algo de sentido a la situación. Era la cirujana. La cirujana humana. ¡Por Dios, estaba en un hospital humano! Había caído en manos de los humanos después de… Mierda, ¿qué había ocurrido?

Se sintió invadido por el pánico y notó una oleada de energía… pero no le sirvió de nada. Su cuerpo no era más que un trozo de carne y tenía la sensación de que el tubo que le bajaba por la garganta significaba que estaba conectado a un respirador. Evidentemente lo habían sedado.

¡Ay, Dios! ¿Cuánto tiempo faltaría para el amanecer? Tenía que salir de allí lo antes posible. ¿Cómo iba a hacer para…?

V comenzó a planear su huida, pero se detuvo de repente, cuando sus instintos se dispararon y tomaron el control.

Sin embargo, no se trataba de sus instintos guerreros. Eran todos esos instintos de macho posesivo que había tenido dormidos hasta ahora, aquéllos sobre los que había leído o había oído y que había visto en los demás, pero de los cuales siempre había pensado que carecía. Y habían sido provocados por un olor que flotaba en la habitación, el olor de un macho que quería sexo... con la mujer, con la cirujana de V.

«Mía».

La palabra brotó de la nada y apareció con toda una carga asesina. Estaba tan furioso que sus ojos se abrieron.

Cuando giró la cabeza, vio a una humana de alta estatura y cabello corto y rubio. Llevaba gafas sin montura e iba sin maquillar y sin joya alguna. La bata blanca decía DOCTORA JANE WHITCOMB, JEFA DEL SERVICIO DE TRAUMA, en letras negras cursivas.

—Manny —dijo ella—, esto es una locura.

V miró hacia el otro lado y vio a un humano de cabello negro. También llevaba bata blanca y una placa en la solapa derecha que decía DOCTOR MANUEL MANELLO, JEFE DEL DEPARTAMENTO DE CIRUGÍA.

—No tiene nada de locura —dijo el hombre con una voz profunda y un tono de mando, mirando intensamente a la cirujana de V—. Sé lo que quiero. Y te quiero a ti.

«Mía —pensó V—. No es tuya. MÍA».

—No puedo dejar de ir a Columbia mañana —dijo ella—. Aunque hubiese algo entre nosotros, todavía tengo que marcharme si quiero dirigir un departamento.

—Algo entre nosotros. —El tipo sonrió—. ¿Eso significa que lo pensarás?

—¿Pensar el qué?

—Sobre nosotros.

V levantó el labio superior y enseñó los colmillos. Mientras comenzaba a gruñir, aquella palabra le daba vueltas en el cerebro, como una granada sin seguro: «Mía».

—No lo sé —dijo la cirujana.

—Pero no es un no, ¿cierto, Jane? No es un no.

—No... No lo es.

—Bien. —El hombre bajó la mirada hacia V y pareció sorprenderse—. Alguien se ha despertado.

«Será mejor que te des por enterado —pensó V—. Y si la tocas, te voy a arrancar el maldito brazo del hombro».

Faye Montgomery era una mujer práctica, lo cual la convertía en una excelente enfermera. Poseía una sensatez innata que la acompañaba desde el nacimiento, junto con su cabello y sus ojos negros, y se desenvolvía muy bien en los momentos de crisis. El hecho de estar casada con un marine, ser madre de dos niños y llevar doce años de trabajo en unidades de cuidados intensivos hacía que fuera muy difícil sorprenderla.

Sin embargo, mientras estaba sentada detrás del mostrador del control de enfermería de la unidad de cuidados intensivos, Faye Montgomery se llevó una sorpresa.

Tres hombres del tamaño de una camioneta se encontraban al otro lado del mostrador. Uno tenía el pelo largo y de muchos colores y un par de ojos amarillos que no parecían de verdad de lo mucho que brillaban. El segundo era tan subyugadoramente guapo y despedía tanto magnetismo sexual que Faye tuvo que recordarse que estaba felizmente casada con un hombre que todavía la atraía mucho. El tercero permanecía detrás y de él sólo se alcanzaba a ver una gorra de los Red Sox, un par de gafas oscuras y un aire de pura maldad que no encajaba con su atractivo rostro.

¿Acaso alguno de ellos había hecho alguna pregunta? Eso creía.

Como ninguna de las otras enfermeras parecía poder articular palabra, Faye dijo tartamudeando:

—¿Perdón? Eh… ¿Puedo ayudarles en algo?

El poseedor de la magnífica cabellera —¡Por Dios! ¿Sería pelo de verdad?— sonrió un poco.

—Estamos buscando a Michael Klosnick, que entró por urgencias. En admisión nos dijeron que lo trajeron aquí después de operarlo.

¡Por Dios… esos iris tenían el color de los lirios bajo la luz del sol, eran de un dorado destellante!

—¿Son familiares suyos?

—Somos sus hermanos.

—Muy bien, pero lo lamento, él acaba de salir de quirófano y no… —Sin ninguna razón aparente, Faye pareció cambiar bruscamente de opinión, como un tren de juguete que alguien levanta del raíl para ponerlo en la dirección contraria, y se sorprendió diciendo—: Está al fondo del pasillo, en la habitación seis. Pero sólo puede entrar uno y no puede quedarse mucho tiempo. Ah y tienen que esperar a que su doctora…

En ese momento el doctor Manello se acercó al mostrador. Les echó un vistazo a los hombres y preguntó:

—¿Todo en orden por aquí?

—Sí, todo bien —dijo Faye, asintiendo con la cabeza.

El doctor Manello frunció el ceño al ver que los hombres lo estaban mirando fijamente. Luego hizo una mueca y se masajeó las sienes, como si tuviera dolor de cabeza.

—Estaré en mi despacho, si me necesitan, Faye.

—Muy bien, doctor Manello. —La mujer volvió a mirar a los hombres—. ¿En qué estaba? *Ah, sí.* Tienen que esperar a que salga su cirujana, ¿de acuerdo?

—¿El doctor está con él en este momento?

—La *doctora* está con él, sí.

—Perfecto, gracias.

Los ojos amarillos se clavaron en los de ella… y de repente ya no podía recordar si había un paciente en la habitación seis o no. ¿Si había un paciente? Un momento…

—Dígame —dijo el hombre—, ¿cuál es su nombre de usuario y su clave?

—¿Perdón?

—Para el ordenador.

¿Por qué querría él… Claro, necesitaba la información. Por supuesto. Y ella tenía que dársela.

—FMONT2 en mayúsculas es el nombre de usuario y la clave es 11Eddie11. La *E* en mayúsculas.

—Gracias.

Estaba a punto de decir «De nada», cuando se le ocurrió de repente que era hora de reunirse con el equipo. Sólo que ¿cuál era el motivo de la reunión? Ya habían tenido la reunión regular al comienzo del…

«No, definitivamente es hora de tener una reunión de personal». Necesitaba con urgencia hablar con sus colegas. Inmediatamente…

Faye parpadeó y se dio cuenta de que estaba mirando al vacío, por encima del mostrador del control de enfermería. ¡Qué extraño, podría jurar que hacía un instante estaba hablando con alguien! Un hombre y…

«Reunión de personal. Ya».

Faye se masajeó las sienes y sintió como si tuviera una prensa apretándole la frente. Por lo general no le dolía la cabeza, pero había sido un día muy agitado y había tomado demasiado café y comido mal.

Miró por encima del hombro a las otras tres enfermeras y todas parecían un poco desconcertadas.

—Vamos a la sala de reuniones, chicas. Tenemos que revisar un caso.

Una de las colegas de Faye frunció el ceño.

—¿Pero acaso no lo hemos hecho ya?

—Tenemos que volver a reunirnos.

Todo el mundo se puso de pie y se dirigió a la sala de reuniones. Faye dejó las puertas abiertas y se sentó en la cabecera de la mesa para poder ver el pasillo y el monitor que mostraba el estado de cada paciente que había en el pabellón…

De pronto se quedó rígida en su silla. «¿Qué demonios era eso?». Había un hombre de cabello multicolor dentro del control de enfermería y estaba inclinado sobre un teclado.

Faye comenzó a levantarse, dispuesta a llamar a seguridad, pero en ese momento el hombre miró por encima del hombro. Cuando sus ojos amarillos se cruzaron con los de ella, olvidó por qué estaba mal que él estuviera sentado manipulando uno de sus ordenadores. También se dio cuenta de que tenía que discutir el caso del paciente de la habitación número cinco enseguida.

—Revisemos el estado del señor Hauser —dijo, con una voz que llamó la atención de todo el mundo.

Después de que Manello se fuera, Jane se quedó mirando a su paciente con incredulidad. A pesar de todos los sedantes que tenía corriéndole por las venas, había abierto los ojos y estaba mirando hacia arriba, plenamente consciente, con su cara endurecida y llena de tatuajes.

Por Dios… esos ojos. No se parecían a nada que ella hubiese visto antes, los iris eran de un color blanco casi artificial, enmarcados por un aro azul.

Esto no era normal, pensó Jane. La manera en que el paciente la miraba no era normal. El corazón de seis cavidades que palpitaba en su pecho no era normal. Y esos dientes tan largos en la parte delantera de su boca tampoco eran normales.

Ese hombre no era humano.

Sólo que eso era ridículo. ¿Cuál era la primera regla de la medicina? Cuando oigas ruido de cascos, no pienses en cebras. ¿Qué posibilidades había de que hubiese una especie humanoide todavía sin identificar? ¿Un labrador de pelo rubio que se transforma en un golden retriever Homo sapiens?

Jane pensó en los dientes del paciente. Sí, más que en un golden retriever habría que pensar en un doberman.

El paciente la observaba y de alguna manera parecía alzarse sobre ella, a pesar de que estaba acostado en la cama e intubado y hacía sólo un par de horas había salido de quirófano.

¿Cómo demonios era posible que estuviera consciente?

—¿Puedes oírme? —preguntó Jane—. Mueve la cabeza si puedes oírme.

El hombre se llevó la mano tatuada a la garganta y agarró el tubo que entraba en su boca.

—No, eso se tiene que quedar ahí. —Cuando ella se inclinó para retirarle la mano, el hombre alejó el brazo todo lo que pudo—. Así está mejor. Por favor, no me obligues a inmovilizarte.

El hombre abrió los ojos de manera desorbitada a causa del terror, mientras su cuerpo comenzó a agitarse sobre la cama. Sus labios comenzaron a apretar el tubo que entraba por su garganta como si estuviera sollozando y Jane se conmovió al ver esa reacción de pánico. Había algo animal en la desesperación del paciente, algo que le recordaba a la manera como lo miraría a uno un lobo que ha quedado atrapado en una trampa: «Ayúdame y así tal vez no te mate después de que me liberes».

Ella le puso una mano sobre el hombro.

—Está bien. No es necesario tomar medidas tan extremas. Pero necesitamos ese tubo.

En ese momento se abrió la puerta de la habitación y Jane se quedó paralizada.

Los dos hombres que entraron iban vestidos con ropa de cuero negro y parecían de los que siempre llevan armas escondidas. Uno era probablemente el rubio más grande y despampanante que ella había visto en su vida. El otro le inspiró miedo. Llevaba una gorra de los Red Sox que le tapaba media cara e irradiaba un horrible aire de maldad. Jane no podía ver bien sus rasgos, pero a juzgar por su extrema palidez, debía estar enfermo.

Al ver a aquel par de personajes, lo primero que Jane pensó era que habían venido por su paciente y no precisamente a traerle flores y animarlo.

Su segundo pensamiento fue que necesitaba llamar a seguridad, de inmediato.

—Fuera de aquí —ordenó Jane—. Inmediatamente.

El tipo con la gorra de los Red Sox la ignoró y se acercó de inmediato a la cama. Tan pronto como él y el paciente establecieron contacto visual, el de la gorra estiró el brazo y se agarraron de la mano.

—Pensé que te había perdido, maldito hijo de puta —dijo con voz ronca el Red Sox.

El paciente entrecerró los ojos como si estuviera tratando de comunicarse. Luego simplemente movió la cabeza de un lado a otro de la almohada.

—Vamos a llevarte a casa, ¿vale?

Al ver que el paciente asentía con la cabeza, Jane ya no se molestó en seguir pidiéndoles que se marcharan. Se abalanzó sobre el botón de llamada, que indicaba que había una emergencia cardiaca y atraería a la habitación a la mitad del equipo que estaba en el piso.

Pero no llegó.

El amigo del Red Sox, el rubio despampanante, se movió tan rápido que ella no alcanzó a verlo. En un momento estaba junto a la puerta y al instante siguiente la había agarrado por detrás y la había levantado del suelo hasta que los pies le quedaron colgando. Cuando ella comenzó a gritar, el hombre le puso una mano sobre la boca y la sometió con tanta facilidad como si fuera una chiquilla en medio de una rabieta.

Entretanto, el Red Sox fue quitándole sistemáticamente al paciente todo el aparataje: el tubo orotraqueal, las vías intravenosas, el catéter, los cables del monitor cardiaco, el oxígeno…

Jane se puso furiosa. Mientras las alarmas de las máquinas comenzaban a pitar, se echó hacia atrás y le dio a su captor una patada en la espinilla. El rubio enorme dejó escapar un gruñido y luego le apretó las costillas con una fuerza tal que Jane tuvo que hacer tanto esfuerzo para respirar que ya no pudo seguir lanzándole patadas.

Al menos las alarmas llamarían la atención de…

Pero los pitidos se acallaron repentinamente, a pesar de que nadie tocó las máquinas. Y Jane tuvo la sensación de que nadie iba a venir a ayudarla.

Así que comenzó a forcejear con más fuerza, hasta que los ojos se le llenaron de lágrimas.

—Tranquila —le dijo el rubio al oído—. Estaremos fuera de tu vista en un segundo. Simplemente relájate.

Sí, claro. Ellos iban a matar a su paciente y…

En ese momento Jane vio cómo el paciente comenzaba a respirar por sus propios medios. Primero tomó aire profundamente. Y luego aspiró otra bocanada. Y otra más. Después aquellos misteriosos ojos de diamante se clavaron en ella, obligándola a permanecer quieta, como si él se lo hubiese ordenado.

Hubo un momento de silencio. Y luego, el hombre al que ella le había salvado la vida dijo con voz ronca tres palabras que cambiaron todo… su vida, su destino.

—Ella. Viene. Conmigo.

Mientras estaba en el control de enfermería, Phury se introdujo subrepticiamente al sistema informático del hospital e hizo algunas modificaciones. Aunque no era tan experto o rápido con los ordenadores como V, no se le daba mal. Localizó los registros que había bajo el nombre de Michael Klonisck y llenó de caracteres extraños todos los resultados y las anotaciones relacionadas con el tratamiento de V: todos los resultados de los exámenes, los escáneres, las radiografías y las fotografías digitales, la programación quirúrgica, las notas posoperatorias, todo se volvió ilegible. Luego hizo una anotación especificando que Klosnick era indigente y se había marchado del hospital desobedeciendo las órdenes médicas.

Dios, Phury adoraba el hecho de que todos los registros médicos estuvieran concentrados en un solo archivo. ¡Eso era una verdadera ventaja!

También borró los recuerdos de la mayoría, si no de todos, los miembros del equipo de quirófano. Cuando venían hacia la habitación, se dio una rápida pasada por los quirófanos y tuvo un pequeño encuentro con las enfermeras que estaban en la planta. Tuvo suerte. Todavía no habían cambiado de turno, así que todo el personal que había estado con V aún estaba trabajando y él pudo hacer desaparecer sus recuerdos. Ninguna de esas enfermeras recordaría mucho de lo que había visto cuando operaron a V.

Desde luego, no fue un trabajo de limpieza absolutamente perfecto. Quedaba gente que no le había llegado a ver y tal vez algunos registros preliminares que habían quedado en papel, pero eso no era problema. Toda la confusión que se generaría después de la desaparición de V sería rápidamente absorbida por el ritmo frenético de un hospital urbano que siempre estaba a rebosar. Era probable que hicieran una o dos comprobaciones intentando averiguar lo que había sucedido con el paciente, pero para entonces ya no podrían localizar a V y eso era lo único que importaba.

Cuando Phury terminó su trabajo en el ordenador, se dirigió al fondo de la unidad de cuidados intensivos. A medida que avanzaba, fue congelando las cámaras de seguridad que había instaladas en el techo, de manera que sólo mostraran rayas.

Cuando llegó a la habitación número seis, la puerta se abrió. Butch llevaba a Vishous en brazos. El hermano estaba pálido, tembloroso y dolorido, con la cabeza recostada contra el cuello del policía. Pero estaba respirando y tenía los ojos abiertos.

—Déjame llevarlo —dijo Phury, pensaba que Butch casi presentaba el mismo aspecto de enfermo que V.

—No, yo lo llevo. Tú encárgate del problemita administrativo y ocúpate de las cámaras de seguridad.

—¿Qué problemita administrativo?

—Espera y verás —susurró Butch, avanzando hacia la salida de emergencia que había al fondo del pasillo.

Una fracción de segundo después, Phury se encontró con un tremendo problema: Rhage salió al pasillo con una humana en los brazos, a la que tenía tan apretada que estaba a punto de asfixiarla. La mujer se defendía con manos y pies y lo que se alcanzaba a entender de sus gritos, a pesar de que la tenían amordazada, mostraba que tenía el vocabulario de un camionero.

—Tienes que dormirla, hermano —dijo Rhage, soltando un gruñido—. No quiero hacerle daño y V dijo que teníamos que llevárnosla.

—Pero no se suponía que esta operación implicara un secuestro.

—Demasiado tarde. Ahora, duérmela, ¿quieres? —Rhage volvió a gruñir y trató de agarrarla de otro modo, dejando libre la boca y un brazo.

La voz de la mujer resonó con fuerza y claridad:

—¡Ayúdame, Dios mío, voy a…!

Phury la agarró de la barbilla y la obligó a levantar la cabeza.

—Relájate —dijo suavemente—. Sólo tranquilízate.

La miró directamente a los ojos y comenzó a obligarla mentalmente a calmarse… a obligarla mentalmente a calmarse… a obligarla…

—¡Púdrete! —gritó la mujer—. ¡No voy a permitir que maten a mi paciente!

Muy bien, eso no estaba funcionando. Tras aquellas gafas sin montura y sus ojos verde oscuro había una mente muy poderosa, así que Phury soltó una maldición y recurrió a la artillería pesada, que la dejó totalmente inconsciente. La mujer se desmadejó como si fuera una muñeca de trapo.

Phury le quitó las gafas, las dobló y se las metió en el bolsillo de la bata.

—Salgamos de aquí antes de que recupere el conocimiento otra vez.

Rhage se echó a la mujer sobre el hombro, como si fuera un chal.

—Coge su maletín de la habitación.

Phury entró a la habitación, agarró un maletín de cuero y la carpeta marcada con el nombre KLOSNICK y salió corriendo. Cuando volvió a salir al pasillo, Butch estaba discutiendo con una enfermera que acababa de salir de la habitación de otro paciente.

—¿Qué está haciendo? —gritó la mujer.

Phury se lanzó sobre ella como si fuera una tienda de campaña, se plantó delante, mirándola directamente a los ojos hasta producirle una especie de estupor e introdujo en su lóbulo frontal la idea de que tenía que acudir con urgencia a una reunión de personal. Cuando alcanzó a sus compañeros, la mujer que Rhage tenía en los brazos ya estaba saliendo del estado de inconsciencia que le había producido a la fuerza y sacudía la cabeza a uno y otro lado, mientras se mecía al ritmo de los pasos apresurados de Hollywood.

Al llegar a la puerta de la escalera de incendios, Phury gritó:

—¡Espera, Rhage!

El hermano frenó en seco y Phury le puso una mano en el cuello a la mujer y le hizo presión hasta volverla a dejar inconsciente.

—Listo. Ya está bien.

Salieron a las escaleras y comenzaron a correr. La respiración entrecortada de Vishous mostraba que aquella operación de rescate lo estaba matando, pero el hermano resistió como siempre, a pesar del hecho de que su cara tenía el color del puré de guisantes.

Cada vez que llegaban a un rellano, Phury manipulaba la cámara de seguridad mediante una descarga eléctrica que las dejaba parpadeando. Su esperanza era llegar al Escalade sin toparse con un grupo de guardias de seguridad. La Hermandad nunca atacaba a los humanos. Pero si existía el riesgo de que los vampiros quedaran expuestos, no había nada que no estuvieran dispuestos a hacer. Y como la hipnosis de un grupo grande de humanos agitados y agresivos no solía dar mucho resultado, sólo quedaba el combate. Y la muerte para los humanos.

Cerca de ocho pisos más abajo, la escalera se acababa y Butch frenó contra una puerta metálica. El sudor se deslizaba por la cara y estaba jadeando, pero su mirada tenía la firmeza de un soldado: iba a sacar de allí a su compañero y nada se interpondría en su camino, ni siquiera su propia debilidad física.

—Yo me ocupo de la puerta —dijo Phury, poniéndose al frente del grupo. Después de desactivar la alarma, mantuvo la puerta abierta para que los otros salieran. Del otro lado se extendía un laberinto de pasillos.

—¡Mierda! —susurró—. ¿Dónde demonios estamos?

—En el sótano. —El policía pasó delante—. Lo conozco bien. El depósito está en este piso. Pasé muchos ratos aquí en mi antiguo trabajo.

Cerca de cien metros más allá, Butch los metió por un corredor estrecho por el que iban todos los tubos de ventilación y calefacción.

Y luego allí estaba: la salvación representada en una salida de emergencia.

—El Escalade está por allí —le dijo el policía a V—. Esperándonos.

—¡Gracias… a Dios! —dijo V y luego volvió a apretar los labios, como si estuviera tratando de no vomitar.

Phury volvió a pasar delante y luego soltó una maldición. Esta alarma era distinta de las otras y funcionaba con base en un circuito más complejo. Lo cual era de esperar. Las puertas exteriores solían tener más seguridad que las interiores. El problema era que sus pequeños trucos mentales no iban a funcionar en este caso y las cosas no estaban como para tomarse un descanso mientras desconectaba la alarma. V tenía muy mal aspecto.

—Preparaos para el escándalo —dijo Phury, antes de empujar la barra que abría la puerta.

La alarma comenzó a sonar como loca.

Después de salir a la calle, Phury dio media vuelta y clavó la mirada en el otro extremo del hospital. Localizó la cámara de seguridad que estaba sobre la puerta, la congeló por un momento y se quedó mirando fijamente la lucecita roja intermitente, mientras metían a V y a la humana en el Escalade y Rhage se sentaba tras el volante.

Butch se situó en el asiento del copiloto y Phury saltó a la parte trasera, con el cargamento. Le echó un vistazo a su reloj. El tiempo transcurrido desde que habían aparcado allí hasta que Hollywood pisó el acelerador había sido de veintinueve minutos. La operación había sido relativamente limpia. Lo único que quedaba por hacer era llevar a todo el mundo al complejo sano y salvo y cambiar las matrículas del vehículo.

Sólo había una complicación.

Phury miró a la humana.

Una inmensa complicación.

J ohn estaba nervioso, mientras esperaba en el colorido vestíbulo de la mansión. Él y Zsadist siempre salían durante una
hora antes del amanecer y, por lo que sabía, no había habido ningún cambio de planes. Sin embargo, el hermano llevaba casi media
hora de retraso.

Para matar el tiempo, John dio otro paseo por el suelo de
mosaico. Como siempre, sintió que él no pertenecía a toda esa
grandeza, pero aun así le gustaba y la valoraba. El vestíbulo era
tan increíblemente lujoso que era como estar parado en un joyero:
varias columnas de mármol rojo y una piedra negra y verde sostenían paredes adornadas por frisos de hojas cubiertas con laminilla de oro y lámparas de cristal. La majestuosa escalera cubierta
con una alfombra roja parecía de aquellas que aparecen en las películas y en las cuales se detienen en una pose dramática las estrellas de cine, antes de bajar a una fiesta de etiqueta. Y el diseño del
mosaico del suelo mostraba un manzano en plena floración, en-
marcado por el esplendor de la primavera, gracias a millones de
trozos de cristal de colores que irradiaban la luz.

Sin embargo, el detalle que más le gustaba a él era el techo.
Tres pisos más arriba había un asombroso fresco que mostraba escenas en las que aparecían guerreros y sementales que cobraban vida
cuando se enzarzaban en una batalla con dagas negras. Parecían tan
reales que uno sentía que podía estirar el brazo y tocarlos.

Eran tan reales que uno sentía que podía ser uno de ellos.

John recordó la primera vez que había visto todo aquello. Había sido cuando Tohr lo llevó a conocer a Wrath.

Tragó saliva. Había pasado tan poco tiempo con Tohrment. Apenas unos meses. Después de pasarse la vida sintiéndose desarraigado, después de haber flotado en el aire durante dos décadas, sin tener el ancla de una familia, había tenido apenas un atisbo de lo que siempre había deseado. Y luego una sola bala se llevó a su padre y su madre adoptivos.

A John le gustaría tener la madurez de decir que se sentía agradecido por haber tenido la oportunidad de conocer a Tohr y Wellsie durante el poco tiempo que pasaron juntos, pero eso era mentira. John deseaba no haberlos conocido. El hecho de haberlos perdido era mucho más difícil de soportar que el dolor sordo que sentía cuando estaba solo.

Eso mostraba su falta de valor, ¿verdad?

Sin previo aviso, Z salió por la puerta oculta que había debajo de la magnífica escalera y John se quedó petrificado. No podía evitarlo. Aunque había visto miles de veces al hermano, la apariencia de Zsadist siempre lo perturbaba. No sólo por la cicatriz que le atravesaba la cara y el pelo cortado al rape. Era esa aura letal que lo rodeaba y que no había perdido, a pesar de que ahora estaba casado e iba a ser padre.

Esa noche, además, la expresión de Z parecía de acero y su cuerpo estaba incluso más tenso.

—¿Estás listo?

John entrecerró los ojos y preguntó con la mano:

—¿Qué sucede?

—Nada que deba preocuparte. ¿Listo? —Eso último no era en realidad una pregunta sino una orden.

Cuando John asintió con la cabeza y se cerró su chaqueta de invierno, los dos hombres salieron por la puerta principal del vestíbulo.

La noche tenía el color de una paloma y las estrellas estaban tapadas por una fina capa de nubes, iluminadas desde atrás por una luna llena. De acuerdo con el calendario, la primavera estaba a punto de llegar, pero eso sólo era teoría, si uno juzgaba por el paisaje: la fuente que había frente a la mansión estaba vacía y apagada por el invierno. Los árboles parecían esqueletos negros que levantaban sus brazos huesudos al cielo para suplicar que el sol brillara con más fuerza. La nieve todavía se acumulaba en el césped, sin querer desaparecer tercamente de un suelo que todavía estaba congelado.

Sintieron el viento como una bofetada helada, cuando doblaron a la derecha y comenzaron a caminar por el sendero de piedra del jardín, que crujía bajo el peso de sus botas. La muralla de seguridad del edificio estaba bastante lejos, un muro de más de seis metros de alto y un metro de espesor, que rodeaba la propiedad de la Hermandad.

La muralla estaba equipada con cámaras de seguridad y detectores de movimiento, como un buen soldado con suficiente munición. Pero todo eso no eran más que detalles insignificantes. La verdadera maquinaria pesada era la carga de ciento veinte voltios que corría por el alambre de púas que coronaba el muro.

La seguridad antes que nada. Siempre.

John siguió a Zsadist a lo largo del césped cubierto de nieve y pasó al lado de jardineras secas y la piscina vacía que había detrás de la casa. Después de un declive suave, llegaron al borde del bosque. En ese punto la monstruosa muralla se lanzaba montaña abajo. Pero ellos no la siguieron sino que se introdujeron por la línea de árboles.

Debajo de los gruesos pinos y los arces de ramas inmensas sólo había un colchón de agujas y hojas secas, sin mucha vegetación. Aquí el aire olía a tierra y frío, una combinación que le producía escozor en la nariz.

Como siempre, Zsadist iba delante. Cada noche tomaban un camino diferente que parecía elegido al azar, pero siempre terminaban en el mismo punto, una pequeña cascada: la quebrada que bajaba por la montaña se lanzaba desde una colina y formaba un pozo poco profundo que tenía unos tres metros de diámetro.

John se acurrucó y metió la mano debajo del chorro de agua. Mientras que su mano interrumpía la corriente, sus dedos se congelaron por el frío.

Zsadist cruzó la corriente en silencio, saltando de piedra en piedra. El hermano se movía como el agua, de manera fluida y contundente. Sus pasos eran tan seguros que estaba claro que él sabía con precisión cómo iba a reaccionar su cuerpo a cada movimiento de un músculo.

Cuando llegó al otro lado, caminó hacia la cascada hasta quedar frente a John.

Sus ojos se cruzaron. «Ay, Dios, Z tenía algo que decir esta noche, ¿no?».

Las caminatas habían comenzado después de que John atacase a otro estudiante, dejándolo inconsciente en las duchas. Fue la condición que puso Wrath para que John pudiese permanecer en el programa de entrenamiento y aunque al comienzo pensó que iban a ser terribles y se imaginó que Z lo iba a volver loco a base de sermones, hasta ahora siempre habían caminado en silencio.

Pero ese no iba a ser el caso esta noche.

John retiró el brazo, caminó un poco a lo largo de la corriente y cruzó al otro lado, pero sin la destreza ni la seguridad de Zsadist.

Cuando llegó junto al hermano, Z dijo:

—Lash va a regresar.

John cruzó los brazos sobre el pecho. Ah, genial, el idiota que John había dejado para el arrastre. La verdad era que Lash se lo había buscado, después de perseguir y presionar continuamente a John y molestar a Blay. Sin embargo...

—Y ya ha pasado la transición.

«Grandioso. Incluso mejor». Ahora el maldito lo iba a perseguir y tendría con qué.

—¿Cuándo? —preguntó John haciendo signos con la mano.

—Mañana. Le dejé muy claro que si intenta algo, quedará expulsado para siempre. Si tienes problemas con él, me avisas, ¿está claro?

Mierda. John quería cuidarse solo. No quería que lo protegieran como si fuera un niño.

—¿John? Me avisas. Dime que sí con esa maldita cabeza.

John asintió lentamente.

—No lo vas a agredir. No me importa lo que diga o lo que haga. El hecho de que él te provoque no significa que tú tengas que reaccionar.

John asintió con la cabeza porque tenía la sensación de que Z se lo iba a volver a exigir, si no lo hacía.

—Si te pillo tratando de atacarlo, no te van a gustar las consecuencias.

John se quedó mirando el agua. Dios… Blay, Qhuinn y ahora Lash. Todos habían pasado ya por la transición.

De repente se puso paranoico y miró a Z.

—¿Que pasará si nunca me llega la transición?

—Ya llegará.

—¿Cómo podemos estar seguros?

—Es la biología. —Z señaló con la cabeza un roble inmenso—. A ese árbol le van a salir hojas cuando el sol comience a brillar. No lo puede evitar y contigo pasa lo mismo. Tus hormonas van a reaccionar un día y sucederá. Ya puedes sentirlas, ¿no es así?

John encogió los hombros.

—Sí, las sientes. Tus patrones de sueño y de alimentación son distintos. Al igual que tu comportamiento. ¿Acaso hace un año pensaste que serías capaz de tumbar a Lash al suelo y golpearlo hasta dejarlo chorreando sangre?

—Definitivamente no.

—Tienes hambre, pero no te apetece comer, ¿no es así? Vives inquieto y te sientes siempre cansado. Estás irritable.

Por Dios, ¿cómo era posible que el hermano supiera todo eso?

—Yo también pasé por ahí, recuérdalo.

—¿Cuánto más tendré que esperar? —preguntó John.

—¿Hasta que suceda? Siendo un macho, tendrás la tendencia a seguir el patrón de tu padre. Darius pasó por su transición un poco temprano. Pero nunca se sabe realmente. Algunos se quedan años donde tú estás.

¿Años?

—Mierda. ¿Qué sentiste después? ¿Cuando te despertaste?

En medio del silencio que siguió, el hermano sufrió el cambio de estado de ánimo más misterioso. Fue como si surgiera una neblina de la nada y lo envolviera… a pesar del hecho de que John seguía viendo con claridad cada detalle de su cara marcada y su inmenso cuerpo.

—Pregúntales a Blay y a Qhuinn.

—Lo siento. —John se sonrojó—. No quise meterme en lo que no me incumbe.

—No importa. Mira, no quiero que te preocupes por eso. Tenemos a Layla lista para que te alimentes de ella y vas a estar en un lugar seguro. No voy a permitir que te suceda nada malo.

John levantó la vista hacia la cara marcada del guerrero y pensó en el compañero que habían perdido.

—Sin embargo, Hhurt murió.

—Sí, eso sucede, pero la sangre de Layla es muy pura. Ella es una Elegida. Eso te va a ayudar.

John pensó en la hermosa rubia. Y en la manera en que se había sacado la bata justo delante de él para mostrarle su cuerpo y ver si lo aprobaba. Por Dios, todavía no podía creer que ella hubiese hecho eso.

—¿Cómo voy a saber qué hacer?

Z echó la cabeza hacia atrás y miró hacia el cielo.

—No tienes que preocuparte por eso. Tu cuerpo se hará cargo. Él sabrá qué desea y qué necesita. —Z volvió a bajar la cabeza y miró hacia lo lejos, mientras traspasaba la oscuridad como hacen los rayos del sol con las nubes—. Tu cuerpo tomará posesión de ti durante un rato.

Aunque le daba vergüenza confesarlo, John dijo:

—Creo que estoy asustado.

—Eso significa que eres inteligente. La transición es una tarea difícil. Pero como ya te dije… No voy a permitir que te suceda nada malo.

Z dio media vuelta como si se sintiera incómodo y John estudió el perfil del hombre contra el telón de fondo de los árboles.

Mientras John experimentaba una oleada de gratitud, Z interrumpió el agradecimiento que John estaba a punto de darle.

—Será mejor que regresemos a casa.

Mientras cruzaban de nuevo el riachuelo y se dirigían a la mansión, John se sorprendió pensando en el padre biológico que nunca conoció. Evitaba hacer preguntas sobre Darius porque Darius había sido el mejor amigo de Tohr y, para los hermanos, era difícil hablar de todo lo que se relacionaba con Tohrment.

Deseaba tener a alguien con quien pudiera hablar sobre su padre.

C uando Jane se despertó, sus vías neuronales parecían luces navideñas baratas, que titilaban débilmente durante un instante y luego se apagaban: registraba algunos sonidos, pero luego éstos se desintegraban para volver a aparecer después. Tenía el cuerpo dolorido, luego se ponía en tensión y sentía un picor. Tenía la boca seca y se sentía demasiado acalorada, pero estaba temblando.

Mientras respiraba profundamente, se dio cuenta de que estaba parcialmente sentada. Y tenía un dolor de cabeza horrible.

Pero había algo que olía muy bien. Por Dios, había un aroma increíble a su alrededor… en parte a tabaco, como el que su padre acostumbraba a fumar, y en parte a exóticas y oscuras especias, como si estuviera en una tienda de esencias indias.

Abrió un ojo. Veía muy mal, probablemente porque no llevaba puestas sus gafas, pero podía ver lo suficiente como para saber que se encontraba en una habitación en penumbra y muy austera, que tenía… Por Dios, libros por todas partes. También descubrió que el sillón en el que estaba sentada estaba al lado de una estufa, lo cual podía explicar el calor que sentía. Además tenía la cabeza torcida, de ahí el dolor de cabeza.

Su primer impulso fue sentarse, pero no estaba sola, así que se quedó quieta: al otro lado de la habitación había un hombre con una melena de muchos colores que se encontraba junto a una cama de gran tamaño sobre la cual había un cuerpo. El hombre estaba ocupado haciendo algo… poniendo un guante en la mano de…

Su paciente. Su paciente era el que estaba sobre la cama, con las sábanas tapándolo hasta la cintura y el pecho desnudo, cubierto por los vendajes de la operación. Por Dios, ¿qué había ocurrido? Jane recordó la operación… y el hecho de que había encontrado una increíble anomalía cardiaca. Luego había tenido una conversación con Manello en la Unidad de Cuidados Intensivos y después… Mierda, había sido secuestrada por el hombre que reposaba en la cama, un dios del sexo y alguien que llevaba una gorra de los Red Sox.

Jane sintió pánico y una buena dosis de rabia, pero sus emociones no parecían causar ninguna reacción en su cuerpo, pues se perdían en el letargo que la cubría por completo. Parpadeó y trató de enfocar la mirada, sin llamar la atención…

De pronto abrió totalmente los ojos.

El tío con la gorra de los Red Sox entró en la habitación con una rubia asombrosamente hermosa a su lado. Se detuvo junto a ella y, aunque no se estaban tocando, resultaba claro que se trataba de una pareja. Aquellos dos se pertenecían el uno al otro.

El paciente habló con voz ronca.

—No.

—Tienes que hacerlo —dijo el Red Sox.

—Tú me dijiste… que me matarías si alguna vez…

—Circunstancias extremas.

—Layla…

—Alimentó a Rhage esta tarde y no podemos traer a otra Elegida hasta aquí sin meternos en líos con la directrix. Y en eso emplearíamos un tiempo que no tienes.

La rubia se acercó a la cama del paciente y se sentó lentamente. Vestida con un traje de pantalón negro, parecía una abogada o una mujer de negocios, pero seguía teniendo un aspecto salvajemente femenino, con ese cabello largo y espléndido.

—Utilízame. —La mujer puso la muñeca sobre la boca del paciente y la mantuvo a milímetros de sus labios—. Aunque sea sólo porque necesitamos que recuperes fuerzas para que puedas ocuparte de él.

141

No había duda sobre a quién se referían. Red Sox parecía más enfermo que la primera vez que Jane lo había visto y apremiada por su curiosidad médica se preguntó qué implicaría exactamente eso de «ocuparse de él».

Entretanto, Red Sox retrocedió hasta quedar contra la pared. Cruzó los brazos sobre el pecho y se los agarró con fuerza.

—Él y yo ya hemos hablado de esto. Tú has hecho tanto por nosotros… —dijo la rubia con voz suave.

—No… por ti.

—Él está vivo gracias a ti. Y eso es lo único que importa. —La rubia estiró el brazo como si fuese a acariciar el pelo del paciente, pero retiró la mano al ver que él fruncía el ceño—. Déjanos hacer algo por ti. Aunque sea una vez.

El paciente miró hacia el otro extremo de la habitación, a Red Sox. Al ver que éste asentía con la cabeza, soltó una maldición y cerró los ojos. Luego abrió la boca…

¡Por Dios santo! Sus pronunciados caninos se habían alargado. Y aunque antes tenían una punta afilada, ahora parecían unos colmillos de verdad.

Muy bien, era evidente que aquello era un sueño. *Sí*. Porque eso no les sucedía a los colmillos de la gente que se los afilaba. Nunca.

Cuando el paciente enseñó sus «colmillos», el hombre del cabello de colores se detuvo delante de Red Sox, puso las dos manos contra la pared y se inclinó hacia adelante hasta que sus pechos casi se tocaron.

Pero en ese momento el paciente negó con la cabeza y alejó la boca de la muñeca de la rubia.

—No puedo.

—Yo te necesito —susurró Red Sox—. Estoy enfermo por lo que hago. Te necesito.

El paciente miró fijamente a Red Sox y sus ojos de diamante brillaron con la fuerza del afecto.

—Sólo… por… ti… no por mí.

—Por los dos.

—Por todos —dijo la rubia.

El paciente respiró profundamente y luego —*¡Por Dios!*— clavó los colmillos en la muñeca de la rubia. La mordedura fue rápida y certera, como la de una cobra, y cuando comenzó a succionar, la mujer dio un salto y luego soltó un suspiro con una expresión que parecía de alivio. Al otro lado de la habitación, Red Sox comenzó a temblar de la cabeza a los pies. Parecía afligido y desesperado, mientras que el del pelo de colores le bloqueaba el paso, sin entrar en contacto con su cuerpo.

El paciente comenzó a mover la cabeza con un ritmo acompasado, como si fuera un bebé que estuviera mamando del pecho de su madre. Pero era imposible que pudiera tomar algo de allí, ¿o sí?

Por supuesto que no podía.

Un sueño. Todo esto era un sueño. Un sueño descabellado. ¿O no? Ay Dios, Jane esperaba que fuera un sueño. De no ser así, estaría atrapada en una especie de pesadilla gótica.

Cuando terminó, el paciente se recostó sobre las almohadas y la mujer se pasó la lengua por el lugar donde había estado la boca del hombre.

—Ahora, descansa —dijo, antes de volverse hacia Red Sox—. ¿Estás bien?

El hombre movió la cabeza hacia delante y hacia atrás.

—Quiero tocarte, pero no puedo. Quiero estar dentro de ti, pero… no puedo.

El paciente habló desde la cama.

—Acuéstate conmigo. Ahora.

—No puedes hacerlo ahora —dijo Red Sox con voz débil.

—Tú lo necesitas ahora. Estoy listo.

—Claro que no. Y además tengo que acostarme. Regresaré más tarde, después de descansar un rato…

La puerta se volvió a abrir, un chorro de luz se proyectó dentro de la habitación desde lo que parecía un corredor y entonces un hombre enorme entró dando grandes zancadas, con un pelo negro que le llegaba a la cintura y gafas oscuras. Aquello no tenía buena pinta. Tenía una expresión de crueldad que sugería que se excitaba torturando a la gente y emanaba una energía que hizo que ella se preguntara si no tendría ganas de matar a alguien en aquel mismo instante. Con la esperanza de no llamar su atención, Jane cerró los ojos y trató de no respirar.

Su voz resonó con la misma fuerza que irradiaba el resto de su persona.

—Si no estuvieras ya en cama, yo mismo te haría pedazos. ¿En qué demonios estabas pensando al traerla a ella aquí?

—Con permiso —dijo Red Sox y se oyó un ruido de pasos y una puerta que se cerraba.

—Te he hecho una pregunta.

—Se suponía que debía venir —dijo el paciente.

—¿Se suponía? ¿*Se suponía*? ¿Acaso te has vuelto loco?

—Sí… pero no por ella.

Jane abrió un ojo y vio a través de las pestañas que el que parecía un mamut estaba mirando al que tenía la melena fabulosa.

—Quiero a todo el mundo en mi estudio en media hora. Necesitamos decidir qué demonios hacer con ella.

—No… no sin mí… —dijo el paciente. Su tono de voz iba adquiriendo cada vez más fuerza.

—Tú no tienes derecho a voto.

El paciente apoyó las manos contra el colchón y se sentó, aunque el esfuerzo hizo que los brazos le temblaran.

—Yo soy el único que tiene derecho a votar cuando se trata de ella.

El gigante apuntó al paciente con un dedo.

—Al diablo contigo.

De manera brusca, la adrenalina de Jane pareció reaccionar. Sueño o no, su opinión tenía que contar en aquella conversación. Así que se enderezó en la silla y carraspeó.

Todas las miradas se dirigieron hacia ella.

—Quiero salir de aquí —afirmó, con una voz que quería que sonara menos asustada y más autoritaria—. Ahora.

El gigante se llevó la mano al puente de la nariz, se levantó las gafas oscuras y se frotó los ojos.

—Gracias a él, ésa no es una opción en este momento. Phury, por favor encárgate de ella otra vez, ¿quieres?

—¿Me van a matar? —preguntó Jane de manera apresurada.

—No —dijo el paciente—. No te pasará nada. Tienes mi palabra.

Durante una fracción de segundo, Jane le creyó, aunque fuese una locura. No sabía dónde estaba y era evidente que aquellos hombres eran unos matones…

El que tenía la bonita melena se acercó a ella.

—Sólo vas a descansar un rato más.

Los ojos amarillos del hombre se clavaron en los de Jane y de repente se sintió como un televisor desconectado, con el cable arrancado de la pared y la pantalla en blanco.

Vishous se quedó mirando a su cirujana, mientras ésta volvía a desmayarse en el sillón que había en el otro extremo de la habitación.

—¿Está bien? —le preguntó a Phury—. No le habrás freído el cerebro, ¿verdad?

—No, pero tiene una mente muy poderosa. Tenemos que sacarla de aquí lo más pronto posible.

La voz de Wrath retumbó en la habitación.

—Nunca debió ser *traída* aquí.

Vishous volvió a recostarse en la cama lentamente, como si acabaran de golpearlo en el pecho con un ladrillo. No estaba especialmente preocupado por el hecho de que Wrath estuviera furioso. Su cirujana tenía que estar ahí y eso era todo. Pero al menos podía esgrimir alguna razón.

—Ella puede ayudarme a recuperarme. Havers es complicado debido al asunto de Butch.

Wrath lo miró fijamente a través de sus oscuras gafas.

—¿Crees que va a querer ayudarte después de secuestrarla? El juramento hipocrático no llega tan lejos.

—Soy suyo. —V frunció el ceño—. Me refiero a que va a cuidarme porque ella fue la que me operó.

—Eso son palos de ciego para justificar…

—¿De verdad crees eso? Acaban de hacerme una operación a corazón abierto porque recibí un balazo en el pecho. A mí no me parecen palos de ciego. ¿Quieres arriesgarte a que haya una complicación?

Wrath miró a la cirujana y volvió a frotarse los ojos.

—Mierda. ¿Durante cuánto tiempo?

—Hasta que esté mejor.

El rey volvió a ajustar las gafas sobre su nariz.

—Recupérate pronto, hermano. La quiero sin recuerdos de todo esto y fuera de aquí.

Wrath salió de la habitación y cerró la puerta con fuerza.

—Eso ha salido bien —le dijo V a Phury.

Con su tono conciliador, Phury murmuró algo acerca de que todo el mundo estaba bajo mucha presión, blablablá, y luego se dirigió hasta el escritorio para cambiar de tema. Regresó al pie de la cama con un par de porros, uno de los mecheros de V y un cenicero.

—Sé que querrás uno de estos. ¿Qué tipo de suministros necesitará para curarte?

V hizo una lista con lo primero que se le ocurrió. Con la sangre de Marissa corriendo por sus venas, iba a estar de pie muy rápido, pues su linaje era casi puro: acababa de llenar el tanque con una gasolina de excelente calidad.

Sin embargo, el asunto era que no le interesaba sanar tan rápido.

—También va a necesitar un poco de ropa —dijo V—. Y comida.

—Yo me ocuparé de eso. —Phury se dirigió a la puerta—. ¿Quieres algo de comer?

—No. —Justo cuando Phury salió al pasillo, V agregó—: ¿Le echas un vistazo a Butch?

—Claro.

Cuando Phury se hubo marchado, V se quedó mirando a la humana. No era una mujer muy bonita, aunque sí atractiva. Tenía la cara cuadrada y sus rasgos eran casi masculinos: no tenía los labios prominentes, ni espesas pestañas, ni cejas arqueadas y femeninas. Y tampoco había unos pechos muy grandes debajo de la bata de médico que llevaba encima, ni muchas curvas, hasta donde podía ver.

Sin embargo, V la deseaba como si ella fuera una reina de belleza desnuda que estuviera ansiosa por aparearse.

«Mía». V movió las caderas y sintió una corriente de energía que se dispersó por debajo de su piel, aunque no había manera de que tuviera fuerzas para copular.

Dios, la verdad es que no estaba arrepentido de haberla secuestrado. De hecho, aquello estaba predestinado. Justo cuando Butch y Rhage aparecieron en la habitación del hospital, V tuvo una visión, la primera que tenía en varias semanas. Vio a su cirujana de pie en el umbral, enmarcada por una extraordinaria luz blanca. Ella le llamaba con una amorosa expresión en su rostro, atrayéndolo hacia un pasillo. La amabilidad con que se dirigía a él era tan cálida y suave como la piel, tan acariciadora como el agua, tan fuerte como la luz del sol que ya nunca veía.

Sin embargo, aunque no sentía remordimiento alguno, no podía evitar un sentimiento de culpabilidad ante la rabia que reflejaba el rostro de la mujer cuando recuperó el sentido. Gracias a su madre, él detestaba que lo obligaran a hacer cualquier cosa, y eso era precisamente lo que acababa de hacerle a la persona que le había salvado la vida.

Mierda. V se preguntó qué habría hecho si no hubiese tenido esa visión, si no tuviera que arrastrar la maldición de ver el futuro. ¿La habría dejado allí? Sí. Claro que la habría dejado en el hospital. Aunque la palabra *mía* le estuviera dando vueltas en la cabeza, él la habría dejado quedarse en su mundo.

Pero la maldita visión había sellado el destino de la mujer.

V recordó el pasado. Su primera visión...

Saber leer y escribir no era algo muy valioso en el campamento de guerreros, pues eso no servía para matar.

Vishous aprendió a leer la lengua antigua sólo porque uno de los soldados había recibido un poco de educación y estaba encargado de llevar un registro muy rudimentario de las cosas del campamento. El hombre era muy descuidado y le aburría el trabajo, así que V se ofreció a hacerlo por él con tal de que le enseñara a leer y escribir. Era un intercambio perfecto. A V siempre le había fascinado la idea de que uno pudiera reducir un suceso a una página y convertirlo en algo permanente y no transitorio. En algo eterno.

Aprendió rápido y luego registró el campamento de arriba abajo buscando libros y encontró algunos en lugares remotos y olvidados: debajo de armas estropeadas e inservibles o en tiendas abandonadas. Recogió todos esos tesoros encuadernados en cuero y los escondió en el último rincón del campamento, donde estaban guardadas las pieles de los animales. Ningún soldado iba nunca allí, pues era territorio femenino, y las mujeres sólo iban de vez en cuando, cuando necesitaban un par de pieles para hacer ropa o mantas. Y aparte de que era un lugar seguro para los libros, tam-

bién era el sitio perfecto para leer, pues el techo de la caverna descendía un poco y el suelo era de piedra: se podía oír de inmediato si alguien se acercaba, pues tenían que ponerse a cuatro patas para aproximarse al lugar donde él se encontraba.

No obstante, había un libro para el cual ni siquiera aquel escondite era suficientemente seguro.

El tesoro más valioso de su pequeña colección era un diario escrito por un macho que había estado en el campamento hacía treinta años. Tenía un origen aristocrático, pero terminó en el campamento, recibiendo entrenamiento, debido a una tragedia familiar. El diario estaba escrito con una hermosa caligrafía, contenía palabras altisonantes de las cuales V apenas podía adivinar el significado y abarcaba tres años de la vida del hombre. El contraste entre las dos partes, aquella que detallaba los sucesos ocurridos antes de llegar al campamento y la que relataba los hechos posteriores, era enorme. Al principio la vida del hombre estaba regida por el glorioso ir y venir del calendario social de la glymera, lleno de bailes y mujeres adorables y modales refinados. Luego todo eso había acabado. La desesperación, el mismo sentimiento que marcaba la vida de Vishous, teñía todas las páginas que describían la vida del hombre tras el momento en que todo había cambiado, justo después de su transición.

Vishous solía leer y releer el diario y se sentía identificado con la tristeza del escritor. Y después de cada lectura, solía cerrar la tapa y pasar los dedos por encima del nombre grabado en el cuero.

DARIUS, HIJO DE MARKLON.

V se preguntaba con frecuencia qué habría ocurrido con aquel hombre. Las entradas terminaban un día en que no ocurrió nada particularmente significativo, así que era difícil saber si había muerto en un accidente o se había marchado. V esperaba poder averiguar algún día cuál había sido el destino del guerrero, suponiendo que él mismo lograra vivir lo suficiente como para salir del campamento.

Perder el diario le haría enloquecer, así que V lo mantenía en un lugar al que ningún alma se acercaba nunca. Antes de que el campamento se estableciera allí, la cueva había sido habitada por una especie de hombres primitivos que dejaron algunos dibujos pintados en las paredes. Las borrosas representaciones de bisontes y caballos y manos y ojos eran vistas por los soldados como algo maligno y todos las evitaban. Con el fin de aislarlas, se construyó una división delante de esa zona de las paredes de la caverna y aunque los dibujos podrían haber sido tapados completamente con pintura, Vishous sabía la razón por la cual su padre había decidido conservarlos. El Sanguinario quería que el campamento viviera siempre en medio de un ambiente de zozobra, así que solía amenazar a los soldados y a las mujeres por igual con la idea de que los espíritus de esos animales pudieran tomar posesión de ellos, o que las imágenes de esos ojos y esas huellas de manos podrían cobrar vida a través del fuego y la ira.

A V no le atemorizaban los dibujos, sino que le encantaban. La simplicidad animal del diseño tenía fuerza y gracia, y le gustaba poner sus propias palmas contra las huellas de las manos. De hecho, era un gran consuelo saber que había gente que había vivido allí antes que él. Tal vez ellos habían tenido más suerte.

V escondió el diario entre dos de los bisontes más grandes, en una hendidura que ofrecía un escondite lo suficientemente ancho y profundo. Durante el día, cuando todos estaban reposando, se metía detrás del muro de separación y los ojos le brillaban mientras leía hasta aliviar su soledad.

Después de encontrarlos, V tuvo apenas un año para disfrutar de sus libros, antes de que se los destruyeran. Sus únicos placeres fueron quemados, tal y como siempre temió que sucediera. Y no hay que pensar mucho para saber quién fue.

Llevaba varias semanas sintiéndose enfermo, debido a la proximidad de su transición, aunque V no lo sabía en ese momento. Sin poder dormir, se levantó y se dirigió sigilosamente hasta el escondite, y allí se entretuvo con un volumen de historias de hadas. Pero se quedó dormido con el libro sobre el regazo.

Cuando se despertó, un pretrans estaba a su lado. El chico era uno de los más agresivos y tenía una mirada hosca y un cuerpo fibroso.

—¡Mira como haraganeas mientras que el resto de nosotros estamos trabajando! —dijo el chico con una risita—. Y eso que tienes en la mano, ¿acaso es un libro? Tal vez deberíamos entregarlo, pues te distrae de tus tareas. Yo podría conseguir más cosas que echarme a la panza si lo hiciera.

Vishous empujó su montón de libros detrás de las pieles y se puso de pie, sin decir nada. Estaba dispuesto a pelear por sus libros, de la misma forma que peleaba por los restos de comida para llenar el estómago o los harapos con los que cubría su piel. Y el pretrans que tenía delante pelearía por el privilegio de exponer los libros prohibidos. Siempre era así.

El chico se lanzó contra él rápidamente y arrojó a V contra la pared de la caverna. Aunque le dolió la cabeza a causa del golpe y se quedó sin aire, V devolvió el ataque y golpeó a su oponente en la cara con el libro. Cuando el otro pretrans se levantó, V volvió a golpearle, una y otra vez. Le habían enseñado a usar cualquier arma que tuviera a su disposición, pero mientras obligaba al otro joven a quedarse en el suelo, sentía ganas de llorar por el hecho de estar usando una cosa tan preciosa para hacerle daño a alguien. Sin embargo, tenía que continuar. Si perdía la ventaja que había ganado, recibiría una paliza y perdería los libros antes de que pudiera trasladarlos a otro escondite.

Al final el otro muchacho se quedó inmóvil en el suelo, con la cara hinchada y hecha un desastre, y la respiración entrecortada, mientras V lo tenía agarrado de la garganta. Del libro de historias de hadas se deslizaban gotas de sangre y la encuadernación de cuero se había desprendido del lomo.

Sucedió en los minutos posteriores a la pelea. V sintió un extraño cosquilleo que bajó por su brazo y se dispersó por la mano con la que mantenía a su oponente contra el suelo. Luego se produjo una misteriosa sombra, creada por la luz brillante que brotaba de la palma de V. Enseguida, el pretrans que estaba debajo de él comenzó a convulsionar, moviendo los brazos y las piernas contra el suelo de piedra, como si todo su cuerpo estuviera bajo el influjo de un dolor insoportable.

V lo soltó y se quedó mirando su mano con horror.

Cuando volvió a mirar al chico, una visión le golpeó con la fuerza de un puño y lo dejó aturdido y ciego. Como si fuera un borroso espejismo, V vio la cara de su oponente en medio de un terrible viento, con el pelo hacia atrás y los ojos fijos en un punto lejano. Tras él se veían piedras como las que se encuentran en la montaña y la luz del sol brillaba sobre ellas y el cuerpo inmóvil del pretrans.

Muerto. El chico estaba muerto.

De repente el pretrans murmuró algo:

—Tu ojo... tu ojo... ¿qué ha sucedido?

Las palabras salieron de la boca de V antes de que pudiera detenerlas:

—La muerte te sorprenderá en la montaña, y cuando el viento sople sobre ti, te arrastrará con él.

Una exclamación hizo que V levantara la cabeza. Una de las mujeres estaba cerca y su rostro tenía una expresión de horror, como si él estuviera hablando con ella.

—¿Qué está pasando ahí? —se oyó vociferar a alguien.

V saltó de encima del pretrans para alejarse de su padre, sin perderlo de vista. El Sanguinario estaba de pie, con los pantalones abiertos, lo cual mostraba con claridad que acababa de follar con una de las mujeres de la cocina. Y explicaba por qué estaba en esa zona del campamento.

—¿Qué tienes en la mano? —preguntó el Sanguinario, mientras se acercaba a V—. Dámelo ahora mismo.

Ante la ira de su padre, V no tuvo más opción que entregar el libro. El Sanguinario lo agarró y lanzó una maldición.

—Sólo usaste esto sabiamente cuando golpeaste a ese otro chico con él. —El Sanguinario entrecerró sus ojos astutos, mientras se fijaba en la forma de las pieles en el lugar donde V había estado recostado—. Has estado haraganeando aquí encima de esas pieles, ¿no es así? Pasas mucho tiempo aquí.

Al ver que V no respondía, su padre se acercó otro paso.

—¿Qué haces aquí? ¿Leer otros libros? Creo que sí, y creo que debes entregármelos de inmediato. Tal vez a mí también se me antoje leer, en lugar de ocuparme de mis tareas.

V vaciló… y recibió una bofetada tan fuerte que lo tumbó contra las pieles. Al inclinarse hacia atrás, hacia las pieles, acabó arrodillado ante el resto de sus libros. La sangre que le goteaba de la nariz manchó la tapa de uno de ellos.

—¿Tendré que golpearte de nuevo? ¿O me darás lo que te he pedido? —La voz del Sanguinario tenía un tono de aburrimiento, como si cualquiera de los dos resultados fuera aceptable, pues los dos le harían daño a V y le producirían satisfacción a él.

V sacó su mano y acarició una de las suaves tapas de cuero. Sintió que el pecho le rugía de dolor al despedirse de su tesoro, pero las emociones eran tan inútiles, ¿no es así? Aquellos objetos que él tanto quería estaban a punto de ser destruidos de alguna manera y eso iba a pasar en aquel preciso instante, independientemente de lo que pudiera hacer. Era como si ya no existieran.

V miró al Sanguinario por encima del hombro y vio una verdad que cambió su vida: su padre iba a destruir cualquier cosa o a cualquier persona a la que V se acercara en busca de consuelo. Ya lo había hecho innumerables veces y de innumerables maneras antes, y seguiría haciéndolo. Aquellos libros y aquel episodio no serían más que una huella en un interminable camino que acabaría por conocer muy bien.

Darse cuenta de eso hizo que todo el dolor de V desapareciera. Como por arte de magia. Para él, establecer una conexión emocional con otra cosa era inútil, pues ahora sólo podía ser una fuente de dolor cuando esa cosa le era arrancada. Así que ya no se apegaría a nada, ya no sentiría nada.

Vishous recogió los libros que había acunado en sus manos durante horas y horas y se encaró a su padre. Entregó lo que había constituido su salvavidas, sin sentir ningún dolor o apego por los libros. Era como si nunca antes los hubiese visto.

El Sanguinario no cogió lo que V le ofrecía.

—¿Me estás entregando esto a mí, hijo mío?

—Sí.

—Conque sí… hummm. ¿Sabes? Tal vez no me guste leer, después de todo. Tal vez prefiera combatir como lo hacen los machos. Por mi especie y mi honor. —El Sanguinario estiró uno de sus brazos enormes y señaló uno de los fogones de la cocina—. Llévalos allí y quémalos. Como estamos en invierno, el calor que generen será bueno.

El Sanguinario entrecerró los ojos al ver que V llevaba tranquilamente los libros hacia la cocina y los arrojaba a las llamas. Cuando dio media vuelta y volvió a quedar frente a su padre, el hombre lo estaba estudiando cuidadosamente.

—¿Qué fue lo que el muchacho dijo acerca de tu ojo? —murmuró el Sanguinario—. Creo haber oído algo sobre tu ojo.

—Dijo: «Tu ojo, tu ojo, ¿qué ha sucedido?» —respondió V con indiferencia.

En el silencio que siguió, la sangre siguió cayendo de la nariz de V y formó un chorrito cálido que atravesó sus labios y siguió bajando hasta la barbilla. Le dolía el brazo por los golpes que ha-

bía dado y la cabeza. Sin embargo, nada de eso parecía molestar-
lo. Parecía protegido por la energía más extraña.

—¿Sabes por qué dijo eso el muchacho?

—No.

Él y su padre se quedaron mirándose fijamente, mientras
un grupo de curiosos se reunía a su alrededor.

Luego el Sanguinario dijo a los que le rodeaban:

—Parece que a mi hijo le gusta leer. Como deseo estar bien
enterado de los intereses de mi descendencia, quiero que se me informe si alguien lo ve leyendo. Eso será considerado un favor personal y quien lo haga se ganará una bonificación. —El padre de V
se dio la vuelta, agarró a una mujer por la cintura y la arrastró
hacia el fuego principal—. ¡Y ahora, ejercitémonos un poco, soldados míos! ¡Al foso!

Enseguida se oyó un grito de júbilo entre los machos y la
multitud se dispersó.

Mientras los veía marcharse, V se dio cuenta de que no sentía odio. Por lo general, cuando su padre le daba la espalda, Vishous daba rienda suelta al desprecio que sentía por él. Pero ahora
no sintió nada. Fue igual que cuando miró los libros, antes de en-
tregarlos. No sintió… nada.

V bajó la vista hacia el muchacho al que había golpeado.

—Si vuelves a acercarte a mí, voy a romperte las dos piernas
y los dos brazos y me aseguraré de que nunca más vuelvas a ver
bien. ¿Está claro?

El muchacho sonrió, aunque tenía la boca hinchada como
si lo hubiese picado una abeja.

—¿Qué sucederá si yo paso primero por la transición?

V apoyó las manos sobre las rodillas y se inclinó hacia delante.

—Soy el hijo de mi padre. Y por tanto, soy capaz de hacer
cualquier cosa. Independientemente de mi tamaño.

El chico abrió los ojos, pues sin duda la verdad era obvia: con
esa sensación de desapego que revestía ahora a Vishous, no había nada que no fuera capaz de hacer, ningún trabajo que no pudiera lograr,
ningún medio al que no recurriera para alcanzar sus propósitos.

Era como siempre había sido su padre; debajo de su piel no
había nada más que un ser despiadado y calculador. El hijo había
aprendido su lección.

CAPÍTULO
12

C uando Jane volvió en sí otra vez, sintió que se estaba
  despertando de un sueño aterrador, uno en el que algo
que no existía estaba realmente vivo y en buenas condiciones y en
la misma habitación con ella: vio los caninos puntiagudos de su
paciente, su boca prendida a la muñeca de una mujer y lo vio a él
chupando sangre.

Esas imágenes borrosas siguieron dando vueltas en su cabeza y la llenaron de terror, como una lona que se movía porque
había algo debajo. Algo que podía hacer daño.

Algo que podía morder.

Un vampiro.

Ella no se asustaba con facilidad, pero estaba aterrorizada
cuando se sentó lentamente en el sillón. Al echar un vistazo alrededor de la austera habitación, Jane se dio cuenta con horror de
que la parte del secuestro no había sido un sueño. ¿Tal vez el resto sí? Ya no estaba segura de qué era real y qué no, pues sus recuerdos tenían muchas lagunas. Recordaba haber operado al
paciente. Recordaba haberlo admitido en la unidad de cuidados
intensivos. Recordaba a los hombres que se la llevaron. Pero ¿qué
había sucedido después de eso? Todo era borroso.

Al respirar profundamente, sintió olor a comida y vio que
había una bandeja junto a la silla en que estaba sentada. Cuando
levantó la tapa plateada que cubría el… ¡Por Dios, qué plato tan

bonito! Era una vajilla Imari, como la de su madre. Luego frunció el ceño, al ver que la comida también era de gourmet: cordero, acompañado de patatas y calabacín. Al lado había un pedazo de pastel de chocolate y una jarra y un vaso.

¿Acaso también habían secuestrado a Wolfgang Puck*?

Jane miró a su paciente.

A la luz de la lámpara que estaba sobre la mesilla de noche, el hombre yacía inmóvil, acostado sobre sábanas negras, con los ojos cerrados, el cabello negro contra la almohada y por encima de las mantas apenas se alcanzaba a ver una parte de sus inmensos hombros. Respiraba de manera lenta y regular, la cara no estaba pálida y no había ningún brillo de sudor que indicara que tenía fiebre. Aunque tenía el ceño fruncido y la boca no era más que una línea, parecía… en perfectas condiciones de salud.

Lo cual era imposible, a menos de que ella llevara más de una semana inconsciente.

Jane se puso de pie con el cuerpo un poco tieso, estiró los brazos por encima de la cabeza y arqueó la espalda para poner la columna otra vez en su lugar. Caminó en silencio hasta la cama y le tomó al pulso al hombre. Estable y fuerte.

Mierda. Nada de esto tenía lógica. Nada. Los pacientes que habían recibido heridas de bala y de arma blanca, que habían sido reanimados dos veces y se habían sometido a una operación a corazón abierto no se recuperaban así. Nunca.

Vampiro.

¡Ay, ya basta!

Jane miró el reloj digital que estaba sobre la mesilla de noche y vio la fecha. Viernes. ¿*Viernes?* ¡Por Dios, era viernes y eran las diez de la mañana! Ella lo había operado hacía apenas ocho horas y el hombre parecía como si hubiera tenido semanas para recuperarse.

Tal vez todo esto era un sueño. Tal vez se había quedado dormida en el tren hacia Manhattan y se iba a despertar cuando entraran a Penn Station. Soltaría una buena carcajada, se tomaría una taza de café e iría a su entrevista en Columbia, según lo planeado, y le echaría la culpa de todo a la comida de la máquina.

_____

*Wolfgang Johann Puck es un reconocido chef y restaurador austriaco, aunque desarrolla su trabajo en Los Ángeles.

Jane se quedó esperando. Esperando a que un golpe contra los raíles la sacara de aquel sueño.

Pero en lugar de eso, el reloj digital sólo siguió marcando los minutos.

Vale. Había que volver a la idea de mierda-esto-es-real. Sintiéndose terriblemente sola y asustada, Jane se dirigió hasta la puerta, trató de girar el pomo y descubrió que estaba cerrada. Sorpresa, sorpresa. Tuvo la tentación de agarrar la puerta y golpearla, pero ¿de qué serviría? Nadie que estuviera al otro lado la iba a dejar salir y, además, ella no quería que ninguno de ellos supiera que estaba despierta.

El siguiente paso era explorar el sitio: las ventanas estaban tapadas por una especie de persianas por la parte externa del cristal y el material era tan grueso que no entraba ni un rayo de luz. La puerta, evidentemente, no servía de nada. Las paredes eran sólidas. No había teléfono. Ni ordenador.

En el armario no había más que ropa negra, botas grandes y una caja de seguridad, cerrada.

El baño no ofrecía ninguna posibilidad de escape. No había ventana ni ningún conducto de ventilación lo suficientemente ancho como para que ella se pudiera meter.

Jane volvió a la habitación. Por Dios, aquello no era una habitación. Era una celda con un colchón.

Y esto no era un sueño.

Sus glándulas suprarrenales comenzaron a funcionar como locas y notó que el corazón se le iba a salir del pecho. Se dijo que la policía debía estar buscándola. Tenía que estar buscándola. Con todas las cámaras de seguridad y la cantidad de personal que había en el hospital, alguien tenía que haberlos visto cuando se la llevaron y sacaron al paciente. Además, si faltaba a su entrevista, la gente empezaría a hacer preguntas.

Mientras trataba de recuperar el control, Jane se encerró en el baño, del cual habían quitado el pestillo para cerrar la puerta. Después de usar el inodoro, se lavó la cara y cogió una toalla que colgaba de la parte trasera de la puerta. Al llevársela a la nariz, Jane sintió un aroma maravilloso que la hizo frenar en seco. Era el olor del paciente. Seguramente él debía haber usado esa toalla, tal vez antes de salir y recibir el balazo en el pecho.

Cerró los ojos y aspiró profundamente. Lo único en lo que pudo pensar en ese momento fue en sexo. Dios, si este olor se pudiera embotellar, estos hombres podrían pagarse sus hábitos de juego y drogas por medio de un negocio lícito.

Molesta con ella misma por esa actitud, arrojó la toalla al suelo como si fuese basura y en ese momento alcanzó a ver un destello detrás del inodoro. Al agacharse sobre el suelo de mármol, encontró una navaja de afeitar como las de antes, que la hizo pensar en las películas de vaqueros. La recogió y se quedó observando la cuchilla brillante.

Era una buena arma, pensó Jane. Un arma estupenda.

La deslizó en el bolsillo de su bata blanca. En ese momento oyó que se abría la puerta de la habitación.

Al salir del baño, mantuvo la mano en el bolsillo y los ojos alerta. Red Sox estaba de vuelta y traía un par de maletines. No parecían muy pesados, al menos para alguien tan grande como él, pero parecía tener dificultad para transportarlos.

—Esto servirá para empezar —dijo con una voz ronca y cansada, con un pronunciado acento bostoniano.

—¿Para empezar qué?

—A curarlo.

—¿Perdón?

Red Sox se agachó y abrió uno de los maletines. En el interior había vendas y gasas. Guantes de cirugía. Recipientes de plástico. Frascos de medicinas.

—Él nos dijo qué cosas podría necesitar.

—¿Ah, sí? —Maldición. Jane no tenía ningún interés en jugar a ser médico. Ya era suficiente con representar el papel de una víctima de secuestro, muchas gracias.

El hombre se levantó con mucho cuidado, como si se sintiera mareado.

—Usted va a cuidarlo.

—¿Ah, sí?

—Sí. Y antes de que lo pregunte, sí, usted va a salir de aquí con vida.

—Siempre y cuando haga mi trabajo como médico, ¿no es así?

—Cierto. Pero eso no me preocupa. Usted lo haría de todas formas, ¿no es verdad?

Jane se quedó mirando al hombre. No se veía mucho de su cara debajo de la gorra de béisbol, pero su barbilla tenía un ángulo que ella reconoció. Y además estaba ese acento bostoniano.

—¿Yo le conozco? —preguntó.

—Ya no.

En medio del silencio, Jane le observó con ojo experto. Tenía la piel gris y llena de manchas, las mejillas chupadas, las manos le temblaban. Parecía como si llevara de juerga dos semanas. ¿Y qué era ese olor? Por Dios, ese tío le recordaba a su abuela: sólo perfume artificial y polvos para la cara. O… tal vez era algo más, algo que la llevaba de vuelta a la escuela de medicina… Sí, era más eso. El hombre olía al formol que usaban en las clases de anatomía.

Ciertamente tenía la palidez de un cadáver. Y al verlo tan enfermo, Jane se preguntó si sería capaz de tirarlo al suelo.

Mientras tocaba la navaja que tenía en el bolsillo, Jane calculó la distancia que había entre ellos y decidió quedarse quieta. Aunque el hombre estaba débil, la puerta estaba cerrada con llave. Si lo atacaba, sólo se arriesgaba a salir herida o muerta y no tendría ninguna oportunidad de escapar. Su mejor apuesta era esperar junto a la puerta hasta que uno de ellos entrara. Iba a necesitar el elemento sorpresa, porque estaba claro que de otra forma ellos la podrían dominar con facilidad.

Pero ¿qué iba a hacer cuando se encontrara al otro lado de la puerta? ¿Estaría en una casa grande? ¿En una casa pequeña? Tenía el presentimiento de que la seguridad como de fortaleza de las ventanas debía extenderse a toda la casa.

—Quiero salir de aquí —dijo.

Red Sox suspiró como si se sintiera exhausto.

—En un par de días, usted regresará a su vida normal y no se acordará de nada de esto.

—Sí, claro. Pero el secuestro es algo que marca a las personas para siempre.

—Ya verá si eso es cierto o no. —Al dirigirse hacia la cama donde yacía el paciente, Red Sox utilizó primero el escritorio y luego la pared para mantener el equilibrio—. Él tiene mejor aspecto.

Jane tuvo deseos de gritarle que se alejara de su paciente.

—¿V? —Red Sox se sentó con cuidado en la cama—. ¿V?

El paciente abrió los ojos al cabo de un rato y sonrió.

—Policía.

Los dos hombres se cogieron de la mano exactamente al mismo tiempo y, mientras Jane los observaba, pensó que tenían que ser hermanos, excepto porque tenían un color de piel muy distinto. ¿Tal vez fueran únicamente amigos muy cercanos? ¿O amantes?

Los ojos del paciente se deslizaron hacia ella y la miraron de arriba abajo, como si estuviera comprobando que estuviera sana y salva. Luego miró la bandeja de comida que seguía intacta y frunció el ceño, en señal de desaprobación.

—¿Acaso no hicimos esto mismo hace poco? —le dijo Red Sox al paciente en voz baja—. ¿Sólo que era yo el que estaba en la cama? ¿Qué tal si quedamos en paz y no volvemos a jugar a esto de salir heridos?

Los gélidos ojos brillantes dejaron de mirarla a ella y se clavaron ahora en su amigo. Pero el paciente no dejó de fruncir el ceño.

—Tienes un aspecto horrible.

—Y tú pareces Miss América.

El paciente sacó pesadamente el otro brazo de debajo de las mantas, como si le pesara tanto como un piano.

—Ayúdame a quitarme el guante…

—Olvídalo. No estás listo.

—Pero tú estás empeorando.

—Mañana…

—Ahora. Vamos a hacerlo ahora. —El paciente bajó la voz hasta convertirla en un murmullo—. Si dejamos pasar otro día, no vas a ser capaz de ponerte de pie. Ya sabes lo que sucede.

Red Sox agachó la cabeza hasta que le quedó colgando del cuello como si fuera un saco de harina. Luego soltó una maldición en voz baja y agarró la mano enguantada del paciente.

Jane comenzó a retroceder, hasta que llegó al sillón en el que había dormido. Esa mano había tumbado a una enfermera y le había producido convulsiones y ahora los dos hombres la estaban manipulando como si no fuera nada del otro mundo.

Red Sox retiró suavemente el guante de cuero negro y dejó al descubierto una mano cubierta de tatuajes. ¡Por Dios, la piel parecía brillar!

—Ven aquí —dijo el paciente y abrió los brazos como si fuera a darle un abrazo al otro hombre—. Acuéstate conmigo.

Jane sintió que el aire se le quedaba atrapado en el pecho.

Cormia caminaba por los pasillos del templo y sus pies descalzos no hacían ningún ruido, tampoco su vestido blanco, y el mismo aire que entraba y salía de sus pulmones circulaba sin hacer ningún sonido. Así era como debían caminar las Elegidas, sin producir ninguna sombra que se pudiera ver, ni un murmullo que se pudiera oír.

Sólo que ella tenía un propósito personal y eso estaba mal. Al ser una Elegida, debía servir a la Virgen Escribana en todo momento, y sus intenciones debían ser siempre para ella.

Sin embargo, las necesidades de Cormia eran de una naturaleza tal que eran imposibles de negar.

El Templo de los Libros estaba al final de una larga hilera de columnas y sus puertas dobles siempre estaban abiertas. De todos los edificios del santuario, incluido el que contenía las joyas, éste era el que guardaba el tesoro más preciado: allí reposaban los registros de la raza que llevaba la Virgen Escribana, un diario que era imposible de abarcar y comprendía miles de años. Dictados por su santidad a Elegidas entrenadas especialmente para ese trabajo, los registros eran una obra de amor y un testamento tanto histórico como religioso.

Dentro de las paredes de mármol y a la luz de velas blancas, Cormia avanzaba por el suelo también de mármol, recorriendo innumerables estanterías y caminando cada vez más rápido, a medida que se ponía más nerviosa. Los volúmenes del diario estaban organizados de forma cronológica y dentro de cada año estaban ordenados de acuerdo con la clase social, pero lo que ella estaba buscando no debía de estar en esta sección general.

Tras mirar por encima del hombro para asegurarse de que nadie la estuviera viendo, Cormia se dirigió a un corredor y llegó a una puerta roja brillante. En medio de los paneles había un dibujo de dos dagas negras que se cruzaban a la altura de la hoja, con las empuñaduras hacia abajo. Alrededor de las empuñaduras había unas palabras sagradas, escritas en lengua antigua y en letras doradas:

LA HERMANDAD DE LA DAGA NEGRA
PARA DEFENDER Y PROTEGER
A NUESTRA MADRE, NUESTRA RAZA Y A NUESTROS HERMANOS

Cormia sintió que la mano le temblaba cuando agarró el pomo dorado. Ésta era un área restringida y si la atrapaban allí, la castigarían, pero no le importaba. Aunque tenía miedo de la búsqueda que había emprendido, ya no soportaba no saber nada.

La habitación tenía unas proporciones y un tamaño imponentes, el techo alto tenía adornos en laminilla de oro y las estanterías no eran blancas como el resto sino de un color negro brillante. Los libros que forraban las paredes estaban encuadernados en cuero negro, los lomos tenían letras doradas que reflejaban la luz de unas velas del color de las sombras. La alfombra que cubría el suelo era de color rojo sangre y suave como una piel de animal.

Allí el aire tenía un olor inusual, un olor que recordaba a ciertas especies. Cormia tenía la sensación de que eso se debía a que los hermanos venían a esa habitación en algunas ocasiones y deambulaban por entre los volúmenes que contenían su historia, sacando algunos libros, tal vez acerca de ellos mismos, tal vez acerca de sus antepasados. Cormia trató de imaginárselos allí y no pudo, pues nunca había visto a ninguno. En realidad, ella nunca había visto un macho.

Cormia hizo un esfuerzo por descubrir rápidamente el orden de los volúmenes. Parecía que estaban organizados por año… Ay, un momento. También había una sección de biografías.

Cormia se arrodilló. Cada conjunto de volúmenes estaba marcado con un número y el nombre del hermano, así como con la referencia al linaje paterno. El primero de ellos era un tomo antiguo que tenía unos símbolos con una variación arcaica que recordaba haber visto en algunas de las partes más antiguas del diario de la Virgen Escribana. El primer guerrero tenía varios libros bajo su nombre y número, y los siguientes dos hermanos eran sus hijos.

Cormia tomó al azar uno de los libros que había un poco más adelante en la estantería y lo abrió. La primera página era resplandeciente y contenía un retrato pintado del hermano, rodeado de una nota en la que se especificaba su nombre y la fecha de nacimiento y de entrada en la Hermandad, así como sus hazañas en el campo de las armas y la táctica. La siguiente página contenía el linaje del guerrero a lo largo de varias generaciones, seguida de una lista de las hembras con las que se había apareado y de los hijos que había tenido. Luego se detallaba su vida capítulo por capítulo, tanto en el campo de batalla como fuera de él.

Era evidente que este hermano, Tohrture, había vivido mucho tiempo y había sido un gran guerrero. Había tres libros sobre él y una de las últimas anotaciones era acerca de la felicidad que había sentido cuando el único hijo que le sobrevivió, Rhage, se unió a la Hermandad.

Cormia volvió a poner el libro en su sitio y siguió buscando, pasando su dedo por los lomos de los volúmenes, rozando los nombres. Esos hombres habían luchado para mantenerla a salvo; ellos fueron los que vinieron cuando las Elegidas fueron atacadas varias décadas atrás. Ellos también eran los que protegían a los civiles de los restrictores. Tal vez este asunto del Gran Padre pudiera salir bien, después de todo. Estaba claro que un hombre cuya misión era proteger a los inocentes no querría hacerle daño, ¿no?

Como no tenía ni idea de qué edad tenía su prometido ni cuándo se había unido a la Hermandad, tenía que mirar cada libro. Pero había tantos, estanterías completas…

De repente, detuvo su dedo en el lomo de un volumen grueso, el primero de cuatro tomos.

EL SANGUINARIO
356

El nombre del padre del Gran Padre le heló la sangre. Había leído sobre él como parte de la historia de la raza y —¡Virgen santísima!— tal vez estaba equivocada. Si las historias acerca de ese hombre eran ciertas, aun aquellos que pelean de manera noble pueden ser crueles.

Era extraño que no hubiera mención de su linaje paterno.

Cormia siguió avanzando, mirando más lomos y más nombres.

VISHOUS
HIJO DEL SANGUINARIO
428

Había sólo un volumen y era más delgado que su dedo. Después de sacarlo, pasó la palma de su mano por la tapa, mientras que el corazón le palpitaba en el pecho. El lomo crujió al abrirlo, como si el libro casi nunca hubiese sido abierto. Y, en efecto, así era. No había retrato y tampoco se le rendía ningún tributo a sus habilidades para el combate; únicamente había una fecha de nacimiento que indicaba que en pocos días cumpliría trescientos tres años y una anotación acerca de cuando fue introducido en la Hermandad. Cormia pasó la página. No se mencionaba su linaje, excepto que era hijo del Sanguinario y el resto del libro estaba en blanco.

Después de ponerlo en su sitio, regresó a los volúmenes sobre el padre y sacó el tercero del grupo. Leyó acerca del padre con la esperanza de descubrir algo sobre el hijo que pudiera calmar sus temores, pero lo que encontró contenía un nivel de crueldad que Cormia rezó para que el Gran Padre hubiese salido a su madre, quienquiera que fuese. El Sanguinario era, ciertamente, el nombre preciso para aquel guerrero, porque era brutal con los vampiros y los restrictores por igual.

Al adelantarse hasta el final, Cormia encontró en la última página el registro de su fecha de muerte, aunque no se mencionaba la forma en que había muerto. Sacó el primer volumen y lo abrió para ver el retrato. El padre tenía el cabello negro azabache, barba espesa y unos ojos que le dieron ganas de cerrar el libro para siempre y no abrirlo nunca más.

Devolvió el libro a su estante y se sentó en el suelo. Al finalizar el retiro de la Virgen Escribana, el hijo del Sanguinario vendría a por Cormia y tomaría su cuerpo como si le perteneciera por derecho propio. Ella no se podía imaginar qué implicaba eso o qué hacía el macho, y sentía pánico de las lecciones sexuales.

Al ser el Gran Padre, al menos también estaría con otras, pensó Cormia. Con muchas otras, algunas de las cuales habían sido entrenadas para complacer a los machos. No cabía duda de que él las preferiría a ellas. Si tenía suerte, es posible que no la visitara con frecuencia.

CAPÍTULO

13

Mientras Butch se acomodaba en la cama de Vishous, éste se sintió avergonzado de tener que admitir que había pasado muchos días preguntándose cómo sería aquello. Cómo se sentiría. A qué olería. Ahora que su fantasía se había convertido en realidad, se alegró de que tuviera que concentrarse en curar a Butch. De otra forma, tenía la sensación de que sería una experiencia demasiado intensa y tendría que parar.

Cuando su pecho rozó el de Butch, trató de decirse que no necesitaba aquel contacto. Intentó fingir que no necesitaba sentir a alguien junto a él, que no se sentía bien al estar acostado junto a otra persona, que no le gustaban ni la calidez ni el peso de otro cuerpo contra el suyo.

Que el hecho de curar al policía no lo curaba también a él.

Pero, claro, todo eso no era más que mierda. Mientras ponía sus brazos alrededor de Butch y se abría para recibir toda la maldad del Omega, sintió que necesitaba todo eso. Después de la visita de su madre y el disparo, anhelaba sentir la cercanía de otra persona, deseaba sentir unos brazos que le devolvieran el abrazo. Y los latidos de un corazón palpitando junto al suyo.

Había pasado tanto tiempo manteniendo su mano alejada de los otros, manteniéndose aislado de los demás, que el hecho de bajar la guardia con la única persona en la que realmente confiaba le provocó un escozor en los ojos.

Menos mal que él nunca lloraba, o sus mejillas ya estarían tan húmedas como las piedras de un río.

Mientras que Butch se estremecía con alivio, Vishous sintió el temblor de los hombros y las caderas de su amigo. Y a pesar de saber que era ilícito, pero sin poder contenerse, levantó su mano tatuada y la hundió en la nuca de Butch. Al ver que el policía dejaba escapar otro gemido y se pegaba más a él, V clavó los ojos en su cirujana.

Ella estaba en el sillón, observándolos, con los ojos como platos y la boca un poco abierta.

La única razón por la cual V no se sintió endemoniadamente incómodo fue porque sabía que, cuando ella se marchara de allí, no tendría ningún recuerdo de ese momento íntimo. De lo contrario, no habría podido soportado. Mierda, estas cosas no pasaban con frecuencia en su vida, principalmente porque él no lo permitía. Y prefería morirse antes que permitir que una desconocida recordara algo tan privado.

Excepto que... ella no se sentía realmente como si fuera una desconocida.

La mujer se llevó la mano a la garganta y se dejó caer sobre el sillón. A medida que el tiempo se estiraba perezosamente, como un perro que se despereza en una brumosa noche de verano, los ojos de ella no se apartaban de los de V y él tampoco desvió la mirada.

Aquella palabra volvió a resonar dentro de él: «Mía».

Sólo que ¿en quién estaba pensando? ¿En Butch o en ella?

V se dio cuenta de que estaba pensando en ella. La mujer que estaba en el otro extremo de la habitación era la que estaba haciendo resonar esa palabra dentro de él.

Butch se acomodó y sus piernas rozaron las de V a través de las mantas. Con un sentimiento de culpa, V recordó las veces que se había imaginado que estaba con Butch, que había imaginado que los dos estaban como estaban ahora, acostados uno junto al otro, que había imaginado que ellos... bueno, la curación no cubría ni la mitad de sus fantasías. Era extraño, sin embargo. Ahora que estaba sucediendo, V no estaba pensando en nada sexual relacionado con Butch. No... El deseo sexual y la palabra que indicaba que quería aparearse estaban dirigidos a la mujer que los observaba en silencio desde el otro lado de la habitación, la mujer que parecía absolutamente impactada.

¿Tal vez no podía soportar ver a dos hombres juntos? Aunque él y Butch nunca iban a estar realmente juntos.

Por alguna ridícula y maldita razón, V sintió el impulso de decirle:

—Es mi mejor amigo.

La mujer pareció sorprenderse por el hecho de que él le hubiese dado una explicación. Y él también.

Jane no podía apartar la mirada de la cama. El paciente y Red Sox estaban brillando al mismo tiempo; una luz suave emanaba de sus cuerpos y algo estaba ocurriendo entre ellos, algún tipo de intercambio. Por Dios, y ese olor dulzón se estaba desvaneciendo.

¿Mejores amigos? Jane observó la mano del paciente, hundida en el pelo de Red Sox, y la forma en que aquellos imponentes brazos rodeaban al hombre apretándolo contra su cuerpo. Seguramente eran buenos amigos, pero ¿hasta dónde llegaba esa amistad?

Después de Dios sabe cuánto tiempo, Red Sox soltó un largo suspiro y levantó la cabeza. Al ver que sus rostros estaban a sólo unos centímetros de distancia, Jane se preparó. No tenía problemas con el hecho de que dos hombres estuviesen juntos, pero por alguna extraña razón, no quería que su paciente besara a su amigo. Ni a nadie más.

—¿Estás bien? —preguntó Red Sox.

El paciente contestó en voz baja y suave.

—Sí. Cansado.

—Me imagino. —Red Sox se levantó de la cama con agilidad. ¡Por Dios santo, parecía como si acabara de pasar un mes en un balneario! Tenía de nuevo un color normal y sus ojos brillaban y estaban alerta. Y ese aire de malevolencia había desaparecido.

El paciente se acomodó de espaldas. Luego se acostó de lado e hizo una mueca de dolor. Volvió a acostarse sobre la espalda. Movía las piernas continuamente debajo de las mantas, como si estuviera tratando de calmar lo que sentía en el cuerpo.

—¿Te duele? —preguntó Red Sox. Al ver que no había respuesta, el hombre la miró a ella por encima del hombro—. ¿Puede ayudarlo, doctora?

Jane quería negarse. Quería gritar un par de groserías y exigir nuevamente que la dejaran ir. Y quería darle una patada en las pelotas a aquel miembro de los Red Sox por hacer que su paciente se sintiera más enfermo de lo que estaba, debido a lo que acababa de pasar.

Pero el juramento hipocrático la hizo levantarse y dirigirse a los maletines.

—Eso depende de lo que me hayan traído.

Jane buscó en el maletín y encontró una bolsa con prácticamente todos los analgésicos que existían. Y todo venía perfectamente empaquetado, así que era evidente que debían tener contactos en un hospital: las medicinas estaban selladas, lo que demostraba que no habían recorrido un camino muy largo por el mercado negro. ¡Por Dios, probablemente estos tipos eran el mercado negro!

Para asegurarse de no haber pasado por alto ninguna opción, Jane buscó en el segundo maletín... y se encontró con sus pantalones de chándal favoritos... y con el resto de las cosas que había dejado sobre la cama para meter en su maleta para ir a Manhattan a su entrevista en Columbia.

Habían estado en su casa. Aquellos malditos habían estado en su casa.

—Teníamos que devolver su coche —explicó Red Sox—. Y nos imaginamos que le gustaría tener ropa limpia. Eso estaba preparado.

Habían conducido su Audi y habían inspeccionado su casa y sus cosas.

Jane se puso de pie y le dio una patada al maletín. Al ver que su ropa se desperdigaba por el suelo, metió la mano en el bolsillo de la bata y cogió la navaja de afeitar, dispuesta a abalanzarse sobre el cuello de Red Sox.

—Discúlpate —dijo de pronto el paciente con voz fuerte.

Ella dio media vuelta y miró hacia la cama con odio.

—¿A santo de *qué*? Son ustedes los que me han traído en contra de mi...

—Tú no. Él.

Red Sox pareció hacer un gran esfuerzo, pero dijo rápidamente:

—Lamento haber irrumpido en su casa. Sólo estábamos tratando de hacerle esto más fácil.

—¿Más fácil? No se ofenda, pero sus disculpas me saben a mierda. ¿Saben? La gente me va a echar de menos. La policía debe estar buscándome.

—Ya nos hemos encargado de todo eso, incluso de la cita en Manhattan. Encontramos los billetes de tren y la cita para la entrevista. Ya no la están esperando.

La rabia hizo que se quedara sin voz por un momento.

—¿Cómo se han atrevido?

—Nos han dicho que no había problema en aplazarla cuando supieron que usted estaba enferma —explicó Red Sox, como si diera por hecho que eso debía arreglar las cosas.

Jane abrió la boca, dispuesta a insultarlo, cuando se dio cuenta de que estaba totalmente a merced de ellos. Así que enemistarse con sus captores no era probablemente lo más inteligente.

Entonces soltó una maldición y miró al paciente.

—¿Cuándo me va a dejar ir?

—Tan pronto como esté en forma.

Jane se quedó examinando su cara, desde la perilla hasta los ojos de diamante y los tatuajes de la sien.

—Déme su palabra —dijo de manera instintiva—. Júrelo por la vida que yo le devolví. Jure que me dejará ir sana y salva.

V no vaciló ni un segundo, ni siquiera para tomar aire.

—Juro por mi honor y la sangre que corre por mis venas que usted estará libre tan pronto como yo me encuentre mejor.

Mientras se maldecía a sí misma y los maldecía a ellos, Jane sacó la mano del bolsillo, se agachó y tomó un frasco de Demerol del maletín más grande.

—No hay jeringas.

—Yo tengo. —Red Sox se acercó y le alcanzó una jeringuilla dentro de su paquete hermético. Cuando Jane iba a cogerla, él agarró el paquete con más fuerza en lugar de soltarlo—. Confío en que usará esto con cuidado.

—¿Con cuidado? —Jane le sacó la jeringa—. No, voy a sacarle un ojo con esto. Porque no fue eso lo que me enseñaron en la facultad de medicina.

Jane volvió a agacharse y buscó en el maletín hasta encontrar un par de guantes de látex, un sobre de gasa con alcohol y apósitos y vendas para cambiar el vendaje del pecho.

Aunque le había puesto al paciente una dosis profiláctica de antibióticos en vena antes de la operación, para disminuir el riesgo de infección, preguntó:

—¿Pueden conseguir también antibióticos?

—Cualquier cosa que usted necesite.

Sí, definitivamente debían tener un contacto en un hospital.

—Quisiera un poco de ciprofloxacina o tal vez amoxicilina. Eso depende de lo que esté sucediendo debajo de los vendajes.

Puso la aguja, el frasco y el resto de las cosas sobre la mesilla de noche, se puso los guantes y rasgó el paquete de la gasa con alcohol.

—Espere un momento, doctora —dijo Red Sox.

—¿Perdón?

Red Sox clavó los ojos en ella como si fueran la mirilla de un arma.

—Con el debido respeto, debo insistir en que si usted le hace daño intencionadamente, la mataré con mis propias manos. Aunque sea una mujer.

Mientras Jane sentía una oleada de terror que descendía por su espalda, la habitación se estremeció con el ruido de un gruñido profundo, como el que hace un mastín antes de atacar.

Los dos miraron al paciente con asombro.

Tenía el labio superior contraído y los afilados caninos habían crecido hasta alcanzar el doble del tamaño que tenían antes.

—Nadie va a tocarla. No me importa lo que haga o a quién se lo haga.

Red Sox frunció el ceño, como si a su amigo se le hubiese aflojado un tornillo.

—Ya conoces nuestro acuerdo, compañero. Te voy a proteger hasta que puedas cuidarte por ti mismo. ¿No te gusta? Entonces mejora pronto y así podrás preocuparte por ella.

—*Nadie.*

Hubo un momento de silencio; entonces Red Sox miró a Jane y al paciente de forma alterna, como si estuviera calculando una ley física… y no le salieran las cuentas.

Jane intervino, pues sintió la necesidad de calmar los ánimos.

—Está bien, está bien. Terminen ya con su exhibición machista, ¿quieren? —Los dos hombres la miraron con asombro y parecieron aún más perplejos cuando Jane le dio un codazo a Red Sox para apartarlo de su camino—. Si se va a quedar aquí, deje ya de hablar de agredir a alguien. Eso no ayuda a su amigo. —Luego miró con furia al paciente—. Y usted… tranquilícese.

Tras un momento de tenso silencio, Red Sox se aclaró la garganta y el paciente se puso su guante y cerró los ojos.

—Gracias —murmuró Jane—. Ahora, ¿les molesta si hago mi trabajo para poder salir de aquí pronto?

Jane le aplicó al paciente una inyección de Demerol y, en minutos, su ceño fruncido se relajó como si alguien hubiese aflojado los tornillos que mantenían la tensión. Cuando el cuerpo se hubo relajado, Jane le quitó los vendajes del pecho y levantó los apósitos que cubrían la herida.

—¡Por… Dios! —exclamó.

Red Sox miró por encima del hombro de Jane.

—¿Qué sucede? Ya ha cerrado perfectamente.

Jane hizo presión suave sobre la hilera de grapas metálicas y la línea rosada que había debajo de éstas.

—Ya podría quitar las grapas.

—¿Necesita ayuda?

—Pero esto no es normal.

El paciente abrió los ojos y era obvio que sabía exactamente lo que ella estaba pensando: «Un vampiro».

—Por favor, alcánceme las tijeras y las pinzas que hay en el maletín —pidió Jane sin mirar a Red Sox—. Ah, y tráigame también el antibiótico tópico en spray. —Al oír el ruido que hacía Butch al otro extremo de la habitación, Jane murmuró—: ¿Quién es usted?

—Un ser vivo —contestó el paciente—. Gracias a usted.

—Aquí tiene.

Jane saltó como si fuera una marioneta. Red Sox le estaba alcanzando dos instrumentos de acero inoxidable, pero la verdad es que ella no podía recordar por qué se los había pedido.

—Las grapas —murmuró Jane.

—¿Qué? —preguntó Red Sox.

—Voy a sacar las grapas. —Jane cogió las tijeras y las pinzas y puso un poco de antibiótico sobre el pecho del paciente.

A pesar de que sentía que el cerebro se le retorcía dentro de la cabeza, Jane logró cortar y retirar cada uno de los casi veinte ganchos metálicos y arrojarlos a la papelera que había junto a la cama. Cuando terminó, secó las gotas de sangre que se asomaron en todos los puntos de entrada y salida y luego roció el pecho con más antibiótico.

Al mirar los ojos brillantes del paciente, Jane tuvo la certeza de que no era humano. Había visto el interior de demasiados cuerpos y había sido testigo durante muchos años de la lucha para curar como para pensar de otra manera. De lo que no estaba segura es de en qué lugar la dejaba eso. A ella y al resto de la raza humana.

¿Cómo era posible todo esto? ¿Que hubiese otra especie con tantas características humanas? Por supuesto, probablemente ésa era la forma en que habían logrado permanecer ocultos.

Jane cubrió el centro del pecho del paciente con una capa ligera de gasa y luego la pegó con esparadrapo. Cuando terminó, el paciente hizo una mueca de dolor y se llevó la mano enguantada al estómago.

—¿Está bien? —preguntó Jane al ver que el hombre se ponía blanco como un papel.

—Tengo náuseas. —Una línea de gotas de sudor apareció sobre su labio superior.

Jane miró a Red Sox.

—Creo que lo mejor es que se marche.

—¿Por qué?

—Está a punto de vomitar.

—Estoy bien —musitó el paciente y cerró los ojos.

Jane se dirigió al maletín, sacó un recipiente y se dirigió a Red Sox.

—Váyase, ahora. Déjeme ocuparme de él. No necesitamos público para esto.

Maldito Demerol. Era un analgésico excelente, pero a veces los efectos secundarios eran un verdadero problema para los pacientes.

Red Sox vaciló un momento, hasta que vio que el paciente dejaba escapar un gruñido y comenzaba a tragar saliva de manera compulsiva.

—Hummm, está bien. Oiga, antes de irme, ¿quiere que le traiga algo de comer? ¿Hay algo en particular que le apetezca?

—Está bromeando, ¿verdad? O acaso se supone que debo olvidarme del secuestro y de la amenaza de muerte y pedir algo de comer como si esto fuera un restaurante.

—No hay razón para que no coma nada mientras esté aquí. —Butch recogió la bandeja.

Dios, esa voz… esa voz ronca y profunda, con acento de Boston.

—Yo le conozco. Estoy segura de que le conozco de alguna parte. Quítese la gorra. Quiero verle la cara.

El hombre atravesó la habitación con la bandeja que ella había dejado intacta.

—Le traeré algo más de comer.

Al ver que la puerta se cerraba y le ponían el seguro, Jane sintió el impulso infantil de correr hasta allí y comenzar a darle golpes.

El paciente gimió y ella se giró a mirarlo.

—¿Ya va a dejar de esforzarse por no vomitar?

—Mierda… —Mientras se ponía de lado y se encogía, V comenzó a tener arcadas.

No se necesitó recipiente, porque no tenía nada en el estómago, así que Jane corrió al baño, trajo una toalla y se la puso en la boca. Mientras el paciente se sacudía de manera miserable, tratando de vomitar, se agarraba el centro del pecho, como si no quisiera abrirse la herida.

—Está bien —dijo Jane, poniéndole una mano sobre la suave piel de la espalda—. Está suficientemente cicatrizada. No se va a abrir la herida.

—Siento… como… si… *Mierda…*

Dios, el hombre estaba sufriendo, tenía la cara en tensión y colorada, estaba sudando a mares y todo el cuerpo le temblaba.

—Está bien, limítese a dejar pasar la sensación. Cuanto menos combata las náuseas, más fácil será. Sí… así es… respire entre cada ataque de arcadas. Bien, ahora…

Jane comenzó a acariciarle la espalda, mientras sostenía la toalla, y no pudo parar de decirle cosas para tranquilizarlo. Cuando pasó, el paciente se acostó lo más quieto posible, mientras respiraba por la boca y apretaba las sábanas con la mano enguantada.

—Eso no ha sido muy divertido —dijo con voz ronca.

—Buscaremos otro analgésico —murmuró ella, sacándole el pelo de los ojos—. Basta de Demerol para usted. Oiga, quisiera revisar las heridas, ¿está bien?

V asintió con la cabeza y se acostó de espaldas, mientras que su pecho parecía tan grande como la propia cama. Jane levantó con cuidado el esparadrapo y la gasa. ¡Por Dios! La piel que había quedado perforada por las grapas hacía sólo quince minutos estaba ahora completamente lisa. Lo único que quedaba era una pequeña línea rosada que bajaba por el esternón.

—¿Quién es usted? —preguntó Jane bruscamente.

El paciente se dio la vuelta hacia ella.

—Estoy cansado.

Sin pensarlo, Jane comenzó a acariciarlo nuevamente y el roce de su mano contra la piel de la espalda de V producía un sonido calmante. No pasó mucho tiempo antes de que Jane notara que los hombros del paciente eran puro músculo… y que lo que estaba tocando era cálido y muy masculino.

Jane retiró la mano.

—Por favor. —V le agarró la muñeca con la mano buena, aunque tenía los ojos cerrados—. Tóqueme o… mierda, si no abráceme. Me siento… como a la deriva. Como si fuera a salir flotando. No siento nada. Ni la cama… ni mi cuerpo.

Jane bajó la vista hacia su muñeca, de donde él la tenía agarrada, y luego se fijó en el grosor de sus bíceps y el ancho de su pecho. De repente se le ocurrió que aquel hombre podría romperle el brazo en dos, pero sabía que no lo haría. Hacía media hora había estado dispuesto a cortarle el cuello a uno de los suyos para protegerla…

Basta.

«No te puedes sentir segura con él. El síndrome de Estocolmo no es un buen consejero».

—Por favor —repitió él, con la respiración entrecortada, y se veía que le daba vergüenza sentirse así.

Por Dios, ella nunca había entendido cómo era posible que las víctimas de secuestro pudieran desarrollar una relación afectiva con sus captores. Eso iba contra toda lógica y también contra el instinto de conservación: nuestro enemigo no puede ser nuestro amigo.

Pero era imposible negar la ternura de este hombre.

—Necesito mi mano.

—Tiene dos manos. Utilice la otra. —Después de decir eso, V se encogió alrededor de la mano que tenía agarrada y las sábanas descubrieron un poco más de su torso.

—Entonces déjeme cambiar de mano —murmuró Jane, mientras sacaba suavemente la mano que él le tenía agarrada, le daba la otra y luego ponía la palma que acababa de liberar sobre el hombro de su paciente.

La piel del hombre era de un color dorado oscuro como un bronceado de verano y suave… Dios, era suave y tersa. Siguiendo la curvatura de la columna, Jane subió hasta la nuca y, antes de que se diera cuenta de lo que estaba haciendo, le estaba acariciando el pelo sedoso. Corto por detrás y largo alrededor de la cara; Jane se preguntó si lo usaría así para esconder los tatuajes de la sien. Sólo que los tatuajes debían haber sido hechos para ser exhibidos, ¿por qué otra razón se haría tatuar en un lugar tan visible?

El hombre emitió un ruido con la garganta, un ronroneo que hizo vibrar su pecho y la parte posterior de la espalda; luego se giró hacia el otro lado, pero ese movimiento estiró demasiado el brazo de Jane. Estaba claro que él quería que ella se acostara a su lado, pero al ver que se resistía, dejó de tirar.

Mientras miraba su brazo atrapado entre los bíceps del hombre, Jane pensó en la última vez que había estado acostada con un hombre. Hacía mucho de eso. Y, francamente, no había sido tan agradable.

De pronto recordó los ojos negros de Manello…

—No piense en él.

Jane se sobresaltó.

—¿Cómo sabe en quién estaba pensando?

El paciente la soltó y se dio lentamente la vuelta, de manera que quedó mirando hacia el otro lado.

—Lo siento. No es asunto mío.

—¿Cómo lo supo?

—Voy a tratar de dormir un poco, ¿vale?

—Vale.

Jane se levantó y regresó a su sillón, mientras pensaba en ese corazón de seis cavidades. En la sangre imposible de identificar. En los colmillos clavados en la muñeca de la rubia. Al mirar hacia la ventana, se preguntó si lo que tapaba los cristales no sería sólo por seguridad sino para tapar la luz del sol.

¿Adónde la llevaba todo eso? ¿A que estaba encerrada en un cuarto con un… vampiro?

Su lado racional rechazó la idea de entrada, pero en el fondo sabía que tenía lógica. Mientras sacudía la cabeza, recordó su frase favorita de Sherlock Holmes y la parafraseó: si se eliminan todas las explicaciones posibles, entonces la respuesta es lo imposible. La lógica y la biología no mentían, ¿o sí? Ésa era una las razones principales por las cuales había decidido convertirse en médico.

Jane se quedó mirando a su paciente y se perdió en las implicaciones. La cabeza le daba vueltas alrededor de las posibilidades evolutivas, pero también consideraba asuntos más prácticos. Pensó en las medicinas que había en el maletín y en el hecho de que el paciente estaba en una parte peligrosa de la ciudad cuando le dispararon. Y él la había secuestrado.

¿Cómo era posible que ella pudiera confiar en él o en su palabra?

Jane se metió la mano en el bolsillo y tocó la navaja de afeitar. La respuesta a eso era fácil. No podía.

CAPÍTULO
14

P hury estaba sentado en su habitación de la mansión, con la espalda recostada contra la cabecera de la cama y su colcha de terciopelo azul sobre las piernas. Se había quitado la prótesis y en el pesado cenicero de cristal que tenía al lado humeaba un porro. La música de Mozart salía del juego de altavoces Bose que rodeaban la estancia.

El libro sobre armas de fuego que tenía ante él estaba siendo usado más como atril que como material de lectura. Una hoja de un grueso papel blanco reposaba sobre el libro, pero él llevaba un rato sin hacer ningún trazo sobre ella con su lápiz del nº 2. El retrato estaba terminado. Lo había acabado hacía cerca de una hora y ahora estaba reuniendo el coraje para arrugarlo y arrojarlo a la basura.

Aunque nunca se sentía satisfecho con sus dibujos, éste casi le gustaba. Sobre la blancura de nieve de la página, unos trazos de plomo revelaban la cara, el cuello y el cabello de una mujer. Bella estaba mirando hacia la izquierda, con una sonrisa en los labios, y un mechón de pelo le caía sobre la mejilla. La había visto en esa pose esta noche, durante la última cena. Estaba mirando a Zsadist, lo cual explicaba esa discreta inclinación de sus labios.

En todas las poses en que la había dibujado, Phury siempre la pintaba con los ojos fijos en otra parte. El hecho de que ella lo mirara a él desde la página le parecía sencillamente inapropiado. Demonios, hacer dibujos de ella era totalmente inapropiado.

Phury puso la palma de la mano sobre la cara de la mujer, dispuesto a arrugar el papel.

Pero en el último minuto decidió agarrar el porro, pues necesitaba un alivio artificial porque el corazón le palpitaba con demasiada fuerza. Últimamente estaba fumando mucho. Más que nunca. Y aunque el hecho de apoyarse en algo químico para calmarse lo hacía sentir sucio, la idea de dejarlo nunca pasó por su cabeza. No se podía imaginar cómo sería pasar todo el día sin un poco de ayuda.

Mientras le daba otra calada al porro y retenía el humo en los pulmones, Phury pensó en su primer encuentro con la heroína. En diciembre estuvo a punto dar un salto mortal desde la colina de la heroína y se detuvo, pero no porque hubiese tomado una buena decisión sino porque John Matthew eligió el momento apropiado para interrumpirlo.

Phury soltó el aire y se quedó mirando la punta del porro. Otra vez tenía la tentación de probar algo más fuerte. Podía sentir el impulso de recurrir a Rehv y pedirle otra bolsa llena de polvo blanco. Tal vez así lograra tener un poco de paz.

En ese momento se oyó un golpe en la puerta y la voz de Z dijo:

—¿Puedo entrar?

Phury metió el dibujo entre el libro de armas de fuego.

—Sí.

Z entró y no dijo nada. Con las manos sobre las caderas, comenzó a pasearse de un lado a otro de la habitación, delante de la cama. Phury esperó, encendió otro porro y se quedó observando a su gemelo idéntico, mientras Z seguía paseándose.

De la misma forma que no trataba de atraer al pez que se encuentra al otro lado del anzuelo diciéndole palabras bonitas, tampoco podía obligar a Z a hablar. El silencio era lo único que funcionaba.

Al final el hermano se detuvo y dijo:

—Ella está sangrando.

Phury sintió que el corazón se le detenía en el pecho y apoyó la mano sobre la portada del libro.

—¿En qué medida y desde hace cuánto tiempo?

—Me lo está ocultando, así que no lo sé.

—¿Cómo lo descubriste?

—Encontré un paquete de compresas guardado en el fondo del armario, justo al lado del inodoro.

—Tal vez sean antiguas.

—La última vez que saqué mi navaja, no estaban allí. Mierda.

—Entonces tiene que ir a ver a Havers.

—La próxima cita es dentro de una semana. —Z comenzó a pasearse de nuevo—. Yo sé que no me lo quiere decir porque teme que no sea capaz de soportarlo.

—Tal vez esté usando lo que encontraste para otra cosa.

Z se detuvo.

—Ah, sí. Claro. Porque esas cosas son multifuncionales y sirven para muchas cosas. Como los bastoncillos y otras mierdas. Mira, ¿hablarías con ella?

—¿Qué? —Phury le dio otra calada rápida a su porro—. Eso es un asunto privado. Entre ella y tú.

Z se pasó la mano por encima de su cabeza rapada.

—Tú eres mejor para esas cosas que yo. Lo último que necesita es que yo tenga un ataque delante de ella o, peor, que le grite porque estoy muerto de miedo y no puedo razonar.

Phury trató de respirar profundamente, pero apenas pudo aspirar un poco de aire. Se moría de ganas de involucrarse. Quería salir corriendo por el corredor de las estatuas hasta la habitación de la pareja y sentarse a hablar con Bella y saber qué estaba pasando. Quería ser un héroe. Pero ése no era su papel.

—Tú eres su hellren. Tú eres el que tiene que hablar con ella. —Phury apagó el último residuo del porro, preparó uno nuevo y abrió su mechero. Se oyó el chasquido que hacía la piedra y la llama surgió con fuerza—. Tú puedes hacerlo.

Zsadist lanzó una maldición, se paseó un poco más y al cabo de un rato se dirigió a la puerta.

—Hablar sobre este asunto del embarazo me recuerda que si le sucede algo, estoy perdido. Me siento tan endemoniadamente impotente.

Cuando su gemelo se fue, Phury dejó caer la cabeza hacia atrás. Mientras fumaba, miraba la punta encendida del porro y se preguntaba de manera distraída si eso sería como un orgasmo para el cigarro.

Por Dios. Si Bella se moría, tanto él como Z entrarían en una espiral de la que los hombres nunca salían.

Al pensar en eso, se sintió culpable. Realmente no estaba bien que se preocupara tanto por la mujer de su gemelo.

Como la ansiedad le hacía sentir como si se hubiese tragado un enjambre de langostas, siguió fumando para calmarse, hasta que vio la hora en el reloj. Mierda. Tenía que dar una clase sobre armas de fuego dentro de una hora. Sería mejor que se duchara y tratara de espabilarse.

John se despertó confundido, con una vaga sensación de que le dolía la cara y había algún tipo de silbido en su habitación.

Levantó la cabeza de su cuaderno y se apretó el puente de la nariz. La espiral del cuaderno le había dejado marcas sobre la piel y John pensó en Worf, el personaje de *Star Trek, la nueva generación*. Y el silbido era la alarma del reloj.

Eran las tres y cuarto de la tarde. Las clases empezaban a las cuatro en punto.

Se levantó del escritorio, fue cojeando hasta el baño y se detuvo ante el inodoro. Cuando eso le pareció demasiado esfuerzo, dio media vuelta y se sentó.

Por Dios, estaba exhausto. Había pasado los últimos dos meses durmiendo en la silla de Tohr, en la oficina del centro de entrenamiento, pero cuando Wrath intervino y le obligó a pasarse a la mansión, estaba durmiendo de nuevo en una cama de verdad. Uno pensaría que se sentía genial de tener esa inmensa habitación. Pero se sentía fatal.

Después de tirar de la cisterna, encendió las luces y cerró los ojos por el destello. Maldición. Había sido una mala idea haber encendido las luces y no sólo por el dolor que provocaba en sus ojos. A la luz, su pequeño cuerpo tenía un aspecto horrible, como una piel paliducha que cubría un esqueleto. Hizo una mueca, se cubrió su diminuto sexo con la mano para no tener que mirarlo y apagó las luces.

No había tiempo para una ducha. Se lavó los dientes rápido, se echó un poco de agua en la cara y no se molestó en peinarse.

De nuevo en la habitación, lo único que quería era meterse bajo las mantas, pero se puso sus vaqueros de talla infantil y frunció el ceño mientras se subía la cremallera. Los pantalones le nadaban en las caderas y parecían colgarle de la cintura, a pesar de que estaba tratando de comer bien.

Genial. En lugar de pasar por la transición, estaba encogiendo.

Mientras se torturaba otra vez con eso de qué-voy-a-hacer-si-nunca-me-pasa, sintió que las cejas comenzaban a palpitarle. ¡Demonios! Se sentía como si hubiese un hombrecillo con un martillo dentro de cada una de sus órbitas oculares, masacrando su nervio óptico.

Cogió los libros del escritorio, los metió dentro de la mochila y se marchó. Tan pronto como salió al pasillo, se tapó la cara con un brazo. La luminosidad del vestíbulo hizo que su dolor de cabeza empeorara, así que trastabilló hacia atrás y se estrelló con un kuros* griego. Lo cual lo hizo darse cuenta de que no se había puesto camisa.

Tras lanzar una maldición, regresó a su habitación, se puso una camisa y de alguna manera logró bajar las escaleras sin tropezar con sus propios pies. Por Dios, todo le irritaba. El ruido que hacían sus Nike sobre el suelo del vestíbulo le pareció como una banda de ratones chillones que lo estuviera siguiendo. El crujido de la puerta escondida que conducía al túnel le pareció tan estridente como un disparo. El recorrido por el túnel subterráneo que conducía hasta el centro de entrenamiento le pareció eterno.

Éste no iba a ser un buen día. Ya tenía los nervios de punta y, a juzgar por lo que había pasado en el último mes, John sabía que si empezaba el día de mal genio, su temperamento era cada vez más difícil de controlar.

Y tan pronto como entró en la clase, se dio cuenta de que el día iba a ser un verdadero desastre.

Sentado en la última fila, en el pupitre individual que John llegó a considerar como su casa antes de estrechar lazos con sus amigos, estaba… Lash.

---

*El kouros o kuros es el tipo escultórico que crearon los griegos para representar el ideal de belleza masculina.

Que ahora venía en paquete súper económico. El chico estaba enorme y gordo y tenía cuerpo de luchador. Además, parecía haber sufrido una transformación dirigida por el sargento de un pelotón. Antes solía usar ropa de marca y vistosa y arreglarse como un modelo de la joyería Jacob & Co, y ahora estaba vestido con pantalones negros de camuflaje y una camiseta negra de nailon ajustada al cuerpo. Su cabello rubio, que antes tenía el largo suficiente para hacerse una cola de caballo, tenía ahora un corte militar.

Era como si se hubiese despojado de toda esa pretensión porque sabía que lo bueno estaba por dentro.

Sólo una cosa no había cambiado: sus ojos grises como la piel de un tiburón, que seguían clavados en John, a quien no le cabía duda de que si lo pillaba a solas, tenía una paliza asegurada. Es posible que John hubiese tumbado a Lash la última vez, pero eso no volvería a suceder y, además, Lash iba a ir a por él. La promesa de una venganza era evidente en esos hombros inmensos y esa sonrisa sarcástica que tenía un *púdrete* escrito por todas partes.

John se sentó junto a Blay, sintiéndose atemorizado, como quien camina por un callejón oscuro.

—Hola, hermano —dijo su amigo en voz baja—. No te preocupes por ese malnacido, ¿de acuerdo?

John no quería parecer tan débil como se estaba sintiendo, así que se limitó a encogerse de hombros y a abrir su mochila. Por Dios, este dolor de cabeza lo iba a matar. Pero, claro, la respuesta de huir o pelear en un estómago vacío no era exactamente una dosis de Excedrina.

Qhuinn se inclinó hacia delante y le pasó una nota a John. «Estamos contigo», era lo único que decía.

John parpadeó rápidamente a modo de agradecimiento, al tiempo que sacaba su libro de armas de fuego y pensaba qué irían a tratar ese día en clase. ¡Qué apropiado que fuera una clase sobre armas! Él sentía como si le estuvieran apuntando con una por la espalda, directo a la cabeza.

Miró hacia el fondo de la clase. Como si Lash hubiese estado esperando el momento de establecer contacto visual, el chico se inclinó hacia delante y puso los antebrazos sobre el pupitre. Luego cerró lentamente los puños, que parecían tan grandes como la cabeza de John, y, cuando sonrió, sus nuevos colmillos lucían tan afilados como cuchillos y blancos como la vida después de la muerte.

Mierda. John sería hombre muerto si no le llegaba pronto su transición.

15

Vishous se despertó y lo primero que vio fue a su cirujana, sentada en el sillón que había al otro extremo de la habitación. Aparentemente la había estado cuidando aun durante el sueño.

Ella también lo estaba mirando.

—¿Cómo se siente? —preguntó ella en voz baja y neutra. Con una calidez profesional, pensó V.

—Mejor. —Aunque era difícil imaginarse algo peor que lo que había sentido cuando estaba vomitando.

—¿Tiene dolor?

—Sí, pero no me molesta. Es más un fastidio, en realidad.

La mujer lo miró de arriba abajo, pero se trataba de una mirada profesional.

—Tiene buen color.

V no supo qué responder a eso. Porque cuanto más tiempo estuviera enfermo, más la podría retener a su lado. Recuperarse no era tan buena idea.

—¿Recuerda algo? —preguntó ella—. ¿Del tiroteo?

—No exactamente.

Lo cual era, en parte, una mentira. Lo único que tenía eran imágenes de los sucesos, recortes de los artículos en lugar de la columna completa: recordaba el callejón. Una pelea con un restrictor. Un disparo. Y después de eso, recordaba haber terminado en la mesa de operaciones de ella y haber sido rescatado del hospital por sus hermanos.

—¿Por qué alguien querría dispararle? —preguntó ella.

—Tengo hambre. ¿Hay algo de comer por ahí?

—¿Es usted un traficante de drogas? ¿O un proxeneta?

Vishous se restregó la cara con las manos.

—¿Por qué cree que soy alguna de esas dos cosas?

—Le dispararon en un callejón que sale de la calle Trade. Los sanitarios dijeron que usted iba muy bien armado.

—¿No se le ocurrió que podría ser un policía camuflado?

—Los policías de Caldwell no llevan dagas de artes marciales. Y los de su clase no elegirían esa profesión.

V entrecerró los ojos.

—¿Los de mi clase?

—Implica demasiada exposición, ¿no? Además, ustedes no tendrían que preocuparse por cuidar a otra raza.

Por Dios, V no se sentía con energía como para enfrentarse a una discusión acerca de la especie con ella. Además, había una parte de él que no quería que ella pensara que era diferente.

—Comida —dijo V y se quedó mirando la bandeja que estaba sobre el escritorio—. ¿Puedo comer algo?

Ella se levantó y se puso las manos sobre las caderas. V tuvo la impresión de que iba a decir algo como: «¡Alcánzala tú mismo, bicho raro!».

Pero en lugar de eso la doctora atravesó la habitación.

—Si tiene hambre, puede comer algo. No he tocado lo que Red Sox me trajo, y no tiene sentido desperdiciar la comida.

V frunció el ceño.

—No voy a tocar algo que era para usted.

—Yo no me lo voy a comer. El hecho de estar secuestrada me ha quitado el apetito.

V maldijo en voz baja, pensando que odiaba la situación en que la había puesto.

—Lo siento.

—En lugar de disculparse, ¿por qué simplemente no me deja ir?

—No todavía. —«Nunca», musitó una vocecita que desvariaba en su cabeza.

«¡Ay, por Dios, ya basta con eso de…!».

«Mía».

Con el eco de la palabra, una poderosa necesidad de marcarla se encendió dentro dc él. V quería desnudarla y tenerla debajo de él y cubrirla con su olor mientras penetraba dentro de su cuerpo. Vio cómo sucedía, se vio piel contra piel en la cama, él encima de ella, mientras ella abría las piernas todo lo que podía para acoger las caderas y el pene de V.

Mientras ella traía la bandeja de la comida, la temperatura de V se disparó y lo que había entre sus piernas comenzó a palpitar como un loco. Discretamente V levantó un poco las mantas, para que no se notara nada.

Jane puso la bandeja sobre la cama y levantó la tapa plateada que cubría el plato.

—Entonces, ¿hasta dónde tiene usted que mejorar para que yo pueda marcharme? —La mujer clavó los ojos en el pecho de V, como si estuviera haciendo una evaluación médica y calculando lo que podía haber debajo del vendaje.

Ah, demonios. V quería que ella lo mirara como a un hombre. Quería que sus ojos recorrieran su piel, pero no para revisar una herida quirúrgica sino porque estaba pensando en ponerle las manos encima y se preguntaba por dónde empezar.

V cerró los ojos y se dio la vuelta, mientras gruñía por el dolor en el pecho. Se dijo que la molestia se debía a la operación, pero sospechaba que tenía que ver más con la cirujana.

—Pasaré de la comida. La próxima vez que venga alguien, pediré algo de comer.

—Usted necesita esto más que yo. Y estoy preocupada por su ingesta de líquidos.

En realidad estaba bien, porque había tomado sangre. Con sangre suficiente, los vampiros podían sobrevivir varios días sin comer nada.

Lo cual era genial. Reducía enormemente los viajes al baño.

—Quiero que se coma eso —dijo ella, mirándolo fijamente—. Como su doctora…

—No tomaré comida de su plato. —Por Dios, ningún macho que se respetara tomaría la comida de su compañera, ni aunque estuviera muriéndose de hambre. Las necesidades de ellas siempre estaban primero…

V se sintió como si acabara de meter la cabeza en la puerta de un coche y la hubiera cerrado un par de docenas de veces. ¿De dónde diablos estaba saliendo este manual de comportamiento conyugal? Era como si alguien le hubiese instalado un nuevo software en el cerebro.

—Está bien —dijo ella, dando media vuelta—. Como quiera.

Lo siguiente que V oyó fueron unos golpes. Ella estaba golpeando la puerta.

V se incorporó.

—¿Qué diablos está haciendo?

Butch corrió a la habitación y casi tumba a la doctora al abrir la puerta.

—¿Qué sucede?

V se adelantó diciendo:

—Nada…

La doctora habló con una voz serena y autoritaria, que superó las de los dos.

—Necesita comer algo y se niega a comerse lo que hay en esa bandeja. Tráigale algo sencillo y fácil de digerir. Arroz. Pollo. Agua. Galletas saladas.

—Muy bien. —Butch se inclinó hacia un lado y le echó un vistazo a V. Luego hubo una pausa larga—. ¿Cómo estás?

«Con la cabeza hecha un lío, gracias».

—Bien.

Pero al menos había algo bueno. El policía había vuelto a la normalidad, tenía los ojos brillantes, parecía fuerte y su aroma corporal había vuelto a ser una combinación del perfume a océano de Marissa y el olor que despedían los machos después de aparearse. Obviamente, Butch había estado ocupado.

Interesante. Por lo general cuando V pensaba en esos dos juntos, sentía como si tuviera el pecho envuelto en alambre de púas. Pero ¿ahora? Sólo se alegró de que su amigo estuviera recuperado.

—Tienes un fantástico aspecto, policía.

Butch acarició su camisa de seda a rayas.

—Gucci puede convertir a cualquiera en una estrella de rock.

—Ya sabes a qué me refiero.

Los ojos almendrados que le resultaban tan familiares se pusieron serios.

—Sí. Gracias… como siempre. —En medio de ese momento tan emotivo, los dos hombres se cruzaron mentalmente palabras que no se podían pronunciar con ningún tipo de público—. Entonces… Volveré con algo de comer.

Cuando la puerta se cerró, Jane miró por encima del hombro y dijo:

—¿Cuánto tiempo llevan siendo amantes?

Sus ojos se clavaron directamente en los de V y no había manera de evadir la pregunta.

—No lo somos.

—¿Está seguro?

—Créame. —Sin ninguna razón en particular, V se quedó mirando la bata blanca—. «Doctora Jane Whitcomb» —leyó—. «Trauma». —Eso tenía sentido. Ella tenía ese tipo de seguridad en sí misma—. Entonces, ¿estaba muy mal cuando llegué al hospital?

—Sí, pero yo le salvé el pellejo, ¿no es cierto?

V sintió que una oleada de reverencia le recorría de arriba abajo. Ella era su rahlman, su salvadora. Estaban unidos…

Sí, en fin. En este momento su salvadora se estaba alejando de él, retrocediendo hasta tocar la pared. V cerró los párpados, pues sabía que sus ojos debían de estar brillando. El terror en el rostro de la mujer y el hecho de que se alejara resultaba muy doloroso.

—Sus ojos —dijo ella con un hilo de voz.

—No se preocupe por eso.

—¿Qué demonios es usted? —El tono de la mujer sugería que «bicho raro» podía ser una descripción apropiada y, Dios, ¿acaso no tenía razón?

—¿Qué es usted? —repitió ella.

Era tentador inventarse una mentira, pero no había forma de que ella le creyera. Además, mentirle le haría sentirse sucio.

—Tú sabes lo que soy. Eres lo suficientemente inteligente para saberlo —susurró V, clavando sus ojos en ella.

—No puedo creerlo —dijo ella, tras un largo silencio.

—Eres demasiado brillante para no creerlo. Demonios, tú misma ya hiciste alusión a eso.

—Los vampiros no existen.

V perdió la paciencia, aunque ella no se lo merecía.

—¿Ah, no? ¡Entonces explíqueme por qué está en mi maldito país de las maravillas!

—Dígame algo —respondió ella, casi sin respirar—, ¿los derechos civiles tienen algún significado para los de su clase?

—La supervivencia es más importante —dijo V de manera tajante—. Pero, claro, nos han cazado durante generaciones.

—Y el fin justifica cualquier medio para usted. ¡Qué nobleza! —Ella hablaba con la misma virulencia que él—. ¿Siempre usan esa justificación para capturar humanos?

—No, no me gustan los humanos.

—Ah, sólo que usted me necesita, así que me va a utilizar. ¡Qué honor ser la excepción!

Bueno, diablos. Esto era excitante. Cuanto más agresiva se ponía ella, más se endurecía el cuerpo de V. Aun en el estado de debilidad en que se encontraba, la erección de su pene palpitaba como loca entre sus muslos y en este momento se la estaba imaginando a ella agachada sobre la cama, vestida solamente con la bata blanca... y él penetrándola por detrás.

Tal vez debería agradecer que ella sintiera tanto rechazo. No era momento de enredarse con una mujer...

De repente, la noche del tiroteo regresó a su cerebro con total claridad. V recordó la dichosa visita de su madre y el fabuloso regalo de cumpleaños que le había dado: el Gran Padre. Había sido elegido para ser el Gran Padre.

V hizo una mueca y se tapó la cara con las manos.

—Ay... *maldición*.

—¿Qué sucede? —preguntó ella, con un tono de arrepentimiento.

—Mi maldito destino.

—¿Ah, de veras? Yo estoy encerrada en esta habitación. Al menos usted es libre de ir adonde quiera.

—Ojalá fuera así.

Ella hizo un ruido que indicaba que no le creía y luego ninguno de los dos dijo nada más hasta que Butch regresó, cerca de media hora después, con otra bandeja con comida. El policía tuvo el acierto de no decir mucho y moverse rápidamente... y también la previsión de mantener la puerta cerrada con pestillo durante todo el tiempo que estuvo dentro. Muy astuto.

La cirujana de V estaba planeando tratar de llegar a la puerta. Siguió al policía con los ojos como si estuviera evaluando un blanco y mantuvo todo el tiempo la mano derecha en el bolsillo de la bata.

Tenía algún tipo de arma allí. Maldición.

V observó a Jane con cuidado mientras Butch dejaba la bandeja sobre la mesa de noche y rogó que no hiciera nada estúpido. Cuando vio que su cuerpo se tensaba y se echaba hacia delante, se incorporó, preparado a lanzarse sobre ella porque no quería que nadie más la tocara. Nunca.

Sin embargo, no sucedió nada. Ella alcanzó a ver que él cambiaba de postura con el rabillo del ojo y la distracción fue suficiente para que Butch saliera de la habitación y volviera a cerrar la puerta.

V volvió a recostarse contra las almohadas y estudió el gesto adusto de la barbilla de su doctora.

—Quítese la bata.

—¿Perdón?

—Quítesela.

—No.

—Quiero que se la quite.

—Entonces sugiero que contenga la respiración. A mí no me afectará en lo más mínimo, pero al menos a usted la sensación de asfixia le ayudará a pasar el tiempo de la espera.

V sintió que su pene erecto palpitó con fuerza. Ay, mierda, V tenía que enseñarle que la desobediencia tenía un precio y ¡vaya sesión que tendrían! Ella pelearía con uñas y dientes antes de rendirse. Si es que llegaba a rendirse.

La espalda de Vishous se arqueó por su propia voluntad y sus caderas se sacudieron, mientras que su erección palpitaba debajo de las sábanas. Dios… estaba tan absolutamente excitado que estaba a punto de tener un orgasmo.

Pero todavía tenía que desarmarla.

—Quiero que me dé la comida.

Ella enarcó las cejas.

—Usted es perfectamente capaz de…

—Deme la comida, por favor.

Cuando se acercó a la cama, lo hizo con brusquedad y de mal humor. Desenrolló la servilleta y…

En ese instante V se puso en movimiento. La agarró de los brazos y la arrastró hacia él, mientras que el elemento sorpresa le permitía ponerla en un estado de rendición que estaba absolutamente seguro de que sería transitorio… así que se movió rápido. Le quitó la bata, manipulándola con toda la suavidad que podía, mientras que ella forcejeaba por zafarse.

Mierda, aunque trató de evitarlo, el impulso de dominarla se apoderó de él. De repente comenzó a tocarla pero no para mantener sus manos lejos de lo que fuera que tuviera en el bolsillo, sino porque la quería acostar en la cama para demostrarle su poder y su fuerza. Le agarró las dos muñecas con una mano, le estiró los brazos por encima de la cabeza y le atrapó los muslos con las caderas.

—¡Suélteme! —dijo Jane entre dientes, mientras que sus ojos verde oscuro brillaban de la rabia.

Completamente excitado, V arqueó el cuerpo sobre ella y tomó aire… pero se quedó paralizado. El aroma que ella despedía no contenía la dulzura de una mujer que quiere tener sexo. Ella no se sentía atraída hacia él en lo más mínimo. Estaba furiosa.

V la soltó de inmediato y se alejó, aunque se aseguró de quedarse con la bata. Tan pronto como se sintió libre, Jane salió corriendo de la cama como si el colchón estuviera en llamas y lo miró fijamente. Tenía el pelo enredado en las puntas, la camisa torcida y una pernera del pantalón se le había quedado enroscada en la rodilla. Respiraba pesadamente debido al esfuerzo y miraba fijamente su bata.

Cuando V la revisó, encontró una de sus navajas.

—No puedo permitir que esté armada —dijo; luego dobló cuidadosamente la bata y la puso a los pies de la cama, aunque sabía que ella no iba a acercarse, aunque le pagaran—. Si llegara a atacarme a mí o a alguno de mis hermanos con algo así, podría resultar herida.

Ella dejó escapar una maldición mientras soltaba el aire. Luego lo sorprendió con una pregunta.

—¿Qué le hizo sospechar?

—El hecho de que se llevara la mano al bolsillo cuando Butch trajo la bandeja.

Ella se envolvió entre los brazos como si tuviera frío.

—Mierda. Pensé que había sido más discreta.

—Tengo algo de experiencia en eso de esconder armas. —Se estiró y abrió el cajón de su mesilla de noche. La navaja produjo un golpe seco cuando él la dejó caer dentro del cajón. Después de cerrarlo, le echó la llave mentalmente.

Cuando volvió a levantar la mirada, ella se estaba secando rápidamente los ojos. Como si estuviera llorando. Luego dio un giro rápido para darle la espalda y, con la cara hacia la pared, echó los hombros hacia adelante. No hizo ningún ruido. Su cuerpo no se movió. Su dignidad se mantuvo intacta.

V bajó las piernas de la cama y puso los pies en el suelo.

—Si se me acerca —dijo ella con voz ronca—, encontraré la manera de hacerle daño. Probablemente no pueda hacer mucho, pero de una manera u otra, me vengaré de usted. ¿Está claro? ¡Déjeme en paz, maldición!

V apoyó los brazos sobre la cama y dejó colgar la cabeza. Se sintió miserable mientras escuchaba los sonidos inaudibles de las lágrimas de ella. Preferiría que lo hubiesen golpeado con un martillo.

Él era el causante de aquella situación.

De repente ella se giró hacia él y respiró profundamente. Excepto por el hecho de que tenía los ojos un poco rojos, él nunca se habría dado cuenta de que estaba alterada.

—Muy bien. ¿Va a comer por sus propios medios o realmente necesita ayuda con el cuchillo y el tenedor?

V parpadeó.

«Estoy enamorado —pensó, mirándola—. Me he enamorado».

A medida que la clase avanzaba, John se sentía miserable: le molestaba todo, sentía náuseas, estaba exhausto e inquieto y le dolía tanto la cabeza que habría podido jurar que tenía el pelo en llamas.

Mientras entrecerraba los ojos como si estuviera ante un reflector y no ante un pupitre, tragó saliva y sintió la garganta seca. Llevaba un buen rato sin anotar nada en su cuaderno y no estaba seguro de qué estaba hablando Phury. ¿Todavía estaba hablando sobre armas de fuego?

—Oye, John —susurró Blay—. ¿Estás bien, hermano?

John asintió con la cabeza, porque eso es lo que se hace cuando alguien le pregunta a uno algo.

—¿Quieres acostarte un rato?

John negó con la cabeza porque se imaginó que era otra respuesta apropiada y la variedad siempre era deseable. No había razón para hacer siempre el mismo gesto.

Por Dios, ¿qué diablos le pasaba? Sentía que su cerebro era como algodón de azúcar, ocupaba un montón de espacio pero no era nada.

Frente a él, Phury cerró el libro de texto del que había estado enseñando.

—Y ahora, vais a practicar con algunas armas de verdad. Zsadist está en el campo para la sesión de tiro, y yo os veré mañana.

Mientras las palabras pasaban junto a él como ráfagas de viento, John arrastró su mochila y la puso sobre la mesa. Al menos no iban a tener entrenamiento físico esa noche. Tal y como estaban las cosas, salir de esa silla y bajar hasta el campo de tiro iba a ser suficiente esfuerzo.

El campo de tiro estaba situado detrás del gimnasio. Mientras se dirigía hacia allí, era difícil no notar cómo Qhuinn y Blay lo flanqueaban como si fueran sus guardaespaldas. John odiaba esta situación, no era bueno para su ego, pero su lado práctico se sentía agradecido. A cada paso que daba podía sentir la mirada de Lash. Era como tener un cartucho de dinamita encendido en el bolsillo.

Zsadist estaba esperando delante de la puerta de acero del campo de tiro y, cuando la abrió, dijo:

—Haced una fila contra la pared, señoritas.

John siguió a los demás hasta el interior y se recostó contra el hormigón blancuzco. El sitio parecía una caja de zapatos, alargado y estrecho, y tenía más de una docena de carriles para disparar, que se extendían hacia el frente. Los blancos tenían forma de cabezas y torsos y colgaban de rieles que cubrían todo el techo. Cada uno se podía manipular desde la centralita, para ajustar la distancia o ponerlo en movimiento.

Lash fue el último estudiante en entrar y pasó caminando hasta el final de la fila con la cabeza en alto, como si supiera que iba a destacarse con una pistola. No miró a nadie a los ojos. Sólo a John.

Zsadist cerró la puerta, luego frunció el entrecejo y agarró el móvil que llevaba colgado del cinturón.

—Disculpadme. —Fue hasta un rincón, tuvo una breve conversación y luego regresó, un poco pálido—. Cambio de instructor. Wrath me reemplazará esta noche.

Un segundo después entró Wrath, como si el rey se hubiese desmaterializado hasta la puerta.

Era todavía más grande que Zsadist e iba vestido con pantalones de cuero negros y una camisa negra, cuyas mangas llevaba enrolladas. Wrath y Z hablaron durante un momento; luego el rey le puso una mano en el hombro a Z y se lo apretó, como si estuviera tratando de transmitirle tranquilidad.

Bella, pensó John. Seguramente esto tenía que ver con Bella y el embarazo. Mierda, esperaba que todo fuera bien.

Wrath cerró la puerta cuando Z hubo salido y luego se colocó ante la clase, cruzando los brazos llenos de tatuajes sobre el pecho y abriendo las piernas. Mientras observaba a los once estudiantes, parecía tan impenetrable como la pared contra la que John estaba recostado.

—El arma de esta noche es la nueve milímetros autorrecargable. El término *semiautomáticas* con el que se conoce a estas armas se presta a confusión. Practicaréis con pistolas Glock. —El rey se llevó la mano a la parte baja de la espalda y sacó un arma mortífera de metal negro—. Observad que el seguro de estas armas está en el gatillo.

El rey habló sobre las características específicas del arma y las balas, mientras que dos doggen se acercaron con un carrito del tamaño de una camilla de hospital. Sobre él estaban depositadas once armas de la misma marca y el mismo modelo, y al lado de cada una había un gancho.

—Esta noche vamos a trabajar sobre la posición y cómo apuntar.

John se quedó mirando las armas. Estaba seguro de que le iba a ir tan mal disparando como le iba con todos los otros aspectos del entrenamiento. Entonces se sintió más furioso, lo cual hizo que le doliera más la cabeza.

Aunque fuera sólo una vez le gustaría encontrar algo en lo que destacar. Aunque fuera una vez.

Al ver que el paciente la miraba de manera curiosa, Jane se revisó rápidamente la ropa, para ver si había algo fuera de lugar.

—¿Qué? —murmuró, sacudiendo el pie para colocar en su sitio la pernera del pantalón.

Pero en realidad no tenía necesidad de preguntar. A los desgraciados como él por lo general no les gustaba ver a las mujeres llorando, pero si ése era el caso, tendría que aguantarse. Cualquiera que estuviera en su piel se comportaría de forma semejante. Cualquiera.

Sólo que en lugar de decir cualquier cosa sobre la debilidad de la gente que lloraba en general, o sobre ella en particular, el hombre cogió el plato de pollo de la bandeja y empezó a comer.

Furiosa con él y con la situación en general, Jane regresó a su sillón. Perder la navaja había puesto en evidencia su rebeldía y, a pesar del hecho de que ella era una luchadora por naturaleza, estaba resignada a esperar. Si la fueran a matar, ya lo habrían hecho; el asunto ahora era buscar una salida. Jane rogó para que pronto pudiera encontrar una. Y que esa salida no implicara unas honras fúnebres y una lata de café con sus cenizas.

Mientras el paciente cortaba una pata de pollo, Jane pensó de manera distraída en que el hombre tenía unas bonitas manos.

Muy bien, ahora también estaba furiosa con ella. Por Dios, ese hombre las había usado para dominarla y quitarle su bata, como si ella no fuera más que una muñeca. Y el hecho de que hubiese doblado cuidadosamente la bata después no lo convertía en un héroe.

El silencio se impuso en el ambiente y el sonido de los cubiertos golpeando suavemente contra el plato le recordó las cenas horriblemente silenciosas con sus padres.

Por Dios, las cenas en aquel sofocante comedor de estilo georgiano eran una pesadilla. Su padre solía sentarse a la cabecera de la mesa, como un rey furioso que supervisaba y desaprobaba la forma en que la comida era consumida y la cantidad de sal que se le echaba. En opinión del doctor William Rosdale Whitcomb, la carne era el único alimento al que había que añadir sal, nunca a las verduras, y como ésa era su postura, todos los de la casa tenían que seguir el ejemplo. En teoría. Jane solía violar frecuentemente la regla de no añadir sal, y había aprendido a hacer un rápido movimiento con la muñeca que le permitía rociar sal sobre el brécol al vapor, o los guisantes salteados o el calabacín a la plancha.

Jane sacudió la cabeza. Después de todo el tiempo que había pasado y la muerte de sus padres, ya no debería enfadarse, porque no era más que un desperdicio de sentimientos. Además, tenía otras cosas de qué preocuparse en este momento, ¿o no?

—Pregúnteme —dijo de repente el paciente.

—¿Acerca de qué?

—Pregúnteme lo que quiere saber. —El hombre se limpió la boca y la servilleta de damasco produjo un chasquido al rozarse con su perilla y la barba que le había salido—. Eso hará que mi trabajo sea más difícil al final, pero al menos no estaremos sentados aquí, oyendo el ruido de mis cubiertos.

—¿Cuál es exactamente el trabajo que tiene que hacer al final? —«Por favor que no sea comprar bolsas de basura para meter los trozos de mi cuerpo», pensó Jane.

—¿Acaso no está interesada en lo que soy?

—Le diré algo, déjeme marchar y le haré miles de preguntas acerca de su raza. Hasta entonces, estoy un poco preocupada acerca de cómo van a terminar estas felices vacaciones en el crucero de mierda.

—Le di mi palabra…

—Sí, sí. Pero también acaba de maniatarme. Y si está pensando decir que fue por mi propio bien, no me hago responsable de lo que le responda. —Jane bajó la vista hacia sus uñas cortas y comenzó a bajarse la cutícula. Después de terminar con la mano izquierda, levantó la vista—. Entonces, para hacer ese «trabajo» del que habla... ¿va a necesitar una pala?

El paciente clavó los ojos en el plato y metió el tenedor en el arroz, de manera que los dientes plateados se deslizaron entre los granos, penetrándolos.

—Mi trabajo... por decirlo así... es asegurarme de que no recuerde nada de esto.

—Es la segunda vez que oigo eso y, tengo que ser sincera, creo que no es más que basura. Es un poco difícil imaginar que estoy respirando y no... No lo sé, no me acuerdo de la delicadeza y la ternura con que me cargaron sobre el hombro de un tipo, me sacaron a la fuerza de mi hospital y me trajeron aquí, en calidad de su doctora particular. ¿Cómo cree que voy a olvidar todo eso?

El hombre levantó sus iris brillantes como un diamante.

—Voy a suprimir esos recuerdos. Voy a borrar todo el episodio de tu memoria. Será como si yo nunca hubiese existido y usted nunca hubiese estado aquí.

Jane entornó los ojos.

—Ja-ja, cla...

De pronto sintió una punzada en la cabeza, hizo una mueca y se llevó los dedos a las sienes. Dejó caer las manos, miró al paciente y frunció el ceño. ¿Qué demonios estaba pasando? El hombre estaba comiendo, pero no de la bandeja que estaba allí antes. ¿Quién había traído más comida?

—Mi amigo, el de la gorra de los Red Sox —dijo el paciente, limpiándose la boca—. ¿Recuerda?

De repente todo volvió a su memoria como una llamarada: cuando Red Sox entró, cuando el paciente le quitó la navaja, cuando ella lloró.

—¡Virgen... santa! —susurró Jane.

El paciente siguió comiendo, como si el hecho de suprimir recuerdos no fuera más exótico que el pollo asado que estaba degustando.

—¿Cómo?

—Manipulación de las vías neuronales. Es como remendar un tejido.

—¿Cómo?

—¿A qué se refiere con cómo?

—¿Cómo hace para encontrar los recuerdos? ¿Cómo los diferencia? ¿Usted…?

—Mi voluntad. Su cerebro. Eso es suficientemente específico.

Jane entrecerró los ojos.

—Una pregunta rápida. ¿Acaso esa habilidad mágica para manipular la materia gris viene acompañada para los de su especie de una absoluta falta de escrúpulos, o usted es el único que nació sin ninguna conciencia?

El hombre bajó los cubiertos.

—¿Perdón?

A Jane le importaba un comino que se hubiese ofendido.

—Primero me secuestra y ahora va a borrar mis recuerdos y usted no siente ninguna vergüenza, ¿o sí? Yo soy como una lámpara que usted ha pedido prestada…

—Estoy tratando de protegerla —le espetó él—. Tenemos enemigos, doctora Whitcomb. Enemigos que podrían enterarse de que conoce nuestros secretos, que la perseguirían y la llevarían a un lugar oculto y la matarían… después de un tiempo. No voy a permitir que eso pase.

Jane se puso de pie.

—Escuche, su majestad, príncipe encantador, toda esa cháchara sobre protegerme está muy bien y es muy bonita, pero no sería relevante si ustedes no me hubiesen traído aquí, para empezar.

El hombre dejó caer los cubiertos en la comida y Jane se preparó para que comenzara a gritar. Pero en lugar de eso dijo, en voz baja:

—Mira… se suponía que debía venir conmigo, ¿vale?

—Ah, ¿de veras? Entonces ahora resulta que yo tenía pegado en el trasero un letrero que decía «Secuéstreme» y que sólo usted podía ver.

El hombre puso el plato sobre la mesilla de noche y lo empujó a un lado, como si no le gustara la comida.

—Tengo visiones —murmuró.

—Visiones. —Al ver que él no decía nada más, Jane pensó en el pequeño truco mental que acababa de hacerle y en la mane-

197

ra como parecía haber borrado parte de sus recuerdos. Si podía hacer eso… Por Dios, ¿acaso estaba diciendo que podía ver el futuro?

Jane tragó saliva.

—Esas visiones… No se trata de cosas tiernas y agradables, ¿cierto?

—No.

—Mierda.

El hombre se acarició la perilla, como si estuviera tratando de decidir exactamente hasta dónde podía contarle.

—Solía tener visiones a menudo, pero luego simplemente desaparecieron. No he tenido ninguna en… Bueno, tuve una con respecto a un amigo hace un par de meses, y como seguí las pistas que me dio, pude salvar su vida. Así que cuando mis hermanos entraron a esa habitación de hospital y yo tuve una visión sobre usted, les dije que la trajeran. ¿Quiere hablar sobre tener conciencia? Si no tuviera conciencia, la habría dejado allí.

Jane volvió a pensar en el hecho de que él se había puesto agresivo con los suyos para defenderla. Y en que, aun cuando le estaba quitando la navaja, la había tratado con delicadeza. Y también recordó cómo se había acurrucado junto a ella, en busca de consuelo.

Era posible que él pensara que estaba haciendo lo correcto. Eso no quería decir que lo perdonaba, pero… Bueno, era mejor que pensar que la había secuestrado sin ningún remordimiento.

—Debería terminarse esa comida —dijo Jane, tras un momento de tensión.

—Ya he acabado.

—No, no ha terminado. —Jane señaló el plato con la barbilla—. Siga.

—No tengo hambre.

—No le he preguntado si tenía hambre. Y no crea que no soy capaz de taparle la nariz y embutírsela por la boca, si tengo que hacerlo.

Hubo una corta pausa y luego él… ¡Por Dios!… Le sonrió. Por debajo de la perilla, los extremos de sus labios se curvaron hacia arriba y arrugó los ojos.

Jane sintió que el aire se le atoraba en la garganta. Estaba tan apuesto así, pensó, con la luz de la lámpara iluminándole suavemente la línea de la barbilla y ese cabello negro y brillante. Aunque los largos caninos todavía le parecían un poco extraños, él parecía mucho más… humano. Accesible. Deseable…

«Ay, no. No otra vez con eso. No».

Jane ignoró el hecho de que se estaba sonrojando.

—¿Y qué pretende con esa sonrisa Profident? ¿Acaso cree que estoy bromeando con respecto a la comida?

—No, es sólo que nadie me habla así.

—Pues bien, yo sí. ¿Tiene algún problema con eso? Puede dejarme ir. Ahora, coma o le voy a dar la comida como si fuera un bebé y no creo que su ego pueda superarlo.

El hombre todavía estaba sonriendo cuando se puso el plato otra vez sobre el regazo y comenzó a comer lenta y cuidadosamente. Cuando terminó, ella se acercó y cogió el vaso de agua que se había tomado.

Lo volvió a llenar en el baño y se lo trajo otra vez.

—Beba un poco más.

El hombre se lo tomó todo, casi un cuarto de litro. Cuando puso el vaso sobre la mesilla de noche, Jane se concentró en su boca y la científica que llevaba dentro se sintió fascinada por él.

Transcurrido un momento, el hombre encogió el labio superior, dejando al descubierto los dientes delanteros. Sus colmillos brillaban a la luz de la lámpara. Afilados y blancos.

—Se alargan, ¿verdad? —preguntó Jane, inclinándose sobre él—. Cuando come, se alargan.

—Sí. —El hombre cerró la boca—. O cuando me pongo agresivo.

—Y luego se encogen cuando pasa. Abra otra vez, por favor.

Cuando él lo hizo, Jane puso un dedo sobre la punta de uno de ellos… pero él se estremeció de arriba abajo.

—Lo siento. —Jane frunció el ceño y retiró la mano—. ¿Le duelen debido a la intubación?

—No. —Al ver que él bajaba los ojos, Jane se imaginó que estaba cansado…

«Por Dios, ¿qué era ese olor?». Jane tomó aire y reconoció la mezcla de especias que había sentido en la toalla del baño.

Enseguida pensó en sexo. El tipo de sexo que se tiene cuando se han perdido todas las inhibiciones. El sexo que se siente durante varios días después de tener relaciones.

Basta.

—Cada ocho semanas más o menos —dijo él.

—¿Perdón? Ah, ésa es la frecuencia con la que ustedes…

—Nos alimentamos. Depende del nivel de tensión. También del nivel de actividad.

Muy bien, eso aniquiló por completo las ideas sobre sexo. En una espeluznante serie de escenas sacadas de Bram Stoker, Jane se imaginó a su paciente persiguiendo y cazando humanos y dejándolos despedazados en un callejón.

Evidentemente se notó su disgusto ante esa idea, porque él dijo con voz fuerte:

—Para nosotros es natural. No es desagradable.

—¿La matan? ¿A la gente que cazan? —preguntó Jane y se preparó para la respuesta.

—¿A la gente? No, son vampiros. Nos alimentamos de miembros del sexo opuesto, pero de nuestra raza, no de la vuestra. Y no hay ningún asesinato.

Jane enarcó las cejas.

—Ah.

—Ese mito de Drácula es pura mierda.

A Jane se le llenó la cabeza de preguntas.

—¿Cómo es? ¿A qué sabe?

El hombre entrecerró los ojos y los clavó en el cuello de Jane. Ella se llevó la mano a la garganta enseguida.

—No se preocupe —dijo bruscamente—. Ya he comido. Y, además, la sangre humana no me gusta. Es demasiado débil para que me interese.

Muy bien. Claro. Bien.

¿Cómo? ¿Que su sangre no es lo suficientemente buena?

Sí, vaya, Jane estaba perdiendo el control y este tema en particular no estaba ayudando mucho.

—Ah, oiga… Quiero mirar la herida. Me pregunto si ya podemos quitar los apósitos totalmente.

—Adelante.

El paciente se enderezó contra las almohadas, ayudándose con los brazos, y sus músculos inmensos se flexionaron por debajo de la piel suave. Al ver que las mantas se escurrían y dejaban los hombros al descubierto, Jane se detuvo un momento. El hombre parecía hacerse más grande, a medida que recobraba la fuerza. Más grande y… más atractivo sexualmente.

Jane contuvo el impulso de seguir por ese camino y se concentró en los asuntos médicos que tenía a mano, como si fueran un salvavidas. Con mano firme y actitud profesional, levantó completamente las mantas que cubrían el pecho y retiró el esparadrapo que mantenía en su lugar el apósito que tenía en los pectorales. Sacó la venda y sacudió la cabeza. Asombroso. La única señal que quedaba sobre la piel era una cicatriz en forma de estrella que estaba allí antes. El rastro de la operación se había reducido a una ligera decoloración, y si hacía una extrapolación, se podía imaginar que por dentro estaba igual de curado.

—¿Esto es normal? —preguntó Jane—. ¿Esta velocidad en la recuperación?

—En la Hermandad, sí.

Ay, Dios. Si pudiera estudiar la manera en la cual se regeneraban las células de este hombre, podría descubrir algunos de los secretos del proceso de envejecimiento en los humanos.

—Olvídelo —dijo el hombre con un gesto duro, mientras encogía las piernas—. No vamos a ser usados como ratas de laboratorio para beneficio de su especie. Ahora, si no le molesta, voy a darme una ducha y a fumarme un cigarrillo. —Al ver que ella abría la boca, él la interrumpió—. No nos produce cáncer, así que ahórrese el discurso, ¿vale?

—¿No les produce cáncer? ¿Por qué? ¿Cómo…?

—Más tarde. Necesito un poco de agua caliente y nicotina.

Jane frunció el ceño.

—No quiero que fume cerca de mí.

—Por eso me voy a ir a fumar al baño. Hay un ventilador.

Cuando él se levantó y las sábanas se deslizaron totalmente por su cuerpo, Jane desvió la vista rápidamente. Ver a un hombre desnudo no era nada nuevo para ella, pero por alguna razón, él le resultaba diferente.

Bueno, claro. Él medía uno noventa y cinco y tenía la constitución de una casa de ladrillo.

Mientras regresaba a su sillón y se sentaba, Jane oyó un ruido como si él se estuviera agarrando de algo y luego oyó un golpe seco. Enseguida levantó la vista, alarmada. El paciente estaba tan inestable que perdió el equilibrio y aterrizó contra la pared.

—¿Necesita ayuda? —«Por favor, diga que no. Por favor…».

—No.

Gracias a Dios.

El hombre cogió un mechero y lo que parecía un cigarro liado a mano de la mesilla de noche, y cruzó la habitación. Desde su punto de observación en la esquina, Jane esperó y observó, dispuesta a socorrerlo, si era necesario.

Sí, está bien, tal vez también se quedó observándolo por otra razón distinta a evitar que su apuesto rostro acabara de bruces contra la alfombra: la espalda del paciente era maravillosa, con unos músculos gruesos pero elegantes que se extendían a lo largo de sus hombros y se distribuían en forma de abanico desde la columna vertebral. Y el trasero era…

Jane se tapó los ojos y no bajó las manos hasta que sintió que la puerta se cerraba. Después de muchos años de practicar la medicina y la cirugía, empezaba a comprender perfectamente aquella parte del juramento hipocrático que decía: «No debes intimar con tus pacientes».

En especial, si el paciente en cuestión te había secuestrado. Por Dios. ¿Esto realmente estaba pasando?

Un momento después sintió que tiraban de la cisterna y se quedó esperando oír la ducha. Al ver que no sucedía, se imaginó que primero se estaba fumando el cigarrillo…

Pero de pronto se abrió la puerta y el paciente salió del baño, tambaleándose como una boya en el mar. Se agarró de la puerta con la mano enguantada y sosteniéndose con el antebrazo.

—Mierda… estoy mareado.

Jane adoptó plenamente su papel de médico y salió corriendo, mientras apartaba de su mente el hecho de que él estaba desnudo y tenía el doble de su tamaño y que hacía sólo dos minutos ella le había mirado el trasero como si estuviera en venta. Le deslizó un brazo por la cintura y se apuntaló contra el cuerpo del hombre, mientras preparaba su cadera para el inmenso peso que estaba a punto de recibir. Cuando él se apoyó sobre ella, el peso fue tremendo, una carga que apenas pudo llevar hasta la cama.

Mientras que él se acostaba y maldecía, Jane se inclinó para agarrar las sábanas y pudo ver bien las cicatrices que tenía entre las piernas. Teniendo en cuenta la manera en que había curado la herida de la operación, Jane se preguntó por qué le habrían quedado esas cicatrices en el cuerpo.

El hombre le cogió las sábanas, y dándole un tirón rápido a la colcha y las mantas cayeron sobre él como si fueran una nube negra. Luego se puso un brazo sobre los ojos y lo único que se veía de su cara era la protuberancia de la barbilla y la perilla.

Estaba avergonzado.

En medio del silencio que reinaba en el ambiente, estaba... avergonzado.

—¿Quiere que le dé un baño?

De pronto él dejó de respirar y, al ver que se quedaba callado durante un buen rato, Jane pensó que iba a decir que no. Pero luego dijo, moviendo apenas los labios.

—¿Haría eso por mí?

Durante un instante estuvo a punto de contestar con seriedad. Pero luego sintió que eso le haría sentir peor y dijo:

—Sí, bueno, ¿qué puedo decir? Quiero convertirme en santa. Es mi nueva meta en la vida.

El hombre sonrió.

—Usted me recuerda a Bu... a mi mejor amigo.

—¿Se refiere a Red Sox?

—Sí, siempre responde con algo ingenioso.

—¿Sabía que el ingenio es una señal de inteligencia?

El paciente dejó caer el brazo.

—Nunca he dudado de la suya. Ni por un instante.

Jane tuvo que tomar aliento. Había tanto respeto en su forma de mirarla, con sus ojos brillantes, que lo único que pudo hacer fue aceptar el cumplido, mientras se maldecía. No había nada más atractivo para ella que el hecho de que un hombre admirara a las mujeres inteligentes.

Mierda.

Estocolmo. Estocolmo. Estocolmo...

—Me encantaría un baño —dijo él, y luego agregó—: Por favor.

Jane se aclaró la garganta.

—Muy bien. Perfecto.

Buscó en el maletín con los suministros médicos, encontró un recipiente grande y se dirigió al baño. Después de llenarlo con agua caliente y coger una toalla pequeña, volvió a salir a la habitación y se instaló en la mesilla de noche de la izquierda de la cama. Mientras mojaba la toalla y la retorcía para escurrirla, el ruido del agua era lo único que se oía en la habitación en silencio.

Jane vaciló. Volvió a mojar la toalla. La escurrió.

«Vamos, ya, tú le abriste el pecho y te introdujiste en sus entrañas. Puedes hacer esto. No hay ningún problema. Sólo piensa que es la capota de un coche, nada más que una superficie».

—Muy bien. —Jane se estiró hacia delante, puso la toalla sobre la parte superior del brazo y vio que el paciente se estremecía. De pies a cabeza—. ¿Está demasiado caliente?

—No.

—Entonces, ¿por qué ha hecho esa mueca?

—Por nada.

Bajo diferentes circunstancias, ella lo habría presionado un poco más, pero ahora tenía sus propios problemas. El bíceps del hombre era impresionante y su piel bronceada dejaba ver las fibras de sus músculos. Lo mismo ocurría con su hombro inmenso y con la curva que descendía hasta el pectoral. Se encontraba en magníficas condiciones físicas, no tenía ni un gramo de grasa, era delgado como el pan integral y musculoso como un león.

Cuando cruzó sus pectorales, se detuvo en la cicatriz que había en el de la izquierda. La marca circular estaba incrustada en la carne, como si la hubiesen hundido con un martillo.

—¿Por qué esta cicatriz no curó completamente? —preguntó Jane.

—Sal. —El hombre se puso a jugar con la sábana, como si quisiera animarla a seguir con el baño—. La sal sella la herida.

—¿Entonces fue deliberado?

—Sí.

Jane mojó la toalla en el agua, la escurrió y se inclinó con torpeza sobre él para alcanzar el otro brazo. Cuando deslizó la toalla hacia abajo, él se alejó.

—No te quiero cerca de esa mano. Aunque esté enguantada.

—¿Por qué…?

—No voy a hablar de eso. Así que ni siquiera pregunte. Bueeeeno.

—Casi mata a una de mis enfermeras, ¿sabe?

—No me sorprende. —El hombre se quedó mirando el guante con rabia—. Me la cortaría, si pudiera.

—Yo no lo aconsejaría.

—Por supuesto que no. Usted no sabe lo que es vivir con esta pesadilla al final de tu brazo…

—No, me refiero a que, si fuera usted, yo le pediría a alguien más que me la cortara. Así es más probable que lograra completar el trabajo.

Hubo un minuto de silencio; luego el paciente soltó una carcajada.

—Muy ingeniosa.

Jane ocultó la sonrisa que se asomó a su cara, mientras volvía a mojar la toalla.

—Sólo estaba dando una opinión médica.

Mientras Jane le pasaba la toalla por el estómago, la risa hacía que los músculos del pecho y del abdomen del paciente se endurecieran y luego se relajaran. A través de la tela de la toalla, Jane podía sentir el calor de su cuerpo y la fuerza de su sangre.

Y de repente, el paciente dejó de reírse y Jane oyó que de su boca salía una especie de siseo y su abdomen perfectamente delimitado se flexionaba, mientras que la parte inferior del tronco se movía bajo las mantas.

—¿Esa herida de arma blanca está bien? —preguntó Jane.

Al ver que el paciente hacía un ruido que sonaba como un *sí* muy poco convincente, Jane se sintió mal. Estaba tan preocupada por el corazón, que no le había prestado mucha atención a la puñalada. Tras levantar el vendaje que tenía en el costado, vio que la herida había curado perfectamente y sólo quedaba una pequeña línea rosada en el sitio por el que entró el cuchillo.

—Voy a quitarle esto. —Jane sacó el apósito, lo dobló por la mitad y lo arrojó a la papelera—. Usted es asombroso, ¿sabe? El proceso de curación es… sí, asombroso.

Mientras volvía a mojar la toalla, Jane debatió mentalmente consigo misma si quería seguir bajando. Bajando hasta… bien abajo. Bien, bien abajo. Lo último que necesitaba era ver más de cerca lo perfecto que era el cuerpo del paciente, pero quería terminar lo que había empezado… aunque fuera para probarse a sí misma que él no era distinto de cualquiera de sus otros pacientes.

Podía hacerlo.

Pero cuando fue a bajar las mantas, el hombre se aferró a la colcha para que ella no se la quitara.

—No creo que vaya a querer ir por ahí.

—Ahí no hay nada que no haya visto antes. —Al ver que el hombre bajaba la mirada y no decía nada, Jane dijo en voz baja—: Yo le he operado, así que soy consciente de que está parcialmente castrado. No soy su novia, soy su médico. Le prometo que no tengo ninguna otra opinión sobre su cuerpo aparte de lo que representa para mí clínicamente.

El paciente frunció el ceño, sin poder ocultar su reacción.

—¿Ninguna opinión?

—Déjeme terminar de lavarle. No es nada raro.

—Muy bien. —El hombre entrecerró sus ojos de diamante—. Entonces, haga lo que quiera.

Jane retiró las mantas.

—No hay nada de lo que deba…

¡Dios santo! El paciente estaba completamente erecto. Inmensamente erecto. Reposando sobre la parte baja del vientre, desde la entrepierna hasta más allá del ombligo, había una erección espectacular.

—No es nada raro, ¿recuerda? —dijo él, arrastrando las palabras.

—Eh… —Jane carraspeó—. Bueno… Voy a seguir con lo que estaba haciendo.

—Por mí está bien.

El problema era que Jane ya no podía recordar qué era exactamente lo que se suponía que estaba haciendo con la toalla. Y no podía quitarle los ojos de encima. Era como si los tuviera pegados al cuerpo de su paciente.

Que es lo que sucede cuando uno tiene la oportunidad de ver a un hombre que tiene un pene del tamaño de un bate Louisville Slugger*.

«Ay, Dios, ¿realmente acababa de pensar eso?».

---

*El Louisville Slugger es el nombre del bate oficial de la Liga Americana de béisbol.

—Como usted ya ha visto lo que me hicieron —dijo él de manera seca—, supongo que me está revisando el ombligo para ver si tengo pelusas.

Sí. Correcto.

Jane volvió a comenzar su tarea y pasó la toalla por las costillas.

—Y... ¿Cómo le hicieron eso?

Al ver que él no contestaba, ella lo miró a la cara. Tenía los ojos fijos en el otro extremo de la habitación y parecían vacíos, sin vida. Jane ya había visto esa mirada en pacientes que habían sufrido algún tipo de ataque y sabía que él debía de estar recordando algo horrible.

—Michael —murmuró Jane—. ¿Quién le hizo daño?

El paciente frunció el ceño.

—¿Michael?

—¿No es ése su nombre? —Jane volvió a mojar la toalla en el agua—. ¿Por qué no me sorprende?

—V.

—¿Perdón?

—Llámeme V. Por favor.

Jane volvió a ponerle la toalla sobre el costado.

—Entonces, V.

Jane ladeó la cabeza y observó cómo su mano subía por el torso del hombre y volvía a bajar. Estaba retrasando el momento de comenzar a bajar. Porque a pesar de haberse distraído con su horrible pasado, el paciente todavía tenía una erección monumental.

Muy bien, hora de seguir bajando. ¿Vale? Por Dios, Jane era una adulta. Una doctora. Había tenido un par de amantes. Lo que estaba viendo era una sencilla función biológica que resultaba de la acumulación de sangre en su increíblemente inmenso...

No, eso no era exactamente lo que necesitaba pensar en ese momento.

Mientras deslizaba la toalla hacia la cadera, trató de ignorar el hecho de que él comenzaba a moverse al mismo tiempo, arqueaba su espalda y la inmensa erección que tenía sobre su vientre se levantaba y luego volvía a caer.

De la punta del pene salió una lágrima espesa y tentadora.

Jane levantó la mirada hacia la cara del hombre… y se quedó paralizada. Él tenía los ojos fijos en su garganta y ardían con una lujuria que no era sólo sexual.

Cualquier atracción que hubiese podido sentir por él desapareció al instante. Aquél era un macho de otra especie, no era un hombre. Y era peligroso.

El hombre bajó la mirada hacia la mano con la toalla.

—No le voy a morder.

—Menos mal, porque no quiero que lo haga. —Sobre eso tenía las ideas claras. Demonios, Jane agradeció que él la hubiese mirado de esa manera, porque eso la devolvió a la realidad—. Oiga, no es que quiera saberlo por experiencia propia, pero ¿eso duele?

—No lo sé. Nunca me han mordido.

—Pensé que había dicho que…

—Yo me alimento de las hembras. Pero nadie se ha alimentado de mí.

—¿Por qué? —Al ver que el hombre cerraba la boca, como si no quisiera seguir hablando, ella se encogió de hombros—. Puede decírmelo. Después no me voy a acordar de nada, ¿no es así? Entonces, ¿qué le cuesta hablar?

Mientras el silencio se imponía en el ambiente, ella dejó de ocuparse de la región pélvica y decidió intentar subir desde los pies. A los pies de la cama, Jane pasó la toalla por las plantas de los pies, luego por los dedos y él dio un brinco, como si tuviera cosquillas. Luego Jane avanzó a los tobillos.

—Mi padre no quería que yo me reprodujera —dijo bruscamente el paciente.

Jane lo miró a los ojos enseguida.

—¿Qué?

El hombre levantó la mano enguantada y luego se dio un golpecito en la sien en la que tenía los tatuajes.

—No soy normal. Ya sabe, como los demás. Así que mi padre trató de adiestrarme como si fuera un perro. Desde luego, eso trajo también un infierno de castigos. —Al ver que ella suspiraba con compasión, el hombre la apuntó con el índice—. Si demuestra aunque sea un gramo de lástima, voy a reconsiderar esa promesa de no morderla que le acabo de hacer.

—Nada de lástima. Lo prometo —mintió Jane—. Pero ¿qué tiene que ver eso con el hecho de que usted beba de…?

—Simplemente no me gusta compartir.

«No le gusta *compartirse a sí mismo*», pensó Jane. Con nadie... excepto, tal vez, con Red Sox.

Jane le pasó la toalla suavemente por la pantorrilla.

—¿Por qué lo castigaron?

—¿Puedo llamarte Jane?

—Sí. —Jane volvió a mojar la toalla y la pasó por debajo de la pantorrilla. Al ver que el hombre volvía a guardar silencio, ella le permitió un momento de privacidad. Por ahora.

Bajo la presión de la mano de Jane, el hombre flexionó la rodilla y su muslo, que estaba pegado a ella, comenzó a contraerse y relajarse con un ritmo sensual. Jane dirigió un rápido vistazo a su erección y tragó saliva.

—¿Su sistema reproductivo funciona igual que el nuestro? —preguntó.

—Básicamente, sí.

—¿Ha tenido amantes humanas?

—No, no me gustan los humanos.

Jane sonrió con picardía.

—Entonces no le voy a preguntar en quién estaba pensando ahora.

—Qué bien. No creo que te sintieras cómoda con la respuesta.

Jane pensó en cómo su paciente miraba a Red Sox.

—¿Es usted homosexual?

El hombre entrecerró los ojos.

—¿Por qué lo preguntas?

—Usted parece tener una gran intimidad con su amigo, el tipo con la gorra de béisbol.

—Ya lo conocías, ¿verdad? De antes, ¿no?

—Sí, me resulta conocido, pero no puedo saber exactamente de dónde.

—¿Eso te molestaría?

Jane subió la toalla por el muslo hasta la unión con la cadera y luego bajó rápidamente.

—¿Qué usted sea homosexual? En absoluto.

—Porque eso te haría sentir más segura, ¿no es así?

—Y porque soy una persona de mente abierta. Como médico tengo una comprensión bastante clara de que, independientemente de nuestras preferencias, todos somos iguales por dentro.

Bueno, al menos los humanos. Jane se sentó al borde de la cama y volvió a subir pierna arriba. A medida que se fue acercando a la erección, la respiración del hombre se aceleró y el pene comenzó a pararse. Al ver que las caderas comenzaban a moverse, Jane levantó la vista hacia la cara. El hombre se estaba mordiendo el labio inferior y sus colmillos le cortaban la piel.

Muy bien, eso realmente…

No era asunto de ella. Pero, Dios, él debía de estar teniendo una fantasía realmente ardiente con Red Sox en ese momento.

Tras decirse que aquello no era más que una situación normal, en la que le estaba dando un baño a un paciente, y sin creerse esa mentira ni un instante, Jane pasó la mano por el abdomen del hombre, subió más allá de la cabeza hinchada del pene y bajó por el otro lado. Al sentir que el borde de la toalla rozaba su sexo, el hombre siseó.

Así que con la ayuda de Dios, Jane volvió a hacerlo, volvió a subir lentamente y a darle la vuelta a la erección, dejando que la toalla la acariciara un poco.

El hombre agarró las sábanas con fuerza y con una voz ronca dijo:

—Si sigues haciendo eso, vas a averiguar todo lo que tengo en común con un hombre humano.

Por Dios, ella quería verlo… No, no quería.

Sí, sí quería.

Luego el hombre dijo, con una voz todavía más profunda:

—¿Quieres que tenga un orgasmo?

Jane carraspeó.

—Claro que no. Eso sería…

—¿Inapropiado? ¿Quién va a enterarse? Sólo estamos tú y yo. Y, para serte sincero, me gustaría mucho tener un poco de placer en este momento.

Jane cerró los ojos. Ella sabía que, por parte de él, nada de esto tenía que ver con ella. Además, ella no tenía pensado saltar sobre la cama para aprovecharse de él. Pero ¿realmente quería ver lo bien que se lo pasaba él mientras…?

—¿Jane? Mírame. —Como si él controlara sus ojos, Jane los abrió lentamente para mirarlo a la cara—. No mires mi rostro, Jane. Vas a mirar mi mano. Ahora.

Jane obedeció, porque no se le ocurrió que podía no hacerlo. Y tan pronto como lo hizo, la mano enguantada del hombre soltó las mantas y se cerró sobre su inmensa erección. En segundos, el paciente soltó un suspiro y comenzó a subir y bajar la mano por su pene, mientras que el cuero negro del guante contrastaba con el rosado profundo de su sexo.

¡Ay… Dios… mío!

—Tú quieres hacerlo, ¿no es así, Jane? —dijo el hombre con voz ronca—. Pero no porque me desees sino porque te estás preguntando qué se siente y qué expresión tengo cuando eyaculo.

Mientras que él seguía acariciándose, ella se quedó petrificada.

—¿No es cierto, Jane? —El hombre comenzó a respirar de manera acelerada—. Te mueres por tocarme. Por saber qué tipo de ruidos hago cuando tengo un orgasmo. A qué huele.

Jane no estaba asintiendo con la cabeza, ¿o sí? Mierda. Sí.

—Dame tu mano, Jane. Déjame ponerla sobre mi pene. Aunque sólo te impulse la curiosidad clínica, quiero que me ayudes a llegar al orgasmo.

—Pensé que… pensé que no le gustaban los humanos.

—No me gustan.

—Y ¿qué cree que soy yo?

—Quiero tu mano, Jane. *Ahora.*

A Jane no le gustaba que nadie le dijera lo que tenía que hacer. Ni hombres ni mujeres, nadie. Pero cuando se recibía una orden como ésa, de un macho tan magnífico como él… en especial mientras estaba acostado ante ella, totalmente excitado… era prácticamente imposible negarse.

Más tarde se preocuparía por enfadarse por haber recibido una orden. Pero por ahora pensaba obedecer.

Jane dejó la toalla en el recipiente y, aunque resultara increíble, extendió la mano hacia él. El hombre tomó la mano que ella le ofrecía, lo que él le había pedido que le diera y se la llevó a la boca. Con un movimiento lento y lujurioso, le lamió el centro de la palma. Notó su lengua caliente y húmeda. Luego puso la mano de ella sobre su erección.

Los dos dejaron escapar una exclamación. El hombre estaba duro como una roca e hirviendo, y su pene era más ancho que la muñeca de Jane. Cuando el pene se detuvo al sentir la mano de ella, la mitad de Jane se preguntó qué diablos estaba haciendo, mientras que la otra mitad, la parte sexual, entró en acción. Lo cual le hizo sentir pánico. Jane atajó esos sentimientos con un gancho de acero y, sirviéndose de la capacidad de disociación desarrollada por años de practicar la medicina… mantuvo su mano derecha donde estaba.

Jane comenzó a acariciarlo, sintiendo cómo la piel suave se movía sobre el duro mástil del pene del macho. Él abrió la boca, mientras se balanceaba sobre la cama y la forma de arquear el cuerpo hizo que Jane se sintiera enloquecer. *Mierda*… Él era sexo puro, totalmente concentrado, sin diluir por las inhibiciones o la vergüenza, nada más que una tormenta preparándose para estallar en un orgasmo.

Jane miró hacia el lugar donde lo estaba acariciando. La mano enguantada del hombre parecía tan endemoniadamente erótica, mientras yacía debajo del lugar de donde ella lo tenía agarrado, en una posición en la que los dedos tocaban ligeramente la base del pene y cubrían los bordes de la cicatriz.

—¿Qué sientes, Jane? —preguntó él con voz ronca—. ¿Sientes algo distinto de lo que sientes cuando tocas a un hombre?

Sí. Mejor.

—No. Es lo mismo. —Jane posó los ojos en los colmillos, que estaban clavados en el labio inferior. Parecía que se habían alargado y ella tuvo la sensación de que el sexo y beber sangre eran dos cosas relacionadas—. Bueno, usted no tiene la misma expresión que ellos, claro.

Algo cruzó por la cara del hombre, una especie de sombra, y entonces bajó la mano y la metió entre las piernas. Al comienzo Jane supuso que quería acariciarse lo que colgaba debajo, pero luego se dio cuenta de que él estaba tratando de ocultar algo.

Jane sintió una punzada de dolor que la quemó como un fósforo, pero en ese momento él soltó un gemido gutural y echó la cabeza hacia atrás, mientras su pelo negro azulado se extendía por la almohada negra. A medida que sus caderas subían y los músculos de su estómago se tensaban uno detrás de otro, los tatuajes de su pelvis se estiraban y volvían a su posición original.

—Más rápido, Jane. Ahora vas a hacerlo más rápido.

El hombre dobló una pierna y sus caderas comenzaron a bombear con fuerza. Sobre su piel sensual apareció un pequeño chorro de sudor que brilló a la luz de la lámpara. Se estaba acercando… y cuanto más cerca parecía estar él, más cuenta se daba Jane de que estaba haciendo aquello porque quería hacerlo. Eso de la curiosidad clínica no era más que una mentira: ella estaba fascinada con él por otras razones.

Jane siguió apretando y concentró la fricción en la cabeza enorme del pene.

—No te detengas… *Mierda*… —exclamó, mientras sus hombros y su cuello se tensaban y los pectorales se apretaban hasta forrarse totalmente bajo la piel.

De repente, él abrió los ojos y éstos brillaron con la intensidad de un par de estrellas.

Luego descubrió los colmillos, que habían crecido hasta alcanzar su tamaño completo, y gritó, al tiempo que alcanzaba el éxtasis. Mientras eyaculaba, el hombre tenía los ojos fijos en el cuello de Jane y el orgasmo siguió durante varios minutos, hasta que ella se preguntó si habría tenido dos orgasmos consecutivos. O más. Por Dios… él era espectacular y, en medio de toda esa explosión de placer, aquella extraordinaria fragancia a oscuras especias inundó la habitación, hasta que ella dejó de respirar aire para aspirar solamente aquel olor.

Cuando por fin se quedó quieto, ella lo soltó y usó la toalla para limpiarle el vientre y el pecho. Pero no se quedó mucho tiempo junto a él. En lugar de eso se puso de pie y pensó que le gustaría estar a solas un momento.

El hombre la miró por debajo de sus párpados entrecerrados y dijo con voz áspera:

—¿Sí, ves? Exactamente igual.

«No, ni remotamente parecido».

—Sí.

Él se echó la colcha por encima de las caderas y cerró los ojos.

—Usa la ducha, si quieres.

Jane se apresuró a coger el recipiente y la toalla con torpeza para llevarlos al baño. Mientras se apoyaba sobre el lavabo, pensó que tal vez un poco de agua caliente y ponerse algo distinto a un traje de quirófano la ayudarían a aclarar sus pensamientos... Porque por el momento lo único que podía ver era la imagen del hombre mientras eyaculaba sobre su mano, el pecho y el vientre.

Abrumada por esos pensamientos, Jane regresó a la habitación, sacó algunas de sus cosas del maletín pequeño y se recordó que esa situación no era real, no formaba parte de su realidad. Era un espasmo, un nudo en el hilo de su vida, como si su destino hubiese contraído la gripe.

Esto no era real.

Al finalizar su clase, Phury regresó a su habitación y se cambió de ropa. Se quitó la camisa de seda negra y los pantalones color crema de cachemira con los que había ido a impartir la clase y se puso la ropa de cuero que usaba para pelear. Técnicamente se suponía que no debía salir a combatir esa noche, pero con V en cama, necesitaban otro par de manos.

Lo cual era perfecto para él. Era mejor estar en las calles cazando, que involucrarse en ese asunto de Z y Bella y el embarazo.

Se puso la cartuchera en el pecho, deslizó dentro de ella dos dagas, con las empuñaduras hacia abajo y se puso una pistola SIG Sauer en cada cadera. Se dirigió a la puerta, cogió su chaqueta de cuero y le dio unos golpecitos al bolsillo interior para asegurarse de que llevaba un par de porros y un mechero.

Tan pronto como empezó a bajar la magnífica escalera principal de la mansión, con paso rápido, pensó que ojalá nadie lo viera... pero lo pillaron antes de que pudiera salir de casa. Al llegar al vestíbulo, Bella lo llamó por su nombre, y el sonido de los zapatos de ella sobre el suelo de mosaico significaba que tenía que detenerse.

—No bajaste a la Primera Cena —dijo Bella.

—Estaba en clase. —Phury la miró por encima del hombro y se sintió aliviado de ver que ella tenía buen aspecto, con buen color y los ojos brillantes.

—Pero ¿has comido algo?

—Sí —mintió Phury.

—Bueno... y... ¿no deberías esperar a Rhage?

—Nos encontraremos después.

—Phury, ¿estás bien?

Phury se dijo que no le correspondía decir nada. Ya había tomado esa decisión, después de la charla con Z. Esto no era asunto suyo...

Pero, como siempre le sucedía con Bella, Phury perdía totalmente el control.

—Creo que debes hablar con Z.

Bella ladeó la cabeza y su cabello se deslizó por el hombro. ¡Por Dios, tenía un cabello precioso! Oscuro, sin llegar a ser negro. Al verlo, él siempre pensaba en un mueble de caoba fina, que ha sido cuidadosamente barnizado, con vetas rojizas y marrones.

—¿Sobre qué?

Mierda, él no debería estar haciendo esto.

—Si le estás ocultando algo, cualquier cosa... deberías decírselo.

Bella entrecerró los ojos y luego desvió la mirada, mientras cambiaba de posición y pasaba todo el peso de su cuerpo de un pie a otro y cruzaba los brazos sobre el pecho.

—Yo... Eh, no te voy a preguntar cómo lo sabes, pero supongo que es porque Z lo sabe. ¡Oh... maldición! Iba a hablar con él después de ver a Havers esta noche. Ya tengo cita.

—¿Hasta qué punto es grave? ¿La hemorragia?

—Nada serio. Por eso no tenía pensado decir nada hasta ir a ver a Havers. ¡Por Dios, Phury, ya conoces a Z! Ya está horriblemente nervioso, vive tan preocupado por mí que me da pánico que se distraiga en el campo y termine herido.

—Sí, pero ¿sabes una cosa? Esto es peor, porque no sabe lo que está sucediendo. Habla con él. Tienes que hacerlo. Él estará bien. Por tu bien, mantendrá la calma.

—¿Estaba muy enfadado?

—Tal vez un poco. Pero más que eso, está preocupado. Z no es estúpido. Él sabe por qué tú no quisiste decirle que tenías un problema. Mira, dile que te acompañe esta noche, ¿vale? Déjale ir contigo.

A Bella se le llenaron los ojos de lágrimas.

—Tienes razón. Yo sé que tienes razón. Sólo quiero protegerlo.

—Eso es exactamente lo que él siente por ti. Déjale ir contigo.

En medio del silencio que siguió, Phury pensó que la indecisión que reflejaban los ojos de Bella ya no era asunto suyo. Él ya había hecho su parte.

—Que vaya todo bien, Bella.

Cuando dio media vuelta, ella le agarró la mano.

—Gracias por no enfadarte conmigo.

Por un momento, Phury se imaginó que el niño que Bella llevaba dentro de su vientre era su hijo y que podía abrazarla e ir con ella al médico y cuidarla después.

Entonces tomó suavemente la muñeca de Bella y la soltó, mientras que la mano de ella le rozaba la piel con una delicadeza que dolía como si le estuvieran clavando unas púas.

—Eres la mujer de mi gemelo. Nunca podría enfadarme contigo.

Mientras atravesaba el vestíbulo y salía a la noche fría, Phury pensó en hasta qué punto era cierto eso de que nunca podría enfadarse con ella. ¿Qué pasaría con él, por otro lado? Nada.

Después de desmaterializarse y aparecer en el centro, Phury sintió que le esperaba una colisión de algún tipo. No sabía dónde estaba la pared con la que se iba a estrellar o de qué estaba hecha, ni si él se iba a estrellar con ella por sí mismo o alguien o algo lo lanzarían.

Pero sabía que en medio de la amarga oscuridad había una pared esperándolo. Y parte de él se preguntó si esa pared no tendría una enorme *H* pintada encima.

V observó a Jane mientras entraba en el baño. Cuando se giró para poner la ropa limpia sobre el mármol del lavabo, el perfil de su cuerpo parecía una elegante S que V se moría por tocar. Con sus manos. Con su boca. En la que se moría por meter su cuerpo.

La puerta se cerró. Se oyó el ruido de la ducha y V soltó una maldición. Dios… había disfrutado tanto con la mano de Jane; ella lo había llevado más lejos de lo que lo había llevado últimamente cualquier experiencia sexual extrema. Pero el asunto había funcionado sólo en un sentido. V nunca percibió el olor que indicaba que ella estaba excitada. Para ella había sido únicamente la exploración de una función biológica. Nada más.

Si iba a ser honesto consigo mismo, tenía que admitir que había pensado que tal vez el hecho de ver su orgasmo la excitaría, lo cual era una locura, teniendo en cuenta lo que pasaba debajo de su cintura. Nadie en su sano juicio pensaría: «Ay, sí, mirad a ese bombón con un solo testículo. Fantástico».

Aquélla era la razón de que siempre tuviera puestos los pantalones cuando tenía relaciones sexuales.

Mientras oía correr el agua, la erección se desvaneció y sus colmillos volvieron a meterse dentro de su boca. Era curioso, cuando ella lo estaba tocando, él se sorprendió al darse cuenta de que tenía deseos de morderla. Quería morderla, pero no porque tuviera hambre, sino porque quería sentir el sabor de la sangre de ella en su boca y dejar la marca de sus dientes en el cuello de Jane. Lo cual era realmente extraño. Por lo general sólo mordía a las mujeres cuando tenía que hacerlo y, cuando eso sucedía, nunca le gustaba particularmente.

En cambio, ¿con ella? Casi no se aguantaba las ganas de perforar su vena y chupar lo que llegaba hasta su corazón para engullirlo todo.

Cuando escuchó cerrar el grifo, en lo único en lo que pudo pensar fue en la posibilidad de estar en ese baño con ella. Podía imaginársela desnuda y mojada y con la piel rosada a causa del agua caliente. Demonios, quería saber cómo era su nuca. Y ese espacio de piel entre el hombro y los omóplatos. Y el hoyuelo en la base de su columna vertebral. Quería deslizar la boca desde la clavícula hasta el ombligo… y luego aventurarse entre sus muslos.

Mierda, se estaba excitando otra vez. Y eso era bastante inútil, pues ella ya había satisfecho su curiosidad con respecto a su cuerpo, así que ya no tendría ganas de procurarle un poco de alivio, por pura bondad. Y aunque se sintiera atraída hacia él, Jane ya tenía a alguien, ¿o no? Mientras soltaba un gruñido de rabia, V recordó la cara del médico moreno que la estaba esperando en la vida real. El tipo era uno de los suyos y, sin duda, también era muy masculino.

La simple idea de que ese bastardo se metiera en ella no sólo durante el día sino también por la noche, entre las sábanas, hizo que le doliera el pecho.

Demonios.

Se puso un brazo sobre los ojos y se preguntó en qué momento exactamente habría sufrido un trasplante de personalidad. Teóricamente Jane le había operado el corazón, no la cabeza, pero la verdad es que él no estaba en sus cabales desde que pasó por su mesa de operaciones. El hecho era que no podía evitar querer que ella lo viera como un compañero sexual… aunque eso era imposible por una cantidad de razones: él era un vampiro que además era un fenómeno dentro de su raza… y estaba destinado a convertirse en el Gran Padre en unos cuantos días.

V pensó en lo que le esperaba en el Otro Lado y, aunque no quería volver sobre el pasado, no pudo evitarlo. V recordó lo que le habían hecho y los acontecimientos que pusieron en marcha la mutilación que lo dejó convertido en medio macho.

Había pasado quizá una semana desde que su padre quemase sus libros, cuando Vishous fue atrapado saliendo de detrás de la pared que ocultaba los dibujos de la caverna. Lo que lo llevó a la perdición fue el diario del guerrero Darius. Llevaba varios días evitando su preciosa posesión, pero después de un tiempo cedió a la tentación. Sus manos anhelaban sentir el peso del libro, sus ojos deseaban ver las palabras, su mente soñaba con las imágenes que éste le generaba, su corazón ansiaba la conexión que establecía con el escritor.

Estaba demasiado solo como para resistirse.

Quien lo vio fue una de las rameras de la cocina, y los dos se quedaron paralizados cuando sucedió. V no conocía su nombre, pero la mujer tenía la misma cara que el resto de las mujeres del campamento: ojos endurecidos, piel arrugada y una boca que parecía apenas una línea. Tenía varias marcas en el cuello, de los machos que se alimentaban de ella, y su túnica estaba sucia y rasgada por los bordes. En una mano llevaba una pala tosca e iba arrastrando un carrito con un eje roto. Obviamente había tenido mala suerte y había sido obligada a limpiar las letrinas.

La mujer clavó los ojos en la mano de V, como si estuviera calculando el poder de un arma.

V cerró el puño deliberadamente.

—Sería una lástima que dijeras algo, ¿no crees?

La mujer palideció y huyó, dejando caer la pala mientras corría.

La noticia de lo que había sucedido entre él y el otro pre-trans se había extendido por todo el campamento y, si hacía que los demás le tuvieran miedo, tanto mejor. Con tal de proteger su único libro, V estaba dispuesto a amenazar a cualquiera, incluso a una mujer, así que no se avergonzó de lo sucedido. La ley de su padre decía que nadie estaba seguro en el campamento y V estaba bastante convencido de que, si podía, la mujer usaría lo que había visto para su propio beneficio. Así eran las cosas allí.

Vishous salió de la caverna por uno de los túneles que habían sido excavados en la montaña y llegó a un bosque de zarza-

moras. El invierno estaba llegando con rapidez y el frío hacía que el aire pareciera tan denso como un hueso. Más allá oyó el ruido del agua y pensó que quería beber, pero permaneció escondido, mientras trepaba a la loma cubierta de pinos. Siempre se mantenía alejado del agua durante un buen rato después de salir, y no sólo porque eso era lo que le habían enseñado, bajo pena de castigo, sino porque en su condición de pretrans no estaba en capacidad de enfrentarse a lo que podría atacarlo, fuera vampiro, humano o animal.

A la caída de la noche los pretrans trataban de llenar sus estómagos en el riachuelo y sus oídos captaron el ruido de otros pretrans que estaban pescando. Los chicos se habían congregado en la parte ancha del riachuelo, donde el agua formaba un pozo hacia un lado. Vishous los evitó y prefirió irse río arriba.

De una bolsa de cuero sacó un poco de hilo muy fino, que tenía un anzuelo burdo y un peso plateado en la punta. Lanzó su rudimentario equipo de pesca al agua y notó que la cuerda se ponía tensa. Cuando se sentó sobre una piedra, ató la cuerda a un palo que cogió entre las palmas de sus manos.

No le importaba esperar, tampoco le resultaba pesado o placentero y cuando oyó una discusión río abajo, no mostró ningún interés. Las disputas también formaban parte de la vida diaria del campamento y Vishous sabía cuál era el motivo de la pelea entre los otros pretrans. El simple hecho de sacar un pez del agua no significaba que uno se pudiera quedar con él.

Estaba sentado mirando correr el agua cuando sintió algo extraño en la nuca, como si le hubiesen dado un golpecito.

Vishous dio un salto y dejó caer la caña al suelo, pero no había nadie detrás de él. Olfateó el aire, inspeccionó los árboles con sus ojos, pero no descubrió nada.

Cuando se agachó para recoger la caña, el palo se deslizó fuera de su alcance y salió volando. Aparentemente un pez había mordido el anzuelo. V trató de alcanzarlo, pero sólo llegó a ver cómo su rudimentaria caña caía en el riachuelo. Después de lanzar una maldición, salió corriendo tras ella, saltando de piedra en piedra, persiguiéndola río abajo.

De pronto se encontró con otro muchacho.

El pretrans al que había golpeado con el libro venía subiendo la corriente, con una trucha en la mano, una trucha que, a juzgar por su cara de satisfacción, debía de habérsela robado a alguien.

Cuando vio a V, la caña pasó junto a él y el chico se detuvo. Lanzó un grito de triunfo, se metió en el bolsillo el pescado, que todavía movía la cola, y salió corriendo tras la caña, aunque le llevaba en dirección a los que lo venían persiguiendo.

Tal vez, debido a la reputación de V, los otros chicos se apartaron de su camino, al ver que iba persiguiendo al pretrans, y el grupo en general abandonó la pesca para convertirse en un público que gritaba para animar a uno u otro.

El pretrans era más rápido que V y saltaba temerariamente de piedra en piedra, mientras que V era más cuidadoso. La suela de cuero de sus botas ordinarias estaba mojada y el musgo que crecía sobre las piedras estaba tan resbaladizo como la grasa de un cerdo. Aunque su presa se estaba alejando, V iba despacio para procurar no caerse.

En el punto en que el riachuelo se ampliaba para formar el pozo en el que los otros estaban pescando, el pretrans saltó a la superficie plana de una piedra, desde donde alcanzaba el pez que V había atrapado. Sólo que cuando se estiró para agarrar la caña, perdió el equilibrio... y se cayó de bruces.

Con el vaivén lento y elegante de una pluma, el muchacho cayó de cabeza en la corriente. Al golpearse la cabeza con una piedra que apenas sobresalía de la superficie del agua, sonó como si un hacha estuviera cortando leña y, cuando su cuerpo se quedó inmóvil, la caña y el sedal siguieron su camino.

Cuando V llegó hasta donde estaba el muchacho, recordó la visión que había tenido. Estaba claro que se había equivocado. El pretrans no había muerto en la cima de una montaña, con el sol iluminándole la cara y el viento peinándole la melena, sino allí y en ese momento, en los brazos del río.

Fue un gran alivio.

Vishous se quedó mirándolo mientras el cuerpo era arrastrado por la corriente hasta el pozo oscuro y estancado. Justo antes de hundirse, se dio la vuelta y se quedó boca arriba.

Mientras las burbujas salían de unos labios inmóviles y se elevaban hasta la superficie para captar la luz de la luna, V se maravilló ante la muerte. Todo era tan tranquilo después. No importaban los gritos o las acciones que causaban que el alma fuese liberada en el más allá; lo que venía después era como el silencio denso del caer de la nieve.

Sin pensarlo, metió la mano derecha en el agua helada.

Inmediatamente, un brillo que salía de la palma de su mano se extendió por el río… y la cara del pretrans quedó iluminada, como si la luz del sol brillara sobre él. V lanzó una exclamación. Era el cumplimiento de la predicción, exactamente igual a como él la había visto: la bruma que enturbiaba la claridad era en realidad el agua y el pelo del muchacho se mecía, pero no por la acción del viento sino por las corrientes que se movían en el fondo del pozo.

—¿Qué le has hecho al agua? —dijo una voz.

Levantó la vista. Los otros chicos estaban de pie, en la orilla del río, mirándolo fijamente.

V sacó la mano del agua y se la puso en la espalda para que nadie la viera. Al sacarla, el resplandor desapareció y el pretrans muerto se hundió en las oscuras profundidades del pozo, como si lo hubiesen enterrado.

V se puso de pie y se quedó mirando a los que ahora sabía que eran no sólo sus rivales a la hora de conseguir comida y las escasas comodidades, sino sus enemigos. La forma que tenían los muchachos de apiñarse hombro con hombro le hizo ver que, a pesar de las peleas que fomentaba la vida en el árido útero del campamento, todos ellos eran uno.

Él era un paria.

V parpadeó y pensó en lo que sucedió después. Resultaba curioso que uno no pudiera anticipar las vueltas azarosas del destino. Aunque asumió que los otros pretrans lo expulsarían del campamento, que uno por uno irían pasando por la transición y después se pondrían todos en su contra, al destino le gustan las sorpresas, ¿no es verdad?

Se acostó de lado y tomó la decisión de dormir un poco. Pero cuando oyó la puerta del baño, abrió un ojo. Jane se había puesto una camisa blanca abotonada hasta abajo y un par de pantalones de chándal negros. Tenía la cara enrojecida a causa del agua caliente y el pelo húmero. Tenía un aspecto magnífico.

Jane le miró rápidamente, con un vistazo breve y superficial que le indicó que suponía que estaba dormido; luego se sentó en el sillón. Dobló las piernas y las subió sobre el asiento, abrazándose las rodillas y apoyando la barbilla contra ellas. Parecía tan frágil así, sólo un trozo de carne y huesos dentro del abrazo de la silla.

V cerró el ojo que había abierto y se sintió devastado. Su conciencia, que llevaba siglos fuera de servicio, estaba despierta y dolorida: no podía fingir que dentro de seis horas no iba a estar perfectamente bien. Lo cual significaba que ya no habría ninguna razón para que ella se quedara e iba a tener que dejarla ir cuando el sol se pusiera.

Sólo que, ¿qué iba a pasar con la visión que había tenido acerca de ella? ¿Aquella en la que ella estaba de pie, en un umbral lleno de luz? Ah, demonios, tal vez simplemente estaba alucinando.

Frunció al ceño al apreciar un olor en la habitación. «¿Qué demonios era?».

Al respirar profundamente, se excitó enseguida y su pene se puso duro y grueso y comenzó a crecer sobre el abdomen. Miró hacia el otro lado de la habitación, donde estaba Jane. Tenía los ojos cerrados, la boca un poco abierta y la frente arrugada... y estaba excitada. Es posible que no se sintiera completamente cómoda con el asunto, pero estaba definitivamente excitada.

¿Acaso estaba pensando en él? ¿O en el humano?

V trató de penetrarla con su mente, sin tener realmente esperanzas de poder hacerlo. Cuando dejó de tener visiones, también se le había agotado el desfile de pensamientos de los demás, esa película que a veces estaba obligado a ver o que otras veces podía sintonizar a voluntad...

«Pero la imagen que ella tenía en mente era la de él».

Ay, mierda, sí. Definitivamente era él: se estaba arqueando sobre la cama y los músculos de su estómago se apretaban y sus caderas empujaban hacia arriba, mientras que ella le acariciaba el sexo con la palma de la mano. Eso fue justo antes de eyacular, cuando él retiró la mano enguantada de lo que estaba haciendo debajo del pene y agarró las sábanas.

Su cirujana lo deseaba a pesar de que él estaba parcialmente castrado y no era de su misma especie y de que la retenía en contra de su voluntad. Y se moría de deseo. Se moría de deseos de estar con *él*.

V sonrió y sus colmillos asomaron enseguida por fuera de la boca.

Bueno, ¿acaso no era hora de hacer algo humanitario? ¿Y aliviar parte del sufrimiento de Jane?

Con los pies separados y los puños cerrados a los lados, Phury estaba de pie, al lado del restrictor que acababa de sacar del juego con un disparo en la sien. El maldito estaba boca abajo sobre un montón de nieve derretida y sucia, con los brazos y las piernas dislocadas a los lados y la chaqueta rota en la espalda por el combate.

Phury respiró hondo. Había una manera caballerosa de matar al enemigo. En medio de la guerra, había una forma honorable de matar incluso a aquellos que uno odiaba.

Miró a uno y otro lado del callejón y olfateó el aire. No había humanos por allí. Tampoco otros restrictores. Y ninguno de sus hermanos.

Phury se agachó sobre el asesino. Sí, cuando uno vence a sus enemigos, había una cierta manera de comportarse que había que respetar.

Pero esta vez no iba a ser así.

Phury levantó al asesino del cinturón de cuero y el cabello descolorido y lo lanzó de cabeza contra un edificio de ladrillo como si fuese un ariete. Cuando el lóbulo frontal del asesino se hizo pedazos y la columna vertebral le perforó la base del cráneo, se produjo un leve estallido.

Pero el asesino aún no estaba muerto. Para matar a un restrictor había que apuñalarlo en el pecho. Si uno lo dejaba como estaba ahora, el bastardo quedaría en un estado de putrefacción perpetua, hasta que el Omega regresara algún día a por el cuerpo.

Phury arrastró al asesino de un brazo hacia la parte de atrás de un depósito de basura y sacó una de sus dagas. Pero no la usó para apuñalar al desgraciado y devolverlo a su amo. Su rabia, esa emoción que a él no le gustaba sentir, esa fuerza que no permitía que se relacionara con gente o hechos específicos, había comenzado a rugir. Y no había manera de detener sus impulsos.

La crueldad de sus actos manchaba su conciencia. Aunque su víctima era un asesino sin moral que había estado a punto de matar a dos vampiros civiles hacía veinte minutos, lo que Phury estaba haciendo estaba mal. Los civiles estaban a salvo. El enemigo había sido neutralizado. El final debía ser limpio.

Pero Phury no se detuvo.

Mientras que el restrictor aullaba de dolor, Phury no se detuvo, y sus manos y su daga se movían rápidamente sobre la piel y los órganos del asesino, que olían a talco de bebé. Una sangre negra y viscosa se deslizaba por el pavimento, salpicando los brazos de Phury, ensuciando sus botas y sus pantalones de cuero.

A medida que seguía torturándolo, el asesino se convirtió en una especie de máquina para ejercitar su furia y el odio que sentía por sí mismo, un objeto que le permitía fortalecer sus sentimientos. Naturalmente esto le hacía odiarse todavía más, pero no se detuvo. No podía detenerse. Su sangre era como gas propano y sus emociones la llama. La combustión resultaba inevitable después de haberla encendido.

Concentrado como estaba en su macabra tarea, Phury no oyó al otro restrictor acercarse por detrás. Percibió el olor a talco de bebé justo en el momento en que el asesino lo atacó y apenas alcanzó a apartarse del camino del bate de béisbol que iba dirigido a su cabeza.

Enseguida transfirió su rabia del asesino mutilado al que estaba de pie y, con su ADN de guerrero ardiéndole en las venas, atacó. Cogió su daga negra y apuntó al abdomen.

Pero no logró darle a su objetivo. El restrictor le pegó en el hombro con el bate, luego le apuntó a la pierna buena y alcanzó a golpear a un lado de la rodilla. Mientras se caía, Phury se concentró en mantener la daga en la mano, pero el asesino era todo un José Canseco* con el bate de aluminio. Soltó otro golpe y la daga salió volando y dando vueltas por el aire hasta que cayó deslizándose por el pavimento mojado.

El asesino saltó sobre el pecho de Phury y lo agarró de la garganta, mientras le apretaba el cuello con una mano tan fuerte como un cable de acero. Phury puso su mano sobre la gruesa muñeca del restrictor al sentir que le faltaba el aire, pero de repente se dio cuenta de que tenía problemas más graves que la hipoxia. El asesino cambió la forma de agarrar el bate y lo fue

---

*José Canseco es uno de los jugadores de béisbol más famosos de la Liga Americana.

bajando hasta aferrarlo en su parte central. Con un poder de concentración mortal, levantó el brazo y golpeó a Phury con el mango del bate justo en la cara.

El dolor en la mejilla y el ojo fue como el estallido de una bomba, cuyas esquirlas ardientes rebotaron por todo su cuerpo.

Pero eso fue... curiosamente agradable. El dolor anuló todo lo demás. Lo único que sentía era el dolor que le paralizaba el corazón y las palpitaciones eléctricas que comenzaron a recorrerlo después.

Y a Phury le gustó.

Con el ojo sano, vio que el asesino volvía a levantar el bate, como si fuera un pistón. Pero no se preparó. Sólo observó la cinética en funcionamiento, a sabiendas de que los músculos que había que coordinar para elevar esa pieza de metal brillante iban a apretarse después para volver a descargársela sobre la cara.

«Hora del golpe mortal», pensó vagamente. Lo más probable es que tuviera la cavidad orbital hecha pedazos o, al menos, fracturada. Un golpe más y ya no podría proteger su materia gris.

En ese momento, Phury pensó en el dibujo que había hecho de Bella y vio lo que había reflejado en el papel: Bella sentada a la mesa del comedor, mirando hacia su gemelo, mientras que el amor entre los dos era tan tangible y hermoso como una seda, y tan fuerte y duradero como el acero templado.

Articuló una plegaria por ellos y su retoño en lengua antigua, una que expresaba sus buenos deseos para ellos hasta que se volvieran a encontrar en el más allá, en un futuro muy lejano. «Hasta que volvamos a vivir», terminaba diciendo.

Phury soltó la muñeca del asesino y comenzó a repetir esa frase una y otra vez, mientras se preguntaba vagamente cuál de esas palabras sería la última que diría.

Sólo que el golpe nunca llegó. El asesino desapareció de encima de él, simplemente saltó de su pecho como si fuera una marioneta a la que hubiesen tirado de las cuerdas.

Phury se quedó allí, respirando entrecortadamente, mientras que una serie de gruñidos resonaban en el callejón. Luego se vio un destello de luz. Con las endorfinas en plena actividad, sintió una especie de éxtasis agradable que le hizo brillar con una aparente sensación de bienestar y salud, pero que en realidad era evidencia de que estaba en serios problemas.

¿Acaso ya había pasado el golpe mortal? ¿Acaso ese primer golpe había sido suficiente para causarle una hemorragia cerebral?

Sea como fuere, Phury se sentía bien. A pesar de aquella situación, se sentía bien, así que se preguntó si sería así el sexo. El momento posterior al sexo. Nada más que una placentera relajación.

Pensó en Zsadist, cuando se acercó a él en medio de aquella fiesta, meses atrás, con un maletín en la mano y una espeluznante ansiedad en los ojos. Phury se sintió asqueado por lo que su gemelo necesitaba, pero de todas formas había ido con él al gimnasio a golpearlo una y otra vez.

Ésa no era la primera vez que Zsadist necesitaba ese tipo de alivio.

Phury siempre había detestado darle a su gemelo las palizas que le pedía, y nunca había entendido la razón de ese impulso masoquista, pero ahora podía hacerlo. Esto era fantástico. Nada importaba. Era como si la vida real fuera una tormenta lejana que nunca llegaría hasta él porque estaba fuera de su camino.

La voz de Rhage también llegó desde lejos.

—¿Phury? Ya he llamado para que nos recojan. Tienes que ir a ver a Havers.

Cuando Phury trató de hablar, su mandíbula se negó a moverse, como si alguien le hubiese echado pegamento. Evidentemente, ya se estaba hinchando, así que se conformó con sacudir la cabeza.

La cara de Rhage entró dentro del marco de su imperfecta visión.

—Havers…

Phury volvió a negar con la cabeza. Bella iba a ir esa noche a la clínica a consultar lo de su embarazo. Si ella estaba a punto de tener un aborto, él no quería precipitar las cosas presentándose en ese estado lamentable.

—No… Havers… —dijo con voz ronca.

—Hermano, lo que tienes es más de lo que se puede arreglar con primeros auxilios. —La cara de modelo de Rhage constituía toda una máscara de calma deliberada. Lo que significaba que estaba realmente preocupado.

—A casa.

Rhage soltó una maldición, pero antes de que pudiera presionar más para que fuera a que lo examinara Havers, un coche dobló por el callejón, con las luces delanteras titilando.

—Mierda. —Rhage se puso en movimiento de inmediato y levantó a Phury del pavimento y lo metió detrás del contenedor de basura.

De manera que quedaron al lado del restrictor torturado.

—¿Qué demonios es esto? —dijo Rhage en voz baja, mientras que un Lexus con los guardabarros cromados de cincuenta centímetros pasaba junto a ellos, con música rap a todo volumen.

Cuando se fue, Rhage entrecerró sus ojos color verde azulado.

—¿Has hecho tú esto?

—Una… pelea… fea… Es… todo —susurró Phury—. Llévame a casa.

Mientras cerraba su ojo, Phury se dio cuenta de que había aprendido algo esa noche. El dolor era bueno y si se obtenía en las circunstancias correctas, era menos vergonzoso que la heroína. También era más fácil de conseguir, en la medida en que podía ser un resultado legítimo de su trabajo.

Perfecto.

Sentada en el sillón, al otro lado de la cama de su paciente, Jane tenía la cabeza gacha y los ojos cerrados. No podía dejar de pensar en lo que le había hecho a él… y en lo que él había ocasionado como resultado de ello. Lo vio justo en el instante en que llegó al clímax, con la cabeza hacia atrás, los colmillos brillando y su erección sacudiéndose en la mano de ella, mientras comenzaba a jadear y a rugir.

Jane se movió, pues se sentía excitada. Y no precisamente porque la estufa estuviera encendida.

Por Dios, no podía dejar de recrear la escena en su mente, una y otra vez, y se sintió tan mal que tuvo que abrir los labios para respirar. Mientras se encontraba sumergida en esa especie de laberinto, sintió una punzada en la cabeza, como si tuviese el cuello en mala postura, y luego se quedó dormida.

Naturalmente, su subconsciente asumió el control cuando la memoria se desconectó.

El sueño comenzó cuando notó que algo rozaba su hombro, algo cálido y pesado. Jane se sintió aliviada por esa sensación, por la forma en que descendía lentamente por su brazo y su muñeca, hasta su mano. Luego sintió que le cerraban los dedos y se los apretaban y después los extendían para darle un beso en la palma de la mano. Sintió los labios suaves, el aliento tibio y el roce acariciador de… una perilla.

Hubo una pausa, como si estuvieran pidiéndole permiso.

Jane sabía exactamente con quién estaba soñando. Y sabía exactamente lo que iba a suceder en su fantasía si dejaba que las cosas siguieran su curso.

—Sí —susurró en medio del sueño.

Las manos de su paciente subieron por sus pantorrillas y le bajaron las piernas de la silla, luego notó que algo grande y caliente se instalaba entre sus piernas, se metía entre sus muslos y los abría de par en par. Eran las caderas de él y… Ay, Dios, Jane sintió la erección del hombre contra su vagina, el pene rígido haciendo presión a través de los pantalones que tenía puestos. Después se dio cuenta de que le abrían el cuello de la camisa y la boca del hombre llegaba hasta su cuello, sus labios acariciaban la piel de su cuello, y la lamían con delicadeza, mientras que la erección comenzaba un movimiento rítmico hacia delante y hacia atrás. Una mano alcanzó sus senos y luego bajó hasta el vientre. Hasta la cadera y más abajo, y reemplazó la erección.

Mientras Jane gritaba y arqueaba el cuerpo, dos puntas afiladas recorrieron su cuello hasta la base de la mandíbula. *Colmillos.*

El miedo inundó sus venas. Al igual que una explosión de sexo ultrapoderoso.

Antes de que Jane pudiera distinguir los dos extremos, la boca del hombre abandonó su cuello y llegó hasta sus senos a través de la camisa. Mientras le chupaba los senos, sus manos se deslizaron hasta la vagina y comenzaron a acariciar lo que estaba listo para él, deseoso de él. Jane abrió los labios para respirar y sintió que le metían algo en la boca… un pulgar. Entonces se agarró con desesperación a ese pulgar, chupándolo mientras se imaginaba qué otra parte del hombre podría estar entre sus labios.

Él era el amo de todo, el que dirigía, el que manejaba la maquinaria. Sabía exactamente qué le estaba haciendo, mientras que sus dedos se deslizaban por la tela suave de los pantalones que ella llevaba puestos y sus bragas empapadas para llevarla justo al borde del precipicio.

—Ten un orgasmo para mí, Jane… —dijo una voz, la de él, dentro de su cabeza.

De repente, una luz brillante salió de la nada e iluminó su cara. Jane se puso de pie enseguida, mientras empujaba al paciente con los brazos.

Sólo que él no estaba cerca de ella. Estaba en la cama. Dormido.

Y en cuanto a la luz, provenía del pasillo. Red Sox había abierto la puerta de la habitación.

—Siento despertaros, chicos —dijo—. Tenemos un problema.

El paciente se sentó de un salto y miró a Jane. Tan pronto como sus miradas se cruzaron, ella se sonrojó y desvió los ojos.

—¿Quién? —preguntó el paciente.

—Phury. —Red Sox hizo un gesto con la cabeza hacia el sillón—. Necesitamos un médico. Más o menos, YA.

Jane carraspeó.

—¿Por qué me están mirando a…?

—La necesitamos.

Su primer impulso fue antes muerta que seguir involucrándose con ellos. Pero de inmediato se impuso el médico:

—¿Qué sucede?

—Una cosa realmente fea. Una pelea con un bate de béisbol. ¿Puede venir conmigo?

La voz del paciente se le adelantó y su gruñido dibujó una línea muy clara en la arena.

—Si ella va a algún lado, yo la acompañaré. ¿Tan mal está?

—Le golpearon en la cara. Pinta mal. Se niega a ir a la clínica de Havers. Dice que Bella está allí por lo de su bebé y no quiere preocuparla al presentarse así.

—Ese maldito Phury siempre tiene que ser un héroe. —V miró a Jane—. ¿Nos ayudarás?

Al cabo de un rato, ella se pasó la mano por la cara. Maldición.

—Sí. Lo haré.

Cuando John bajó el cañón de la Glock que le habían dado, se quedó mirando hacia el fondo del campo de tiro, hacia el objetivo que estaba a quince metros de distancia. Tras ponerle el seguro, se quedó sin palabras.

—¡Por Dios! —dijo Blay.

En medio de una incredulidad total, John oprimió un botón amarillo que tenía a la izquierda y la hoja de papel de veintiuno por veintisiete centímetros llegó zumbando hasta él, como un perro al que llaman a casa. En el centro, apiñados como el botón de una margarita, había seis tiros perfectos. Diablos. Después de ser un desastre en todo lo que le habían enseñado hasta ahora cuando se trataba de pelear, por fin destacaba en algo.

Bueno, ¿acaso eso no le haría olvidar su dolor de cabeza?

Una mano gigantesca aterrizó sobre su hombro y Wrath dijo con orgullo:

—Lo has hecho estupendamente, hijo. Muy bien.

John estiró el brazo y quitó el blanco del gancho.

—Bien —dijo Wrath—. Eso es todo por hoy. Devolved vuestras armas, chicos.

—Oye, Qhuinn —gritó Blay—. ¿Has visto esto?

Qhuinn le entregó el arma al doggen y se acercó.

—Vaya. Parece un blanco del mismísimo Harry el Sucio.

John dobló la hoja de papel y se la metió en el bolsillo trasero de sus vaqueros. Mientras devolvía el arma al carrito, trató de encontrar una manera de identificarla, para poder volver a usar la misma pistola en la próxima práctica. Ah… aunque los números de serie habían sido borrados, había una ligera marca en el cañón, una muesca. Estaba seguro de que podría encontrar esa pistola de nuevo.

—Salid —dijo Wrath, recostando su enorme cuerpo contra la puerta—. El autobús está esperando.

Cuando John levantó la vista después de devolver el arma, Lash estaba parado justo detrás de él, amenazador e imponente. Con un movimiento discreto, el muchacho se inclinó y colocó su Glock con el cañón apuntando hacia el pecho de John. Y luego, para ponerle más énfasis a su gesto, puso el índice sobre el gatillo durante un momento.

Blay y Qhuinn llegaron enseguida y le bloquearon el camino. Aunque lo interceptaron con mucha discreción, como si se hubiesen atravesado de casualidad, el mensaje fue claro. Lash se encogió de hombros y tras soltar la pistola, empujó a Blay con el hombro mientras se dirigía a la puerta.

—Imbécil —susurró Qhuinn.

Los tres amigos se dirigieron a los casilleros, donde recogieron sus libros, y después salieron juntos. Como John iba a usar el túnel para regresar a la mansión, se detuvieron delante de la puerta que conducía a la antigua oficina de Tohr.

Mientras que los otros estudiantes pasaban de largo, Qhuinn dijo en voz baja:

—Tenemos que salir esta noche. Ya no puedo esperar más. —Hizo una mueca y se movió en el sitio, como si tuviera papel de lija en los pantalones—. Estoy que me vuelvo loco por estar con una hembra, si sabéis a lo que me refiero.

Blay se sonrojó un poco.

—Yo… Eh, sí, creo que podría tener un poco de acción. ¿John?

Impulsado por su éxito en el campo de tiro, John asintió.

—Bien. —Blay se subió los vaqueros—. Tenemos que ir al Zero Sum.

Qhuinn frunció el ceño.

—¿Qué tal Screamer's?

—No, yo quiero ir al Zero Sum.

—Bueno. Y podemos ir en tu coche. —Qhuinn miró a John—. John, ¿por qué no te vas en el autobús y te bajas con Blay?

—¿No debería cambiarme de ropa?

—Blay puede prestarte algo. Tienes que estar guapo para el Zero Sum.

De pronto Lash salió de la nada, como un golpe inesperado.

—¿Así que vas a ir al centro, John? Tal vez nos veamos por allí, amigo.

Después de soltar una risita sarcástica se marchó, con el cuerpo tenso y sus inmensos hombros balanceándose como si se dirigiera a una pelea. O como si quisiera estar en una.

—Parece que quieres compañía, Lash —vociferó Qhuinn—. ¡Estupendo, porque si sigues con esta mierda, vas a terminar jodido, *amigo!*

Lash se detuvo y los miró, mientras que las luces del techo lo iluminaban desde arriba.

—Oye, Qhuinn, saluda a tu padre de mi parte. Siempre me quiso más que a ti. Claro que yo no tengo nada desigual.

Lash se señaló el ojo con el dedo corazón y siguió caminando.

La cara de Qhuinn se endureció como si fuera una estatua.

Blay le puso la mano en la nuca.

—Oye, danos cuarenta y cinco minutos en mi casa, ¿vale? Luego iremos a buscarte.

Qhuinn tardó en responder y, cuando por fin lo hizo, dijo con voz profunda:

—Sí. No hay problema. ¿Me disculpáis un segundo?

Qhuinn puso sus libros en el suelo y regresó a la taquilla. Cuando la puerta se cerró, John preguntó con el lenguaje de signos:

—¿Las familias de Lash y de Qhuinn tienen alguna relación?

—Son primos. Sus padres son hermanos.

John frunció el ceño.

—¿Por qué Lash se señaló el ojo?

—No te preocupes por…

John agarró el antebrazo de su amigo.

—Dímelo.

Blay se tiró de un mechón de su pelo rojo, como si estuviera tratando de inventarse una respuesta.

—Pues… es algo como… El padre de Qhuinn tiene una posición muy importante en la glymera, ¿vale? Al igual que su madre. Pero la glymera es inflexible con los defectos.

Eso fue todo lo que dijo Blay, como si eso explicara la situación.

—No lo entiendo. ¿Qué pasa con su ojo?

—Uno es azul y el otro es verde. Como no son del mismo color, Qhuinn nuca va a poder encontrar esposa… y, ya sabes, su padre siempre se ha sentido avergonzado por eso. Es horrible y ésa es la razón por la que siempre estamos en mi casa. Él necesita alejarse de sus padres. —Blay miró hacia la puerta de la sala de las taquillas, como si estuviera viendo a su amigo—. La única razón por la cual no lo han echado es porque tenían la esperanza de que la transición arreglara el asunto. Por eso tuvo la oportunidad de usar a alguien como Marna. Ella tiene muy buena sangre y me imagino que el plan era que eso ayudara.

—Pero no sirvió.

—No. Probablemente le pedirán que se vaya de la casa en algún momento. Yo ya tengo una habitación lista para él, pero no creo que la use. Es muy orgulloso. Con toda la razón.

John tuvo un pensamiento horrible.

—¿Cómo se hizo ese cardenal? ¿El que tenía en la cara después de la transición?

En ese momento se abrió la puerta de la sala de las taquillas y Qhuinn salió con una sonrisa de oreja a oreja.

—¿Vamos, caballeros? —Después de recoger los libros, siguió fanfarroneando—. Vámonos, antes de que nos quiten a las mejores chicas en el club.

Blay le dio un golpecito en el hombro.

—Adelante, maestro.

Mientras se dirigían al aparcamiento subterráneo, Qhuinn iba adelante, John detrás y por último, Blay.

Cuando Qhuinn desapareció al subir los escalones del autobús, John le dio un golpecito en el hombro a Blay.

—Fue su padre, ¿verdad?

Blay vaciló un momento. Luego asintió con la cabeza.

M uy bien, esto era realmente genial o endemoniadamente aterrador».

Mientras Jane caminaba, se sentía como si estuviera atravesando un túnel subterráneo en una película de Jerry Bruckheimer. El lugar parecía salido de una película de Hollywood de alto
presupuesto: acero, sutil iluminación que salía de luces fluorescentes empotradas en el techo, infinitamente alto. En cualquier
momento iba a salir corriendo Bruce Willis, con el aspecto que
tenía en 1988, con los pies descalzos, una camiseta rasgada y sin
mangas y una ametralladora.

Jane levantó la vista hacia los paneles fluorescentes del techo
y luego bajó los ojos hacia el suelo de metal brillante. Podría apos-
tar que si cogía un taladro, las paredes tendrían quince centímetros
de espesor. Por Dios, estos tíos tenían dinero. Mucho dinero. Más
del que uno puede tener si trafica con drogas reguladas en el mercado negro o vende cocaína, crack y anfetaminas. Aquello debía de
ser algo a escala gubernamental, lo cual sugería que los vampiros no
eran sólo otra especie; eran otra civilización.

A medida que los tres avanzaban, Jane se sorprendió de que
no la llevaran esposada. Claro que tanto el paciente como su amigo iban armados...

—No. —El paciente negó con la cabeza—. No te hemos
puesto esposas porque sabemos que no vas a huir.

Jane se quedó boquiabierta.

—No me lea la mente.

—Lo siento. No fue mi intención, simplemente sucedió.

Jane carraspeó, tratando de no pensar en el buen aspecto que tenía su paciente de pie. Vestido con los pantalones de un pijama de cuadros y una camiseta negra sin mangas, se movía lentamente, pero con una seguridad tan letal que era irresistible.

¿De qué estaban hablando?

—¿Cómo sabe que no voy a salir corriendo?

—Tú no vas a dejar tirado a alguien que necesita atención médica. No es tu naturaleza, ¿verdad?

Bueno… mierda. Él la conocía bastante bien.

—Sí, así es —dijo él.

—Acabe ya con eso.

Red Sox se giró a mirar a Jane y al paciente.

—¿Puedes leer la mente otra vez?

—¿Con ella? A veces.

—Ja. ¿Y ves algo de alguien más?

—No.

Red Sox se ajustó la gorra.

—Bueno, eh… cuéntame si captas algo mío, ¿vale? Hay algunas cosas que preferiría mantener en privado, ¿de acuerdo?

—Entendido. Aunque a veces no puedo evitarlo.

—Razón por la cual voy a proponerme pensar sólo en béisbol cuando estés por aquí.

—¡Menos mal que no eres un puto hincha de los Yankees!

—No digas palabrotas. Hay mujeres delante.

Guardaron silencio a medida que iban cruzando el túnel. Jane tuvo que preguntarse si estaría volviéndose loca. Debería estar aterrorizada, en ese lugar oscuro y subterráneo, acompañada por dos escoltas gigantescos que, además, eran vampiros. Pero no lo estaba. Curiosamente, se sentía segura… como si el paciente fuera a protegerla debido a la promesa que le había hecho y Red Sox hiciera lo mismo a causa de su amistad con el paciente.

¿Dónde demonios estaba la lógica de eso?, se preguntó Jane.

«¡Dame una E! ¡Una S! ¡Una T! ¡Una O! ¡Seguidas de C-O-L-M-O! ¿Qué dices? ¡LOCA!».

El paciente se agachó para hablarle al oído.

236

—No tienes pinta de animadora. Pero tienes razón, los dos estamos dispuestos a matar a cualquiera que te cause el más mínimo sobresalto. —El paciente se volvió a enderezar, una corriente gigante de testosterona, metida en un par de pantuflas.

Jane le dio un golpecito en el brazo y dobló el índice y lo movió, para que él volviera a agacharse. Cuando lo hizo, ella susurró:

—Les tengo miedo a los ratones y a las arañas. Pero usted no necesita usar esa pistola que lleva en al cinturón para hacerle un hueco a la pared, si me encuentro con alguno, ¿vale? Una trampa y un periódico enrollado funcionan igual de bien. Además, después no se necesita cemento para tapar el hueco. ¿De acuerdo?

Jane le dio otro golpecito en el hombro, en señal de que ya podía irse, y se volvió a concentrar en el túnel.

V comenzó a reírse, al comienzo con timidez y después más abiertamente. Jane sintió que Red Sox se quedaba mirándola. Ella lo observó con cierta vacilación, pues esperaba encontrar una expresión de desaprobación. Pero en lugar de eso sólo vio alivio. Alivio y aprobación, mientras que el hombre… el macho… Ay, Dios, lo que fuera… la miraba a ella y luego miraba a su amigo.

Jane se sonrojó y desvió la mirada. El hecho de que él no estuviera compitiendo con ella por su mejor amigo no debería darle más puntos a su favor. En absoluto.

Unos cien metros más adelante llegaron a unas escaleras no muy empinadas que conducían a una puerta que tenía un mecanismo de seguridad del tamaño de su cabeza. Al ver que el paciente se adelantaba y tecleaba un código, Jane se imaginó que iban a entrar en una habitación del estilo agente 007…

Bueno, ni remotamente. Era un armario con estanterías llenas de libretas de hojas amarillas, cartuchos de impresora y cajas de documentos. Tal vez al otro lado…

No. Era simplemente una oficina. Una oficina administrativa normal, con un escritorio y una silla giratoria y archivadores y un ordenador.

Muy bien, esto no se parecía a *La jungla de cristal*, ni a ninguna película de Jerry Bruckheimer. Más bien a un despacho de seguros de vida. O de una compañía hipotecaria.

—Por aquí —dijo V.

Salieron a través de una puerta de cristal y se dirigieron por un blanco pasillo normal hacia unas puertas dobles de acero inoxidable. Detrás de ellas había un gimnasio lo suficientemente grande como para albergar a un equipo profesional de baloncesto, un combate de boxeo y un partido de voleibol al mismo tiempo. Una serie de colchonetas azules cubrían el suelo brillante de color miel y había varios sacos de arena que colgaban debajo de una tarima elevada.

Mucho dinero. Una inmensa cantidad de dinero. Y ¿cómo era posible que hubiesen construido todo esto sin que nadie se diera cuenta del lado de los humanos? Debía de haber muchos vampiros. Eso era. Obreros y arquitectos y artesanos... todos capaces de pasar por humanos si querían.

La genetista que tenía dentro comenzó a hacer un esfuerzo por comprender. Si los chimpancés compartían con los humanos el noventa y ocho por ciento del ADN, ¿hasta dónde llegaban los vampiros? Y desde el punto de vista evolutivo, ¿cuándo se había escindido esa especie de los monos y del Homo sapiens? Sí... vaya... Jane daría cualquier cosa por poder estudiar su doble hélice. Si realmente le iban a borrar la memoria antes de dejarla ir, la ciencia médica iba a perder mucho. En especial en la medida en que no podían enfermar de cáncer y se curaban tan rápido.

¡Qué oportunidad!

Al otro extremo del gimnasio se detuvieron frente a una puerta de acero que decía EQUIPO/SALA DE TERAPIA FÍSICA. Dentro había estantes llenos de armas: un arsenal de espadas de artes marciales y nunchacos. Dagas que estaban guardadas en vitrinas. Armas de fuego. Shuriken.

—¡Por... Dios!

—Esto sólo es para entrenamiento —dijo V, con mucho orgullo.

—¿Y lo usan para pelear contra quién? —Mientras Jane pensaba en todo tipo de escenarios de *La guerra de los mundos,* de pronto percibió el olor de la sangre que le resultaba tan conocido. Bueno, más o menos conocido. Había un matiz distinto en aquel olor, un toque a especias, y entonces recordó haber sentido el mismo olor a vino cuando estaba en la sala de cirugía con su paciente.

Al otro lado de la sala, una puerta que decía TERAPIA FÍSICA se abrió de pronto de par en par. El atractivo vampiro rubio que la sacó del hospital asomó la cabeza y dijo:

—Gracias a Dios que está usted aquí.

Todos los instintos médicos de Jane se activaron, cuando entró en una habitación embaldosada y vio las suelas de un par de botas de combate colgando de una camilla. Se detuvo delante de los machos y los apartó a un lado para poder ver al tipo que estaba sobre la camilla.

Era el que la había hipnotizado, el que tenía ojos amarillos y un cabello espectacular. Y realmente necesitaba atención. La cavidad orbital izquierda estaba destrozada y metida hacia dentro, el párpado estaba tan hinchado que no podía abrirlo y esa parte de la cara ya estaba del doble del tamaño que debía tener. Jane tenía la sensación de que el hueso sobre la cavidad orbital estaba roto, al igual que el de la mejilla.

Le puso la mano sobre el hombro y lo miró directamente al ojo que tenía abierto.

—Está hecho un desastre.

Él esbozó una sonrisa.

—No me diga.

—Pero lo voy a curar.

—¿Cree que podrá?

—No. —Jane movió la cabeza hacia delante y hacia atrás—. *Sé* que puedo.

No era cirujana plástica, pero dadas sus habilidades quirúrgicas, creía que podía resolver el problema sin hacer estragos en la fisonomía del paciente. Siempre y cuando contara con el instrumental adecuado.

La puerta se volvió a abrir de par en par y Jane se quedó paralizada. Ay, Dios, era el gigante de pelo negro azabache y grandes gafas oscuras. Jane se había preguntado si no lo había soñado, pero evidentemente era real. Totalmente real. Y era el que mandaba. Se movía como si fuera el dueño de todo y como si pudiera hacer desaparecer a todos los que estaban en la sala con un gesto de la mano.

El macho la miró desde al lado de la camilla y dijo:

—Decídme que esto no está pasando realmente.

De manera instintiva, Jane dio un paso atrás, hacia donde estaba V, y tan pronto como lo hizo, sintió que él se acercaba a ella. Aunque no la tocó, ella sabía que él estaba cerca. Y preparado para defenderla.

El gigante de pelo negro sacudió la cabeza al ver al herido.

—Phury… por Dios, tenemos que llevarte a que te vea Havers.

¿Phury? ¿Qué clase de nombre era ése?

—No —respondió el herido con voz débil.

—¿Por qué diablos no quieres ir?

—Bella está allí. Si me ve así… se va a asustar… Ya está sangrando.

—Ah… mierda.

—Y tenemos a alguien aquí —dijo el de la camilla con voz sibilante, mirando a Jane con el único ojo que tenía bueno—. ¿No es verdad?

Cuando todos miraron a Jane, el de pelo negro parecía evidentemente disgustado. Por eso fue una sorpresa oírle decir:

—¿Sería tan amable de atender a nuestro hermano?

La solicitud fue amable y respetuosa. Era evidente que estaba disgustado principalmente porque su amigo había sufrido un ataque y no estaba recibiendo atención.

Jane se aclaró la garganta.

—Sí, lo haré. Pero ¿con qué puedo trabajar? Voy a necesitar sedarlo…

—No se preocupe por eso —dijo Phury.

Jane lo miró con seriedad.

—¿Usted quiere que yo le arregle la cara sin anestesia general?

—Sí.

Tal vez los vampiros tuvieran una mayor tolerancia al dolor, pero…

—¿Te has vuelto loco? —murmuró Red Sox.

Bueno, tal vez no.

Pero basta de charla. Suponiendo que aquel tipo con cara de Rocky Balboa se curara tan rápido como su paciente lo había hecho, Jane tenía que operarlo de inmediato, antes de que los huesos se unieran en mala posición y tuviera que volver a separarlos.

Jane miró a su alrededor y vio armarios con puertas de cristal llenos de suministros y esperó poder organizar un buen equipo quirúrgico con lo que tenía.

—Supongo que ninguno de ustedes tiene experiencia médica, ¿o sí?

V fue el que habló, justo en su oído, casi tan cerca como la ropa que tenía puesta.

—Sí, yo puedo ayudar. Tengo entrenamiento como enfermero.

Jane lo miró por encima del hombro y sintió una corriente de calor que le recorrió todo el cuerpo.

«Concéntrate, Whitcomb».

—Bien. ¿Tienen algún tipo de anestesia local?

—Lidocaína.

—¿Y sedantes? Y tal vez un poco de morfina. Si se mueve en mal momento, podría dejarlo ciego.

—Sí. —Al ver que V se dirigía a los armarios de acero inoxidable, Jane notó que se tambaleaba un poco. Ese paseo por el túnel había sido largo y, aunque externamente parecía curado, hacía sólo unos días que se había sometido a una operación a corazón abierto.

Jane lo agarró del brazo y tiró de él hacia atrás.

—Usted se va a sentar —dijo, y luego miró a Red Sox—. Tráigale una silla. Ya. —Cuando el paciente abrió la boca para discutir la orden, ella dio media vuelta y se dirigió al otro lado de la habitación—. No me interesa lo que piense. Yo lo necesito en plenas facultades mientras estoy operando y esto puede llevar un buen rato. Usted está mejor, pero no está tan fuerte como piensa, así que ponga su trasero sobre una silla y dígame dónde puedo encontrar lo que necesito.

Hubo un momento de silencio, luego alguien soltó una carcajada, mientras que el paciente soltaba una maldición. El que parecía el rey comenzó a sonreírle.

Red Sox trajo una silla de las duchas y la puso justo detrás de las piernas de V.

—Abajo, grandullón. Órdenes de tu doctora.

Cuando el paciente se sentó, Jane dijo:

—Bien, esto es lo que voy a necesitar.

Hizo una lista del instrumental quirúrgico habitual: bisturí, fórceps y utensilios de succión, luego pidió hilo de sutura, antiséptico, algodón, gasas, apósitos, guantes de látex…

Jane se quedó sorprendida al ver la velocidad con que reunió todo, pero, claro, ella y su paciente estaban totalmente sincronizados. Él la orientaba en el interior de los armarios de manera efectiva, se anticipaba a lo que ella iba a decir y a veces ni siquiera tenía que hablar. El enfermero perfecto, por decirlo así.

Jane suspiró con alivio cuando vio que tenían un taladro quirúrgico.

—Y supongo que no tienen una lupa con sujeción a la cabeza, ¿o sí?

—En el mueble junto al carro de paradas —dijo V—. Cajón de abajo. A la izquierda. ¿Quieres que me lave?

—Sí —dijo Jane, buscando la lupa—. ¿Podemos sacar radiografías?

—No.

—Mierda. —Se puso las manos en la cadera—. Qué le vamos a hacer. Entraré a ciegas.

Mientras se ponía la lupa, V se levantó y fue a lavarse las manos y los brazos en el lavabo que había en el rincón. Cuando terminó, Jane hizo lo mismo y los dos se pusieron guantes.

La doctora regresó a donde estaba Phury y lo miró directamente al ojo que tenía sano.

—Es probable que esto duela, aun con la anestesia local y un poco de morfina. Probablemente se va a desmayar y espero que eso pase más pronto que tarde.

Jane fue a buscar la jeringa y sintió cómo se revestía de una sensación de poder a medida que se disponía a reparar lo que había que reparar…

—Espere —dijo el tío de la camilla—. Nada de drogas.

—¿Qué?

—Limítese a hacerlo. —Había un macabro brillo expectante en el único ojo del paciente, una ansiedad que parecía inapropiada en muchos sentidos. Aquel tipo *quería* que le hicieran daño.

Jane entrecerró los ojos y se preguntó si no se habría dejado golpear deliberadamente.

—Lo siento. —Jane pinchó con la aguja el sello de caucho del frasco de lidocaína. Mientras extraía lo que necesitaba, dijo—: Yo no le operaré si no está dormido. Si no está de acuerdo, búsquese otro cirujano.

Puso el frasco sobre un carrito de acero inoxidable con ruedas y se inclinó sobre la cara de su nuevo paciente, con la jeringa en la mano.

—Entonces, ¿qué decide? ¿Yo y este cóctel para dormirlo o… vaya, nadie?

El ojo amarillo brilló de la rabia, como si ella acabara de traicionarlo o algo así.

Pero en ese momento habló el que parecía el rey.

—Phury, no seas estúpido. Estamos hablando de tus ojos. Cállate y déjala hacer su trabajo.

El ojo amarillo se cerró.

—Está bien —musitó.

Cerca de dos horas después, Vishous notó que estaba en apuros. Serios apuros. Observando la hilera de puntadas negras perfectas en la cara de Phury, se sintió abrumado hasta el punto de quedarse sin palabras.

Sí. Tenía un problema gigantesco.

La doctora Jane Whitcomb era una excelente cirujana. Una artista absoluta. Sus manos eran elegantes instrumentos, sus ojos, tan agudos como el bisturí que usaba; su concentración, tan feroz e intensa como la de un guerrero en medio de la batalla. A veces trabajaba con increíble velocidad y otras veces disminuía el ritmo hasta que parecía que casi no se movía: la cavidad orbital de Phury estaba destrozada en varias partes y Jane había vuelto a reconstruirla paso a paso, mientras extraía astillas blancas como conchas de ostras, taladraba el cráneo y unía los fragmentos con alambre y le ponía un pequeño tornillo en la mejilla.

V sabía que ella no estaba totalmente satisfecha con el resultado final por la expresión de severidad de su rostro después de haber cerrado la herida. Y cuando le preguntó que cuál era el problema, ella le dijo que habría preferido ponerle una placa en la mejilla, pero como no tenían ese tipo de equipo, sólo podía esperar que el hueso soldara rápido.

Desde el principio hasta el final, ella controló totalmente la situación. Hasta el punto en que él llegó a excitarse, lo cual era al mismo tiempo absurdo y vergonzoso. Simplemente hasta entonces no había conocido a una hembra —una mujer— como ella. Acababa de hacer un trabajo soberbio operando a su hermano, con una habilidad que V nunca podría alcanzar.

¡Ay, Dios… Estaba metido en un lío sumamente gordo!

—¿Cómo está la tensión arterial? —preguntó Jane.

—Estable —respondió V. Phury se había desmayado hacía cerca de diez minutos, aunque la respiración y la tensión siguieron estables.

Mientras que Jane limpiaba el área alrededor del ojo y el pómulo y comenzaba a poner apósitos, Wrath carraspeó desde la puerta.

—¿Qué hay de su visión?

—No lo sabremos hasta que se despierte —dijo Jane—. No hay forma de saber si el nervio óptico ha sufrido algún daño o si están afectadas la retina o la córnea. Si ha sido así, tendrá que ir a un sitio especializado para que lo vean y no sólo por los recursos limitados que hay aquí. No soy cirujana ocular y nunca me atrevería a intentar ese tipo de operación.

El rey se subió un poco más las gafas por encima de la nariz recta. Parecía como si estuviera pensando en su falta de visión y rogando que Phury no tuviera que lidiar con ese tipo de problema.

Luego Jane cubrió parcialmente la cara de Phury con gasa y le puso una venda alrededor de la cabeza, como un turbante. Tras finalizar metió en el autoclave los instrumentos que había usado. Para evitar mirarla de manera obsesiva, V se dedicó a deshacerse de las jeringas usadas y las vendas y las agujas, junto con el tubo de succión desechable.

Jane se quitó los guantes.

—Ahora hablemos sobre las posibilidades de infección. ¿Hasta qué punto son ustedes sensibles?

—No mucho. —V se volvió a sentar en la silla. Odiaba admitirlo, pero estaba cansado. Si ella no le hubiese obligado a sentarse, estaría totalmente muerto en ese momento—. Nuestro sistema inmunológico es muy fuerte.

—¿Su médico normal les daría antibióticos profilácticos?

—No.

Jane se acercó a Phury y se quedó mirándolo, como si estuviera revisando sus signos vitales sin la ayuda de un estetoscopio o un tensiómetro. Luego estiró la mano y comenzó a acariciar el extravagante cabello de su nuevo paciente. El interés con que lo miraba y el gesto cariñoso molestaron a V, aunque no debería: era lógico que ella se preocupara por su hermano. Acababa de reconstruirle media cara.

Pero *aun así*.

Mierda, los hombres enamorados eran unos idiotas, ¿no es cierto?

Jane se inclinó sobre el oído de Phury.

—Lo ha hecho muy bien. Se pondrá bien. Sólo descanse y deje que esa magnífica capacidad de recuperación suya entre en acción, ¿vale? —Después de darle un golpecito en el hombro, apagó la potente lámpara que había encima de la camilla—. Dios, me encantaría estudiar su especie.

Entonces notó una oleada de aire frío que provenía del rincón, al tiempo que Wrath decía:

—Imposible, doctora. No vamos a servir de conejillos de Indias para beneficio de la raza humana.

—Sí, ya lo sé, he perdido toda esperanza —replicó, y luego miró a su alrededor, a todos ellos—. No quiero dejarlo solo, así que o bien yo me quedo aquí con él, o alguien más se queda. Y si no soy yo, quiero examinarlo dentro de un par de horas, para ver cómo va.

—Nosotros nos quedaremos —dijo V.

—Pero usted parece estar a punto de desplomarse.

—No creas.

—Pero sólo porque está sentado.

La idea de quedar como un débil ante ella le imprimió un matiz de molestia a su voz.

—No te preocupes por mí, mujer.

Jane frunció el ceño.

—Muy bien, yo sólo estaba constatando un hecho palpable, no estoy preocupada. Haga lo que quiera.

«Ay. Sí... sólo ay».

—De todas formas, estaré ahí fuera. —V se levantó y salió rápidamente.

En la sala donde estaban guardados todos los equipos, V sacó una botella de agua de la nevera y luego se acostó en uno de los bancos. Mientras abría la tapa de la botella, sintió vagamente que Wrath y Rhage se acercaron y le dijeron algo, pero no registró las palabras.

El hecho de que quisiera que Jane se preocupara por él lo estaba volviendo loco. Pero que se sintiera herido porque ella no se preocupaba era una patada en el culo.

Cerró los ojos y trató de pensar con lógica. Llevaba semanas sin dormir. Siempre lo asaltaba esa maldita pesadilla. Había estado a punto de morir.

Había conocido a su encantadora madre.

V se bebió casi toda la botella. Estaba más que exhausto y ésa debía ser la razón por la cual estaba tan sensible. En realidad, no tenía nada que ver con Jane. Era algo coyuntural. Su vida era una macedonia de problemas y por eso se sentía tan apegado a ella. Porque estaba seguro de que ella no le estaba dando pie para que se entusiasmara. Lo trataba como a cualquier paciente y como una curiosidad científica. Y ¿qué había de ese orgasmo que había estado a punto de producirle? V estaba totalmente seguro de que si ella hubiese estado despierta, eso nunca habría ocurrido: esas imágenes que ella tenía de él eran la realización de la fantasía femenina de estar con un monstruo peligroso. No significaban que ella quisiera estar con él en la vida real.

—Hola.

V abrió los ojos y se encontró con Butch.

—Hola.

El policía quitó los pies de V de encima del banco y se sentó.

—Joder, ella ha hecho un trabajo grandioso con Phury, ¿verdad?

—Sí. —V miró hacia la puerta abierta de la sala de Terapia Física—. ¿Qué está haciendo ahí dentro?

—Revisando todos los armarios. Dijo que quería saber qué más había, pero creo que sólo quiere estar cerca de Phury, sin que se note mucho.

—Tampoco tiene que estarlo mirando todo el tiempo —murmuró V.

Tan pronto como la frase salió de su boca, se sintió avergonzado de estar celoso de su hermano herido.

—Lo que quiero decir es que…

—Nada. No te preocupes. Te entiendo.

Al oír que Butch comenzaba a hacer crujir sus dedos, V maldijo mentalmente y pensó en marcharse. Por lo general ese sonido tendía a ser el preludio de una conversación importante.

—¿Qué sucede?

Butch estiró los brazos y su camisa elástica de Gucci se tensó sobre sus hombros.

—Nada. Bueno, es que… Quiero que sepas que estoy de acuerdo.

—¿Con qué?

—Con ella. Contigo y ella. —Butch miró a V y luego desvió la mirada—. Formáis un buen equipo.

En medio del silencio que siguió, V estudió el perfil de su mejor amigo, desde el pelo negro que le caía sobre la frente, pasando por la nariz rota y la barbilla prominente. Por primera vez desde hacía mucho tiempo no deseaba estar con Butch. Lo cual debería contar como una mejoría. Pero en vez de eso, V se sintió peor por otra razón.

—No hay nada entre ella y yo, amigo.

—Mentira. Me di cuenta después de mi curación. Y la conexión se vuelve más fuerte cada minuto.

—No está pasando nada. Es la pura verdad.

—Sí, claro.

—¿Perdón?

—Se ven las chispas saltar…

Mientras ignoraba el comentario, V se sorprendió mirando con atención los labios de Butch.

—¿Sabes? Yo me moría de ganas por tener sexo contigo —dijo en voz muy baja.

—Lo sé. —Butch giró la cabeza y los dos hombres se miraron a los ojos—. Tiempo pasado, ¿eh?

—Eso creo. Sí.

Butch hizo un gesto con la cabeza hacia la puerta abierta de la sala de Terapia Física.

—Por ella.

—Tal vez. —V miró hacia la sala en la que se guardaban los equipos y alcanzó a ver a Jane, mientras revisaba un armario. Cuando ella se agachó, la respuesta de su cuerpo fue inmediata y V tuvo que cambiar de postura para evitar que el extremo de su pene quedara exprimido como una naranja. Cuando el dolor cedió, pensó en lo que había sentido hacia su compañero de casa—. Debo confesar que me sorprendió que te sintieras tan tranquilo con el asunto. Pensé que te ibas a sentir amenazado o algo parecido.

247

—No podías evitar lo que sentías. —Butch se quedó mirándose las manos y se revisó las uñas. Luego se concentró en la correa de su reloj Piaget. En su gemelos de platino—. Además…

—¿Qué?

El policía negó con la cabeza.

—Nada.

—Dilo.

—No. —Butch se puso de pie y se estiró, arqueando la espalda—. Voy a regresar a la Guarida…

—Tú también me deseabas. Tal vez un poco.

Butch volvió a enderezarse, dejó caer los brazos a los lados y su cabeza quedó de nuevo en su sitio. Luego frunció el ceño y arrugó la cara.

—Pero no soy homosexual.

V abrió la boca y comenzó a mover la cabeza de arriba abajo.

—¿De verdad? Eso es toda una novedad. Yo estaba seguro de que todo eso de soy-un-buen-chico-irlandés-católico-del-sur no era más que una fachada.

Butch le hizo un corte de mangas.

—Lo que sea. Y yo respeto a los homosexuales. En lo que a mí me concierne, la gente puede follar con quien quiera, en la forma en que más se excite, siempre y cuando todos los involucrados tengan más de dieciocho años y nadie salga herido. Pero a mí me gustan las mujeres.

—Relájate. Sólo te estoy puteando.

—Ojalá sea así. Ya sabes que no soy homófobo.

—Sí, lo sé.

—¿Y qué hay de ti?

—¿Si soy homófobo?

—¿Eres homo o hetero?

Al echar el aire, V pensó que le gustaría tener un cigarrillo entre los labios y, en un acto reflejo, se dio un golpecito en el bolsillo y se alegró de ver que había traído algunos cigarros.

—Mira, V, yo sé que tienes relaciones con mujeres, pero eso sólo es sadomasoquismo. ¿Es diferente con los hombres?

V se acarició la perilla con la mano enguantada. Siempre había sentido que no había nada que él y Butch no pudieran decirse. Pero esto… esto era difícil. Sobre todo porque él no quería

248

que nada cambiara entre ellos y siempre había tenido miedo de que discutir sus actividades sexuales con mucha franqueza pudiera enrarecer las cosas. La verdad era que Butch era heterosexual por naturaleza, no sólo porque lo criaran así. ¿Y qué pasaba si sentía algo un poco distinto por V? Sería una aberración que probablemente le haría sentir incómodo.

V le dio vueltas a la botella de agua con las manos.

—¿Cuánto tiempo hace que querías preguntarme eso? ¿Si soy homosexual?

—Desde hace tiempo.

—¿Y tenías miedo de mi respuesta?

—No, porque para mí es igual, lo uno o lo otro. Siempre estaré contigo, te gusten los hombres o las mujeres, o los dos.

V miró a su amigo a los ojos y se dio cuenta de que… Sí, Butch no iba a juzgarlo. Independientemente de lo que dijera, seguirían igual.

Se frotó el centro del pecho y parpadeó, mientras soltaba una maldición. Nunca lloraba, pero sentía que podría hacerlo en ese momento.

Butch asintió, como si supiera exactamente lo que estaba sucediendo.

—Como te dije, hermano, a mí me da igual. ¿Tú y yo? Siempre amigos, independientemente de con quién te acuestes. Aunque… si te gustan los animales, eso sí sería difícil. No sé si podría asumirlo.

V esbozó una sonrisa.

—No, no tengo sexo con animales.

—¿No te gusta la paja entre los pantalones?

—Ni la lana entre los dientes.

—Ah. —Butch volvió a clavar los ojos en él—. Entonces, ¿cuál es la respuesta, V?

—¿Cuál crees que es?

—Creo que has tenido sexo con hombres.

—Sí. Así es.

—Pero supongo que… —Butch negó con el dedo—. Supongo que no te gustan más que las mujeres a las que sometes. A la larga los dos sexos te resultan indiferentes porque en realidad nunca te ha importado nadie. Excepto yo. Y… tu doctora.

249

V bajó los ojos y pensó que no le gustaba ser tan transparente, pero no le sorprendía que su amigo lo comprendiera tan bien. Él y Butch eran así. Sin secretos. Y hablando de eso…

—Probablemente debería decirte algo, policía.

—¿Qué?

—Una vez violé a un hombre.

Por Dios, se habría podido oír el canto de un grillo en medio del silencio que cayó sobre ellos.

Al cabo de un rato, Butch se sentó de nuevo en el banco.

—¿De verdad?

—Cuando uno vencía a alguien en combate en el campamento de guerreros, después se lo tiraba delante del resto de los soldados. Y yo gané la primera pelea que tuve después de la transición. El hombre… supongo que en cierta manera dio su consentimiento. Quiero decir que se sometió, pero no estuvo bien. Yo… sí, yo no quería hacérselo, pero tampoco me detuve. —V sacó un cigarrillo del bolsillo y se quedó mirando fijamente el cilindro blanco—. Fue justo ante de abandonar el campamento. Justo antes de… otras cosas que me pasaron.

—¿Ésa fue tu primera vez?

V sacó el mechero, pero no lo encendió.

—Vaya manera de empezar, ¿no?

—Por Dios…

—En todo caso, después de estar un tiempo en el mundo, experimenté con muchas cosas. Estaba muy rabioso y… sí, absolutamente iracundo. —V levantó la vista hacia Butch—. Hay pocas cosas que no haya hecho, policía. Y la mayoría ha sido a patadas, si entiendes lo que quiero decir. Siempre ha habido consentimiento, pero era, y todavía es, a la brava, de manera brusca. —V esbozó una sonrisa—. Y también curiosamente deleznable.

Butch se quedó callado durante un rato.

—Creo que ésa es la razón por la que me gusta Jane —dijo al fin.

—¿Sí?

—Cuando la miras, realmente la *ves* y ¿cuándo fue la última vez que te sucedió eso?

V se levantó y luego miró a Butch a los ojos con actitud trascendental.

—Yo te vi. Aunque estaba mal. Te vi a ti.

Mierda, su voz tenía un toque de tristeza. De tristeza y de... soledad. Lo cual le hizo querer cambiar de tema.

Butch agarró a V por el muslo y luego se puso de pie, como si supiera exactamente lo que estaba pensando.

—Escucha, no quiero que te sientas mal. Es mi magnetismo animal. Soy irresistible.

—Idiota. —La sonrisa de V no duró mucho—. Pero no te pongas romántico acerca de Jane y yo, amigo. Ella es humana.

Butch abrió la boca como si fuera una marioneta y movió la cabeza de arriba abajo.

—No, ¿de verdad? Eso es toda una novedad. Y yo que pensé que era una oveja.

V miró a Butch con cara de «púdrete».

—Ella no está interesada en mí de esa manera. Realmente no.

—¿Estás seguro?

—Sí.

—Ah, bueno, pero si fuera tú, yo pondría a prueba esa teoría antes de dejarla marchar. —Butch se pasó una mano por el pelo—. Oye, yo... mierda.

—¿Qué?

—Me alegro de que me lo hayas dicho. Acerca del sexo.

—No te dije nada nuevo.

—Cierto. Pero me imagino que me lo contaste porque confías en mí.

—Así es. Ahora, lárgate a la Guarida. Marissa debe estar a punto de regresar.

—Cierto. —Butch se dirigió a la puerta, pero luego se detuvo y le miró por encima del hombro—. ¿V?

Vishous levantó la mirada.

—¿Sí?

—Creo que después de esta conversación tan profunda, debes saber que —dijo, sacudiendo la cabeza negativamente de manera solemne— todavía no somos pareja.

Los dos soltaron una carcajada y el policía todavía se estaba riendo cuando desapareció por la puerta que salía al gimnasio.

—¿Qué resulta tan gracioso? —preguntó Jane.

V tomó fuerzas antes de mirarla, con la esperanza de que ella no se diera cuenta de lo difícil que era para él mirarla como si le fuera indiferente.

—Mi amigo, que es un idiota. Es su objetivo en la vida.

—Todo el mundo debe tener un propósito.

—Cierto.

Jane se sentó en el banco del otro lado y V la devoró con los ojos como si llevara años en la oscuridad y ella fuera una llama.

—¿Va a necesitar alimentarse otra vez? —preguntó Jane.

—Lo dudo. ¿Por qué?

—Se está poniendo pálido.

«Bueno, este dolor que siento en el pecho produce ese resultado».

—Estoy bien.

—Estaba preocupada ahí adentro —dijo ella, tras una pausa.

El cansancio que se percibía en la voz de Jane hizo que él pudiera ver más allá de la atracción que sentía por ella y darse cuenta del hecho de que tenía los hombros caídos, unas profundas ojeras bajo los ojos y los párpados pesados. Estaba claramente agotada.

«Tienes que dejarla ir —pensó V—. Pronto».

—¿Por qué estabas preocupada? —preguntó él.

—Es una zona muy difícil para operar en estas condiciones. Esto es como operar en el campo de batalla. —Jane se refregó la cara con las manos—. A propósito, usted ha estado muy bien.

V enarcó las cejas.

—Gracias.

Jane resopló y metió los pies debajo del trasero, como había hecho en el sillón de la habitación.

—Me preocupa su vista.

Dios, V pensó que le gustaría masajearle la espalda.

—Sí, él no necesita otra discapacidad.

—¿Ya tiene una?

—Tiene una prótesis en la pierna…

—¿V? ¿Te molesta si hablamos un segundo?

V movió la cabeza hacia la puerta que daba al gimnasio. Rhage estaba de vuelta, todavía vestido con la ropa de combate.

—Hola, Hollywood. ¿Qué sucede?

Jane se sentó bien.

—Puedo ir a la otra…

—Quédate —dijo V. Ella no iba a acordarse de nada después, así que no importaba lo que oyera. Y, además… había una parte de él, una parte sensiblera que le hacía querer golpearse con una botella en la cabeza, que deseaba aprovechar cada segundo que estuviera con ella.

Cuando Jane volvió a acomodarse, V le hizo un gesto con la cabeza a su hermano.

—Habla.

Rhage miró a Jane y después lo miró a él, y sus ojos verde azulados brillaron con una picardía que a V no le gustó. Luego encogió los hombros y dijo:

—Encontré a un restrictor mutilado esta noche.

—¿Mutilado cómo?

—Destripado.

—¿Por uno de los suyos?

Rhage miró hacia la puerta de la sala de Terapia Física.

—No.

V miró en esa dirección y frunció el ceño.

—¿Phury? Ay, vamos, él nunca haría una mierda estilo Clive Barker*. Debió ser una pelea infernal.

—Te digo que estaba totalmente destripado, V. Como un animal. Con cortes precisos, sistemáticos. Y no es que el asesino se haya tragado las llaves del coche y nuestro hermano estuviera buscándolas. Yo creo que lo hizo porque sí.

Bueno… mierda. Phury era el caballero de la Hermandad, el luchador noble, el que actuaba siempre como un *boy scout*. Se imponía todo tipo de reglas y el honor en el campo de batalla era uno de ellas, aunque sus enemigos no fueran dignos de eso.

—No lo puedo creer —susurró V—. Quiero decir que… Diablos.

Rhage se sacó una piruleta del bolsillo, le quitó el envoltorio y se la metió en la boca.

---

*Clive Barker es un escritor y director de cine inglés, con gusto por el horror y la fantasía.

—Me importa una mierda si quiere destrozar a esos malditos como si fueran recibos de impuestos. Lo que no me gusta es lo que impulsa ese comportamiento. Ese salvajismo muestra que se siente muy frustrado. Además, si la razón por la que le aplastaron la cara esta noche fue porque estaba muy ocupado jugando a *Saw II*, entonces se convierte en un tema de seguridad.

—¿Se lo has contado a Wrath?

—Todavía no. Primero voy a hablar con Z. Suponiendo que todo salga bien esta noche con Bella en la clínica de Havers.

—Ah... ésa es la razón de Phury, ¿verdad? Si algo le pasa a ella o a su bebé, tendremos que lidiar con esos dos como nunca. —V maldijo para sus adentros, pues de repente se acordó de todos los embarazos que le esperaban en el futuro. Maldición. Ese asunto del Gran Padre lo iba a matar.

Rhage le dio un mordisco a su piruleta, pero el crujido fue absorbido por su perfecta mejilla.

—Phury tiene que dejar esa obsesión con ella.

V miró el suelo.

—No me cabe duda de que lo haría si pudiera.

—Escucha, voy a buscar a Z. —Rhage se sacó el palito blanco de la piruleta de la boca y lo envolvió en el papel color violeta—. ¿Vosotros necesitáis algo?

V miró a Jane. Tenía los ojos fijos en Rhage y lo estaba estudiando con su ojo clínico, tomando nota de la composición de su cuerpo y haciendo cálculos mentales. O, al menos, V esperaba que fuera eso lo que estaba haciendo. Hollywood era un bastardo muy atractivo.

Cuando sintió que sus colmillos comenzaban a palpitar en señal de advertencia, se preguntó si alguna vez podría recuperar la calma y la tranquilidad. Parecía tener celos de cualquier cosa con pantalones cuando Jane estaba cerca.

—No, estamos bien —le dijo a su hermano—. Gracias.

Al salir Rhage y cerrar la puerta, Jane se acomodó en el banco y estiró las piernas. Con una ridícula oleada de satisfacción, V se dio cuenta de que estaban sentados exactamente en la misma postura.

—¿Qué es un restrictor? —preguntó Jane.

V pensó que estaba perdido, mientras la miraba fijamente.

—Asesinos inmortales que quieren darnos caza para tratar de acabar con nuestra especie.

—¿Inmortales? —Jane frunció el entrecejo, como si su cerebro rechazara lo que acababa de oír. Como si fuera un dispositivo que no hubiese pasado el control de calidad—. ¿Cómo que nunca mueren?

—Es una larga historia.

—Tenemos tiempo.

—No tanto. —En absoluto.

—¿Fueron los que le dispararon?

—Sí.

—¿Y atacaron a Phury?

—Sí.

Hubo un largo silencio.

—Entonces me alegra que él haya cortado a una de esas cosas en trocitos.

V enarcó las cejas.

—¿En serio?

—La genetista que hay en mí aborrece la extinción de las razas. El genocidio es… absolutamente imperdonable. —Jane se levantó y fue hasta la puerta para mirar a Phury—. ¿Ustedes los matan? ¿A los… restrictores?

—Ésa es nuestra misión. Mis hermanos y yo pertenecemos a una casta creada para combatirlos.

—¿Una casta? —Jane clavó sus ojos verde oscuro en los de V—. ¿Qué quiere decir con que eso de que pertenecen a una casta creada para combatir?

—La genetista que hay en ti sabe exactamente lo que quiero decir. —Al sentir que la palabra Gran Padre comenzaba a zumbar en su cabeza como una bala perdida, V se aclaró la garganta. Mierda, tenía pocas ganas de hablar acerca de su futuro como semental de las Elegidas con la mujer con la que realmente quería estar. Y que se iba a marchar. Pronto… al anochecer.

—¿Y éste es un lugar para entrenar a más gente como ustedes?

—Bueno, para entrenar a soldados que nos apoyen. Mis hermanos y yo somos un poco distintos.

—¿En qué sentido?

—Como te dije, pertenecemos a una casta específicamente creada para tener fuerza y resistencia y sanar pronto.

—¿Y de dónde salió esa casta?

—Otra larga historia.

—Cuéntemela. —Al ver que él no respondía, Jane insistió—: Vamos. Podemos hablar, de verdad me interesa su especie.

Él no. La especie.

V se tragó una maldición. Por Dios, si estuviese un poco más encariñado con ella, ya estaría comiendo de su mano.

Realmente quería encender el cigarro que tenía en la mano, pero no iba a hacerlo mientras estuviera cerca de ella.

—Lo normal. Los machos más fuertes se cruzaron con las hembras más astutas. Lo cual dio como resultado a tipos como yo, que tenemos la misión de proteger a la raza.

—¿Y las mujeres que nacieron de esos cruces?

—Formaron la base de la vida espiritual de la especie.

—¿Formaron? ¿Entonces ya no se practican ese tipo de cruces selectivos?

—De hecho… el proceso está a punto de comenzar de nuevo. —Maldición, realmente necesitaba un cigarrillo—. ¿Me disculpas un momento?

—¿Adónde va?

—Al gimnasio, a fumar. —V se metió el cigarro entre los labios, se puso de pie y salió por la puerta de la sala donde se guardaban los equipos. Se recostó contra la pared de hormigón del gimnasio, colocó la botella de agua a sus pies y encendió el mechero. Mientras pensaba en su madre, soltó un desvanecido «joder».

—La bala era extraña.

V giró la cabeza enseguida. Jane estaba parada en la puerta, con los brazos cruzados sobre el pecho y ese cabello rubio enredado, como si se lo hubiese estado toqueteando.

—¿Perdón?

—La bala que le dio a usted. ¿Ellos usan armas distintas?

V echó la siguiente bocanada de humo en la otra dirección, lejos de ella.

—¿Por qué era extraña?

—Por lo general las balas tienen forma cónica y la punta termina en un ángulo puntiagudo, si es una bala de rifle, o son romas, si son de pistola. Pero la que le dio a usted es redonda.

V le dio otra calada a su cigarro.

—¿La viste en la placa de rayos X?

—Sí, parecía de un plomo normal, hasta donde pude ver. La bala tenía los bordes ligeramente irregulares, pero es posible que eso haya ocurrido al estrellarse contra la reja costal.

—Bueno… Sólo Dios sabe qué tipo de nueva tecnología estarán inventando esos asesinos. Ellos tienen sus juguetes y nosotros también. —V miró la punta del cigarrillo—. Y hablando de eso, debería darte las gracias.

—¿Por qué?

—Por salvarme.

—Encantada. —Jane sonrió—. Me sorprendió tanto ver su corazón.

—¿De verdad?

—Nunca había visto nada semejante. —Jane hizo un gesto con la cabeza hacia la sala de Terapia Física—. Quisiera quedarme aquí con ustedes hasta que su hermano se recupere, ¿puedo? Tengo un mal presentimiento sobre él. No estoy completamente segura de qué se trata… Parece estar bien, pero mis instintos tienen las alarmas activadas y cuando eso sucede, siempre me quedo con el remordimiento de no seguirlos. Además, en la vida real no me esperan hasta el lunes por la mañana.

V se quedó paralizado, con el cigarro a medio camino de sus labios.

—¿Qué? —dijo Jane—. ¿Hay algún problema?

—Ah… no. Ningún problema. Ninguno.

Jane se iba a quedar. Un poco más.

V sonrió para sus adentros. Así que aquello era lo que se sentía cuando uno ganaba la lotería.

CAPÍTULO
19

Mientras estaba a las puertas del Zero Sum con Blay y
Qhuinn, John ni estaba contento ni se sentía cómo-
do. Llevaban casi una hora y media esperando para entrar al club
y lo único bueno era que la noche no estaba tan fría como para
que se les congelaran las pelotas.

—Nos vamos a hacer viejos aquí —dijo Qhuinn, pateando
sobre el pavimento—. No me he vestido así para quedarme esperando en esta cola para siempre.

John tenía que admitir que su amigo tenía un aspecto estupendo esa noche: camisa negra con el cuello abierto, pantalones
negros, botas negras, chaqueta de cuero negra. Con el pelo oscuro y sus ojos de dos colores, estaba llamando la atención de muchas mujeres humanas. Por ejemplo, en ese preciso momento
estaban pasando ante ellos dos morenas y una pelirroja y las tres
se giraron para mirarlo cuando se pusieron a su altura. Y por lo
general él las observaba de manera desvergonzada.

Blay soltó una maldición.

—Este señor de aquí va a ser toda una amenaza, ¿no es
cierto?

—Así es. —Qhuinn se subió los pantalones—. Me estoy
muriendo de hambre.

Blay sacudió la cabeza y observó cuidadosamente la calle.
Ya había hecho eso varias veces, con los ojos alerta y la mano de-

recha en el bolsillo de la chaqueta. John sabía lo que tenía en la mano: la culata de una nueve milímetros. Blay estaba armado.

Dijo que un primo le había dado el arma y todo el asunto era un gran secreto. Pero, claro, así debía ser. Una de las reglas del programa de entrenamiento era que se suponía que uno no debía llevar armas cuando estaba en la calle. Era una buena regla, que se apoyaba en la teoría de que los escasos conocimientos sobre una materia eran peligrosos, y los estudiantes no debían meterse en peleas. Sin embargo, Blay había dicho que no iba a ir al centro sin un arma y John decidió fingir que no sabía qué era ese bulto en la chaqueta.

Y también había una vocecita dentro de él que pensaba que si llegaban a encontrarse con Lash, tener un arma podía ser una buena idea.

—Hola, señoritas —dijo Qhuinn—. ¿Adónde vais?

John echó un vistazo. Un par de rubias estaban delante de Qhuinn y lo miraban como si su cuerpo fuera la tienda del cine y ellas estuvieran decidiendo si comenzaban con una chocolatina o un chicle.

La que estaba a la izquierda, con el pelo hasta la cintura y una falda del tamaño de una servilleta de papel, sonrió. Tenía los dientes tan blancos que brillaban como perlas.

—Íbamos para Screamer's, pero… si vosotros vais a entrar aquí, podemos cambiar de planes.

—¿Por qué no facilitamos las cosas y esperáis con nosotros? —Qhuinn hizo una reverencia y movió el brazo frente a él para hacerlas seguir.

La rubia miró a su amiga, luego hizo un gesto estilo Betty Boop, moviendo la cadera y el pelo a la vez, que parecía ensayado, y dijo:

—Adoro a los caballeros.

—Y yo soy un caballero hasta los huesos. —Qhuinn estiró la mano y cuando Betty se la agarró, la metió en la cola. Un par de tipos pusieron mala cara, pero después de echarle un vistazo a Qhuinn, dejaron las cosas así, lo cual era comprensible. Qhuinn era más alto y más ancho que ellos, una especie de camión de nueve ejes, comparado con sus camionetas.

—Ellos son Blay y John.

Las chicas sonrieron al ver a Blay, que se puso tan rojo como su cabello, y luego miraron superficialmente a John. Lo saludaron rápidamente con un gesto de cabeza y volvieron a concentrarse en su amigo.

Mientras metía las manos en el impermeable que le habían prestado, John se salió de la fila para que la amiga de Betty pudiera colocarse al lado de Blay.

—¿John? ¿Estás bien ahí? —preguntó Blay.

John asintió y miró a su amigo. Luego le dijo rápidamente con la mano.

—Sólo les estoy dejando sitio.

—¡Ay, por Dios! —exclamó Betty.

John volvió a meter las manos en los bolsillos. Mierda, seguramente había notado que él había usado el lenguaje de signos y ahora la situación podía evolucionar de dos formas posibles: la chica pensaría que era muy tierno, o sentiría lástima de él.

—¡Tu reloj es genial!

—Gracias, nena —dijo Qhuinn—. Lo acabo de comprar. Urban Outfitters.

Ah, genial. Ella ni siquiera se había fijado en John.

Veinte minutos después, finalmente llegaron hasta la entrada del club y fue todo un milagro que John lograra entrar. Los gorilas de la puerta miraron su identificación por todos lados, casi la ponen bajo el microscopio, y ya estaban comenzando a negar con la cabeza, cuando llegó un tercero que les echó una ojeada a Blay y a Qhuinn y los dejó entrar a todos.

Aún no había dado más que un par de pasos por el local cuando John decidió que eso no era para él. Había gente por todas partes, mostrando tanta piel que parecía que estuvieran más bien en la playa. Y esa pareja de allí... mierda, ¿acaso el tío le estaba metiendo la mano bajo la falda?

No, era la mano del tipo que estaba detrás de ella. El que no la estaba besando.

A su alrededor retumbaba la música tecno y el ritmo estridente impregnaba el aire, que ya se estaba muy cargado por el olor a sudor y a perfume y a algo almizclado que John sospechó que tenía que ver con el sexo. Unos rayos láser penetraban la oscuridad y parecían apuntar directamente a sus ojos, porque mirara a donde mirara, encontraba uno que le atravesaba como una puntilla.

John pensó que le gustaría llevar gafas oscuras y tapones para los oídos.

Volvió a mirar a la pareja, es decir, al trío. Y, no estaba seguro, pero parecía que ahora la mujer tenía las manos en los pantalones de los dos.

«¿Qué tal también una venda en los ojos?», pensó.

Con Qhuinn al frente, los cinco pasaron junto a una zona cerrada que estaba vigilada por unos gorilas del tamaño de coches. Al otro lado de la barricada humana, separada de la chusma por una pared de agua que formaba una cascada, había gente muy sofisticada, sentada en sofás de cuero, de esos que usan ropa de diseñador y, sin duda, beben licores que John ni siquiera podía pronunciar.

Qhuinn se dirigió al fondo del club como si fuera una paloma mensajera y eligió un lugar contra la pared, que tenía buena vista sobre la pista de baile y fácil acceso al bar. Luego quiso saber que quería tomar todo el mundo. John negó con la cabeza. Aquél no era un buen sitio para emborracharse ni siquiera un poco.

Todo eso le recordaba a la época anterior a vivir en la Hermandad. Cuando estaba solo en el mundo, se había acostumbrado a ser el más pequeño de todos los que le rodeaban y, diablos, eso sí que era cierto aquí. Todo el mundo era más alto que él y la multitud se cernía sobre él de manera amenazadora, incluso las mujeres. Y eso hizo que todas sus alarmas internas estuvieran alerta. Si uno no tiene muchos recursos físicos para protegerse, lo mejor es confiar en los instintos nerviosos: salir corriendo era la estrategia que siempre le había salvado.

Bueno, excepto en esa ocasión.

—Dios… eres tan atractivo. —En ausencia de Qhuinn, las chicas se abalanzaron sobre Blay, en especial Betty, que parecía pensar que él estaba allí para que lo acariciaran.

Blay no entraba en el juego, evidentemente, porque le faltaba experiencia. Pero tampoco trataba de quitárselas de encima y dejaba que las manos de Betty se movieran por donde quisieran.

Qhuinn llegó de la barra a grandes zancadas. ¡Por Dios, estaba en su salsa, con dos Coronas en cada mano y los ojos fijos en las chicas! Se movía como si ya estuviera teniendo sexo, balanceando las caderas al caminar y agitando los hombros como un tío que sabe que todas las partes de su cuerpo están funcionando, dispuestas para entrar en acción.

Y las chicas lo devoraban con los ojos, que brillaban al verlo acercarse en medio de la multitud.

—Chicas, necesito que me recompenséis bien por este esfuerzo. —Le deslizó a Blay una de las cervezas, le dio un sorbo a la otra y levantó las otras dos por encima de su cabeza—. Dadme un poco de lo que pido.

Betty lo entendió enseguida y puso sus dos manos sobre el pecho de Qhuinn, mientras se estiraba. Qhuinn ladeó un poco la cabeza, pero eso no ayudó mucho. Sólo la hizo esforzarse más. Cuando sus labios se encontraron, Qhuinn sonrió… y estiró la mano para tirar de la otra chica. A Betty no pareció importarle en lo más mínimo y ayudó a atraer a su amiga.

—Vamos al baño —susurró Betty de manera teatral, de manera que todos la oyeran.

Qhuinn se inclinó por encima de Betty y le estampó a su amiga un beso con lengua.

—¿Blay? ¿Quieres venir con nosotros?

Blay le dio un sorbo a su cerveza y se lo pasó.

—No, voy a quedarme un rato aquí. Quiero relajarme un poco.

Sin embargo, sus ojos le delataron, cuando miró a John por una fracción de segundo.

John se enfureció.

—No necesito niñera —dijo con el lenguaje de signos.

—Lo sé, amigo.

Las chicas fruncieron el ceño mientras se colgaban de los hombros de Qhuinn como si fueran cortinas y pensaban que John era un aguafiestas. Y se pusieron definitivamente furiosas, cuando vieron que Qhuinn empezaba a quitárselas de encima.

John clavó los ojos en su amigo con ira.

—No te atrevas a rajarte. Si lo haces, nunca te volveré a hablar.

Betty levantó la cabeza y su pelo rubio cayó sobre el antebrazo de Qhuinn.

—¿Qué sucede?

John volvió a decir algo con signos.

—Dile que todo va bien y ve a follar. Estoy hablando en serio, Qhuinn.

Qhuinn le contestó también con el lenguaje de signos.

—No me siento bien dejándote solo.

—¿Pasa algo malo? —chilló Betty.

—Si no te vas, me largo de aquí. Salgo enseguida por esa puerta, Qhuinn. En serio.

Qhuinn cerró los ojos un momento. Luego, antes de que Betty pudiera volver a preguntar que si pasaba algo, dijo:

—Vamos, señoritas. Ya estamos.

Al ver que Qhuinn daba media vuelta y las chicas se iban con él, John dijo:

—Blay, ve a follar. Yo esperaré aquí.

Al ver que su amigo no respondía, añadió:

—¿Blay? ¡Lárgate ya mismo!

Hubo un momento de vacilación.

—No puedo.

—¿Por qué?

—Porque yo… Eh, yo prometí que no te dejaría solo.

John se quedó frío.

—¿A quién?

Las mejillas de Blaylock se pusieron rojas como un tomate.

—Zsadist. Justo después de pasar por la transición, me llevó aparte y me dijo que si alguna vez salíamos contigo… ya sabes.

Un sentimiento de rabia invadió la cabeza de John y comenzó a retumbar en su interior.

—Sólo hasta que pases por la transición, John.

John sacudió la cabeza, porque eso es lo que uno hace cuando no tiene voz y quiere gritar. En segundos, volvió a sentir las palpitaciones detrás de los ojos.

—Te diré lo que haremos —dijo con lenguaje de signos—. ¿Estás preocupado por mí? Dame tu arma.

En ese momento una morena ardiente pasó fumando junto a ellos, vestida con un top y un par de pantalones que parecía haberse puesto con mantequilla. A Blay se le fueron los ojos detrás de ella y el aire cambió a su alrededor, mientras que su cuerpo comenzaba a expedir calor.

—Blay, ¿qué me pude suceder aquí? Aunque Lash aparezca…

—Él esta vetado en este club. Ésa es la razón por la que quería venir aquí.

—¿Cómo lo sa… Déjame adivinar… Zsadist. ¿Acaso él te dijo que sólo podíamos venir aquí?

—Tal vez.

—Dame el arma y lárgate.

La morena se sentó en el bar y miró por encima del hombro. Directamente a Blay.

—No me estás abandonando. Los dos estamos en el club. Y realmente me estoy poniendo furioso.

Hubo una pausa. Luego el arma cambió de mano y Blay se acabó su cerveza, como si estuviera cagado de miedo.

—Buena suerte —le dijo John con signos.

—Mierda, no tengo ni puta idea de qué estoy haciendo. Ni si quiera estoy seguro de que quiera hacer esto.

—Sí quieres. Y ya descubrirás qué hacer. Ahora vete, antes de que ella encuentre a otro.

Cuando John por fin se quedó solo, se recostó contra la pared y cruzó los tobillos. Mientras observaba a la multitud, pensaba en cuánto los envidiaba.

Poco después, tuvo la sensación de que alguien lo había reconocido, como si lo llamara por su nombre. Miró a su alrededor, preguntándose si Blay o Qhuinn podrían haber gritado su nombre. Pero nada. Qhuinn y las rubias no estaban por allí y Blay estaba acercándose cautelosamente a la morena en la barra.

Sólo que estaba seguro de que alguien lo estaba llamando.

John comenzó a estudiar detenidamente a la gente que tenía delante. El sitio estaba abarrotado, y sin embargo, no había nadie particularmente cerca. Cuando estaba a punto de decidir que estaba loco, vio a una desconocida a la que le dio la sensación de conocer de toda la vida.

La mujer estaba oculta entre las sombras, en un extremo de la barra, y el reflejo rosa y azul de las botellas de licor iluminadas apenas le dejaba ver su rostro. Alta y con el cuerpo de un hombre, llevaba el pelo negro muy corto y una cara de a-mí-no-me-jodas, que anunciaba claramente que si uno se metía con ella, debía estar dispuesto a correr un riesgo. Tenía unos ojos mortalmente astutos, que estaban clavados en él con la seriedad de un guerrero.

A John le entró el pánico enseguida, como si alguien le estuviera lustrando la piel como si fuera un zapato, mientras que le daban golpes en el trasero con un palo. Se quedó sin aire y se sintió mareado y acalorado, pero al menos se olvidó de su dolor de cabeza.

¡Por Dios, la mujer se estaba acercando!

Caminaba con poderío y seguridad, como si estuviera acechando a su presa, y hombres que pesaban más que ella se apartaban de su camino como si fueran ratones. A medida que se aproximaba, John comenzó a arreglarse la chaqueta, tratando de parecer más masculino. Lo cual era todo un chiste.

Tenía una voz ronca.

—Soy de seguridad del club y voy a tener que pedirle que me acompañe.

La mujer lo agarró del brazo sin esperar respuesta y lo llevó por un pasillo oscuro. Antes de que John se diera cuenta de lo que estaba sucediendo, lo metió a lo que obviamente era una sala de interrogatorios y lo puso contra la pared como si fuera un Elvis de terciopelo.

Mientras que le apretaba el cuello con el antebrazo y John jadeaba, lo registró de pies a cabeza. Su mano se movía de manera rápida e impersonal mientras le revisaba el pecho y las caderas.

John cerró los ojos y se estremeció. Mierda esto era excitante. Si fuera capaz de tener una erección, estaba seguro de que en este momento la tendría tan dura como un martillo.

Y luego recordó que la pistola sin número de serie de Blay estaba en el bolsillo trasero de los pantalones que le habían prestado.

Mierda.

En la sala donde se guardaba el equipo, en el complejo, Jane se encontraba sentada en un banco que le permitía ver al hombre que acababa de operar. Estaba esperando a que V terminara su cigarrillo y el ligero aroma del exótico tabaco le producía un cosquilleo en la nariz.

¡Por Dios, ese sueño que había tenido con él! Cómo su mano se movía por entre sus…

Cuando sintió que empezaba a excitarse, cruzó las piernas y las apretó.

—¿Jane?

Ella carraspeó.

—¿Sí?

La voz del hombre entraba por la puerta y tenía un tono sensual y ronco, que parecía arrastrar las palabras.

—¿En qué estás pensando, Jane?

Ah, sí, claro, como si le fuera a contar que estaba fantaseando con…

Un momento.

—Ya lo sabe, ¿no es así? —Al ver que él guardaba silencio, ella frunció el ceño—. ¿Si fue un sueño? ¿O realmente usted…?

No hubo respuesta.

Jane se inclinó hacia delante hasta que pudo verlo a través de la puerta. Estaba echando el humo, mientras metía la colilla del cigarrillo en la botella de agua.

—¿Qué me ha hecho? —preguntó Jane.

Él cerró bien el tapón y los músculos de su antebrazo se flexionaron.

—Nada que no quisieras.

Aunque no la estaba mirando, ella le apuntó con el dedo como si fuera un arma.

—Ya se lo dije. Manténgase alejado de mis pensamientos.

El hombre se giró y clavó sus ojos en los de ella. Ay… Dios… Estaban brillando con una luz blanca como estrellas, ardientes como el sol. Tan pronto como aquellos ojos se posaron en su cara, el sexo de Jane pareció florecer para él, como una boca que se abre, lista para que la alimenten.

—No —dijo Jane, aunque no sabía por qué se molestaba. Su cuerpo hablaba por sí mismo y el hombre lo sabía perfectamente.

Los labios de V esbozaron una sonrisa y él aspiró profundamente.

—Me encanta tu olor en este momento. Me hace querer hacer muchas más cosas que penetrar en tus pensamientos.

Bueeeeeno, evidentemente le gustaban las mujeres, además de los hombres.

De pronto su expresión se desvaneció.

—Pero no te preocupes. No voy a hacer nada.

—¿Por qué no? —Al oír que la pregunta salía de sus labios, Jane se reprendió. Si le dices a un hombre que no lo deseas y luego él dice que no va a tener sexo contigo, la reacción que has de tener no debería sonar a protesta.

V se inclinó a través de la puerta y arrojó la botella de agua hacia el otro extremo de la habitación. La botella aterrizó en una papelera con un golpe perfecto, como si estuviera regresando a casa después de un viaje de negocios y se sintiera feliz de volver.

—No te gustaría estar conmigo. Realmente no.

Estaba tan equivocado.

Cállate.

—¿Por qué?

¡Mierda! Por amor de Dios, ¿qué era lo que estaba diciendo?

—Sencillamente no te gustaría estar conmigo como soy en realidad. Pero me alegra lo que pasó cuando estabas durmiendo. Fue perfecto, Jane.

Jane pensó que le gustaría que él dejara de usar su nombre. Cada vez que salía de sus labios, ella sentía como si se hubiese tragado un anzuelo y él estuviera recogiendo el sedal, arrastrándola por aguas que no entendía, hacia una red en la que sólo podría retorcerse, hasta que se hiciera daño.

—¿Por qué no me gustaría?

Al ver que el pecho de él se expandía, Jane se dio cuenta de que estaba olfateando su excitación.

—Porque a mí me gusta tener el control, Jane. ¿Entiendes lo que estoy diciendo?

—No, no entiendo.

El hombre se giró hacia ella, llenando el umbral con su cuerpo y los ojos de Jane se clavaron en sus caderas, porque eran unos traidores. Demonios, él tenía una erección. Estaba completamente excitado. Jane podía ver el pene grueso palpitando contra la franela del pantalón del pijama que tenía puesto.

Jane sintió que se balanceaba, aunque estaba sentada.

—¿Sabes qué es un amo? —dijo él en voz baja.

—¿Amo? —Vaya—. ¿Un amo sexual?

Él asintió con la cabeza.

—Así es como es el sexo conmigo.

Jane abrió los labios y tuvo que desviar la mirada. Si no lo hacía, comenzaría a arder en ese mismo momento. Ella no tenía ninguna experiencia con ese estilo de vida alternativo. Demonios, si no le quedaba tiempo para tener sexo normal, mucho menos para chapotear en la periferia.

¡Maldición, pero lo cierto es que tener una relación peligrosa y salvaje con él parecía bastante atractivo en este momento!

Aunque tal vez eso se debía a que, a efectos prácticos, ésta no era la vida real, aunque estaba despierta.

—¿Qué les hace? —preguntó Jane—. Me refiero a que… ¿las ata?

—Sí.

Jane se quedó esperando a que él siguiera. Cuando vio que no decía nada, susurró:

—¿Algo más?

—Sí.

—Cuéntemelo.

—No.

Así que también había dolor, pensó Jane. Les hacía daño antes de follárselas. Probablemente también durante el acto sexual. Y, sin embargo… Jane recordó cómo había abrazado a Red Sox con delicadeza. ¿Tal vez con los hombres era diferente?

¡Genial! Un vampiro bisexual y dominante, con experiencia en secuestro. Dios, había tantas razones por las cuales no debía sentir lo que sentía con respecto a él.

Jane se tapó la cara con las manos, pero desgraciadamente eso sólo le impedía mirarlo. No había forma de escapar a lo que le daba vueltas en la cabeza. Ella… lo deseaba.

—¡Maldición! —musitó.

—¿Qué sucede?

—Nada. —Dios, era una mentirosa.

—Mentirosa.

Genial, así que también él lo sabía.

—No quiero sentir lo que estoy sintiendo en este momento, ¿vale?

Hubo una larga pausa.

—¿Y cómo te sientes, Jane? —Al ver que ella no decía nada, él murmuró—: No te gusta tener deseos de estar conmigo, ¿verdad? ¿Es porque soy un pervertido?

—Sí.

La palabra sencillamente salió de su boca, aunque era una verdad a medias. Si quería ser honesta con ella misma, el problema era más que eso… Ella siempre se había sentido orgullosa de su inteligencia. El dominio de la mente sobre las emociones y tomar decisiones de manera lógica habían sido las dos únicas cosas que nunca la habían decepcionado. Y sin embargo allí estaba, ansiando algo de lo cual sus instintos le decían que era mejor alejarse.

Al ver que se producía un largo silencio, Jane dejó caer una de sus manos y miró hacia la puerta. Él ya no estaba en el umbral, pero ella notaba que no había ido muy lejos. Jane volvió a inclinarse hacia delante y alcanzó a verlo. Estaba contra la pared, observando las colchonetas azules del gimnasio como si estuviera mirando el mar.

—Lo siento —dijo Jane—. No tenía intención de que sonara así.

—Si eso es lo que piensas… Pero está bien. Yo soy lo que soy. —El hombre flexionó la mano enguantada y Jane tuvo la sensación de que fue un movimiento inconsciente.

—La verdad es que… —A medida que ella comenzaba a articular la frase, él enarcó una ceja, aunque no la miró. Jane carraspeó—. La verdad es que el instinto de conservación es una cosa buena y debería dictar mis reacciones.

—¿Y acaso no es así?

—No… siempre. Con usted, no siempre.

El hombre esbozó una ligera sonrisa.

—Entonces, por primera vez en mi vida me alegra ser diferente.

—Estoy asustada.

De repente él se puso serio y sus ojos de diamante se fijaron en los de Jane.

—No tengas miedo. No voy a hacerte daño. Ni permitiré que nadie te lo haga.

Durante una fracción de segundo, las defensas de Jane se derrumbaron.

—¿Lo promete? —dijo con voz ronca.

El hombre se llevó la mano enguantada al corazón que ella había reparado y soltó una sarta de palabras hermosas que ella no entendió. Luego tradujo:

—Por mi honor y por la sangre que llevo en las venas, te lo prometo.

Jane desvió la mirada y desgraciadamente sus ojos se encontraron con una estantería llena de armas colocadas en ganchos; los bastones negros parecían brazos que colgaban de sus hombros de cadena, preparados para hacer un daño mortal.

—Nunca en mi vida había estado tan asustada.

—Maldición... Lo lamento, Jane. Lamento todo esto. Y voy a dejar que te vayas. De hecho, eres libre de irte en el momento en que quieras. Sólo di que quieres marcharte y te llevaré a casa.

Jane volvió a mirarlo y se quedó observando fijamente la cara del hombre. La barba le había crecido alrededor de la perilla, lo cual ensombrecía la barbilla y los pómulos, haciéndole parecer todavía más siniestro. Con los tatuajes alrededor del ojo y su estatura, si ella se lo hubiese encontrado en un callejón, habría salido huyendo despavorida, aunque no supiera que era un vampiro.

Y sin embargo, allí estaba, confiando en él para que la mantuviera segura.

¿Acaso estos sentimientos eran reales? ¿O sería un caso grave de síndrome de Estocolmo?

Jane se fijó en el pecho inmenso, las caderas apretadas y las piernas largas. Dios, fuera cual fuera, lo deseaba como a ninguna otra cosa en el mundo.

El hombre dejó escapar un suave gruñido.

—Jane...

—Demonios.

Él también soltó una maldición y encendió otro cigarrillo.

—Hay otra razón por la cual no puedo estar contigo —dijo, tras expulsar el humo.

—¿Cuál?

—Yo muerdo, Jane. Y no voy a ser capaz de contenerme. No contigo.

Jane recordó el sueño y cómo había sentido los colmillos del hombre subiendo por su cuello, raspándole suavemente la piel. Al mismo tiempo que se preguntaba cómo podía desear semejante cosa, su cuerpo se llenó de calor.

V retrocedió hasta el umbral, con el cigarrillo en la mano enguantada. Pequeñas espirales de humo salían del extremo del cigarro y se elevaban hacia el techo, finas y elegantes como el cabello de una mujer.

Mirándola fijamente a los ojos, el hombre bajó la mano que tenía libre por el pecho y el abdomen hasta llegar a esa inmensa erección que se alcanzaba a ver tras la delgada tela del pantalón. Mientras se agarraba el pene con la mano, Jane tragó saliva. Una oleada de lujuria pura se estrelló contra ella y la golpeó con una fuerza que casi la hace caer del banco.

—Si me lo permites —dijo él en voz baja—, te buscaré otra vez durante el sueño. Te encontraré y terminaré lo que empecé. ¿Eso te gustaría, Jane? ¿Te gustaría tener un orgasmo para mí?

De repente se oyó un gemido que venía de la sala de Terapia Física.

Jane tropezó al levantarse del banco y se dirigió hacia allí para ver qué pasaba con su nuevo paciente. Era obvio que estaba escapando, pero, no importa… ya había perdido la cabeza, así que el orgullo no le preocupaba a estas alturas.

En la camilla, Phury se estaba retorciendo de dolor y tratando de quitarse el vendaje que le cubría media cara.

—Eh… tranquilo. —Jane le puso la mano en el brazo para detenerlo—. Calma. Todo va bien.

Le acarició el hombro y le habló hasta que Phury se tranquilizó con un estremecimiento.

—Bella… —dijo.

Consciente de que V estaba detrás de ella, en la esquina, Jane preguntó:

—¿Es su esposa?

—La esposa de su gemelo.

—Ah.

—Sí.

Jane tomó el estetoscopio y un tensiómetro y revisó rápidamente los signos vitales.

—¿Tienen ustedes normalmente la tensión arterial baja?

—Sí. También el ritmo cardiaco.

Jane puso una mano sobre la frente de Phury.

—Está caliente. Pero su temperatura corporal es más alta que la nuestra, ¿verdad?

—Así es.

Jane deslizó sus dedos hacia el pelo multicolor de Phury y comenzó a acariciar sus espesas ondas, desenredando los nudos que encontraba a su paso. El pelo estaba untado de una sustancia negra y grasienta…

—No toques eso —dijo V.

Jane retiró el brazo enseguida.

—¿Por qué? ¿Qué es?

—La sangre de mis enemigos. No quiero que la toques. —V se acercó a ella, la agarró de la muñeca y la llevó hasta el lavabo.

Aunque iba en contra de su naturaleza, Jane se quedó quieta como una chiquilla obediente, mientras que él le enjabonaba y le lavaba las manos. El contacto de la piel de su mano y del guante de cuero deslizándose por sus dedos… y la espuma que lubricaba la fricción… y el calor de él que penetraba dentro de ella y subía por su brazo la llenó de ímpetu.

—Sí —dijo, mirando fijamente lo que él estaba haciendo.

—Sí, ¿qué?

—Vuelve a buscarme cuando esté dormida.

C omo jefa de seguridad del Zero Sum, a Xhex no le gustaba encontrar ningún tipo de arma en su casa, pero lo
que menos le gustaba era encontrar a jóvenes punkis, andando por
ahí armados hasta los dientes.

Así era como se presentaban las llamadas al número de
emergencias. Y Xhex detestaba tener que relacionarse con la policía de Caldwell.

Así que no se disculpó cuando registró bruscamente al
pequeño bastardo en cuestión y encontró el arma que le había
dado el pelirrojo con el que estaba. Tras sacarle la nueve milímetros de los pantalones, Xhex le quitó el seguro y dejó el cargador
de la Glock sobre la mesa. Se metió las balas en sus pantalones de cuero y luego estiró una mano para que le mostrara su
identificación. Mientras lo registraba, Xhex pudo notar que se
trataba de un chico de su especie y en cierta forma eso la enfureció más.

Aunque no había razón para ello. Los humanos no eran los
únicos dueños de la estupidez.

Xhex le dio media vuelta y lo lanzó sobre una silla, donde
lo mantuvo aferrado por el hombro, mientras abría la cartera del
muchacho con un golpe de muñeca. El permiso de conducir ponía
que se llamaba John Matthew y la fecha de nacimiento indicaba que tenía veintitrés años. La dirección que aparecía era de un

barrio residencial de la ciudad que ella estaba segura que el chico nunca había visto.

—Ya sé lo que dice tu documento de identidad, pero ¿quién eres tú realmente? ¿Quién es tu familia?

John abrió la boca un par de veces, pero no logró emitir ningún sonido porque obviamente estaba muerto de miedo. Lo cual tenía sentido. Sin su arma, no era más que un renacuajo pretrans, con los ojos muy abiertos en medio de una cara pálida.

Sí, él era muy duro, claro. Click, click, bang, bang y toda esa mierda de pandilleros. Dios, Xhex estaba cansada de pillar a farsantes como éste. Tal vez era hora de hacer un poco de trabajo a destajo, volver a lo que mejor hacía. Después de todo, siempre se necesitaban asesinos si uno se movía en los círculos apropiados. Y ella era medio symphath, así que la satisfacción laboral estaba asegurada.

—Habla —dijo ella, arrojando la cartera sobre la mesa—. Sé lo que eres. ¿Quiénes son tus padres?

Ahora el chico parecía realmente asombrado, aunque eso no le ayudaba con las cuerdas vocales. Una vez recuperado de la impresión, lo único que hizo fue batir las manos frente a su pecho.

—No juegues conmigo. Si eres lo suficientemente macho como para llevar un arma, no hay razón para portarse como un cobarde ahora. ¿O es que acaso eso es lo que realmente eres y esta chatarra es lo único que te hace sentirte hombre?

A cámara lenta, el chico cerró la boca y dejó caer las manos sobre el regazo. Como si se estuviera desinflando, bajó los ojos y encogió los hombros.

En medio del silencio, ella cruzó los brazos sobre el pecho.

—Mira, chico, tengo toda la noche y una paciencia infinita. Así que puedes quedarte callado todo el tiempo que quieras. Yo no voy a ir a ninguna parte y tú tampoco.

De repente sonó el audífono que tenía en la oreja y cuando el gorila que vigilaba la zona de la barra dejó de hablar, ella dijo:

—Bien, traedlo aquí.

Un segundo después se oyó un golpe en la puerta. Al abrir, su subordinado estaba en la puerta con el vampiro pelirrojo que le había dado el arma al chico.

—Gracias, Mac.

—De nada, jefa. Voy a regresar a la barra.

Xhex cerró la puerta y miró al pelirrojo. Ya había pasado su transición, pero seguramente no hacía mucho tiempo: todavía se movía como si no tuviera muy bien definidas las dimensiones de su cuerpo.

Al ver que el chico se metía la mano en el bolsillo interior de su chaqueta de ante, ella dijo:

—Si sacas algo distinto a una identificación, yo misma te mandaré al hospital.

El muchacho se detuvo.

—Es la identificación de él.

—Ya me la ha enseñado.

—Pero no la de verdad. —El muchacho extendió la mano—. Ésta es la verdadera.

Xhex tomó la tarjeta y examinó los caracteres en lengua antigua que había debajo de una foto reciente. Luego miró al chico. Pero él se negó a sostenerle la mirada; sólo se quedó allí, encerrado en sí mismo, como si deseara que se lo tragara la tierra.

—Mierda.

—Me dijeron que también le mostrara esto —dijo el pelirrojo, entregándole una gruesa hoja de papel, doblada en cuatro y sellada con lacre negro. Cuando Xhex vio el emblema, le dieron ganas de volver a maldecir.

El escudo real.

Luego leyó la maldita carta. Dos veces.

—¿Te importa si me quedo con esto, pelirrojo?

—No. Quédese con ella, por favor.

—¿Y tú tienes identificación? —preguntó, volviendo a doblarla.

—Sí. —Entonces presentó otra tarjeta.

Xhex la miró y luego le devolvió las dos tarjetas.

—La próxima vez que vengáis aquí, no tenéis que hacer cola. Os dirigís al vigilante y le decís mi nombre. Yo saldré a buscaros. —Luego cogió el arma—. ¿Esto es tuyo o suyo?

—Es mía. Pero creo que lo mejor es que la tenga él. Es mejor tirador.

Xhex volvió a poner el seguro en la culata de la Glock y se la entregó al chico que seguía en silencio, con el cañón hacia abajo. La mano no le tembló cuando la agarró, pero de repente la pistola parecía demasiado grande para él.

—No la uses aquí, a menos de que tengas que defenderte. ¿Está claro?

John asintió una vez con la cabeza, se levantó de la silla y se guardo la semiautomática en el bolsillo del que ella la había sacado.

¡Dios… maldición! No era un simple pretrans. De acuerdo con su identificación, ése era Tehrror, hijo del guerrero de la Daga Negra Darius. Lo cual significaba que ella debía encargarse de que no le sucediera nada mientras estaba en su territorio. Lo último que ella y Rehv necesitaban era que el chico resultara herido en las instalaciones del Zero Sum.

Genial. Eso era como tener un jarrón de cristal en un vestidor lleno de jugadores de rugby.

Para acabar de rematar la faena, el chico era mudo.

Xhex sacudió la cabeza.

—Muy bien, Blaylock, hijo de Rocke, tú te vas a encargar de cuidarlo y nosotros también lo haremos.

Cuando el pelirrojo asintió, el chico por fin levantó la cabeza y la miró y, por alguna razón, sus brillantes ojos azules la hicieron sentir incómoda. Dios… parecía un viejo. Tenía ojos de viejo y Xhex se quedó aturdida por un instante.

Luego carraspeó, dio media vuelta y se dirigió a la puerta. Cuando la abrió, el pelirrojo dijo:

—Espera, ¿cuál es tu nombre?

—Xhex. Pronúncialo en cualquier parte de este club y yo me acercaré a donde tú estés en un instante. Es mi trabajo.

Cuando la puerta se cerró, John decidió que la humillación era como el helado: venía en muchos sabores distintos, producía escalofríos y hacía que uno quisiera toser.

Hablando de helado, en este momento John se sentía asfixiado.

Cobarde. Dios, ¿acaso era tan obvio? Esa mujer ni siquiera lo conocía, pero lo había identificado inmediatamente. Él era un cobarde absoluto. Un cobarde débil que no había sido capaz de vengar a sus muertos, que no tenía voz y cuyo cuerpo no resultaba envidiable ni para un niño de diez años.

Blay movió sus inmensos pies y sus botas hicieron un ruido suave que pareció tan estridente como si alguien estuviera gritándoles en el oído.

—¿John? ¿Quieres volver a casa?

Ah, sensacional. Como si fuera un chico de cinco años al que le ha entrado el sueño en una fiesta de adultos.

La rabia estalló en su interior como un trueno y sintió un peso que lo anclaba al suelo y lo llenaba de energía. Ay, hermano, él conocía bien esa sensación. Ésa era la clase de rabia que había dejado a Lash en el suelo. Ésa era la clase de fuerza maligna que lo impulsó a golpearlo en la cara hasta que las baldosas se habían teñido de rojo, como si se hubiera derramado salsa de tomate.

De puro milagro, las dos neuronas que todavía le funcionaban racionalmente señalaron que lo mejor para él era irse a casa. Si se quedaba en el club, sólo recrearía una y otra vez en su cabeza lo que esa mujer había dicho, hasta que se pusiera tan furioso que terminaría haciendo algo realmente estúpido.

—¿John? Vámonos a casa.

Diablos. Se suponía que ésta iba a ser la gran noche de Blay. Pero en lugar de eso alguien estaba acabando con su oportunidad de tener una buena noche de sexo.

—Llamaré a Fritz. Tú quédate con Qhuinn.

—No. Nos vamos juntos.

De repente a John le dieron ganas de estallar en llanto.

—¿Qué demonios decía ese pedazo de papel? ¿El que le diste a la mujer?

Blay se puso rojo.

—Zsadist me lo dio. Dijo que si alguna vez nos metíamos en un lío, lo mostrara.

—¿Y qué decía?

—Z dijo que era una carta de Wrath en su calidad de rey. Algo acerca del hecho de que él es tu ghardian.

—¿Por qué no me lo dijiste?

—Zsadist dijo que sólo lo mostrara si tenía que hacerlo. Y eso te incluía a ti.

John se levantó de la silla y se alisó la ropa prestada.

—Mira, quiero que te quedes y que tengas sexo y te diviertas un rato…

—Vinimos juntos. Nos vamos juntos.

John miró a su amigo con rabia.

—Sólo porque Z dijo que me tenías que cuidar como a un niño…

Por primera vez en la historia, Blay se puso serio.

—Púdrete… Lo haré de todas maneras. Y antes de que te pongas en posición de ataque, me gustaría señalar que si la situación fuera al contrario, tú harías la misma maldita cosa por mí. Admítelo. Lo harías. Somos amigos. Nos apoyamos mutuamente. Y ahora, basta. No hay más discusión.

John quería darle una patada a la silla en la que estaba sentado y casi lo hace.

Pero en lugar de eso usó sus manos para decir:

—A la mierda.

Blay sacó una Blackberry y marcó un número.

—Le diré a Qhuinn que regresaré a recogerlo cuando quiera.

John esperó y se imaginó brevemente lo que Qhuinn estaría haciendo en la penumbra de un lugar semiprivado, con una o las dos humanas. Al menos él sí se estaba divirtiendo.

—Hola, ¿Qhuinn? Sí, John y yo nos vamos a casa. ¿Qué…? No, todo va bien. Acabamos de tener un encuentro con seguridad… No, no tienes que hacerlo… No, todo va bien. No, de verdad. Qhuinn, no tienes que dejar de… ¿Eh? —Blay se quedó mirando el teléfono—. Nos estará esperando a la salida.

Los dos muchachos salieron de la sala de interrogatorios y empezaron a avanzar a través de una maraña de humanos ardientes y sudorosos, hasta que John sintió un ataque de claustrofobia… como si lo hubiesen enterrado vivo y estuviera respirando tierra.

Cuando llegaron a la puerta, Qhuinn estaba a la izquierda, contra la pared negra. Tenía el pelo revuelto, los faldones de la camisa por fuera de los pantalones y los labios rojos y un poco hinchados. De cerca, olía a perfume.

A dos perfumes distintos.

—¿Estás bien? —le preguntó a John.

John no respondió. No soportaba pensar que le había arruinado la noche a todo el mundo y se limitó a seguir caminando hacia la puerta. Hasta que volvió a sentir esa extraña llamada.

Se detuvo con las manos sobre la barra para empujar la puerta y miró por encima del hombro. La jefa de seguridad estaba allí, observándolo con sus ojos de lince. Otra vez estaba metida entre las sombras, el lugar que seguramente prefería.

John sospechó que ella siempre usaba ese lugar para su beneficio.

Al sentir que su cuerpo se estremecía de pies a cabeza, John tuvo ganas de golpear la pared con el puño, de golpear la puerta, de darle un puñetazo a alguien. Pero sabía que eso no le daría la satisfacción que tanto ansiaba. No creía que tuviera la suficiente fuerza en el tronco para atravesar la sección deportiva de un periódico.

Naturalmente, darse cuenta de eso le hizo sentirse todavía más furioso.

Le dio la espalda a la mujer y salió al aire helado de la noche. Tan pronto como Blay y Qhuinn lo alcanzaron en la acera, él les dijo:

—Voy a caminar un rato. Podéis venir conmigo, si queréis, pero no me vais a disuadir de hacerlo. No me subiré a un coche en este momento y me iré a casa. ¿Me habéis entendido?

Sus amigos asintieron con la cabeza y lo dejaron seguir adelante, mientras que ellos se quedaban un par de pasos atrás. Era evidente que entendían que John estaba a punto de perder el control y necesitaba un poco de espacio.

Mientras caminaban por la calle 10, John les oyó hablando en voz baja, susurrando acerca de él, pero no le importó. Estaba convertido en un bulto de rabia. Nada más.

Fiel a su naturaleza débil, su caminata de independencia no duró mucho. En pocos minutos, el viento de marzo atravesó la ropa que Blay le había prestado y su dolor de cabeza empeoró tanto que le empezaron a castañetear los dientes. Se había imaginado que llevaría a sus amigos hasta el puente de Caldwell y más allá, que su rabia era tan fuerte que ellos terminarían agotados y le rogarían que se detuviera antes del amanecer.

Sólo que, desde luego, su intento estuvo muy por debajo de las expectativas.

John se detuvo de repente.

—Regresemos.

—Como quieras, John. —Los ojos diferentes de Qhuinn brillaban con una amabilidad imposible de igualar—. Haremos lo que digas.

Se dirigieron al coche, que habían dejado en un aparcamiento al aire libre, dos calles más allá del club. Cuando doblaron la esquina, se dieron cuenta de que el edificio que estaba al lado del aparcamiento estaba en obras, la zona que estaban construyendo estaba cerrada, las lonas se mecían con el viento y toda la maquinaria pesada dormía profundamente. A John le pareció un lugar desolado.

Pero, claro, podría haber estado a plena luz del sol en un campo de margaritas y, con aquel estado de ánimo, lo único que habría visto eran sombras. La noche ya no podría ponerse peor. Imposible.

Estaban a unos cincuenta metros del coche, cuando la brisa les trajo el olor a talco de bebé. Y un restrictor salió de detrás de una excavadora.

P hury volvió en sí, pero no se movió. Lo cual tenía sentido, teniendo en cuenta el hecho de que notaba la mitad de su cara como si se hubiese quemado. Después de respirar profundamente un par de veces, levantó una mano y se la llevó hacia donde le dolía. Tenía una venda que bajaba desde la frente hasta la barbilla. Probablemente parecía un extra de la serie *Urgencias*.

Se sentó lentamente. Toda la cabeza le palpitaba, como si tuviera una bomba de bicicleta conectada a la nariz y alguien le estuviera echando aire con fuerza.

Se sentía bien.

Tras bajar los pies de la camilla, pensó en la ley de gravedad y se preguntó si tendría la fuerza para lidiar con ella. Decidió intentarlo y, vaya sorpresa, logró llegar hasta la puerta.

Dos pares de ojos se clavaron enseguida en él, unos eran brillantes como un diamante y los otros, de un verde bosque.

—Hola —dijo Phury.

La mujer de V se le acercó, mirándolo de arriba abajo para establecer su estado.

—Dios, no puedo creer la rapidez con que ustedes se recuperan. Usted no debería estar consciente, mucho menos levantado.

—¿Quiere revisar su obra? —Al ver que ella asentía, Phury se sentó en un banco y ella le quitó con cuidado el esparadrapo.

Haciendo una mueca de dolor, Phury se dirigió a Vishous—. ¿Z sabe todo esto?

El hermano negó con la cabeza.

—No lo he visto y Rhage llamó a su teléfono, pero estaba apagado.

—Entonces, ¿no hay noticias sobre lo sucedido en la clínica de Havers?

—No que yo sepa. Aunque falta apenas una hora para que amanezca, así que pronto estarán de vuelta.

La doctora hizo un silbido de exclamación.

—Es como si pudiera ver la piel cerrándose de nuevo, justo ante mis ojos. ¿Le molesta si le pongo otro apósito?

—Lo que usted diga.

Cuando Jane regresó a la sala de Terapia Física, V dijo:

—Tengo que hablar contigo, hermano.

—¿Sobre qué?

—Creo que ya lo sabes.

Mierda. El restrictor. Y no había forma de hacerse el tonto con un tío como V. Sin embargo, siempre le quedaba la opción de mentir.

—La pelea se puso fea.

—Mentira. No puedes andar haciendo esas tonterías.

Phury pensó en lo que había ocurrido hacía un par de meses, cuando se hizo pasar por su gemelo. Literalmente.

—Ya estuve una vez en una de sus mesas, V. Y te aseguro que a esos asesinos, la etiqueta de la guerra los tiene absolutamente sin cuidado.

—Pero hoy saliste herido por andar dándotelas de maestro cocinero en el trasero de ese desgraciado. ¿No es así?

Jane regresó con el material que necesitaba. Gracias a Dios.

Cuando ella terminó de hacerle la cura, Phury se puso de pie.

—Me voy a mi habitación.

—¿Necesitas ayuda? —preguntó V con voz de preocupación. Como si sintiera una gran necesidad de compartir.

—No. Conozco el camino.

—Bueno, como nosotros también tenemos que volver, vayamos juntos. Iremos despacio.

Lo cual era una excelente idea, pues el dolor de cabeza lo estaba matando.

Ya iban a medio camino del túnel, cuando Phury se dio cuenta de que la doctora iba sin ninguna vigilancia ni restricción. Pero, claro, no parecía tener intención de huir. De hecho, ella y V caminaban hombro con hombro.

Phury se preguntó si alguno de ellos sería consciente de que parecían una verdadera pareja.

Cuando Phury llegó a la puerta que llevaba a la mansión, se despidió sin mirar a V a los ojos y subió los escalones que iban a dar al vestíbulo de la casa. Sintió como si su habitación estuviera al otro extremo de la ciudad, aunque sólo tenía que subir las escaleras. El agotamiento que notaba significaba que necesitaba alimentarse. Lo cual era un fastidio.

Una vez en su habitación, se dio una ducha y se acostó en su majestuosa cama. Sabía que debía llamar a una de las hembras de las que se alimentaba, pero no tenía ganas. En lugar de coger el teléfono, cerró los ojos y dejó caer los brazos a los lados, de modo que su mano aterrizó sobre el libro de armas de fuego que había utilizado para impartir su clase. Aquél en el que había guardado el dibujo.

De pronto se abrió la puerta sin avisar, lo que significaba que era Zsadist. Con noticias frescas.

Phury se sentó tan rápido que su cerebro se sacudió en el cráneo como el agua dentro de un acuario, y amenazó con deslizarse por las orejas. Se llevó la mano a las vendas, mientras que el dolor lo apuñalaba.

—¿Qué ha pasado con Bella?

Los ojos de Z parecían un par de huecos negros en medio de la cara atravesada por una cicatriz.

—¿En qué diablos estabas pensando?

—¿Perdón?

—Dejándote golpear por… —Al ver que Phury hacía una mueca de dolor, Z bajó el volumen de sus gritos y cerró la puerta. Pero el silencio no mejoró su estado de ánimo. En voz baja, volvió a vociferar—: No puedo creer que te hayas puesto a jugar a Jack el Destripador y te hayan atrapado desprevenido…

—Por favor dime cómo está Bella.

Z apuntó con el dedo directamente al pecho de Phury.

—Deberías pasar menos tiempo preocupándote por mi shellan y un poco más preocupándote por tu propio trasero, ¿estamos?

Invadido por el dolor, Phury apretó el ojo bueno. Su hermano, desde luego, estaba en lo cierto.

—Mierda —gruñó Z, en medio del silencio—. Sólo… *mierda.*

—Tienes toda la razón. —Phury notó que tenía agarrado el libro de armas de fuego y lo estaba apretando con la mano. Se obligó a soltarlo.

Al oír un ruido metálico, levantó la vista. Z estaba abriendo y cerrando la tapa de su teléfono con el pulgar.

—Te habrían podido matar.

—Pero no lo hicieron.

—¡Vaya consuelo! Al menos para uno de nosotros. ¿Qué hay de tu ojo? ¿La doctora de V lo pudo salvar?

—No lo sé.

Z avanzó hasta una de las ventanas. Tras correr la pesada cortina de terciopelo, se quedó mirando la terraza y la piscina. La tensión de su cara marcada era evidente. Tenía la mandíbula apretada y la frente arrugada. ¡Qué extraño! En el pasado siempre era Z el que vivía al borde de la inconsciencia. Pero ahora Phury era el que estaba parado en ese borde resbaladizo, el que solía preocuparse se había vuelto la causa de preocupación.

—Estaré bien —mintió, dándose la vuelta para coger su bolsa de humo rojo y el papel de fumar. Lió rápidamente un porro, lo encendió y, enseguida, una falsa calma descendió sobre él, como si su cuerpo estuviese muy bien entrenado—. Simplemente he tenido una mala noche.

Z soltó una carcajada, aunque sonaba más como una maldición que como un gesto de alegría.

—Tenían razón.

—¿Quiénes?

—La venganza es una mierda. —Zsadist respiró hondo—. Si te dejas matar ahí afuera, yo…

—Eso no va a suceder. —Phury dio otra calada, pues no quería hacer más promesas—. Ahora, por favor, cuéntame lo de Bella.

—Tiene que guardar reposo.

—¡Ay, Dios!

—No, está bien. —Z se pasó la mano por la cabeza rapada—. Me refiero a que no ha perdido al bebé y, si se queda quieta, es posible que no lo pierda.

—¿Está en tu habitación?

—Sí, le voy a llevar algo de comer. Puede levantarse durante una hora al día, pero no quiero darle excusas para que se levante.

—Me alegra que ella…

—Maldición, hermano. ¿Esto era lo que tú sentías?

Phury frunció el ceño y le dio unos golpecitos al porro sobre el cenicero.

—¿Cómo?

—Todo el tiempo estoy distraído. Es como si cualquier cosa que hago, en cualquier momento, fuera sólo real a medias debido a la cantidad de cosas que tengo en la cabeza.

—Bella está…

—Pero no sólo es ella. —Z deslizó sus ojos, que habían vuelto a recuperar el color amarillo porque ya no estaba molesto, por la habitación—. Eres tú.

Phury tardó un instante en llevarse el porro a la boca y darle una calada. Mientras echaba el humo, trató de encontrar palabras para consolar a su gemelo.

Pero no encontró ninguna.

—Wrath quiere que nos reunamos al anochecer —dijo Z, volviendo a concentrarse en la ventana, como si supiera con certeza que no recibiría ningún consuelo—. Todos.

—Bien.

Cuando Z se hubo ido, Phury abrió el libro sobre armas de fuego y sacó el dibujo de Bella. Pasó el pulgar por encima de la mejilla del dibujo, acariciándola, mientras la observaba con el único ojo que tenía bueno. El silencio le oprimió el pecho.

Pensándolo bien, era posible que ya se hubiese caído del abismo, era posible que ya estuviese rodando por la montaña de su destrucción, estrellándose contra árboles y rocas, golpeándose y rompiéndose los brazos, mientras lo aguardaba un golpe mortal al final.

Phury apagó el porro. Caer en desgracia era un poco como enamorarse: las dos cosas significaban quedar desnudo y expuesto, tal y como era uno por dentro.

Y de acuerdo con su limitada experiencia, el final de las dos cosas era igual de doloroso.

Mientras miraba al restrictor que acababa de salir de la nada, John se quedó paralizado. Nunca había estado en un accidente de coche, pero tenía la sensación de que debía ser parecido a esto. Uno iba andando tranquilo y de pronto todo en lo que estaba pensando antes de llegar al cruce quedaba congelado y era reemplazado por una colisión que se convertía en la única prioridad.

Maldición, los asesinos realmente olían a talco de bebé.

Y por suerte éste no tenía el cabello descolorido, lo cual indicaba que era un recluta nuevo. John y sus amigos tendrían entonces una oportunidad de salir vivos de esto.

Qhuinn y Blay se detuvieron delante, bloqueándole el camino. Pero luego salió de entre las sombras un segundo restrictor, una pieza de ajedrez que llegó a ocupar su lugar por obra de una mano invisible. Ése también tenía el pelo negro.

¡Dios, eran enormes!

El primero miró a John.

—Será mejor que salgas corriendo, hijo. Éste no es lugar para ti.

¡Puta mierda, los asesinos no se habían dado cuenta de que era un pretrans! Pensaban que era sólo un humano.

—Sí —dijo Qhuinn, dándole un empujón a John en los hombros—. Ya tienes lo que querías. Ahora, lárgate de aquí, punki.

Sólo que John no podía dejar a sus...

—He dicho que te largues de aquí. —Qhuinn le dio un empujón más fuerte y John cayó sobre un montón de rollos de cartón alquitranado que parecían sofás.

Mierda, si salía corriendo, era un cobarde. Pero si se quedaba, iba a ser peor pues no podría ayudar. John pensó que era un ser despreciable, pero se echó a correr como un loco y se encaminó directamente al Zero Sum. Había sido un idiota al dejar su mochila en casa de Blay, así que no podía llamar a casa. Y no es que tuviera mucho tiempo para salir a buscar a uno de los hermanos, y eso en caso de que alguno de ellos estuviera cazando por los alrededores. Sólo podía pensar en una persona que podía ayudarlos.

A la entrada del club, John fue directamente hasta donde estaba el vigilante, al comienzo de la fila de espera.

«Xhex. Necesito ver a Xhex. Lléveme…».

—¿Qué demonios estás haciendo, chico? —dijo el vigilante.

Entonces John moduló con los labios la palabra *Xhex,* una y otra vez, mientras la decía también con el lenguaje de signos.

—Bueno, ya me estás enervando. —El vigilante se acercó a John—. Lárgate ya de aquí o llamaré a tu papi y a tu mami.

Las risitas de los que estaban en la cola hicieron que John se pusiera más frenético.

—¡Por favor! Necesito ver a Xhex…

John oyó un ruido lejano que podía ser un coche derrapando o un grito, y cuando se dio media vuelta hacia el lugar de donde provenía, el peso de la Glock de Blay se estrelló contra su pierna.

No tenía teléfono para mandar un mensaje. No tenía forma de comunicarse.

Pero tenía un arma en el bolsillo trasero del pantalón.

John regresó corriendo al aparcamiento, esquivando los coches colocados en doble fila, moviendo sus piernas lo más rápido que pudo. Sentía que la cabeza le martilleaba y el esfuerzo empeoró tanto el dolor que sintió náuseas. Cuando dio la vuelta a la esquina, resbaló sobre la gravilla suelta.

¡Maldición! Blay estaba en el suelo con un *restrictor* sentado sobre el pecho, y estaban forcejeando por obtener el control de lo que parecía una navaja automática. Qhuinn estaba haciendo lo mismo con el otro asesino, pero los dos estaban demasiado igualados, en opinión de John. Tarde o temprano alguno de los dos iba a…

Qhuinn recibió un puñetazo en la cara y su cabeza quedó dando vueltas sobre la columna como si fuese un trompo y arrastró al cuerpo en la misma pirueta.

En ese momento, John sintió que algo tomaba posesión de él, algo que entró por la puerta trasera, como si un fantasma se hubiese metido debajo de su piel. Una sensación de conocimiento como el que sólo se adquiere con la experiencia que todavía no tenía edad de tener, le hizo llevarse la mano al bolsillo trasero de su pantalón. Cogió la Glock, le quitó el seguro y la sostuvo con las dos manos.

En un instante levantó el arma. Al siguiente ya tenía el cañón apuntando al restrictor que estaba peleando con Blay por la navaja. Y luego John se encontraba apretando el gatillo… y abriendo una puerta trasera en la cabeza de ese restrictor. Después cambió de posición para apuntarle al asesino que estaba sobre Qhuinn y que se estaba poniendo los nudillos de metal.

¡Pop!

John le disparó un tiro a la sien y un chorro de sangre negra salió de la cabeza del asesino formando una nube. El maldito cayó de rodillas y se fue de narices sobre Qhuinn… que estaba demasiado aturdido para hacer otra cosa que quitárselo de encima.

John miró a Blay. El chico lo estaba observando aterrado.

—Por Dios… John.

El restrictor que estaba sobre Qhuinn dejó escapar un gorjeo, como el que hacen las cafeteras cuando terminan de hacer el café.

Metal, pensó John. Necesitaba algo metálico. La navaja por la que estaba forcejeando Blay no se veía por ahí. ¿Dónde podía encontrar…?

Al lado de la excavadora había una caja de puntas para tejado.

John se acercó, agarró una de la caja y se dirigió hacia el restrictor que estaba junto a Qhuinn. Tras levantar las manos en el aire, se lanzó con todo el peso de su cuerpo y de su rabia hacia abajo y, en un segundo, la realidad cambió: ahora tenía en sus manos una daga, no una punta de acero… y era grande, más grande que Blay y Qhuinn… y había hecho esto muchas, muchas veces.

La punta se clavó en el pecho del restrictor y el estallido de luz fue más brillante de lo que John esperaba y lo dejó momentáneamente ciego, mientras bajaba por su cuerpo como una oleada ardiente. Pero todavía no había terminado su trabajo. Pasó por encima de Qhuinn y se movía sobre el asfalto sin sentir el suelo que tenía bajo los pies.

Inmóvil y sin poder articular palabra, Blay se quedó observando mientras que John volvía a levantar la punta. Esta vez, al mismo tiempo que la clavó en el pecho del asesino, John abrió la boca y lanzó un grito de guerra que no produjo ningún sonido, pero que no dejó de ser poderoso por el hecho de que nadie lo oyera.

Tras la explosión de luz, registró vagamente el ruido de sirenas. Sin duda, algún humano debía haber llamado a la policía al oír los disparos.

John dejó caer el brazo junto al cuerpo y la punta metálica cayó de su mano y se estrelló contra el pavimento con un ruido como de campana.

«No soy un cobarde. Soy un guerrero».

Luego le sobrevino un ataque feroz que lo tumbó al suelo y lo maniató con brazos invisibles, mientras él se estrellaba contra su propia piel, hasta que se desmayó y el rugido de la inconsciencia se apoderó de él.

CAPÍTULO
22

Cuando Jane y V regresaron a la habitación, Jane se sentó en lo que ya consideraba su sillón y V se estiró en la cama. Caramba, ésta iba a ser una larga noche… es decir, día. Jane se sentía cansada y nerviosa, una combinación no muy buena.

—¿Quieres algo de comer? —preguntó V.

—¿Sabes lo que me gustaría? —Jane bostezó—. Chocolate caliente.

V tomó el teléfono, oprimió tres botones y esperó.

—¿Vas a pedir un poco de chocolate para mí? —preguntó ella.

—Sí. Y también… Qué tal, Fritz. Esto es lo que necesito…

Después de que V colgase, ella sonrió.

—Eso es toda una comilona.

—No has comido desde… —V se contuvo, como si no quisiera recordar el asunto del secuestro.

—Está bien —murmuró ella, sintiéndose triste, sin razón aparente.

No, sí había una razón. Pronto se iría de allí.

—No te preocupes, no te vas a acordar de mí —dijo él—. Así que no vas a sentir nada una vez que te hayas ido.

Jane se sonrojó.

—Eh… ¿cómo haces exactamente para leer la mente?

—Es como coger una frecuencia de radio. Solía ocurrirme todo el tiempo, quisiera o no.

—¿Y ya no te sucede?

—Supongo que se estropeó la antena. —Una expresión de amargura cruzó su rostro, haciéndole brillar los ojos—. Aunque he sabido de buena fuente que se va a arreglar.

—¿Por qué dejaste de leer la mente de los demás?

—Tu pregunta favorita es «por qué», ¿no es cierto?

—Soy una científica.

—Lo sé —dijo V con una especie de ronroneo, como si ella acabara de decirle que llevaba puesta una ropa interior muy sexy—. Adoro tu inteligencia.

Jane sintió una oleada de placer, pero luego se sintió culpable.

Como si hubiese percibido que ella estaba incómoda, V le quitó importancia al momento diciendo:

—También solía ver el futuro.

Jane se aclaró la garganta.

—¿De verdad? ¿De qué manera?

—Imágenes sueltas, principalmente. Sin contexto, sólo escenas al azar. Me especializaba en muertes.

«¿Muertes?».

—¿Muertes?

—Sí, sé cómo van a morir todos mis hermanos. Sólo que no sé cuándo.

—Por… Dios. Eso debe ser…

—También sé hacer otros trucos. —V levantó su mano enguantada—. Está esta cosa.

—Hace rato quería preguntarte por eso. Noqueó a una de mis enfermeras cuando estabas en urgencias. Ella te estaba quitando el guante y fue como si la golpeara un rayo.

—Yo estaba inconsciente cuando pasó, ¿verdad?

—Totalmente.

—Entonces probablemente ésa es la razón por la que sobrevivió. Esta pequeña herencia de mi madre es terriblemente letal. —Mientras cerraba el puño, la voz de V adoptó un tono endurecido, cortante—. Y ella también decidió mi destino.

—¿Cómo? —Al ver que él no respondía, algo la impulsó a decir—: Déjame adivinar, ¿un matrimonio concertado?

—Matrimonios, por decirlo así.

Jane frunció el ceño. Aunque el futuro de V no tenía ningún significado dentro del panorama general de su vida, por alguna razón, la idea de que él se convirtiera en el marido de alguien, en el marido de otras, le revolvía el estómago.

—Hummm… ¿cuántas esposas?

—No quiero hablar de eso, ¿vale?

—Está bien.

Cerca de diez minutos después, un hombre anciano, vestido con un uniforme de mayordomo inglés, entró en la habitación empujando un carrito lleno de comida. La comida parecía salida directamente del servicio a la habitación del hotel Four Seasons. Había gofres con fresas, cruasanes, huevos revueltos, chocolate caliente y fruta fresca.

La llegada de la comida fue espectacular.

El estómago de Jane dejó escapar un rugido y, antes de que se diera cuenta de lo que estaba haciendo, estaba atacando un plato con una montaña de comida, como si no hubiese visto nada de comer en una semana. Cuando iba por la mitad de su segundo plato y la tercera taza de chocolate caliente, se quedó quieta, con el tenedor en la boca. Por Dios, ¿qué estaría pensando V de ella? Estaba comiendo como un cerdo y…

—Me encanta —dijo él.

—¿De verdad? ¿De verdad te parece bien que devore como un adolescente hambriento?

V asintió con la cabeza y sus ojos brillaron.

—Me encanta verte comer. Estoy extasiado. Quiero que sigas comiendo hasta que estés tan harta que te quedes dormida en ese sillón.

—Y… después, ¿qué va a pasar? —preguntó Jane, cautivada por sus ojos de diamante.

—Te voy a traer a esta cama sin que te despiertes y voy a velar tu sueño con una daga en la mano.

Cierto, todo ese comportamiento de cavernícola no debería resultar tan atractivo. Después de todo, Jane podía cuidarse sola. Pero, caray, la idea de que alguien la protegiera era… muy agradable.

—Termina tu comida —dijo él, señalando el plato—. Y sírvete más chocolate del termo.

Que Dios la perdonara, pero Jane hizo lo que V le decía. Incluso se sirvió la cuarta taza de chocolate caliente.

Cuando se acomodó en el sillón con la taza en las manos, estaba absolutamente repleta y feliz.

—Yo sé cómo es eso de las herencias. Mi padre era cirujano —dijo, sin ninguna razón en particular.

—Ah. Debe vivir feliz contigo, entonces. Eres espectacular.

Jane bajó la barbilla.

—Creo que pensaría que he hecho una carrera satisfactoria. En especial si termino enseñando en Columbia.

—¿Pensaría?

—Él y mi madre murieron —dijo y luego aparentemente sintió la necesidad de añadir—: Fue en un accidente aéreo, hace casi de diez años. Iban camino de un congreso médico.

—Mierda… Lo siento. ¿Los echas mucho de menos?

—Esto va a sonar horrible… pero en realidad no. Ellos eran como un par de desconocidos con los que tenía que vivir cuando no estaba en la escuela. Pero siempre he echado de menos a mi hermana.

—Por Dios, ¿ella también murió?

—A causa de un defecto cardiaco congénito. Se fue inesperadamente una noche. Mi padre siempre pensó que yo estudié medicina porque él fue mi inspiración, pero la verdad es que lo hice porque siempre estaba furiosa por lo de Hannah. Todavía lo estoy. —Jane le dio un sorbo a su chocolate—. En todo caso, mi padre siempre pensó que la medicina era el mejor objetivo que podía darle a mi vida. Todavía lo recuerdo mirándome cuando tenía quince años y diciéndome que tenía suerte de ser tan inteligente.

—Entonces sabía que podrías marcar una diferencia.

—En realidad, no lo decía en ese sentido. Él decía que, teniendo en cuenta mi aspecto, yo nunca me iba a poder casar especialmente bien. —Al ver el gesto impresionado de V, Jane sonrió—. Mi padre era un retrógrado al que le tocó vivir en los setenta y los ochenta. Tal vez se debía a su ascendencia inglesa, no lo sé. Pero pensaba que las mujeres debían casarse y ocuparse de una casa grande.

—Eso no era lo más amable que se le podía decir a una jovencita.

293

—Él diría que era sinceridad. Mi padre creía en la sinceridad. Siempre dijo que Hannah era la guapa de la casa. Desde luego, pensaba que tenía la cabeza hueca. —Dios, ¿por qué estaba hablando de esa manera?—. En todo caso, los padres pueden ser un problema.

—Sí. Eso es cierto. Malditamente cierto.

Cuando los dos se quedaron callados, Jane tuvo la sensación de que él también estaba pensando en su álbum familiar.

Al cabo de un rato, V señaló la pantalla plana que había en la pared.

—¿Quieres ver una película?

Jane se dio la vuelta en el sillón y comenzó a sonreír.

—Dios, sí. No recuerdo cuándo fue la última vez que hice eso. ¿Qué tienes?

—Tengo televisión por cable, así que podemos ver todo lo que quieras. —De manera casual, V señaló con la cabeza las almohadas que había junto a él—. ¿Por qué no te sientas aquí? No vas a poder ver mucho desde donde estás.

Diablos. Realmente quería acostarse junto a él. Quería estar... cerca.

Aunque su cerebro protestó por la situación, Jane se dirigió hasta la cama y se acomodó junto a él, con los brazos cruzados sobre el pecho y las piernas cruzadas a la altura de los tobillos. Dios, estaba tan nerviosa como si estuviera en la mitad de una cita. Sentía mariposas en el estómago y le sudaban las palmas de las manos.

«Hola, glándulas suprarrenales».

—Entonces, ¿qué tipo de películas te gustan? —preguntó ella, mientras él agarraba un mando con tantos botones que parecía que podía lanzar un transbordador espacial.

—Hoy me gustaría ver algo aburrido.

—¿De verdad? ¿Por qué?

V se giró a mirarla con sus ojos de diamante, pero luego los bajó de una manera que hizo que Jane no pudiera entender bien sus intenciones.

—Ah, por nada en especial. Pareces cansada, es todo.

En el Otro Lado, Cormia estaba sentada en su catre. Esperando. De nuevo.

De pronto cruzó las manos nerviosamente sobre el regazo. Pensaba que le gustaría tener un libro sobre las piernas para distraerse. En medio del silencio, se preguntó cómo sería tener un libro propio. Tal vez pusiera su nombre en la tapa para que las demás supieran que era suyo. Sí, eso le gustaría. *Cormia.* O, incluso mejor, *El libro de Cormia.*

Desde luego, si sus hermanas quisieran verlo, ella se lo prestaría. Pero a pesar de que el libro se encontrara en otras manos y otros ojos estuviesen leyendo sus letras, ella sabría que la cubierta y las páginas y las historias de ese libro eran suyas. Y el libro también lo sabría.

Cormia pensó en la biblioteca de las Elegidas, con su enjambre de estanterías y su adorable olor a cuero dulce y su abrumadora riqueza de palabras. El tiempo que pasaba allí era un verdadero refugio y un delicioso retiro. Había tantas historias que conocer, tantos lugares que sus ojos nunca podrían soñar con contemplar, y a ella le fascinaba aprender. Siempre estaba ansiosa por aprender. Lo deseaba.

Por lo general así era.

Pero hoy era distinto. Mientras esperaba en su catre, Cormia pensaba que esta vez no deseaba las enseñanzas que estaba a punto de recibir: no tenía interés en lo que ella estaba a punto de aprender.

—Saludos, hermana.

Cormia levantó la mirada. La Elegida que estaba levantando el velo blanco de la puerta era un modelo de generosidad y servicio, una mujer realmente sobresaliente. Y la expresión de tranquila alegría y la paz interior de Layla eran dos cosas que Cormia envidiaba.

Pero eso no estaba permitido. La envidia significaba que uno se diferenciaba del resto, que uno era un individuo, y uno muy mezquino, además.

—Saludos. —Cormia se levantó, notando cómo las rodillas le temblaban de pavor al pensar en el sitio al que se dirigían. Aunque a menudo había anhelado ver lo que había dentro del templo del Gran Padre, ahora deseaba no poner nunca un pie dentro de aquel edificio de mármol.

Las dos mujeres se hicieron una reverencia y siguieron el protocolo.

—Es un honor poder servir de ayuda.

—Yo estoy… yo estoy muy agradecida por tus instrucciones —respondió Cormia en voz baja—. Te sigo, si quieres.

Cuando Layla levantó la cabeza, sus pálidos ojos verdes parecían comprender su situación.

—Creo que tal vez podríamos hablar aquí durante un rato, en lugar de ir directamente al templo.

Cormia tragó saliva.

—Eso me gustaría mucho.

—¿Puedo sentarme, hermana? —Cuando Cormia asintió con la cabeza, Layla se acercó al catre y se sentó y la abertura de su vestido blanco se deslizó hasta la mitad del muslo—. Siéntate a mi lado.

Cormia se sentó y le pareció que el colchón era de piedra. No podía respirar, no se podía mover, apenas parpadeaba.

—Hermana mía, trataré de aliviar tus temores —dijo Layla—. Ya verás cómo llegarás a disfrutar de estar con el Gran Padre.

—En efecto. —Cormia se cerró las solapas de su vestido—. Sin embargo, él también visitará a otras, ¿no es así?

—Pero tú serás su prioridad. Como su primera compañera, tendrás una ceremonia de cortejo especial. Para el Gran Padre existe una extraña jerarquía entre todas nosotras, y tú serás la primera entre todas.

—Pero ¿cuánto tiempo pasará antes de que vaya con otras?

Layla frunció el ceño.

—Eso dependerá de él, aunque tú podrás influir en su decisión. Si lo complaces, podrá estar sólo contigo durante un tiempo. Eso ha sucedido en otras ocasiones.

—Sin embargo, ¿puedo aconsejarle que busque a otras?

Layla ladeó su cabeza perfecta.

—De verdad, hermana mía, ya verás que te gustará lo que va a ocurrir entre vosotros dos.

—Tú sabes quién es, ¿verdad? ¿Conoces la identidad del Gran Padre?

—De hecho, lo he visto.

—¿De verdad?

—De verdad. —Al ver que Layla se llevaba la mano al moño de cabello rubio, Cormia interpretó el gesto como un signo de que estaba eligiendo sus palabras con cuidado—. Él es… como debe ser un guerrero. Fuerte. Inteligente.

Cormia entrecerró los ojos.

—Me estás ocultando algo para aliviar mis temores. ¿No es verdad?

Antes de que Layla pudiera responder, la directrix abrió bruscamente la cortina. Sin decirle ni una palabra a Cormia, se acercó a Layla y le susurró algo.

Layla se puso de pie y sus mejillas se ruborizaron.

—Debo irme ahora mismo. —Se giró hacia Cormia, con una extraña excitación en los ojos—. Hermana, te ruego que me disculpes hasta que regrese.

Como de costumbre, Cormia se levantó e hizo una reverencia, con una sensación de alivio al ver que la lección había sido aplazada, por la razón que fuera.

—Que te vaya bien.

Sin embargo, la directrix no se fue con Layla.

—Yo te llevaré al templo y seguiré con tu instrucción.

Cormia se agarró los brazos.

—¿No debería esperar a Layla…?

—¿Estás cuestionando mis decisiones? —replicó la directrix—. En efecto, eso es lo que haces. Tal vez también quieras definir el programa de la lección, ya que sabes tanto acerca de la historia y el significado de la posición para la cual fuiste elegida. Ciertamente me gustaría aprender de ti.

—Perdóname, directrix —respondió Cormia, muy avergonzada.

—¿Por qué debo perdonarte? Como la primera compañera del Gran Padre, tendrás libertad para darme órdenes, así que tal vez deba adaptarme a tu liderazgo desde ahora. Dime, ¿preferirías que camine detrás de ti mientras vamos hasta el templo?

A Cormia se le llenaron los ojos de lágrimas.

—Por favor, no, directrix.

—Por favor, no, ¿qué?

—Yo te seguiré —susurró Cormia con la cabeza agachada—. Ve tú delante.

Ishtar era la opción perfecta, pensó V. Aburrida a más no poder. Eternamente larga. Tan atractiva a nivel visual como un salero.

—Ésta es la peor basura que he visto en la vida —dijo Jane, volviendo a bostezar.

Dios, ella tenía un cuello hermoso.

Mientras que los colmillos de V se destapaban y él se imaginaba representando una escena clásica de Drácula y colocándose sobre el cuerpo de Jane, mientras ella estaba boca abajo, se obligó a concentrarse de nuevo en Dustin Hoffman y Warren Beatty, caminando con dificultad por la arena. Había elegido esa mierda de película con la esperanza de dormirla, de manera que él pudiera deslizarse dentro de su mente y tocarla por todas partes.

Estaba deseando producirle un orgasmo cuando la tuviera contra su boca, aunque fuera sólo en medio del éter de un sueño.

Pero mientras esperaba a que ella entrara en un sueño profundo, se sorprendió mirando el paisaje del desierto y pensando en el invierno… en el invierno y en su transición.

V pasó por la transición sólo unas pocas semanas después de que el pretrans se cayera y se muriera en el río. Ya llevaba varios días notando algunas diferencias en su cuerpo: vivía con dolor de cabeza. Constantemente estaba hambriento, pero sentía náuseas si comía. No podía dormir, pero estaba exhausto. La única cosa que seguía igual era su instinto agresivo. Las normas del campamento exigían que uno siempre estuviera preparado para pelear, así que el hecho de que estuviera más temperamental no representaba un cambio significativo en su comportamiento.

V se convirtió en macho en las profundidades de una violenta tormenta de nieve, que llegó antes de tiempo.

Como resultado del descenso de las temperaturas, las paredes de piedra de la caverna estaban tan heladas que el suelo alcanzaba a congelarle a uno los pies, aunque los llevara enfundados en botas de piel, y el ambiente estaba tan frío que el aire que salía por la boca formaba una nube sin cielo. El frío era tan intenso que los soldados y las mujeres de la cocina comenzaron a dormir todos apiñados en una montaña de cuerpos, pero no porque quisieran aparearse sino para buscar calor humano.

Sin embargo, V se dio cuenta de que el cambio se aproximaba cuando se despertó ardiendo. Al comienzo la sensación de calor fue agradable, pero luego su cuerpo comenzó a estremecerse de fiebre, mientras lo asaltaba una sensación de agonía general. V se retorcía en el suelo con la esperanza de encontrar alivio, pero no había ninguno.

Después de una eternidad, la voz del Sanguinario penetró a través de su dolor.

—*Las mujeres no quieren alimentarte.*

En medio de su estupor, V abrió los ojos.

El Sanguinario se arrodilló en el suelo.

—*Seguramente sabes por qué.*

V tragó saliva a través del puño de hierro en que se había convertido su garganta.

—*No lo sé.*

—*Dicen que las pinturas de la caverna te han poseído. Que tu mano ha sido tomada por los espíritus que están atrapados en las paredes. Que tus ojos ya no son tuyos.* —*Al ver que V no respondía, el Sanguinario preguntó*—: *¿Acaso lo niegas?*

En medio del pantano en que se había convertido su cabeza, Vishous trató de calcular el efecto que podrían tener sus dos respuestas posibles. Se decidió por la verdad, pero no porque creyera en el poder de la verdad sino movido por el instinto de conservación.

—*Yo... lo niego.*

—*¿Y también niegas lo otro que dicen?*

—*¿Qué... dicen?*

—*Que mataste a tu compañero en el río con la palma de tu mano.*

Eso era una mentira y los otros chicos que estaban en el río lo sabían, pues habían visto caer al pretrans porque perdió el equilibrio. Las mujeres debían de suponer que él lo había matado debido a que V estaba cerca cuando ocurrió la muerte. Porque, ¿por qué razón estarían interesados los otros machos en dejar constancia de la fuerza de V?

¿O tal vez estaban buscando su propio beneficio? Si ninguna mujer lo alimentaba, V moriría. Lo cual no sería un mal resultado para los otros pretrans.

—*¿Qué dices?* —*preguntó su padre.*

Como V necesitaba parecer fuerte, dijo entre dientes:

—*Yo lo maté.*

El Sanguinario sonrió de oreja a oreja por debajo de la barba.

—*Eso pensé. Y para recompensar tus esfuerzos, te traeré una mujer.*

En efecto, le trajeron una mujer y V se pudo alimentar. La transición fue brutal, larga y agotadora, y cuando por fin pasó, su cuerpo se desbordó por encima del jergón y sus brazos y sus piernas cayeron sobre el suelo helado de la caverna, y comenzaron a enfriarse como carne fresca de una cacería reciente.

Aunque V sintió que su sexo palpitaba después de terminar la transición, la mujer que fue obligada a alimentarlo no quería tener nada que ver con él. Le dio suficiente sangre para que pudiera pasar el cambio y después lo abandonó, mientras sus huesos crujían y sus músculos se estiraban hasta romperse. Nadie lo cuidó y, mientras sufría, V llamó mentalmente a la madre que lo había traído al mundo. Se imaginó que ella se acercaba con el rostro iluminado por el amor y le acariciaba el pelo y le decía que todo estaba bien. En medio de su patética visión, ella le decía «mi amado lewlhen».

Regalo.

A V le habría gustado haber sido el regalo de alguien. Los regalos eran algo que se valoraba y se cuidaba y se protegía. El diario del guerrero Darius había sido un regalo para V, aunque el donante tal vez nunca supo que, al dejarlo atrás, había hecho un acto de bondad.

Regalo.

Cuando el cuerpo de V terminó su proceso de transformación, se quedó dormido y luego se despertó con hambre de carne. Como la ropa se le había hecho jirones durante la transición, V se envolvió en una piel y fue caminando descalzo hasta la zona de la cocina. No había mucho que comer: royó un muslo, encontró algunas hogazas de pan y se comió un puñado de harina.

Cuando se estaba lamiendo la harina que le quedó en la mano, su padre dijo a su espalda:

—*Hora de combatir.*

—¿En qué estás pensando? —preguntó Jane—. Te has puesto tenso.

V cogió abruptamente al presente. Y, por alguna razón, no mintió.

—Estoy pensando en mis tatuajes.

—¿Desde cuándo los tienes?

—Hacc casi tres siglos.

Jane silbó.

—Por Dios, ¿acaso vivís tanto?

—Más. Si no me parten la cabeza en una pelea y vosotros los humanos no voláis el planeta en pedazos, seguiré respirando durante otros setecientos años.

—Caramba. Eso sí que cambia el contexto de la jubilación, ¿no? —Jane se incorporó—. Gira la cabeza. Quiero ver los tatuajes de tu cara.

Bajo el impacto de sus recuerdos, V hizo lo que ella le pidió, porque no estaba lo suficientemente alerta como para pensar en una razón para no hacerlo. Sin embargo, al ver que ella subía la mano, frunció el ceño.

Jane bajó la mano sin tocarlo.

—Esto te lo hicieron a la fuerza, ¿no es cierto? Probablemente al mismo tiempo que te castraron, ¿verdad?

V se encerró enseguida dentro de sí mismo, pero no se alejó de ella. Se sentía completamente incómodo con esa expresión de compasión femenina, pero la voz de Jane no vacilaba. Era directa. Registraba hechos. Así que él también podía responder directamente, registrando los hechos.

—Sí. Al mismo tiempo.

—Voy a suponer que se trata de advertencias, pues los tienes en la mano, en la sien, en los muslos y en la pelvis. Y supongo que todo esto tiene que ver con la energía de tu mano, la capacidad de ver el futuro y el asunto de la procreación.

¿Acaso debería estar sorprendido con esa impresionante capacidad de deducción?

—Correcto.

Jane bajó la voz.

—Ésa es la razón por la que te entró miedo cuando te dije que te iba a inmovilizar. En el hospital, cuando estabas en la unidad de cuidados intensivos. Ellos te ataron, ¿no es así?

V carraspeó.

—¿No es así, V?

V cogió el mando de la televisión.

—¿Quieres ver algo más?

Cuando comenzó a pasear por los canales de películas, se produjo un momento de silencio.

—Yo vomité en el funeral de mi hermana —admitió ella.

V detuvo su dedo en un canal que estaba echando *El silencio de los corderos*. Entonces se giró a mirarla.

—¿En serio?

—Fue el momento más vergonzoso e incómodo de mi vida. Y no sólo por la situación en que ocurrió. Vomité sobre mi padre.

En el momento en que Clarice Starling toma asiento en una silla de madera frente a la celda de Lechter, V sintió que se moría por tener información de Jane. Quería saber cómo había sido toda su vida, desde el nacimiento hasta el presente, y quería saberlo en aquel preciso instante.

—Cuéntame qué ocurrió.

Jane carraspeó, como si se estuviera preparando y V no podía dejar de notar el paralelismo con la película, donde él hacía el papel del monstruo enjaulado y Jane representaba la fuente de bondad, que iba revelando retazos de su vida para alimentar al monstruo.

Pero él necesitaba saber, de la misma forma que necesitaba sangre para sobrevivir.

—¿Qué sucedió, Jane?

—Bueno, verás… mi padre estaba convencido de los poderes beneficiosos de la avena.

—¿La avena? —Al ver que ella no continuaba, él pidió—: Cuéntamelo.

Jane cruzó los brazos sobre el pecho y se quedó mirándose los pies. Luego lo miró a los ojos.

—Sólo para que quede claro, quiero que sepas que la razón por la cual estoy contándote esto es para que tú hables de lo que te sucedió a ti. Es un intercambio. Es como comparar cicatrices. Ya sabes, como las de los campamentos de verano, cuando te caes de la litera. O como cuando te cortas con el filo de una caja de papel de aluminio, o te golpeas en la cabeza con… —Jane frunció el entrecejo—. Bueno… tal vez nada de eso sea una buena comparación, teniendo en cuenta la forma en que vosotros os recuperáis de las heridas, pero para mí sí funciona.

V sonrió.

—Entiendo tu punto de vista.

—Para mí, lo justo es lo justo. Así que si yo cuento algo mío, tú también. ¿Estamos de acuerdo?

—Mierda… —Sólo que V tenía que saber sobre ella—. Supongo que sí.

—Muy bien, entonces, estábamos en mi padre y la avena. Él…

—¿Jane?

—¿Qué?

—Tú me gustas. Mucho. Tenía que decírtelo.

Jane parpadeó un par de veces. Luego volvió a carraspear. «Por Dios, cuando se sonrojaba estaba divina».

—Estabas hablando sobre la avena.

—Sí… Entonces… como dije, mi padre creía en los estupendos poderes nutricionales de la avena. Nos hacía comerla por las mañanas, incluso en verano. Mi madre, mi hermana y yo teníamos que tragarnos esa mierda porque él quería y mi padre esperaba que termináramos todo lo que había en el tazón. Solía observarnos mientras comíamos, como si estuviéramos jugando al golf y fuéramos a hacer mal el swing. Te juro que estaba pendiente del ángulo de mi columna y de la forma de agarrar la cuchara. Durante la cena, solía… —Jane hizo una pausa—. Me estoy desviando del tema.

—Y yo podría oírte hablar durante horas, así que no tienes que preocuparte por mantener la concentración en un solo punto.

—Sí, bueno… mantener la concentración en un punto es importante.

—Sólo si eres un microscopio.

Jane sonrió.

—Bueno, volviendo a la avena… Mi hermana murió el día de mi cumpleaños, un viernes por la noche. Los arreglos del funeral se hicieron rápidamente, porque mi padre salía de viaje para Canadá el siguiente miércoles, a presentar un trabajo en un congreso. Más tarde me enteré de que había aceptado esa invitación el mismo día en que encontraron a Hannah muerta en su cama, seguramente porque quería apresurar las cosas. En todo caso… llegó el día del funeral. Cuando me levanté, me sentía fatal. Mareada. Tenía náuseas. Hannah… Hannah era la única cosa real en una casa llena de cosas perfectas y bonitas. Era desordenada, ruidosa y feliz y… yo la quería mucho y no podía soportar la idea de que la fuéramos a enterrar. A ella no le habría gustado que la encerraran de esa manera. Sí… en todo caso, mi madre me había comprado para el funeral uno de esos vestidos abrochados hasta arriba, todo negro. El problema fue que, la mañana del funeral, cuando fui a ponérmelo, el vestido no me servía. Era demasiado pequeño y yo sentía que no podía respirar.

—Naturalmente, eso debió empeorar la sensación de malestar.

—Sí, pero cuando bajé a desayunar sólo tenía arcadas. Dios, todavía recuerdo el aspecto de mis padres, sentados en cada extremo de la mesa, frente a frente pero sin mirarse a los ojos. Mi madre parecía una muñeca con problemas de control de calidad: estaba maquillada y peinada, pero todo estaba un poco fuera de lugar. Se había aplicado un lápiz de labios que no se le veía bien, no se había echado colorete, las horquillas del moño sobresalían en el pelo. Papá estaba leyendo el periódico y el sonido de las páginas era como un disparo en el oído. Ninguno de los dos me dijo nada.

»Así que me senté en mi asiento y no podía dejar de mirar la silla vacía al otro lado de la mesa. Luego aterrizó el tazón de avena. Marie, la criada, me puso una mano en el hombro mientras colocaba la taza delante de mí y por un momento sentí que no iba a poder. Pero luego mi padre sacudió el periódico como si yo fuera un cachorro que acabara de cagarse en la alfombra y yo agarré la cuchara y comencé a comer. Me tomé toda aquella avena hasta que sentí que no podía más. Y luego nos fuimos al funeral.

V quería tocarla y casi le agarra la mano, pero en lugar de eso, preguntó:

—¿Qué edad tenías?

—Trece años. En todo caso, cuando llegamos, la iglesia estaba repleta, porque todo el mundo en Greenwich conocía a mis padres. Mi madre se esforzaba con desesperación por ser amable con todo el mundo y mi padre asumió una actitud estoica y distante, así que las cosas eran más o menos como siempre. Recuerdo que… sí, recuerdo haber pensado que los dos se comportaban como siempre, excepto por un cierto descuido en el maquillaje de mi madre y el hecho de que mi padre no paraba de jugar con las monedas que tenía en el bolsillo. Lo cual era muy extraño. Él detestaba los ruidos de cualquier clase y me sorprendió que no lo molestara el incesante tintineo de las monedas. Supongo que no le molestaba porque él era quien controlaba el ruido. Me refiero a que podía parar cuando quisiera.

Al ver que ella hacía una pausa y se quedaba mirando hacia el otro extremo de la habitación, V sintió deseos de intentar entrar en su mente para ver exactamente lo que ella estaba reviviendo. Pero no lo hizo, y no porque no estuviera seguro de poder, sino porque las revelaciones que ella decidía compartir libremente con él eran más valiosas que cualquier cosa que él pudiera saber sin su permiso.

—Estábamos en primera fila —murmuró Jane—. En la iglesia nos sentamos en la primera fila, justo frente al altar. El ataúd estaba cerrado, gracias a Dios, aunque me imagino que Hannah estaría preciosa. Tenía el pelo rubio rojizo, ondulado y sensual, como el de las Barbies. El mío era liso y fuerte. En todo caso…

V pensó que ella usaba la expresión «en todo caso» como una especie de borrador en un tablero lleno de información. La decía cada vez que necesitaba borrar algo que acababa de decir, para dejar sitio a otra cosa.

—Sí, primera fila. Luego comenzó la ceremonia. Mucha música de órgano… y los tubos hacían vibrar todo el suelo. ¿Alguna vez has estado en una iglesia? Probablemente no… En todo caso, uno puede sentir la vibración de los bajos. Naturalmente, la ceremonia religiosa tuvo lugar en un sitio inmenso y formal, con un órgano que tenía más tubos que el sistema de alcantarillado de Caldwell. Dios, cuando estaba sonando, era como estar en un avión a punto de despegar.

Al ver que Jane se detenía y respiraba hondo, V se dio cuenta de que esa historia la hacía sentir agotada y la conducía a un lugar al que no le gustaba ir y que no visitaba con mucha frecuencia.

—Así que… —continuó con voz ronca—, cuando íbamos por la mitad de la ceremonia, yo sentía que el vestido me quedaba demasiado apretado y el dolor de estómago me estaba matando y esa maldita avena de mi padre estaba extendiendo sus horribles tentáculos metiéndose dentro de mis entrañas. Y luego el sacerdote se subió al púlpito para decir la oración fúnebre. Parecía salido de una película, con el pelo blanco y la voz profunda y esos ropajes color marfil y oro. Creo que era el obispo de Connecticut. En todo caso… comenzó a hablar sobre el estado de gracia que nos espera en el cielo y toda esa cháchara acerca de Dios y Jesús y la Iglesia. Parecía más un discurso de propaganda sobre el cristianismo que una oración por Hannah.

»Yo estaba sentada allí, sin prestar realmente atención a las palabras del cura, cuando de repente vi las manos de mi madre. Las tenía entrelazadas sobre el regazo y tenía los nudillos absolutamente blancos… como si estuviera en una montaña rusa, aunque no se estaba moviendo. Luego me volví hacia la izquierda y miré las manos de mi padre. Tenía las palmas sobre las rodillas y todos los dedos apretados, excepto el meñique de la mano derecha, que estaba golpeándose contra la tela de sus pantalones, con un temblor parkinsoniano.

V sabía exactamente hacia dónde iba la historia.

—¿Y tus manos? —dijo en voz baja—. ¿Qué pasaba con tus manos?

Jane soltó un sollozo.

—Las mías… las mías estaban absolutamente quietas, absolutamente relajadas. Lo único que sentía era esa avena en mi estómago. Ay… Dios, mi hermana estaba muerta y mis padres, que eran lo más insensible que te puedas imaginar, estaban al borde de un ataque de nervios. ¿Y yo? Nada. Recuerdo haber pensado que Hannah estaría llorando si yo estuviera acostada en un ataúd forrado de seda. Habría llorado por mí. ¿Pero yo? No podía.

»Así que cuando el sacerdote terminó su discurso de propaganda acerca de lo maravilloso que era Dios y lo afortunada que era Hannah de estar ya con Él y blablablá, el órgano comenzó a sonar. La vibración de esos tubos subió desde el suelo hasta mi asiento y tocó la frecuencia precisa. O la equivocada, supongo. Vomité toda esa avena encima de mi padre.

Mierda, pensó V. Entonces extendió al brazo y tomó la mano de Jane.

—Maldita…

—Sí. Mi madre se levantó para sacarme de allí, pero mi padre le dijo que no se moviera. Él mismo me llevó junto a una de las señoras encargadas de la iglesia, le pidió que me llevara al baño y él se fue al baño de hombres. Me dejaron sola en un cuarto durante cerca de diez minutos, luego la mujer regresó, me metió en su coche y me llevó a casa. Me perdí el entierro. —Jane tomó aire—. Cuando mis padres regresaron a casa, ninguno de ellos fue a verme. Me quedé esperando que alguno de los dos entrara. Podía oírlos moviéndose por la casa hasta que todo quedó en silencio. Al cabo de un rato bajé, saqué algo de la nevera y comí de pie en la encimera, porque teníamos prohibido subir comida a las habitaciones. Tampoco lloré en ese momento, aunque era una noche de tormenta, que siempre me asustan, y la casa estaba a oscuras y yo sentía que había arruinado el funeral de mi hermana.

—Estoy seguro de que estabas en shock.

—Sí. Es curioso… me preocupaba que ella tuviera frío. Ya sabes, era una fría noche de otoño. El suelo estaba frío. —Jane hizo un gesto con la mano—. En todo caso, a la mañana siguiente mi padre se fue antes de que yo me levantara y regresó dos semanas después. Todos los días llamaba para decirle a mi madre que tenía que ir a dar su opinión sobre otro caso difícil en algún lugar del país. Entretanto, mamá se levantaba todos los días, se vestía y me llevaba a la escuela, pero no estaba realmente allí. Se convirtió en una especie de periódico. Las únicas cosas de las que hablaba eran el tiempo y lo que había pasado en la casa o con los empleados, mientras yo estaba en la escuela. Después volvió mi padre y ¿sabes cómo supe que su llegada era inminente? Por la habitación de Hannah. Yo solía ir todas las noches a su habitación y sentarme entre sus cosas. No lograba entender cómo era posible que su ropa, sus libros y sus dibujos siguieran allí, pero ella no estuviera. Me parecía inconcebible. La habitación era como un coche sin motor, todo estaba como debía estar, pero no tenía potencia. Nada de eso volvería a ser usado.

»La víspera del regreso de mi padre, abrí la puerta de la habitación y… ya no había nada. Mamá había hecho sacar todo y había cambiado la colcha de la cama y las cortinas. Pasó de ser la habitación de Hannah a ser una habitación de invitados. Así fue como supe que mi padre estaba a punto de volver.

V le acarició el dorso de la mano con el pulgar.

—Por Dios… Jane…

—Así que ésa es mi revelación. Vomité avena en lugar de llorar.

V se daba cuenta de que Jane estaba alterada y deseaba calmarse, y sabía cómo se sentía porque a él le pasaba lo mismo en esas pocas ocasiones en que hablaba de cosas personales. Así que siguió acariciándole la mano, hasta que ella lo miró a los ojos. Mientras que el silencio se instalaba entre ellos, él sabía lo que ella estaba esperando.

—Sí —murmuró—. Me ataron.

—Y estuviste todo el tiempo consciente, ¿no es así?

—Sí —contestó con un tono agudo.

Jane le tocó la cara y deslizó la palma de la mano por su mejilla, que ahora estaba cubierta por una barba incipiente.

—¿Los mataste por lo que te hicieron?

V levantó su mano enguantada.

—Esto se encargó de eso. El resplandor se extendió por todo mi cuerpo. Y todos tenían las manos sobre mí, así que quedaron tiesos como piedras.

—Bien.

Mierda… Realmente la adoraba.

—Habrías sido una excelente guerrera, ¿sabías?

—Soy una guerrera. Mi enemiga es la muerte.

—Sí, así es, tienes razón. —Dios, era tan lógico que se hubiese enamorado de ella. Ella era una luchadora… como él.

—Tu daga es el bisturí.

—Sí.

Se quedaron un rato así, cogidos de la mano y mirándose a los ojos. Hasta que, sin previo aviso, Jane le pasó el pulgar por el labio inferior.

Al ver que él suspiraba y dejaba escapar un siseo, ella murmuró:

—No tengo que estar dormida, ¿sabes?

🗡

C uando John volvió en sí, estaba ardiendo de fiebre: tenía
la piel en llamas y sentía que su sangre era como un río
de lava y su médula, el horno que hacía arder todo. Desesperado
por bajar la temperatura de su cuerpo, se dio la vuelta y trató de
quitarse la ropa, pero se dio cuenta de que estaba sin camisa y sin
pantalones. Estaba desnudo y se retorcía.

—Agarre mi muñeca. —La voz femenina llegó desde arri-
ba a la izquierda y él giró la cabeza hacia el lugar de donde provenía el sonido, mientras que el sudor se deslizaba por la cara como
si fueran lágrimas. ¿O acaso estaba llorando?

—Duele —dijo, modulando la palabra con los labios.

—Excelencia, tome mi muñeca. Ya he hecho la incisión.

Algo se apoyó sobre sus labios y los mojó con vino, un vino delicioso. Entonces el instinto se levantó como una bestia. La
sensación de fuego era, de hecho, hambre y lo que le estaban ofreciendo era el sustento que necesitaba. John agarró lo que resultó
ser un brazo completamente estirado y bebió a grandes sorbos.

Dios… El sabor era algo terrenal y vivo, fuerte y potente
y adictivo. El mundo comenzó a girar, una bailarina de puntillas,
un carrusel, un remolino sin final. En medio de esa espiral, John
tragaba con desesperación, sabiendo que lo que estaba bajando
por su garganta era el único antídoto contra la muerte, aunque
nadie se lo había dicho.

John se alimentó durante días y noches enteras, semanas completas. ¿O sólo duró un instante? Al final se sorprendió de que terminara. No se habría asombrado de saber que el resto de su vida transcurriría pegado a la muñeca que le habían ofrecido.

De pronto dejó de beber y abrió los ojos.

Layla, la Elegida rubia, estaba sentada a su lado, sobre la cama, y John pensó que tenía los ojos tan débiles que el vestido blanco que ella llevaba puesto parecía como la luz del sol. En la esquina estaban Wrath y Beth, abrazados y con cara de preocupación.

La transición. *Su* transición.

John levantó los brazos y, con torpeza, preguntó con el lenguaje de los signos:

—¿Esto es la transición?

Wrath negó con la cabeza.

—No todavía, pero ya viene.

—¿Ya viene?

—Respira hondo —dijo el rey—. Vas a necesitar el aire. Y, escucha, estamos aquí, ¿está bien? No te vamos a dejar solo.

Mierda, cierto. La transición tenía dos etapas, ¿no es verdad? Y la parte difícil todavía estaba por venir. Para combatir el miedo, John se recordó que Blay lo había logrado. Y también Qhuinn.

Al igual que todos los hermanos.

Y su hermana.

John miró los ojos azules oscuros de Beth y, de pronto, tuvo una visión borrosa que pareció salir de la nada. Él estaba en un club… en un club gótico… Tohrment. No, estaba viendo a Tohr con alguien, un hombre grande, un hombre del tamaño de un hermano, cuya cara John no podía ver bien.

John frunció el ceño y se preguntó por qué demonios su cerebro salía ahora con eso. Y luego oyó que el desconocido decía:

—Ella es mi hija, Tohr.

—Es mestiza, D. Y tú sabes lo que él piensa de los humanos. —Tohrment sacudió la cabeza—. Mi tatarabuela también lo era y no me ves precisamente alardeando de eso ante él.

Estaban hablando de Beth, ¿no es cierto? Lo cual significaba que el desconocido de rasgos borrosos era su padre. *Darius.*

John hizo un esfuerzo por aguzar la vista para poder echarle aunque sólo fuera un vistazo al rostro de su padre, y suplicó al cielo que le enviara un poco de luz, mientras Darius levantaba la mano para llamar a la camarera y señalar su botella de cerveza vacía y el vaso casi vacío de Tohrment.

—No dejaré que muera otro de mis hijos, y menos si hay una posibilidad de salvarla. De cualquier modo, ni siquiera estamos seguros de que vaya a cambiar. Podría acabar viviendo una vida feliz, sin enterarse jamás de mi condición. No sería la primera vez que sucede.

¿Su padre estaría enterado de su existencia?, se preguntó John. Probablemente no, teniendo en cuenta que él había nacido en los baños de una estación de autobuses y después abandonado: un hombre que se preocupaba tanto por su hija, también se habría preocupado por un hijo.

La visión comenzó a diluirse y cuanto más se esforzaba John por retenerla, más rápido se desintegraba. Justo antes de que desapareciera, John miró la cara de Tohr. El corte militar, su expresión dura y los ojos claros le produjeron una punzada en el pecho. Lo mismo que su forma de mirar por encima de la mesa al hombre que estaba con él. Estaban muy unidos. Al parecer, eran los mejores amigos.

John pensó en lo maravilloso que habría sido tenerlos a los dos en su vida…

Luego sintió un dolor cósmico, una explosión que lo hizo estallar en pedazos, provocando que todas sus moléculas quedaran flotando alrededor del corazón. Cualquier pensamiento se diluyó de inmediato y toda su capacidad de raciocinio. No le quedó más remedio que rendirse. Abrió la boca y gritó, sin que brotara ningún sonido de su garganta.

Jane no podía creer que estuviera mirando a un vampiro a la cara y rogando que él la poseyera. Y sin embargo, nunca había estado tan segura de nada en su vida.

—Cierra los ojos —dijo V.

—¿Porque me vas a besar de verdad? —Por favor, Dios, que así sea.

V levantó la mano y la pasó por el rostro de Jane. Su tacto era calido y olía a oscuras especias.

—Duerme, Jane.

Ella frunció el ceño.

—Quiero estar despierta.

—No.

—¿Por qué?

—Porque es más seguro si estás dormida.

—Espera, ¿quieres decir que podrías dejarme embarazada? —¿Y qué hay de las enfermedades de transmisión sexual?

—Se sabe que a veces ocurre con los humanos, pero no estás ovulando en este momento. Yo lo sabría, puedo olfatearlo. Y en cuanto a las enfermedades de transmisión sexual, no tengo ninguna y tú no puedes pasarme nada, pero no se trata de eso. Para mí es más seguro hacerte el amor si no estás despierta.

—¿Quién lo dice?

V se movió en la cama con impaciencia. Estaba inquieto, excitado.

—La única manera en que puede suceder es que estés dormida.

Joder, ahora resulta que tenía la suerte de que él estuviera decidido a portarse como un caballero. Maldito.

Jane se echó hacia atrás y se levantó.

—Las fantasías no me interesan. Si no quieres que estemos juntos de verdad, entonces no lo hagamos.

V le dio un tirón a la colcha para tapar una erección que palpitaba contra el pantalón del pijama.

—No quiero hacerte daño.

Jane le lanzó una mirada de odio que mostraba en parte su frustración sexual y por otra parte pretendía fijar su posición con claridad.

—Soy más fuerte de lo que parezco. Y, para serte sincera, toda esa cháchara machista de que es-lo-mejor-para-ti me parece una basura.

Luego dio media vuelta con la barbilla en alto, pero se dio cuenta de que no tenía realmente adonde ir. «¿Cómo salir de aquí?».

Obligada por la absoluta falta de alternativas, se metió en el baño. Mientras se paseaba entre la ducha y el lavabo, se sentía como un caballo encerrado, cuando...

Sin previo aviso, alguien la agarró por detrás, empujándola de cara a la pared, y la arrinconó con un cuerpo duro como una roca y dos veces más grande que ella. Jane soltó una exclamación primero de sorpresa y luego de placer, al sentir que V se clavaba contra su trasero.

—He tratado de decirte que no —gruñó V, mientras le metía la mano en el pelo y tiraba de su cabeza hacia atrás. Jane gritó y se sintió húmeda entre las piernas—. Trataba de ser amable.

—Ay… *Dios*…

—Las oraciones no te van a ayudar. Demasiado tarde para eso, Jane. —La voz de V tenía un tono de remordimiento… y de erótica fatalidad—. Te he dado la oportunidad de hacerlo según tus condiciones. Pero ahora lo haré a mi manera.

Eso era lo que Jane deseaba. Lo deseaba a él.

—Por favor…

—Shhh. —V le giró bruscamente la cabeza con un movimiento de la muñeca y dejó expuesta su garganta—. Cuando quiera que supliques, te lo diré. —Luego le pasó la lengua caliente y húmeda por el cuello—. Ahora, pregúntame qué te voy a hacer.

Jane abrió la boca, pero sólo pudo resollar.

V le tiró el pelo con más fuerza.

—*Pregúntame*. Di: «¿Qué me vas a hacer?».

Jane tragó saliva.

—¿Qué… qué me vas a hacer?

V la desplazó hacia un lado, mientras seguía apretándole el trasero con las caderas.

—¿Ves ese lavabo, Jane?

—Sí… —¡Demonios, Jane estaba a punto de tener un orgasmo…!

—Voy a inclinarte sobre ese lavabo y te vas a agarrar bien a los lados. Luego te voy a quitar los pantalones.

Ay, Dios…

—Pregúntame qué pasará después, Jane. —V volvió a lamerle la garganta y luego le clavó en el lóbulo de la oreja uno de sus colmillos. Jane sintió una deliciosa oleada de dolor, seguida de otra oleada de calor entre las piernas.

—¿Y… qué… pasará después? —dijo Jane jadeando.

—Voy a ponerme de rodillas. —V bajó la cabeza y le mordió la clavícula—. Y ahora dime: «¿Y luego qué, V?».

Jane estaba a punto de comenzar a sollozar, estaba tan excitada que las piernas empezaron a temblarle.

—¿Y luego qué?

V le tiró del pelo.

—Olvidaste la última parte.

¿Cuál era la última parte… cuál era la última…?

—¿V?

—No, vuelve a empezar. Desde el principio. —V volvió a embestirla con su erección, y estaba tan duro que era evidente que quería estar dentro de ella *de inmediato*—. Vuelve a empezar y hazlo bien esta vez.

De repente Jane sintió que estaba a punto de tener un orgasmo, y la excitación crecía con el ronco sonido de la voz de V en su…

—Ah, no, no vas a hacerlo. —V se separó bruscamente de Jane—. No vas a llegar al clímax todavía. Llegarás cuando yo diga. No antes.

Desorientada y ansiosa, Jane se relajó al sentir que la necesidad de llegar al clímax cedía.

—Ahora, di las palabras que quiero oír.

¿Cómo era?

—¿Y luego qué… V?

—Voy a ponerme de rodillas y voy a subir mis manos por la parte de atrás de tus muslos y te voy a abrir las piernas para mi lengua.

El orgasmo volvió a amenazar con estallar y le temblaron las piernas.

—No —gruñó V—. Todavía no. Y sólo cuando yo diga.

V la empujó hasta el lavabo e hizo exactamente lo que le dijo que iba a hacer. La inclinó, le colocó las manos en el borde y le ordenó:

—Agárrate.

Jane se agarró con fuerza.

Luego V le metió las manos por debajo de la camisa y subió por su cuerpo hasta los senos. Luego las bajó hasta el abdomen y rodeó las caderas.

Le bajó los pantalones de un solo tirón.

—Ah… *maldición*. Esto es lo que quiero —dijo, agarrándole las nalgas con la mano enguantada para acariciárselas—. Levanta esta pierna.

Jane obedeció y sus pantalones desaparecieron. V le separó las piernas y… sí, sus manos, una enguantada y la otra no, comenzaron a subir por los muslos de Jane. Ella sentía que cada vez estaba más excitada y ansiosa, a medida que él la desnudaba.

—Jane... —susurró V con reverencia.

Luego no hubo ningún preludio, ninguna preparación para lo que le hizo. Era la boca de V. La vagina de Jane. Dos pares de labios que se encontraban. V le clavó los dedos en las nalgas y la mantuvo quieta, mientras comenzaba a chuparla. Y Jane perdió la noción de qué era la lengua o la barbilla con la perilla o la boca de V. Podía sentir cómo la penetraba en medio de lengüetazos, podía oír el ruido que producía la carne contra la carne y reconoció el dominio que V tenía sobre ella.

—Ten un orgasmo para mí —le ordenó, mientras estaba en su vagina—. Ahora.

El orgasmo llegó como una explosión devastadora que la lanzó contra el lavabo y su cuerpo comenzó a arquearse hasta que una de las manos resbaló del punto de apoyo y casi se cae. V estiró enseguida un brazo y Jane se pudo agarrar de él.

V retiró la boca de la vagina de Jane, le besó las nalgas y luego subió una mano por la columna vertebral, mientras que ella se apoyaba sobre los brazos.

—Ahora voy a penetrarte.

Mientras se quitaba el pantalón del pijama, la suave tela hizo más ruido que la respiración de Jane y el primer roce de la erección de V contra la parte superior de las caderas casi la hacer volver a perder el equilibrio.

—Esto es lo que quiero —dijo V con voz gutural—. Dios... esto es lo que deseo.

V la penetró de un solo empujón, que clavó sus caderas contra la espalda de Jane y, aunque ella era la que estaba recibiendo en su cuerpo esa erección enorme, él fue el que gritó. Sin que hubiese ninguna pausa, V comenzó a embestirla, sosteniéndola de las caderas y moviéndola hacia delante y hacia atrás para recibir sus ataques. Con la boca y los ojos abiertos y los oídos devorando los deliciosos sonidos del sexo, Jane se apuntaló contra el lavabo, mientras la recorría otro orgasmo. Al llegar al clímax otra vez, tenía el pelo sobre la cara y su cabeza se mecía de arriba abajo, al tiempo que sus cuerpos se estrellaban uno contra otro.

Ella nunca había visto nada como eso. Era sexo a la millonésima potencia.

Y entonces sintió que la mano enguantada de V la agarraba de un hombro y la levantaba hasta enderezarla, mientras seguía embistiéndola con fuerza, dentro y fuera, dentro y fuera. La mano subió por su garganta, le agarró la barbilla y le echó la cabeza hacia atrás.

—Mía —gruñó, mientras seguía embistiendo.

Y en ese momento la mordió.

Cuando John se despertó, el primer pensamiento que cruzó por su cabeza era que quería un helado con caramelo caliente, con trocitos de beicon encima. Lo cual era realmente asqueroso.

Sólo que, maldición… el chocolate y el beicon serían como el cielo en ese momento.

Abrió los ojos y se sintió aliviado de ver el techo de la habitación en la que dormía, pero estaba confundido con respecto a lo que había ocurrido. Era algo traumático. Algo trascendental. Pero ¿qué?

Levantó la mano para frotarse los ojos… y de pronto dejó de respirar.

Lo que estaba unido a su brazo era *enorme*. La mano de un gigante.

Entonces levantó la cabeza y se miró el cuerpo o… el cuerpo de otra persona. ¿Acaso le había donado la cabeza a alguien más durante el día? Porque estaba seguro de que, antes, su cerebro no estaba conectado a ese cuerpo.

La transición.

—¿Cómo te sientes, John?

John miró hacia el lugar de donde venía la voz de Wrath. El rey y Beth estaban al pie de la cama y parecían absolutamente exhaustos.

John tuvo que concentrarse para lograr que sus manos le dieran forma a las palabras:

—¿Lo logré?

—Sí. Sí, hijo, lo conseguiste. —Wrath carraspeó y Beth le acarició el antebrazo lleno de tatuajes, como si supiera que él estaba embargado por la emoción—. ¡Enhorabuena!

John parpadeó rápidamente y sintió como una opresión en el pecho.

—¿Todavía soy… yo mismo?

—Sí. Siempre.

—¿Queréis que me vaya? —dijo una voz femenina.

John giró la cabeza. Layla estaba de pie en un rincón oscuro, y su rostro y su cuerpo perfectamente hermosos estaban ocultos entre las sombras.

Enseguida, John se excitó y tuvo una erección.

Como si alguien hubiese inyectado acero en su pene.

Se apresuró a taparse y le dio gracias a Dios cuando vio que ya tenía una manta encima. Mientras se recostaba contra la almohada, Wrath estaba hablando, pero John sólo podía concentrarse en las palpitaciones que sentía entre las piernas… y en la mujer que estaba al otro lado de la habitación.

—Será un placer quedarme —dijo Layla, haciendo una pronunciada inclinación.

John pensó que era bueno que se quedara. El hecho de que ella se quedara era…

Un momento, claro que no era bueno. Él no pensaba tener sexo con ella, por amor de Dios.

Layla dio un paso al frente y entró en el círculo de luz que arrojaba la lámpara que había sobre la mesilla de noche. Tenía la piel blanca como la luz de la luna y tan tersa como una sábana de satén. También debía ser suave… al tocarla con sus manos, con su boca… con su cuerpo. De repente John sintió un cosquilleo a ambos lados del maxilar superior, en la parte delantera, y luego algo pareció proyectarse dentro de su boca. Tras pasarse rápidamente la lengua por los dientes, John sintió las puntas afiladas de sus colmillos.

El deseo rugió a lo largo de su cuerpo y tuvo que desviar la mirada.

Wrath se rió entre dientes, como si supiera lo que John estaba sintiendo.

—Vamos a dejarlos solos. John, estamos al otro lado del pasillo, por si nos necesitas.

Beth se inclinó y le acarició la mano con mucha suavidad, casi sin tocarlo, como si supiera exactamente lo sensible que tenía la piel.

—Estoy muy orgullosa de ti.

Cuando sus miradas se cruzaron, en lo único que John pudo pensar fue en decir «Y yo de ti».

Pero como eso no tenía ningún sentido, simplemente dijo con torpeza:

—Gracias.

Salieron de la habitación cerrando la puerta detrás de ellos, dejándolos solos a él y a Layla. Ay, esto no estaba bien. A juzgar por el control que tenía sobre su cuerpo, John se sintió como si estuviera montado en un caballo mecánico.

Como no era muy seguro mirar a la Elegida, decidió echarle un vistazo al baño. A través de la puerta vio la ducha de mármol y le entraron ganas de darse una ducha.

—¿Acaso le gustaría darse un baño, excelencia? —dijo Layla—. ¿Quiere que abra el grifo?

John asintió con la cabeza con intención de que ella se ocupara en algo, mientras que él trataba de pensar en qué iba a hacer.

«Cógela. Tíratela. Fóllatela de doce maneras distintas».

Muy bien, sí, eso no era lo que debería estar haciendo.

Se oyó el ruido de la ducha y Layla regresó y, antes de que John se diera cuenta de lo que estaba pasando, la manta salió volando de encima de su cuerpo. John trató de cubrirse con las manos, pero los ojos de ella se clavaron antes en su erección.

—¿Puedo ayudarle a ir hasta el baño? —preguntó Layla con voz ronca, mirando las caderas de John como si aprobara lo que veía.

Aquello infló todavía más el enorme peso que tenía bajo las palmas de las manos.

—¿Excelencia?

¿Cómo se suponía que iba a responde con el lenguaje de los signos en esa situación?

No importa. De todas maneras, ella no iba a entenderle.

John negó con la cabeza y se incorporó, manteniendo una mano sobre el pene y apoyando la otra en el colchón para impulsarse. Mierda, se sentía como una mesa a la que le hubiesen aflojado los tornillos y cuyas partes ya no encajaran bien. Y el viaje hasta el baño parecía como una carrera de obstáculos, aunque no había nada en el camino.

Al menos ya no estaba concentrado sólo en Layla.

Con una mano sobre el pene, John se levantó y se dirigió al baño tambaleándose, tratando de no pensar en que le estaba mostrando el trasero a Layla. Mientras avanzaba, se le vinieron a la cabeza imágenes de potrillos recién nacidos, en especial de aquellos cuyas delgadas patas se doblan como alambres mientras luchan por ponerse de pie. A él le pasaba lo mismo. Parecía que las rodillas se le iban a doblar en cualquier momento haciéndole ir a parar al suelo como un idiota.

Bien. Ya estaba en el baño. Buen trabajo.

Ahora sólo era cuestión de tratar de no golpearse contra las paredes de mármol. Aunque, Dios, el placer de bañarse compensaría cualquier golpe. Sólo que llegar hasta la ducha que tanto deseaba se había convertido en un problema. Cuando se metió debajo del chorro suave y caliente, John sintió como si lo estuvieran azotando y dio un salto hacia atrás, justo a tiempo para alcanzar a ver con el rabillo del ojo que Layla se estaba desnudando en el rincón.

¡Por Dios santo… era hermosísima!

Al ver que ella se metía en la ducha con él, John se quedó sin palabras y no precisamente porque no le funcionaran las cuerdas vocales. Tenía unos pechos grandes y los pezones rosados sobresalían en la mitad de su magnífica redondez. La cintura parecía suficientemente pequeña como para circundarla con las manos. Las caderas establecían un equilibrio perfecto con los hombros estrechos. Y su sexo… su sexo estaba expuesto a los ojos de John, la piel suave y afeitada, que permitía ver una pequeña ranura compuesta por dos pliegues que John se moría por separar.

John se agarró la pelvis con las dos manos, como si su pene fuera capaz de salir volando de la zona púbica.

—¿Puedo bañarle, excelencia? —pidió ella, mientras que el vapor giraba alrededor de ellos como un velo en medio de la brisa.

La erección que ocultaban sus manos se sacudió.

—¿Excelencia?

John asintió con la cabeza y su cuerpo se estremeció. Luego pensó en Qhuinn, mientras les estaba contando lo que había hecho con la mujer con la que había estado. Ay, Dios… Y ahora le estaba sucediendo a John.

Layla cogió el jabón y comenzó a girarlo entre las palmas de sus manos, dándole vueltas y más vueltas, mientras que la espuma blanca caía al suelo de baldosas. John se imaginó que ella tenía su pene en las manos y tuvo que respirar por la boca.

«Mira cómo se balancean sus senos», pensó, mientras se pasaba la lengua por los labios. John se preguntó si ella le permitiría besarla allí. ¿A qué sabría? ¿Acaso le permitiría meterse en sus…?

De pronto su pene saltó y él dejó escapar un gemido lastimero.

Layla puso otra vez el jabón en la jabonera de la pared.

—Tendré mucho cuidado, pues está usted muy sensible.

John tragó saliva y rezó para no perder el control, mientras ella se acercaba con las manos enjabonadas y las ponía sobre sus hombros. Desgraciadamente, la expectativa fue mucho más placentera que la realidad, pues incluso las suaves caricias de Layla eran como papel lija sobre una piel quemada por el sol… y sin embargo, John se moría por sentirla. Se moría por ella.

Mientras que el olor del jabón perfumado inundaba el aire húmedo y cálido, Layla acarició con sus manos los brazos de John, subiendo y bajando para pasar luego a la zona de su impresionante pecho. El agua jabonosa comenzó a deslizarse por encima del abdomen y a meterse entre sus dedos, antes de caer al suelo desde su sexo, en suaves copos.

John se concentró en la cara de Layla, mientras que ella le enjabonaba el pecho, y le pareció muy erótico que sus ojos color verde pálido vagabundearan por su nuevo e inmenso cuerpo.

John pensó que ella también lo deseaba. Deseaba tener lo que él estaba cubriendo con las manos. Deseaba lo que él quería darle.

Layla volvió a tomar el jabón de la jabonera y se arrodilló ante él. Todavía tenía el pelo sujeto en un moño y él quería soltárselo, para ver qué aspecto tendría mojado y pegado a sus senos.

Cuando Layla puso las manos en la parte inferior de la pierna y comenzó a subir, levantó los ojos. En un segundo, John se la imaginó abriendo la boca para recibir su erección, mientras que sus mejillas se inflaban y desinflaban a medida que lo chupaba.

John gimió y se tambaleó un poco, de modo que se golpeó el hombro.

—Quite las manos, excelencia.

Aunque John tenía pánico de lo que iba a suceder después, quería obedecerle. Sólo que, ¿qué pasaría si quedaba en ridículo? ¿Qué pasaría si no podía controlarse y eyaculaba sobre la cara de Layla? ¿Qué pasaría si…?

—Excelencia, quite las manos.

John retiró lentamente las manos y su erección se proyectó al vacío desde las caderas, desafiando la gravedad y liberándose de sus cadenas.

Ay, Dios. Ay, Dios… La mano de Layla estaba subiendo hacia…

Pero tan pronto le tocó el pene, la erección desapareció y John se vio de repente en una escalera sucia. Con un arma apuntándole. Y siendo violado mientras lloraba en silencio.

John se alejó de las manos de Layla y salió de la ducha dando tumbos, resbalando sobre el suelo de mármol. Para no caerse, se sentó en el inodoro.

Indigno. Nada varonil. Típico. Finalmente tenía un cuerpo enorme, pero seguía siendo tan poco hombre como cuando estaba encerrado en ese cuerpo diminuto.

John oyó que cerraban el grifo y Layla se tapaba con una toalla. Luego ella preguntó con voz temblorosa:

—¿Quiere que me vaya?

John asintió con la cabeza, demasiado avergonzado para mirarla.

Cuando por fin levantó la cabeza, mucho después, estaba solo en el baño. Solo y frío, pues ya había desaparecido el calor de la ducha y todo ese glorioso vapor se había desvanecido como si nunca hubiese existido.

Su primera vez con una hembra… y su erección se había desinflado. Dios, John sintió deseos de vomitar.

V perforó la piel de Jane con sus colmillos y penetró en su garganta, mientras pinchaba la vena y se agarraba a ella con los labios.

Como Jane era humana, la explosión de poder que sintió al chupar no provenía de la composición de la sangre sino del hecho de que era de ella. Lo que V ansiaba era saborear la sangre de Jane. Saborearla… y apoderarse de una parte de ella.

Cuando la oyó gritar, V supo que no era un grito de dolor. El cuerpo de Jane resplandecía debido a la excitación y ese aroma se intensificó todavía más cuando él comenzó a tomar de ella lo que quería, a tomar posesión de su sexo con el pene y de su sangre con la boca.

—Llega al clímax conmigo —dijo bruscamente, soltándole la garganta, mientras la dejaba apoyarse sobre el lavabo otra vez—. *Llega… al… clímax… conmigo.*

—Ay, *Dios…*

V pegó las caderas contra Jane cuando comenzó a tener un orgasmo y ella llegó a la cima con él, mientras que su cuerpo se apoderaba de la erección de V, al mismo tiempo que él devoraba su sangre. Era un intercambio justo y satisfactorio; ahora ella estaba dentro de él y él estaba dentro ella. Era correcto. Era bueno.

Mía.

Cuando terminaron, los dos estaban jadeando.

—¿Estás bien? —preguntó V con la respiración entrecortada, muy consciente de que esa pregunta nunca antes había salido de su boca después de tener relaciones sexuales.

Al ver que Jane no respondía, se separó de ella un poco. Sobre la piel clara de Jane se veían unas cuantas marcas rojas que evidenciaban la brusquedad con que la había tratado. Casi todas las personas con las que había follado en la vida habían terminado con cardenales porque a él le gustaba ser rudo, necesitaba ser rudo. Y nunca antes se había preocupado por las señales que dejaba en los cuerpos de otras personas.

Pero ahora sí se preocupó. Y se preocupó mucho más cuando se pasó la mano por la boca y se limpió una gota de sangre.

Ay, Dios… Había abusado horriblemente de ella. Había sido demasiado brusco.

—Jane, yo…

—Maravilloso. —Jane sacudió la cabeza y el pelo rubio cayó sobre sus mejillas—. Eso ha sido… maravilloso.

—¿Estás segura de que no…?

—Sencillamente maravilloso. Aunque tengo miedo de soltarme de este lavabo porque creo que me caería.

V sintió una oleada de alivio que empezó a zumbar en su cabeza.

—No quería hacerte daño.

—Me has dejado abrumada… pero en el sentido de que si tuviera una buena amiga la llamaría y le diría: «Ay, por Dios, acabo de tener el mejor sexo de mi vida».

—Bien. Eso está… muy bien. —V no quería salirse de su vagina, sobre todo cuando ella estaba hablando de esa manera, pero de todas maneras echó las caderas hacia atrás y su pene se deslizó inmediatamente hacia fuera para darle a Jane un respiro.

Desde atrás ella era exquisita. Absolutamente hermosa. Totalmente deseable. V sintió que su erección palpitaba como si fuera un corazón, mientras se volvía a poner el pantalón del pijama y se cubría con la tela de franela.

Después de incorporar lentamente a Jane, V miró el reflejo de su cara en el espejo. Tenía los ojos vidriosos, la boca abierta y las mejillas coloradas. En el cuello se veía la marca de sus colmillos, justo donde él la quería: donde todo el mundo pudiera verla.

V le dio la vuelta de modo que ella quedara frente a él y luego deslizó su índice enguantado por la garganta de Jane, para recoger el hilillo de sangre que resbalaba de las marcas. Después lamió el cuero negro y saboreó el gusto de su sangre, pensando que deseaba más.

—Voy a cerrar esto, ¿vale?

Ella asintió y él bajó la cabeza y se hundió en su cuello. Mientras pasaba delicadamente la lengua por los agujeros, cerró los ojos y se perdió en la sensación del olor de Jane. La próxima vez quería meterse dentro de sus piernas y pinchar la vena que bajaba por la articulación de las caderas, de manera que pudiera alternar el placer de beber su sangre con el de lamer su sexo.

V se inclinó hacia el lado y abrió la ducha, y luego le quitó a Jane la camisa de botones que tenía puesta. Llevaba un sujetador de encaje blanco y las puntas rosadas de los pezones se alcanzaban a ver a través del encaje. Después de agacharse, V chupó uno de los pezones a través del sujetador y fue recompensado con un gemido que estalló en la garganta de Jane, mientras hundía su mano en el pelo de V.

V gruñó y deslizó su mano por entre las piernas de Jane. Lo que había dejado depositado en ella todavía estaba entre sus muslos y, aunque eso lo convertía en un desgraciado, V pensó que quería que eso se quedara ahí para siempre. Quería dejar eso donde estaba y poner más dentro de ella.

Ah, sí, los instintos del hombre enamorado. Quería estar sobre ella por completo como si fuera su piel.

V le quitó el sujetador y la metió en la ducha, empujándola suavemente por los hombros, para colocarla bajo el bajo el chorro de agua caliente. Él también se metió y los pantalones del pijama se empaparon, al tiempo que sentía la suavidad del suelo de mármol bajo las plantas de los pies. Después le echó el pelo hacia atrás y le retiró los mechones que tenía sobre la cara, mientras la miraba a los ojos.

«Mía».

—Todavía no te he besado —dijo.

Jane se arqueó sobre él, apoyándose sobre su pecho para no caerse, exactamente como él quería que hiciera.

—No, en la boca no.

—¿Puedo?

—Por favor.

Mierda, V se sintió nervioso al mirar los labios de Jane. Lo cual era muy extraño. Había tenido muchas relaciones sexuales en el curso de su vida, de diferentes clases y con distintas combinaciones, pero la perspectiva de besarla como es debido borró aquellos recuerdos. En ese momento V se convirtió en el muchacho virgen que nunca había sido y se sentía igual de perdido y de frágil.

—Entonces, ¿vas a besarme o no? —preguntó Jane, al ver que V dilataba el asunto.

Ay... mierda.

Con una sonrisa como la de la Mona Lisa, Jane le cogió la cara entre las manos.

—Ven aquí.

Tiró de él hacia abajo, le ladeó un poco la cabeza y rozó sus labios contra los de V. El cuerpo de V se estremeció de arriba abajo. En el pasado había experimentado lo que era el poder: el poder de sus propios músculos, el poder de su maldita madre sobre su destino, el poder de su rey sobre su vida, el poder de sus hermanos en su trabajo, pero nunca había dejado que nadie lo venciera.

Sin embargo, Jane acababa de vencerlo en ese instante. Cuando cogió la cara de V entre sus manos, ella se convirtió en su dueña absoluta.

V la abrazó y puso sus labios sobre los de ella, en una comunión tan dulce que él nunca se imaginó que podría desear y, mucho menos, reverenciar. Cuando se separaron, V enjabonó el cuerpo esbelto de Jane y después la enjuagó. Le echó champú en el pelo y la limpió entre las piernas.

Tratarla con delicadeza era como respirar… una función automática de su cuerpo y su cerebro, que no necesitaba ninguna orden extra.

Luego cerró el grifo, la secó con la toalla, la alzó entre sus brazos y la llevó de nuevo a la cama. Cuando Jane se estiró sobre la colcha negra, con los brazos sobre la cabeza y las piernas ligeramente separadas, no era más que una mujer ruborizada, toda piel y músculos.

Con los ojos entrecerrados, Jane se quedó mirándolo.

—Tu pijama está mojado.

—Sí.

—Estás excitado.

—Así es.

Ella arqueó el cuerpo sobre la cama y la ondulación subió desde las caderas hasta el torso y los pechos.

—¿Y vas a hacer algo al respecto?

V descubrió sus colmillos y resopló.

—Si me lo permites.

Jane movió una pierna hacia un lado y V sintió que los ojos se le iban a salir de las órbitas. Tenía la vagina húmeda y brillante y no precisamente porque todavía estuviera mojada por el baño.

—¿Te parece que esto sea un no? —dijo ella.

V se quitó los pantalones en un segundo y se montó sobre ella, besándola larga y profundamente, mientras le levantaba las caderas para acomodarse y hundirse de nuevo en ella. Era mucho mejor estar con ella así, de verdad, no en medio de un sueño. Y cuando Jane comenzó a tener un orgasmo, y otro… y otro… V sintió que el corazón se le rompía.

Por primera vez en la vida estaba teniendo relaciones sexuales con alguien a quien amaba.

Por un momento sintió pánico por haberse expuesto de csa manera. ¿Cómo demonios había sucedido esto?

Pero luego pensó que ésta era su última —bueno, su única— oportunidad de saber lo que era el amor, ¿no es así? Y ella no se iba a acordar después de nada, así que era seguro: Jane no terminaría con el corazón roto al final.

Además… bueno, el hecho de que ella no lo recordara también hacía que todo esto fuera más seguro para él, ¿no? Como aquella noche en que él y Wrath se emborracharon como cubas y V habló sobre su madre.

Cuanta menos gente supiera cosas sobre él, mejor.

Sólo que, maldición, ¿por qué la idea de borrar los recuerdos de Jane le producía tanto dolor?

Dios, ella se marcharía tan pronto.

CAPÍTULO

25

En el Otro Lado, Cormia salió del templo del Gran Padre y esperó a que la directrix cerrara las enormes puertas doradas. El templo estaba en la cima de un montículo, una corona dorada sobre una pequeña colina, y desde allí se podía ver todo el complejo en el que vivían las Elegidas: los edificios y los templos blancos, el anfiteatro, los senderos cubiertos. Los espacios entre edificios estaban alfombrados por un césped blanco que nunca crecía, nunca cambiaba y, como siempre, la vista se acababa mucho antes de extenderse hacia el horizonte, pues el paisaje se difuminaba al llegar al límite del bosque blanco. El único color que había en toda esa composición era el azul pálido del cielo e incluso éste se desvanecía en los bordes.

—Así termina tu lección —dijo la directrix, mientras se quitaba la elegante cadena de llaves que llevaba al cuello y cerraba las puertas con llave—. De acuerdo con la tradición, deberás presentarte para el primer ritual de purificación cuando vengamos a buscarte. Hasta entonces, deberás reflexionar sobre el don que te ha sido concedido y el servicio que prestarás para beneficio de todos nosotros.

La directrix pronunció estas palabras con el mismo tono brusco que usó para describir lo que el Gran Padre le haría al cuerpo de Cormia. Una y otra vez. Siempre que quisiera.

Los ojos de la directrix brillaron con suspicacia, mientras volvía a ponerse el collar y el tintineo de las llaves se acomodaba entre sus senos.

—Buenos días, hermana.

Mientras que la directrix bajaba la colina, era imposible distinguir su vestido blanco del suelo y los edificios que la rodeaban, pues se había convertido apenas en otra mancha blanca, sólo posible de identificar porque estaba en movimiento.

Cormia se llevó las manos a la cara. La directrix le había dicho —no, mejor le había jurado— que lo que ocurriría con el Gran Padre sería doloroso y Cormia la creía. Los detalles gráficos habían sido desagradables y Cormia temía que no iba a ser capaz de sobrevivir a la ceremonia de apareamiento… para desgracia de todas las Elegidas. Como la representante de todas ellas, Cormia tenía que actuar tal y como se esperaba, y con dignidad, o de otra manera mancharía la venerable tradición a la cual servían todas ellas y la contaminaría en su totalidad.

Miró hacia el templo por encima del hombro y se llevó la mano a la parte baja del estómago. Su vientre era fértil, como era el vientre de todas las Elegidas, en todo momento, en este lado. Ella podría engendrar la descendencia del Gran Padre desde la primera vez que estuviese con él.

Querida Virgen del Ocaso, ¿por qué la habían elegido a ella?

Cuando volvió a mirar hacia abajo, la directrix ya se encontraba al pie de la colina y parecía muy pequeña en comparación con los edificios inmensos, aunque en la práctica su importancia era enorme. Más que cualquiera o cualquier cosa, la directrix definía el paisaje. Todas ellas servían a la Virgen Escribana, pero la directrix era la que gobernaba sus vidas. Al menos hasta que llegara el Gran Padre.

Cormia creía que la directrix no quería tener a ese macho en su mundo.

Y ésa era la razón por la cual había presentado a Cormia ante la Virgen Escribana como posible candidata. De todas las hembras que habrían podido ser elegidas y que habrían estado encantadas, Cormia era la menos complaciente, la menos flexible. Haberla escogido a ella era una declaración pasivo-agresiva contra el cambio de supremacía.

Cormia comenzó a bajar el montículo y pensó que el césped blanco no ofrecía ninguna sensación de temperatura debajo de sus pies descalzos. Sólo podían apreciar el calor o el frío a través de la comida y las bebidas.

Durante un momento contempló la idea de escapar. Sería mejor alejarse de todo lo que conocía que soportar el panorama que le había pintado la directrix. Sólo que Cormia no sabía cómo podía llegar al mundo que había más allá. Ella sabía que había que pasar a través del espacio privado de la Virgen Escribana, pero después ¿qué? ¿Y qué sucedería si su santidad la atrapaba?

Impensable. Eso era más terrible que estar con el Gran Padre.

Sumida en sus pensamientos íntimos y pecaminosos, Cormia deambulaba sin rumbo por el paisaje que había conocido toda su vida. Era muy fácil perderse allí en el complejo, porque todo parecía igual y se sentía igual y olía igual. Al no existir contraste, los bordes de la realidad eran demasiado finos para agarrarse a algo, ya fuera mental o físicamente. Uno nunca estaba con los pies en el suelo. Era sólo aire.

Al pasar por el Tesoro, Cormia se detuvo frente a sus imponentes escalones y pensó en las gemas que había dentro, los únicos colores de verdad que había visto en la vida. Más allá de las puertas cerradas, había cestos llenos de piedras preciosas y, aunque sólo las había visto una o dos veces, recordaba los colores con mucha claridad. Sus ojos se habían maravillado con el azul intenso de los zafiros, el verde denso de las esmeraldas y el rojo sangre de los rubíes. Las aguamarinas eran del color del cielo, así que le causaban menos fascinación.

Lo que más le gustó fueron los cuarzos citrinos, esas hermosas piedras amarillas. Incluso se atrevió a tocarlos discretamente. Sólo metió rápidamente la mano en la cesta, cuando nadie la veía, pero, ay, había sido estupendo ver los reflejos de la luz en sus distintas caras. La sensación de tenerlos sobre la palma de la mano había sido maravillosa, una fantástica corriente de energía que era todavía más excitante debido a su naturaleza ilícita.

Esa sensación le había brindado calor, aunque, de hecho, las piedras eran tan frías como todo lo demás.

Y las piedras preciosas no fueron la única razón para que esa entrada al Tesoro constituyera una ocasión tan extraordinaria.

Allí había objetos del mundo que estaba más allá. Guardadas en vitrinas de vidrio, había cosas que habían sido reunidas especialmente por el papel que habían desempeñado cn la historia de la raza, o que simplemente habían terminado en manos de las Elegidas. Aunque Cormia no siempre supiera qué era lo que estaba mirando, esos objetos habían sido una revelación. Colores. Texturas. Cosas extrañas, venidas de un mundo extraño.

Curiosamente, lo que más había llamado su atención era un libro antiguo. En la maltrecha tapa del libro, ya casi borrado, había un nombre grabado en relieve: DARIUS, HIJO DE MARKLON.

Cormia frunció el entrecejo y se dio cuenta de que ya había visto ese nombre antes… en la sala dedicada a la Hermandad de la Daga Negra en la biblioteca.

Era el diario de un hermano. Ésa era la razón para que lo hubiesen preservado.

Mientras observaba las puertas cerradas, Cormia pensó que le habría gustado vivir en los tiempos antiguos, cuando el edificio permanecía abierto y uno podía acceder libremente, como entraba ahora a la biblioteca. Pero eso había sido antes del ataque.

El ataque había cambiado todo. Parecía inconcebible que unos truhanes de su misma raza hubiesen venido desde el otro mundo, armados, a robar. Pero entraron a través de un portal que ahora estaba cerrado y saquearon el Tesoro. El anterior Gran Padre murió defendiendo a sus hembras, después de vencer a los tres civiles.

Cormia suponía que ése era su padre, ¿no?

Después de ese horrible suceso, la Virgen Escribana había cerrado ese portal e hizo los arreglos para que todo el que quisiera entrar al Otro Lado tuviera que pasar por su patio privado. Y, como medida de precaución, el Tesoro permanecía ahora cerrado, excepto cuando había que sacar las joyas para el retiro de la Virgen Escribana o para ciertas ceremonias. La directrix guardaba la llave.

En ese instante Cormia oyó un ruido y miró hacia un sendero rodeado de columnas. Una figura totalmente cubierta se acercaba cojeando por allí, arrastrando una pierna detrás de su vestido negro, y en las manos llevaba un montón de toallas.

Cormia miró rápidamente hacia otro lado y salió corriendo, pues quería alejarse tanto de esa mujer como del templo del

Gran Padre. Terminó tan lejos de los dos como le fue posible, al otro lado del complejo, en el espejo de agua.

El agua estaba clara y totalmente quieta, un espejo que reflejaba el cielo. Cormia sintió deseos de meter un pie, pero eso estaba prohibido...

De pronto percibió un ruido.

Al principio no estaba segura de qué se trataba, si es que en realidad había oído algo. No parecía haber nadie por allí, sólo la Tumba de los Niños y el bosque de árboles blancos que marcaba los confines del santuario. Esperó un rato. Al ver que no oía nada más, pensó que había sido su imaginación y siguió su camino.

Aunque estaba asustada, se sintió atraída hacia la tumba en que eran enterrados los niños que no sobrevivían al parto.

Una oleada de ansiedad le subió por la espalda. Éste era un lugar que ella nunca había visitado y lo mismo ocurría con el resto de las Elegidas. Todas evitaban este edificio cuadrado y solitario, rodeado de una valla blanca. El dolor parecía rondar por allí, de manera tan tangible como las cintas de satén negro que estaban atadas al pomo de la puerta.

Querida Virgen del Ocaso, pensó, muy pronto su destino también estaría enterrado allí, pues incluso las Elegidas tenían una alta tasa de abortos en los embarazos. Muy pronto, fragmentos de ella reposarían allí, pequeños trozos de su ser, que serían depositados en aquel lugar hasta que no quedara más que un murmullo. El hecho de que ella no pudiera elegir cuándo quedarse embarazada, que la palabra *No* no le estuviese permitida, ni siquiera en sus pensamientos, y que sus retoños quedaran atrapados en el mismo destino que marcaba su vida la hicieron verse encerrada en esa tumba solitaria, rodeada de los cadáveres de los más pequeños.

Se subió las solapas del vestido y se estremeció, mientras miraba fijamente la puerta de la tumba. Antes solía pensar que este lugar era desconcertante, pues creía que los pequeños debían sentirse solos, aunque estaban en el Ocaso y deberían estar felices y en paz.

Pero ahora el templo le parecía un horror.

De pronto, volvió a escuchar el mismo ruido que había oído antes y dio un salto, dispuesta a salir huyendo de los desconsolados espíritus que habitaban en ese lugar.

Sólo que aquello no parecía un ruido fantasmal. Era alguien tratando de recuperar el aliento. Alguien bastante real.

Cormia decidió dar la vuelta al edificio sigilosamente.

Entonces vio a Layla, sentada en el césped, con las rodillas abrazadas contra el pecho. Con el pelo y el vestido mojados, tenía la cabeza metida entre las rodillas y sus hombros se sacudían.

—¿Hermana? —susurró Cormia—. ¿Qué te sucede?

Layla levantó la cabeza inmediatamente y se limpió las lágrimas deprisa, hasta que sus mejillas quedaron totalmente secas.

—Vete. Por favor.

Cormia se acercó y se arrodilló.

—Dime. ¿Qué ha ocurrido?

—Nada de lo que tengas que…

—Layla, cuéntamelo. —Cormia sintió deseos de abrazarla, pero eso no les estaba permitido y no quería indisponer más a Layla. Así que en lugar de tocarla, trató de ofrecerle consuelo con sus palabras y su tono amable—. Hermana mía, déjame ayudarte. Por favor, dime qué ha pasado. Por favor.

Layla sacudía la cabeza de lado a lado y su moño se deshacía cada vez más.

—He fallado.

—¿Cómo?

—Yo… he fallado. Esta noche fracasé al tratar de complacer a alguien. Me enviaron de vuelta.

—¿Quién?

—El macho en cuya transición ayudé. Estaba listo para aparearse, pero cuando lo toqué, perdió el impulso. —De pronto Layla comenzó a sollozar—. Y yo… tengo que informar al rey de lo sucedido, como manda la tradición. Debí hacerlo antes de marcharme, pero estaba aterrada. ¿Cómo se lo voy a decir a su majestad? ¿Y a la directrix? —Layla dejó caer la cabeza otra vez, como si no tuviera fuerzas para mantenerla erguida—. Fui entrenada por las mejores para complacer. Y hoy le fallé a todo el mundo.

Cormia se arriesgó y puso una mano sobre el hombro de Layla, mientras pensaba que siempre era así. La carga de todas las Elegidas solía recaer sobre los hombros de una sola de ellas, cuando actuaba en representación de las otras. En consecuencia, nunca había una desgracia privada y personal, sólo el peso enorme de un fracaso monumental.

—Hermana mía…

—Tendré que comenzar un periodo de reflexión después de hablar con el rey y la directrix.

Ay, no… Los periodos de reflexión implicaban siete ciclos sin comida ni luz, ni contacto con los demás, eran la sanción con que se castigaban las peores infracciones posibles. Lo peor de todo, según había oído Cormia, era la falta de luz, pues las Elegidas ansiaban la luz.

—Hermana, ¿estás segura de que él no te deseaba?

—Los cuerpos de los machos nunca mienten a ese respecto. Virgen misericordiosa… tal vez esto haya sido lo mejor. Es posible que yo no le hubiese procurado satisfacción. —Los pálidos ojos verdes de Layla se clavaron en Cormia—. ¡Menos mal que yo no he sido tu instructora! Tengo entrenamiento en teoría, pero no en la práctica, así que no podría impartirte un conocimiento visceral.

—Yo habría preferido que fueras tú.

—Entonces estás equivocada. —El rostro de Layla envejeció de repente, como si fuera una anciana—. Y yo he aprendido mi lección. Voy a salirme del grupo de las ehros, pues es evidente que soy incapaz de mantener su tradición sensual.

A Cormia no le gustaron las sombras que vio en los ojos de Layla.

—¿Y no es posible que el fallo haya sido de él?

—No, no hay ningún fallo por su parte. Yo no supe complacerlo. Es culpa mía, no de él. —Layla se limpió una lágrima—. Déjame decirte que no hay peor fracaso que el sexual. No hay nada más doloroso que el rechazo de tu desnudez y tu instinto de comunión por parte de alguien con quien quieres aparearte… Ser rechazada es la peor de las humillaciones. Así que dejaré el grupo de las ehros, y no sólo por el bien de su maravillosa tradición sino por mí. No volveré a pasar por esto otra vez. Nunca. Ahora, por favor, vete y no digas nada. Debo reflexionar un poco.

Cormia quería quedarse, pero no le parecía bien perturbar más a su hermana. Se puso de pie y se quitó el abrigo que llevaba puesto, para echárselo por encima a Layla.

Layla levantó la vista con expresión de sorpresa.

—De verdad, no tengo frío.

Pero a pesar de haber pronunciado estas palabras, se cerró el abrigo sobre el cuello.

—Que te mejores, hermana mía. —Cormia dio media vuelta y comenzó a caminar por la orilla del espejo de agua.

Al levantar la vista hacia el cielo azul blancuzco, sintió ganas de gritar.

Vishous se quitó de encima del cuerpo de Jane y la acomodó sobre su pecho. Le gustaba tenerla cerca, acostada del lado izquierdo, para que la mano con la que peleaba quedara libre para defenderla. Mientras estaba acostado allí, pensó que nunca se había sentido tan concentrado, nunca había tenido tan claro el propósito de su vida: su primera y única prioridad era mantener a Jane sana y salva y la fuerza con que asumía esa misión le hacía sentirse pleno.

Él era quien era gracias a ella.

En el poco tiempo que había pasado desde que se conocían, Jane había irrumpido en esa cámara secreta que tenía en el pecho, había sacado a Butch del camino y se había encerrado allí para siempre. Y eso le hacía sentirse bien. Era un ajuste perfecto.

Jane hizo un ruidito y se acurrucó todavía más cerca de él. Mientras le acariciaba la espalda, Vishous se sorprendió pensando en la primera pelea que tuvo, un enfrentamiento que fue seguido de cerca por su primera relación sexual.

En el campamento de los guerreros, los machos que acababan de pasar por la transición no solían tener mucho tiempo para recuperar energías. Sin embargo, cuando el padre de Vishous se colocó ante él y le informó que iba a pelear, V se sorprendió. Ciertamente debería haber tenido al menos un día para recuperarse.

Mientras exhibía sus colmillos, que siempre permanecían alargados, el Sanguinario sonrió y agregó:

—Y te enfrentarás a Grodht.

Grodht era el soldado al que V le había robado una pata de venado. El soldado gordo, famoso por su habilidad para manejar la maza.

A pesar de que se sentía exhausto y el orgullo era lo único que lo mantenía de pie, V se dirigió hacia la arena donde se realizaban los combates, que estaba detrás del sitio donde dormían los soldados. La arena era un agujero de forma circular y superficie irregular, excavado en el suelo de la caverna, y parecía como si un gigante hubiese descargado allí su puño en un gesto de frustración. Las paredes que lo rodeaban, que llegaban a la altura de la cintura, tenían un color marrón oscuro, al igual que el suelo, debido a la cantidad de sangre que se había derramado sobre ellas, pues se esperaba que los enfrentamientos se prolongaran hasta que los combatientes ya no pudieran sostenerse en pie. No había ningún movimiento prohibido y la única regla del combate tenía que ver con la humillación a la que tenía que someterse el perdedor por su deficiencia en la pelea.

Vishous sabía que no estaba listo para pelear. ¡Por Dios, casi no era capaz de bajar a la arena sin caerse de bruces! Pero, claro, ése era el propósito de todo esto, ¿no es cierto? Su padre había orquestado una maniobra perfecta. Había sólo una manera en que V podía pensar en ganar y, si usaba su mano, todo el campamento podría ver con sus propios ojos lo que sólo habían oído en forma de rumor y lo aislarían por completo. ¿Y si perdía? Entonces ya no representaría ninguna amenaza para el dominio de su padre. Así que, de todas formas, la supremacía del Sanguinario permanecería intacta e imbatible, sin que la madurez de su hijo la pusiera en peligro.

Cuando el soldado gordo saltó a la arena, lanzó un grito vigoroso y comenzó a darle vueltas a una maza. Entretanto, el Sanguinario se colocó al borde de la arena.

—¿Qué arma podría darle a mi hijo? —le preguntó a la multitud que se había reunido a observar el combate—. Creo que tal vez... —De pronto vio a una de las mujeres de la cocina que estaba apoyada sobre una escoba—. Dame eso.

La mujer se apresuró a obedecer y dejó caer la escoba a los pies del Sanguinario. Cuando se agachó a recogerla, él le dio una patada y la tiró a un lado, como si estuviera quitando una rama del camino.

—Toma esto, hijo mío. Y pídele a la Virgen que después no la usen en ti cuando pierdas.

Mientras la muchedumbre soltaba una carcajada, V agarró el palo de madera.

—¡En guardia! —gritó el Sanguinario.

El público aplaudió y en ese momento alguien lanzó el poso de su cerveza sobre Vishous; el líquido caliente golpeó su espalda desnuda y comenzó a escurrirse por su trasero. El soldado

336

gordo sonrió y enseñó unos colmillos que salían de su maxilar superior. Luego comenzó a dar vueltas alrededor de V, al tiempo que blandía la maza de combate que tenía atada al final de una cadena y producía un silbido que iba creciendo poco a poco.

V trataba de seguir los movimientos de su oponente, pero se sentía débil y le costaba trabajo controlar las piernas. Decidió concentrarse principalmente en el hombro derecho del hombre, pues así notaría cuando lo tensara para lanzar la maza, mientras vigilaba a la multitud con el rabillo del ojo, previendo que le lanzaran algo más peligroso que aguamiel.

El combate resultó ser más bien un concurso de esquivar golpes, en el cual V trataba de defenderse con torpeza, mientras su oponente hacía un despliegue de ataque. A medida que el soldado exhibía su habilidad con su arma preferida, V fue aprendiendo a predecir sus movimientos y a seguir el ritmo de la maza. Porque aunque el soldado era muy fuerte, cada vez que iba a lanzar aquella bola inmensa con puntas tenía que plantarse bien sobre los pies. Así que V esperó a que se presentara una de esas pausas y atacó, arrojando con fuerza la escoba y golpeando al soldado directamente en la entrepierna.

El hombre lanzó un rugido de dolor, soltó la maza, juntó las rodillas y se llevó las manos a su abultada pelvis. V no desperdició ni un minuto. Levantó la escoba por encima de los hombros y la descargó con toda su fuerza sobre la cabeza de su oponente, que quedó inconsciente.

Al ver eso, la multitud dejó de gritar y se impuso un silencio tan profundo que lo único que se oía era el chisporroteo del fuego y la respiración agitada de V. Vishous arrojó la escoba y se detuvo junto a su oponente, dispuesto a salir de allí.

Pero en ese momento su padre se plantó en el borde del círculo, impidiéndole la salida.

—Todavía no has terminado —dijo el Sanguinario, mirándole con los ojos tan entrecerrados que parecían cuchillas.

—Él no se va a levantar.

—No me refiero a eso —dijo el Sanguinario e hizo un gesto con la cabeza hacia el soldado, que yacía en el suelo—. Termina con él.

Mientras su oponente gemía, Vishous se quedó mirando a su padre. Si se negaba, su padre terminaría ganando el juego que

337

había montado, pues aunque las cosas probablemente no habían salido como esperaba, V sería rechazado por los otros y se convertiría en un blanco por el simple hecho de que los demás creerían que era un cobarde por no castigar a su oponente. Sin embargo, si hacía lo que su padre le estaba ordenando, su posición en el campamento se afianzaría... hasta el próximo combate.

V se sintió exhausto. ¿Acaso su vida siempre estaría sometida a elecciones tan duras e inevitables?

El Sanguinario sonrió.

—Parece que este bastardo que dice ser mi hijo no tiene cojones. ¿Será posible que la semilla que creció en el vientre de su madre haya sido de otro?

La muchedumbre soltó una carcajada y alguien gritó:

—¡Ningún hijo tuyo vacilaría en un momento semejante!

—Y ningún hijo mío sería tan cobarde de atacar a un hombre en un punto tan vulnerable durante un combate. —El Sanguinario miró a sus soldados a los ojos—. Los débiles tienen que ser astutos, pues carecen de fuerza.

Vishous sintió de repente como si lo estuvieran estrangulando y las manos de su padre le estuvieran apretando la garganta. Al sentir que la respiración volvía a acelerársele, el pecho se le hinchó de rabia y pudo sentir los latidos de su corazón. Entonces bajó la vista hacia el soldado gordo que lo había golpeado... luego pensó en los libros que su padre le había obligado a quemar... y en el chico que lo había perseguido... y en las miles de cosas crueles y horribles que le habían hecho a lo largo de su vida.

Se dejó llevar por la rabia que lo hacía arder y, antes de que se diera cuenta de lo que estaba haciendo, le dio la vuelta al soldado y lo acostó boca abajo sobre la barriga.

Y entonces lo violó. Delante de su padre. Delante de todo el campamento.

Y lo hizo con crueldad.

Cuando terminó, se separó del soldado y se tambaleó un poco al levantarse. El cuerpo del soldado quedó cubierto con la sangre de V, su sudor y los residuos de su rabia.

Después de saltar como una cabra, salió de la arena y, aunque no sabía qué hora del día era, corrió a través del campamento hasta la salida principal de la caverna. Al salir al aire libre, la noche helada que estaba a punto de descender sobre la tierra y los rayos del sol agonizante le quemaron la cara.

V se arrodilló y vomitó. Una y otra vez.

—*Eres tan débil* —*dijo el Sanguinario, con un aparente tono de aburrimiento, aunque en el fondo de sus palabras había una chispa de satisfacción por haber logrado su cometido. Pues aunque Vishous había violado al soldado, la forma de retirarse de la arena fue precisamente el tipo de gesto de cobardía que su padre estaba buscando.*

El Sanguinario entrecerró los ojos.

—*Nunca me vencerás, muchacho. Y tampoco te librarás nunca de mí. Dirigiré tu vida…*

Impulsado por una oleada de odio, V se levantó del suelo y atacó a su padre de frente, mientras avanzaba con la mano resplandeciente delante. El Sanguinario se quedó inmóvil cuando sintió la descarga eléctrica que sacudió su inmenso cuerpo y los dos cayeron al suelo. Sentado encima de su padre y movido por sus instintos, V cerró su brillante mano sobre el cuello de su padre y comenzó a apretar.

Al ver que la cara del Sanguinario se ponía de un color rojo brillante, V sintió una punzada en el ojo y una visión reemplazó de repente todo lo que tenía ante él.

Vio la muerte de su padre. Tan claramente como si hubiese pasado frente a sus ojos.

Y entonces pronunció estas palabras, aunque no fue consciente de lo que decía:

—*Encontrarás tu fin en una pared de fuego causada por un dolor que conoces. Y arderás hasta que no seas nada más que humo y luego te arrastrará el viento.*

La expresión de su padre se llenó de horror.

Un soldado lo sacó de encima de su padre, levantándolo por las axilas. Sus pies quedaron colgando sobre el suelo lleno de nieve.

El Sanguinario se levantó enseguida, con la cara roja y una línea de sudor sobre el labio superior. Respiraba como un caballo al que le han colocado las riendas cortas y nubes de humo blanco salían de su boca y sus fosas nasales.

V pensó que iban a golpearlo hasta matarlo.

—*Traedme mi daga* —*gruñó su padre.*

Vishous se restregó la cara. Para evitar pensar en lo que ocurrió después, se quedó pensando en el remordimiento que siempre le había causado esa primera experiencia sexual con el soldado. Trescientos años después todavía creía que había sido una violación, aunque las cosas en el campamento fuesen así.

Mirando a Jane acostada junto a él, V decidió que, en lo que le concernía, la experiencia de esta noche sería realmente el momento en que perdió la virginidad. Aunque su cuerpo había tenido relaciones sexuales de muchas formas diferentes y con mucha gente distinta a lo largo de los años, para él el sexo siempre había sido un intercambio de poder, de un poder que fluía sólo hacia él y del cual se alimentaba para asegurarse de que nunca más volvieran a atarlo a una mesa para hacerle cosas horribles, mientras estaba indefenso.

La experiencia de esa noche no había seguido ese patrón. Con Jane había habido un verdadero intercambio: ella le había dado algo a él y él le había dado a cambio una parte de sí mismo.

V frunció el ceño. Una parte, pero no todo.

Para hacer eso, tendrían que ir a su ático. Y… mierda, llevaría a Jane allí. Aunque sólo de pensarlo se estremecía, V juró que, antes de que Jane saliera de su vida, le daría la única cosa que nunca le había dado a nadie.

Y jamás le daría a nadie más.

V quería devolverle la confianza que ella había depositado en él. Aunque tenía una personalidad fuerte y era una mujer muy decidida, Jane se había puesto en sus manos, a pesar de que sabía que a él el gustaba comportarse como un amo sexual brusco y dominante y ella no tenía cómo defenderse físicamente.

Esa confianza despertaba toda su admiración y V sentía que tenía que devolverle ese favor antes de que ella se marchara.

En ese momento Jane parpadeó y lo miró a los ojos. Ambos dijeron al mismo tiempo.

—No quiero que te vayas.

—No quiero dejarte.

Cuando John se despertó al siguiente día por la tarde, tenía miedo de moverse. Maldición, temía abrir los ojos. ¿Y si todo hubiese sido un sueño? Después de prepararse, levantó el brazo, abrió los ojos y… Ah, sí, allí estaba. Una mano tan grande como su cabeza. Un brazo más largo de lo que solía ser su fémur. Una muñeca tan gruesa como su antigua pantorrilla.

Lo había logrado.

Se estiró para alcanzar su teléfono móvil y les mandó un mensaje de texto a Qhuinn y a Blay, que le respondieron enseguida. Se alegraban mucho por él y John sonrió de oreja a oreja… hasta que se dio cuenta de que tenía que usar el baño y miró de reojo hacia la puerta abierta. Vio la ducha.

Ay, Dios. ¿Realmente se había desinflado anoche, cuando estaba allí dentro con Layla?

Arrojó el teléfono sobre la cama, aunque estaba tintineando como loco avisándole de que tenía mensajes nuevos. Se frotó aquel pecho extraño e inmenso con su nueva mano tamaño Shaquille O'Neal y se sintió miserable. Tenía que disculparse con Layla, pero ¿por qué? ¿Por ser un imbécil que se había desinflado en el último minuto? Sí, se moría de ganas de tener esa conversación, pues seguramente ella estaba totalmente decepcionada con él.

¿Sería mejor dejar las cosas así? Probablemente sí. Ella era tan hermosa, tan sensual y tan perfecta en todos los aspectos que no había posibilidad de que se sintiera culpable. Y si él escribiera lo que diría si tuviera voz, sólo lograría avergonzarse más, hasta el punto de sufrir un aneurisma.

Sin embargo, todavía se sentía fatal.

La alarma del despertador comenzó a sonar y le resultó tremendamente raro estirar aquel brazo de hombre para apagarla. Cuando se puso de pie, se sintió todavía más asustado. Su perspectiva había cambiado totalmente y todo le parecía más pequeño: los muebles, las puertas, la habitación. Incluso el techo le parecía más bajito.

¿Qué tamaño tenía ahora?

Cuando trató de dar unos pasos, se sintió como uno de esos artistas de circo que caminan sobre zancos: larguirucho, tembloroso y a punto de caer. Sí… un artista de circo que había sufrido un ataque y cuyos músculos y huesos ya no obedecían las órdenes del cerebro. Camino del baño, John se tambaleó por toda la habitación, y tuvo que agarrarse a las cortinas, a los marcos de las ventanas, a la cómoda, al marco de la puerta.

Sin ningún motivo aparente, recordó las ocasiones en que había cruzado el riachuelo, durante sus caminatas con Zsadist. Ahora, a medida que avanzaba, los objetos en los cuales se apoyaba eran como las piedras sobre las que saltaba para no caerse al agua, pequeños apoyos de gran importancia.

El baño estaba totalmente oscuro, pues las persianas todavía estaban cerradas para evitar la luz del día y él había apagado todas las luces cuando Layla se marchó. Con la mano en el interruptor, John respiró hondo y encendió las luces del techo.

Parpadeó varias veces, pues tenía los ojos muy sensibles y la vista mucho más aguda de lo que era antes. Transcurrido un momento, su reflejo comenzó a aclararse en el espejo, como si fuera una aparición que surgiera de la mirada, como si fuera un fantasma de sí mismo. Y lo que vio fue…

No, John no quería saberlo. Todavía no.

Apagó las luces y se dirigió a la ducha. Mientras esperaba a que saliera agua caliente, se recostó contra el mármol helado y se agarró los brazos, envolviéndose entre ellos. Tenía una absurda necesidad de que lo abrazaran, así que se alegró de estar solo. Aunque esperaba que el cambio lo fortaleciera, parecía que lo había convertido en un ser todavía más débil.

Recordó la forma en que había matado a los dos restrictores. Justo después de apuñalarlos, percibió con enorme claridad quién era y qué tipo de poder poseía. Pero después, todo eso se había desvanecido de una manera tan absoluta que ahora ni siquiera estaba seguro de haberse sentido así.

Abrió la puerta de la ducha y entró.

¡Por Dios, ay! Los chorritos de agua parecían agujas que penetraran en su piel y cuando trató de enjabonarse el brazo, el jabón francés perfumado que Fritz compraba le quemó como si fuera ácido. Tuvo que obligarse a lavarse la cara y aunque era estupendo tener una barba incipiente en la barbilla por primera vez en la historia, la idea de pasarse una cuchilla por la cara le parecía absolutamente repugnante. Como pasarse un rayador de queso por las mejillas.

Se estaba enjabonando, con tanta suavidad como podía, cuando llegó a sus genitales. Sin pensarlo mucho, hizo lo que había hecho toda su vida, se pasó la mano rápidamente por el escroto y luego por debajo…

Pero esta vez el efecto fue diferente. El pene se puso duro. Su… pene se puso duro.

Dios, esa palabra le parecía tan extraña, pero… bueno, esa cosa definitivamente era un pene ahora, algo que tenían los hombres, algo que usaban los hombres…

De pronto, la erección desapareció. Simplemente dejó de hincharse y alargarse. Y esa ansiedad que sentía en la parte baja del vientre también se desvaneció.

Se quitó el jabón, decidido a no abrir la caja de Pandora de su relación con el sexo. Ya tenía suficientes problemas. Su cuerpo era como un coche a control remoto con la antena estropeada; iba a ir a clase, donde todo el mundo le iba a mirar de arriba abajo; y en ese momento se le ocurrió pensar que Wrath ya debía de estar al tanto del asunto del arma que tenía con él cuando fueron al centro. Después de todo, sus amigos lo habían acompañado allí de alguna manera y ellos le debían de haber explicado lo sucedido. Conociendo a Blay, John estaba seguro de que habría tratado de protegerlo con respecto al asunto de la nueve milímetros y seguramente había confesado que era suya, pero ¿qué pasaría si eso hacía que lo expulsaran del programa? Se suponía que nadie debía tener armas cuando estaban en la calle. Nadie.

Cuando John salió de la ducha, no se secó con la toalla. Aunque hacía un frío horrible, prefirió secarse al aire, mientras se lavaba los dientes y se cortaba las uñas. Sus ojos tenían ahora una visión muy aguda en la oscuridad, así que encontrar los utensilios que necesitaba no le presentó ningún problema. Pero evitar el espejo sí lo fue, de modo que regresó a la habitación.

Al abrir el armario, sacó una bolsa de Abercrombie & Fitch. Hacía unas semanas que Fritz había aparecido con ella y cuando John le echó un vistazo a la ropa, pensó que el mayordomo se había vuelto loco. Dentro había un par de vaqueros desteñidos totalmente nuevos, una chaqueta del tamaño de un saco de dormir, una camiseta talla XXXL y un par de Nike del número cuarenta y cinco, guardadas en una caja nueva y brillante.

Resultó que, como siempre, Fritz tenía razón. Todo le quedaba perfecto. Incluso los zapatos, que parecían lanchas.

Mientras se miraba los pies, John pensó: Vaya, estas Nike debían venir con flotadores y un ancla, porque eran realmente inmensas.

Cuando salió de la habitación, notó que movía con torpeza las piernas, al igual que los brazos, y le costaba trabajo mantener el equilibrio.

Al llegar a la gran escalera de la mansión, levantó los ojos al techo y vio las pinturas de los grandes guerreros.

John pensó que quería ser uno de ellos. Pero en aquel momento no se podía imaginar cómo iba a conseguirlo.

Phury se despertó y lo primero que vio fue a la mujer de sus sueños. ¿O tal vez estaba soñando?

—Hola —dijo Bella.

Phury carraspeó, pero su voz todavía sonó un poco aflautada al responder:

—¿Estás aquí realmente?

—Sí. —Bella le agarró la mano y se sentó en el borde de la cama—. Aquí mismo. ¿Cómo te sientes?

Mierda, ella estaba preocupada por él y eso no le convenía al bebé.

Con la poca energía que tenía, Phury hizo un esfuerzo por hacerse una limpieza mental y sacar de su cerebro todos los residuos del humo rojo que se había fumado, y también el letargo del dolor y del sueño.

—Estoy bien —dijo, levantando una mano para frotarse el ojo bueno. Pero no fue una buena idea, pues todavía tenía agarrado el dibujo que había hecho de ella, arrugado como si lo hubiese estado abrazando durante el sueño. Phury se apresuró a guardar la hoja debajo de las mantas, antes de que ella pudiera preguntar qué era eso—. Tú deberías estar en la cama.

—Me puedo levantar un rato todos los días.

—Sin embargo, no deberías...

—¿Cuándo te podrás quitar los vendajes?

—Eh, ahora, supongo.

—¿Quieres que te ayude?

—No. —Lo último que necesitaba era que ella descubriera al mismo tiempo que él que se había quedado ciego—. Pero gracias.

—¿Puedo traerte algo de comer?

La amabilidad de Bella era más mortífera que un puñetazo en las costillas.

—Gracias, pero llamaré a Fritz un poco más tarde. Deberías regresar y acostarte.

—Me quedan cuarenta y cuatro minutos. —Bella miró su reloj—. Cuarenta y tres.

Phury se apoyó en los brazos para incorporarse y tiró de las sábanas hacia arriba para taparse más el pecho.

—¿Cómo te sientes?

—Bien. Asustada, pero bien...

De pronto se abrió la puerta sin previo aviso. Cuando Zsadist entró, de inmediato clavó los ojos en Bella, como si estuviera tratando de tomarle los signos vitales con la mirada.

—Pensé que estarías aquí —dijo, agachándose para besarla en la boca y luego a cada lado del cuello, sobre las venas.

Phury desvió la mirada mientras se saludaban... y se dio cuenta de que había metido su mano de nuevo sigilosamente debajo de las mantas y había vuelto a agarrar el dibujo. Entonces se obligó a soltarlo.

La actitud general de Z parecía mucho más relajada.

—¿Cómo estás, hermano?

—Bien. —Aunque si volvía a oír esa pregunta de labios de cualquiera de ellos, acabaría por sentirse como el protagonista

345

de *Scanners*, pues su cabeza iba a explotar—. Lo suficientemente bien como para salir esta noche.

Su gemelo frunció el ceño.

—¿La doctora de V ya te ha dado el alta?

—Eso es decisión mía, de nadie más.

—Es posible que Wrath no piense lo mismo.

—Bien, pero si no está de acuerdo, tendrá que encadenarme a la cama para evitar que salga. —Phury bajó el tono, pues no quería tener una discusión delante de Bella—. ¿Esta noche tienes que impartir la primera parte de las clases?

—Sí, me imagino que avanzaremos un poco en las armas de fuego. —Z acarició el cabello color caoba de Bella, masajeándole la espalda al mismo tiempo. Aparentemente fue un gesto inconsciente y ella aceptó la caricia con la misma amorosa inconsciencia.

Phury sintió una opresión en el pecho, e incluso tuvo que abrir la boca para respirar.

—¿Por qué no nos encontramos más tarde durante la Primera Cena? Ahora quiero ducharme, vestirme y sacarme los vendajes.

Bella se puso de pie y Z le puso el brazo alrededor de la cintura para atraerla hacia él.

Por Dios, eran toda una familia. Los dos juntos, con un bebé en camino. Y, si la Virgen Escribana así lo quería, en poco más de un año estarían sosteniendo a su hijo entre los brazos. Más tarde, muchos años más tarde, su hijo estaría junto a ellos. Y luego su hijo o su hija se aparearían y otra generación de su misma sangre prolongaría la raza. Eran una familia, no una fantasía.

Con intención de que salieran pronto de su habitación, Phury se movió como si se fuera a levantar.

—Te veré en el comedor —dijo Z, acariciando el vientre de su shellan—. Bella tiene que volver a la cama, ¿no es así, nalla?

Bella miró de nuevo su reloj.

—Veintidós minutos. Será mejor que me dé un baño.

Luego se despidieron varias veces, pero Phury no prestó atención a nada de eso, pues deseaba con desesperación que se marcharan. Cuando finalmente se cerró la puerta, cogió su bastón, se levantó de la cama y fue directo al espejo que había encima de la cómoda. Retiró el esparadrapo que sostenía las vendas y luego se quitó los apósitos. Debajo de la gasa las pestañas estaban tan pegadas unas a otras, que tuvo que ir al baño y lavarse la cara varias veces antes de poder separarlas.

Entonces abrió el ojo.

Y veía perfectamente bien.

El hecho de que no sintiera ni el más mínimo alivio al ver que sus atractivos ojos estaban perfectos fue impresionante. Debería importarle. Necesitaba preocuparse por su cuerpo y por su espíritu. Pero la verdad es que no le importaban.

Perturbado por esa sensación de desinterés, se dio una ducha, se afeitó, se puso la prótesis y luego se vistió con su ropa de cuero. Cuando estaba a punto de salir con las dagas y la cartuchera en la mano, se detuvo un momento. El dibujo de Bella todavía estaba metido entre las mantas; podía ver los bordes arrugados de la hoja blanca, envueltos en el satén azul de las sábanas.

Phury recordó la expresión de su gemelo al acariciar el cabello de Bella. Y luego su vientre.

Se acercó a la cama, sacó el dibujo y lo alisó sobre la mesilla de noche. Lo miró por última vez y luego lo rompió en mil pedazos, los puso en el cenicero y encendió una cerilla con el pulgar. Después acercó la llama al papel.

Cuando sólo quedaron cenizas, se levantó y salió de la habitación.

Era hora de levar anclas y ya sabía cómo hacerlo.

Vestaba feliz. Se sentía totalmente completo. Un cubo de Rubik resuelto. Tenía los brazos alrededor de su mujer, su cuerpo apretado contra el de ella y el olor de ella en la nariz. Aunque era de noche, V se sentía como si estuviera bajo la luz del sol.

Luego oyó el disparo.

«Estaba en medio del sueño. Estaba dormido y en medio del sueño».

El horror de la pesadilla siguió el mismo curso de siempre, pero V se sintió como si fuera la primera vez que lo veía: tenía sangre en la camisa. Un dolor que le partía el pecho. Caía al suelo hasta quedar de rodillas, su vida finalizaba…

Se sentó en la cama y comenzó a gritar.

Jane se abalanzó sobre él para tranquilizarlo. En ese instante se abrió la puerta y Butch entró con un arma en la mano. Los dos hablaron al mismo tiempo y sus voces y sus palabras se mezclaron.

—¿Qué demonios sucede?

—¿Estás bien?

V se quitó rápidamente las mantas y se miró el pecho. No había ninguna señal en la piel, pero de todas maneras se pasó la mano por encima.

—Por Dios santo…

—¿Has tenido un recuerdo del disparo? —preguntó Jane, atrayéndolo hacia ella para abrazarlo.

—Sí, maldición…

Butch bajó el arma.

—Nos has dado un susto horrible a mí y a Marissa. ¿Quieres un poco de vodka?

—Sí.

—¿Jane? ¿Tú quieres algo?

Jane ya estaba negando con la cabeza, cuando V dijo:

—Chocolate caliente. Le gustaría tomar un poco de chocolate caliente. Le pedí a Fritz que trajera un poco. Está en la cocina.

Cuando Butch salió, V se pasó las manos por la cara.

—Lo siento.

—Por Dios, no tienes que disculparte. —Jane le acarició el pecho—. ¿Estás bien?

V asintió con la cabeza. Luego la besó y, como un completo idiota, dijo:

—Me alegra que estés aquí.

—A mí también. —Luego Jane lo rodeó con sus brazos y lo abrazó como si fuera algo muy valioso.

Se quedaron callados hasta que regresó Butch, al poco rato, con un vaso en una mano y una taza en la otra.

—Quiero una buena propina. Me he quemado el meñique en la cocina.

—¿Quieres que te eche un vistazo? —Jane se metió la sábana debajo de los brazos y se inclinó para coger el chocolate.

—Creo que sobreviviré, pero gracias, doctora Jane. —Butch le entregó el vodka a V—. ¿Y tú, grandullón? ¿Ya estás mejor?

En absoluto. Después de ese sueño no. Y mucho menos sabiendo que Jane se iba a ir.

—Sí.

Butch sacudió la cabeza.

—No sabes mentir.

—Púdrete —exclamó V, pero sin ninguna convicción, y añadió—: Estoy bien.

El policía se dirigió a la puerta.

—Ah, y hablando de fortaleza, ¿sabés quién ha bajado a la Primera Cena? Phury, listo para salir a pelear esta noche. Z pasó por aquí hace media hora, camino de sus clases, para darte las gracias, doctora Jane, por todo lo que hiciste. La cara de Phury ha quedado perfecta y su ojo funciona divinamente.

Jane sopló en el chocolate para enfriarlo.

—Me sentiría mejor si fuera a ver a un oftalmólogo para estar seguros.

—Z dijo que le había insistido en eso y lo mandó a la mierda. Hasta Wrath lo intentó.

—Me alegro de que nuestro muchacho haya salido bien de eso —dijo V con verdadero afecto. El problema era que la única excusa para que Jane se quedara acababa de desvanecerse.

—Sí, yo también. Ahora os dejaré solos. Adiós.

Cuando la puerta se cerró, V oyó que Jane estaba soplando de nuevo su chocolate

—Voy a llevarte a casa esta noche —dijo.

Jane dejó de soplar. Luego se produjo una larga pausa y le dio un sorbo a su chocolate.

—Sí. Ya va siendo hora.

V se tomó la mitad del vodka que había en el vaso.

—Pero antes de eso, me gustaría llevarte a un sitio.

—¿Adónde?

V no sabía cómo decirle a Jane lo que quería que pasara entre ellos antes de que se fuera. No quería asustarla, sobre todo ante la perspectiva de los años que le esperaban y de todo ese sexo deshonesto y desinteresado que iba a tener que tener.

V se terminó el Goose.

—Un sitio privado.

Mientras se tomaba el chocolate, Jane arrugó la frente.

—Realmente vas a dejarme marchar, ¿verdad?

V se quedó mirando el perfil de Jane y pensó en lo estupendo que habría sido que se conocieran en otras circunstancias. Sólo que, ¿cómo diablos podría haber pasado semejante cosa?

—Sí —dijo él en voz baja—. Voy dejarte marchar.

Tres horas más tarde, cuando se encontraba delante de su taquilla, lo único que deseaba John era que Qhuinn cerrara la bocaza. Aunque en los vestuarios había bastante ruido por las puertas metálicas que se cerraban y la ropa y los zapatos que caían al suelo, John sentía como si su amigo tuviera un cuerno pegado a la boca.

—Eres enorme, hermano. De veras. Como… giganumental.

—Esa palabra no existe.

John metió su mochila en la taquilla, como hacía siempre, y luego se dio cuenta de que ninguna de la ropa que tenía allí le iba a servir.

—¿No te parece, Blay? Vamos, ayúdame.

Blay asintió, mientras tomaba su *ji*.

—Sí, si engordas un poco, vas a tener el tamaño de un hermano.

—Giganstruoso.

—Muy bien, esa palabra tampoco existe, idiota.

—Bien, entonces muy, muy, muy grande. ¿Así está bien?

John sacudió la cabeza, mientras ponía los libros en el suelo y arrojaba a la papelera toda aquella ropa diminuta. Cuando regresó, se midió con sus amigos y se dio cuenta de que los superaba a ambos en casi diez centímetros. Diablos, era tan alto como Z.

John se giró a mirar a Lash, que estaba en el otro extremo del pasillo. Sí, también era más alto que Lash.

El maldito se dio la vuelta, al tiempo que se quitaba la camisa, como si hubiese notado la mirada de John. Con un movimiento preciso, el tipo flexionó deliberadamente los hombros y sus músculos se tensaron bajo la piel. Tenía un tatuaje en el estómago que no estaba allí hacía un par de días, una palabra en lengua antigua que John no reconoció.

—John, ven aquí un momento.

El sitio se quedó en silencio y John giró la cabeza enseguida. Zsadist estaba en la puerta de los vestuarios, muy serio.

—Mierda —susurró Qhuinn.

John dejó la mochila a un lado, cerró la taquilla y se sometió la camisa. Luego se dirigió hacia donde estaba el hermano, lo más rápido que pudo, pasando junto a otros compañeros que fingían estar ocupados con sus cosas.

Z mantuvo la puerta abierta mientras John salía al pasillo. Cuando se hubo cerrado, dijo:

—Esta noche, tú y yo nos reuniremos antes del amanecer, como siempre. Sólo que no vamos a salir a caminar. Vendrás conmigo a la sala de pesas, mientras yo hago ejercicio. Tenemos que hablar.

Cierto. Mierda.

—¿A la misma hora de siempre? —preguntó John.

—A las cuatro de mañana. En cuanto al entrenamiento de esta noche, no quiero que hagas la parte del gimnasio, pero quiero que participes en el campo de tiro. ¿Has comprendido?

John inclinó la cabeza, luego le agarró el brazo a Z, mientras que éste daba media vuelta.

—¿Es sobre anoche?

—Sí.

El hermano se marchó y abrió de un golpe las puertas dobles del gimnasio. Cuando las dos puertas se cerraron, hicieron un sonido metálico.

Blaylock y Qhuinn llegaron al poco rato y se pusieron detrás de John.

—¿Qué sucede? —preguntó Blay.

—Me van a joder por haberle disparado a ese restrictor —dijo John con el lenguaje de signos.

Blay se pasó la mano por el pelo.

—Debí haberte cubierto mejor.

Qhuinn sacudió la cabeza.

—John, nosotros te vamos a respaldar, hermano. Me refiero a que lo de ir al club fue idea mía.

—Y el arma era mía.

John cruzó los brazos sobre el pecho.

—No va a pasar nada.

O al menos eso esperaba. Pues, según parecía, estaba a punto de que lo sacaran del programa.

—A propósito… —dijo Qhuinn, poniendo una mano sobre el hombro de John—. No había tenido la oportunidad de darte las gracias.

Blay asintió.

—Yo tampoco. Estuviste estupendo anoche. Fantástico. Nos salvaste el pellejo.

—Mierda, parecías saber exactamente lo que estabas haciendo.

John sintió que se ponía colorado.

—Bueno, ¿no os parece muy tierno? —dijo Lash con tono sarcástico—. Decídme una cosa, ¿vosotros echáis a suertes quién va a quedar debajo? ¿O siempre es John el que está debajo?

Qhuinn sonrió y enseñó los colmillos.

—¿Alguna vez te han mostrado la diferencia entre una mano suave y una mano dura? Porque a mí me encantaría mostrártelo. Y podríamos empezar ahora mismo.

John se puso delante de su amigo y se encaró con Lash. No dijo nada, sólo lo miró desde arriba.

Lash sonrió.

—¿Tienes algo que decirme? ¿No? Ah, espera, ¿sigues sin tener voz? Dios… ¡qué desgracia!

John podía sentir que Qhuinn estaba ardiendo de la rabia y se estaba preparando para lanzarse sobre Lash. Para evitar el enfrentamiento, estiró el brazo y puso una mano sobre los abdominales de su amigo, para inmovilizarlo.

Si alguien iba a vengarse de Lash era John.

Lash soltó una carcajada y se apretó el cinturón.

—No te enfrentes a mí como si tuvieras cojones, niño. La transición no lo cambia a uno por dentro ni arregla los defectos físicos. ¿No es verdad, Qhuinn? —Al dar media vuelta, dijo en voz baja—: Bicho raro.

Antes de que Qhuinn pudiera saltar sobre Lash, John dio media vuelta y lo agarró por la cintura. Blay lo agarró de un brazo. Y a pesar de la fuerza de los dos, era como tratar de contener a un toro.

—Tranquilo —gruñó Blay—. Relájate.

—Uno de estos días lo mataré —bufó Qhuinn—. Lo juro.

John se quedó observando a Lash, que desaparecía ya por la puerta del gimnasio. Entonces se hizo una promesa a sí mismo y juró darle una paliza a aquel imbécil, aunque lo echaran del programa para siempre.

Siempre había pensado que lo peor que podía hacer alguien era meterse con sus amigos. Fin de la historia.

La cuestión es que ahora podía responder.

CAPÍTULO
28

Alrededor de la medianoche, Jane se encontraba en el asiento trasero de un Mercedes negro, camino a casa. En la parte delantera, al otro lado del cristal de separación, el chófer uniformado era el anciano mayordomo más viejo que Dios y más alegre que un cachorro. A su lado, vestido con su ropa de cuero negra, iba V, más silencioso y fúnebre que una tumba.

No había hablado mucho, pero tampoco le había soltado la mano durante todo el trayecto.

Las ventanas del coche eran tan oscuras que Jane se sentía como en un túnel. Con el fin de saber en qué parte de la ciudad se encontraban, presionó un botón de la puerta y, al ver que su ventanilla empezaba a bajar, una oleada de aire frío se introdujo en el coche desplazando al calor, como si fuera un toro suelto en un parque de atracciones y todos los niños salieran huyendo.

Sacó la cabeza por la ventanilla y, en medio de la brisa, vio el rayo de luz que proyectaban las luces del coche. El paisaje estaba borroso, como una fotografía desenfocada. Aunque a juzgar por la inclinación de la calle podía darse cuenta de que estaban descendiendo de una montaña. Pero no tenía ni idea de hacia dónde iban ni de dónde venían.

Curiosamente, esa sensación de desorientación le pareció apropiada. Aquél era el interludio entre el mundo en el que había estado y el mundo al cual estaba regresando y los límites entre ambos debían de estar difuminados.

—No puedo ver dónde estamos —murmuró, volviendo a subir la ventanilla.

—Se llama mhis —dijo V—. Funciona como una especie de ilusión protectora.

—¿Uno de tus trucos?

—Sí. ¿Te molesta si me fumo un cigarrillo y dejo entrar un poco de aire fresco?

—Está bien. —Tampoco iba a estar con él mucho más tiempo. Maldición.

V le apretó la mano y luego bajó la ventanilla menos de un centímetro. El zumbido del viento se superpuso al silencioso ronroneo del coche. Su chaqueta de cuero crujió mientras sacaba un cigarrillo y un mechero dorado. Se oyó el chasquido de la piedra y luego Jane sintió un cosquilleo en la nariz a causa del suave olor del tabaco turco.

—Ese olor siempre me va a… —De pronto se interrumpió.

—¿Qué?

—Iba a decir que me iba a recordar a ti. Pero no será así, ¿verdad?

—Tal vez en un sueño.

Jane apoyó lo dedos contra la ventanilla. El cristal estaba helado. Al igual que el centro de su pecho.

—¿Cómo son exactamente esos enemigos vuestros? —preguntó ella, intentando romper un silencio que no podía soportar.

—Empiezan siendo humanos. Luego son convertidos en otra cosa.

Mientras le daba una calada al cigarrillo, Jane vio la cara de V iluminada por la luz naranja del fuego. Se había afeitado antes de salir, con la misma navaja que ella había querido usar al principio contra él, y su rostro había recuperado su increíble atractivo: altivo, masculino, tan duro como su voluntad. Los tatuajes de la sien seguían siendo una obra de arte, pero ahora Jane los odiaba, tras saber que habían sido el fruto de una violación.

Jane carraspeó.

—Cuéntame más cosas.

—Nuestro enemigo, la Sociedad Restrictiva, elige a sus miembros después de un cuidadoso proceso de estudio. Buscan todo tipo de sociópatas, asesinos, tipos sin escrúpulos ni moral, tipo Jeffrey Dahmer[*]. Luego entra el Omega…

—¿El Omega?

V miró la punta de su cigarro.

—Supongo que el equivalente cristiano sería el demonio. En todo caso, el Omega les echa una mano… y también otras cosas… y rápidamente los transforma y un día se despiertan muertos pero caminando. Son fuertes, prácticamente indestructibles, y sólo mueren cuando se les apuñala en el pecho con algo de acero.

—¿Y por qué son vuestros enemigos?

V tomó aire y frunció el entrecejo.

—Supongo que por algo que tiene que ver con mi madre.

—¿Con tu madre?

La sonrisa que se dibujó en sus labios fue más una mueca.

—Soy hijo de lo que probablemente vosotros consideraríais una diosa. —Levantó su mano enguantada—. Esto es una herencia suya. Personalmente, habría preferido que me regalara un sonajero de plata, o tal vez una golosina. Pero uno no siempre puede elegir lo que le regalan los padres.

Jane miró el guante de cuero negro que cubría la palma de la mano.

—Jesús…

—No, eso no se ajusta a nuestro léxico ni a mi naturaleza. No soy ningún salvador. —V se puso el cigarrillo en los labios y se quitó el guante. En medio de la penumbra del asiento trasero del coche, su mano brilló con la suave belleza de la luz de la luna sobre la nieve fresca.

Le dio una última calada al cigarro y luego apoyo el extremo encendido contra el centro de la palma de su mano.

—No —dijo Jane—. Espera…

Pero la colilla se convirtió en cenizas en un instante y luego V sopló lo que quedó y el fino polvillo se dispersó por el aire.

---

[*]Jeffrey Dahmer fue un asesino en serie responsable de la muerte de 17 personas, le apodaron «El carnicero de Milwaukee».

—Daría cualquier cosa por deshacerme de esta mierda. Aunque tengo que decir que es muy útil cuando no tengo un cenicero a mano.

Jane notó un ligero mareo por varios motivos, especialmente al pensar en el futuro de V.

—¿Tu madre te obliga a casarte?

—Sí. Puedes estar segura de que nunca me habría ofrecido voluntariamente. —V la miró a los ojos y, durante una fracción de segundo, Jane habría podido jurar que iba a decir que ella sería la excepción a esa regla. Pero luego desvió la mirada.

Dios, la idea de que él estuviera con alguien más, aunque ella ya no pudiera recordar aquella experiencia, fue como una patada en el estómago.

—¿Cuántas? —preguntó Jane con voz ronca.

—No quieras saberlo.

—Dímelo.

—No pienses en eso. Te aseguro que yo trato de no hacerlo. —V se giró a mirarla—. Ellas no van a significar nada para mí. Quiero que sepas eso. Aunque tú y yo no podamos… Sí, bueno, en todo caso, no van a significar nada.

Era horrible por su parte, pero Jane se alegró de oír eso.

V volvió a ponerse el guante y se quedaron callados mientras que el coche seguía avanzando en medio de la noche. De pronto se detuvieron. Volvieron a arrancar. Pararon. Y volvieron a arrancar otra vez.

—Debemos de estar en el centro, ¿no es así? —dijo Jane—. Esto parecen semáforos.

—Sí. —V se inclinó, oprimió un botón y el cristal que los separaba del asiento delantero bajó, de forma que ella pudo ver la calle por el parabrisas.

Sí, el centro de Caldwell. Estaba de vuelta.

Al sentir que se le humedecían los ojos, Jane parpadeó y se quedó mirándose las manos.

Un poco más tarde, el conductor detuvo el Mercedes ante lo que parecía la entrada de servicio de un edificio de ladrillo: había una pesada puerta de metal que decía PRIVADO en letras blancas y una rampa de hormigón que subía hasta una plataforma de descarga. El sitio parecía limpio y organizado, como si fuera un edificio público con un buen mantenimiento. Lo cual significaba que era un poco sórdido, pero no había basura alrededor.

V abrió la puerta de su lado.

—No te bajes todavía.

Jane puso la mano en el maletín en el que estaban sus cosas. ¿Tal vez había decidido llevarla al hospital? Pero esto no parecía una entrada del Saint Francis.

Al cabo de un instante, V abrió la puerta y le ofreció la mano buena.

—Deja aquí tus cosas. Fritz, espéranos aquí, volveremos dentro de un rato.

—Con gusto —dijo el viejo con una sonrisa.

Jane se bajó del coche y precedió a V hasta unas escaleras de hormigón que había al lado de la rampa. V la siguió todo el tiempo muy de cerca, pegado a su espalda, como si la estuviera protegiendo. Abrió la pesada puerta de metal sin usar ninguna llave; simplemente puso la mano sobre la barra y se quedó mirándola.

Curiosamente, después de entrar tampoco se relajó. La condujo rápidamente a lo largo de un pasillo hasta el ascensor de carga, mirando a la derecha y a la izquierda todo el tiempo. Jane no tenía ni idea de que se encontraban en el lujoso edificio Commodore hasta que leyó una nota de la administración, que estaba pegada a la pared de hormigón.

—¿Tienes un apartamento aquí? —preguntó, aunque parecía evidente.

—El último piso es mío. Bueno, la mitad. —Tomaron un ascensor de servicio que tenía suelo de linóleo y poca iluminación—. Quisiera poder hacerte entrar por la puerta principal, pero está demasiado expuesta.

El ascensor se sacudió un poco al arrancar y Jane estiró la mano para apoyarse contra la pared. Pero V la agarró antes y la sostuvo y después no la soltó. Y ella tampoco quería que lo hiciera.

V siguió tenso hasta que se detuvieron y el ascensor se abrió. El vestíbulo no tenía nada de especial, sólo dos puertas y una escalera de servicio. Tenía techos altos, pero ninguna decoración, y la gruesa alfombra de colores se parecía mucho a las que usaban en las salas de espera del hospital.

—Mi apartamento es éste.

Jane siguió a V hasta el fondo del pasillo y se sorprendió al verlo sacar una llave dorada para abrir la puerta.

El interior estaba completamente a oscuras, pero Jane entró con V sin ningún temor. Demonios, sentía que, estando junto a él, podía pasar por delante de un pelotón de fusilamiento y salir ilesa. Además, el sitio olía bien, como a limón, como si lo hubiesen limpiado recientemente.

V no encendió ninguna luz. Sólo la agarró de la mano y la instó a seguir avanzando.

—No veo nada.

—No te preocupes. No tropezarás con nada y yo conozco el camino.

Jane se agarró de la mano y la muñeca de V y siguió caminando detrás de él hasta que se detuvo. A juzgar por el eco que producían sus pasos, le dio la impresión de que se trataba de un lugar grande, pero no tenía idea de cómo sería el ático.

V le dio la vuelta de manera que ella quedó mirando hacia la derecha y luego se alejó.

—¿Adónde vas? —Jane tragó saliva.

De repente se encendió una vela en un rincón, a unos doce metros de donde ella estaba. Pero no alcanzaba a iluminar mucho. Las paredes… las paredes y el techo y… el suelo… todo era negro. Al igual que la vela.

V se detuvo de pronto en el rayo de luz, pero no se veía más que una imponente sombra.

Jane notaba las palpitaciones de su corazón.

—Me preguntaste sobre las cicatrices que tengo entre las piernas —dijo él—. Cómo me las habían hecho.

—Sí… —susurró Jane. Así que ésa era la razón por la que quería que todo estuviese a oscuras. No quería que ella le viera la cara.

Entonces se encendió otra vela, esta vez al otro lado de lo que parecía ser un inmenso salón.

—Mi padre ordenó que me lo hicieran. Justo después de haberle querido matar.

Jane dejó escapar una exclamación.

—¡Ay… Dios!

Vishous estaba mirando a Jane, pero sólo veía el pasado y lo que le había ocurrido después de derribar a su padre.

—Traedme mi daga —dijo el Sanguinario.

V forcejeó contra el soldado que lo sostenía por los brazos, pero no logró zafarse. Mientras luchaba por soltarse, aparecieron otros dos hombres. Y luego otros dos. Y después tres más.

El Sanguinario escupió en el suelo, mientras que alguien le ponía una daga negra en la mano y V se preparó para que lo apuñalaran... Sólo que el Sanguinario sólo se pasó la hoja de la daga por la palma de la mano y luego se la guardó en el cinturón. Después juntó las dos manos, se las frotó una contra otra y luego golpeó el pecho de V con la mano derecha, justo en el centro.

V miró la huella de su padre sobre la piel. Expulsión. No muerte. Pero ¿por qué?

Enseguida el Sanguinario habló con voz solemne:

—De ahora en adelante, serás un desconocido para todos los que habitan aquí. Y cualquiera que te ayude, recibirá la muerte.

Los soldados comenzaron a soltar a Vishous.

—Pero todavía no. Traedlo al campamento. —El Sanguinario dio media vuelta—. Y traed al herrero. Es nuestra responsabilidad advertir a los demás sobre la naturaleza maligna de este macho.

V comenzó a sacudirse como un loco, mientras que otro soldado lo levantaba por las piernas y lo metían al campamento como si fuera un animal muerto.

—Detrás de la división —le dijo el Sanguinario al herrero—. Haremos esto delante de la pared con las pinturas.

El hombre se puso pálido, pero agarró su pesada carga de herramientas y se metió detrás de la división. Entretanto, había colocado a V boca arriba. Un soldado lo sostenía por cada una de sus extremidades y otro por las caderas.

El Sanguinario se colocó junto a V. De sus manos chorreaba sangre de color rojo brillante.

—Márcalo.

El herrero levantó la cara para preguntar:

—¿De que manera, amo?

El Sanguinario recitó las advertencias en lengua antigua y los soldados mantuvieron inmóvil a V mientras su sien, su pelvis y sus muslos eran tatuados. A pesar de que forcejeó todo el tiempo, la tinta fue penetrando en su piel y los caracteres quedaron allí para siempre. Cuando terminó, V se sentía absolutamente exhausto, más débil que después de salir de la transición.

—Su mano. Márcalo también en la mano. —El herrero comenzó a negar con la cabeza—. Si no lo haces, tendré que conseguir otro herrero para el campamento porque tú estarás muerto.

El herrero se estremeció, pero tuvo suficiente cuidado de no tocar la piel de V, así que el tatuaje quedó terminado sin que hubiese ningún incidente.

Cuando acabó, el Sanguinario miró a V.

—Me parece que hay otro trabajo que debemos hacer. Abridle las piernas. Le haré un favor a la raza y me aseguraré de que nunca se reproduzca.

V sintió que los ojos se le salían de las órbitas, mientras que le abrían los tobillos y los muslos. Su padre volvió a sacarse la daga negra del cinturón, pero luego se detuvo.

—No, se necesita algo más.

Entonces le ordenó al herrero que lo hiciera con un par de pinzas.

Vishous lanzó un grito cuando sintió que el metal se cerraba sobre su piel más fina. Luego sintió un dolor lacerante y un tirón y luego…

—Por Dios —exclamó Jane.

V volvió de repente al presente y se preguntó qué habría dicho en voz alta, pero al ver la expresión de horror en el rostro de Jane, se dio cuenta de que debía de haberlo contado casi todo.

Vio el reflejo de la luz de la vela en los ojos color verde oscuro de Jane.

—Pero no pudieron terminar.

—Por decencia —dijo ella con voz suave.

V negó con la cabeza y levantó su mano enguantada.

—Aunque estaba a punto de desmayarme, todo mi cuerpo se encendió. Los soldados que me tenían agarrado quedaron muertos al instante. Al igual que el herrero… estaba usando una herramienta de metal, así que sintió la descarga de inmediato.

Jane cerró brevemente los ojos.

—¿Y luego qué sucedió?

—Di media vuelta, vomité un poco más y me arrastré hasta la salida. Todo el campamento me vio salir en silencio. Ni siquiera mi padre se interpuso ni dijo nada. —V se llevó la mano a la entrepierna, mientras recordaba el dolor insoportable—. El… ah… el suelo de la caverna estaba cubierto de un polvillo suelto que contenía muchos minerales, uno de ellos seguramente debía ser sal, porque la herida cerró, así que no sangré, pero así fue como me quedaron las cicatrices.

—Lo… siento tanto. —Jane levantó la mano, como si quisiera acariciarlo, pero luego la dejó caer—. Es increíble que hayas sobrevivido.

—Casi me muero esa primera noche. Tenía tanto frío. Terminé usando una rama de un árbol como bastón y caminé todo lo que pude sin rumbo. Al cabo de un tiempo, me caí. Tenía la voluntad de seguir, pero mi cuerpo no podía más. Había perdido sangre y el dolor era agotador. Algunas gentes de mi raza me encontraron justo antes del amanecer. Me recogieron, pero sólo durante un día. Las advertencias… —dijo y se dio unos golpecitos en la sien—. Las advertencias en mi cara y en mi cuerpo surtieron el efecto que mi padre deseaba. Me convirtieron en un monstruo al que había que tenerle miedo. Me marché al caer la noche. Deambulé solo durante años, viviendo entre las sombras y manteniéndome alejado de la gente. Me alimenté de sangre humana durante un tiempo, pero no me proporcionaba suficiente sustento. Un siglo después terminé en Italia, trabajando como matón de un comerciante que trataba con humanos. En Venecia había prostitutas de mi raza que me permitían alimentarme de ellas y así lo hice.

—Tan solo. —Jane se llevó la mano a la garganta—. Debías de sentirte tan solo.

—En absoluto. Yo no quería estar con nadie. Trabajé para aquel comerciante durante una década o más, y luego, una noche en Roma, me topé con un restrictor que estaba a punto de matar a una mujer vampiro. Acabé con el maldito, pero no porque estuviera particularmente interesado en la mujer. Fue porque… Fue por su hijo. Su hijo estaba mirando desde las sombras de la calle, acurrucado al lado de un carro. Era como… Mierda, definitivamente era un pretrans, y uno muy joven. De hecho, al primero que vi fue a él. Luego me di cuenta de lo que pasaba al otro lado de la calle. Entonces pensé en mi propia madre, o al menos en la imagen que me había hecho de ella y fue como… Demonios, no, no podía permitir que ese chiquillo viera cómo moría la mujer que lo había traído al mundo.

—¿Y la madre sobrevivió?

V frunció el ceño.

—Cuando pude llegar hasta ella, ya estaba muerta. Desangrada por la herida que tenía en la garganta. Pero te juro que el restrictor quedó destrozado. Después no sabía qué hacer con el chico. Terminé recurriendo al comerciante para el que trabajaba y él me puso en contacto con una gente que acogió al muchacho. —De pronto V estalló en una carcajada—. Resultó que la mujer que murió era una Elegida que había caído en desgracia y el pretrans… Bueno, él resultó siendo el padre de mi hermano Murhder. Es un mundo muy pequeño, ¿no crees?

»Así que, gracias a haber salvado a un muchacho que tenía sangre guerrera, la historia se difundió y mi hermano Darius terminó encontrándome y presentándome a Wrath. D… D y yo teníamos una cierta conexión y probablemente él era el único que podía lograr atraer mi atención en ese momento. Cuando conocí a Wrath todavía no era rey y estaba tan interesado en establecer relaciones como yo. Eso significó que nos caímos bien de inmediato. Con el tiempo fui introducido a la Hermandad. Y ahí… mierda, sí, ahí tienes la historia.

En medio del silencio que siguió, V se preguntaba qué pensaría Jane. La idea de que sintiera lástima por él le hizo querer hacer algo para demostrarle su fuerza.

Algo como levantar un coche.

Sólo que en lugar de enternecerse y hacerlo sentir aún peor, Jane miró a su alrededor, a pesar de que él sabía que no podía ver nada, aparte de las dos velas que estaban encendidas.

—Y este lugar… ¿qué significa este lugar para ti?

—Nada. No significa nada más que ningún otro.

—Entonces, ¿por qué estamos aquí?

V sintió que el corazón se le aceleraba.

Mierda… Al estar con ella allí y ahora, después de haberle abierto su corazón, V no estaba seguro de poder seguir adelante con lo que había planeado.

CAPÍTULO

29

M ientras Jane esperaba que V comenzara a hablar, sintió deseos de abrazarlo. Quería ofrecerle palabras sinceras, pero a fin de cuentas vacías. Quería saber si su padre también había muerto y de qué manera. Esperaba que aquel bastardo hubiese tenido una muerte horrible y dolorosa.

Al ver que el silencio se alargaba, dijo:

—No sé si esto te ayudará… probablemente no, pero tengo que decir algo. No soporto la avena. Incluso hoy día me produce náuseas. —Jane pensó que ojalá que lo que tenía que decir no fuera inapropiado—. Es normal que todavía estés tratando de asimilar todo lo que te sucedió. Eso le pasaría a cualquiera. Eso no te convierte en un ser débil. Fuiste violentamente mutilado por alguien que tendría que haberte protegido y cuidado. El hecho de que todavía te puedas poner de pie es un milagro. Y te respeto por eso.

V sintió que se sonrojaba.

—Yo, eh… no lo veo realmente de esa forma.

—Vale. Pero yo sí. —Con intención de darle a V un respiro, Jane dijo—: Entonces, ¿vas a decirme por qué estamos aquí?

V se frotó la cara con las manos, como si estuviera tratando de aclarar sus pensamientos.

—Mierda. Quiero estar contigo. Aquí.

Jane suspiró, con una expresión de alivio y tristeza. Ella también quería despedirse de él. Una despedida sexual y privada, en un lugar distinto a la habitación en la que habían estado encerrados.

—Yo también quiero estar contigo.

Entonces se encendió otra vela, al lado de unas cortinas. Luego una cuarta, al pie de un mini bar. Luego una quinta, junto a una cama inmensa con sábanas de seda negra.

Jane comenzó a sonreír… hasta que se encendió la sexta vela. Había algo colgado de la pared… algo que parecía como… ¿cadenas?

Enseguida se encendieron más velas. Máscaras. Látigos. Bastones. Mordazas.

Una mesa negra con correas de inmovilización que colgaban hasta el suelo.

Jane se envolvió en sus brazos, con escalofríos.

—Así que aquí es donde celebras tus rituales sadomasoquistas.

—Sí.

Ay, Dios… Ella no quería esa clase de despedida. Mientras trataba de mantener la calma, dijo:

—¿Sabes? Todo esto tiene sentido, teniendo en cuenta lo que te ocurrió. Que te guste esto. —Mierda, Jane se dio cuenta de que no era capaz de manejar esa situación—. Entonces… ¿A quién traes aquí: hombres o mujeres? ¿O una combinación de los dos?

Jane oyó el crujido del cuero y se volvió hacia él. V se estaba quitando la chaqueta y unas armas que ella no había visto. Seguidas de dos dagas negras que también llevaba escondidas. Por Dios, iba armado hasta los dientes.

Jane apretó los brazos. Quería estar con él, pero no atada y con una máscara en la cara, mientras que él recreaba escenas de *Nueve semanas y media* y la azotaba de manera inmisericorde.

—Escucha, V, no creo que…

V se quitó la camisa y los músculos de su espalda se flexionaron y sus pectorales se sacudieron. Luego se quitó las botas.

«Genial», pensó Jane, cuando entendió por fin de qué iba todo aquello.

Tras sacarse los calcetines y los pantalones de cuero, como no usaba ropa interior, ya no hubo nada más que quitar. En medio de un silencio absoluto, V dio unos pasos sobre el suelo de mármol brillante y se subió a la mesa con agilidad. Mientras se acostaba, tenía un aspecto absolutamente magnífico, con su cuerpo musculoso y unos movimientos elegantes y masculinos. V respiró hondo y sus costillas subieron y bajaron.

Parecía que la piel le temblaba… ¿o tal vez era el reflejo de las velas?

V tragó saliva.

No, lo que lo hacía temblar era el miedo.

—Elige una máscara —dijo en voz baja.

—V… no.

—Una máscara y una mordaza de bola. —V giró la cabeza hacia donde estaba Jane—. Hazlo. Luego, inmovilízame. —Al ver que ella no se movía, hizo un gesto con la cabeza hacia la pared—. Por favor.

—¿Por qué? —preguntó Jane, mirando cómo el cuerpo de V se iba empapando de sudor.

—Tú me has dado tanto… —replicó V, con un movimiento de sus labios apenas imperceptible y cerrando los ojos—, y no sólo un fin de semana de tu vida. Traté de pensar en algo que pudiera darte a cambio… Ya sabes, para que sea justo, la historia de la avena por los detalles de lo sucedido con estas cicatrices. La única cosa que tengo soy yo mismo y esto… —dijo, dándole un golpecito a la madera de la mesa con los nudillos—. Esto es lo más expuesto que puedo estar en la vida y eso es lo que quiero darte.

—Pero yo no quiero hacerte daño.

—Lo sé. —V abrió los párpados—. Pero quiero que tomes posesión de mí de una manera en que nadie lo ha hecho y nadie lo hará. Así que elige una máscara.

Mientras V tragaba saliva, Jane vio cómo su nuez subía y bajaba por su cuello inmenso.

—Ésta no es la clase de regalo que quiero. Ni la manera en que quiero despedirme de ti.

Hubo un largo silencio.

—¿Recuerdas qué te conté acerca del matrimonio concertado? —dijo V, finalmente.

—Sí.

—Tendrá lugar en unos cuantos días.

Ah, esto sí era totalmente inesperado. Pensar que estaba con el prometido de alguien…

—No conozco a la hembra todavía. Y ella tampoco me conoce. —V miró a Jane—. Y ella sólo es la primera de cerca de cuarenta hembras más.

—¿*Cuarenta*?

—Se supone que debo ser el padre de todos sus hijos.

—Ay, Dios.

—Así que, de ahora en adelante, el sexo sólo será una función biológica. Y ¿sabes? En realidad, nunca me he entregado totalmente a nadie. Así que quiero hacer esto contigo porque… Bueno, en fin, porque quiero.

Jane miró a V. El esfuerzo de estar acostado en esa mesa se le notaba en la forma que tenía de abrir los ojos, en la palidez de su cara y en el sudor que le cubría el pecho. Rechazarlo sería despreciar su valor.

—¿Qué…? —*Demonios*—. ¿Qué es exactamente lo que quieres que te haga?

Cuando V acabó de darle instrucciones a Jane, volvió a clavar la mirada en el techo. La luz de las velas danzaba sobre el techo negro, dándole el aspecto de un pozo de aceite. Mientras esperaba la respuesta de Jane, V sintió una especie de vértigo, como si toda la habitación estuviera al revés y él estuviese suspendido del techo, a punto de caer y ser devorado por un lago de aceite para coches.

Jane no dijo nada.

¡*Dios*… Nada como ofrecerse en carne viva y no recibir ninguna respuesta!

Pero, claro, siempre era posible que a ella no le gustara el sushi de vampiro.

V dio un brinco cuando ella le puso una mano en el pie. Y luego oyó el sonido metálico de una hebilla. Cuando levantó la cabeza para mirar su cuerpo desnudo, vio que una correa de cuero de diez centímetros de ancha se cerraba alrededor de su tobillo. Al ver cómo las manos blancas de Jane comenzaban a inmovilizarlo, su pene se puso duro.

Jane estaba totalmente concentrada, cuando pasó el extremo de la correa de cuero por la hebilla y dio un tirón hacia la izquierda.

—¿Está bien así?

—Más apretado.

Sin levantar la mirada, Jane dio un tirón mucho más fuerte. Al sentir que la correa le cortaba la piel, V dejó caer la cabeza sobre la tabla de madera y gimió.

—¿Demasiado apretado? —preguntó Jane.

—No… —V comenzó a temblar de arriba abajo, mientras ella le inmovilizaba la otra pierna. Se sintió al mismo tiempo aterrorizado y extrañamente excitado. La sensación se intensificó cuando ella le sujetó primero una muñeca y después la otra.

—Ahora la mordaza y la máscara —pidió V con voz ronca, pues la sangre le ardía en las venas y tenía la garganta tan apretada como las correas que lo ataban a la mesa.

Jane lo miró.

—¿Estás seguro?

—Sí. Una de las máscaras de las que sólo tapan los ojos. Ésa servirá.

Cuando ella regresó, tenía en las manos la máscara y una bola de caucho rojo atravesada por una correa que le permitía ajustarla a la cabeza.

—Primero la mordaza —le dijo V y abrió la boca. Jane cerró los ojos un momento y V se preguntó si iba a detenerse, pero luego se inclinó sobre él. La bola sabía a látex, un sabor amargo y cáustico. Cuando V levantó la cabeza para que ella le ajustara la mordaza por detrás, Jane sintió cómo silbaba el aire al entrar por su nariz.

Jane sacudió la cabeza.

—La máscara no. Necesito ver tus ojos. No puedo… No lo haré si no puedo mirarte a los ojos. ¿Vale?

Probablemente era buena idea. La mordaza ya estaba haciendo su trabajo, asfixiándolo… y las correas también, haciéndole sentirse atrapado. Si él no podía ver y saber que se trataba de ella, era posible que enloqueciera.

Al ver que él asentía con la cabeza, Jane dejó caer la máscara al suelo y se quitó el abrigo. Luego se dirigió a una esquina y cogió una de las velas negras.

Los pulmones le ardieron cuando la vio acercarse.

Jane respiró hondo.

—¿Estás seguro de esto?

V volvió a asentir con la cabeza, aunque los muslos parecían retorcerse y los ojos estaban a punto de salírsele de las órbitas. Con una sensación de terror y excitación, observó mientras que ella estiraba el brazo sobre su pecho… y le daba la vuelta a la vela.

Un chorro de cera negra cayó sobre su pectoral. Apretó los dientes sobre la bola y se retorció hasta que las correas de cuero crujieron. Su pene saltó abruptamente sobre el abdomen y él tuvo que contener el orgasmo.

Jane hizo exactamente lo que él le había dicho: primero bajó por todo el torso y luego se saltó los genitales y volvió a comenzar a echar la cera desde las rodillas hacia arriba. El dolor tenía un efecto acumulativo, al principio lo notaba apenas como la picadura de un insecto, pero luego se iba haciendo más intenso. El sudor se deslizaba por sus sienes y sus costillas. Resoplaba por la nariz y todo su cuerpo parecía doblarse sobre la mesa.

La primera eyaculación se produjo cuando Jane dejó la vela a un lado, tomó un bastón… y tocó la cabeza del pene con la punta del bastón. V apretó la bola que tenía en la boca y eyaculó encima de la capa de cera negra que ya se había endurecido sobre su estómago.

Jane se quedó paralizada, como si la reacción la hubiese sorprendido. Luego deslizó el bastón por encima del semen y le cubrió el pecho con lo que había salido de su pene. El olor del apareamiento invadió el ático, al igual que sus gruñidos de sumisión. Jane continuó deslizando la punta del bastón por su torso y luego sobre las caderas.

El segundo orgasmo se produjo cuando ella llevó el bastón hasta sus piernas y acarició con él el interior de los muslos. Una combinación de miedo, sexo y amor hincharon la piel de V y se convirtieron en los músculos y los huesos que componían su cuerpo. En ese momento, V no era más que emoción y deseo y ella era la dueña de todo.

Y entonces Jane dejó el bastón sobre los muslos con un giró de su brazo.

Jane no podía creer que se estuviera excitando con lo que estaba haciendo. Pero era difícil contener el impulso de saltar sobre él cuando lo tenía así, desnudo, atado y eyaculando para ella.

Jane lo golpeó suavemente con el bastón varias veces, sin duda con mucha menos fuerza de la que él quería, pero con la suficiente para dejar marcas en los muslos, el vientre y el pecho. Le costaba creer que a él le gustara eso, teniendo en cuenta lo que le habían hecho, pero la verdad era que le encantaba. V tenía los ojos fijos en ella y brillaban como bombillas que arrojaban sombras blancas sobre la luz amarillenta de las velas. Cuando él volvió a eyacular, ese aroma misterioso y con un toque a especias que Jane asociaba con él volvió a invadir el ambiente.

Dios, Jane se sentía avergonzada y fascinada por el hecho de querer seguir explorando con el resto de los instrumentos que tenía a su disposición… por el hecho de mirar la caja llena de ganchos metálicos y los látigos que colgaban de la pared y no pensar en ellos como una aberración sino como utensilios para hacer realidad una gran cantidad de posibilidades eróticas. Pero ella no quería hacerle daño. Sólo deseaba que él experimentara sensaciones tan intensas como las que estaba experimentando en ese momento. El objetivo era llevar al límite su capacidad sensorial y sexual.

Al cabo de un rato estaba tan excitada que se quitó los pantalones y la ropa interior.

—Voy a follarte —le dijo.

V gimió con desesperación, mientras se sacudía y levantaba las caderas. Su erección seguía tan dura como piedra, a pesar de la cantidad de veces que había eyaculado y, al oír las palabras de Jane, palpitó como si fuera a eyacular otra vez.

Cuando ella se subió a la mesa y abrió las piernas para sentarse sobre la pelvis de V, él respiró con tanta fuerza por la nariz que Jane se alarmó. Al ver que las fosas nasales de V se expandían nerviosamente, como si se estuviera ahogando, Jane se estiró para quitarle la mordaza, pero él retiró bruscamente la cabeza y la sacudió.

—¿Estás seguro? —preguntó ella.

Al ver que él asentía con vigor, Jane se sentó sobre las caderas llenas de semen y se acomodó sobre la arista dura de la erección, mientras que los labios de su vagina se pegaban al pene. V entornó los ojos y sus párpados comenzaron a aletear como si estuviera a punto de desmayarse, al tiempo que se sacudía contra ella hasta donde se lo permitían las correas.

Mientras se movía encima de él hacia delante y hacia atrás, Jane se quitó la camisa y se bajo las copas del sujetador, de manera que los senos quedaron presionados hacia arriba. En ese momento se oyó un fuerte crujido, pues V luchaba por soltarse. Si no estuviera atado, Jane estaba segura de que ya la tendría de espaldas sobre la mesa y él estaría encima de ella.

—Observa cómo tomo posesión de ti —dijo Jane, llevándose una mano al cuello. Cuando sus dedos tocaron el lugar donde V la había mordido, V separó los labios de la bola y sus colmillos se alargaron, clavándose en el látex rojo, mientras gruñía.

Jane siguió tocándose el lugar donde él la había mordido; se puso de rodillas y levantó el pene erecto. Luego se sentó con fuerza sobre él y V eyaculó tan pronto como se introdujo en su interior, penetrándola hasta el fondo y llenándola con su semen. Transcurridos unos segundos, seguía completamente erecto, aunque su pene dejó de palpitar.

Jane nunca se había sentido tan sexy en su vida, como cuando comenzó a moverse sobre él. Le encantaba el hecho de que V estuviera cubierto de cera y de semen, que su piel brillara por el sudor y las marcas rojas de los golpes y pensar en el desastre que habría que limpiar después. Ella era la causante de todo, y V la adoraba por lo que había ocurrido. Por esa razón, todo aquello le parecía correcto.

Cuando Jane sintió que su propio orgasmo se acercaba, lo miró directamente a aquellos ojos grandes y salvajes.

Y pensó que no quería dejarlo nunca.

Cuando Fritz enfiló la entrada de un edificio y aparcó, V miró por el parabrisas.

—Bonito lugar —le dijo a Jane.

—Gracias.

Luego se quedó callado, perdido en el recuerdo de lo que había sucedido en su ático durante las últimas dos horas. Las cosas que ella le había hecho… ¡Por Dios, nunca había tenido una experiencia tan erótica! Y nada podía ser más dulce que lo que pasó después. Cuando la sesión terminó, Jane lo soltó y lo llevó a la ducha. Bajo el chorro del agua, Jane le limpió el semen, la cera se partió y se despegó, pero la verdadera limpieza fue interior.

V deseaba que las marcas que ella le había dejado en el cuerpo se quedaran allí para siempre. Quería tenerlas permanentemente en su piel.

¡Dios, realmente no soportaba la idea de dejarla ir!

—¿Cuánto tiempo llevas viviendo aquí? —preguntó V.

—Desde la residencia. Así que ya son diez años.

—Es una buena zona para ti. Está cerca del hospital. ¿Qué tal los vecinos? —V pensó en esa conversación intrascendente de cóctel, mientras su interior ardía en llamas.

—La mitad son profesionales jóvenes y la otra mitad son gente mayor. Parece que uno se va de aquí o porque se casa o porque se traslada a vivir a un asilo de ancianos. —Jane hizo un gesto con la cabeza hacia la casa que estaba junto a la suya, a mano izquierda—. El señor Hancock se fue hace dos semanas a una residencia. El nuevo vecino, sea quien sea, probablemente será alguien parecido a él, pues las casas de un solo piso tienden a ser ocupadas por gente mayor. A propósito, estoy hablando demasiado.

Y V estaba posponiendo lo que tenía que hacer.

—Ya te dije que me encanta tu voz, así que sigue.

—Nunca hablo tanto, sólo contigo.

—Lo cual me convierte en alguien muy afortunado. —V le echó un vistazo a su reloj. Mierda, el tiempo se estaba agotando como el agua de una ducha cuando sale de un depósito y deja tras de sí una gran sensación de frío—. Entonces, ¿puedo ver tu casa?

—Claro.

V se bajó primero e inspeccionó el área, antes de apartarse para que ella se bajara. Le dijo a Fritz que regresara a casa, pues él se desmaterializaría después. El doggen arrancó y V dejó que Jane lo guiara hacia la entrada.

Ella abrió la puerta con una sola llave y girando el pomo. No tenía ningún sistema de seguridad. Una única cerradura. Y dentro tampoco tenía pestillo ni cadena. Aunque ella no tuviera enemigos como él, aquello no era suficientemente seguro. V iba a…

No, no iba a remediar nada. Porque en pocos minutos, se habría convertido en un desconocido.

Para no empezar a gritar, decidió echar un vistazo a su alrededor. Los muebles no parecían tener ninguna relación con la casa. Arrimados a las paredes color marfil, aquellos muebles oscuros de madera y los cuadros al óleo le daban a la casa aspecto de museo. De la época de Eisenhower.

—Tus muebles…

—Eran los muebles de mis padres —dijo Jane, dejando la chaqueta y el maletín sobre una silla—. Cuando murieron, me traje de la casa de Greenwich lo que me cabía aquí. Pero fue un error… me siento como si viviera en un museo.

—Hummmm… Te entiendo.

V dio una vuelta y se fijó en el tipo de cosas que formaban parte de la casa colonial de un médico, en una zona acomodada de la ciudad. Todos los objetos parecían empequeñecer la casa y asfixiar habitaciones que, de no ser por ellos, serían amplias y espaciosas.

—En realidad no sé por qué conservo aún esas cosas. No me gustó crecer con ellas cuando era una niña. —Jane dio una vuelta y de repente se detuvo.

Mierda, él tampoco sabía qué decir.

Sin embargo, sí sabía qué hacer.

—Entonces… la cocina es por allí, ¿verdad?

Jane giró a mano derecha.

—No es muy grande.

Pero era muy agradable, pensó V al entrar. Al igual que el resto de la casa, la cocina era blanca y crema, pero al menos allí uno no se sentía como si necesitara un guía: la mesa y las sillas del comedor auxiliar eran de pino claro y tenían el tamaño perfecto para el espacio. Las encimeras de granito eran ligeras y pulcras. Los electrodomésticos, de acero inoxidable.

—La remodelé totalmente el año pasado.

Luego charlaron sobre cosas intrascendentes durante un rato más. Los dos parecían querer ignorar el hecho de que las palabras FIN DEL JUEGO ya estaban titilando en la pantalla.

V se acercó a la cocina y trató de adivinar dónde estaba lo que estaba buscando. Abrió la alacena de la izquierda y ¡bingo! Allí estaba el chocolate en polvo.

Lo sacó, lo puso sobre la encimera y luego se dirigió al refrigerador.

—¿Qué haces? —preguntó Jane.

—¿Tienes una taza? ¿Una cacerola? —Cogió un cartón de leche, lo abrió y lo olfateó.

Cuando regresó junto a la cocina, Jane le dijo dónde estaban las cosas en voz baja, como si de repente le estuviera costando trabajo mantener la serenidad. A V le daba vergüenza admitirlo, pero se alegró de ver que ella estaba triste. Eso le hizo sentirse menos patético y solo, en medio de esta horrible despedida.

Maldición, era un desgraciado.

Sacó una cacerola esmaltada y una taza gruesa. Encendió la cocina en fuego bajo. Mientras que la leche se calentaba, se quedó mirando lo que había sobre la encimera y se dejó llevar por la imaginación: todo parecía salido de un anuncio de Nestlé, la típica escena de una madre de suburbio que hacía sus labores domésticas mientras los chicos jugaban en la nieve, hasta que se les enfriaban las manos y se les ponía roja la nariz. V se lo podía imaginar todo muy bien: los niños entrarían gritando, y la madre les ofrecería, con cara de satisfacción, una bebida caliente capaz de vencer la dulzura del propio Norman Rockwell*.

Y V podía oír el estribillo: *Nestlé siempre prepara lo mejor.*

Sí, bueno, aquí no había madre ni niños. Tampoco un hogar acogedor, aunque la casa era bastante agradable. Aquél era un chocolate de la vida real. El tipo de cosa que le das a alguien a quien amas, porque no se te ocurre qué más hacer y los dos estáis desesperados. Era el tipo de chocolate que uno revuelve mientra siente un nudo en el estómago y tiene la boca seca y está pensando seriamente en echarse a llorar, pero es demasiado hombre para ese tipo de demostración.

Era el tipo de chocolate que haces con todo el amor que no has expresado y tal vez no puedas expresar jamás.

—¿No voy a recordar nada? —preguntó Jane de manera brusca.

V agregó un poco más de chocolate y siguió dando vueltas con la cuchara, mientras veía cómo la leche absorbía el polvo. No fue capaz de responder, sencillamente no podía decirlo.

—¿Nada? —insistió Jane.

—Según tengo entendido, es posible que de vez en cuando recuerdes alguna sensación, debido al estímulo de un objeto o un olor, pero no podrás situarlas con claridad. —V metió el dedo en la leche para probar la temperatura, se lo chupó y siguió revolviendo—. Es muy probable que tú tengas sueños nebulosos, pues tienes una mente muy poderosa.

—¿Y qué hay del fin de semana que habré perdido?

—No te darás cuenta de que has perdido un fin de semana.

—¿Cómo?

—Porque te voy a poner recuerdos que lo reemplazarán.

Al ver que ella no decía nada más, V la miró por encima del hombro. Jane estaba junto al frigorífico, rodeándose con sus brazos. Los ojos le brillaban, llenos de lágrimas.

---

*Norman Rockwell es un ilustrador, fotógrafo y pintor norteamericano.

Mierda. Muy bien, acababa de cambiar de opinión. No quería que Jane se sintiera tan mal como él. Estaba dispuesto a hacer cualquier cosa para que ella no se sintiera tan triste.

Y él tenía posibilidad de evitarlo, ¿no es cierto?

Probó lo que estaba preparando, aprobó la temperatura y apagó el hornillo. Mientras servía el chocolate en la taza, el gorgoteo de la bebida prometía toda la relajación y la satisfacción que quería brindarle a su mujer. V le alcanzó la taza a Jane y, al ver que ella no la tomaba, estiró su mano, la agarró por el brazo y se la puso en la mano. Jane la cogió únicamente porque él la obligaba, pero no bebió. Se limitó a acercársela a la clavícula y, con un giro de la muñeca, pareció abrazarse a la taza.

—No quiero que te vayas —susurró. Se podía apreciar el llanto en el tono agudo de su voz.

V le puso la mano buena sobre la mejilla y sintió la suavidad y la calidez de su rostro. Sabía muy bien que, cuando se fuera de allí, dejaría su estúpido corazón con ella. Por supuesto, algo seguiría dentro de sus costillas y mantendría la sangre en circulación, pero de ahora en adelante, sólo sería una función mecánica.

Pero, un momento. Así era antes. Jane sólo le había dado vida a su corazón durante un breve lapso de tiempo.

V la abrazó y apoyó la barbilla sobre su cabeza. ¡Demonios, sería imposible no pensar en ella y sufrir por ella cada vez que el olor del chocolate cosquilleara en su nariz!

Justo cuando cerró los ojos, V sintió un hormigueo que subió por su espalda, le estremeció la nuca y le golpeó la mandíbula. El sol estaba saliendo y aquélla era la forma que tenía su cuerpo de advertirle de que era el momento de irse de inmediato… Con urgencia.

V se echó hacia atrás y puso sus labios sobre los de Jane.

—Te amo. Y voy a seguir amándote aun después de que ya no sepas que existo.

Jane parpadeó tratando de evitar las lágrimas, pero fue imposible. Entonces se secó las mejillas con los pulgares.

V… Yo…

V esperó un segundo. Al ver que ella no terminaba la frase, le levantó la barbilla con la palma de la mano y la miró a los ojos.

—Ay, Dios, vas a hacerlo —dijo Jane—. Vas a…

J ane parpadeó y bajó la mirada hacia la taza de chocolate caliente que tenía en la mano. Algo estaba goteando dentro del chocolate.

Por Dios… Estaba llorando sin parar y las lágrimas caían dentro de la taza y mojaban su camisa. Estaba temblando de arriba abajo, sus rodillas parecían de trapo y notaba un dolor horrible en el pecho. Por alguna extraña razón, quería tirarse al suelo y comenzar a dar alaridos.

Se secó las mejillas y le echó un vistazo a su cocina. Sobre la encimera había un bote de cacao, leche y una cuchara. De la cacerola que reposaba sobre el hornillo todavía salía una pequeña nube de vapor. La alacena de la izquierda tenía la puerta entreabierta. Jane no podía recordar haber sacado el cacao o haber preparado lo que tenía en la taza, pero, claro, eso solía suceder con los actos monótonos y cotidianos. Uno terminaba por hacerlos de forma automática…

«¿Qué demonios era eso?». A través de la ventana que estaba al lado de la mesita auxiliar, Jane vio a alguien ante su casa. Un hombre. Un hombre enorme. Estaba semioculto por una farola, así que ella no podía verle la cara, pero supo que la estaba mirando.

Sin razón aparente, Jane comenzó a llorar más intensamente. Y la sensación de tristeza todavía aumentó más cuando el desconocido dio media vuelta y se fue caminando por la calle.

Puso la taza sobre la encimera apresuradamente y salió corriendo de la cocina. Tenía que alcanzarlo. Tenía que detenerlo.

Pero cuando llegó a la puerta, un terrible dolor de cabeza la dejó tirada en el suelo, como si se hubiese tropezado con algo. Jane se estiró sobre el frío suelo de baldosas del vestíbulo y luego se encogió hacia un lado, mientras se masajeaba las sienes y jadeaba.

No supo cuánto tiempo permaneció allí, sólo respirando y rogando que el dolor cediera. Cuando le pasó un poco, se incorporó y se recostó contra la puerta, preguntándose si habría tenido una especie de ataque. Aunque pensó que no había perdido el conocimiento en ningún momento y su visión parecía funcionar bien. Sólo había sido el comienzo de un horrible dolor de cabeza.

Debía de ser otro síntoma de esa gripe que había tenido todo el fin de semana. Ese virus que llevaba varias semanas rondando por el hospital la había dejado completamente tirada. Tenía sentido. Hacía mucho tiempo que no se ponía enferma, así que tenía que ponerse al día.

Y hablando de ponerse al día… Mierda, ¿habría llamado para cambiar de día su entrevista en Columbia? No se acordaba de haberlo hecho… lo que probablemente significaba que se le había olvidado. Por Dios, ni siquiera se acordaba de haber salido del hospital la noche del jueves.

Jane no supo cuánto tiempo se quedó recostada contra la puerta, pero en algún momento el reloj de la chimenea comenzó a sonar. Era el reloj que solía estar en el estudio de su padre en Greenwich, un Hamilton antiguo de bronce que Jane siempre había creído que daba la hora con acento inglés. Siempre lo había detestado, pero era de una precisión asombrosa.

Las seis de la mañana. Hora de ir a trabajar.

No era un mal plan, pero cuando se puso de pie, se dio cuenta de que no podía ir al hospital. Estaba mareada, débil y agotada. No había forma de poder cuidar a nadie en ese estado; todavía estaba muy enferma.

Maldición… tendría que llamar para decir que estaba enferma. ¿Dónde estarían su busca y su teléfono?

Jane frunció el ceño. La chaqueta y el maletín que había hecho para viajar a Manhattan estaban en una silla, al lado del armario de la entrada.

Pero no estaban ni el móvil ni el busca.

Se arrastró hasta el segundo piso y miró junto a la cama, pero tampoco estaban allí. Volvió a bajar y buscó en la cocina. Nada. Y su bolso, el que siempre llevaba al trabajo, tampoco estaba. ¿Sería posible que lo hubiese dejado en el coche durante todo el fin de semana?

Abrió la puerta que salía al garaje y la luz automática se encendió enseguida.

¡Qué extraño! Su coche estaba aparcado de frente. Por lo general ella entraba marcha atrás.

Eso significaba que debía de estar muy mal cuando llegó.

En efecto, el bolso estaba en el asiento delantero del coche y Jane dejó escapar una maldición, mientras volvía a casa y marcaba el número del hospital. ¿Cómo es posible que hubiese dejado pasar tanto tiempo sin llamar? Aunque su turno lo cubrieran otros médicos, nunca dejaba pasar más de cinco horas sin llamar.

Tenía varios mensajes, pero por fortuna ninguno era urgente. Los relacionados con pacientes hospitalizados habían sido remitidos al médico de guardia y el resto eran cosas que podían resolverse después.

Cuando iba saliendo de la cocina hacia la habitación, se fijó en la taza. No tenía que tocarla para saber que el chocolate se había enfriado; tendría que tirarlo. Entonces levantó la taza y la llevó al fregadero, pero de pronto se detuvo. Por alguna razón no soportaba la idea de tirarlo. Así que dejó de nuevo la taza sobre la encimera, aunque guardó la leche en la nevera.

Momentos después, cuando estaba en su habitación, se quitó la ropa y, sin recogerla, se puso una camiseta y se metió en la cama.

Cuando se estaba acomodando entre las sábanas, se dio cuenta de que tenía el cuerpo rígido, le dolían sobre todo la parte interna de los muslos y la parte baja de la espalda. En otras circunstancias habría pensado que había tenido un agitado fin de semana a nivel sexual… o había decidido escalar una montaña. Pero sólo era la gripe.

Mierda. Columbia. La entrevista.

Más tarde llamaría a Ken Falcheck, para disculparse por segunda vez y volver a concertar la entrevista. Tenían muchas ganas de que ella se uniera al equipo, pero no aparecer a la entrevista con el jefe del departamento era muy grosero. Aunque uno estuviera enfermo.

Trató de acomodarse sobre las almohadas, pero no parecía encontrar una postura adecuada. Tenía el cuello rígido y, cuando se llevó la mano a la nuca para hacerse un masaje, frunció el ceño. Tenía un dolorcillo en el lado derecho, un verdadero… ¿Qué era eso? Tenía una especie de pequeñas protuberancias allí, como unos granitos.

En fin. No era raro que la gripe produjera brotes. O tal vez la había picado una araña.

Jane cerró los ojos y trató de descansar. El reposo era bueno. El reposo la ayudaría a deshacerse pronto de este virus. El reposo le ayudaría a volver a la normalidad y sería bueno para su cuerpo.

Cuando comenzó a dormirse, una imagen cruzó por su cabeza, la imagen de un hombre de perilla y ojos de diamante. Mientras la miraba, el hombre estaba modulando algo con los labios… *Te amo.*

Jane trató de aferrarse a lo que vio, pero el sueño la arrastró rápidamente a sus oscuras profundidades. Aunque trató de recordar la imagen, perdió la batalla. La última cosa de la que tuvo consciencia fue que empezó a llorar, a medida que la oscuridad se la tragaba.

Bueno, esto era muy extraño.

John estaba sentado en el banco de la sala de pesas, observando a Zsadist mientras hacía ejercicio delante de él. Las inmensas pesas de acero producían un tintineo sutil a medida que subían y bajaban. Eso era lo único que se oía. Hasta ahora nadie había dicho nada; era como uno de sus paseos, pero sin la presencia del bosque. Sin embargo, la carga pesada venía en camino. John podía sentirla.

Z dejó las pesas sobre las colchonetas y se secó la cara. El pecho le brillaba y los anillos de sus pezones subían y bajaban, al ritmo de su respiración.

De pronto clavó sus ojos amarillos en John.

«Allá vamos», pensó John.

—Entonces, acerca de tu transición…

Bueeeeno… entonces no iban a hablar del restrictor.

—¿Qué pasa con ella? —preguntó John con el lenguaje de los signos.

—¿Cómo te sientes?

—Bien. Inestable. Distinto. —John se encogió de hombros—. Es como cuando uno, digamos, se corta las uñas y entonces le quedan las puntas de los dedos supersensibles durante un rato. Así me sucede, pero en todo el cuerpo.

Ay, por Dios, ¿qué estaba haciendo? Z también había pasado por el cambio. Él sabía lo que sucedía después.

Zsadist dejó la toalla y tomó las pesas para su segunda tanda de ejercicios.

—¿Tienes algún problema físico?

—No que yo sepa.

Z clavó los ojos en las colchonetas, mientras levantaba de forma alterna el antebrazo izquierdo y luego el derecho. Izquierdo. Derecho. Izquierdo. Resultaba extraño que aquellas pesas tan grandes pudieran hacer un sonido tan sutil.

—Layla ha presentado su informe.

¡Ay… mierda!

—¿Qué ha dicho?

Por favor… lo de la ducha no…

—Dijo que vosotros dos no habíais tenido relaciones. Aunque al principio parecía que sí querías estar con ella.

Mientras que John se bloqueaba mentalmente, siguió llevando la cuenta de los ejercicios de Z. Derecha. Izquierda. Derecha. Izquierda.

—¿Quién más sabe esto?

—Wrath y yo. Nadie más. Y nadie más tiene por qué saberlo. Pero lo menciono, en caso de que haya algún problema físico que debamos atender.

John se levantó y comenzó a pasearse sin coordinación. Las piernas y los brazos parecían moverse de forma independiente, y se tambaleaba como un borracho.

—¿Por qué te detuviste, John?

John miró al hermano dispuesto a contestarle con una mentira, quitándole importancia al asunto, cuando se dio cuenta con horror de que no iba a poder hacer eso.

Los ojos amarillos de Z brillaban con una expresión que indicaba que lo sabía todo.

Maldición. Havers había abierto la boca, ¿no? Esa sesión de terapia en la clínica, cuando John habló de lo que le había pasado en esa escalera se había hecho pública.

—Tú lo sabes —dijo John moviendo las manos con furia—. Lo sabes todo, ¿no es cierto?

—Sí, lo sé.

—Esa maldita terapeuta me dijo que era confidencial...

—Cuando entraste en el programa, enviaron una copia de tu historial médico. Es un procedimiento habitual para todos los estudiantes, en caso de que suceda algo en el gimnasio, o la transición comience cuando estáis en las instalaciones de la escuela.

—¿Quién ha leído mi expediente?

—Sólo yo. Y nadie más lo va a hacer, ni siquiera Wrath. Yo lo escondí y soy el único que sabe dónde está.

John dejó caer los hombros. Al menos eso era un consuelo.

—¿Cuándo lo leíste?

—Hace casi una semana, cuando me imaginé que la transición estaba a punto de llegar.

—¿Qué... qué decía?

—Prácticamente todo.

Maldición.

—Ésa es la razón por la que no quieres ir a ver a Havers, ¿verdad? —Z volvió a dejar las pesas en el suelo—. Te imaginas que te va a arrastrar a otra de esas sesiones de terapia.

—No me gusta hablar de eso.

—No te culpo. Y no te voy a pedir que lo hagas.

John sonrió con tristeza.

—¿Entonces no me vas a sermonear con esa mierda de que hablar-te-va-a-ayudar?

—No. A mí no me gusta hablar. Así que no se lo puedo recomendar a los demás. —Z apoyó los codos sobre las rodillas y se inclinó hacia delante—. Éste es el trato, John. Quiero que tengas absoluta confianza en que eso nunca se va a saber, ¿vale? Si alguien quiere ver tu expediente, voy a asegurarme de que se le quiten las ganas, aunque tenga que convertirlo en cenizas.

John tragó saliva, aunque sentía la garganta seca como el papel de lija. Levantó las manos con torpeza.

—Gracias —dijo.

—Wrath quería que hablara contigo acerca del asunto de Layla, porque le preocupa que tengas algún problema físico, ocasionado por la transición. Voy a decirle que estabas nervioso y que eso fue todo, ¿te parece?

John asintió con la cabeza.

—¿Ya te has masturbado?

John se puso colorado de la cabeza a los pies y consideró la posibilidad de desmayarse. Mientras medía la distancia que lo separaba del suelo, que parecían cerca de cien metros, pensó que aquél no era un mal sitio para caer redondo. Había muchas colchonetas que amortiguarían el golpe.

—¿Ya lo hiciste?

John negó lentamente con la cabeza.

—Hazlo al menos una vez para asegurarnos de que todo va bien. —Z se levantó, se secó el torso con la toalla y se puso la camisa—. Voy a suponer que te harás cargo del asunto en las próximas veinticuatro horas. No te voy a preguntar qué pasó. Si no dices nada, supondré que todo está en orden. Si hay algún problema, vienes a hablar conmigo y lo solucionamos. ¿De acuerdo?

Hummm, en realidad no. ¿Qué pasaría si no podía hacerlo?

—Supongo que sí.

—Y por último. Acerca del arma y esos restrictores…

Mierda, la cabeza ya le estaba dando vueltas y ¿ahora tenía que afrontar el asunto de la nueve milímetros? John levantó las manos para justificarse, cuando…

—No me importa que estuvieras armado. De hecho, quiero que estés armado si vas a ir al Zero Sum.

John se quedó mirando al hermano, asombrado.

—Eso va contra las reglas.

—¿Te parezco la clase de tío que se preocupa por las reglas?

John sonrió.

—Realmente no.

—Si vuelves a tener en la mira a uno de esos restrictores, debes hacer exactamente lo que hiciste. Por lo que entiendo, estuviste impresionante y estoy orgulloso de ti por haber defendido a tus amigos.

John se puso rojo y sintió que el corazón cantaba en su pecho: ninguna otra cosa de este planeta, excepto el regreso de Tohrment, podría hacerlo más feliz.

—A estas alturas me imagino que ya sabes lo que le encargué a Blay. Eso de llevar tus papeles y la identificación e ir solo al Zero Sum.

John asintió con la cabeza.

—Quiero que sigas yendo a ese club si estás en el centro, al menos durante el próximo mes o algo más, hasta que estés más fuerte. Y aunque quisiera felicitarte por lo que pasó anoche, no quiero que andes por ahí cazando restrictores. Si me entero de que lo estás haciendo, te voy a romper el culo como si fueras un chiquillo de doce años. Todavía tienes mucho que entrenar y no tienes ni idea de cómo controlar ese cuerpo. Si te pones a fastidiarla y te haces matar, me voy a poner muy furioso. Quiero que me des tu palabra, John. Ahora mismo. No vas a ir tras esos cabrones hasta que yo te diga que estás listo. ¿Estamos?

John respiró hondo y trató de pensar en la promesa más sólida que podía ofrecer. Como todo parecía demasiado endeble, simplemente dijo:

—Juro que no los voy a cazar.

—Bien. Muy bien, por hoy hemos terminado. Ve a darle unos puñetazos a ese saco de arena.

Cuando Z daba ya media vuelta, John silbó para llamar su atención. El hermano lo miró por encima del hombro.

—¿Sí?

John tuvo que hacer un esfuerzo para que sus manos dijeran lo que estaba pensando… porque dudaba que volviera a tener el coraje de hacerlo.

—¿Te decepcioné? ¿Por lo que pasó hace años… ya sabes, en esa escalera? Y dime la verdad.

Z parpadeó una vez. Dos veces. Tres veces. Y luego dijo, con una voz curiosamente aguda:

—No, nunca. *No* fue culpa tuya y *no* te lo merecías. ¿Me has oído? *No* fue culpa tuya.

John apretó los ojos al sentir que se le llenaban de lágrimas y tuvo que desviar la mirada y clavarla en las colchonetas. Por alguna razón, aunque estaba lejos del suelo, se sintió más bajito que nunca.

—John —dijo Z—, ¿has oído lo que dije? No fue culpa tuya. No lo merecías.

Realmente no sabía qué responder, así que John se limitó a encogerse de hombros.

—Gracias de nuevo por no contárselo a nadie. Y por no obligarme a hablar de eso —dijo finalmente.

Al ver que Z no decía nada, John levantó la vista. Pero tuvo que dar un paso atrás.

Todo el rostro de Zsadist parecía haber cambiado, y no sólo por el hecho de que sus ojos se habían vuelto negros. Los huesos parecían más prominentes, la piel más tensa, la cicatriz más impresionante y visible. Y una energía helada comenzó a brotar de su cuerpo, enfriando el aire y convirtiendo la sala en un congelador.

—Nadie debería pasar por el dolor de que le arrebaten su inocencia. Pero si alguien tiene que hacerlo, entonces tiene que decidir por sí mismo la manera de lidiar con eso, porque no es asunto de nadie más. No tienes que volver a decir ni una maldita palabra más sobre el asunto, mis labios están sellados.

Luego Z salió del vestuario y la temperatura comenzó a subir, una vez que la puerta se cerró detrás de él.

John respiró hondo. Nunca habría imaginado que Z sería el hermano con el que llegaría a tener una relación más estrecha. Después de todo, ellos dos no tenían nada en común.

Pero no cabía duda de que iba a aceptar la amistad que le ofrecía.

CAPÍTULO

32

Un par de horas después, Phury estaba sentado en el delicado sofá del estudio de Wrath, con las piernas cruzadas. Era la primera reunión de la Hermandad desde que habían herido a V y hasta ahora el ambiente había estado un poco tenso. Pero, claro, todavía tenían que hablar del tema que todos sabían que estaba ahí, pero que ninguno se había atrevido a tocar.

Phury miró a Vishous. El hermano estaba recostado contra las puertas dobles y miraba al frente con los ojos vacíos, con esa expresión que adoptan las personas cuando miran antiguas películas de vaqueros en la tele. O una película basada en un drama de la vida real.

Esa cara de zombi era fácil de reconocer porque ya la habían visto varias veces en ese mismo sitio. Rhage adoptó la expresión de muerto en vida cuando pensó que había perdido a Mary para siempre. Y también Z, cuando estaba decidido a dejar marchar a Bella.

Sí… sin sus compañeras, los vampiros enamorados eran como recipientes vacíos, sólo músculos y huesos, unidos por una piel fina. Y aunque se debe sentir compasión por cualquiera que esté en ese estado, V estaba pasando por tantas otras cosas en este momento con el asunto del Gran Padre, que el hecho de haber perdido a Jane parecía especialmente cruel. Sólo que, ¿cómo demonios podría haber funcionado una relación a largo plazo entre ellos dos? ¿Una doctora humana y un vampiro guerrero? No había ningún punto de conexión.

De repente resonó la voz de Wrath.

—¿V? Hey, Vishous.

V levantó la cabeza.

—¿Qué?

—Esta tarde tienes que encontrarte con la Virgen Escribana, ¿no es así?

—Sí —respondió V, moviendo apenas los labios.

—Tienes que ir con un representante de la Hermandad. Supongo que puede ser Butch, ¿te parece bien?

V miró al policía, que estaba sentado en un sofá azul claro, otra de las mariconadas del estudio de Wrath.

—¿Te importa?

Butch, que estaba claramente preocupado por V, ofreció su apoyo enseguida.

—Claro que no. ¿Qué tengo que hacer?

Al ver que V no decía nada, Wrath dijo:

—Probablemente es el equivalente a lo que los humanos llaman ser padrino de bodas. Hoy será la ceremonia de presentación y luego tendrá lugar el ritual, que será mañana.

—¿La ceremonia de presentación? ¿Como si la mujer fuera una especie de cuadro o una mierda semejante? —Butch hizo una mueca—. Tengo que seros sincero, esto de las Elegidas no me está gustando nada.

—Antiguas reglas. Antiguas tradiciones. —Wrath se restregó los ojos por debajo de las gafas—. Hay mucho que cambiar, pero ése es territorio de la Virgen Escribana, no mío. Muy bien… Rotación. Phury, quiero que hoy descanses. Sí, ya sé que estás furioso después de lo que te hicieron, pero acabo de saber que te saltaste tus últimos dos descansos.

Al ver que Phury asentía sin protestar, Wrath esbozó una sonrisita.

—¿No vas a decir nada?

—No.

De hecho, tenía algo que hacer. Así que era perfecto.

En el Otro Lado, en la cámara sagrada de mármol que usaban para los baños rituales, Cormia sentía deseos de poder escapar de su propia piel. Lo cual era un poco irónico, después de todos los cuidadosos preparativos a los que se había sometido para el Gran Padre. Ella debería querer quedarse dentro de su piel, ahora que estaba tan pura. La habían sumergido en una docena de baños rituales distintos… le habían lavado y relavado el pelo… le habían puesto mascarillas faciales de ungüentos que olían a rosas, a lavanda, a salvia y a jacinto. La habían masajeado con aceite por todo el cuerpo, mientras quemaban incienso en honor del Gran Padre y recitaban plegarias. El proceso la había hecho sentir como la carne que estaban sazonando y preparando para un banquete ceremonial.

—Él llegará en una hora —dijo la directrix—. Apresuraos.

A Cormia le dio la sensación de que su corazón se detenía en el pecho. Y luego comenzaba a latir aceleradamente. El estado de adormecimiento que le habían producido el vapor y el agua caliente se desvaneció de repente y, con una sensación de dolor, Cormia cobró conciencia de que estaba a punto de vivir los últimos momentos de su vida, tal y como la conocía.

—Ah, aquí está el vestido —dijo con entusiasmo una de las Elegidas.

Cormia miró por encima del hombro hacia el inmenso corredor de mármol y vio cómo un par de Elegidas entraban por las puertas doradas sosteniendo un vestido blanco con capucha. El vestido estaba adornado con diamantes y oro y brillaba a la luz de las velas, lleno de color. Tras ellas, otra Elegida sostenía en los brazos una tela translúcida.

—Traed el velo —ordenó la directrix—. Y ponédselo.

De inmediato, una funda transparente cayó sobre la cabeza de Cormia y aterrizó sobre ella con el peso de mil piedras. Cuando se deslizó sobre sus ojos, el mundo que la rodeaba se volvió borroso.

—De pie —le ordenaron.

Obedeció, pero tuvo que sostenerse para no caerse. El corazón latía como loco entre sus costillas y las palmas de las manos le sudaban. El pánico aumentó cuando las dos Elegidas se acercaron con el pesado vestido ceremonial y se lo pusieron desde atrás. Al caer sobre sus hombros, el vestido pareció cerrarse sobre su cuerpo como un candado, en lugar de destacar sus formas. Cormia notó como si un gigante se hubiese colocado tras ella y la estuviera empujando hacia abajo con sus inmensas garras.

Luego le pusieron la capucha para taparle la cabeza y todo se volvió negro.

Cuando cerraron la parte delantera del vestido por encima de la capucha, Cormia trató de no pensar en el momento y la forma en que se volverían a abrir esos botones. Trató de respirar lenta y profundamente. Le entraba algo de aire fresco por unos agujeros que había en el cuello, pero eso no era suficiente. Comenzó a sentir que se asfixiaba.

Bajo los ropajes, todos los sonidos quedaban amortiguados e iba a ser difícil que alguien la oyera hablar. Pero, claro, ella no tenía ninguna función individual en la ceremonia de presentación ni en el ritual de apareamiento que le seguiría. Era simplemente un símbolo, no una mujer, así que sus reacciones individuales eran totalmente prescindibles y por eso a nadie le interesaba oírlas. Las tradiciones estaban por encima de todo.

—Perfecta —dijo una de sus hermanas.

—Esplendorosa.

—Digna de nosotras.

Cormia abrió la boca y susurró para sus adentros.

—Yo soy yo. Yo soy yo. Yo soy yo...

Los ojos se le llenaron de lágrimas, pero como no podía tocarse la cara para secárselas, resbalaron por sus mejillas y su garganta y se perdieron entre la ropa.

Sin previo aviso, el pánico pareció abandonarla de repente, como si fuera un animal salvaje que acabara de escaparse de una jaula. Dio media vuelta y comenzó a arrastrarse debajo de sus pesados vestidos, impulsada por una necesidad de huir que no podía controlar. Se encaminó hacia donde creía que estaba la puerta, arrastrando el peso con ella. A lo lejos oyó vagos gritos de sorpresa que resonaban contra las paredes del baño, así como el ruido de botellas, recipientes y jarrones que caían al suelo haciéndose añicos.

Agitaba los brazos, tratando de quitarse el vestido, desesperada por encontrar alivio.

Desesperada por librarse de su destino.

CAPÍTULO
33

Entretanto, en el centro de Caldwell, en la esquina nordeste del edificio del hospital Saint Francis, Manuel Manello, doctor en medicina, colgó el teléfono que tenía sobre el escritorio sin haber marcado ningún número ni haber respondido ninguna llamada. Luego se quedó mirando fijamente al aparato. Lleno de botones, el artefacto era la realización de los sueños de cualquier fanático de los aparatos, con todos sus diferentes tonos y timbres.

A Manello le entraron ganas de arrojarlo contra la pared de su despacho.

Quería hacerlo, pero se contuvo. Dejó de lanzar raquetas de tenis, mandos de televisión, bisturíes y libros, cuando decidió convertirse en el jefe de cirugía más joven que había tenido el hospital Saint Francis en su historia. Desde entonces, sólo arrojaba botellas vacías y envolturas de paquetes de la máquina a las papeleras. Y sólo para mantener la puntería.

Dio la vuelta en su silla giratoria de cuero, hasta quedar frente a la ventana de su despacho. Era un bonito despacho. Grande, elegante y sofisticado, con revestimiento de caoba y alfombras orientales, la sala del trono, como la llamaban, llevaba cincuenta años funcionando como despacho del cirujano en jefe. Manello ya llevaba cerca de tres años sentado allí y, si alguna vez tenía tiempo, la mandaría remodelar. Todo aquel esplendor institucional le producía urticaria.

Pensó en el maldito teléfono y se dio cuenta de que iba a hacer una llamada que no debía. Era un infame acto de debilidad y los demás lo interpretarían así, a pesar de que él mantuviera su habitual arrogancia de hombre.

Sin embargo, iba a terminar dejando que sus dedos hicieran lo que tenían que hacer.

Para posponer un poco lo inevitable, consumió algo de tiempo mirando por la ventana. Desde ese punto privilegiado, Manello podía ver la entrada principal del Saint Francis, con su jardín, así como la ciudad que se extendía a lo lejos. Sin duda, ésta era la mejor vista que se podía tener del hospital. En la primavera, los cerezos y los tulipanes florecían en la jardinera que dividía los dos accesos de entrada. Y en verano, a cada lado de los accesos, los arces se llenaban de hojas verdes como esmeraldas, que después se volvían color durazno y amarillo en el otoño.

Generalmente no pasaba mucho tiempo disfrutando del paisaje, pero le gustaba saber que estaba ahí. Había ocasiones en que un hombre necesitaba poner en orden sus pensamientos.

Y Manello estaba pasando por uno de esos momentos.

Anoche había llamado al móvil de Jane, pues se imaginaba que ya estaría en casa, después de esa maldita entrevista. Pero nada. La había llamado esta mañana. Y tampoco.

Muy bien. Si ella no quería contarle cómo le había ido en la entrevista en Columbia, entonces él iba a ir directamente a la fuente. Llamaría al jefe de cirugía de allí y lo averiguaría por sí mismo. Teniendo en cuenta el ego de los personajes implicados, su antiguo mentor no dudaría en contarle algunos detalles, pero, diablos, esto iba a ser difícil.

Manny volvió a girar sobre la silla, marcó los diez números del teléfono y esperó, dando golpecitos sobre la mesa con su Montblanc.

Cuando oyó que levantaban el teléfono del otro lado, ni siquiera esperó a que le contestaran.

—Falcheck, eres un maldito ladrón de mierda.

Ken Falcheck se rió.

—Manello, tienes una manera de expresarte que, francamente… No respetas ni mi edad. Estoy impresionado.

—Entonces, ¿cómo va esa vida de burgués, viejo?

—Bien, bien. Ahora dime, niñito, ¿ya te dejan comer sólidos o todavía estás sólo con compotas?

—Ya estoy comiendo avena. Lo que significa que estaré bien fuerte para colocarte la prótesis de cadera cuando te canses del andador.

Desde luego, todo aquello no era más que broma. A los sesenta y dos años, Ken Falcheck estaba en perfecta forma y era capaz de llevarse a Manny por delante. Los dos se habían entendido muy bien desde que Manny había pasado por su programa de prácticas, hacía quince años.

—Entonces, con el debido respeto por tu edad —dijo Manny, arrastrando las palabras—, ¿por qué estás coqueteando con mi cirujana de trauma? ¿Y qué te pareció?

Hubo una breve pausa.

—¿De qué estás hablando? El jueves recibí un mensaje de un tipo que dijo que ella necesitaba cambiar la fecha de la entrevista. Pensé que ésa era la razón de tu llamada. Para echarme en cara que ella hubiese decidido declinar mi oferta y se iba a quedar contigo.

Al oír eso, Manello sintió una desagradable sensación en la nuca, como si alguien le acabara de echar encima un puñado de barro.

Sin embargo, mantuvo el mismo tono de antes.

—Vamos, ¿cómo puedes pensar que yo haría eso?

—Claro que lo harías. Yo te instruí, ¿recuerdas? Yo fui el que te enseñó todos tus malos hábitos.

—Sólo los profesionales. Oye, y el tipo que llamó… ¿sabes su nombre?

—No. Me imaginé que era su asistente o algo así. Obviamente no eras tú. Distingo tu voz. Además, el hombre se expresaba con amabilidad.

Manny tragó saliva. Muy bien, tenía que cortar esta llamada de inmediato. Por Dios, ¿dónde demonios estaba Jane?

—Y entonces, Manello, ¿debo asumir que te vas a quedar con ella?

—Enfrentémonos a los hechos, tengo muchas cosas que ofrecerle. —Entre otras cosas, él.

—Excepto la dirección del departamento.

Por Dios, en este momento, toda aquella política médica le importaba un bledo. En lo que concernía a Manny, Jane estaba desaparecida y él necesitaba encontrarla.

En aquel momento, su ayudante asomó la cabeza por la puerta de la oficina.

—Ah, perdón…

—No, espera. Bueno, Falcheck, tengo que colgar. —Colgó antes de que Ken terminara de despedirse y enseguida comenzó a marcar el número de la casa de Jane—. Escucha, tengo que hacer una llamada…

—La doctora Whitcomb ha llamado para decir que estaba enferma.

Manny levantó la vista.

—¿Hablaste con ella? ¿Llamó ella personalmente?

El ayudante lo miró con curiosidad.

—Claro. Lleva todo el fin de semana enferma con gripe. Goldberg va a encargarse de sus casos hoy y estará a cargo del callejón. Oiga, ¿está usted bien?

Manny bajó el auricular y asintió con la cabeza, aunque se sentía mareado. Mierda, la idea de que algo le hubiese podido ocurrir a Jane le había dejado muy perturbado.

—¿Está seguro, doctor Manello?

—Sí, estoy bien. Gracias por informarme sobre Whitcomb. —Cuando se puso de pie, el suelo se balanceó un poco—. Tengo que operar dentro una hora, así que voy a comer algo. ¿Tienes más cosas para mí?

Su ayudante revisó un par de asuntos con él y luego se marchó.

Cuando la puerta se cerró, Manny se desplomó de nuevo en su silla. Por Dios, necesitaba recuperar las riendas. Jane Whitcomb siempre había representado una distracción, pero esa intensa sensación de alivio de saber que ella estaba bien le había cogido por sorpresa.

Cierto. Necesitaba comer algo.

Manello se sacudió, volvió a ponerse de pie y cogió un montón de solicitudes de residencia para revisarlas en el comedor. Mientras las organizaba, algo se cayó al suelo. Manello se agachó y lo recogió, después frunció el ceño. Era la impresión de la fotografía de un corazón… de seis cavidades.

Algo pareció aletear en el fondo de la memoria de Manny, una especie de sombra que se movía, un pensamiento que estaba a punto de concretarse, un recuerdo a punto de cristalizarse. Sólo que en ese momento sintió un dolor punzante en las sienes. Mientras maldecía, se preguntó de dónde habría salido esa fotografía y revisó la fecha y la hora en el extremo inferior. Había sido tomada allí, en su hospital, en su sala de cirugía, y la impresión se había hecho en su oficina: la impresora tenía un defecto que dejaba una mancha de tinta en la esquina inferior izquierda de todo lo que imprimía y allí estaba la marca.

Manello se giró hacia su ordenador y revisó rápidamente sus archivos. Esa fotografía no existía. ¿Qué demonios estaba pasando?

Luego miró su reloj. Ahora no tenía tiempo para ponerse a investigar, porque realmente tenía que comer algo antes de bajar a operar.

Cuando dejó su imponente despacho, decidió que esa noche se portaría como un médico de los de antes.

Iba a hacer una visita domiciliaria, la primera visita domiciliaria de toda su carrera.

Vishous se puso un par de pantalones flojos de seda negra y una camisa a juego que parecía una chaqueta de esmoquin de los años cuarenta. Después de colgarse al cuello la dichosa medalla de Gran Padre, salió de su habitación, encendiendo un cigarrillo. Cuando iba por el pasillo, oyó a Butch maldiciendo en el salón y soltando una retahíla de groserías, con una interesante variación de la palabra *puta*, que tendría que recordar.

V lo encontró en el sofá, insultando al ordenador de Marissa.

—¿Qué sucede, policía?

—Creo que este disco duro está jodido. —Butch levantó la mirada—. ¡Por Dios… pareces Hugh Hefner!

—No tiene gracia.

Butch frunció el ceño.

—Lo siento. Mierda… V, yo…

—Cierra la boca y déjame ver el ordenador. —V agarró el aparato de encima de las piernas de Butch e hizo una rápida revisión—. Sí, definitivamente muerto.

—Debí imaginarlo. El sistema de Safe Place es una mierda. El servidor no funciona. Y ahora esto. Y Marissa está en la mansión con Mary, tratando de encontrar la manera de contratar a más gente. Joder, esto le va a caer como una patada.

—Puse cuatro ordenadores Dell nuevos en el armario que está fuera del estudio de Wrath. Dile que coja uno, ¿vale? Se lo organizaría ya mismo, pero me tengo que ir.

—Gracias, hermano. Y, sí, me prepararé para acompañarte…

—No tienes que ir.

Butch frunció el ceño.

—Olvídalo. Me necesitas.

—Puede ir otra persona.

—No te voy a abandonar…

—No sería un abandono. —Vishous se acercó al futbolín e hizo girar una de las barras. Mientras que los muñequitos daban vueltas, suspiró—. Es que… no lo sé, si tú vas, va a parecer demasiado real.

—Entonces, ¿quieres que alguien más te acompañe?

V volvió a girar la barra, que produjo un zumbido. Había elegido a Butch sin pensar, pero la verdad era que él era una complicación más. V tenía una relación tan estrecha con él, que iba a ser más difícil enfrentarse a la presentación y el ritual.

V lo miró desde el otro lado del salón.

—Sí. Sí, creo que quiero que me acompañe alguien más.

En el silencio que siguió, Butch adoptó la expresión de alguien que tiene en la mano un plato de comida que está muy caliente: parecía incómodo e inseguro.

—Bueno… mientras sepas que estoy contigo, no importa lo que suceda.

—Yo sé que eres como una roca. —V se acercó al teléfono, considerando las opciones que tenía.

—¿Estás segu…?

—Sí —dijo, marcando un número. Cuando Phury levantó el auricular, V dijo—: ¿Te importaría acompañarme? Butch se va a quedar. Sí. Ajá, ajá. Gracias, hermano. —Luego colgó. Era una elección extraña, porque él y Phury nunca habían estado particularmente unidos. Pero, claro, de eso se trataba—. Phury me acompañará, no hay problema. Voy a subir a su habitación ahora.

—V…

—Cállate, policía. Regresaré en un par de horas.

—Cómo desearía que no tuvieras que ir…

—Es igual. Esto no va a cambiar nada. —Después de todo, Jane nunca iba a volver; él seguiría siendo un macho enamorado, sin compañera. Así que nada iba a cambiar.

—¿Estás absolutamente seguro de que no quieres que vaya?

—Limítate a esperarme aquí con una botella de Goose. Voy a necesitar un trago cuando vuelva.

V salió de la Guarida a través del túnel subterráneo y, mientras caminaba hacia la mansión, trató de ver las cosas con perspectiva.

Esa Elegida con la que se iba a aparear era sólo un cuerpo. Al igual que él. Los dos iban a hacer lo que había que hacer, cuando fuera necesario. Se trataba simplemente de unir sus órganos masculinos con los órganos femeninos de ella, luego bombear y repetir hasta que él eyaculara. Y ¿qué pasaba con su absoluta falta de excitación? Eso no era problema. Las Elegidas tenían bálsamos para asegurar la erección e inciensos que hacían eyacular. Así que aunque él no tenía ningún interés en el sexo, su cuerpo iba a actuar para lo que había sido creado: asegurarse de que sobrevivieran los mejores linajes de la especie.

Mierda, a V le gustaría que todo aquello se resolviera médicamente: extraer e inyectar. Pero los vampiros ya habían intentado la fertilización in vitro sin ningún éxito. La única manera de engendrar descendencia era la antigua y tradicional.

Diablos, no quería pensar en la cantidad de mujeres con las que iba a tener que estar. Sencillamente no podía pensar en eso. Si lo hacía, iba a…

Vishous se detuvo en la mitad del túnel.

Abrió la boca.

Y gritó hasta que se quedó sin voz.

Cuando Vishous y Phury cruzaron hacia el Otro Lado juntos, volvieron a materializarse en un patio blanco rodeado por un claustro de columnas corintias blancas. En el centro había una fuente de mármol blanco de la que manaba agua cristalina. En la esquina, sobre un árbol blanco con flores blancas, había una bandada de pájaros cantores de todos los colores, que parecían el adorno de un pastel de cumpleaños. Los dulces cánticos de los gorriones y los carboneros estaban en armonía con el sonido de la fuente, como si las dos cadencias expresaran la misma felicidad.

—Guerreros —dijo la Virgen Escribana a su espalda y su voz hizo que a V se le estirara la piel sobre los huesos como si fuera de plástico—. Poneos de rodillas para saludarme.

V obligó a sus piernas a doblarse, y tras un instante, chirriaron como las patas oxidadas de una mesa de juego. Phury, por su parte, no parecía estar tan tieso y se inclinó con facilidad.

Pero, claro, él no se estaba inclinando ante a una madre a la que despreciaba.

—Phury, hijo de Ahgony, ¿cómo te encuentras?

—Me encuentro bien —contestó el hermano de inmediato en lengua antigua, con una voz perfectamente clara—, porque estoy ante ti con devoción pura y profundo amor en el corazón.

La Virgen Escribana se rió entre dientes.

—Un saludo correcto y en la forma correcta. Muy amable por tu parte. Y seguramente mucho más de lo que voy a recibir de mi hijo.

Phury se giró a mirar enseguida a V y aunque éste no lo vio, sí pudo sentir su desconcierto.

«Ay, lo siento —pensó V—. Supongo que se me olvidó mencionar ese pequeño detalle, hermano».

La Virgen Escribana se acercó flotando.

—Ah, entonces ¿mi hijo no te ha contado nada sobre su linaje materno? ¿Sería por decoro, supongo? Quizá le preocupará desvirtuar la creencia general en mi supuesta existencia virginal. Sí, ésa es la razón, ¿no es así, Vishous, hijo del Sanguinario?

V levantó los ojos, aunque no le habían dado permiso.

—O tal vez porque simplemente me niego a reconocerte.

Eso era exactamente lo que ella esperaba que él dijera y V podía sentirlo, pero no porque pudiera leer sus pensamientos sino porque de alguna manera los dos eran uno, una unidad indivisible, a pesar del aire y el espacio que los separaba.

Ay.

—Tu reticencia a aceptar mi maternidad no cambia nada —dijo ella con voz dura—. Un libro sin abrir no altera la tinta de sus páginas. Lo que está ahí, no se puede modificar.

Sin que le hubiesen concedido permiso, V se levantó y miró a su madre a la cara, que mantenía tapada con la capucha, directamente a los ojos, mientras medían fuerzas.

Sin duda Phury debía estar blanco como la harina, pero qué importa. Así se integraría mejor en el decorado. Además, la Virgen Escribana no iba a fulminar a su futuro Gran Padre y a su precioso hijo. De ninguna manera. Así que a V no le importó.

—Terminemos con esto, mamá. Quiero volver a mi vida real…

En una fracción de segundo, V se encontró de espaldas en el suelo, sin poder respirar. Aunque no había nada encima de él y su cuerpo no parecía aplastado, le daba la sensación de tener un piano de cola sobre el pecho.

Cuando sus ojos estaban a punto de salirse de las órbitas y se encontraba boqueando para tratar de llevar un poco de aire a sus pulmones, la Virgen Escribana flotó hasta donde estaba V. La capucha se levantó de pronto de su cara como si tuviera voluntad propia y ella se quedó mirándolo con una expresión de cansancio en su rostro fantasmal y resplandeciente.

—Quiero que me prometas que te comportarás con el debido respeto hacia mí mientras estamos ante mis Elegidas. Acepto que te tomes algunas libertades por principio, pero no dudaré en condenarte a un destino peor que el que quieres evitar, si te portas de forma irrespetuosa en público. ¿Estamos de acuerdo?

¿De acuerdo? *¿De acuerdo?* Sí, claro, estar de acuerdo suponía la existencia del libre albedrío, y según todo lo que V había aprendido a lo largo de su vida, estaba claro que él no tenía ningún libre albedrío.

Su madre se podía ir a la mierda.

Vishous soltó el aire lentamente. Relajó los músculos del cuerpo y se entregó a la sensación de asfixia.

Y mientras comenzaba a morir… sostuvo la mirada de la Virgen Escribana.

Tras un minuto de esta asfixia voluntaria, el sistema nervioso autónomo de V reaccionó y sus pulmones comenzaron a golpear las paredes del pecho, tratando de obtener un poco de oxígeno. Pero V apretó los dientes y los labios y cerró la garganta para neutralizar el reflejo de respiración.

—Por Dios —exclamó Phury con voz temblorosa.

El ardor en los pulmones de V se fue extendiendo por su torso, al tiempo que se le nublaba la visión y su cuerpo se debatía en medio de la batalla entre la voluntad y el imperativo biológico de respirar. Al cabo de un rato, el asunto dejó de ser un acto de rebeldía contra su madre para convertirse en una lucha por conseguir lo que deseaba: paz. Sin Jane en su vida, la muerte era realmente la única opción.

V comenzó a perder el conocimiento.

De repente, el peso invisible se levantó de encima de su cuerpo y el aire entró por su nariz hasta sus pulmones, como si una mano sólida e invisible se lo hubiese metido a la fuerza.

El cuerpo tomó las riendas, ganando la batalla al autocontrol. En contra de su voluntad, V absorbió el oxígeno como si fuera agua, mientras se doblaba hacia un lado, respirando a grandes bocanadas. Su visión se fue aclarando poco a poco hasta que pudo enfocarse en las vestiduras de su madre.

Cuando V finalmente levantó la cara del suelo blanco y la miró, la Virgen Escribana ya no era la figura luminosa que estaba acostumbrado a ver. Su brillo se había ensombrecido, como si tuviera un regulador y alguien estuviera bajando la intensidad de la luz.

Sin embargo, la cara era la misma. Transparente, hermosa y tan dura como un diamante.

—¿Seguimos con la presentación? —preguntó—. ¿O tal vez te gustaría recibir a tu compañera mientras estás postrado sobre mi suelo de mármol?

V se sentó, mareado, pero sin que le preocupara la posibilidad de volverse a desmayar. Suponía que debería sentirse orgulloso por haberle ganado la batalla a su madre, pero no era así.

Miró a Phury, que estaba aterrado, con los ojos amarillos abiertos como platos y la piel cetrina y pálida. Parecía como si estuviera en la mitad de una piscina llena de tiburones y llevara un par de filetes en los pies.

Dios, si su hermano estaba tan impresionado con aquella disputa familiar, V no podía imaginar lo que iban a pensar las Elegidas si eran testigos del conflicto entre él y su madre, esa bruja al estilo Joan Crawford. Y aunque V no sentía ninguna afinidad por aquel grupo de mujeres, tampoco había razón para perturbarlas de esa manera.

Se puso de pie y Phury se le acercó por detrás, en el momento preciso. Al ver que V comenzaba a escorarse hacia un lado como si fuera un barco, lo agarró de las axilas y lo sostuvo recto.

—Ahora, seguidme. —La Virgen Escribana les mostró el camino a través de la columnata, mientras flotaba por encima del mármol sin hacer ningún ruido ni ningún movimiento, una aparición diminuta pero tan sólida como una roca.

Los tres atravesaron la columnata hasta un par de puertas doradas que V nunca había cruzado. Eran unas puertas enormes y tenían una inscripción en una versión primitiva de la lengua antigua, pero con caracteres lo suficientemente parecidos a la escritura actual como para que V pudiera entenderla:

ÉSTE ES EL SANTUARIO DE LAS ELEGIDAS,
DOMINIO SAGRADO DEL PASADO,
EL PRESENTE Y EL FUTURO DE LA RAZA.

Sin que nadie las accionara, las puertas se abrieron y ante sus ojos apareció un paisaje bucólico y esplendoroso que, en otras circunstancias, habría sido capaz de tranquilizar incluso a V. Excepto por el hecho de que todo era blanco, podría haber sido el campus de cualquier universidad, con sus edificios estilo georgiano, distribuidos a lo largo de un césped lechoso, salpicado de cedros y olmos albinos.

El suelo estaba cubierto por una alfombra de seda blanca y él y Phury comenzaron a caminar sobre ella. La Virgen Escribana flotaba delante de ellos, como a treinta centímetros del suelo. El aire tenía una temperatura perfecta y estaba tan quieto que no se notaba sobre la piel. Aunque la fuerza de la gravedad seguía aferrándolo al suelo, V se sentía más ligero y, de alguna manera, le parecía que estaba suspendido en el aire… como si en cualquier momento pudiera empezar a dar grandes saltos sobre el césped, como los que se veían en esas imágenes del hombre en la Luna.

O, mierda, tal vez le daba la sensación de estar flotando porque se le había frito el cerebro.

Cuando llegaron a una cima, apareció ante sus ojos un anfiteatro que se asentaba al pie de la colina y allí estaban las Elegidas.

Ay, por Dios… Las cuarenta y tantas mujeres llevaban vestidos blancos idénticos y tenían el pelo recogido en un moño y las manos enguantadas. Algunas eran rubias, otras morenas y también había pelirrojas, pero todas parecían la misma persona gracias a sus cuerpos altos y esbeltos y a sus vestiduras iguales. Divididas en dos grupos, las mujeres estaban formando una fila a cada lado del anfiteatro, ligeramente inclinadas hacia la derecha, con el pie derecho un poco adelantado. V pensó en las cariátides de la arquitectura griega, esas esculturas femeninas que soportaban los frontones y los techos sobre sus magníficas cabezas.

Mientras las observaba, V se preguntó si en el interior de aquellos cuerpos palpitarían un corazón y unos pulmones. Porque estaban tan inmóviles como el aire.

Ése era el problema con el Otro Lado, pensó V. Allí no se movía nunca nada. Había vida… pero sin vida.

—Adelante —ordenó la Virgen Escribana—. La presentación espera.

Ay… Dios… V se volvió a sentir asfixiado.

Phury colocó la mano sobre su hombro.

—¿Necesitas un minuto?

¡Qué minuto ni qué ocho cuartos! V necesitaba siglos... y aunque tuviera todo ese tiempo, nada podría cambiar el resultado. Mientras la fuerza del destino le oprimía el pecho, V pensó en el vampiro civil que encontró en el callejón la noche que le dispararon, aquel cuya muerte vengó al matar al restrictor.

Se necesitaban más guerreros para la Hermandad, pensó, poniéndose de nuevo en movimiento. Y no parecía que la cigüeña pudiera hacer todo el trabajo sola.

Abajo, frente a él, había sólo una silla, un sillón dorado como un trono, que estaba colocado al borde del escenario. Desde arriba, V se dio cuenta de que lo que había creído que era una pared blanca al fondo del escenario era en realidad una inmensa cortina de terciopelo blanco, que colgaba tan quieta como si estuviera pintada.

—Tú. Siéntate —le ordenó la Virgen Escribana, que parecía estar harta de él.

Curiosamente, V sentía lo mismo hacia ella.

V puso su trasero en el trono, mientras Phury se colocaba detrás de él como si fuera un árbol.

La Virgen Escribana se fue flotando hacia la derecha, y se quedó a un lado del escenario, como si fuera un director de teatro shakespeariano, la dueña de todo el drama que estaba a punto de ser representado.

Joder, ¡qué no daría por tener un cigarro en sus labios en ese momento!

—Adelante —dijo la Virgen Escribana con voz imperiosa.

La cortina se abrió por la mitad y se fue deslizando hacia atrás y en el centro apareció una mujer cubierta de pies a cabeza con un traje lleno de joyas. Flanqueada por dos Elegidas, su prometida parecía estar de pie, pero un poco inclinada hacia delante. O tal vez no estaba de pie. Dios, parecía como si estuviera atada a una especie de tabla colocada allí especialmente para la presentación. Como si fuera una mariposa disecada.

Cuando comenzaron a moverla hacia delante, se hizo evidente que realmente estaba atada a algo. Tenía unas bandas alrededor de la parte superior de los brazos, que la mantenían erguida, a pesar de que estaban camufladas con joyas iguales a las del vestido.

Debía de formar parte de la ceremonia. Porque la mujer que estaba debajo de aquel vestido no sólo se había preparado para esta presentación y el ritual de apareamiento que le seguiría, sino que sin duda debía estar obsesionada con la idea de ser la número uno: la primera Elegida del Gran Padre tenía derechos especiales y V sólo se podía imaginar la dicha que debía sentir.

Aunque tal vez no era justo. V sintió que odiaba lo que había debajo de todo ese esplendor.

La Virgen Escribana hizo un gesto con la cabeza y las Elegidas que estaban a izquierda y derecha de su prometida comenzaron a desabrochar el vestido. A medida que las mujeres emprendían su labor, una oleada de energía sacudió la quietud del anfiteatro, la culminación de décadas de espera por parte de las Elegidas para la reanudación de las viejas tradiciones.

V observó sin ningún interés cuando las Elegidas acabaron de desabrochar el vestido cubierto de joyas y lo abrieron para revelar un cuerpo femenino increíblemente hermoso, envuelto por un velo transparente. De acuerdo con la tradición, la cabeza de su prometida siguió cubierta por la capucha, porque la ofrenda no era ella en particular sino la totalidad de las Elegidas.

—¿Es ella de tu agrado? —preguntó la Virgen Escribana con voz fría, como si supiera que la mujer era absolutamente perfecta.

—Me da igual.

Entonces se oyó un murmullo de inquietud entre las Elegidas, una brisa helada que sacudió un campo de juncos rígidos.

—Tal vez quieras elegir mejor tus palabras —le espetó la Virgen Escribana.

—Ella está bien.

Después de una incómoda pausa, una Elegida se acercó con un incensario y una pluma blanca. Mientras recitaba una plegaria, echaba humo sobre la mujer desde la cabeza encapuchada hasta los pies descalzos, una vez por el pasado, una vez por el presente, una vez por el futuro.

El ritual avanzaba. V frunció el ceño y se inclinó hacia delante. La parte delantera del velo que cubría a su prometida estaba húmeda.

Probablemente debido a los ungüentos y aceites con que la habían preparado para él.

Volvió a recostarse en el trono. Mierda, detestaba las antiguas tradiciones. Detestaba toda esta maldita farsa.

Debajo de la capucha, Cormia estaba desesperada. El aire que respiraba era caliente, húmedo y sofocante, peor que si no tuviera nada que respirar. Las rodillas le temblaban como hojas de hierba y las palmas de las manos le sudaban. Si no fuera por las correas que la mantenían recta, se habría caído de bruces.

Después de su pequeño intento de huida tras el baño, y su posterior captura, la obligaron a tragarse una bebida amarga, por orden de la directrix. Eso la tranquilizó durante un rato, pero el efecto del elixir estaba comenzando a desvanecerse y el miedo se intensificaba de nuevo.

Al igual que la sensación de humillación. Cuando notó que unas manos comenzaban a desabrochar los cierres dorados del vestido, se puso a llorar al pensar en la violación que representaba el hecho de que los ojos de un desconocido se posaran sobre su piel. Luego sintió que levantaban las dos mitades del vestido y su cuerpo recibió el golpe de aire frío sobre la piel, pero el hecho de liberarse del peso que le habían puesto encima no alivió su estado en lo más mínimo.

El Gran Padre tenía sus ojos sobre ella cuando la Virgen Escribana dijo:

—¿Es ella de tu agrado?

Cormia esperó con ansiedad la respuesta del hermano, rogando poder encontrar algo de amabilidad en sus palabras.

Pero no fue así.

—Me da igual —dijo él.

—Tal vez quieras elegir mejor tus palabras —dijo la Virgen Escribana.

—Ella está bien.

Al oír la respuesta, el corazón de Cormia dejó de latir y el miedo fue reemplazado por un terror absoluto. Vishous, el hijo del Sanguinario, tenía una voz fría, una voz que sugería tendencias aún peores que las que le atribuían a su padre.

¿Cómo iba a hacer para sobrevivir al apareamiento y representar bien a las venerables Elegidas durante el desarrollo del mismo? En el baño la directrix había sido brutal al describir todo lo que Cormia deshonraría si no se comportaba con la dignidad apropiada. Si no cumplía con su responsabilidad. Si no se comportaba como la perfecta representación de todas las demás.

¿Cómo iba a hacer para soportar semejante peso?

Luego Cormia oyó que la Virgen Escribana volvía a hablar:

—Vishous, tu testigo no ha visto la ofrenda. Phury, hijo de Ahgony, en calidad de testigo del Gran Padre, debes mirar a la Elegida que se ofrece en la ceremonia.

Cormia tembló, aterrorizada ante la idea de que otro hombre desconocido posara los ojos sobre su cuerpo. Se sintió sucia, a pesar de que la habían bañado con tanto cuidado, como si su cuerpo se hundiera en la impureza. Pensó en que le gustaría ser diminuta, más pequeña que la cabeza de un alfiler.

Porque si fuera pequeña, los ojos de aquellos hombres no podrían encontrarla. Si fuera diminuta, se podría esconder entre las cosas más grandes… y desaparecer completamente de allí.

Phury tenía los ojos clavados en el respaldo del trono dorado y no quería levantarlos de allí. Todo esto la parecía un error. Todo iba mal.

—¿Phury, hijo de Ahgony? —La Virgen Escribana pronunció el nombre de su padre como si el peso de todo su linaje dependiera de que él hiciera lo que debía.

Phury levantó los ojos hacia la mujer…

Y de repente todos sus procesos mentales parecieron detenerse en seco.

Y su cuerpo fue el que respondió. Al instante. Phury sintió que su pene se ponía duro debajo de los pantalones de seda y su erección comenzó a palpitar con rapidez, aunque se sentía absolutamente avergonzado. ¿Cómo podía ser tan *cruel*? Entonces bajó los ojos, cruzó los brazos sobre el pecho y trató de encontrar la forma de reprenderse mientras intentaba mantenerse en pie.

—¿Cómo la encuentras, guerrero?

—Espléndida. —La palabra salió espontáneamente de su boca. Luego agregó—: Digna de la mejor tradición de las Elegidas.

—Ah, ésa sí es la respuesta apropiada. Como la ofrenda ha sido aceptada, declaro a esta mujer como la elegida del Gran Padre. Terminad con el baño de incienso.

Con el rabillo del ojo, Phury vio a un par de Elegidas que se acercaban con bastones de los cuales salía un humo blanco. Cuando las mujeres comenzaron a cantar con voces angelicales, Phury respiró hondo, dejándose llevar hacia un jardín de aromas femeninos.

De repente, percibió el olor que emanaba de la prometida. Tenía que ser de ella, porque era el único en todo el ambiente que transmitía un sentimiento de terror puro…

—¡Detened la ceremonia! —vociferó V de repente.

La Virgen Escribana se giró a mirarlo con furia.

—Tienen que terminar.

—Sobre mi cadáver. —El hermano se levantó de su trono y se dirigió al escenario, pues evidentemente también había notado el olor del miedo. Mientras avanzaba, las Elegidas dejaron escapar gritos de terror y rompieron filas. A medida que las mujeres se dispersaban por todas partes con sus vestidos blancos, Phury pensó que parecían un montón de servilletas de papel, que salían volando con el viento durante una merienda al aire libre.

Sólo que esto no era un picnic en el parque.

Vishous volvió a cerrar el vestido enjoyado de la prometida y le arrancó las correas que la mantenían atada a la tabla. Al ver que se desplomaba, la agarró con un brazo y la sostuvo.

—Phury, te veré en casa.

Un viento terrible que emanaba de la Virgen Escribana comenzó a arrasarlo todo, pero V se mantuvo firme y se enfrentó a su… bueno, aparentemente a su madre.

«Su madre. Por Dios, nunca se lo habría imaginado».

V tenía agarrada con fuerza a la pobre mujer y su cara reflejaba odio, mientras miraba fijamente a la Virgen Escribana.

—Phury, *lárgate* de aquí.

Aunque Phury era conciliador por naturaleza, sabía que no debía inmiscuirse en esa clase de conflictos familiares. Lo mejor que podía hacer era rogar que su hermano no regresara en una urna.

Antes de partir, le echó una última mirada al cuerpo encapuchado de la mujer. Ahora V la estaba sosteniendo con las dos manos, pues parecía que se había desmayado. Por Dios... ¡Qué desastre!

Phury dio media vuelta y salió corriendo por la alfombra de seda blanca hacia el patio de la Virgen Escribana. ¿Primera parada? El estudio de Wrath. El rey tenía que saber lo que había ocurrido. Aunque era evidente que el meollo de esta historia todavía estaba por desarrollarse.

CAPÍTULO
35

C uando Cormia volvió en sí, estaba acostada, con el vestido y la capucha todavía puestos. Sin embargo, no creía que estuviera todavía en esa tabla a la que la habían atado. No… no estaba en…

De repente lo recordó todo: cuando el Gran Padre interrumpió la ceremonia y le quitó las correas. Un fuerte viento soplando por todo el anfiteatro. Cuando el hermano y la Virgen Escribana comenzaron a discutir.

Cormia se desmayó en ese momento y no sabía qué había ocurrido después. ¿Qué habría ocurrido con el Gran Padre? Seguramente no había sobrevivido, pues nadie desafiaba a la Virgen Escribana.

—¿Quieres quitarte eso? —dijo una voz masculina y seca.

Cormia sintió una oleada de terror que le subía por la espalda. Virgen misericordiosa, el Gran Padre todavía estaba ahí.

De manera instintiva, Cormia se encogió hasta formar una especie de ovillo con su cuerpo para protegerse.

—Relájate. No voy a hacerte daño.

El Gran Padre tenía un tono de voz tan brusco que Cormia pensó que no podía confiar en sus palabras: la ira marcaba cada una de las sílabas que pronunciaba, convirtiéndolas en cuchillas y, aunque ella no podía verlo, sí podía percibir el impresionante poder que lo revestía. En efecto, era el hijo guerrero del Sanguinario.

—Mira, voy a quitarte la capucha para que puedas respirar, ¿vale?

Cormia trató de huir de él, trató de arrastrarse lejos de donde estaba, pero el vestido se lo impidió.

—Espera, mujer. Sólo estoy tratando de ayudarte.

La pobre muchacha se quedó paralizada al ver que el Gran Padre le acercaba las manos, convencida de que iba a golpearla. Pero en lugar de eso se limitó a soltar los dos botones de arriba y a quitarle la capucha.

Una oleada de aire dulce y limpio acarició su rostro a través del velo, un lujo semejante a una comida para el hambriento, pero Cormia no pudo disfrutarlo mucho. Estaba tiesa como un palo, tenía los ojos cerrados y apretados y una mueca de terror en la boca, preparándose para sólo Dios sabía qué.

Sólo que nada sucedió. El Gran Padre todavía estaba con ella... Cormia podía sentir su intimidante olor... y sin embargo, no la tocó ni dijo nada más.

Oyó un chasquido y una inhalación. Luego un olor ácido como a humo le cosquilleó en la nariz. Como si fuese incienso.

—Abre los ojos —le ordenó la voz con tono autoritario, desde atrás.

La muchacha abrió los ojos y parpadeó unas cuantas veces. Estaba en el escenario del anfiteatro, mirando hacia delante, hacia un trono dorado vacío y una alfombra de seda blanca que subía la colina.

Luego oyó unos pasos que se acercaban.

Y allí estaba él. Se alzaba sobre ella como una torre, más grande que cualquier otro ser que hubiese conocido y sus ojos transparentes y su rostro duro transmitían tanta frialdad que Cormia se encogió de temor.

El Gran Padre se llevó a los labios un delgado rollo blanco e inhaló. Al hablar, le salió humo por la boca.

—Ya te lo dije. No voy a hacerte daño. ¿Cuál es tu nombre?

A pesar de que tenía la garganta cerrada, Cormia logró decir con voz ronca:

—Elegida.

—Eso es lo que eres —replicó él—. Yo quiero tu nombre. Quiero saber *tu* nombre.

¿Estaría permitido que él le preguntara eso? ¿Acaso él...? Por Dios, ¿en qué estaba pensando? Él podía hacer lo que quisiera. Él era el Gran Padre.

—C-Cormia.

—Cormia. —Él volvió a darle una calada al cigarrillo y el extremo anaranjado se encendió con más intensidad—. Escúchame. No tengas miedo, Cormia, ¿vale?

—¿Vas a...? —comenzó a decir Cormia, pero se le quebró la voz. No estaba segura de poder hacerle una pregunta al Gran Padre, pero tenía que saberlo—. ¿Eres un dios?

El Gran Padre enarcó las cejas.

—Diablos, no.

—Pero, entonces, ¿cómo...?

—Habla más alto. No puedo oírte.

Cormia trató de elevar la voz.

—Entonces, ¿cómo has hecho para interceder ante la Virgen Escribana? —Al ver que el Gran Padre se encendía de ira, Cormia se apresuró a disculparse—: Por favor, no ha sido mi intención ofenderte...

—No importa. Mira, Cormia, tú no quieres aparearte conmigo, ¿o sí? —Al ver que ella no decía nada, el Gran Padre apretó la boca con impaciencia—. Vamos, contéstame.

Cormia abrió la boca, pero no dijo nada.

—Ay, por Dios. —El Gran Padre se pasó una mano enguantada por su pelo negro y comenzó a pasearse de un lado a otro.

Seguro que él tenía algún tipo de divinidad. Parecía tan feroz que a Cormia no le hubiese sorprendido que pudiera dominar los rayos del cielo.

De pronto se detuvo y se le acercó.

—Ya te he dicho que no te voy hacerte daño. Maldición, ¿qué crees que soy? ¿Un monstruo?

—Nunca antes había visto un macho —dijo Cormia de manera apresurada—. Yo no sé qué eres.

Eso le dejó helado.

Jane se despertó al oír el chirrido de la puerta de un garaje, el ruido venía de la casa que estaba a la izquierda de la suya. Se dio la vuelta y miró el reloj. Las cinco de la tarde. Había dormido la mayor parte del día.

Bueno, no exactamente. La mayor parte del tiempo había estado atrapada en una extraña ensoñación en la que veía algunas imágenes borrosas y difusas que la atormentaban. Había un hombre implicado, un hombre grande al que sentía como parte de ella y al mismo tiempo le resultaba absolutamente ajeno. No había podido verle el rostro, pero reconocía su olor: a extrañas y oscuras especias, muy cerca, en su nariz, a su alrededor, en todas las partes de su cuerpo…

De pronto sintió otra punzada de ese horrible dolor de cabeza y dejó de pensar en eso, como si tuviera en la mano un atizador y lo estuviera agarrando por el lado contrario al mango. Por fortuna, el dolor en los ojos cedió rápidamente.

Al oír el motor de un coche, levantó la cabeza de la almohada. A través de la ventana que estaba al lado de la cama, vio una furgoneta que entraba marcha atrás hacia la casa vecina. Alguien se había mudado a la casa de al lado y, Dios, Jane deseó que ojalá no se tratara de una familia. Porque aunque las paredes no eran tan finas como las de un edificio de apartamentos, tampoco eran absolutamente sólidas. Y verdaderamente prefería no tener que vivir rodeada de gritos de niños.

Cuando se incorporó para sentarse en la cama, se dio cuenta de que ya no se sentía agotada, sino absolutamente miserable. Notaba un dolor horrible en el pecho y no le pareció algo muscular. Al moverse de un lado a otro, tuvo la sensación de que era algo que ya había sentido una vez, pero no podía recordar exactamente el momento ni el lugar.

Ducharse fue todo un esfuerzo. Demonios, arrastrarse hasta el baño resultó una verdadera odisea. La buena noticia es que el agua y el jabón lograron reanimarla un poco y su estómago parecía receptivo a la idea de comer algo. Sin secarse el pelo, bajó a la cocina y se preparó un café. El plan era aclarar un poco sus pensamientos para devolver después algunas llamadas. Pasara lo que pasara, estaba decidida a regresar al trabajo al día siguiente, así que quería estar lo más recuperada posible, antes de volver al hospital.

Con la taza en la mano, Jane se dirigió a la sala y se sentó en el sofá, balanceando ligeramente el café en las palmas de las manos para esperar que el capitán Cafeína llegara a rescatarla y la hiciera sentirse humana otra vez. Cuando su mirada se topó con los cojines de seda, Jane frunció el ceño. Aquéllos eran los mismos cojines que su madre solía arreglar todo el tiempo, los que servían para medir si todo iba bien o no, y Jane se preguntó cuándo habría sido la última vez que se había sentado en ellos. Dios, pensó que tal vez nunca lo había hecho. Por lo que recordaba, el último trasero que debía haberse sentado allí debía haber sido el de uno de sus padres.

No, probablemente el de un invitado. Sus padres sólo se sentaban en los sillones gemelos de la biblioteca, su padre en la de la derecha, con su pipa y su periódico, y su madre, en la de la izquierda, con un bordado de punto de cruz. Parecían salidos del museo de cera de Madame Tussaud, de una exposición sobre matrimonios que llevaban una vida acomodada pero que nunca hablaban entre ellos.

Jane pensó en las fiestas que solían ofrecer, en toda esa gente que cuchicheaba y deambulaba por la inmensa casa colonial, en medio de camareros uniformados que repartían canapés rellenos de champiñones. Siempre eran las mismas personas, la misma conversación, los mismos vestiditos negros y los mismos trajes de Brooks Brothers*. La única diferencia era el cambio de estaciones y la única interrupción, la muerte de Hannah. Después del funeral, las veladas se interrumpieron durante casi seis meses por orden de su padre, pero luego retomaron el ritmo de siempre. Estuvieran o no preparados, las fiestas volvieron a empezar, y aunque su madre parecía a punto de romperse como una delicada porcelana, se ponía su maquillaje y su vestidito negro y se colocaba en la puerta con su collar de perlas con una sonrisa fingida.

Dios, a Hannah le encantaban esas fiestas.

Jane frunció el ceño y se llevó una mano al corazón, mientras se percataba de cuándo había sido la última vez que sintió ese dolor en el pecho. La muerte de Hannah le había producido esa misma sensación de opresión.

---

*Brooks Brothers es la casa de moda de trajes para hombre más antigua de EE UU.

Pensó que resultaba extraño despertarse de la noche a la mañana con esa sensación de duelo. No acababa de perder a nadie.

Cuando le dio un sorbo al café, pensó que habría sido mejor prepararse un chocolate caliente…

De pronto recordó la imagen borrosa de un hombre que le estaba ofreciendo una taza. Era una taza de chocolate caliente y él se la había preparado porque… porque la estaba abandonando. Ay… Dios, él se marchaba…

En ese momento un dolor agudo atravesó su cabeza e interrumpió la visión… al mismo tiempo que sonaba el timbre de la puerta. Sacudió la cabeza, mirando hacia el pasillo con hastío. Realmente no se sentía muy sociable en este momento.

El timbre volvió a sonar.

Jane se obligó a ponerse de pie y se dirigió hasta la entrada arrastrando los pies. Mientras abría el pestillo de la puerta, pensó, diablos, si es uno de esos misioneros, lo voy a mandar a…

—¿Manello?

El jefe de cirugía estaba en la entrada de su casa con esa típica actitud de suficiencia, como si tuviera que ser bienvenido simplemente porque así lo había decidido él. Vestido con traje de quirófano y zuecos, llevaba encima una chaqueta de ante fina que era del mismo color de sus ojos. Su Porsche ocupaba la mitad de la entrada a la casa.

—He venido a ver si te habías muerto.

Jane sonrió.

—Por Dios, Manello, no seas tan romántico.

—Tienes un aspecto horrible.

—Y ahora me vas a llenar de cumplidos. Basta, por favor. Me estás haciendo sonrojar.

—Voy a entrar.

—Desde luego —murmuró Jane, apartándose hacia un lado.

Manello echó un vistazo a su alrededor, mientras se quitaba la chaqueta.

—¿Sabes? Cada vez que vengo aquí pienso que este lugar no se parece en nada a ti.

—¿Entonces esperabas una decoración en tonos rosa con muchos adornos? —Jane cerró la puerta.

—No, la primera vez que vine me imaginé que la casa iba a estar vacía. Como mi apartamento.

Manello vivía en el Commodore, esa lujosa torre de apartamentos, pero su casa parecía más bien un caro vestidor, pues toda la decoración era de Nike. Tenía su equipo para hacer ejercicio, una cama y una cafetera.

—Cierto —dijo Jane—. Tu casa no parece exactamente salida de *Casadiez*.

—Entonces, dime cómo te encuentras, Whitcomb. —Mientras Manello la observaba, su cara no mostraba ninguna emoción, pero los ojos le brillaban y Jane pensó en la última conversación que había tenido con él, aquella en que él le había dicho que sentía algo por ella. Los detalles de lo que había sucedido eran borrosos, pero tenía la impresión de que la conversación había tenido lugar en una habitación de la unidad de cuidados intensivos, al lado de la cama de un paciente…

Jane sintió otra punzada en la cabeza y cuando Manello vio la mueca de dolor, le ordenó:

—Siéntate. Inmediatamente.

Tal vez fuera buena idea. Jane se dirigió al sofá.

—¿Quieres un café? —preguntó.

—Está en la cocina, ¿verdad?

—Te lo…

—Puedo servírmelo solo. Tengo años de entrenamiento. Tú quédate sentada.

Jane se recostó en el sofá y se ajustó las solapas de la bata, mientras se masajeaba las sienes. Mierda, ¿volvería a sentirse bien alguna vez?

Manello volvió justo en el momento en que ella se inclinaba hacia delante y se agarraba la cabeza con las manos. Lo cual, naturalmente, despertó sus instintos médicos. Dejó la taza sobre uno de los libros de arquitectura de la madre de Jane y se arrodilló en la alfombra persa.

—Dime. ¿Qué te pasa?

—Es la cabeza —gruñó Jane.

—Déjame verte los ojos.

Jane trató de sentarse derecha otra vez.

—Ya está pasando…

—Cállate. —Manello la cogió suavemente de las muñecas y le quitó las manos de la cara—. Voy a examinar tus pupilas. Echa la cabeza hacia atrás.

Jane se dio por vencida, sencillamente se dio por vencida y se relajó contra el sofá.

—Hace años que no me sentía tan espantosamente mal.

Manny le abrió cuidadosamente el párpado derecho con el pulgar y el índice, y sacó una linterna de médico. Estaba tan cerca que Jane podía ver sus largas pestañas, su barba incipiente y los finos poros de su piel. Olía bien. Se había echado colonia.

¿Qué colonia sería?, pensó Jane en medio de su malestar.

—Menos mal que he venido preparado —observó él, arrastrando las palabras, mientras encendía la linterna.

—Sí, eres todo un *boy scout*, claro… Oye, cuidado con esa cosa.

Jane trató de parpadear cuando notó que él le dirigía el haz de luz hacia el ojo, pero él no la dejó.

—¿Hace que te duela más la cabeza? —dijo él, examinando el ojo izquierdo.

—No, no, es delicioso. Me muero de ganas de que… ¡Maldición, qué luz tan brillante!

Manello apagó la linterna y se la volvió a meter en el bolsillo delantero de su traje de quirófano.

—Las pupilas tienen una dilatación normal.

—¡Qué alivio! Entonces si quiero leer bajo una lámpara superpotente puedo hacerlo, ¿verdad?

Manello le agarró la muñeca, le puso el índice sobre el pulso y levantó su Rolex.

—¿Este examen está cubierto por mi seguro médico? —preguntó Jane.

—Shhh.

—Porque creo que no tengo din…

—Shhh.

Era extraño que la trataran como a un paciente y el hecho de no poder hablar empeoraba la situación. Demonios, Jane sentía como si tuviera que decir algo para disipar la tensión con palabras…

Una habitación en penumbra. Un hombre en una cama. Ella hablando… hablando sobre… el funeral de Hannah.

Jane sintió otra punzada en la cabeza y jadeó.

—Mierda.

Manello le soltó la muñeca y le puso la palma de la mano sobre la frente.

—No parece que tengas fiebre. —Luego le palpó el cuello con las manos, a los lados y debajo de la mandíbula.

Al ver que él fruncía el ceño y le hacía presión, Jane dijo:

—No me duele la garganta.

—Bueno, los ganglios no están inflamados. —Manello deslizó los dedos por el cuello de Jane hasta que ella hizo una mueca de dolor y él ladeó la cabeza para ver—. Mierda… ¿qué es esto?

—¿Qué?

—Tienes un cardenal ahí. O algo. ¿Te ha picado algún bicho?

Jane se tocó con la mano.

—Ah, sí, no sé qué es eso. Ni desde cuándo lo tengo.

—Parece estar curando bien. —Manello le palpó la base del cuello, justo encima de las clavículas—. Sí, aquí tampoco hay inflamación. Jane, lamento decírtelo, pero tú no tienes gripe.

—Claro que sí.

—No, no tienes gripe.

—Tú eres ortopeda, no un especialista en enfermedades infecciosas.

—Pero esto no es una reacción alérgica, Whitcomb.

Jane se palpó la garganta. Pensó en que no estaba estornudando ni tosiendo ni vomitando. Pero, demonios, ¿qué significaba entonces esto?

—Quiero que te hagas un TAC cerebral.

—Apuesto a que eso se lo dices a todas.

—¿A las que tienen tus síntomas? Sin duda.

—Y yo que pensaba que era especial. —Jane sonrió y cerró los ojos—. Estaré bien, Manello. Sólo necesito volver a trabajar.

Se produjo un largo silencio, durante el cual Jane se dio cuenta de que Manello había puesto las manos sobre sus rodillas. Y que él seguía estando muy cerca de ella.

Abrió los ojos. Manuel Manello no la estaba mirando con ojos de médico, sino como un hombre que se preocupaba por ella. Mierda, era muy atractivo, sobre todo estando tan cerca… Pero había algo que no cuadraba. Aunque no era él… era ella.

Bueno, sí. Tenía dolor de cabeza.

Manello se inclinó hacia delante y le apartó un mechón de pelo de la cara.

—Jane…

—¿Qué?

—¿Me dejas programar que te hagan un TAC? —Al ver que ella iba a protestar, él la interrumpió—: Considéralo como un favor hacia mí. Nunca me perdonaría si hubiese algún problema y yo no hubiese insistido.

Demonios.

—Vale, está bien. Bien. Pero no necesito…

—Gracias. —Guardaron silencio un instante y luego él se inclinó hacia delante y la besó en la boca.

Al Otro Lado, Vishous miraba fijamente a Cormia, al tiempo que pensaba que tenía ganas de pegarse un tiro. Tras la temblorosa revelación que ella acababa de hacerle sobre que nunca había visto a un macho, Vishous se sintió horrorosamente mal. Nunca se le había ocurrido que ella sólo había visto mujeres, pero si había nacido después de la muerte del último Gran Padre, ¿cómo podría haber visto a alguien del sexo opuesto?

Desde luego, estaba aterrorizada.

—Por Dios —murmuró V, dándole una calada a su cigarrillo y sacudiéndolo un poco. Estaba echando la ceniza en el suelo de mármol del escenario del anfiteatro, pero le importaba un pito—. He subestimado por completo lo difícil que podía resultar esto para ti. Supuse que...

Había imaginado que ella estaría muerta de ganas de acostarse con él o algo semejante. Pero al contrario, no se encontraba mucho mejor que él.

—Sí, lo siento mucho.

Cuando Cormia abrió los ojos con asombro, el verde jade de sus ojos brilló.

—¿Tú deseas este...? —preguntó V, con la esperanza de parecer un poco más amable, agitando la mano con la que sostenía el cigarrillo hacia delante y hacia atrás, como si quisiera dar a entender que hablaba de ellos dos—. ¿Este apareamiento? —Al ver que ella no decía nada, V sacudió la cabeza—. Mira, puedo verlo en tus ojos. Quieres salir huyendo de mí y no sólo porque estás asustada. Tú quieres salir huyendo de lo que vamos a tener que hacer, ¿no es cierto?

Cormia se llevó las manos a la cara y los pliegues del vestido parecieron demasiado pesados para sus delgados brazos.

—No puedo soportar la idea de decepcionar a las Elegidas —respondió con una vocecita apena audible—. Yo… yo cumpliré con mi obligación por el bien de todas.

Bueno, por lo visto los dos estaban en la misma situación.

—Lo mismo que yo —murmuró V.

Ninguno de los dos dijo nada más y V no sabía qué hacer. Para empezar, no era muy bueno con las mujeres y peor ahora que se sentía tan mal por haber perdido a Jane.

De repente giró la cabeza, convencido de que no estaban solos.

—Tú, detrás de la columna. Sal. *Ahora.*

Una de las Elegidas salió de detrás de la columna, con la cabeza agachada y el cuerpo tenso debajo de su tradicional túnica blanca.

—Señor.

—¿Qué estás haciendo aquí?

Mientras la Elegida miraba fijamente el suelo de mármol con sumisión, V pensó: Dios, protégeme del servilismo. Es curioso que durante el sexo exigiera la sumisión de su pareja y ahora esa actitud le molestara tanto.

—Será mejor que hayas venido a consolarla —gruñó V—. Si has venido a otra cosa, ya te estás largando de aquí de inmediato.

—He venido a ofrecerle consuelo —explicó la Elegida con voz suave—. Estoy preocupada por ella.

—¿Cómo te llamas?

—Elegida.

—¡Maldición! —Al ver que tanto Cormia como la otra se sobresaltaban, V trató de controlarse—. ¿Cuál es *tu* nombre?

—Amalya.

—Muy bien, entonces, Amalya. Quiero que la cuides hasta que yo regrese. Es una orden. —Mientras la Elegida hacía una serie de reverencias y promesas, V le dio la última calada a su cigarro, se mojó dos dedos con saliva y lo apagó. Al meterse la colilla en el bolsillo de la especie de bata que llevaba, se preguntó por qué diablos todo el mundo tenía que andar en pijama en el Otro Lado.

Luego miró a Cormia.

—Te veré dentro de dos días.

V se marchó sin mirar atrás. Subió la colina de césped blanco, evitando pisar la alfombra de seda blanca que habían puesto para la ocasión. Cuando llegó al patio de la Virgen Escribana, pensó que ojalá no se la encontrara y le dio gracias a Dios cuando vio que ella no estaba por allí. Lo último que necesitaba era un último enfrentamiento con su monstruosa madre.

Bajo la mirada atenta de los pájaros cantores, regresó al mundo real, pero no se fue a la mansión.

Se dirigió exactamente al lugar al que no debía ir: se materializó delante de la casa de Jane. Realmente era una idea pésima, pero sentía tanto dolor en su interior que le impedía pensar con claridad. Además, ya nada le importaba. Ni siquiera los límites que debían mantenerse entre los humanos y los vampiros.

La noche era fría y él estaba medio vestido con aquel ridículo traje de ceremonia, pero tampoco le importó. Se sentía tan insensible y perturbado que podría haber estado desnudo en la mitad de una tormenta y no lo habría notado...

¿Qué demonios era eso?

Había un coche en la entrada de la casa de Jane. Un Porsche Carrera 4S. Igual que el de Z, sólo que el de Z era gris y éste era plateado.

V tenía la intención de no pasar de la acera de enfrente, pero su plan se fue al garete cuando tomó aire y percibió un aroma de hombre que salía del descapotable. Era ese médico, el que se las había dado de don Juan con ella en la habitación del hospital.

Se materializó junto al arce que había en el jardín delantero y miró por la ventana de la cocina. La cafetera estaba encendida. El azúcar estaba afuera. Había dos cucharas sobre la encimera.

Ay, demonios, no. La madre que lo parió, no.

V no podía ver el resto de la casa, así que decidió rodearla, haciéndose daño en los pies descalzos con la nieve congelada. Cuando notó que una ancianita de la casa de al lado miraba por la ventana como si lo hubiese visto, V esparció un poco de mhis a su alrededor, por precaución… y porque pensó que debía hacer algo que demostrara que todavía tenía cerebro.

Aunque estaba seguro de que esto de espiar a Jane ciertamente no le convertía en un buen candidato para *Jeopardy*.

Cuando llegó hasta las ventanas de atrás y pudo tener una buena perspectiva de la sala, vio la muerte de alguien tan claramente como si él mismo hubiese cometido el crimen en tiempo real: el humano, ese médico, estaba de rodillas y muy cerca de Jane, que estaba sentada en el sofá. El tipo tenía una mano sobre la cara de Jane, la otra sobre su cuello y los ojos clavados en su boca.

V perdió la concentración, dejó que el mhis se desvaneciera y se movió sin pensar. Sin razonar. Sin vacilar. No era más que un macho enamorado, impulsado por sus instintos, cuando llegó a las puertas de cristal, preparado para matar…

Pero en ese momento Butch surgió de la nada, se detuvo ante él y evitó el ataque agarrándolo de la cintura y sacándolo de allí a rastras. Aquél era un movimiento muy arriesgado, incluso entre amigos. A menos de que fuera un camión de varios ejes, nadie querría interponerse entre un macho enamorado y su objetivo en ese tipo de agresión: el instinto de lucha de V cambió de blanco al instante. Enseñó los colmillos, se echó hacia atrás y le dio un tremendo cabezazo a su mejor amigo.

El irlandés soltó a V como si fuera una colmena llena de abejas, preparó el puño y le lanzó un gancho que lo alcanzó en la parte inferior de la mandíbula. Al sentir que su maxilar inferior recibía el impacto y sus dientes comenzaban a cantar como un coro de ángeles, V estalló como si fuera una pradera seca en llamas.

—Mhis, imbécil —le gritó Butch—. Rodea este sitio de mhis antes de empezar con esto.

V creó la bruma protectora y los dos se lanzaron a pelear como dos toros, sin reglas. La sangre se deslizaba por la nariz y la boca, mientras se daban en la cara como si fuera lo último que fueran a hacer en la vida. En determinado momento, V se dio cuenta de que aquello no sólo tenía que ver con el hecho de haber perdido a Jane, sino con el hecho de que se encontraba absolutamente solo. Aunque Butch estuviera a su lado, sin ella ya nada sería lo mismo, así que V sentía que se había quedado sin nada.

Cuando terminaron, los dos quedaron en el suelo, hombro con hombro, jadeando y cubiertos de un sudor que parecía congelarse en vez de secarse. Mierda, V ya podía sentir la hinchazón: los nudillos y la cara se le iban a poner como los del muñeco de Michelin.

V tosió suavemente.

—Necesito un cigarrillo.

—Yo necesito una bolsa de hielo y un tubo completo de Neosporina.

V dio media vuelta, escupió la sangre que tenía en la boca y volvió a acostarse como estaba. Luego se limpió los labios con el dorso de la mano.

—Gracias. Necesitaba algo así.

—De nad… —gruñó Butch—. De nada. Pero, maldición, ¿tenías que golpearme en el hígado de esa forma? ¿Como si el escocés no hubiera acabado ya con él?

—¿Cómo supiste dónde estaba?

—¿Y dónde podrías estar? Phury regresó solo y mencionó que se había armado la marimorena, así que me imaginé que terminarías aquí. —Butch trató de estirar el hombro y soltó una maldición—. Admitámoslo, el policía que llevo dentro es como una antena de radio que capta la presencia de estúpidos. Y no te ofendas, pero no estás ganando muchos puntos en la prueba de inteligencia.

—Creo que habría matado a ese hombre.

—Yo sé que sí.

V levantó la cabeza, pero no pudo ver a través de las ventanas de Jane, así que se apoyó sobre los codos para ampliar la perspectiva. Ya no había nadie en el sofá.

Entonces se volvió a desplomar sobre el suelo. ¿Estarían haciendo el amor arriba, en la cama de Jane? ¿En este mismo instante? ¿Mientras él yacía moribundo en el maldito patio de atrás de su casa?

—Mierda. No soy capaz.

—Lo siento, V. De verdad que lo siento. —Butch se aclaró la garganta—. Escucha… creo que sería buena idea que no volvieras por aquí.

—¿Sí? ¿Quién lo dice, el imbécil que fue diariamente a vigilar la casa de Marissa durante cuantos meses?

—Es peligroso, V. Para ella.

V miró con odio a su mejor amigo.

—Si vas a insistir en esa mierda de ser razonable, voy a dejar de andar contigo.

Butch esbozó una sonrisa deforme, pues tenía reventado el labio superior.

—Lo siento, amigo, pero no vas a poder deshacerte de mí, aunque lo intentes.

V parpadeó un par de veces, horrorizado de pensar en lo que estaba a punto de decir.

—Dios, vas camino de la santidad, ¿lo sabías? Siempre has estado ahí cuando te he necesitado. Siempre. Incluso cuando yo…

—Incluso cuando tú, ¿qué?

—Ya sabes.

—¿Qué?

—Mierda. Incluso cuando estaba enamorado de ti. O algo así.

Butch se llevó las manos al pecho.

—¿Cuándo estabas? ¿*Estabas*? No puedo creer que hayas perdido el interés por mí. —Luego se puso un brazo sobre los ojos, al mejor estilo Sarah Bernhardt[*]—. Acabas de destruir mis sueños de futuro.

—Cierra la bocaza, policía.

Butch miró por debajo del hombro.

—¿Estás bromeando? El *reality show* que había planeado era fantástico. Lo iba a presentar en VH1. *Dos mordidas son mejor que una*. Íbamos a ganar millones.

—Ay, por Dios.

Butch se acomodó sobre el costado y se puso serio.

—Éste es el trato, V. ¿Tú y yo? Estamos juntos en esta vida hasta el final y no sólo por mi problema. No sé si me estaré volviendo creyente o qué mierda, pero creo que nos hemos encontrado por una razón. Y en cuanto a todo ese rollo de que estabas enamorado de mí… Creo que tiene más que ver con el hecho de

---

[*] Actriz parisina de teatro y cine de principios del siglo XX.

que por primera vez en la vida te interesaste realmente por alguien.

—Muy bien, para ahí. Toda esta cháchara afectuosa ya me produce urticaria.

—Tú sabes que es así.

—Púdrete, doctor Phil.

—Bien, me alegra que estemos de acuerdo. —Luego Butch frunció el ceño—. Oye, tal vez podría crear un programa de entrevistas, ahora que ya no vas a ser mi June Cleaver*. Podría bautizarlo *La hora de O'Neal*. Suena bien, ¿no crees?

—En primer lugar, tú eras el que iba a ser June Cleaver…

—Olvídalo. No hay forma de que yo me colocara debajo.

—Es igual. Y, en segundo lugar, no creo que tus consejos psicológicos tuvieran mucho público.

—No es cierto.

—Butch, nos acabamos de golpear hasta que no pudimos más.

—Tú empezaste. Y, de hecho, sería perfecto para Spike TV. Una combinación de artes marciales y *Oprah*. ¡Dios, soy brillante!

—Sigue pensando eso.

Butch soltó una carcajada, pero se calló cuando una ráfaga de viento pasó azotando el jardín.

—Muy bien, grandullón, a pesar de lo contento que estoy aquí, no creo que mi bronceado esté mejorando mucho, teniendo en cuenta que está absolutamente oscuro.

—Tú no estás bronceado.

—¿Ves? Esto no está funcionando. Entonces, ¿qué tal si nos vamos a casa? —Hubo una larga pausa—. Mierda, no vas a volver conmigo, ¿verdad?

—Ya no tengo ganas de matar a nadie.

—Ah, bueno. La idea de que sólo lo dejes paralítico me hace sentir mucho más tranquilo con respecto a la perspectiva de dejarte aquí. —Butch se sentó y soltó una maldición—. ¿Te importa si al menos echo un vistazo para averiguar si se ha marchado?

---

*Personaje de ficción de una conocida serie de la televisión norteamericana.

—Dios, ¿crees que realmente quiero saberlo?

—Vuelvo enseguida. —Butch gruñó y se levantó como si acabara de tener un accidente, rígido y cojeando—. Joder, esto va a doler durante algún tiempo.

—Ahora eres un vampiro. Tu cuerpo estará perfecto antes de que te des cuenta.

—No es eso. Marissa nos va a matar a los dos por liarnos a puñetazos.

V hizo una mueca.

—Demonios. Eso va a doler, ¿no es así?

—Sí. —Butch se alejó cojeando—. Nos va a arrancar la cabeza.

V miró hacia el segundo piso de la casa y no pudo decidir si el hecho de que las luces estuviesen apagadas era una buena o una mala señal. Cerró los ojos, rogando para que el Porsche ya no estuviera ahí… Aunque no creía que se hubiese ido. Por Dios, Butch tenía razón. El hecho de que él estuviera merodeando por allí era peligroso. Ésta tenía que ser la última vez…

—Ya se ha ido —informó Butch.

V soltó el aire como si fuera un globo desinflándose, luego se dio cuenta de que se había salvado sólo por aquel día. Tarde o temprano, ella iba a estar con alguien más.

Tarde o temprano, probablemente iba a estar con ese médico.

V levantó la cabeza y luego la volvió a dejar caer sobre el suelo helado.

—No creo que pueda hacerlo. No creo que pueda vivir sin ella.

—¿Acaso tienes alternativa?

«No —pensó V—. Ninguna alternativa».

Pensándolo bien, esa palabra nunca debería aplicarse al destino de las personas. Nunca. La palabra *alternativa* debía quedar relegada a la televisión y a las comidas. Uno podía elegir si veía la NBC o la CBS, o si comía carne en vez de pollo. Pero llevar el concepto más allá de la cocina o el mando a distancia era imposible.

—Vete a casa, Butch. No voy a hacer nada estúpido.

—Más estúpido, querrás decir.

—La semántica es una mierda.

—Siendo alguien que habla dieciséis idiomas, tú sabes que eso no es cierto. —Butch respiró hondo y esperó un momento—. Supongo que te veré en la Guarida, entonces.

—Sí. —V se puso de pie—. Estaré allí dentro de un rato.

Jane se dio la vuelta en la cama, pues su sexto sentido la despertó.

Había alguien en su habitación. Se sentó con el corazón desbocado, pero no vio nada. Aunque, claro, las sombras que creaba la luz del exterior ofrecían muchos escondites: detrás del escritorio, o de la puerta entreabierta o del sillón que estaba contra la ventana.

—¿Quién anda ahí?

No obtuvo ninguna respuesta, pero estaba convencida de que no estaba sola.

Jane lamentó haberse acostado desnuda.

—¿Quién anda ahí?

Nada. Sólo el sonido de su propia respiración.

Jane agarró la colcha y respiró hondo. Dios… había un olor maravilloso en el aire… exquisito y lujurioso, sensual y posesivo. Jane volvió a tomar aire y de repente su memoria reaccionó y lo reconoció. Era el olor de un hombre. No… era más que un hombre.

—Yo te conozco. —Jane sintió que su cuerpo se llenaba de calor inmediatamente y florecía… pero luego volvió a sentir una sensación de dolor tan grande que jadeó—. Ay, Dios… tú…

El dolor de cabeza regresó y le atravesó el cráneo como una flecha, haciéndole jurar mentalmente que se haría ese TAC lo más pronto posible. Luego gimió y se agarró la cabeza, preparándose para lo que, probablemente, serían varias horas de agonía.

Sólo que, casi de inmediato, el dolor se evaporó… al igual que ella. Un manto de sueño cayó sobre su conciencia, cubriéndola, calmándola.

Justo después, la mano de un hombre tocó su cabello. Su cara. Su boca.

La calidez y el amor de ese hombre curaron el vacío que sentía en el corazón. Parecía como si ella fuese un coche implicado en un accidente y ahora alguien la estuviese reconstruyendo, y estuviese poniendo el motor en su lugar y las defensas y el parabrisas.

Sólo que en ese momento la mano se retiró.

En medio del sueño, Jane trató de aferrarse a ella.

—Quédate conmigo. Por favor, quédate conmigo.

Una mano enorme envolvió la suya, pero la respuesta era no. Aunque el hombre no dijo nada, Jane sabía que no se iba a quedar.

—Por favor… —dijo y los ojos se le llenaron de lágrimas—. No te vayas.

Al sentir que dejaban caer su mano, Jane gritó y trató de buscar algo a tientas…

De pronto se levantaron las mantas y Jane sintió el golpe del aire frío y el cuerpo de un hombre enorme que se metía en la cama. Desesperada, se pegó a la dura calidez de ese cuerpo y hundió la cara en un cuello que olía a oscuras y exóticas especias. Unos brazos enormes se cerraron sobre ella y la abrazaron con fuerza.

Cuando ella se acercó todavía más… sintió una erección.

En medio del sueño, Jane se movió rápidamente y con decisión, como si tuviera todo el derecho del mundo a hacer lo que hizo. Lanzó la mano hacia abajo y agarró el pene que se movía y se estiraba.

Al sentir que el cuerpo del hombre daba un brinco, Jane dijo:

—Dame lo que quiero.

Demonios, ¿acaso no lo hacía siempre?

En segundos, Jane estaba de espaldas sobre la cama, con las piernas abiertas y una mano inmensa en su vagina. Tuvo un orgasmo de inmediato, se retorció sobre el colchón y gritó. Antes de que la sensación se diluyera, las sábanas salieron volando y una boca estaba de nuevo entre sus muslos. Jane hundió las manos en una melena gruesa y sensual y se entregó a lo que él le hizo.

Mientras ella tenía otro orgasmo, él se retiró. Luego oyó el sonido de la ropa que caía al suelo y entonces…

Jane maldijo al sentir que la penetraban hasta el punto del dolor, pero la verdad es que le fascinaba lo que estaba pasando… en especial cuando una boca cayó sobre la de ella y la erección comenzó a moverse en el interior su vagina. Jane se aferró a una espalda que se balanceaba y siguió el ritmo del sexo.

En medio del sueño, se le ocurrió que esto era lo que echaba de menos. Aquel hombre era la causa de su dolor en el pecho.

O, mejor, el hecho de que lo estaba perdiendo.

Vishous sabía que lo que estaba haciendo estaba mal. Estar con ella en esas condiciones era equivalente a robar, porque Jane realmente no sabía quién era él. Pero no pudo detenerse.

V la besó con más intensidad, se movió dentro de ella con más fuerza. Cuando llegó al orgasmo, éste estalló como una tormenta eléctrica que lo hizo arder hasta que su pene se sacudió y eyaculó dentro de ella. Ella llegó al clímax al mismo tiempo y comenzó a acariciarlo, prolongando las sensaciones hasta que V se estremeció y se quedó quieto sobre ella.

V se retiró y miró los ojos cerrados de Jane, pensando que ojalá estuviera inmersa en un sueño más profundo. Así pensaría que lo que había ocurrido no había sido más que un sueño erótico, una encantadora y vívida fantasía. Sin embargo, ella no sabría quién era él. No podía saberlo. Su mente era muy fuerte y podría enloquecer si quedaba atrapada entre los recuerdos que él había ocultado y lo que sentía cuando él estaba alrededor de ella.

Se separó del cuerpo de Jane y se levantó. Mientras arreglaba las mantas y se ponía su ropa de seda, sintió como si se estuviera arrancando su propia piel.

Luego se agachó y posó sus labios sobre la frente de Jane.

—Te amo. Para siempre.

Antes de marcharse, le echó un vistazo a la habitación y dio una vuelta por el baño. No pudo contenerse. No tenía intención de volver allí y necesitaba tener imágenes de la intimidad de Jane.

El piso de arriba se parecía más a ella. Todo era sencillo y limpio, los muebles eran discretos, en las paredes no había ningún cuadro altisonante. Sólo había una gran peculiaridad que a V le encantó porque él tenía lo mismo en su habitación: libros. Había libros por todas partes. En la habitación había una biblioteca del suelo al techo, llena de volúmenes sobre ciencia, filosofía y matemáticas. En el vestíbulo había más libros guardados en una vitrina con puertas de cristal de casi tres metros, con obras de Shelley y Keats, Dickens, Hemingway, Marchand, Fitzgerald. Incluso en el baño había un pequeño estante, junto a la bañera, como si quisiera tener sus libros favoritos cerca, cuando se estaba bañando.

También le gustaba Shakespeare, evidentemente. Una elección que V aprobó.

Ésa era el tipo de decoración que a él le gustaba. Una mente activa no necesitaba distracciones en el ambiente físico. Necesitaba una colección de libros destacados y una buena lámpara. Tal vez un poco de queso y galletas.

Cuando V dio media vuelta para salir del baño, alcanzó a ver el espejo que estaba sobre los dos lavabos. Entonces se la imaginó frente a él, peinándose, pasándose la seda dental, cepillándose los dientes, cortándose las uñas.

Esas cosas normales que la gente hacía a lo largo y ancho de todo el planeta, todos los días, vampiros y humanos por igual. Prueba de que, en ciertas actividades prosaicas, las dos especies no eran tan diferentes, después de todo.

V habría sido capaz de matar para tener la oportunidad de verla haciendo eso aunque fuera una sola vez.

Mejor aún, él quería hacer todo eso con ella. El lavabo de Jane y el suyo. Tal vez discutiera porque él arrojaba la seda dental sobre el borde de la papelera, sin asegurarse de que cayera hasta el fondo.

La vida. Juntos.

V estiró la mano, puso un dedo sobre el espejo, deslizándolo por el cristal. Luego se obligó a desmaterializarse sin regresar a la cama de nuevo.

Mientras desaparecía, esta vez para siempre, V pensó que, si fuera un hombre de los que lloran, en ese momento estaría llorando a mares. Pero en vez de eso pensó en el Grey Goose que lo estaba esperando en la Guarida. Tenía intención de pasar los próximos dos días completamente borracho.

Si querían que asistiera a esa maldita ceremonia del Gran Padre, sus hermanos tendrían que volverlo a embutir en aquella ropa estilo Hugh Hefner y sostenerlo uno de cada lado.

A medianoche, John estaba acostado en la cama, contemplando el techo.

Era un techo muy lujoso, con muchos adornos de yeso y decoraciones en los bordes, así que había muchas cosas que observar. De hecho, le hacía pensar en un pastel de cumpleaños, de hecho. No… en un pastel de boda. Sobre todo porque en medio había un rosetón con una enorme cantidad de arabescos alrededor, de esos que suelen tener los muñequitos en las tartas nupciales.

Por alguna extraña razón, a John le gustaba la forma en que todo estaba combinado. No sabía nada de arquitectura, pero se sentía atraído por la exuberancia, la magnífica simetría y el equilibro entre los adornos y la suave…

Muy bien, tal vez estaba posponiendo lo que tenía que hacer.

Mierda.

Se había despertado hacía cerca de media hora, se dirigió al baño y luego volvió a meterse entre las sábanas. Esa noche no había clases y tendría que ponerse al día con lo que tenía atrasado, antes de salir, pero tampoco tenía ganas de estudiar.

Tenía que ocuparse de un asunto.

Un asunto que, en ese momento, yacía sobre su abdomen, duro como una piedra.

Llevaba todo ese tiempo en la cama debatiéndose acerca de la posibilidad de poder hacerlo o no. Qué sentiría. Si le gustaría. Pero ¿qué pasaría si se desinflaba y perdía la erección? Dios, esa conversación con Z seguía girando en su cabeza. Si no… tenía éxito en el asunto, era posible que tuviera algún problema.

Ay, por amor de Dios, tenía que saltar del puente ya.

John se llevó la mano al pecho. Notó cómo sus pulmones se expandían y se contraían y cómo palpitaba su corazón. Hizo una mueca y movió la palma de la mano hacia abajo, hacia esas palpitaciones que parecían estar hablando literalmente con él, a juzgar por el ruido que hacían. Dios, su pene se moría por sentir algo, estaba desesperado por entrar en acción. ¿Y qué pasaba debajo? Sus testículos estaban tan duros que a John le daba la sensación de que estaban a punto de romperse a causa de la presión. Tenía que hacerlo y no sólo para revisar si sus cañerías funcionaban bien. La necesidad de encontrar alivio se había convertido en un dolor real.

La mano llegó al abdomen y siguió bajando. Notaba la piel cálida, suave y sin vello que se estiraba sobre los músculos y huesos duros. Todavía le resultaba increíble el tamaño que había alcanzado. Su abdomen parecía un campo de fútbol.

Se detuvo justo antes de tocarse. Entonces, con una maldición, agarró el pene y le dio un tirón.

Un gemido salió de su pecho y saltó hasta su boca, al sentir que la erección se sacudía en su mano. Ay, mierda, eso había sido agradable. Repitió lentamente el tirón, mientras el sudor le escurría por el pecho. Parecía como si alguien lo hubiese puesto bajo una lámpara de rayos UVA… no, más bien era un calor que irradiaba desde dentro.

John comenzó a arquearse mientras se acariciaba, sintiéndose al mismo tiempo culpable y avergonzado y pecaminosamente erótico. Ay… era tan agradable… Después de encontrar el ritmo, se quitó las mantas con el pie y se miró el cuerpo. Con un orgullo casi ilícito, se observó mientras pensaba que le gustaba el grosor de la cabeza, y ese tamaño tan obsceno y la manera en que su mano lo agarraba con fuerza.

Ay… diablos.

De improviso, la imagen de una mujer se le vino espontáneamente a la cabeza… Mierda, era la jefa de seguridad del Zero

Sum y John la vio en alta definición, con su corte de pelo masculino, sus musculosos hombros y su cara astuta y su poderosa presencia. En un increíble momento de audacia, se los imaginó a los dos en el club. Ella lo sujetaba contra la pared, con la mano en sus pantalones y lo estaba besando con deseo, con la lengua en su boca.

Por Dios… Cielos… John comenzó a mover la mano con una velocidad inaudita. Su pene estaba tan duro como si fuera de mármol y él sólo pensaba en la posibilidad de estar dentro de esa mujer.

El momento crítico llegó cuando se imaginó que, después de besarlo, ella se arrodillaba ante él. John la vio bajarle la cremallera, agarrar su pene y metérselo en la boca…

¡Por todos los diablos!

John se giró rápidamente de costado y subió las rodillas, lo cual hizo que la almohada se cayera al suelo. Lanzó un grito sin producir ningún sonido y se sacudió al sentir un chorro de algo caliente que salía disparado y aterrizaba sobre su pecho y la parte superior de los muslos y también su mano. Siguió acariciando, con los ojos bien cerrados. Las venas del cuello parecían a punto de estallar y sus pulmones ardían.

Cuando no le quedó nada, John tragó saliva, contuvo la respiración y abrió los ojos. No estaba seguro, pero creía que había tenido dos orgasmos. Tal vez tres.

Mierda. Las sábanas. La cama estaba hecha un desastre.

Sin embargo, había valido la pena. Esto era genial. Esta mierda era… *genial*.

Sólo que se sentía culpable por lo que se había imaginado. John se moriría si ella alguna vez averiguaba…

De pronto sonó su móvil. John se limpió la mano con las sábanas y cogió el aparato. Era un mensaje de Qhuinn que decía que se encontrara con Blay dentro de media hora para poder ir al Zero Sum antes de que se acabara la acción.

El pene de John volvió a ponerse duro al pensar en la jefa de seguridad.

Muy bien, esto podía ser un problema, pensó, contemplando de nuevo su erección. Sobre todo si iba al club y veía a esa mujer y… sí, le echaba bastante leña al fuego.

Pero, claro, había que mirar el lado bueno: al menos no tenía ningún problema.

John se tranquilizó. Sí, todo funcionaba bien y había disfrutado… al menos estando solo. Pero ¿la idea de que eso sucediera con alguien más?

Todavía le producía pánico.

Cuando Phury entró al Zero Sum, alrededor de la una de la mañana, se alegró de no estar con sus hermanos. Necesitaba privacidad para lo que iba a hacer.

Con decisión, se dirigió a la sala VIP, se sentó en la mesa de la Hermandad y pidió un Martini, deseando que ninguno de sus hermanos decidiera pasarse por allí. Habría preferido ir a otro lado, pero el Zero Sum era el único lugar de la ciudad que ofrecía lo que él estaba buscando. Así que no había elección.

El primer Martini le resultó agradable. El segundo, todavía mejor.

Mientras bebía, varias humanas se acercaron a la mesa. La primera era una morena, así que estaba vetada. Demasiado parecida a Bella. La siguiente fue una rubia. No estaba mal, pero se trataba de la mujer de pelo corto de la que Z se había alimentado una vez, así que no le pareció buena idea. Luego llegó otra rubia que parecía tan jodida que le produjo sentimientos de culpa, seguida de una morena que se parecía a Xena, la princesa guerrera, que le causó un cierto temor.

Pero luego… una pelirroja se detuvo ante la mesa.

Era diminuta, no creía que midiera más de uno sesenta, incluso con sus tacones de *stripper*, pero tenía un pelo largísimo. Vestida con un top rosa y una microminifalda, parecía sacada de un cómic.

—¿Estás buscando algo de acción?

Phury se movió en la silla y se dijo que tenía que dejar de ser tan remilgado y acabar de una vez con aquel asunto. Sólo era sexo, por Dios santo.

—Tal vez. ¿Cuánto cuesta un completo?

La mujer levantó la mano y se tocó los labios con dos dedos.

—Supercompleto.

Doscientos dólares por deshacerse de su virginidad. Eso salía a menos de un dólar por año. ¡Una ganga!

Phury estaba muerto de miedo cuando se puso de pie.

—Suena bien.

Mientras seguía a la prostituta hasta el fondo de la sala VIP, pensó vagamente que, en una realidad paralela, él estaría haciendo esto por primera vez con alguien a quien amara. O que le interesara. O que al menos conociera. No sería un asunto de doscientos dólares en un baño público.

Desgraciadamente, él estaba donde estaba.

La mujer abrió una puerta negra brillante y Phury entró detrás de ella. Cuando se encerraron juntos, el volumen de la música tecno disminuyó un poco.

Estaba horriblemente nervioso cuando le entregó el dinero.

Ella sonrió al cogerlo.

—Esto no me va a costar ningún trabajo, ¿sabes? Dios, ese pelo. ¿Son extensiones?

Phury negó con la cabeza.

Cuando ella estiró la mano hacia su cinturón, dio un salto hacia atrás y se estrelló contra la maldita puerta.

—Lo siento —dijo.

La mujer lo miró con curiosidad.

—No hay problema. ¿Ésta es tu primera vez con alguien como yo?

Con alguien, en general.

—Sí.

—Bueno, voy a tratarte muy bien. —La mujer se le acercó y sus senos enormes se apretaron contra el vientre de Phury. Él bajó la vista hacia la cabeza de la mujer y vio que tenía raíces oscuras en el pelo.

—Eres grande —murmuró ella, metiendo una mano por debajo del cinturón de Phury y lo atraía hacia ella.

Phury se dejó llevar con la elegancia de un robot, absolutamente anestesiado e incapaz de creer que estuviera haciendo aquello. Pero, bueno, ¿de qué otra forma iba a suceder?

La mujer se recostó contra el lavabo y con un salto rápido y bastante practicado se subió a él. Mientras abría las piernas, la falda se le levantó. Sus medias negras tenían encaje en la parte de arriba y no llevaba bragas.

—Sin besos, por supuesto —murmuró ella, bajándole la bragueta—. En la boca, quiero decir.

Phury sintió una oleada de aire frío y luego la mano de la mujer, que se metía en sus calzoncillos. Frunció el ceño cuando ella le agarró el pene.

Esto es lo que había venido a buscar, se recordó. Esto fue lo que había comprado y pagado. Él podía hacerlo.

Ya era hora de seguir adelante. De olvidarse de Bella. Del celibato.

—Relájate, cariño —dijo la mujer con una voz ronca—. Tu esposa nunca se va a enterar. Mi lapiz de labios es a prueba de manchas y no uso perfume. Así que puedes relajarte y disfrutar.

Phury tragó saliva. «Puedo hacerlo».

Cuando John se bajó del BMW azul oscuro, llevaba un par de pantalones negros absolutamente nuevos, una camisa de seda negra y una chaqueta de ante color crema. No era su ropa. Al igual que el coche que los había traído al centro a él y a Qhuinn, todo era de Blay.

—Estamos absolutamente preparados para esto —dijo Qhuinn cuando cruzaban el aparcamiento.

John miró hacia el sitio donde había matado a los restrictores. Entonces recordó la sensación de poder que había experimentado, la convicción de que él era un combatiente, un guerrero… un hermano. Pero todo eso ya se había desvanecido, como si en ese momento algo hubiese entrado dentro de él y lo hubiese poseído. Mientras caminaba con sus amigos, John se sentía un don nadie, vestido con la ropa sofisticada de su amigo, y le daba la sensación de que su cuerpo no era más que una bolsa llena de agua, que se estrellaba contra las paredes con cada paso que daba.

Cuando llegaron al Zero Sum, John se dirigió hacia el final de la cola de espera, pero Qhuinn lo agarró.

—Tenemos tarjeta de entrada, ¿recuerdas?

Claro que la tenían. Tan pronto como Qhuinn mencionó el nombre de Xhex, el gorila de la puerta reaccionó y llamó por radio. Un segundo después, se hizo a un lado.

—Quiere que os sentéis en el fondo. Sala VIP. ¿Conocéis el camino?

—Sí, claro —dijo Qhuinn, estrechándole la mano al hombre.

—La próxima vez que vengáis, os dejo entrar enseguida —dijo el gorila, metiéndose algo en el bolsillo.

—Gracias, amigo. —Qhuinn le puso la mano en el hombro y luego desapareció en el club, como Pedro por su casa.

John lo siguió, pero ni siquiera intentó imitar el estilo de Qhuinn. Y estuvo acertado, pues al mismo tiempo que atravesaba la puerta, tropezó contra un escalón y se fue contra la puerta y luego hacia atrás. Mientras luchaba por no caerse, le pegó a un tío que estaba en la cola. El hombre, que le estaba dando la espalda a la puerta porque estaba besando a una chica, se dio la vuelta enfurecido.

—¡Qué demon…! —El tipo se quedó helado cuando vio a John y los ojos casi se le salen de las órbitas—. Ah, sí… Perdón.

John se quedó desconcertado por la reacción, hasta que sintió la mano de Blay en la nuca.

—Vamos, John. Entremos.

John se dejó conducir al interior, preparándose para recibir el impacto del ambiente del club y perderse entre la multitud. Sin embargo, fue curioso. Al mirar a su alrededor, todo le pareció menos abrumador. Claro, ahora estaba viendo a la multitud desde una altura de casi dos metros.

Qhuinn miró a todos lados.

—El fondo. ¿Dónde diablos es el fondo?

—Pensé que tú lo sabías —dijo Blay.

—No. Sólo que no quería quedar como un idiota… Esperad, creo que ya lo encontré —dijo, señalando con la cabeza hacia una zona cerrada con una cuerda de terciopelo, que tenía dos gorilas a la entrada—. Ésa parece la sala VIP. Señoritas, ¿entramos?

Qhuinn empezó a caminar como si supiera exactamente lo que estaba haciendo, le dijo algo al gorila y, al instante, bajó la cuerda y los tres pudieron desfilar hacia adentro.

Bueno, Blay y Qhuinn iban desfilando. A John le llegaba con tratar de no estrellarse contra nadie más. Había tenido suerte de que el tío de la puerta fuera una especie de afeminado. La próxima vez quizá tropezara con un tipo rudo. Que estuviera armado.

La sala VIP tenía su propia barra y su personal, y las camareras iban vestidas como *strippers* de clase alta, enseñando mucho el cuerpo, mientras se paseaban sobre unos tacones altísimos. Los clientes llevaban traje y las mujeres iban ataviadas con ropa cara que apenas cubría su anatomía. Era una gente ostentosa... que hizo que John se sintiera como un absoluto farsante.

Había sofás a ambos lados de la sala, tres de los cuales estaban libres. Qhuinn eligió el que estaba más al fondo, en la esquina.

—Éste es el mejor —declaró—. Al lado de la salida de emergencia. Entre las sombras.

Había dos vasos de Martini sobre la mesa, pero de todas maneras se sentaron y una camarera se acercó enseguida a limpiar. Blay y Qhuinn pidieron cervezas. John prefirió pasar, pues pensaba que necesitaba mantenerse sobrio esta noche.

No llevaban allí ni cinco minutos —Blay y Qhuinn apenas habían dado un trago a sus Coronas—, cuando oyeron una voz femenina que decía:

—Hola, muchachos.

Los tres levantaron la vista hacia la Mujer Maravilla que estaba frente a ellos. Era una rubia voluptuosa, muy al estilo de Pamela Anderson, con más tetas que cualquier otra cosa.

—Hola, nena —saludó Qhuinn, arrastrando las palabras—. ¿Cómo te llamas?

—Me llamo Dulce Caridad. —La mujer apoyó las dos manos sobre la mesa y se inclinó hacia delante, mostrando su pecho perfecto, su bronceado de salón de belleza y sus dientes brillantes y blanqueados—. ¿Queréis saber por qué?

—Me muero por saberlo.

La mujer se inclinó un poco más.

—Porque soy deliciosa y muy generosa.

Qhuinn sonrió con aire libidinoso.

—Entonces, ¿por qué no te sientas aquí junto a mí?

—Chicos —dijo de repente una voz profunda.

Ay, Dios. Un tío inmenso se había colocado junto a su mesa y John pensó que eso no era bueno. Con un elegante traje negro, sus hermosos ojos color amatista y un tupé cuidadosamente peinado, parecía al mismo tiempo un matón y un caballero.

Muy bien, era un vampiro, pensó John. No estaba seguro de cómo lo sabía, pero estaba seguro y no sólo porque era inmenso. El tío despedía el mismo tipo de vibraciones que los hermanos: poder contenido por un gatillo muy sensible.

—Charity, ¿querrías esfumarte? —dijo el hombre.

La rubia parecía un poco desilusionada cuando se separó de Qhuinn, que también parecía fastidiado. Pero una vez que se hubo ido... bueno, hizo lo mismo en otra mesa, dos sofás más allá.

Al ver que Qhuinn se relajaba un poco, el recién llegado se agachó y dijo:

—Sí, ella no estaba buscando el placer de tu compañía, grandullón. Es una prostituta. La mayor parte de las mujeres que veis en esta sala son putas. Así que a menos que queráis pagar, os sugiero que salgáis al otro lado, escojáis algo y las traigáis aquí, ¿vale? —El tipo sonrió, mostrando unos colmillos tremendos—. A propósito, soy el dueño de este lugar, así que mientras vosotros estéis aquí, soy responsable de lo que les pase a vuestros traseros. Así que hacedme la vida más fácil y portaos bien. —Antes de marcharse, miró a John—: Zsadist me dijo que te saludara.

Con esas palabras, se marchó, mirando a su alrededor cuando se dirigió hacia una puerta que había al fondo y que no tenía ningún letrero. John se preguntó de qué conocería aquel tipo a Z y pensó que, independientemente de la relación, ese gorila con tupé era alguien a quien uno desearía tener como amigo y no como enemigo.

De lo contrario, sería buena idea andar siempre con un chaleco antibalas.

O, mejor aún, marcharse del país.

—Bueno —dijo Qhuinn—, ése es un buen consejo. Mierda.

—Sí, así es. —Blay se movió en la silla, al ver otra rubia que pasaba por la mesa—. Entonces... ¿queréis que vayamos a la otra sala?

—Blay, eres todo un don Juan. —Qhuinn se apresuró a levantarse del sofá—. Claro que quiero. John...

—Voy a quedarme aquí —dijo con el lenguaje de signos—. Ya sabéis, para que no nos ocupen la mesa.

Qhuinn le puso una mano en el hombro.

—Bien. Entonces te traeremos algo del bufé.

John negó frenéticamente con la cabeza, pero sus amigos ya habían dado media vuelta. Ay, Dios. Debería haberse quedado en casa. No debería haber venido aquí.

Al ver a una morena que pasaba por su lado, John bajó rápidamente la mirada, pero la mujer no se detuvo y tampoco ninguna de las otras, como si el dueño les hubiese dicho que los dejaran en paz. Era un alivio. Porque aquella morena parecía que podía comerse vivo a un hombre, y no necesariamente de buenas maneras.

John cruzó los brazos sobre el pecho, se recostó en el sofá de cuero y mantuvo los ojos fijos en las cervezas. Podía notar que la gente lo miraba... y sin duda se preguntaban qué diablos estaría haciendo allí, algo, por otra parte, que no carecía de sentido. Él no era como Blay y Qhuinn y no podía comportarse como ellos. La música, la bebida y el sexo no estimulaban su adrenalina; lo hacían querer desaparecer.

Estaba pensando seriamente en salir corriendo, cuando una oleada de calor le golpeó de repente. John levantó la mirada hacia el techo para ver si estaba sentado debajo del ventilador y la calefacción acababa de encenderse.

Pero no.

Miró a su alrededor...

Ay, mierda. La jefa de seguridad estaba atravesando la cuerda de terciopelo que cerraba la sala VIP.

Cuando las luces del techo cayeron sobre ella, John tragó saliva. Llevaba puesta la misma ropa que el otro día: una camiseta sin mangas que dejaba ver sus poderosos brazos y un par de pantalones de cuero que forraban sus caderas y sus largas piernas. Se había cortado el pelo desde la última vez que la vio y el corte a cepillo le había brillar la cabeza.

Cuando los ojos de la mujer se cruzaron con los suyos, John desvió la mirada, con la cara colorada como un tomate. En un momento de pánico, pensó que ella descubriría lo que él había hecho hacía sólo unas horas. Ella sabría que él... había eyaculado pensando en ella.

Maldición, ojalá tuviera una bebida con que entretenerse. Y una bolsa de hielo para ponerse en las mejillas.

John agarró la cerveza de Blay y le dio un sorbo. Ella se estaba acercando. Dios, no podía decidir si le parecía mal que ella se detuviera ante su mesa... o no.

—Has vuelto, pero diferente —dijo la mujer en voz baja y sensual, provocando que John enrojeciera todavía más—. Enhorabuena.

John carraspeó. Lo cual era estúpido. ¿Acaso iba a poder decir algo?

Sintiéndose como un idiota, moduló la palabra «Gracias».

—¿Tus amigos están de pesca?

John asintió y le dio otro sorbo a la Corona.

—¿Pero tú no? ¿O acaso ellos te van a traer algo? —La maravillosa voz de aquella mujer era puro sexo y hacía que John sintiera cosquillas por todo el cuerpo… y de pronto su pene se puso duro—. Bueno, por si no lo sabes, los baños de allí atrás son bastante amplios y privados. —Xhex se rió, como si supiera que John estaba excitado—. Diviértete con las chicas, pero no hagas tonterías. Así no tendrás que vértelas conmigo.

La mujer se marchó y, a medida que avanzaba, la multitud se abría para dejarla pasar; tipos tan grandes como jugadores de fútbol se apartaban de su camino. Al verla alejarse, John sintió un tirón en los pantalones y bajó la mirada. Estaba duro como una piedra. Y el pene estaba tan grueso como un antebrazo. Y mientras se revolvía en el sillón, el roce de los pantalones le hizo morderse el labio inferior.

Metió la mano debajo de la mesa con intención de acomodarse un poco el equipo y estar más cómodo… pero tan pronto como entró en contacto con su erección, la imagen de la jefa de seguridad apareció en su cabeza y casi pierde el control. Sacó la mano tan rápido que se pegó con la parte inferior de la mesa.

John movió las caderas, tratando de buscar alivio, pero fue peor. Estaba nervioso e insatisfecho y su estado de ánimo estaba llegando a un punto peligroso. Entonces pensó en el alivio que había sentido en su cama al hacerse la paja y decidió que tal vez podía volverlo a hacer. Ahora.

Ahora mismo, antes de terminar eyaculando donde estaba.

Mierda, tal vez pudiera hacerlo allí mismo. John frunció el ceño y miró hacia el pasillo que desaparecía en el fondo y tenía puertas a ambos lados.

Una de las puertas parecía estar abierta.

Una pelirroja bajita, que tenía cara de puta profesional, salió arreglándose el cabello y el top rosa brillante. Justo detrás venía… ¿*Phury*?

Sí, definitivamente era Phury y se estaba metiendo la camisa en el pantalón. Ninguno de los dos dijo nada: la mujer giró a mano izquierda y comenzó a conversar con un grupo de hombres; el hermano siguió hacia delante, como si fuera a marcharse.

Cuando Phury levantó la vista, John lo miró a la cara. Después de un momento de tensión, el guerrero levantó la mano a modo de saludo y luego desapareció por una salida lateral. John le dio otro sorbo a la cerveza, absolutamente perplejo. Estaba seguro de que esa mujer no estaba con Phury en el baño para darle un masaje en la espalda. Dios, se suponía que él era celi...

—Y éste es John.

John levantó la cabeza, sobresaltado. Caramba. Blay y Qhuinn habían encontrado una mina de oro. Las tres humanas que estaban con ellos eran todas muy bonitas y estaban prácticamente en pelotas.

Qhuinn fue señalando a cada una de las mujeres y diciendo:

—Éstas son Brianna, CiCi y Liz. Éste es nuestro amigo John. Se comunica a través de signos con la mano, así que nosotros os traduciremos.

John se terminó la cerveza de Blay y se sintió como un idiota, mientras que la barrera de la comunicación volvía a levantarse ante él. Estaba pensando en cómo decirles a sus amigos que quería irse, cuando una de las chicas se sentó junto a él y lo dejó atrapado en el sofá.

Vino una camarera a anotar el pedido, y cuando se hubo marchado, comenzó una animada charla en la que las voces agudas de las chicas se mezclaban con la voz de bajo de Qhuinn y la risa tímida de Blay. John mantuvo la mirada en la mesa.

—Dios, eres tan apuesto —dijo una de las chicas—. ¿Eres modelo?

La conversación se detuvo bruscamente.

Qhuinn golpeó sobre la mesa con los nudillos delante de John.

—Oye, J. Te están hablando.

John levantó la cabeza, desconcertado y se encontró con los ojos desiguales de su amigo. Qhuinn hizo un gesto con la cabeza para señalar a la chica que estaba sentada junto a John, y luego abrió los ojos y le lanzó una mirada de «concéntrate».

John respiró hondo y miró a su izquierda. La chica lo estaba mirando con... mierda, absoluta devoción.

—Eres tan, tan guapo —le dijo la chica.

Santo Dios, ¿qué se suponía que debía hacer?

La sangre se le subió a la cabeza y su cuerpo se puso tenso. Le hizo señales rápidamente a Qhuinn.

—Voy a llamar a Fritz para que me recoja. Me tengo que ir.

John se levantó enseguida y casi pasa por encima de la chica que estaba sentada junto a él. Estaba desesperado por llegar a casa.

Cuando el despertador empezó a sonar a las cinco de la mañana, Jane tuvo que oprimir el botón de pausa. Dos veces. Por lo general se levantaba y se metía a la ducha antes de darse cuenta de que estaba de pie, como si la alarma del reloj no sirviera tanto para despertarla como para hacerla saltar de la cama como si fuera una rebanada de pan saliendo de un tostador. Pero hoy no. Se quedó acostada sobre las almohadas, mirando fijamente al techo.

Por Dios, qué sueños había tenido durante la noche... sueños de un amante fantasma que venía, le abría las piernas y la follaba con intensidad. Todavía podía sentirlo sobre ella, dentro de ella.

Basta. Cuanto más pensaba en eso, más le dolía el pecho, así que hizo un esfuerzo hercúleo para dirigir su atención al trabajo. Eso la hizo acordarse de Manello. No podía creer que él la hubiese besado, pero así era... Le había estampado un beso justo en la boca. Y como ella siempre se había preguntado cómo sería besar a Manello, no lo rechazó. Así que él la había vuelto a besar.

Había sido agradable y eso no le resultó sorprendente. Lo que sí había sido toda una sorpresa era que ella no se había sentido bien besándolo. Como si le estuviera siendo infiel a alguien.

La maldita alarma volvió a sonar. Jane soltó una maldición y la hizo callar con la mano. Se sentía cansada, aunque le parecía que se había acostado temprano. Al menos supuso que era temprano, aunque no estaba segura de la hora exacta a la que se había ido Manny. Recordaba que él la había ayudado a subir y la había dejado en la cama, pero su mente estaba tan confusa que no podía recordar qué hora era o cuánto tiempo había tardado en dormirse.

Era igual.

Se quitó las mantas de encima, se dirigió al baño y abrió la ducha. Mientras el vapor comenzaba a nublar el aire, Jane cerró la puerta del baño, se quitó la camiseta y…

De pronto frunció el ceño al notar una cierta humedad entre las piernas. Tras hacer un rápido cálculo mental, pensó que su periodo estaba enloquecido…

Pero no era la menstruación. Eran los restos de una relación sexual.

Una oleada de frío reemplazó el calor del vapor. Ay, Dios… ¿qué había hecho? ¿Qué demonios había hecho?

Jane se dio media vuelta, aunque no tenía adónde ir… y de repente se llevó la mano a la boca con horror.

El vapor había revelado unas palabras que estaban escritas en el espejo: *Te amo, Jane.*

Jane comenzó a caminar hacia atrás, hasta que se estrelló contra la puerta.

Mierda. Se había acostado con Manny Manello. Pero no recordaba nada.

Phury se sentó en el estudio de Wrath, pero esta vez lo hizo en la delicada silla azul pálido que había junto a la chimenea. Todavía tenía el pelo mojado después de ducharse y tenía una taza de café en la mano.

Necesitaba un porro.

Mientras el resto de la Hermandad iba llegando, Phury miró a Wrath.

—¿Te molesta si fumo?

El rey negó con la cabeza.

—Lo considero un servicio público. Y creo que a todos nos vendría bien un poco de relajación hoy.

Por Dios, eso sí que era cierto. Todo el mundo estaba alterado. Zsadist se movía nerviosamente junto a la biblioteca. Butch estaba distraído con el ordenador que tenía en las rodillas. Wrath parecía exhausto detrás de una montaña de papeles. Rhage se paseaba de un lado a otro, sin poderse quedar quieto, señal de que no debía haber tenido ninguna pelea durante la noche.

Y Vishous... V era el peor. Estaba junto a la puerta, mirando al vacío. Si antes era frío, ahora era un témpano de hielo, un agujero negro en medio del salón. Mierda, estaba todavía más fúnebre que la noche anterior.

Mientras encendía un porro, Phury pensó en Jane y en V y se preguntó distraídamente cómo sería el sexo entre ellos. Se imaginaba que aunque debían haber tenido muchas sesiones de pura fornicación, también habían tenido maravillosos momentos de comunión.

Sí, nada que ver con lo que él había vivido en ese baño. Con esa prostituta.

Phury se pasó la mano por el pelo. ¿Seguiría siendo virgen a pesar de que había estado dentro de una mujer, pero no había eyaculado? No estaba seguro. En todo caso, tampoco le iba a preguntar a nadie. Todo el asunto era demasiado sórdido.

Joder, tenía la esperanza de que el hecho de estar con alguien le ayudara a seguir adelante, pero no era así. Se sentía todavía más atrapado, sobre todo al pensar que lo primero que hizo al cruzar la puerta de la mansión fue pensar en Bella: rezó para no encontrársela y que ella no sintiera el olor de esa humana sobre él.

Evidentemente, iba a necesitar algo más para alejarse de Bella.

A menos que... Maldición, tal vez sólo necesitaba poner distancia de por medio. Probablemente debería irse a vivir a otro lugar.

—Bueno, empecemos con esto —dijo Wrath y comenzó la reunión. Rápidamente revisó algunos asuntos acerca de la glymera; luego Rhage, Butch y Z le hicieron el informe sobre lo que había ocurrido en el campo. No mucho, en realidad. Los asesinos habían estado relativamente tranquilos en los últimos días, seguramente porque el policía había matado al jefe de los restrictores hacía un par de semanas. Eso era típico. Cualquier cambio de liderazgo en la Sociedad Restrictiva significaba una especie de tregua en la guerra con los vampiros, aunque no duraba mucho tiempo.

Cuando Phury encendió el segundo porro, Wrath carraspeó.

—Ahora… acerca de la ceremonia del Gran Padre…

Phury le dio una calada profunda al porro. V alzó sus ojos de diamante. Maldición… parecía como si hubiese envejecido ciento cincuenta años en la última semana, tenía la piel pálida, la frente arrugada, los labios apretados. Había que reconocer que V nunca había sido una cajita de música, pero ahora parecía el toque de difuntos.

—¿Qué pasa con ella? —preguntó V.

—Estaré allí. —Wrath miró a Phury y dijo—: Tú también, Phury. Nos iremos a medianoche, ¿vale?

Phury asintió con la cabeza y se preparó, pues parecía que Vishous iba a decir algo. Su cuerpo pareció ponerse en tensión, los ojos brillaron y movió la mandíbula… pero no dijo nada.

Phury echó una columna de humo y apagó el porro en un cenicero de cristal. Era terrible ver sufrir así a un hermano y saber que uno no podía hacer nada al respecto…

De pronto se quedó rígido y una misteriosa calma descendió sobre él, una calma que no tenía nada que ver con el porro.

—¡Virgen Santa! —exclamó Wrath, frotándose los ojos—. Largaos de aquí, todos. Id a descansar. Todos estamos a punto de perder el control…

En ese momento Phury dijo:

—Vishous, si no fuera por esta mierda del Gran Padre, estarías con Jane, ¿verdad?

V entrecerró sus ojos de diamante hasta dejarlos convertidos en unas finas líneas.

—¿Y qué diablos tiene que ver eso con todo lo demás?

—Estarías con ella —repitió y luego miró a Wrath y agregó—: Y tú se lo permitirías, ¿cierto? Me refiero a que sé que ella es humana, pero aceptaste que Mary viniera a…

V lo interrumpió, con una voz tan tajante como la expresión de sus ojos, como si fuera incapaz de creer que Phury pudiese ser tan desconsiderado.

—Pero no hay posibilidad de que eso funcione. Así que olvídalo, maldición.

—Pero… sí hay una posibilidad.

Los ojos de Vishous brillaron de repente con una luz blanca.

—No te ofendas, pero estoy a punto de estallar y creo que deberías cerrar la bocaza ahora mismo.

Rhage se movió sigilosamente para colocarse cerca de V. Zsadist hizo lo mismo con Phury.

Wrath se puso de pie.

—¿Qué os parece si acabamos con esto?

—No, escuchadme. —Phury se levantó de la silla—. La Virgen Escribana quiere un macho de la Hermandad, ¿verdad? Para que sirva de progenitor, ¿cierto? ¿Por qué tienes que ser tú?

—¿Quién podría ser sino? —gruñó V, cogiendo impulso para atacar.

—¿Por qué no… yo?

En medio del silencio que siguió, habría podido estallar una granada debajo del escritorio de Wrath y nadie lo habría notado: toda la Hermandad miraba a Phury como si de pronto le hubiesen salido cuernos.

—Bien, ¿por qué no podría hacerlo? Ella sólo necesita ADN, ¿no es así? Así que cualquier miembro de la Hermandad podría hacerlo. Mi linaje es fuerte. Mi sangre es buena. ¿Por qué no puedo ser yo?

Zsadist respiró profundamente.

—Por… todos… los demonios.

—No hay ninguna razón para que yo no pueda ser el Gran Padre.

Toda la agresividad de V se desvaneció y puso una expresión como si alguien acabara de golpearlo en la cabeza con una sartén.

—¿Y por qué harías eso?

—Tú eres mi hermano. Si puedo arreglar algo que está mal, ¿por qué no hacerlo? No hay ninguna mujer que me atraiga. —Al sentir una opresión en la garganta, se llevó una mano al cuello—. Tú eres el hijo de la Virgen Escribana, ¿no? Así que podrías sugerirle el cambio. Probablemente mataría a cualquier otro que se atreviera a hacerlo, pero a ti no. Mierda, tal vez puedas comunicárselo. —Phury dejó caer la mano—. Y puedes asegurarle que soy mejor para esa tarea porque no estoy enamorado de nadie.

V miraba fijamente a Phury con sus ojos de diamante.

—Eso no está bien.

—Todo el asunto es horrible. Pero eso no es relevante, ¿o sí? —Phury miró hacia el delicado escritorio francés y clavó los ojos en su rey—. Wrath, ¿qué dices?

—Joder —fue la respuesta.

—Ésa es la palabra indicada, mi amo, pero no es realmente una respuesta.

Wrath habló en voz baja, realmente muy baja.

—No puedes estar hablando en serio…

—Tengo que compensar un par de siglos de celibato. ¿No creéis que ésta es la mejor forma de hacerlo? —Se suponía que era una broma, pero nadie se rió—. Vamos, ¿quién más podría hacerlo? Todos vosotros tenéis pareja. El otro candidato posible sería John Matthew, gracias al linaje de Darius, pero John no es miembro de la Hermandad y quién sabe si algún día lo será.

—No. —Zsadist sacudió la cabeza—. No… eso te mataría.

—Tal vez si me muero de follar, sí. Pero si evitamos eso, estaré bien.

—Nunca tendrás una vida si haces eso.

—Claro que sí. —Phury sabía exactamente a qué se refería Z, así que volvió a dirigir su atención hacia Wrath—. Dejarás que V esté con Jane, ¿verdad? Si yo reemplazo a V, los dejarás estar juntos.

Eso no parecía muy apropiado, claro. Porque uno no le da órdenes al rey. Está prohibido por la ley y la tradición. Y además el rey podría darte una patada en el culo que te mandara al otro extremo del estado. Pero a Phury no le preocupaba mucho el protocolo en estos momentos.

Wrath se metió la mano debajo de sus gafas oscuras y se frotó los ojos durante un rato. Luego dejó escapar un largo suspiro.

—Si alguien puede controlar los riesgos de seguridad que implica la relación con un humano es V. Así que… sí, maldición, yo lo permitiría.

—Entonces me dejarás reemplazarlo. Y él irá a hablar con la Virgen Escribana.

El reloj antiguo que había en la esquina del estudio comenzó a dar la hora y las campanadas se asemejaban a las palpitaciones de un corazón. Cuando dejó de sonar, todo el mundo miró a Wrath.

—Que así sea —dijo el rey, tras un instante de reflexión.

Zsadist maldijo. Butch silbó. Rhage le dio un mordisco a su caramelo.

—Muy bien —dijo Phury.

«Por todos los demonios, ¿qué acabo de hacer?».

Aparentemente todo el mundo estaba pensando lo mismo, porque nadie se movió ni dijo nada más.

Vishous fue el único que rompió el silencio... y cruzó el estudio casi corriendo. Phury no se dio cuenta de lo que sucedía. Estaba a punto de encender otro porro y de pronto V se abalanzó sobre él, abrazándolo con sus inmensos brazos, apretándolo hasta que lo dejó sin aire.

—Gracias —dijo Vishous con voz ronca—. Gracias. Aunque ella no lo permita, gracias, hermano.

CAPÍTULO

39

Tú me estás evitando.

Jane levantó la vista del ordenador. Manello estaba plantado delante de su escritorio y parecía una casa, con las manos en las caderas, los ojos entrecerrados y una actitud de que no se iba a ir de allí hasta que ella le hiciera caso. Por Dios, su despacho era bastante grande, pero la presencia de Manello parecía encoger el espacio.

—No te estoy evitando. Sólo me estoy poniendo al día con el trabajo atrasado a causa de mi ausencia del fin de semana.

—Mentira. —Manello cruzó los brazos sobre el pecho—. Son las cuatro de la tarde y a estas alturas por lo general ya hemos tomado dos comidas juntos. ¿Qué sucede?

Jane se recostó en la silla. Nunca había sido buena para mentir, pero estaba segura de que era una habilidad que podía tratar de desarrollar.

—Todavía me siento fatal, Manello, y estoy hasta las orejas de trabajo. —Muy bien, ninguna de esas dos cosas era mentira. Pero las dijo sólo para camuflar lo que no decía.

Hubo una larga pausa.

—¿Esto tiene que ver con lo que pasó anoche?

Jane frunció el ceño y decidió hablar claro.

—Eh, escucha, acerca de eso… Manny… lo siento, pero no puede volver a suceder. Creo que eres genial, de verdad. Pero yo…

—Jane dejó la frase sin terminar. Sentía el impulso de decir que estaba enamorada de otra persona, pero eso era absurdo. Ella no tenía a nadie más.

—¿Es por el departamento? —dijo él.

No, es que de alguna manera no se sentía bien con respecto a lo sucedido.

—Tú sabes que no está bien, aunque lo mantengamos en secreto.

—¿Y si te vas? Entonces, ¿qué?

Jane negó con la cabeza.

—No. Sencillamente… no puedo. No debí acostarme contigo anoche.

Manello enarcó las cejas con sorpresa.

—¿Perdón?

—Sencillamente no creo que…

—Espera un momento. ¿De dónde sacas la idea de que nos acostamos?

—Yo… yo supuse que había sido así.

—Te besé. Fue tenso. Me marché. Nada de sexo. ¿Qué te hace pensar que tuvimos relaciones?

Por Dios… Jane movió una mano temblorosa.

—Entonces supongo que lo soñé. Sueños muy vívidos. Eh… ¿me disculpas un momento?

—Jane, ¿qué demonios está pasando? —Manello rodeó el escritorio y se colocó al lado de Jane—. Pareces aterrorizada.

Cuando Jane levantó los ojos para mirarlo, sabía que había una expresión de terror en sus ojos, pero no podía evitarlo.

—Creo… creo que me estoy volviendo loca. Estoy hablando en serio, Manny. Estamos hablando de perder contacto con la realidad. Alucinaciones, alteraciones en la percepción de la realidad y… lagunas mentales.

Aunque el hecho de que hubiese tenido relaciones sexuales durante la noche no era producto de su imaginación. Mierda… ¿o sí?

Manny se inclinó y le puso las manos sobre los hombros. Luego dijo en voz baja:

—Buscaremos a alguien con quien puedas hablar. Nos encargaremos de esto.

—Estoy asustada.

Manny la agarró de las manos, tiró de ella hasta ponerla de pie y la envolvió entre sus brazos con fuerza.

—Estoy a tu lado.

Mientras lo abrazaba, Jane dijo:

—Eres un buen hombre, Manello. Serías una buena pareja. De verdad.

—Lo sé.

Jane se rió y el sonido se perdió en el cuello de Manello.

—Presumido.

—Es la verdad.

Manello se echó hacia atrás y puso la palma de su mano sobre la mejilla de Jane, mirándola con seriedad.

—Me duele mucho tener que decirte esto… pero no te quiero en los quirófanos, Jane. No en el estado en que estás.

Su primer impulso fue protestar, pero luego sólo suspiró.

—¿Qué le diremos a la gente?

—Depende de cuánto dure. Pero ¿por ahora? Estás con gripe. —Manello le metió un mechón de pelo detrás de la oreja—. Esto es lo que haremos. Vas a ir a hablar con un amigo mío que es psiquiatra. Él vive en California, así que nadie se tiene que enterar, y lo llamaré ahora mismo. También te he pedido una cita para un TAC. Lo haremos después del trabajo, al otro lado de la ciudad, en Imaging Associates. Nadie se enterará.

Cuando Manello dio media vuelta para marcharse, parecía que tenía el corazón roto y, mientras Jane pensaba en la situación, un recuerdo más extraño cruzó por su cabeza.

Una noche hacía tres o cuatro años, salió del hospital tarde, con una sensación de inquietud. Algo, una especie de premonición instintiva, le decía que se quedara y durmiera en el sofá de su oficina, pero Jane la desechó pensando que se debía al hecho de que era invierno y el tiempo estaba horrible. Gracias a una lluvia intensa y helada desde hacía varias horas, Caldwell estaba convertido en una verdadera pista de patinaje. ¿Quién querría salir con ese tiempo?

La sensación de inquietud no cedió. Durante todo el camino hasta el aparcamiento, Jane luchó contra la vocecita que le decía que se quedara, hasta que finalmente, cuando metió la llave en el contacto, tuvo una visión. Era una visión tan clara que parecía algo que ya hubiese ocurrido y fuera más bien un recuerdo: Jane vio sus manos sobre el volante, mientras un par de luces chocaban de frente contra el parabrisas de su coche. Jane sintió el dolor del golpe, el giro del coche, el ardor en sus pulmones cuando comenzó a gritar.

Asustada, pero decidida, arrancó lentamente y se metió en medio de la lluvia. Nunca había conducido con tanta precaución. Veía cada coche como la posibilidad de un accidente y, si hubiese podido, habría usado las aceras en lugar de las calles.

A medio camino de su casa, se detuvo en un semáforo, mientras rogaba que nadie fuera a golpearla por detrás.

Sin embargo, como si estuviera predestinado, un coche apareció por detrás, no consiguió frenar a tiempo y comenzó a deslizarse sobre el pavimento helado. Jane se aferró al volante y miró por el espejo retrovisor… mientras que las luces del coche avanzaban hacia ella.

Pero el conductor logró esquivarla.

Después de asegurarse de que no había ningún herido, Jane soltó una carcajada, respiró hondo y se dirigió a casa. A lo largo del camino, comenzó a pensar en la manera en que el cerebro extrapolaba a veces las situaciones y sacaba conclusiones a la ligera, en la forma en que algunas ideas o pensamientos muy arraigados podían interpretarse como premoniciones, o cómo las noticias acerca del estado de las carreteras podían conducir a…

A casi cinco kilómetros de su casa, el camión del fontanero se estrelló de frente contra ella. Cuando dobló la esquina y se encontró con un par de luces avanzando hacia ella por su carril. Lo único que pensó fue: Bueno, mierda, después de todo tenía razón. Terminó con una clavícula rota, y su coche fue declarado siniestro total. El fontanero y su camión salieron ilesos, gracias a Dios, pero Jane pasó semanas sin entrar a quirófano.

Así que… mientras veía a Manello saliendo de su oficina, Jane supo lo que iba a pasar y lo supo con la misma claridad de aquella visión con que previó su accidente, con la misma precisión. Con la misma certeza. Con la misma inexorabilidad de un camión resbalando por el pavimento helado.

—Hasta aquí llegó mi carrera —susurró en voz baja—. Éste es el fin.

Vishous se arrodilló junto a su cama, se puso un collar de perlas negras en el cuello y cerró los ojos. Mientras establecía contacto con el Otro Lado con el poder de su mente, deliberadamente pensó en Jane. Qué demonios importaba que la Virgen Escribana se enterara desde el principio de qué iba todo aquello.

Tardó un rato en obtener una respuesta de su madre, pero luego viajó a través de la antimateria hasta el reino intemporal y se materializó en el patio blanco.

La Virgen Escribana estaba junto a su árbol de pájaros y tenía uno en la mano, una especie de gorrión de color durazno. Como no llevaba puesta la capucha de su vestido negro, V pudo ver su rostro fantasmagórico y se asombró de ver la adoración que reflejaba al mirar a la pequeña criatura que sostenía en la mano. Cuánto amor, pensó V.

Nunca habría pensado que la Virgen Escribana era capaz de esa clase de devoción.

Ella habló primero.

—Claro que amo a mis pájaros. Ellos me proporcionan paz cuando estoy perturbada, y mucha felicidad cuando estoy alegre. La dulce armonía de su canto me emociona más que cualquier otra cosa. —Luego miró por encima del hombro—. Es sobre esa cirujana humana, ¿no es así?

—Sí —dijo V, preparándose para lo que venía.

Mierda. Ella estaba tan serena. V esperaba que estuviera furiosa. Se había preparado para pelear. Pero, en lugar de eso, ¿qué? Sólo calma y serenidad.

Pero eso es lo que precede a la tormenta.

La Virgen Escribana sopló suavemente al pajarillo y éste le respondió canturreando y extendiendo ligeramente las alas para tomar el sol.

—¿Debo suponer que si no autorizo la sustitución, no seguirás adelante con la ceremonia?

Le costaba trabajo decirlo. Se sintió morir, pero respondió:

—He dado mi palabra. Así que lo haré.

—¿De verdad? Me sorprendes.

La Virgen Escribana puso el pajarillo sobre el árbol y silbó brevemente. V pensó que si ese sonido pudiese traducirse, sería algo como «te quiero». El pajarillo le respondió con su canto.

—Estas aves —dijo su madre con una voz extraña y lejana— son realmente mi única felicidad. ¿Sabes por qué?

—No.

—Porque no me piden nada y me dan mucho.

La Virgen Escribana se giró hacia él.

—Hoy es el día de tu cumpleaños, Vishous, hijo del Sanguinario —dijo con voz profunda—. Has elegido muy bien el momento.

Ah, no. Por Dios, había olvidado qué día era.

—Yo…

—Y como hoy hace trescientos tres años que te traje al mundo, me encuentro en disposición de concederte el favor que pides, así como aquel que todavía no has mencionado, pero que es tan evidente como una luna llena en un cielo vacío.

Los ojos de V brillaron. La esperanza, que incluso en el mejor momento puede ser una peligrosa emoción, se agitó en su pecho con una chispa de calidez. Al fondo, los pajarillos gorjeaban y cantaban con alegría, como si presintieran su felicidad.

—Vishous, hijo del Sanguinario, te concederé las dos cosas que más deseas. Autorizaré que tu hermano Phury te sustituya en la ceremonia. Él será un excelente Gran Padre, amable y gentil con las Elegidas, y dotará a la especie de un buen linaje.

V cerró los ojos y sintió una oleada de alivio tan grande que se balanceó sobre los pies.

—Gracias —susurró, consciente de que se dirigía más al cambio de curso del destino que a ella, aunque ella era quien lo había hecho posible.

—Tu gratitud es apropiada —dijo su madre con una voz absolutamente neutra—. Y también me resulta curiosa. Pero, claro, los regalos son como la belleza, ¿no es verdad? Su lugar está en el ojo de quien recibe, no en la mano de quien da. Acabo de aprender eso.

V miró a la Virgen Escribana y trató de mantener el control.

—Él va a querer luchar. Mi hermano… querrá pelear y vivir en el otro mundo. —Porque no había manera de que Phury soportara no volver a ver a Bella.

—Y yo lo aceptaré. Al menos hasta que crezcan las filas de la Hermandad.

La Virgen Escribana levantó sus manos resplandecientes y se cubrió la cara con la capucha del vestido. Luego, sin hacer ningún ruido, fue flotando por encima del mármol hasta una pequeña puerta blanca que V siempre había pensado que debía ser la entrada a sus habitaciones privadas.

—Si no es una impertinencia —dijo V en voz alta—. ¿Qué hay del segundo favor?

La Virgen se detuvo frente a un pequeño portal.

—Renuncio a ti como mi hijo —dijo sin mirarle—. Estás libre de mí y yo libre de ti. Que tengas una buena vida, guerrero.

Luego cruzó la puerta y cerró firmemente, dejándolo a él en el patio. Cuando se marchó, los pájaros se quedaron callados, como si su presencia fuera lo que los impulsara a cantar.

V se quedó en el patio y escuchó el suave canto del agua de la fuente.

Había tenido madre seis días.

No podía decir que la echara de menos. O que se sintiera agradecido con ella por devolverle su vida. Después de todo, ella había sido la que trató de quitarle todo.

Mientras se desmaterializaba de regreso a la mansión, para informar, se le ocurrió pensar que, aunque su madre hubiese dicho que no, él habría elegido a Jane por encima de la Virgen Escribana. Costara lo que costara.

Y la Virgen Escribana siempre lo había sabido. Por eso había renunciado a él.

Daba igual. Lo único que realmente le importaba era Jane. El panorama se estaba aclarando, pero todavía no estaba totalmente despejado. Después de todo, Jane todavía podía decir que no. Era muy posible que ella prefiriera la vida que conocía por encima de una peligrosa y limitada existencia al lado de un vampiro.

Sin embargo, V se moría de ganas de que lo eligiera a él.

Mientras se estaba materializando en su habitación, pensó en lo que había sucedido esa noche con Jane… cuando se dio cuenta de que había hecho algo imperdonable: había eyaculado dentro de ella. *¡Maldición!* Estaba tan absorto en sus pensamientos que había olvidado que había dejado rastros de su presencia. A esas alturas Jane debía estar a punto de volverse loca.

Era un desgraciado. Un desgraciado egoísta y desconsiderado.

¿Y realmente pensaba que tenía algo que ofrecerle a ella?

Al anochecer, Phury se puso el traje de seda blanca para la ceremonia del Gran Padre. Casi no notaba la tela sobre la piel, y no precisamente a causa de la delicadeza del material sino porque que llevaba dos horas fumando porros sin parar y estaba bastante colocado.

Aunque no estaba tan aturdido como para no saber quién estaba llamando a su puerta.

—Adelante —dijo, sin dejar de mirarse al espejo que estaba sobre la cómoda—. ¿Qué estás haciendo fuera de la cama?

Bella soltó una risilla. O tal vez fue un sollozo.

—Una hora al día, ¿recuerdas? Me quedan cincuenta y dos minutos.

Phury cogió el medallón dorado del Gran Padre y se lo puso alrededor del cuello. El peso del medallón sobre el pecho fue como si alguien le hubiese puesto la mano sobre los pectorales y estuviese presionando. Con fuerza.

—¿Estás seguro de esto? —dijo ella con voz suave.

—Sí.

—¿Me imagino que Z irá contigo?

—Es mi testigo. —Phury apagó el porro y lió otro, que encendió al instante.

—¿Cuándo volverás?

Phury negó con la cabeza y echó el humo.

—El Gran Padre vive en el Otro Lado.

—Pero Vishous no iba a vivir allí.

—Dispensa especial. Yo seguiré combatiendo, pero quiero quedarme allí.

Al ver que Bella ponía una expresión de sorpresa, Phury se quedó mirando su reflejo en el espejo antiguo. Tenía el pelo mojado y enredado en las puntas, así que agarró un cepillo y comenzó a peinarse con fuerza.

—Phury, ¿qué estás…? No puedes ir a la ceremonia calvo… *Basta*. Dios, te estás arrancando el pelo. —Bella se acercó a él desde atrás, le quitó el cepillo de la mano y señaló la silla que estaba al pie de la ventana—. Siéntate. Déjame hacerlo a mí.

—No, gracias. Yo puedo…

—Te estás arrancando el pelo de la fuerza con que te peinas. Vamos, ya. —Bella le dio un pequeño empujón—. Déjame hacerlo a mí.

Sin poder esgrimir ninguna razón a favor y sí muchas en contra, Phury se dirigió hasta la silla y se sentó. Luego cruzó los brazos sobre el pecho y se preparó para lo que le esperaba. Bella empezó por el extremo de la melena, ocupándose primero de las puntas y subiendo luego con el cepillo hasta que Phury sintió que llegaba a la coronilla y volvía a bajar suavemente otra vez. Bella seguía los movimientos del cepillo con la mano que tenía libre e iba alisando y acariciando. El sonido de las cerdas del cepillo pasando por su pelo, la presión sobre la cabeza y el aroma de Bella en su nariz fueron como un cóctel de placeres agridulces que lo dejaron indefenso.

Sintió que sus ojos se humedecían. Parecía tan cruel el hecho de haberla conocido, de haber visto lo que deseaba, pero no haber podido tenerlo nunca. Aunque eso parecía apropiado, ¿verdad? Su vida había transcurrido persiguiendo cosas que estaban fuera de su alcance. Primero se había pasado décadas buscando a su gemelo, percibiendo que Zsadist estaba vivo en algún sitio pero sin poder rescatarlo. Tras la liberación de su hermano, descubrió que Z seguía siendo inalcanzable. El siglo transcurrido después de la huida de ambos de las garras de la mujer que tenía a Z como esclavo, Phury vivió un infierno diferente, esperando un día tras otro a que Z perdiera definitivamente el control, intercediendo cada vez que lo hacía y con el temor permanente de estar inmerso en una situación crítica.

Luego llegó Bella y los dos se enamoraron de ella.

Bella era la nueva imagen de la misma tortura. Porque el destino de Phury era desear lo inalcanzable, estar fuera mirando hacia dentro, ver el fuego pero no poder acercarse lo suficiente a él para calentarse.

—¿Volverás algún día? —preguntó Bella.

—No lo sé.

El cepillo se detuvo un momento.

—Tal vez ella te guste.

—Tal vez. No te detengas, por favor. Por favor… todavía no.

Phury se frotó los ojos al sentir que el cepillo volvía a acariciarlo. Ese momento de tranquilidad era su despedida y Bella lo sabía. Ella también estaba llorando. Phury podía sentir en el aire el penetrante olor a lluvia fresca.

Sólo que ella no estaba llorando por la misma razón que él. Bella estaba llorando porque lo compadecía por el futuro que le esperaba, no porque lo amara y sintiera ganas de morir ante la idea de no volver a verlo nunca más. Ella lo iba a echar de menos, sí. Se preocuparía por él, por supuesto. Pero no anhelaría estar con él. Nunca lo había hecho.

Y todo esto debería haber roto la cadena y haberlo obligado a cortar con ese estúpido sufrimiento, pero Phury no podía. Estaba demasiado inmerso en su tristeza.

Volvería a ver a Zsadist en el Otro Lado, seguramente. Pero a ella… no se la podía imaginar yendo a visitarlo. Y en realidad, tampoco sería apropiado que él, siendo el Gran Padre, tuviera audiencias privadas con una mujer del más allá, aunque fuera la shellan de su gemelo. El Gran Padre tenía que comprometerse a respetar la monogamia con sus Elegidas en obra, pensamiento y apariencia.

Sin embargo, en ese momento a Phury se le ocurrió pensar en el bebé. Nunca podría conocer al bebé de Bella y Z. Excepto, tal vez, por fotos.

El cepillo se metió por debajo del pelo y subió por su nuca. Phury cerró los ojos y se entregó al rítmico movimiento del cepillo sobre su cabeza.

—Quiero que te enamores —dijo Bella.

«Ya estoy enamorado».

—Vale.

Bella se detuvo y se colocó ante él.

—Quiero que ames a alguien de verdad. No como crees que me amas a mí.

Phury frunció el ceño.

—No te ofendas, pero tú no puedes saber lo que yo…

—Phury, en realidad tú no…

Phury se puso de pie y miró a Bella a los ojos.

—Por favor, no me insultes al pensar que conoces mis emociones mejor que yo.

—Tú nunca has estado con una mujer.

—Anoche estuve con una.

Eso hizo que Bella se callara por un instante.

—Que no haya sido en el club. Por favor, que no haya sido en… —dijo finalmente.

—En un baño del fondo. No estuvo mal. Claro que la mujer era una prostituta profesional. —Ahora se estaba portando como un canalla.

—Phury… no.

—¿Podrías devolverme mi cepillo? Creo que ya estoy bien peinado.

—Phury…

—El cepillo. Por favor.

Tras un instante que pareció un siglo, Bella estiró el brazo con el cepillo en la mano. Cuando él lo cogió, estuvieron unidos durante un segundo a través del mango de madera, pero luego ella dejó caer el brazo.

—Te mereces algo mejor que eso —susurró Bella—. Eres mejor que eso.

—No, no lo soy. —Ay, por Dios, tenía que alejarse de esa expresión de tristeza que Bella tenía en la cara—. No dejes que tu compasión me convierta en un príncipe, Bella.

—Esto es autodestructivo. Todo esto.

—No creo. —Phury se dirigió al escritorio, cogió su porro y le dio una calada—. Yo quiero todo esto.

—¿De verdad? ¿Ésa es la razón de que lleves toda la tarde fumando porros? Toda la mansión está inundada de humo.

—Fumo porque soy un adicto. Soy un drogadicto sin voluntad, Bella, un drogadicto que anoche estuvo con una puta en un lugar público. Deberías condenarme, no compadecerme.

Bella negó con la cabeza.

—No trates de enfangarte ante mí. No va a funcionar. Tú eres un hombre muy válido…

—Por Dios santo…

—… que ha sacrificado muchas cosas por sus hermanos. Probablemente demasiadas.

—Bella, basta.

—Un hombre que renunció a su pierna para salvar a su hermano gemelo. Que ha luchado valerosamente por su raza. Que está renunciando a su futuro por la felicidad de su hermano. Es imposible ser más noble que eso. —Bella lo miró con unos ojos duros como una piedra—. No vengas a decirme quién eres tú. Te veo con mucha más claridad de la que tú te ves a ti mismo.

Phury comenzó a pasearse por la habitación, hasta que se encontró de nuevo junto a la cómoda. Esperaba que no hubiese espejos en el Otro Lado. Él odiaba ver su reflejo. Siempre lo había hecho.

—Phury…

—Vete —dijo Phury con brusquedad—. Por favor, vete. —Al ver que ella no se movía, dio media vuelta—. Por Dios santo, no me hagas desmoronarme delante de ti. Necesito mi orgullo en este momento. Es la única cosa que me mantiene en pie.

Bella se llevó una mano a la boca y parpadeó rápidamente. Luego se colocó ante él y dijo en lengua antigua:

—Que tengas suerte, Phury, hijo de Ahgony. Que tus pies te lleven por un buen camino y la noche caiga con suavidad sobre tus hombros.

Phury hizo una reverencia.

—Lo mismo te deseo a ti, Bella, amada nalla de mi hermano de sangre Zsadist.

Cuando la puerta se cerró detrás de ella, Phury se desplomó en la cama, llevándose el porro a los labios. Echando un vistazo a la habitación que había ocupado desde que la Hermandad se había mudado al complejo, se dio cuenta de que aquélla nunca había sido su casa. Era sólo una habitación de invitados… una lujosa y anónima habitación de invitados… cuatro paredes llenas de hermosos cuadros, alfombras y cortinas lujosas, como el vestido de fiesta de una mujer.

Sería agradable tener una casa.

Él nunca había tenido ninguna. Tras el secuestro de Zsadist siendo un bebé, su mahmen se encerró en una habitación subterránea y su padre se marchó a buscar a la nodriza que se había llevado a su hijo. Mientras crecía, Phury vivió entre las sombras de la casa. Todas las personas de su entorno, incluso los doggen, siguieron haciendo sus quehaceres, pero sin vida. Allí no había risas. No había felicidad. No había celebraciones.

Ni abrazos.

Phury aprendió a guardar silencio y a mantenerse entre las sombras. Después de todo, era lo más amable que podía hacer. Él era la réplica de lo que se había perdido, el recuerdo permanente del dolor que todo el mundo tenía dentro. Le dio por usar sombreros para esconder su cara y caminaba arrastrando los pies y encogiéndose para tratar de ser más pequeño, para no llamar la atención.

Tan pronto como pasó la transición, se marchó a buscar a su gemelo. Nadie le dijo adiós. No hubo despedidas. La desaparición de Z había agotado la capacidad de sufrimiento de todos los miembros de la casa, y ya no quedaban reservas de nostalgia para echar de menos a Phury.

Aunque tenía que reconocer que eso había sido bueno. Le había facilitado todo mucho más.

Casi diez años después, se enteró a través de un primo lejano que su madre había muerto mientras dormía. Regresó a casa de inmediato, pero ya la habían enterrado. Su padre murió ocho años más tarde. Al terminar el funeral, Phury pasó su última noche en la casa familiar. Al poco tiempo, la propiedad fue vendida, los doggen se dispersaron y fue como si sus padres nunca hubiesen existido.

Esa sensación de desarraigo no era nueva. La había sentido desde el primer momento en que tuvo conciencia, siendo niño. Siempre fue un vagabundo y el Otro Lado no le iba a servir de base. No podía instalar su casa allí porque no podía tener una casa sin su gemelo. Ni sus hermanos. Ni…

Phury se detuvo. Se negó a pensar en Bella.

Cuando se levantó y notó el peso de su prótesis, pensó que era irónico que a un nómada como él le faltara una pierna.

Después de apagar el porro, se guardó unos cuantos en el bolsillo. Estaba casi en la puerta, cuando se detuvo y dio media vuelta. De cuatro zancadas llegó hasta el vestidor, donde abrió una puerta metálica mediante una clave y sacó una daga negra.

La introdujo en su cartuchera, notando el peso perfecto del arma y la precisión con que se ajustaba a sus pectorales. Vishous se la había hecho… ¿hacía cuánto tiempo? Setenta y cinco años… sí, ese verano se cumplirían setenta y cinco años de su vinculación a la Hermandad.

Examinó la hoja de la daga a la luz. Setenta y cinco años matando restrictores y no tenía ni un arañazo. Luego sacó la otra daga que usaba. Era igual. V era un artesano maravilloso, sí.

Al mirar sus armas y notar su peso, Phury recordó la imagen de Vishous esa misma noche, cuando vino para contarle que la Virgen Escribana iba a permitir la sustitución del Gran Padre. A pesar de que siempre había sido distante y frío, esa noche había vida en sus ojos. Vida y esperanza, junto a un brillante propósito.

Phury se metió una de las dagas en el cinturón de satén y devolvió la otra a la caja de seguridad. Después avanzó hasta la puerta con el acero sobre su espalda.

Al salir de la habitación, Phury pensó que valía la pena hacer un sacrificio por amor. Aunque no fuera *su* amor.

En ese momento, Vishous se materializó en la esquina frente a la casa de Jane. No había luces encendidas y tuvo la tentación de entrar, pero se quedó oculto entre las sombras.

Maldición, tenía la cabeza hecha un lío. Se sentía culpable por lo que iba a pasar con Phury. Estaba aterrorizado pensando en lo que diría Jane. Le preocupaba cómo sería la vida con una humana. Mierda, estaba preocupado hasta por la pobre Elegida, que arrastraba sobre sus hombros el peso de tener que sacrificarse por el resto de sus compañeras.

Miró el reloj. Ocho en punto. Jane debía de estar a punto de llegar…

De repente se oyó un chirrido y la puerta del garaje de la casa vecina se abrió, saliendo marcha atrás una camioneta realmente destartalada. Los frenos chirriaron cuando terminó la maniobra de salida y luego el conductor puso primera y arrancó.

V frunció el ceño, pues sus instintos se alertaron sin razón aparente. Entonces olfateó el aire, pero como estaba en dirección opuesta a la del viento, no pudo percibir ningún olor.

Genial, ahora también se había vuelto paranoico… y sumado a la ansiedad y al comportamiento narcisista que había adoptado últimamente, significaba que ya había cubierto la mayor parte del *Manual diagnóstico y estadístico de trastornos mentales*.

Volvió a mirar el reloj. Demonios. Apenas habían pasado dos minutos.

Cuando sonó su móvil, respondió con una sensación de alivio pues necesitaba consumir tiempo.

—Me alegro de que seas tú, policía.

—¿Estás en casa de Jane? —preguntó Butch con tono nervioso.

—Sí, pero ella no está. ¿Qué sucede?

—Hay algo extraño en tus ordenadores.

—¿Qué pasa?

—Alguien está tratando de seguir uno de los rastros que dejaste en el hospital. Consultaron el historial clínico de Michael Klosnick.

—No hay problema.

—Fue el jefe de cirugía. Manello.

Joder, V detestaba hasta el nombre de ese hombre.

—¿Y?

—Estuvo buscando en su ordenador las fotografías de tu corazón. Sin duda está buscando el archivo que Phury estropeó cuando te estábamos sacando de allí.

—Interesante. —V se preguntó qué podría haber atraído la atención del médico… ¿tal vez alguna fotografía que tuviera impresos el día y la hora en que fue tomada? Aunque no hubiese datos sobre el paciente, ese Manello probablemente era lo suficientemente inteligente como para rastrear la foto hasta quirófano y averiguar quién estaba en la mesa de operaciones de Jane. Por un lado, no era nada grave, porque el historial médico decía que Michael Klosnick había salido del hospital después de la operación, en contra de las recomendaciones médicas. Pero de todas maneras…—. Creo que tendré que hacerle una visita al buen doctor.

—Ajá, sí, supongo que hay que hacer algo al respecto. ¿Por qué no me dejas a mí?

—Porque tú no sabes borrar recuerdos, ¿o sí?

Hubo una pausa.

—Púdrete. Pero tienes razón.

—¿El tipo está conectado ahora mismo?

—Sí, está en su despacho.

No era buena idea tener una confrontación en un lugar público, aunque fuera tan tarde, pero sólo Dios sabía qué más podía descubrir ese tal Manello.

«Mierda», pensó V. Eso era lo que le podía ofrecer a Jane: secretos. Mentiras. Riesgos. Él no era más que un egoísta, un egoísta de mierda y, lo que era peor, estaba arruinando la vida de Phury sólo para poder arruinar la de Jane.

De pronto, un coche giró por la calle y, al pasar debajo de una farola, V vio que era el Audi de Jane.

—Mierda —dijo.

—¿Acaba de llegar?

—Yo me encargaré de Manello. Pero más tarde.

Cuando colgó, V pensó que no estaba seguro de poder hacerle esto a Jane. Si se marchaba ahora, todavía tendría tiempo de llegar al Otro Lado, antes de que Phury hiciera el juramento que lo convertiría en Gran Padre.

Demonios.

Jane entró al garaje marcha atrás, puso la palanca de cambios en punto muerto y se quedó allí, con el motor encendido. En el puesto del copiloto estaban los resultados del TAC que Manello le había pedido y se acababa de hacer. Todo perfecto. No había ninguna evidencia de tumores ni aneurismas ni nada fuera de lo normal.

Debería sentirse aliviada, pero la ausencia de explicación le molestaba, pues todavía notaba que no podía pensar con claridad y sus procesos mentales eran lentos y torpes. Era como si sus interconexiones neuronales tuvieran que esquivar una especie de obstáculo en su cabeza. Y todavía sentía ese horrible dolor en el pecho…

De pronto apareció un hombre en medio del rayo de luz que proyectaban los faros del coche… un hombre enorme, de cabello negro y perilla y vestido con ropa de cuero. Detrás de él, el paisaje parecía borroso, como si acabara de salir de en medio de la bruma.

Jane comenzó a llorar de inmediato.

Ese hombre… esa aparición… era su sombra, el obstáculo en su mente, esa presencia que la acechaba, pero que no podía reconocer, esa presencia que extrañaba pero que no podía situar en el tiempo. Ahora todo tenía sentido…

Cuando tomó aire, Jane sintió un dolor lacerante en las sienes, una horrible carga que la aplastaba. Pero en lugar de apoderarse de ella, el dolor se disipó enseguida, se evaporó sin dejar ningún rastro. Y tras desaparecer, la memoria de Jane se llenó de imágenes: vio cómo había operado a aquel hombre, cómo la habían secuestrado y la habían retenido en una habitación con él… vio que habían estado juntos… y que ella… se había enamorado… y que luego él… la había abandonado.

«V».

Mientras la mente de Jane trataba de encontrar asidero en medio de una realidad resbaladiza, su memoria reaccionaba contra el ataque que había sufrido. Esto no podía estar pasando. Él no podía estar de vuelta. Él no iba a regresar.

Esto tenía que ser un sueño.

—Jane —dijo la aparición de su amante. Ay, por Dios… Esa voz sonaba igual a la de él, profunda y amorosa, y se deslizaba en su oído como una seda color vino—. Jane…

Jane apagó el coche a tientas, al igual que las luces, y se bajó rápidamente del Audi.

Enseguida sintió el golpe del aire frío en sus mejillas llenas de lágrimas y sintió que el corazón se le iba a salir del pecho.

—¿De verdad estás aquí? —preguntó.

—Sí.

—¿Cómo puedo estar segura? —Se le quebró la voz y se llevó las manos a las sienes—. Ya no sé nada. Ya no puedo… pensar con claridad.

—Jane… —dijo V con la respiración entrecortada—. Lo siento mucho…

—Mi cabeza ya no funciona bien.

—Es culpa mía. Todo esto es culpa mía. —La expresión de angustia y dolor que cubría el orgulloso rostro del hombre pareció encender una luz en medio de la confusión de Jane y ofrecerle un punto de apoyo.

Jane respiró hondo y pensó en Russell Crowe hacia el final de *Una mente maravillosa.* Así que reunió fuerzas, se dirigió hacia aquella aparición, puso dos dedos sobre su hombro y lo empujó.

El hombre parecía tan sólido como una piedra. Y olía a las mismas… especias exóticas. Y sus ojos, esos brillantes ojos de diamante, resplandecían como siempre.

—Pensé que te habías marchado para siempre —susurró ella—. ¿Por qué…?

A esas alturas Jane sólo tenía la esperanza de entender lo que estaba sucediendo y por qué V había regresado.

—Ya no estoy comprometido.

Jane dejó de respirar.

—¿No?

V negó con la cabeza.

—No podía hacerlo. No puedo estar con nadie más, sólo contigo. No sé si todavía quieres que yo…

Antes de que pudiera pensar con claridad, Jane saltó y se aferró a él, sin que le importaran todas las barreras que los separaban ni lo distintas que eran sus circunstancias. Ella sencillamente lo necesitaba. El resto era algo que podrían resolver después.

—Claro que te deseo —le dijo al oído—. Yo te amo.

V dejó escapar una palabra soez, al tiempo que la envolvía entre sus brazos. Cuando Jane se dio cuenta de que no podía respirar por la fuerza con que él la apretaba, pensó: Sí, realmente es él. Y parecía que esta vez no iba a dejarla ir.

«Gracias. Dios».

Cuando levantó a Jane del suelo, Vishous se sentía totalmente pleno y feliz. Con un grito de triunfo, la llevó hasta la casa y sólo se detuvo para cerrar la puerta del garaje.

—Pensé que me estaba volviendo loca —dijo Jane, cuando él la sentó sobre la encimera de la cocina—. De verdad.

Al ser un macho enamorado, V se estaba muriendo por meterse en su interior, pero trató de controlar sus instintos más básicos. Por Dios santo, antes tenían que hablar un poco.

De verdad.

Demonios, cuánto la deseaba.

—Lo siento… Oh, Jane, siento mucho haber tenido que borrar todo eso. De verdad. Me imagino que fue horriblemente desconcertante. Y aterrador.

Jane le tocó la cara con las manos, como si todavía estuviera comprobando si de verdad era él.

—¿Cómo pudiste librarte de las bodas?

—Uno de mis hermanos va a reemplazarme. —V cerró los ojos, mientras sentía los dedos de Jane sobre las mejillas, la nariz, la barbilla, las sienes.

—¿En serio?

—Phury, al que operaste, él me va a reemplazar. No sé cómo voy a poder compensárselo. —De repente el macho enamorado se saltó los buenos modales y el sentido común—. Escucha, Jane, quiero que vivas conmigo. Quiero que estés conmigo.

—Probablemente te vuelva loco —dijo Jane, y el tono de su voz revelaba su sonrisa.

—Imposible. —V abrió la boca cuando sintió que el dedo de Jane pasaba por su labio inferior.

—Bueno, podemos intentarlo.

V la miró.

—La cuestión es que si te quedas conmigo, tendrías que renunciar a este mundo. Tendrías que renunciar a tu trabajo. Tendrías que… Sí, es todo o nada.

—Ah… —Jane frunció el ceño—. Yo, eh, no estoy segura de…

—Lo sé. Realmente no puedo pedirte eso y la verdad es que no quiero que renuncies a tu vida. —Era la pura verdad. A pesar de sus instintos de macho enamorado—. Así que tendremos que ir buscando soluciones sobre la marcha. Yo vendré aquí, o podríamos comprar otro sitio, un lugar remoto donde podríamos pasar días juntos. Vamos a hacer que funcione. —V miró alrededor de la cocina—. Aunque quiero cablear este sitio. Para que sea más seguro. Para poder controlarlo.

—Vale. —Jane se quitó la bata—. Haz lo que tengas que hacer.

Hummm… Hablando de eso, V bajó la mirada hacia el traje de quirófano que Jane llevaba puesto. Y lo único que podía ver era su cuerpo desnudo.

—V —dijo ella en voz baja—. ¿Qué estás mirando?

—A mi mujer.

Jane soltó una risita.

—¿Y estás pensando en algo en especial?

—Tal vez.

—Me pregunto qué podrá ser. —En ese momento V percibió el aroma a rocío de la excitación de Jane y eso disparó su necesidad de hacerla suya con tanta intensidad como si la estuviera viendo desnuda y con las piernas abiertas.

V tomó la mano de Jane y la puso entre sus piernas.

—Adivina.

—Ah… sí… otra vez eso.

—Siempre.

Con un movimiento sutil, V descubrió sus colmillos y siseó, dando un mordisco en el cuello del traje de cirugía y rasgándolo por la mitad. Jane llevaba un sujetador blanco de algodón que, gracias al cielo, se abrochaba por delante. Así que lo abrió y se aferró a uno de sus pezones, mientras la bajaba de la encimera.

El viaje hasta la habitación del segundo piso fue bastante interesante, pues incluyó muchas pausas durante las cuales la fue desnudando, de modo que cuando la acostó sobre el colchón, Jane estaba totalmente desnuda. V se quitó los pantalones y la camisa en un segundo y se montó sobre ella, abriendo la boca, con los colmillos totalmente alargados.

Jane le sonrió.

—¿Tienes sed?

—Sí.

Con un elegante movimiento de la barbilla, Jane le ofreció su garganta y, tras lanzar un gruñido, V la penetró de dos maneras distintas a la vez, entre las piernas y en el cuello. Y mientras tomaba posesión total de ella, Jane le clavó las uñas en la espalda y le envolvió las caderas con sus piernas.

Después de pasar casi dos horas haciendo el amor, V yacía junto a ella, en medio de la oscuridad, satisfecho y en paz. Entonces dio gracias al cielo y se rió.

—¿Qué sucede? —preguntó Jane.

—A pesar de mi capacidad de ver el futuro, nunca habría podido predecir esto.

—¿No?

—Esto… habría sido esperar demasiado. —V le dio un beso en la sien, cerró los ojos y trató de relajarse para comenzar a deslizarse hacia el sueño.

Pero no fue posible. Mientras trataba de dormirse, una sombra negra cruzó por su cabeza y activó sus conexiones psíquicas, introduciendo una sensación de pánico en su cerebro. V se dijo que estaba nervioso porque cuando uno había estado a punto de perder la oportunidad de estar con la persona que amaba, necesitaba un tiempo para recuperarse.

Pero la explicación no resultó muy convincente. Él sabía que había algo más… algo demasiado aterrador para podérselo imaginar, una bomba en su correo.

V tenía la sensación de que el destino todavía les tenía reservada una sorpresa.

—¿Estás bien? —dijo Jane—. Estás temblando.

—Estoy bien. —V se pegó más a Jane—. Mientras estés conmigo, estaré bien.

En el Otro Lado, Phury bajó de la colina hacia el anfiteatro, flanqueado por Z y Wrath. La Virgen Escribana y la directrix estaban esperando en el centro del escenario, las dos de negro. La directrix no parecía muy feliz, tenía los ojos entrecerrados, los labios apretados y aferraba con sus manos un medallón que colgaba de su cuello. ¿Y la Virgen Escribana? No había forma de vislumbrar su estado de ánimo. Tenía la cabeza tapada con la capucha de su vestido, pero aunque se le pudiera ver la cara, Phury no creía que fuera posible saber lo que estaba pensando.

Phury se detuvo ante el trono dorado, pero no se sentó. Aunque probablemente habría sido una buena idea. Se sentía como si estuviera flotando, su cuerpo parecía moverse a la deriva, no sobre sus pies, y le parecía que tenía la cabeza en un sitio que no era encima de los hombros. ¿Sería el efecto de las toneladas de porros que se había fumado?, pensó. ¿O quizá el hecho de que estaba a punto de contraer matrimonio con más de tres docenas de mujeres era el causante de su malestar?

Por Dios santo.

—Wrath, hijo de Wrath —dijo la Virgen Escribana con voz solemne—. Acércate a saludarme.

Wrath se dirigió hasta el borde del escenario y se puso de rodillas.

—Excelencia.

—Tienes algo que pedirme. Hazlo ahora, pero controla tus palabras.

—Si no es demasiado impertinente, te pido que permitas que Phury se rija por las mismas condiciones que habías autorizado para Vishous con respecto a seguir combatiendo. Necesitamos guerreros.

—Me inclino a conceder ese permiso por ahora. Podrá vivir allí…

En ese momento fue interrumpida por Phury con un «No» tajante. Al ver que todo el mundo se giraba a mirarlo con sorpresa, añadió:

—Viviré aquí. Seguiré peleando, pero viviré aquí. —Phury hizo una ligera inclinación para tratar de compensar su impertinencia—. Si no es inconveniente.

Zsadist abrió la boca con una expresión de qué-mierda-estás-pensando en su cara marcada por la cicatriz, pero la sonrisa inmediata de la Virgen Escribana le obligó a guardar silencio.

—Que así sea. Las Elegidas preferirán eso, al igual que yo. Ahora, levántate, Wrath, hijo de Wrath, y comencemos.

Cuando el rey se puso de pie, la Virgen Escribana se quitó la capucha.

—Phury, hijo de Ahgony, te pido que aceptes el papel de Gran Padre. ¿Aceptas?

—Acepto.

—Sube a la tarima y arrodíllate frente a mí.

Phury dio unos pasos y subió unos cuantos escalones, pero sin sentir los pies. Tampoco notó el mármol sobre el que se apoyaron sus rodillas al postrarse ante la Virgen Escribana. Cuando la mano de la Virgen Escribana aterrizó sobre su cabeza, no tembló ni pensó nada, ni parpadeó. Le daba la sensación de ir en un coche, en el asiento del copiloto, y de estar sometido a los caprichos del conductor en cuanto a la velocidad a la que viajaban y el destino al que se dirigían. Así que entregarse era lo más apropiado.

Resultaba extraño, porque al fin y al cabo, él había elegido aquel destino, ofreciéndose voluntariamente.

Sí, pero sólo Dios sabía adónde le llevaría semejante decisión.

Las palabras que la Virgen Escribana pronunció mientras él estaba postrado resonaban con el eco de la lengua antigua, pero Phury no pudo concentrarse en ellas.

—Ponte de pie y levanta los ojos —ordenó la Virgen Escribana al final—. Te presento a tus compañeras, sobre las que tienes pleno dominio, sus cuerpos te pertenecen y todas deberán obedecerte y servirte.

Cuando Phury se puso de pie vio que la cortina se había abierto y que todas las Elegidas estaban en fila, con vestidos rojo sangre, brillando como rubíes en medio de aquella blancura. Como si fueran una, todas se inclinaron ante él al mismo tiempo.

Diablos… Realmente lo había hecho.

De repente, Z saltó al escenario y lo agarró del brazo. ¿Qué demo…? Ah, bueno. Phury se balanceaba como un barco. Probablemente habría caído redondo y no habría dado muy buena imagen.

Entonces se oyó la voz de la Virgen Escribana, que resonó con todo su poder.

—Y así concluye la ceremonia. —Luego levantó su mano resplandeciente y señaló un templo en la colina—. Sube ahora a la cámara y toma a la primera de todas, como lo hace un macho.

Zsadist le apretó el brazo.

—Por Dios… hermano…

—Basta —siseó Phury—. Todo va a ir bien.

Phury se zafó de su gemelo, les hizo una reverencia a la Virgen Escribana y a Wrath, bajó las escaleras tambaleándose y comenzó a subir la colina. Mientras avanzaba, sentía la suavidad del césped bajo sus pies y esa extraña luz del Otro Lado que le rodeaba. Pero ninguna de las dos cosas parecía ofrecerle alivio. Podía sentir los ojos de todas las Elegidas clavados en su espalda y el hecho de sentirse el objeto del deseo de todas esas mujeres le heló la sangre, incluso en medio de la nube de humo rojo en que se encontraba.

El templo que estaba sobre la colina era de estilo romano, con columnas blancas y un balcón en lo alto. Sobre sus inmensas puertas dobles había dos nudos dorados a modo de pomos. Phury giró el de la derecha, empujó la puerta y entró.

Su cuerpo se endureció enseguida debido al aroma que flotaba en el aire, una mezcla dulce y ahumada de jazmín e incienso, que lo atraía y lo excitaba sexualmente. Como se suponía que debía hacerlo. Al frente había una cortina blanca iluminada por el resplandor titilante de cientos de velas que se encendieron de repente.

Cuando Phury corrió la cortina, lo que vio le hizo retroceder y perder parte de la excitación.

La Elegida con la que debía aparearse estaba acostada sobre una plataforma de mármol que tenía encima una especie de colchón. Una cortina caía desde el techo a la altura de su garganta y se arremolinaba sobre la cabeza, de forma que no se le podía ver la cara. Tenía las piernas abiertas y atadas a la plataforma con cintas de seda, al igual que los brazos. Un velo transparente envolvía su cuerpo desnudo.

La idea básica del ritual era evidente. Ella era el cáliz ritual, una representante anónima de las otras. Él era el portador del vino que llenaría su cuerpo. Y aunque eso resultaba absolutamente imperdonable por su parte, por una fracción de segundo Phury pensó en saltar sobre ella y poseerla.

«Mía», pensó. De acuerdo con la ley y la tradición y todo lo que se había dicho, ella era tan suya como sus dagas, o como el cabello que crecía de su cabeza. Y Phury quería entrar dentro de ella. Quería eyacular dentro de ella.

Pero eso no iba a suceder, pues la parte decente de su personalidad controló enseguida a sus instintos y los aplastó contra el suelo. La muchacha estaba absolutamente aterrorizada y sollozaba silenciosamente, como si para tratar de esconder el sonido de su llanto se estuviera mordiendo el labio. Temblaba con tanta fuerza que sus extremidades sonaban como un metrónomo.

—Tranquilízate —dijo Phury en voz baja.

La muchacha se sobresaltó. Luego el temblor volvió con más fuerza.

Phury se sintió indignado de inmediato. Era espantoso que le ofrecieran a aquella pobre mujer para su uso como si fuera un animal y aunque a él lo iban a usar de la misma forma, al menos había elegido libremente colocarse en esa posición. Pero tenía serias dudas de que ése fuera el caso de la muchacha, teniendo en cuenta que en las dos ocasiones había estado atada.

Phury estiró el brazo, agarró la cortina que escondía la cara de la muchacha y la arrancó…

Por todos los diablos. La muchacha no se estaba mordiendo el labio para reprimir sus sollozos; estaba amordazada y atada a la cama por medio de una correa que le pasaba por la frente. Tenía la cara empapada en lágrimas y estaba colorada e hinchada. Los músculos de su cuello estaban tensos y prominentes, pues estaba gritando aunque sin poder producir ningún sonido. Y los ojos parecían querer salirse de las órbitas a causa del terror.

Phury le quitó enseguida lo que tenía en la boca, aflojó la correa, sacándole la mordaza.

—Tranquilízate…

La muchacha jadeaba, aparentemente incapaz de hablar, y como Phury creía en que una acción vale más que mil palabras, se dedicó a quitarle la correa que le oprimía por la frente hasta que la desenredó de su largo cabello rubio.

Cuando le liberó los brazos, la muchacha se cubrió enseguida los senos y el pubis. De manera impulsiva, Phury agarró la cortina que había arrancado y se la echó encima, antes de quitarle las correas de los pies. Luego se alejó de ella y se dirigió al otro lado del templo, contra la pared. Pensaba que tal vez así ella se sentiría más segura.

A pesar de que clavó los ojos en el suelo, Phury sólo la veía a ella: la Elegida era blanca y rubia y sus ojos eran verde jade. Tenía rasgos finos que le recordaban una muñeca de porcelana y olía a jazmín. Dios, era una criatura demasiado delicada para que la torturaran de esa manera. Era una criatura muy valiosa para tener que soportar las vejaciones de un desconocido.

Por Dios. ¡Qué desastre!

Phury dejó que el silencio se instalara en el ambiente, con la esperanza de que ella se acostumbrara a su presencia, mientras él pensaba en qué iba a hacer después.

Con seguridad, el sexo estaba fuera de discusión.

Jane no cantaba muy bien, pero parecía toda una Julie Andrews en *Sonrisas y lágrimas,* acostada en la cama, mirando cómo V trataba de encontrar su ropa. Joder, estar enamorado realmente hacía que uno quisiera abrir los brazos y dar vueltas bajo el sol, con una inmensa y estúpida sonrisa de felicidad. Además, Jane ya tenía el cabello rubio y corto, así que el papel no le venía mal. Aunque definitivamente no estaba dispuesta a transigir con los pantalones tiroleses.

Sólo había un pequeño problema.

—Dime que no le vas a hacer daño —dijo Jane, observando cómo V se ponía los pantalones de cuero—. Dime que mi jefe no va a terminar con las dos piernas rotas.

—En absoluto. —V se puso una camisa negra y se tapó los pectorales—. Sólo me voy a asegurar de que no recuerde nada y que esa foto de mi corazón ya no ande por ahí.

—¿Me contarás cómo sale todo?

V la miró con suspicacia y una sonrisa malévola en los labios.

—¿Acaso no confías en que sepa tratar a tu enamorado?

—Tanto como confío en que soy capaz de derribarte.

—Eres una mujer muy sabia. —V se acercó y se sentó en el borde de la cama, con sus ojos de diamante brillando gracias a la satisfacción sexual que sentía—. En lo que te concierne, ese cirujano debe andarse con pies de plomo.

Jane le agarró la mano buena, pues sabía que V detestaba que ella se acercara a su mano enguantada.

—Manny sabe a qué atenerse conmigo.

—¿De verdad?

—Hablé con él. Después del fin de semana. Aunque yo no podía recordarte, sencillamente no me sentía bien al pensar en estar con él.

V se inclinó y la besó.

—Volveré después de hablar con él. ¿Vale? De esa manera podrás mirarme a los ojos y saber que el tipo todavía respira. Y, escucha, quiero que te tomes esto muy en serio. Quiero enviar a Fritz esta tarde con material para cablear la casa e instalar alarmas de seguridad. ¿Tienes otro mando a distancia de la puerta del garaje?

—Sí, en la cocina. En el cajón que está debajo del teléfono.

—Bien. Me lo voy a llevar. —V le pasó el dedo por el cuello y trazó un círculo alrededor del último sitio donde la había mordido—. Todas las noches, cuando vuelvas a casa, yo estaré aquí. Todas las madrugadas, antes de regresar al complejo, estaré aquí. Todas las noches que tenga libres, estaré aquí. Vamos a sacar tiempo para estar juntos siempre que podamos y estaremos en contacto telefónico todo el tiempo que no estemos juntos.

Como en cualquier relación normal, pensó Jane, y la idea de que todo tuviese un lado prosaico le pareció agradable. Eso los sacaba de esa inmensa superestructura paranormal y los incluía de lleno en la realidad: eran dos personas que estaban comprometidas con su relación. Y eso era lo mínimo que se le podía pedir a la persona de la que uno estaba enamorado.

—¿Cuál es tu nombre completo? —murmuró Jane—. Acabo de darme cuenta de que sólo te conozco como V.

—Vishous.

Jane le apretó la mano.

—¿Perdón?

—Vishous. Sí, ya sé que resulta extraño para…

—Espera, espera, espera… ¿Cómo lo escribes?

—V-i-s-h-o-u-s.

—¡Por… Dios… santo!

—¿Qué?

Jane carraspeó.

—Eh, hace mucho, mucho tiempo… hace toda una vida, me senté una noche con mi hermana en mi habitación, siendo una niña. Teníamos una güija y le estábamos haciendo preguntas. —Jane miró a Vishous—. Tú fuiste mi respuesta.

—¿A qué pregunta?

—Con quién… Por Dios, con quién me iba a casar.

V esbozó una sonrisa amplia y confiada, la sonrisa de un hombre cuando se siente absolutamente satisfecho.

—Entonces, ¿te quieres casar conmigo?

Jane soltó una carcajada.

—Sí, claro. Vamos corriendo a conseguir un vestido blanco y a buscar una iglesia…

Pero V se puso serio.

—Estoy hablando en serio.

—Ay… Dios.

—¿Debo suponer que eso es un sí?

Jane se incorporó en la cama.

—Yo… Yo nunca pensé que me casaría.

V frunció el ceño.

—Sí, muy bien, pero ésa no era exactamente la respuesta que estaba esperando…

—No… Quiero decir que me sorprende… lo fácil que me resulta.

—¿Fácil?

—La idea de ser tu esposa.

V comenzó a sonreír, pero luego se quedó serio.

—Podemos hacer la ceremonia según mi tradición, pero no será oficial.

—¿Porque no soy de tu especie?

—Porque la Virgen Escribana me detesta, así que no habrá ninguna presentación ante ella. Pero podemos hacer todo el resto. —Luego V sonrió con picardía—. Especialmente el grabado.

—¿El grabado?

—Tu nombre. En mi espalda. Me muero de ganas de hacerlo.

Jane dejó escapar un silbido.

—¿Y tengo que hacerlo yo?

V soltó una carcajada.

—¡No!

—Vamos, soy cirujana. Soy buena con los cuchillos.

—Mis hermanos lo harán… Bueno, en realidad supongo que tú también podrías hacer una letra. Hummm, eso me excita. —V le dio un beso—. Dios, realmente eres mi tipo de chica.

—¿Y a mí también me graban algo?

—Demonios, no. Sólo se hace en los machos, para que todo el mundo sepa a quién pertenecemos.

—¿A quién pertenecéis?

—Sí. Estaré a tus órdenes. Tú serás mi dueña y señora. Y podrás hacer conmigo lo que quieras. ¿Crees que serás capaz de asumirlo?

—Ya lo hice, ¿recuerdas?

V bajó los ojos y dejó escapar un gruñido.

—Sí, a cada minuto. ¿Cuándo podemos volver a mi ático?

—Dime cuándo y allí estaré. —Y la próxima vez podría ponerse algo de cuero—. Oye, ¿y me darás un anillo?

—Si quieres, te compraré un diamante del tamaño de tu cabeza.

—Ah, claro. Como si me fuera a volver glamurosa de repente. Pero ¿cómo hará la gente para saber que estoy casada?

V se inclinó y le acarició la garganta con la nariz.

—¿Sientes mi olor?

—Dios… claro que sí. Me fascina.

V le rozó la barbilla con los labios.

—Tú hueles toda a mí. Mi olor está dentro de ti. Así es como mi gente sabrá quién es tu compañero. También es una advertencia.

—¿Una advertencia? —preguntó Jane, jadeando, al tiempo que una sensación de languidez inundaba su cuerpo.

—Para los otros machos. Así saben quién los saldrá a perseguir con una daga si te tocan.

Muy bien, eso no debería ser erótico en lo más mínimo. Pero lo era.

—Vosotros os tomáis muy en serio lo de la pareja, ¿no es cierto?

—Los machos enamorados somos peligrosos —explicó V y su voz fue apenas un ronroneo en el oído de Jane—. Matamos para proteger a nuestras hembras. Así es como son las cosas. —De pronto V le quitó las mantas de encima, se bajó los pantalones y le abrió las piernas con las manos—. También marcamos nuestro territorio. Y como no te voy a ver en doce horas, creo que voy a dejar un poco más de mi olor sobre ti.

Se abalanzó sobre ella con toda la fuerza de sus caderas y Jane gimió. Ya lo había tenido dentro de ella muchas veces, pero el tamaño del pene de V siempre le producía un impacto. Luego V le echó hacia atrás la cabeza tirándole del pelo y su lengua entró como un rayo dentro de la boca de Jane, al tiempo que se sacudía sobre ella.

Sólo que de repente se detuvo.

—Celebraremos la ceremonia esta noche. Wrath la presidirá. Butch y Marissa serán los testigos. ¿También quieres una ceremonia religiosa?

Jane soltó una carcajada. Los dos eran un par de obsesivos controladores. Por fortuna, Jane no se sentía inclinada a llevarle la contraria esta vez.

—No me importa que no haya servicio religioso. De hecho, no creo en Dios.

—Deberías creer.

Jane clavó las uñas en las caderas de V y arqueó el cuerpo.

—Éste no es momento para un debate teológico.

—Pero deberías creer, Jane.

—El mundo no necesita otra fanática religiosa.

V le quitó el pelo de la cara.

—No hay que ser religioso para creer —dijo, moviéndose dentro de ella.

—Y se puede vivir muy bien siendo ateo. Créeme. —Jane metió las manos por debajo de la camisa de V y comenzó a acariciarle la espalda—. ¿Acaso crees que mi hermana está en el cielo, sentada en una nube comiéndose su caramelo favorito? No. Su cuerpo fue enterrado hace años y ya no debe quedar mucho de ella. Yo he visto la muerte. Sé lo que pasa una vez que nos vamos y no hay Dios que nos salve, Vishous. Yo no sé quién o qué es tu Virgen Escribana, pero estoy completamente segura de que ella no es Dios.

V esbozó apenas una sonrisa.

—Me va a encantar demostrarte que estás equivocada.

—¿Y cómo vas a probarlo? ¿Me vas a presentar a mi creador?

—Voy a amarte tanto y durante tanto tiempo que te vas a convencer de que ninguna cosa terrenal pudo haber unido nuestros destinos.

Jane le tocó la cara, pensó en el futuro y maldijo.

—Yo voy a envejecer.

—Igual que yo.

—Pero no al mismo ritmo. Ay, Dios, V, voy a…

V la besó.

—No quiero que pienses en eso. Además… hay una manera de reducir el ritmo de envejecimiento. Aunque no estoy seguro de que te guste.

—Ay, caramba, déjame pensar. Ah… sí, sí me gusta.

—No sabes de qué se trata.

—No me importa. Si es algo que puede prolongar mi vida contigo, soy capaz de comer carroña.

V sacudió las caderas y se retiró.

—Va contra las leyes de mi raza.

—¿Es una perversión? —Jane volvió a arquear el cuerpo contra él.

—¿Para los de tu especie? Sí.

Jane se imaginó de qué se trataba incluso antes de que V se llevara la muñeca a la boca.

—Hazlo —dijo, al ver que se detenía.

V se clavó los colmillos y luego puso las dos incisiones sobre los labios de Jane. Ella cerró los ojos y abrió la boca y…

Madre mía.

La sangre de V sabía a oporto y el impacto que tuvo sobre ella fue como el de diez botellas de vino. La cabeza comenzó a darle vueltas desde el primer sorbo. Pero Jane no se detuvo. Chupó y chupó, como si la sangre de V fuera a mantenerlos juntos, mientras su cuerpo rugía y V comenzaba a bombear dentro de ella, emitiendo una serie de gruñidos salvajes.

Ahora V estaba dentro de Jane de todas las maneras posibles: en su cerebro, por medio de sus palabras; en su cuerpo, por medio de su erección; en su boca, por medio de su sangre y en su nariz, por medio de su olor. Jane era suya de la cabeza a los pies.

Y él tenía razón. Era una experiencia divina.

Mientras se cubría los senos con la cortina blanca, Cormia miraba con estupefacción hacia el otro extremo del templo del Gran Padre. Quienquiera que fuera ese hombre, no era Vishous, hijo del Sanguinario.

Pero definitivamente se trataba de un guerrero. Parecía enorme contra la pared de mármol, un auténtico gigante, y sus hombros parecían más anchos que la cama en la que ella estaba acostada. El tamaño de ese hombre la aterrorizaba… hasta que se fijó en sus manos. Eran elegantes, anchas y de dedos largos. Fuertes pero delicadas.

Y esas magníficas manos la habían liberado de las correas. Y no le habían hecho nada más.

Primero Cormia creyó que él iba a gritarle. Luego esperó que dijera algo. Por último, se quedó esperando a que la mirara.

En medio del silencio, Cormia pensó que el hombre tenía un cabello hermoso. Le bajaba hasta los hombros y tenía muchos colores, sus ondas brillaban con tonos dorados, rojo profundo y café oscuro. ¿De qué color eran los ojos?

Más silencio.

Cormia no sabía cuánto tiempo había pasado. El tiempo pasaba rápido, incluso allí, en el Otro Lado. Pero ¿cuánto tiempo llevaba él callado? Querida Virgen, Cormia deseaba que él dijera algo, aunque quizá ése fuera el problema. Tal vez él también estaba esperando a que ella dijera algo.

—Tú no eres quien… —comenzó a decir, pero dejó la frase sin terminar al ver que él levantaba la mirada.

Los ojos del hombre eran amarillos, de un amarillo esplendoroso y cálido, que la hicieron recordar sus piedras favoritas, los cuarzos citrinos. En realidad, podía sentir que su cuerpo parecía calentarse cuando él la miraba.

—¿No soy el hombre al que estabas esperando? —Ay… su voz. Era suave y profunda y… amable—. ¿Acaso no te lo dijeron?

Cormia negó bruscamente con la cabeza, sin decir nada. Pero ya no estaba asustada.

—Las circunstancias han cambiado y yo he ocupado el sitio de mi hermano. —Phury se puso la mano sobre el pecho inmenso—. Me llamo Phury.

—Phury. Un nombre de guerrero.

—Sí.

—Pareces un guerrero.

Phury levantó las manos y le mostró las palmas.

—Pero no te haré daño. Nunca te haré daño.

Cormia ladeó la cabeza. No, él nunca le haría daño, ¿o sí? Era un completo desconocido y tres veces más grande que ella, pero estaba segura de que él no le haría daño.

Sin embargo, se iba a aparear con ella. Ése era el propósito de que estuvieran juntos y ella pudo percibir su excitación al entrar. Aunque… ya no estaba excitado.

Cormia levantó una mano y se tocó la cara. ¿Quizá ahora que le había visto la cara ya no quisiera seguir adelante con el apareamiento? ¿Acaso no le resultaba atractiva?

Virgen santa, ¿por qué le preocupaba eso? Ella no quería aparearse con él. Ni con él ni con nadie. Eso iba a doler; la directrix se lo había dicho. Y sin importar lo atractivo que pudiera ser aquel hermano, era un absoluto desconocido para ella.

—No te preocupes —dijo Phury de manera atropellada, como si le hubiese leído el pensamiento—. No vamos a…

Cormia se aferró a la cortina.

—¿No?

—No.

Cormia bajó la cabeza.

—Pero entonces todos se enterarán de que te he fallado.

—¿Que has fallado? Por Dios, tú no le estás fallando a nadie. —Phury se pasó la mano por el pelo y las ondas de su melena captaron la luz y resplandecieron—. Sencillamente yo no… Sí, no creo que esté bien.

—Pero ése es el propósito de mi vida. Aparearme contigo y unir el destino de las Elegidas al tuyo. —Cormia parpadeó rápidamente—. Si no nos apareamos, la ceremonia quedará incompleta.

—¿Y qué?

—Yo… no entiendo.

—¿Y qué pasa si la ceremonia no se completa hoy? Hay tiempo. —Phury frunció el ceño y miró a su alrededor—. Oye… ¿quieres salir de aquí?

Cormia abrió los ojos con sorpresa.

—¿Para ir adónde?

—No lo sé. A dar un paseo o algo así.

—Me dijeron que no podía salir a menos que…

—Mira, la situación es ésta. Yo soy el Gran Padre, ¿no es cierto? Y todo lo que digo es una orden. —Phury la miró de frente—. Bueno, al menos eso es lo que me han dicho. ¿Estoy equivocado?

—No, tú tienes pleno dominio aquí. La única que está por encima de ti es la Virgen Escribana.

Phury se retiró de la pared.

—Entonces, vayamos a dar un paseo. Lo mínimo que podemos hacer es tratar de conocernos, teniendo en cuenta la situación en que nos encontramos.

—Yo… no tengo ropa.

—Usa la cortina. Me daré la vuelta mientras te tapas.

Phury dio media vuelta y, al cabo de un momento, Cormia se puso de pie y se envolvió en los pliegues de la cortina. Nunca habría podido prever esto, pensó, ni la sustitución ni la amabilidad del Gran Padre, ni que fuera… un hombre tan apuesto. Porque realmente era divino.

—Estoy… estoy lista.

Phury avanzó hacia la puerta y ella lo siguió. Parecía incluso mucho más grande de cerca… pero tenía un olor maravilloso. Un olor a oscuras especias que le causaba cosquilleo en la nariz.

Cuando él abrió las puertas y Cormia vio el panorama blanco que se abría antes ellos, vaciló.

—¿Qué sucede?

Era difícil explicar la vergüenza que sentía. Le daba la sensación de ser una egoísta al disfrutar de este alivio. Y le preocupaba que todas las Elegidas tuvieran que pagar por sus errores.

Cormia sintió un nudo en el estómago.

—No he cumplido con mi deber.

—Pero no has fallado. Sólo hemos pospuesto lo del… eh, el apareamiento. En algún momento sucederá.

Pero Cormia no podía acallar las voces que oía en su cabeza. Ni los temores.

—¿No sería mejor acabar de una vez con eso?

Phury frunció el ceño.

—Dios… realmente te aterra desilusionarlas.

—Ellas son lo único que tengo. Lo único que conozco. —Y la directrix había amenazado con expulsarla si ella no cumplía con la tradición—. Sin ellas, estoy absolutamente sola.

Phury la miró durante un buen rato.

—¿Cómo te llamas?

—Cormia.

—Bueno… Cormia, ya no estás sola si no las tienes a ellas. Ahora me tienes a mí. Y ¿sabes? Olvídate del paseo. Se me ha ocurrido otra cosa.

Entrar en propiedad ajena era una de las especialidades de V. Era muy bueno para forzar las cerraduras de cajas de seguridad, coches, casas… y despachos. Le resultaba igual de fácil irrumpir en zonas residenciales o comerciales. Todo era igual.

Así que abrir la puerta de los elegantes despachos del Departamento de Cirugía del hospital Saint Francis no fue nada del otro mundo.

Mientras entraba sigilosamente, mantuvo a su alrededor el mhis que neutralizaba las cámaras de seguridad y garantizaba que él estuviera a salvo de la mirada de las pocas personas que todavía quedaban en la zona administrativa del hospital.

Caramba… ¡Qué despachos tan lujosos! Una recepción enorme e impresionante, revestida con paneles de madera y llena de alfombras persas. Un par de despachos auxiliares señalados con…

Allí estaba el despacho de Jane.

V se acercó y pasó el dedo por la placa de bronce pegada a la puerta. Grabado sobre la superficie brillante estaba su nombre: Doctora Jane Whitcomb. Jefa del Servicio de Trauma.

V asomó la cabeza por la puerta. El aroma de Jane flotaba en el aire y una de sus batas blancas estaba doblada sobre una mesa de reuniones. El escritorio estaba cubierto de una montaña de papeles, carpetas y Post-it; la silla estaba hacia atrás, como si se hubiese levantado deprisa para atender alguna urgencia. En la pared había una serie de diplomas y certificados, prueba de su dedicación al estudio y al trabajo.

V se frotó el esternón.

Diablos, ¿cómo iban a hacer para que su relación funcionara? Jane trabajaba en jornadas larguísimas. Él estaba limitado a las visitas nocturnas. ¿Qué pasaría si eso no era suficiente?

Pero tenía que ser suficiente. Él no iba a pedirle que abandonara toda una vida de esfuerzos, dedicación y éxito por él. Eso sería como si ella quisiera que él le diera la espalda a la Hermandad.

Cuando oyó que alguien murmuraba algo, V miró hacia el otro extremo de la recepción, donde se veía el resplandor de una luz.

Hora de encargarse del doctor Manello.

«No lo mates —se dijo V, dirigiéndose hacia una puerta medio abierta—. Sería un desastre tener que llamar a Jane para decirle que su jefe se había convertido en fertilizante».

Se detuvo al llegar al umbral y le echó un vistazo al enorme despacho que se abría ante sus ojos. El humano estaba sentado en un escritorio presidencial, revisando unos papeles, aunque eran las dos de la mañana.

El tipo frunció el ceño y levantó la vista.

—¿Quién anda ahí?

«No lo mates». Eso enfurecería totalmente a Jane.

Ay, pero V quería matarlo. No podía sacarse de la cabeza la imagen del tío de rodillas, a punto de besar a Jane, y ese recuerdo no mejoró su estado de ánimo. Cuando alguien estaba tratando de flirtear con sus hembras, los machos enamorados sólo podían pensar en soluciones drásticas. Como cerrar la tapa del ataúd.

Vishous empujó la puerta, se introdujo en la cabeza del médico y lo congeló, como si fuera un filete.

—Usted tiene unas fotos de mi corazón, doctor, y yo las necesito. ¿Dónde están? —Enseguida le ordenó mentalmente al médico que respondiera la pregunta.

El hombre parpadeó.

—Aquí… en mi escritorio. ¿Quién… es usted?

La pregunta le pilló desprevenido. La mayoría de las veces los humanos no eran capaces de pensar autónomamente cuando estaban bajo ese estado de hipnosis.

V se acercó y miró la marea de papeles.

—¿En qué parte del escritorio?

El hombre movió los ojos hacia el lado izquierdo.

—En una carpeta. Ahí. ¿Quién… es usted?

«El dueño de Jane, amigo», quería contestarle V.

Demonios, quería grabarle eso en la frente para que Manello nunca olvidara que ella ya tenía dueño.

V encontró la carpeta y la abrió.

—¿Dónde están los archivos originales?

—Han sido borrados. ¿Quién… es…?

—No importa quién soy yo. —Maldición, aquel imbécil era de una tenacidad impresionante. Pero, claro, uno no llega a ser jefe de cirugía por vivir tumbado en un sofá—. ¿Quién más conoce la existencia de esta foto?

—Jane.

Oír el nombre de Jane de labios de aquel desgraciado enfureció todavía más a V, pero lo dejó pasar.

—¿Quién más?

—Nadie más, que yo sepa. Traté… de enviarlas a Columbia. Pero… no fue posible. ¿Quién es usted…?

—El coco. —V revisó la memoria del hombre, sólo para estar seguro. Pero no había nada. Hora de irse.

Sólo que V necesitaba saber algo más.

—Dígame algo, doctor. ¿Usted coquetearía con una mujer casada?

El jefe de Jane frunció el ceño y luego negó lentamente con la cabeza.

—No.

—Bueno, tiene usted suerte. Ésa era la respuesta correcta.

Mientras se dirigía a la puerta, V pensó que le gustaría revolver todas las interconexiones neuronales de aquel desgraciado y dejarle la cabeza como una especie de campo minado, de forma que cada vez que pensara en Jane sexualmente sintiera pavor o náuseas, o rompiera en llanto como un bebé. Después de todo, los tratamientos aversivos eran excelentes para lograr desprogramar un cerebro. Pero V no era un symphath, así que tardaría mucho tiempo en conseguir algo semejante. Además, esa mierda podía volver a uno loco. Especialmente a alguien con una mente tan poderosa como Manello.

V le echó un último vistazo a su rival. El cirujano lo estaba mirando fijamente con desconcierto, pero no con temor, y sus ojos color café brillaban con determinación e inteligencia. Era difícil de admitir, pero, si no existiera V, probablemente ese tipo sería un buen compañero para Jane.

Desgraciado.

Vishous estaba a punto de dar media vuelta, cuando tuvo una visión tan clara y nítida como las que solía tener antes de que sus visiones desapareciesen.

En realidad, no fue una visión. Fue una palabra. Y no parecía tener ningún sentido.

Hermano.

Extraño.

V borró de la memoria del médico el recuerdo de todo esto y se desmaterializó.

Manny Manello apoyó los codos sobre el escritorio, se masajeó las sienes y dejó escapar un gruñido. El dolor de cabeza que sentía parecía tener vida propia y su cráneo se había convertido en una cámara de resonancia. Y para rematar, parecía que alguien estuviera moviendo a lo loco el dial de su cerebro. Los pensamientos más dispares rebotaban por su cabeza sin orden ni concierto, una mezcolanza de detalles insignificantes: tenía que llevar su coche al taller, necesitaba terminar de revisar las solicitudes de residencia, se le habían acabado las cervezas, había cambiado el partido de baloncesto semanal del lunes al miércoles.

Resultaba curioso, cuando trataba de mirar más allá del enjambre de preocupaciones cotidianas, tenía la sensación de que toda esa actividad estaba… ocultando algo.

Sin ninguna razón en especial, Manello se acordó de la manta malva de ganchillo que colgaba del respaldo del sofá malva que había en la sala malva de su madre. Nadie podía usarla para abrigarse y ¡ay del que se atreviera a levantarla! El único propósito de la manta era ocultar una mancha que había hecho su padre al tirar un plato de espaguetis sobre el sofá. Después de todo, los quitamanchas también tenían un límite y el que había usado su madre había dejado una mancha blanca sobre el sofá. Que no quedaba muy bien en la tapicería de color malva.

Al igual que la manta de su madre, sus pensamientos dispersos parecían ocultar una especie de mancha en su cerebro, aunque Manello no era capaz de dilucidar qué podría ser.

Se frotó los ojos y miró su reloj Breitling. Eran las dos pasadas.

Hora de ir a casa.

Mientras recogía sus cosas, Manello tuvo la sensación de que había olvidado algo importante y miraba insistentemente hacia el lado izquierdo de su escritorio. Allí parecía faltar algo, pues había un espacio libre que dejaba ver la madera en medio de aquella marea suya de papeles.

El hueco tenía el tamaño de una carpeta.

Alguien había cogido algo de allí. Manello lo sabía. Pero no podía identificar de qué se trataba exactamente y cuanto más trataba de recordar, más le dolía la cabeza.

Entonces se dirigió a la puerta.

Al pasar por su baño privado, entró un segundo, buscó su siempre leal frasco de Motrin de quinientos miligramos y se tomó dos píldoras.

Realmente necesitaba unas vacaciones.

T al vez aquélla no era la mejor idea del mundo, pensó Phury, al detenerse un segundo en el umbral de la habitación contigua a la de él, en la mansión de la Hermandad. Al menos la casa no estaba totalmente ocupada, así que todavía no había tenido que hablar con nadie. Pero, demonios, las cosas no estaban muy bien.

Mierda.

Al otro lado de la habitación, Cormia estaba sentada en el borde de la cama, con la cortina aferrada a sus senos. Sus ojos parecían dos esferas de mármol en un jarrón de cristal. Tenía una expresión tan miserable que Phury tuvo ganas de volver a llevarla al Otro Lado, pero lo que la esperaba allí tampoco era mejor. Phury no quería que ella tuviera que enfrentarse al pelotón de fusilamiento de la directrix.

No iba a permitir que le hicieran daño.

—Si necesitas algo, estoy en la puerta de al lado. —Phury se inclinó hacia fuera, señalando hacia la izquierda—. Supongo que te puedes quedar aquí durante un par de días y descansar un poco. Tener un poco de tiempo para ti. ¿Te parece bien?

Cormia asintió con la cabeza y su cabellera rubia le cubrió los hombros.

Casi sin darse cuenta, Phury notó que Cormia tenía el cabello de un color muy bonito, que adquiría un atractivo especial a la luz de la lámpara de la mesilla de noche. Era un amarillo intenso y brillante, como el de la madera de pino lacada.

—¿Te gustaría comer algo? —preguntó Phury. Al ver que ella negaba con la cabeza, él se acercó al teléfono y le puso una mano encima—. Si tienes hambre, sólo marca asterisco-cuatro y te comunicarás con la cocina. Ellos te traerán lo que quieras.

Cormia miró el teléfono y luego volvió a clavar los ojos en él.

—Estás a salvo, Cormia. Aquí no te puede pasar nada malo...

—¿Phury? ¿Has vuelto? —Desde el umbral, la voz de Bella resonaba con una mezcla de sorpresa y alivio.

Phury sintió que el corazón le dejaba de latir. Lo habían pillado. Y precisamente la persona a quien más temía explicarle todo ese lío. ¡Ella le intimidaba más que Wrath, por Dios santo!

Phury trató de calmarse antes de mirarla.

—Sí, he vuelto durante unos días.

—Pensé que ibas a... Ay, hola. —Antes de sonreírle a Cormia, Bella le lanzó una mirada de extrañeza a Phury—. Ah, me llamo Bella. Y tú eres...

Al ver que Cormia no respondía, Phury dijo:

—Ella es Cormia. Es la Elegida con quien yo... me apareé. Cormia, ella es Bella.

Cormia se puso de pie e hizo una reverencia tan pronunciada que su pelo casi roza el suelo.

—Excelencia.

Bella se puso la mano en el vientre.

—Cormia, es un placer conocerte. Y, por favor, en esta casa no somos tan formales.

Cormia se enderezó y asintió con la cabeza.

Luego se produjo un silencio tan amplio que aquello parecía un cementerio.

Phury carraspeó. Bueno, aquélla sí que era una situación incómoda.

Mientras observaba a la otra hembra, Cormia comprendió toda la historia sin tener que oír ni una palabra más. Así que ésa era la razón para que el Gran Padre no quisiera aparearse. Ésta era la hembra que él realmente deseaba: su deseo resultaba evidente en la forma en que sus ojos contemplaban la figura de aquella mujer, en cómo su voz se hacía más profunda, en la forma en que su cuerpo se excitaba.

Y estaba embarazada.

Cormia miró al Gran Padre. Ella estaba embarazada, pero el hijo no era de Phury. La expresión con que él la miraba estaba llena de nostalgia y anhelo, no transmitía un sentido de propiedad.

Ah, sí. Así que ésta era la razón de que él hubiese decidido reemplazar a su hermano, cuando cambiaron las circunstancias del hijo del Sanguinario. El Gran Padre quería alejarse de esta mujer porque la deseaba y no podía tenerla.

Phury cambió de postura, mirando a Bella, de pie, al otro extremo de la habitación. Luego esbozó una sonrisa.

—¿Cuántos minutos te quedan?

La mujer… Bella… también sonrió.

—Once.

—Y aún te falta un tremendo viaje por el corredor de las estatuas. Deberías empezar ya.

—No voy a tardar tanto tiempo.

Los dos se miraron a los ojos. Los de ella brillaban con afecto y tristeza. Y ese ligero rubor en las mejillas del Gran Padre sugería que estaba convencido de que lo que sus ojos contemplaban estaba más allá de la perfección.

Cormia tiró del borde de la cortina hasta la barbilla para taparse el cuello.

—¿Qué te parece si te acompaño a tu habitación? —dijo Phury, acercándose a la mujer y ofreciéndole su brazo—. De todas formas, quiero ver a Z.

La mujer entornó los ojos.

—Eso sólo es una excusa para meterme en la cama.

Cormia frunció el ceño al oír que el Gran Padre se reía y murmuraba:

—Sí, es cierto. Y ¿qué tal está funcionando?

La mujer se rió entre dientes y cogió el brazo que le tendía el Gran Padre.

—Está funcionando muy bien —dijo con una voz ligeramente ronca—. Como suele suceder siempre contigo… está funcionando muy bien. Me alegro tanto de que estés aquí durante... durante el tiempo que sea.

Ese rubor en las mejillas del Gran Padre se encendió un poco más. Luego miró de reojo a Cormia y dijo:

—Voy a acompañarla hasta su cuarto y luego estaré en mi habitación, si necesitas algo, ¿vale?

Cormia asintió con la cabeza y luego vio que la puerta se cerraba, detrás de los dos.

Tras quedarse sola, se volvió a sentar en la cama.

¡Virgen santa... se sentía diminuta! Se sentía diminuta en aquel inmenso colchón. En medio de aquella habitación enorme. En comparación con todos los colores y las texturas que la rodeaban.

Pero eso era exactamente lo que ella quería. Durante la ceremonia de presentación eso era exactamente lo que había deseado.

Sólo que ser invisible no resultaba tan maravilloso como había imaginado.

Al mirar a su alrededor, Cormia se sentía incapaz de comprender dónde estaba y echaba de menos su pequeña celda blanca del Otro Lado, que parecía una especie de útero.

Cuando llegaron del Otro Lado se materializaron en la habitación contigua, que él había identificado como su habitación. Lo primero que ella pensó era que le encantaba el olor de ese lugar. Olía un poco a humo, con ese exquisito toque a oscuras especias que Cormia identificaba con él. Luego pensó que el impacto del color, las texturas y las formas era abrumador.

Y eso había sido antes de que salieran al pasillo y ella se sintiera completamente anonadada. Parecía que él vivía en un palacio. El pasillo era más amplio que el templo más grande del Otro Lado. Los techos eran tan altos como el cielo y sus cuadros de guerreros en medio de una batalla resplandecían con la misma intensidad que las piedras preciosas que tanto le había gustado contemplar. Cuando puso sus manos sobre la barandilla del balcón y se asomó, sintió la atracción del suelo de mosaico del vestíbulo y la invadió un ligero mareo.

Estaba totalmente fascinada cuando él la condujo a la habitación en que se encontraba ahora.

Sin embargo, la sensación de asombro y reverencia ya había desaparecido. Ahora se sentía agobiada por la cantidad de estímulos sensoriales. El aire era extraño en este lado, estaba lleno de olores extraños, que le resecaban la nariz. También se movía constantemente. Aquí las corrientes de aire rozaban su cara y movían su cabello, estrellándose contra la cortina que envolvía su cuerpo.

Cormia miró hacia la puerta. También se oían ruidos extraños. La mansión crujía y a veces llegaban hasta ella voces lejanas.

Mientras se encogía más y metía los pies debajo de su cuerpo, miró hacia la elegante mesilla que había a la derecha de la cama. No tenía hambre, pero aunque quisiera comer algo, no sabría qué pedir. Y tampoco tenía ni idea de cómo usar ese objeto que él había dicho que se llamaba teléfono.

De repente, oyó un rugido al otro lado de las ventanas y giró la cabeza enseguida. ¿Habría dragones en este lado? Cormia había leído sobre los dragones, y aunque creía a Phury cuando decía que estaba a salvo allí, le preocupaban los peligros que no podía ver.

Aunque quizá fuese sólo el viento. Cormia también había leído sobre el viento, pero no estaba segura.

Luego estiró la mano y cogió uno de los cojines de satén con borlas en las esquinas. Se abrazó a él y comenzó a acariciar los hilos de seda de las borlas, tratando de calmarse con el roce de los hilos sobre su mano.

Éste era su castigo, pensó Cormia, notando que la habitación la oprimía y embotaba sus sentidos. Éste era el resultado de querer marcharse del Otro Lado y encontrar su propio camino.

Ahora se encontraba donde quería.

Y lo único que deseaba era regresar a casa.

Jane estaba sentada en la mesa de su cocina, con una taza vacía ante ella. Al otro lado de la calle se podía ver que el sol estaba comenzando a salir y sus rayos se metían por entre las ramas de los árboles. Vishous se había marchado hacía cerca de veinte minutos y, antes de irse, le había preparado el cacao que ella acababa de terminar.

Jane sentía una nostalgia inexplicable, teniendo en cuenta la cantidad de tiempo que habían pasado juntos durante la noche. Después de hablar con Manny, V había vuelto asegurándole que su jefe todavía estaba vivo y con todas las extremidades en su sitio. Luego la envolvió con sus brazos y la apretó contra él... y le hizo el amor. Dos veces.

Pero ya se había marchado y Jane pensaba que, antes de que pudiera volver a verlo, el sol tenía que caer detrás de la tierra como una piedra.

Desde luego que existían los teléfonos, el correo electrónico y los mensajes de texto y también volverían a verse por la noche. Pero Jane pensaba que eso no era suficiente. Ella quería dormir junto a V y no sólo durante las escasas horas que tenían antes de que él tuviera que irse a combatir o regresar a su casa.

Y hablando de logística... ¿Qué iba a hacer con la oportunidad de Columbia? Eso significaría alejarse todavía más de él, pero ¿acaso eso importaba? V podía desplazarse a cualquier lugar en segundos. Sin embargo, no parecía muy buena idea estar más alejados. Después de todo, ya le habían pegado un tiro una vez. ¿Qué sucedería si él la necesitaba? Ella no se podía desmaterializar para correr a su lado.

Pero, entonces, ¿qué pasaba con la idea de ser su propio jefe? La necesidad de dirigir su propio departamento era algo que llevaba en la sangre, e ir a Columbia seguía siendo la mejor opción, aunque podrían pasar cinco años o más antes de poder acceder a la jefatura.

Si es que todavía querían entrevistarla. Si es que conseguía el trabajo.

Jane miró la taza vacía, manchada de chocolate.

De pronto se le ocurrió una idea absurda. Absolutamente descabellada. Así que trató de apartarla de su mente pensando que era una pequeña muestra de que su cabeza todavía no funcionaba por completo.

Se levantó de la mesa, dejó la taza en el lavavajillas y se fue a duchar y a vestir. Media hora después estaba saliendo de su garaje y, cuando arrancó, vio una furgoneta que entraba a la casa de al lado.

Una familia. Genial.

Por fortuna, el recorrido hasta el centro fue muy tranquilo. Había poco tráfico por la calle Trade y pilló todos los semáforos en verde hasta que llegó al que estaba frente a las oficinas del *Caldwell Courier Journal*.

Cuando se detuvo, sonó su teléfono móvil. Seguramente era del hospital.

—Whitcomb.

—Qué tal, doctora. Habla su hombre.

Jane sonrió. De oreja a oreja.

—Hola.

—Hola. —De fondo oyó un ruido de sábanas, como si V se estuviera acomodando en la cama—. ¿Dónde estás?

—Camino del trabajo. ¿Dónde estás tú?

—Acostado.

Ay, Dios, Jane se imaginó en el estupendo aspecto que tendría sobre esas sábanas negras.

—Entonces… ¿Jane?

—¿Sí?

—¿Qué llevas puesto? —preguntó V con tono sensual.

—Traje de cirugía.

—Mmmmm. Eso es muy sexy.

Jane soltó una carcajada.

—Es apenas un poco más sofisticado que ponerse un saco encima.

—No, en tu caso no.

—¿Y tú? ¿Qué llevas puesto?

—Nada… y adivina dónde está mi mano, doctora.

El semáforo cambió y Jane tuvo que concentrarse en conducir.

—¿Dónde? —preguntó con voz entrecortada.

—Entre mis piernas. ¿Puedes adivinar sobre dónde se apoya?

Ay… Virgen… santa.

—¿Sobre qué? —dijo Jane, acelerando.

Al oír la respuesta de V, Jane casi se estrella contra un coche que estaba aparcado.

—Vishous…

—Dime qué hacer, doctora. Dime qué hacer con mi mano.

Jane tragó saliva, se apartó hacia un lado… y le dio instrucciones precisas.

Phury echó un poco de tabaco rojo sobre un papel de fumar, mojó el papel con saliva y lió el porro. Mientras lo encendía, se recostó contra las almohadas. Se había quitado la prótesis, que estaba apoyada contra la mesilla de noche, y llevaba puesta una bata de seda azul y roja. Su favorita.

El hecho de haber hecho las paces con Bella lo había tranquilizado. Estar de vuelta aquí lo había tranquilizado. Y el humo rojo lo había tranquilizado.

Lo que no lo había tranquilizado era tener que lidiar con la directrix.

Aquella mujer había aparecido en la mansión media hora después de que él y Cormia llegaran del Otro Lado y estaba como loca diciendo que una de las Elegidas se había perdido. Phury la llevó a la biblioteca y le explicó, delante de Wrath, que todo iba bien: sencillamente había cambiado de opinión y quería volver aquí durante un tiempo.

La directrix no se puso precisamente contenta. Con un tono altanero que no sonó muy bien, informó a Phury de que, como representante de las Elegidas, exigía entrevistar a Cormia sobre lo ocurrido en el templo, con el fin de confirmar que la ceremonia del Gran Padre se hubiera completado.

En ese momento Phury decidió que ella definitivamente no le gustaba. Sus ojos traicioneros le decían que ella sabía que no había habido sexo, y Phury tenía la clara impresión de que aquella mujer sólo quería detalles porque estaban buscando acabar con Cormia.

Como si él fuera a permitir que eso sucediera. Con una sonrisa en los labios, Phury le recordó a aquella bruja que, en su calidad de Gran Padre, él no tenía por qué rendirle cuentas a ella y que él y Cormia regresarían al Otro Lado cuando a él le diera la gana. Ni un minuto antes.

La mujer se puso roja de la rabia, pero él tenía la sartén por el mango y ella lo sabía. Cuando le hizo la reverencia, antes de desmaterializarse, sus ojos irradiaban odio.

Que se vaya a la mierda, pensó Phury, calibrando seriamente la posibilidad de despedirla. No estaba seguro de cómo podía hacer semejante cosa, pero no quería que nadie como ella estuviera encargada de las Elegidas. Aquella mujer era mezquina.

Le dio una calada al porro y contuvo el aire. No sabía cuánto tiempo más tendría a Cormia en la mansión. Por Dios, le daba la sensación de que ella ya quería regresar. Pero lo único que sabía con certeza era que Cormia era la única que podría decidir cuándo hacerlo; él no iba a permitir que ninguna de aquellas locas de las Elegidas la obligara a hacer algo que no quería.

Y ¿qué pasaba con él? Bueno… una parte de él todavía quería huir de la mansión, pero Cormia era una especie de escudo. Además, en algún momento tendrían que regresar al Otro Lado y quedarse allí.

Soltó el aire y se frotó distraídamente el muñón de la pierna derecha, que terminaba debajo de la rodilla. Tenía dolor, pero eso era normal al final de la noche.

De pronto le sorprendió un golpecito en la puerta.

—Adelante.

Phury pudo adivinar quién era por la manera de abrirse la puerta: lentamente y apenas una rendija.

—¿Cormia? ¿Eres tú? —Phury se sentó, echándose la colcha sobre las piernas.

Entonces apareció la cabeza rubia de Cormia.

—¿Estás bien? —preguntó Phury.

Ella negó con la cabeza y dijo en lengua antigua:

—Si no es impertinente por mi parte, ¿puedo entrar a su habitación, excelencia?

—Por supuesto. Y no tienes que ser tan formal.

Cormia entró tímidamente y cerró la puerta. Parecía tan frágil envuelta con aquella tela blanca, casi como una niñita, en lugar de una hembra que ya había pasado la transición.

—¿Qué sucede?

En lugar de responder, Cormia permaneció en silencio, con los ojos bajos y los brazos envolviendo su cuerpo.

—Cormia, háblame. Dime qué sucede.

Cormia hizo una venia y habló desde esa posición.

—Excelencia, yo…

—Sin formalidades. Por favor. —Phury comenzó a levantarse de la cama, pero cayó en la cuenta de que no tenía puesta su pierna. Así que se volvió a recostar, pues no estaba seguro de lo que ella podría sentir al enterarse de que a él le faltaba una parte del cuerpo—. Sólo dime, ¿qué necesitas?

Ella carraspeó.

—Yo soy tu compañera, ¿no es cierto?

—Hummm… sí.

—Entonces, ¿no debería estar contigo en tu habitación?

Phury abrió los ojos.

—Pensé que sería mejor para ti tener tu propia habitación.

—Ah.

Phury frunció el ceño. Estaba seguro de que ella no quería quedarse con él.

Mientras el silencio se extendía, Phury pensó que parecía que quería quedarse con él.

—Supongo que, si quieres… puedes quedarte aquí —dijo con cierta incomodidad—. Me refiero a que podemos hacer que traigan otra cama.

—¿Qué sucede con la que tienes?

¿Acaso ella quería dormir con él? ¿Por qué…? Ah, claro.

—Cormia, no tienes que preocuparte por la directrix ni por el hecho de que ninguna de las otras piense que no estás cumpliendo con tu deber. Nadie va a saber lo que haces aquí.

O lo que no haces, en este caso.

—No es eso. El viento… al menos creo que es el viento… está sacudiendo la casa, ¿no es cierto?

—Bueno, sí, hay una especie de tormenta. Pero estamos rodeados por una muralla de piedra.

Phury se quedó esperando a que ella continuara y al ver que no decía nada más, de pronto se dio cuenta. Por Dios, era un absoluto imbécil. Había sacado a esa muchacha del único ambiente que conocía en la vida y la había traído a un mundo completamente nuevo. Ella estaba asustada por cosas que a él le parecían totalmente normales. ¿Cómo podría sentirse Cormia segura cuando no sabía qué ruidos eran peligrosos y cuáles no?

—Escucha, ¿quieres quedarte aquí? No hay problema. —Phury miró a su alrededor, tratando de encontrar un sitio para colocar un colchón—. Hay mucho espacio para una colchoneta.

—La cama está bien para mí.

—Sí, yo dormiré en la colchoneta.

—¿Por qué?

—Porque prefiero no dormir en el suelo. —Había un espacio perfecto entre dos ventanas y podría pedirle a Fritz que…

—Pero la cama es suficientemente ancha para los dos.

Phury se giró a mirarla lentamente. Luego parpadeó.

—Ah… sí.

—Podemos compartirla. —Cormia todavía tenía los ojos clavados en el suelo, pero había un intrigante tono de decisión en su voz—. Y así por lo menos podré decirles que me acosté a tu lado.

Ah, entonces era eso.

—Muy bien.

Cormia asintió con la cabeza y se dirigió hasta el otro lado de la cama. Tras deslizarse entre las sábanas, se encogió como un ovillo y se acomodó ante él. Toda una sorpresa. Al igual que el hecho de que no cerrara los ojos y fingiera que se iba a dormir.

Phury apagó su porro en el cenicero y pensó que lo mejor para los dos sería que él durmiera sobre las mantas. Pero necesitaba ir al baño antes de dormir.

Mierda.

Bueno, tarde o temprano ella tendría que enterarse de que le faltaba una pierna.

Apartó las mantas, se puso la prótesis y se levantó. Notó que la muchacha dejaba escapar una exclamación casi inaudible y sintió su mirada fija en él. Phury pensó, «Dios, debe de estar aterrada». Al ser una Elegida, ella estaba acostumbrada a la perfección.

—Me falta la parte inferior de la pierna. —Bueno, así es—. Pero no me molesta.

Siempre y cuando su prótesis se ajustara correctamente y funcionara bien.

—Vuelvo enseguida. —Fue todo un alivio cerrar la puerta del baño. Tardó más tiempo del normal cepillándose los dientes y haciendo sus abluciones. Cuando comenzó a reorganizar los bastoncillos de algodón y el Motrín y las otras medicinas del armarito, se dio cuenta de que era hora de volver a la habitación.

Abrió la puerta.

Ella seguía en el mismo sitio donde la había dejado, en el borde de la cama, frente a él, con los ojos abiertos.

Al dirigirse hacia la cama, Phury pensó que le gustaría que ella dejara de mirarlo. Sobre todo mientras se quitaba la pierna y se acostaba encima de la colcha. Phury se echó sobre las piernas la parte de colcha que colgaba por el lado de la cama y trató de acomodarse.

Pero eso no iba a funcionar. Tenía frío y no iba a poder dormir con el torso descubierto.

Con una mirada rápida, Phury calculó la distancia que los separaba. Era tan grande como un campo de fútbol. Estaban tan lejos que parecía como si ella estuviera en otra habitación.

—Voy a apagar la luz.

Cuando ella dejó caer la cabeza sobre la almohada… Phury apagó la lámpara… y se metió dentro de las mantas.

En medio de la oscuridad, se acostó completamente recto junto a ella. Por Dios… nunca había dormido con nadie. Bueno, aparte de aquella vez durante el periodo de fertilidad de Bella, cuando se quedó dormido con V y Butch, pero todos estaban borrachos. Además, eran hombres, mientras que… bueno, Cormia definitivamente no era un hombre.

Phury respiró hondo. Sí, el aroma a jazmín de Cormia era inconfundiblemente femenino.

Luego cerró los ojos, pensando que estaba seguro de que ella estaría tan tensa e incómoda como él. Vaya, aquél iba a ser un largo día. Debería haber insistido en la idea de la colchoneta.

Vishous, ¿podrías quitarte esa sonrisa de la cara? Estás empezando a enervarme —dijo Butch.

V le hizo un corte de mangas desde el otro lado de la mesa de la cocina de la mansión y volvió a concentrarse en su café. Pronto sería de noche, lo cual significaba que en... veintiocho minutos... sería libre.

Tan pronto como pudiera salir, iría a la casa de Jane y se inventaría algo romántico. V no sabía exactamente qué, tal vez le comprara flores o algo similar. Bueno, flores, y luego se pondría a instalar el sistema de seguridad. Porque nadie dijo que al amor estuviera en contradicción con los sensores de movimiento.

Dios, estaba ansioso. De verdad.

Jane le había dicho que regresaría a casa alrededor de las nueve, así que se imaginaba que le adornaría un poco la habitación y luego estaría con ella hasta la medianoche.

Sólo que eso le dejaba apenas cinco horas para cazar.

Butch pasó la página de la sección de deportes, se inclinó para darle un beso a Marissa en el hombro y luego volvió a concentrarse en el periódico. Como respuesta, ella levantó la mirada de los papeles que estaba revisando para Safe Place, le acarició el brazo y volvió a concentrarse en lo que estaba haciendo. Marissa tenía la marca de un mordisco reciente en el cuello y en el rostro, la expresión de una mujer-vampiro muy satisfecha.

V hizo una mueca y clavó la mirada en su café, acariciándose la perilla. Él y Jane nunca tendrían eso, pensó, porque ellos nunca iban a vivir juntos. Aunque él no formara parte de la Hermandad, no podría dormir en la casa de Jane durante el día a causa de la luz del sol, y la posibilidad de que ella viniera allí tampoco era factible, por evidentes razones de seguridad: ya era suficientemente arriesgado que ella supiera que la raza existía. Tener más contacto y más detalles, o pasar más tiempo con la Hermandad, no sería prudente ni seguro.

Mientras balanceaba la taza de café en las manos, V se recostó contra el respaldo del asiento y pensó con angustia en el futuro. Él y Jane estaban muy bien juntos, pero las separaciones obligadas iban a terminar por desgastarlos. Ya podía sentir la tensión que le causaba el hecho de saber que al final de la noche tendría que haber una despedida.

V quería tenerla tan cerca como su propia piel, las veinticuatro horas del día. Aunque era mejor que nada, oír su voz a través del teléfono no era suficiente para satisfacerlo. Pero ¿qué otras opciones tenían?

Luego se oyó otro ruido de papeles, mientras Butch masacraba el periódico. Por Dios, Butch era una bestia para leer el periódico, siempre arrugaba las páginas y torcía las dobleces. Lo mismo pasaba con las revistas. Más que leerlas, parecía desbaratarlas con las manos.

Al mismo tiempo que destrozaba un artículo sobre el entrenamiento de primavera, Butch volvió a mirar a Marissa y V se dio cuenta de que, en pocos minutos, aquello dos se iban a ir... y no precisamente porque ya hubiesen terminado su café.

Era curioso, V sabía lo que iba a pasar, pero por pura deducción, no porque pudiera ver el futuro ni leer sus mentes: Butch estaba despidiendo el olor de los machos enamorados y a Marissa le fascinaba estar con su compañero. V no había tenido ninguna visión de ellos en la despensa o en su cama de la Guarida.

Jane era la única a la que podía leerle el pensamiento ahora y sólo a veces.

V se pasó la mano por el esternón y pensó en lo que había dicho la Virgen Escribana... que sus visiones y la capacidad de prever el futuro estaban temporalmente detenidas porque estaba pasando por un momento decisivo de su propia vida y que, cuando saliera de la encrucijada, las visiones regresarían. La cuestión era que él ya estaba con Jane, entonces, ¿no debería haber salido ya de la encrucijada? Ya había encontrado a su pareja. Estaba con ella. Fin de la historia.

Le dio otro sorbo al café y siguió frotándose el pecho.

Aquella mañana había vuelto a tener la misma pesadilla.

Como ya no podía atribuirle esa secuencia del disparo a un síndrome de estrés postraumático, decidió que era una alegoría, mediante la cual su subconsciente se quejaba por el hecho de que todavía se sentía un poco fuera de control. Porque enamorarse era perder el control.

Ésa tenía que ser la explicación. Tenía que serlo.

—Diez minutos —le susurró Butch a Marissa en el oído—. ¿Puedes concederme diez minutos antes de que te vayas? Por favor, nena…

V entornó los ojos y sintió una sensación de alivio por la risa que le causó el meloso tono de Butch. Al menos todavía no se le había acabado toda la testosterona.

—Mi amor… ¿por favor?

V le dio un sorbo al café.

—Marissa, préstale atención un segundo a ese idiota, ¿quieres? El gimoteo me está volviendo loco.

—Y no queremos eso, ¿verdad? —Marissa recogió sus papeles, soltando una carcajada, y le lanzó una mirada a Butch—. Diez minutos. Y será mejor que los aproveches bien.

Butch se levantó de la silla como si alguien le hubiese prendido fuego a la madera.

—¿Acaso no lo hago siempre?

—Hummm… sí.

Mientras se besaban, V resopló.

—Divertíos, chicos. Pero en otra parte.

Acababan de irse, cuando entró Zsadist corriendo.

—Mierda. Mierda… mierda…

—¿Qué sucede, hermano?

—Tengo clase y llego tarde. —Zsadist cogió una bolsa de panecillos, sacó una pata de pavo del refrigerador y un vaso de helado del congelador—. Mierda.

—¿Ése es tu desayuno?

—Cállate. Es casi un sándwich de pavo.

—Pero el helado no puede sustituir a la mayonesa, hermano.

—Me da igual. —Zsadist se dirigió a la puerta—. Ah, a propósito, Phury ha vuelto y se trajo con él a esa Elegida. Supuse que te gustaría saberlo, por si ves una figura fantasmagórica rondando por ahí.

Caramba. Sorpresa.

—¿Cómo está Phury?

Zsadist se detuvo.

—No lo sé. No contó nada. No es muy comunicativo. Maldito.

—Ah, ¿y acaso crees que tú eres un buen candidato para aparecer en *The view,* con Barbara Walters?

—Ya volvemos contigo, Bahbwa.

—*Touché.* —V sacudió la cabeza—. Le debo mucho a Phury.

—Sí, así es. Todos le debemos mucho.

—Espera, Z. —V le arrojó a Z la cuchara que había usado para echarle azúcar a su café—. Supongo que necesitarás una de éstas, ¿no?

Z la agarró en el aire.

—Ah, sí, me habría hecho mucha falta. Gracias. Dios, tengo a Bella en la cabeza todo el tiempo, ¿sabes?

Luego la puerta de servicio se cerró.

En medio del silencio de la cocina, V le dio otro sorbo a su café. Pero ya no estaba caliente. En otros quince minutos, estaría helado.

Intragable.

Sí… V sabía lo difícil que era estar pensando en su mujer todo el tiempo.

Lo sabía de primera mano.

Cormia sintió que la cama se sacudía. El Gran Padre se daba la vuelta. Otra vez.

Llevaba horas haciéndolo. Ella no había podido dormir en todo el día y estaba segura de que él tampoco. A menos que se moviera tanto cuando estaba dormido.

El Gran Padre balbuceó algo y se volvió a mover, agitando sus enormes brazos y piernas. Parecía que no lograba encontrar una postura cómoda y Cormia se preocupó al pensar que de alguna manera lo estaba perturbando… aunque no se imaginaba cómo. No se había movido desde que se metió a la cama.

Sin embargo, resultab extraño. Cormia experimentaba una sensación de bienestar que provenía del hecho de estar con él, a pesar de que no parara quieto. Saber que él estaba al otro lado de la cama le producía alivio. Se sentía segura con él, aunque no lo conocía.

El Gran Padre volvió a moverse, gruñó y…

Cormia dio un brinco cuando la mano de él aterrizó sobre su brazo.

Al igual que él. Mientras emitía un gruñido bajo, el Gran Padre pareció preguntarse algo para sus adentros y luego comenzó a mover la palma de la mano por el brazo de Cormia, como si estuviera tratando de entender qué era lo que estaba en su cama.

Cormia esperaba que él se retirara enseguida.

Pero en vez de eso, le agarró el brazo.

Ella abrió la boca con asombro cuando él produjo un sonido gutural y luego se acercó por debajo de las sábanas y deslizó la mano hacia la cintura de Cormia. Como si ella hubiese aprobado una especie de examen, él se le acercó y de pronto un muslo gigantesco se pegó al suyo, al tiempo que algo duro le hacía presión contra la cadera. El Gran Padre comenzó a mover la mano y, antes de que ella se diera cuenta, retiró la cortina y quedó desnuda.

El Gran Padre gruñó con más fuerza y la atrajo hacia él, de manera que sus cuerpos quedaron estirados, uno frente a otro, y su largo pene cayó sobre los muslos de Cormia. Ella jadeó, pero no tuvo tiempo de reaccionar o de pensar. El Gran Padre buscó con sus labios su garganta y comenzó a lamerle la piel. Cormia notó que su cuerpo empezaba a entrar en calor. El Gran Padre comenzó a mover las caderas. Y ese movimiento hacia delante y hacia atrás hizo que algo dentro de las piernas de Cormia se humedeciera y comenzara a palpitar. Una sensación oscura y urgente parecía estarse desenrollando dentro de su vientre.

Sin previo aviso, el Gran Padre la rodeó con los dos brazos y la giró hasta dejarla de espaldas sobre la cama. Su magnífica cabellera cayó sobre el rostro de Cormia. Hizo presión entre las piernas con uno de sus gruesos muslos, y se montó sobre ella. Cormia comenzó a sentir sobre su piel esas palpitaciones de lo que ella sabía que era el sexo del Gran Padre. Aunque él parecía enorme sobre ella, no se sintió atrapada ni asustada. Fuese lo que fuese que estuviera pasando entre ellos era algo que ella deseaba. Algo que ella… anhelaba.

Cormia puso las manos sobre la espalda del Gran Padre tímidamente. Los músculos de su espalda eran tremendos y se perfilaban por debajo de la bata de satén con cada movimiento. El Gran Padre volvió a gruñir cuando ella lo tocó, como si le gustara sentir sus manos sobre él, y justo cuando Cormia se estaba preguntando cómo sería la textura de su piel, el hombre se enderezó y se quitó la bata.

Luego se inclinó hacia un lado, tomó la mano de Cormia entre la suya y la metió en medio de sus cuerpos. Sobre su pene.

Los dos jadearon al tiempo, cuando la mano de Cormia tocó el pene del Gran Padre, y ella tuvo un instante de asombro al sentir el calor, la dureza y el tamaño de él… así como la suavidad de su piel… y el poder que parecía residir en aquel bastón de carne. Al sentir una descarga de fuego entre sus muslos, Cormia reaccionó agarrando con fuerza el pene del Gran Padre.

Sólo que, en ese momento, él lanzó un grito y movió sus caderas hacia delante y lo que estaba en la mano de Cormia comenzó a sacudirse. Entonces salió disparado de algún sitio un líquido caliente que cayó sobre su vientre.

Ay, Virgen santa, ¿acaso le había hecho daño al Gran Padre?

Cuando Phury se despertó, estaba encima de Cormia. Ella le tenía agarrado el pene y él estaba en pleno clímax. Phury trató de contener su cuerpo, luchó para poner freno a las corrientes eróticas que estallaban dentro de él, pero no pudo detener el orgasmo, a pesar de que se daba cuenta de que estaba eyaculando encima de ella.

Tan pronto cedieron las sensaciones, se echó hacia atrás y entonces todo fue peor.

—Lo lamento mucho —se diculpó Cormia, mirándolo horrorizada.

—¿Qué es lo que lamentas? —le preguntó Phury con exasperación. Demonios, estaba muy alterado. Era él quien debería estar disculpándose.

—Te he hecho daño… te hice sangrar.

Ay, Dios santo.

—Eh… eso no es sangre.

Phury apartó las mantas a un lado para poder levantarse y se dio cuenta de que estaba totalmente desnudo, así que tuvo que rebuscar entre las sábanas hasta encontrar su bata. Se la puso e hizo lo mismo con la prótesis. Se levantó de la cama en dirección al baño, para buscar una toalla.

Cuando regresó, sólo podía pensar en que Cormia debía de querer quitarse eso de encima lo más pronto posible. Todo era un desastre.

—Déjame… —En ese momento Phury vio que la cortina estaba en el suelo. Ah, genial, ella también estaba desnuda. Fantástico—. De hecho, creo que deberías limpiarte tú misma.

Phury giró la cabeza y le alcanzó la toalla.

—Toma. Usa esto.

Con el rabillo del ojo vio que ella se escondía debajo de las mantas y el autodesprecio se apoderó de él. Por Dios… Él era un crápula. Cómo había podido aprovecharse de ella.

—No puedes quedarte conmigo —dijo cuando ella le devolvió la toalla—. Esto no está bien. Mientras estemos aquí, estarás en la otra habitación.

—Sí, excelencia —respondió ella tras una pausa.

Al anochecer, John se encontraba en el gimnasio subterráneo, formando una hilera con el resto de los estudiantes, con una daga en la mano derecha y los pies bien apoyados en el suelo, en posición de ataque. Cuando Zsadist sopló el silbato, John y todos los demás comenzaron a realizar el ejercicio: movieron la daga por encima del pecho, echaron el brazo hacia atrás, dieron un paso al frente y clavaron la daga en su oponente imaginario, justo debajo de las costillas.

—¡John, atención!

Mierda, estaba haciendo el ejercicio completamente mal. Otra vez. Sintiéndose absolutamente torpe e inútil, John trataba de seguir el ritmo de los movimientos, pero constantemente perdía el equilibrio y sus extremidades simplemente no le obedecían.

—John, espera. —Zsadist se le acercó por detrás y le colocó los brazos en la posición correcta. Otra vez—. Señoritas, vuelvan a la posición de ataque.

John se acomodó, espero la señal… y volvió a hacerlo todo mal. De nuevo.

Esta vez, cuando Zsadist se le acercó, John ni siquiera pudo mirarlo a la cara.

—Probemos una cosa —dijo Z y agarró la daga y se la puso a John en la mano izquierda.

John negó con la cabeza. Él era diestro.

—Sólo intentémoslo. ¿Señoritas? Vamos.

Otra vez a la posición de ataque. Otra señal. Otro fracas...

Ah, pero esta vez no fue así. Como por arte de magia, el cuerpo de John siguió los movimientos como un piano perfectamente afinado. Con absoluta sincronización, sus brazos y sus piernas se movieron como debían hacerlo, con la daga totalmente controlada en la mano y los músculos fundiéndose coordinadamente en un solo esfuerzo.

Al finalizar, John sonrió, hasta que sus ojos se cruzaron con los de Z. El hermano lo estaba mirando de una manera extraña, pero luego pareció volver al momento presente.

—Mejor, John. Mucho mejor.

John bajó la vista hacia la daga que tenía en la mano y recordó fugazmente y con una punzada de dolor el momento en que acompañó a Sarelle hasta el coche, un par de días antes de que fuese asesinada. Cuando estaba junto a ella, John había sentido deseos de tener una daga en sus manos, le había parecido que su mano era demasiado ligera sin el peso de una daga. Pero había sido una sensación de la mano derecha. ¿Por qué el cambio después de la transición?

—¡Otra vez, señoritas! —gritó Z.

Los estudiantes hicieron la secuencia de movimientos otras veintitrés veces. Luego trabajaron otro ejercicio, en el que tenían que arrodillarse sobre una pierna para enterrar la daga hacia arriba. Entretanto, Z supervisaba la fila de muchachos, corrigiendo posiciones y gritando órdenes.

Pero Z no tuvo que corregir a John ni una sola vez. Todo fluyó correctamente, como cuando se encuentra la veta de una mina y el oro comienza a salir.

Cuando la clase terminó, John se dirigió a los vestuarios, pero Z lo llamó y lo condujo a la sala donde se guardaba el equipo, al armario con llave donde se guardaban las dagas de entrenamiento.

—De ahora en adelante vas a usar ésta —dijo, entregándole a John una daga con empuñadura azul—. Está calibrada para la mano izquierda.

John la probó y la notó todavía más fuerte. Estaba a punto de darle las gracias al hermano, cuando frunció el ceño. Z lo estaba mirando otra vez con la misma expresión extraña que tenía en el gimnasio.

John se metió la daga en el cinturón de su *ji* y preguntó haciendo signos con la mano:

—¿Qué? ¿No estoy en buena posición?

Z se pasó una mano por la cabeza rapada.

—Pregúntame cuántos combatientes zurdos hay.

John sintió que su corazón se detenía y una intensa sensación se apoderaba de él.

—¿Cuántos?

—Sólo conocí a uno. Pregúntame quién era.

—¿Quién?

—Darius. D era zurdo.

John se miró la mano izquierda. Su padre.

—Y tú te mueves como él —murmuró Z—. Es escalofriante, si quieres que te diga la verdad. Es como si lo estuviera viendo a él.

—¿De verdad?

—Sí, D se movía con fluidez. Como tú. En todo caso… —Z le puso una mano en el hombro—. Zurdo. ¡Quién lo iba a pensar!

John se quedó mirando al hermano mientras se marchaba y luego se miró otra vez la mano.

No era la primera vez que se preguntaba cómo habría sido su padre. Cómo era su voz. Cómo se comportaba. ¡Dios, lo que daría por tener alguna información sobre él!

Tal vez algún día pudiera preguntarle a Zsadist, aunque le daba miedo ponerse muy sentimental.

Un hombre siempre debía ser duro. Sobre todo ante un hermano.

Jane aparcó el coche en el garaje y soltó una maldición apagando el motor. Las once y treinta y cuatro. Llegaba a casa dos horas y media más tarde de lo que le había prometido a V.

Había sido una de esas noches en que todo se había confabulado para evitar que saliera del hospital. Ya iba camino a la puerta, con la chaqueta puesta y el bolso colgado del brazo, cuando empezaron a interrumpirla con todo tipo de preguntas de trabajo.

Luego una de las pacientes del callejón se complicó y ella tuvo que examinarla y hablar con la familia.

Le había enviado un mensaje de texto a Vishous diciéndole que iba con retraso. Luego volvió a mandarle otro, informándole de que iba a retrasarse un poco más. Él le contestó diciéndole que no importaba. Pero luego ella lo llamó, al quedar atrapada en un atasco de tráfico a causa de un desvío cuando iba ya camino a su casa, pero le contestó el buzón.

Jane se bajó del coche, al tiempo que la puerta del garaje se cerraba. Estaba impaciente por ver a Vishous, pero también se sentía exhausta. Habían pasado toda la noche anterior haciendo de todo menos dormir y había tenido un día muy largo.

—Lo siento, es tardísimo —gritó, entrando por la cocina.

—No importa —contestó Vishous desde la sala.

Jane salió de la cocina… y se quedó paralizada. Vishous estaba sentado en el sofá, en medio de la oscuridad, con las piernas cruzadas. A su lado se encontraban su chaqueta de cuero y un ramo de calas. Estaba tan inmóvil como un lago congelado.

Mierda.

—Hola —saludó ella, dejando la chaqueta y el bolso sobre la mesa del comedor de sus padres.

—Hola. —Vishous descruzó las piernas y apoyó los codos sobre las rodillas—. ¿Todo bien en el hospital?

—Sí. Pero con mucho trabajo. —Jane se sentó junto a las flores—. Son preciosas.

—Las compré para ti.

—De verdad, lo siento mucho…

V la detuvo con un movimiento de la mano.

—No tienes por qué sentirte mal. Me puedo imaginar cómo es.

Al mirarlo con atención, Jane se dio cuenta de que él no estaba tratando de culparla ni nada por el estilo; simplemente estaba decepcionado. Lo cual, en cierta medida, hacía que se sintiera peor. Si él se portara de modo irracional sería distinto, pero esta callada resignación por parte de un hombre tan poderoso como él era difícil de manejar.

—Tienes aspecto de cansada —dijo V—. Y creo que lo mejor que puedo hacer es llevarte a la cama.

Jane se recostó contra el respaldo del sofá y acarició una de las flores con el índice. Le gustaba el hecho de que él no le hubiese traído las tradicionales rosas y ni siquiera hubiese elegido calas blancas. Éstas eran de un profundo color melocotón. Eran distintas. Hermosas.

—Hoy he pensado en ti. Muchas veces.

—¿De verdad? —Aunque V no la miraba, Jane pudo percibir la sonrisa que se dibujó en sus labios—. ¿En qué pensaste?

—En todo. En nada. En lo mucho que me gustaría dormir a tu lado todas las noches.

Jane no le contó que había descartado la posibilidad de irse a Columbia. Dejar pasar esa oportunidad había sido una decisión difícil, pero seguir buscando un puesto mejor en Nueva York, donde tendría más responsabilidades, no parecía lo más apropiado si el objetivo era pasar más tiempo juntos y no menos. Jane todavía quería dirigir su propio departamento, pero a veces había que sacrificar cosas para conseguir lo que uno quería. La idea de que se podía tener todo en la vida era una falacia.

Jane bostezó. Mierda, estaba cansada.

V se puso de pie y le ofreció la mano.

—Vamos arriba. Puedes dormir a mi lado un rato.

Jane dejó que V la llevara arriba, la desnudara y la metiera en la ducha. Luego se quedó esperando a que él se metiera con ella, pero V negó con la cabeza.

—Si me baño contigo, te voy a tener despierta las próximas dos horas —dijo, clavando la mirada en los senos de Jane con sus brillantes ojos de diamante—. Ay… Dios… Yo sólo… Mierda, te espero afuera.

Jane sonrió al verlo cerrar la puerta de cristal de la ducha y luego, cuando su inmensa figura negra salió hacia la habitación. Diez minutos después, ella salió del baño limpia, con los dientes cepillados y vestida con uno de sus camisones.

Vishous había doblado la colcha, alisado las sábanas y había abierto las mantas.

—Adentro —le ordenó.

—No me gusta que me den órdenes —murmuró ella.

—Pero a mí me vas a obedecer. A veces. —V le dio una palmada en el trasero, mientras ella se metía en la cama—. Ponte cómoda.

Jane arregló todo como le gustaba, mientras él iba hasta el otro lado de la cama y se acostaba sobre las mantas. Cuando le pasó el brazo por debajo de la cabeza y la acomodó sobre su pecho, Jane pensó, Dios, qué bien huele. Y esa mano acariciándole la cintura era sencillamente magnífica.

Al cabo de un rato, ella dijo en medio de la oscuridad:

—Hoy perdimos a una paciente.

—Vaya, lo siento mucho.

—Sí… no había nada que hacer por ella. A veces uno simplemente lo sabe y con ella, yo lo sabía. Aun así, hicimos todo lo que pudimos para salvarla, pero durante todo el tiempo… sí, durante todo el tiempo yo sabía que no íbamos a poder hacer nada.

—Eso debe ser duro.

—Horrible. Tuve que decirle a la familia que se estaba muriendo, pero al menos tuvieron la oportunidad de estar con ella cuando murió, lo cual fue bueno. No como mi hermana. Hannah murió sola. Y eso me parece horrible. —Jane recordó la cara de la joven que había muerto hoy en el callejón—. La muerte es extraña. La mayoría de la gente cree que es como apagar un interruptor, pero con frecuencia es un proceso; en realidad, es como cerrar una tienda al final del día. En general, las cosas van fallando de manera predecible, hasta que al final se apaga la última luz y se cierra la puerta. Como médico, yo puedo reaccionar y tratar de detener el proceso suturando heridas, suministrando más sangre al corazón u obligando al cuerpo a regular sus funciones mediante algún medicamento. Pero a veces… a veces el tendero simplemente se va y no hay nada que hacer para detenerlo, independientemente de lo que intentes. —Jane esbozó una sonrisa—. Lo siento, no quería que sonara morboso.

V le acarició la cara.

—No suena morboso. Tú eres maravillosa.

—Tu opinión no es objetiva —dijo Jane, antes de volver a bostezar de forma tan aparatosa que su mandíbula crujió.

—Tengo razón. —V le dio un beso en la frente—. Ahora, duérmete.

Jane obedeció casi sin darse cuenta. Al poco rato sintió que V se levantaba de la cama.

—No te vayas.

—Tengo que irme. Tengo que patrullar el centro.

V se puso de pie, todo un gigante… bueno, todo un macho, con su pelo negro iluminado por los rayos de luz que entraban desde la calle.

Jane se sintió invadida de repente por una oleada de tristeza y cerró los ojos.

—Oye —dijo V, sentándose junto a ella—. Nada de eso. No nos vamos a poner tristes. ¿Tú y yo? No nos ponemos tristes. No conocemos la tristeza.

Jane trató de reírse.

—¿Cómo supiste lo que estaba sintiendo? ¿O es que acaso soy tan claramente patética?

V se dio un golpecito en la nariz.

—Puedo olerlo. La tristeza huele a lluvia fresca.

—Odio que tengamos que despedirnos.

—Yo también. —V se inclinó y le rozó la frente con los labios—. Mira —dijo, quitándose la camisa de manga larga y enrollándola para colocársela debajo de la mejilla—. Piensa que soy yo.

Jane respiró hondo, percibió el olor de los machos enamorados y se tranquilizó un poco. Al ponerse de pie, V parecía muy fuerte con su camiseta sin mangas, invencible, como un superhéroe. Y sin embargo, respiraba.

—Por favor… ten cuidado.

—Siempre. —V se inclinó y la volvió a besar—. Te amo.

Cuando él se alejaba, ella estiró el brazo y lo agarró. Aunque no pudo articular ninguna palabra, el silencio fue igual de elocuente.

—Yo también detesto tener que irme —contestó V con voz ronca—. Pero volveré. Lo prometo.

V la volvió a besar y se dirigió a la puerta. Mientras Jane lo oía bajar las escaleras para ir a buscar su chaqueta, se acomodó contra la camisa de V y cerró los ojos.

En un momento absolutamente inoportuno, la puerta del garaje de la casa vecina comenzó a zumbar. Luego pareció quedarse atascada a medio camino y el motor chirriaba con tanta intensidad que la cabecera de la cama comenzó a vibrar.

Jane le dio un puñetazo a la almohada y se dio la vuelta, dispuesta a empezar a gritar.

Vishous no se sentía muy feliz, mientras se ponía el arnés con las dagas. Estaba distraído, un poco irritado, inquieto y desesperado por fumarse un cigarro y aclarar sus pensamientos antes de irse al centro. Se sentía totalmente desconcertado, como si tuviera una mochila pesada sobre las espaldas.

—¡Vishous! ¡Espera! —La voz de Jane llegó desde arriba, justo cuando V se iba a desmaterializar—. ¡Espera!

V oyó los pasos de Jane bajando las escaleras y, cuando dio media vuelta, la vio. Se había puesto su camisa y los faldones le colgaban casi hasta las rodillas, haciéndola parecer más pequeña de lo que era.

—¿Qué…?

—Tengo una idea. Es una locura, pero también es audaz. —Con las mejillas coloradas y los ojos brillándole con determinación, Jane era la cosa más hermosa que él había visto en la vida—. ¿Qué opinas si me voy a vivir contigo?

V negó con la cabeza.

—Me encantaría, pero…

—¿Y me convierto en la cirujana privada de la Hermandad?

Diablos.

—¿Qué?

—Realmente deberíais tener un médico en la casa. Tú dijiste que había alguna complicación con ese tal Havers. Pues bien, yo podría solucionar el asunto. Podría contratar a una enfermera que me ayudara, mejorar las instalaciones y encargarme de todo. Tú dijiste que teníais al menos tres o cuatro urgencias por semana en la Hermandad, ¿no? Además, Bella está embarazada y probablemente después vengan más bebés.

—Dios… pero ¿estarías dispuesta a renunciar al hospital?

—Sí, pero obtendría algo a cambio.

V se puso colorado.

—¿Yo?

Jane se rió.

—Bueno, sí. Claro. Pero también algo más.

—¿Qué?

—La oportunidad de estudiar sistemáticamente tu raza. Mi otro gran amor en la vida es la genética. Si puedo pasar las próximas dos décadas curándoos y estudiando las diferencias entre los humanos y los vampiros, diría que mi vida habría sido muy valiosa. Quiero saber de dónde venís y cómo funcionan vuestros cuerpos y por qué no enfermáis de cáncer. Se pueden descubrir cosas muy importantes, Vishous. Cosas que podrían beneficiar a las dos razas. No estoy hablando de convertiros en conejillos de Indias... Bueno, supongo que sí. Pero no de una manera cruel. No de la manera fría en que pensaba hacerlo antes. Yo te amo y quiero aprender de ti.

Vishous se quedó mirándola. Daba la sensación de que había dejado de respirar.

—Por favor, di que s... —dijo Jane, frunciendo el ceño.

V la apretó contra su pecho.

—Sí. Sí... si Wrath está de acuerdo y tú estás contenta... sí.

Jane le pasó los brazos por la cintura y también lo apretó con fuerza.

Diablos, V se sentía como si estuviera volando. Se sentía completo, pleno, absolutamente satisfecho mental, sentimental y físicamente, con todas las cosas en su sitio, un cubo de Rubik recién desenvuelto y en perfectas condiciones.

Estaba a punto de ponerse sentimental, cuando sonó su teléfono. V soltó una maldición, se lo quitó del cinturón y contestó con brusquedad.

—¿Sí? En casa de Jane. ¿Quieres que nos encontremos aquí? ¿Ahora mismo? Sí. Mierda. Bueno, te veo en dos segundos, Hollywood. —V volvió a guardarse el teléfono en la funda del cinturón—. Era Rhage.

—¿Crees que podemos arreglar que me traslade a vivir contigo?

—Sí, lo creo. Para serte sincero, Wrath se sentiría mucho más cómodo si tú estuvieras en nuestro mundo. —V le acarició la mejilla con los nudillos—. Al igual que yo. Sencillamente nunca pensé que querrías renunciar a tu vida.

—Es que no estoy renunciando. Sólo voy a vivirla un poco diferente, pero no estoy renunciando a mi vida. Me refiero a que... realmente no tengo muchos amigos. —Excepto Manello—. Y no hay nada aquí que me retenga... Estaba preparada para marcharme de Caldwell e irme a Manhattan. Además... Simplemente voy a ser más feliz contigo.

Vishous la miró con atención. Le fascinaban los rasgos duros de Jane, su cabello corto y esos ojos de un verde profundo.

—Yo nunca te habría pedido que hicieras eso, ya sabes… que abandonaras todo lo que tienes aquí para estar conmigo.

—Ésa sólo es una de las razones por las cuales te amo.

—¿Me dirás cuáles son las otras?

—Tal vez. —Jane le deslizó una mano por entre las piernas, lo cual lo hizo saltar y lanzar una exclamación—. Tal vez también te las muestre.

Vishous cubrió la boca de Jane con su boca y le metió la lengua, arrinconándola, al mismo tiempo, contra la pared. No le importaba que Rhage esperara en el jardín delantero otros…

En ese momento sonó su móvil. Insistentemente.

V levantó la cabeza y miró a través de la ventana de la puerta principal. Rhage estaba en el jardín, con el teléfono en la oreja, mirando hacia el interior. El hermano miró el reloj y luego le hizo un corte de mangas.

Vishous estrelló el puño contra la pared de yeso y se alejó de Jane.

—Voveré al final de la noche. Espérame desnuda.

—¿No preferirías desnudarme?

—No, porque haría jirones ese camisón y quiero que duermas con él todas las noches hasta que estés en mi cama, conmigo. Espérame. Desnuda.

—Ya veremos.

El cuerpo de V se estremeció de pies a cabeza al oír el tono de rebeldía de la respuesta de Jane. Y ella lo sabía, pues lo estaba mirando de manera provocadora.

—Dios, te amo —dijo V.

—Ya lo sé. Ahora, vete y mata algo. Te estaré esperando.

V le sonrió.

—No podría amarte más, aunque lo intentara.

—Lo mismo te digo.

V la besó y se desmaterializó para aparecer enseguida en el exterior, junto a Rhage, asegurándose de rodearse de mhis. Ah, genial. Estaba lloviendo. Dios, cuánto le gustaría estar abrazado a Jane en vez de estar allí fuera con su hermano. V no pudo evitar lanzarle una mirada de rabia a Rhage.

—Como si no pudieras esperar otros cinco minutos.

—Por favor. Si te dejaba continuar, me quedaría aquí hasta el verano.

—¿Estás…?

De repente, V frunció el ceño y miró hacia la casa vecina. La puerta del garaje estaba atascada a medio abrir y se veía el resplandor de las luces de freno. Se oyó que alguien cerraba la puerta de un coche y luego V percibió en la brisa un ligero olor a dulce, como si alguien hubiese echado al viento un poco de azúcar en polvo.

—¡Ay… Dios, *no!*

En ese momento, Jane abrió la puerta de su casa de par en par y salió corriendo, con la chaqueta de V en la mano y la camisa de él flotando detrás de ella.

—¡Olvidaste esto!

Fue como una terrible premonición, una revelación de todas las partes que hasta ahora sólo había visto de manera fragmentaria: el sueño se estaba haciendo realidad.

—¡No! —gritó V.

La secuencia de imágenes pasó ante sus ojos en unos segundos que le parecieron siglos: Rhage mirándolo como si se hubiera vuelto loco. Jane corriendo por la hierba. Él dejando caer el mhis debido al pánico.

Un restrictor saliendo por debajo de la puerta del garaje, con un arma en la mano.

El disparo no se oyó debido al silenciador que tenía el arma. V se abalanzó para alcanzar a Jane, en un intento por cubrirla con su cuerpo. Pero falló. Jane recibió el tiro en la espalda y la bala salió por el otro lado, después de atravesarle el esternón, y fue a incrustarse en el brazo de V. Al mismo tiempo, él la agarraba para que no se cayera y sentía que el pecho se le abría de dolor.

Mientras ellos caían al suelo, Rhage salió de detrás del asesino, pero V no se dio cuenta. En lo único que podía pensar era en su pesadilla: sangre en su camisa. Su corazón gritando de agonía. La muerte que se acercaba… pero no la de él. *La de Jane.*

—Dos minutos —dijo Jane con la respiración entrecortada, pasándose la mano por el pecho—. Me quedan menos de dos… minutos.

La bala debía haber perforado una arteria y ella lo sabía.

—Voy a…

Jane negó con la cabeza y lo agarró del brazo.

—Quédate. Mierda… no voy a…

Lograrlo… era la palabra que iba a decir.

—¡Maldición!

—Vishous…—Los ojos de Jane se llenaron de lágrimas y su color se fue difuminando rápidamente—. Dame tu mano. No me dejes. No puedes… No me dejes morir sola.

—Vas a ponerte bien —dijo V, empezando a levantarla—. Te llevaré con Havers.

—*Vishous.* Esto no tiene arreglo. Cógeme la mano. Me voy… Ay, mierda… —Jane comenzó a sollozar, luchando por respirar—. Te amo.

—¡No!

—Te am…

—*¡No!*

523

L a Virgen Escribana levantó la vista del pájaro que tenía en la mano, sobresaltada por una repentina sensación de pánico.

¡Ay… maldito azar! ¡Horrible destino!

Había llegado. Eso que ella había sentido y temido desde hacía mucho tiempo, había llegado la destrucción de su realidad. Éste era su castigo.

Esa humana… esa humana a la que amaba su hijo se estaba muriendo en ese momento. Estaba en los brazos de V, se estaba desangrando y se estaba muriendo.

Con brazo tembloroso, volvió a poner el gorrión sobre el árbol de las flores blancas y se dirigió tambaleándose hasta la fuente. Se sentó en el borde de mármol y le dio la sensación de que su ligero vestido pesaba tanto como unas cadenas.

Ella tenía la culpa del dolor que estaba sintiendo su hijo. Era la culpable de que su vida se estuviera haciendo añicos. Ella había quebrantado las reglas. Hacía trescientos años, había quebrantado las reglas.

Al principio de los tiempos le había sido concedido un acto de creación que había hecho efectivo al llegar a la madurez. Pero luego había querido repetirlo. Ella había desobedecido y, con ello, selló la suerte de sus hijos. El destino de su hijo —desde el principio hasta el final, desde el miserable tratamiento que recibió bajo el dominio de su padre, pasando por esa manera de ser fría y dura que había adoptado en la madurez, hasta esta agonía—, todo el destino de su hijo era, en realidad, un castigo destinado a ella. Porque en la medida en que él sufría, ella sufría mil veces más.

La Virgen Escribana tuvo deseos de pedir clemencia de parte de su padre, pero sabía que no podía hacerlo. Las decisiones que ella había tomado no eran de la incumbencia de su padre y las consecuencias de esas decisiones le correspondían sólo a ella.

Mientras atravesaba dimensiones y veía lo que le estaba ocurriendo a su hijo, la Virgen Escribana supo que la agonía de Vishous era la suya, sintió el adormecimiento producido por el impacto, el fuego de la negación, el horror retorciéndole las entrañas. También sintió la muerte de la amante de V, el frío que se iba apoderando de la humana, la sangre huyendo de su pecho y el estremecimiento del corazón. Y también oyó que su hijo balbuceaba palabras de amor y sintió el olor del miedo fétido y rancio que emanaba de su cuerpo.

No había nada que ella pudiera hacer. Ella, que tenía un poder ilimitado sobre tantas cosas, era impotente en ese momento porque el destino y las consecuencias del libre albedrío eran el dominio exclusivo de su padre. Sólo él conocía el mapa entero de la eternidad, el compendio de todas las decisiones que se toman y no se toman, de los caminos conocidos y desconocidos. Él era el libro, la página y la tinta indeleble.

Pero ella no.

Y precisamente por eso, él no acudiría a ayudarla ahora. Porque éste era el destino que ella se había forjado: sufrir porque un inocente había nacido de un cuerpo que ella nunca debería haber adoptado. Nunca se acabaría aquel sufrimiento. Su hijo vagaría por la tierra como un muerto en vida por culpa de las decisiones que ella había tomado.

Con un grito de dolor, la Virgen Escribana se desvaneció. Su figura salió de sus ropajes, que cayeron al suelo formando un lago de pliegues negros. La Virgen se introdujo en el agua de la fuente convertida en una ola ligera y viajó a través de las moléculas de hidrógeno y oxígeno, cargándolas con su dolor de una energía que las hacía hervir y las evaporaba. Con el proceso de transferencia de energía, el líquido se levantó en forma de nube, se hizo compacto sobre el patio y volvió a caer al suelo como una lluvia de lágrimas que ella no podía llorar.

En el árbol blanco, los pájaros alzaban las cabezas hacia arriba, hacia el agua que caía sobre ellos en forma de gotas, como si no comprendieran qué ocurría. Y luego volaron en bandada desde el árbol hasta la fuente, alejándose del árbol por primera vez. Posados en el borde, le dieron la espalda al agua resplandeciente e hirviente en que la Virgen se deshacía.

La acompañaron mientras ella se lamentaba, protegiéndola como si cada uno fuera tan grande como un águila e igual de feroz.

Como siempre, los pájaros fueron su único consuelo.

Jane fue consciente de que estaba muerta.

Lo supo porque se encontraba en medio de la niebla y alguien que se parecía a su hermana muerta estaba ante ella.

Así que con toda seguridad se había muerto. Sólo que… ¿no debería sentirse triste o algo así? ¿No debería estar preocupada por Vishous? ¿No debería alegrarse de reunirse con su hermanita?

—¿Hannah? —preguntó Jane, queriendo asegurarse de lo que estaba viendo—. ¿Eres tú?

—Más o menos. —La imagen de su hermana se encogió de hombros y su hermoso cabello rojo se movió—. En realidad sólo soy un mensajero.

—Bueno, te pareces a ella.

—Claro que me parezco. Lo que ves ahora es lo que ves en tu mente cuando piensas en ella.

—Muy bien… esto es una especie de limbo. O, espera, ¿acaso estoy soñando? —Porque ésa sería una estupenda noticia, teniendo en cuenta lo que ella creía que acababa de pasarle.

—No, estás muerta. Sólo que en este momento estás en medio.

—¿En medio de dónde?

—Estás entre dos mundos. No estás ni aquí ni allí.

—¿Podrías ser un poco más específica?

—Realmente no. —La imagen de Hannah sonrió con la preciosa sonrisa de su hermana, esa sonrisa angelical que había logrado conquistar incluso a Richard, el antipático cocinero de la casa de sus padres—. Pero mi mensaje es éste. Vas a tener que dejarlo ir, Jane. Si quieres tener paz, vas a tener que dejarlo marchar.

Si la imagen se refería a Vishous, estaba muy equivocada.

—No puedo hacer eso.

—Tienes que hacerlo. De lo contrario, quedarás perdida aquí. Sólo tienes un tiempo limitado para estar en este lugar intermedio.

—¿Y luego qué ocurre?

—Te perderás para siempre. —La imagen de Hannah se puso seria—. Déjalo ir, Jane.

—¿Cómo?

—Tú sabes cómo. Y, si lo haces, podrás verme de verdad en el otro lado. Déjalo. Ir. —Luego el mensajero o lo que fuera se evaporó.

Al quedar sola, Jane miró a su alrededor. La niebla era espesa como una nube cargada de lluvia y era tan infinita como el horizonte.

El miedo comenzó a introducirse en sus sentidos. Aquello no le gustaba. Realmente no quería quedarse allí.

De repente, experimentó una sensación de urgencia, como si el tiempo se le estuviera agotando, aunque ella no sabía cómo había llegado a ese convencimiento. Sólo que en ese momento pensó en Vishous. Si dejarlo ir significaba renunciar a su amor por él, eso no iba a ser posible.

Vishous iba conduciendo el Audi de Jane como un murciélago recién salido del infierno, cuando, a medio camino de la clínica de Havers, se dio cuenta de que ella ya no iba en el coche con él.

Aunque el cuerpo de Jane seguía allí.

La única energía que se agitaba en medio del coche era el pánico que surgía de su propio cuerpo, el único corazón que latía como loco era el suyo, los únicos ojos que parpadeaban eran los suyos.

El macho enamorado que llevaba dentro confirmó lo que su cabeza se había negado a reconocer: V sabía en su sangre que Jane estaba muerta.

Soltó el pedal del acelerador y el Audi siguió avanzando cada vez más lentamente hasta detenerse por completo. La carretera 22 estaba desierta, probablemente a causa de la tormenta de primavera que se había desencadenado en el exterior, pero aunque la carretera estuviera llena de coches en hora punta, V se habría detenido igual en el centro de la calzada.

Jane iba en el asiento del copiloto. Sentada recta y con el cinturón puesto para que le hiciera presión sobre el pecho, sobre la camiseta sin mangas que él le había puesto en un intento de detener la hemorragia.

V no giró la cabeza para mirarla.

No era capaz de mirarla.

Se limitó a seguir mirando hacia el frente, hacia la doble línea amarilla pintada en la carretera. Ante él, los limpiabrisas se movían a uno y otro lado y su golpeteo rítmico era como el sonido de un reloj antiguo, *tic... tac... tic... tac...*

Pero el paso del tiempo ya no tenía ninguna importancia, ¿o sí? Y V ya no tenía ninguna prisa.

Tic... tac... tic...

Pensó que también debería estar muerto, pues sentía un dolor inmenso en el pecho. No tenía ni idea de cómo podía estar todavía de pie con ese dolor tan grande.

Tac... tic...

Más adelante se veía una curva en la carretera y el bosque alcanzaba el arcén asfaltado. Sin ninguna razón en particular, V notó que los árboles se amontonaban unos contra otros y sus ramas sin hojas se entrelazaban, como si fuera un encaje negro.

Tac...

La visión que se deslizó entonces hasta él llegó de manera tan silenciosa que al principio no se dio cuenta de que lo que sus ojos estaban viendo había cambiado. Pero luego vio un muro con una superficie rugosa, iluminado por una luz muy brillante. Justo cuando V comenzaba a preguntarse de dónde procedía esa luz...

Se dio cuenta de que eran los faros delanteros de un coche.

El claxon le hizo volver al presente. Pisó el acelerador, girando el volante hacia la derecha. El otro vehículo derrapó sobre el asfalto cubierto de hielo y luego retomó el curso y desapareció por la carretera.

V volvió a concentrarse en el bosque. Iba recibiendo el resto de las imágenes de la visión como si fuera una secuencia cinematográfica. Con una sensación de indiferencia, se vio a sí mismo haciendo cosas que eran supuestamente poco ortodoxas y, mientras era testigo de lo que sucedería en el futuro, iba tomando nota. Cuando ya no vio nada más, arrancó con una determinación desesperada, en dirección a las afueras de Caldwell y al doble de la velocidad permitida.

Cuando oyó que su móvil comenzaba a sonar, estiró la mano hacia el asiento trasero, donde había arrojado su chaqueta de cuero y sacó el teléfono. Lo apagó, luego se apartó a un lado de la carretera, abrió la tapa del teléfono, sacó el chip del GPS, lo puso sobre el salpicadero del Audi y lo aplastó con el puño.

—¿Dónde diablos está?

Phury se recostó en el respaldo. Wrath se paseaba de un lado a otro de su estudio y los demás hermanos hacían lo posible por apartarse del camino del rey. Cuando Wrath se ponía así, lo mejor era no ponerse en medio o él podía pasar por encima.

Sólo que aparentemente estaba esperando una respuesta, porque luego agregó:

—¿Acaso estoy hablando para las paredes? ¿Dónde diablos está V?

Phury carraspeó.

—Realmente no lo sabemos. Su GPS no da señal desde hace diez minutos.

—¿No da señal?

—Se apagó. Por lo general la luz parpadea cuando V tiene el móvil encima, pero… ya ni siquiera tenemos la lucecita intermitente.

—Genial. Estupendo. —Wrath se levantó las gafas oscuras y comenzó a frotarse los ojos, entrecerrándolos. Últimamente sufría muchos dolores de cabeza, probablemente debido a que estaba forzando demasiado la vista para leer y era evidente que la desaparición de uno de los hermanos no resultaba muy reconfortante.

Al otro lado del salón, Rhage soltó una maldición y colgó el móvil.

—Todavía no se ha presentado en la clínica de Havers. Oíd, ¿y si ha decidido ir a enterrarla a algún lado? El suelo está congelado, pero con esa mano de V eso no es problema.

—¿De verdad crees que ella está muerta? —murmuró Wrath.

—Por lo que pude ver, recibió el disparo en medio del pecho. Cuando volví de matar a ese maldito asesino, ya no estaban ninguno de los dos y el coche de Jane también había desaparecido. Pero… no creo que haya sobrevivido.

Wrath miró a Butch, que guardaba un silencio absoluto desde que entró al estudio.

—¿Sabes cómo encontrar a alguna de las hembras con las que se acostaba y que usaba para alimentarse?

El policía negó con la cabeza.

—Ninguna. V siempre ha mantenido esa parte de su vida en secreto.

—Así que no lo podemos localizar por ese medio. Más buenas noticias. ¿Hay alguna razón para pensar que haya podido ir al ático ese que tiene?

—Pasé por allí cuando venía para aquí —dijo Butch—. Pero no estaba y sinceramente no pienso que vaya. Teniendo en cuenta para lo que usa el ático…

—Y sólo quedan dos horas de oscuridad. —Wrath se sentó detrás de su escritorio Luis XVI, pero apoyó los brazos sobre el delicado asiento que hacía juego con la mesa, como si estuviera a punto de levantarse en cualquier momento.

En ese momento sonó el móvil de Butch y él se apresuró a contestar.

—¿V? Ah… hola, nena. No… todavía nada. Lo haré. Te lo prometo. Te quiero.

Cuando el policía colgó, Wrath se volvió hacia la chimenea y se quedó callado durante un momento, repasando, seguramente, las opciones que tenían, al igual que todos los demás. Opciones que se reducían a… ninguna. En este momento, Vishous podía estar en cualquier parte, así que aunque los hermanos se distribuyesen en los cuatro puntos cardinales, estarían buscando una aguja en un pajar. Además, era bastante obvio que V había destruido el chip del GPS. No quería que lo encontraran.

—La granada está sin seguro, señores —afirmó Wrath al cabo de un rato—. Ahora sólo es cuestión de esperar para ver dónde estalla.

V eligió con cuidado el lugar del accidente. Quería que estuviera cerca de su destino final, pero lo suficientemente lejos para no correr riesgos, y justo cuando estaba acercándose, una curva de la carretera le ofreció el lugar que estaba buscando. Perfecto. Se puso el cinturón de seguridad y pisó el acelerador, preparándose para el impacto. El motor del Audi rugió con fuerza y las llantas arrancaron a toda velocidad por la carretera resbaladiza. En pocos minutos dejó de ser un coche para convertirse en una carga de energía cinética.

En lugar de girar el volante para tomar la curva pronunciada hacia la izquierda que daba la carretera 22, V siguió recto hacia la línea de árboles. Como si fuera un chico obediente sin instinto de conservación, el coche voló por encima de los quitamiedos y se mantuvo en el aire durante una fracción de segundo.

Al aterrizar, V salió disparado del asiento del conductor, se golpeó la cabeza contra el techo del coche y luego se fue hacia delante. Enseguida se activaron los airbags del vehículo instalados en el volante, el salpicadero y las puertas. El coche se deslizó entre la maleza y los arbustos hasta…

El roble era inmenso. Tan grande como una casa. E igual de sólido.

La estructura de seguridad de la carrocería del Audi fue lo único que salvó a V de morir al instante, cuando el frente del coche se estrelló contra el árbol, convirtiéndose en un acordeón de metal con motor. El impacto sacudió la cabeza de V sobre el cuello y le apretó la cara contra el airbag. La rama de un árbol atravesó el parabrisas.

Segundos después, a V le empezaron a zumbar los oídos como si estuviera oyendo una alarma contra incendios y su cuerpo hizo un autoexamen para ver si tenía algún hueso roto. Mareado, sangrando por las heridas que le había hecho la rama, se quitó el cinturón de seguridad, forzó la puerta hasta abrirla y se bajó del coche tambaleándose. Respiró profundamente varias veces. Oía el zumbido del motor y el siseo de los airbags que empezaban a desinflarse. La lluvia caía cansinamente y goteaba desde los árboles hasta los charcos que se formaban en el suelo del bosque.

Tan pronto como reunió fuerzas, V se dirigió al otro lado del coche, donde estaba Jane. El impacto la había empujado hacia delante y ahora su sangre manchaba el parabrisas, el salpicadero y el asiento. Eso era exactamente lo que él quería. Se inclinó para quitarle el cinturón y luego la levantó con mucho cuidado, como si todavía estuviera viva, acurrucándola en sus brazos para que quedara cómoda. Antes de comenzar a caminar por el bosque, sacó su chaqueta de cuero y la envolvió en ella para protegerla del frío.

Vishous comenzó a caminar como se inicia cualquier recorrido. Poniendo un pie delante del otro. Una y otra vez.

A medida que avanzaba por el bosque a trompicones, se iba empapando cada vez más, hasta que se convirtió en otro árbol, otro objeto sobre el que caía la lluvia de manera despiadada. Dio un rodeo para llegar a su destino, hasta que los brazos y la espalda protestaron a causa de su dolorosa carga.

Finalmente llegó a la entrada de la cueva. No se molestó en controlar que nadie lo estuviera siguiendo. Él sabía que estaba solo.

Se introdujo en la cueva. El sonido de la lluvia se iba haciendo más lejano a medida que avanzaba por el suelo de tierra. Localizó de memoria el lugar donde estaba el mecanismo para accionar la puerta, en medio del muro de piedra. Y cuando una losa de granito de tres metros se deslizó hacia un lado, entró en el corredor que se abría detrás y se acercó a una reja de hierro. Abrió la cerradura con su mente sin hacer ningún ruido. La roca por la que había entrado volvió a cerrarse a su espalda.

El interior estaba absolutamente oscuro y el aire era más denso allí abajo, como si el lugar estuviera lleno de gente. Rápidamente encendió con la mente algunas de las antorchas que había en el muro y comenzó a caminar hacia el altar de la Tumba. A cada lado del corredor, en estanterías que alcanzaban a tener seis metros de alto, había miles de jarrones de cerámica que contenían los corazones de los restrictores asesinados por la Hermandad. Pero V no se fijó en ellos, como normalmente hacía. Esta vez siguió mirando hacia el frente, mientras llevaba a su amada en brazos y sus botas mojadas dejaban huellas sobre la superficie brillante del suelo de mármol.

No tardó mucho en llegar al centro de la Tumba, esa inmensa cueva subterránea que formaba un hoyo en la tierra. Encendió mentalmente las gruesas velas negras que adornaban el candelabro y que iluminaron enseguida las estalactitas en forma de daga que colgaban del techo, así como las enormes losas de mármol negro que formaban la pared de detrás del altar.

Eso era lo que había aparecido ante él en la visión que tuvo en la carretera. Cuando iba mirando hacia el frente por la carretera 22 y vio los árboles, V recordó enseguida el muro ceremonial: al igual que las ramas de los árboles que se entretejían formando una especie de encaje, las inscripciones que había en el mármol y que correspondían a los nombres de todos los guerreros que habían formado parte de la Hermandad durante generaciones, formaban un diseño sutil que, de lejos, parecía un bordado.

Frente a la pared, el altar era sencillo y austero, pero poderoso: un enorme bloque de piedra, asentado sobre dos pilares. En el centro estaba la calavera del primer miembro de la Hermandad de la Daga Negra, la reliquia más sagrada que tenían los hermanos.

V la apartó a un lado y acostó a Jane sobre la piedra. Ya había perdido todo el color y su mano blanca se deslizó hacia el suelo sin vida, con una indiferencia que lo estremeció de pies a cabeza. V le levantó la mano con cuidado y la puso sobre su pecho.

Luego dio unos pasos hacia atrás, hasta que su espalda se estrelló contra la pared. A la luz de las velas, y con la chaqueta de V cubriéndole el torso, casi podía imaginar que Jane estaba viva.

Casi.

Rodeado por ese paisaje subterráneo, V pensó en la cueva en la que funcionaba el campamento de los guerreros. Luego se vio usando su mano con el pretrans que lo había amenazado y con su padre.

Entonces se abrió el guante y se lo quitó de la mano.

Lo que estaba pensando hacer iba contra las leyes de la naturaleza y de su especie.

Bajo ninguna circunstancia era apropiado, ni estaba permitido, revivir a los muertos. Y no sólo porque ese fuera el terreno del Omega. Las Crónicas de la raza, todos esos tomos y tomos de historia, mencionaban sólo dos ejemplos de dicho acto y los dos habían terminado en tragedia.

Pero él era distinto. Esto era diferente. Jane era diferente. V estaba haciendo esto por amor, y los casos sobre los que había leído habían sido motivados por el odio: estaba el caso de un asesino que alguien revivió para usarlo como arma y una mujer que volvió a la vida para vengarse.

Pero también había otras cosas que jugaban a su favor. V curaba regularmente a Butch y extraía la maldad del policía cada vez que él demostraba su talento con los restrictores. Podía hacer lo mismo por Jane. Claro que podía.

Con una voluntad de hierro, V trató de alejar de sus pensamientos los resultados de las otras dos incursiones en el reino de las artes oscuras del Omega y se concentró en el amor que sentía por su mujer.

El hecho de que Jane fuera humana no era relevante, pues la reanimación era el acto de traer a la vida lo que estaba muerto y la línea que dividía la vida de la muerte era la misma en todas las especies. Y V tenía lo que necesitaba. Para celebrar el ritual se necesitaban tres cosas: algo del Omega, un poco de sangre fresca y una fuente de energía eléctrica como la de un rayo.

O, en su caso, su mano maldita.

V se dirigió al corredor donde estaban los jarrones y no desperdició tiempo eligiendo uno. Tomó el primero que encontró al azar, un jarrón marrón oscuro que tenía en la superficie finas grietas que marcaban la arcilla, lo cual indicaba que era uno de los primeros.

Cuando regresó al altar, estrelló el jarrón contra la piedra, partiéndolo en mil pedazos y dejando al descubierto lo que tenía dentro. El corazón que estaba en su interior estaba cubierto de un brillo negro y aceitoso, protegido por la sustancia que corría por las venas del Omega. Aunque se desconocía cuál era exactamente la naturaleza de la inducción a la Sociedad Restrictiva, estaba claro que la «sangre» del Omega entraba en el corazón de la víctima antes de que se lo extrajeran.

Así que Vishous tenía lo que necesitaba de su enemigo.

Luego se quedó mirando la calavera del primer hermano y no dudó un segundo en usar esa reliquia sagrada para sus propósitos ilícitos. Sacó una de sus dagas, se cortó la muñeca y dejó que su sangre cayera en la copa de plata que estaba montada sobre la calavera. Luego cogió el corazón del restrictor y lo exprimió con el puño.

Unas gotas negras de pura maldad cayeron sobre el cáliz, mezclándose con el rojo de su sangre. El líquido pecaminoso era mágico, imbuido de una magia que iba contra las reglas de los justos, una magia que convertía la tortura en diversión, una magia que gozaba con el dolor que se causaba a los inocentes… pero también poseía el don de la eternidad.

Y eso era lo que él necesitaba para Jane.

—¡No!

V se dio enseguida media vuelta.

La Virgen Escribana estaba detrás de él, sin la capucha, y su rostro transparente parecía una máscara de horror.

—No debes hacerlo.

V volvió a dar media vuelta y puso el cáliz al lado de la cabeza de Jane. Durante un segundo, se distrajo pensando que era un paralelo curioso y tranquilizador el hecho de que Jane supiera cómo era el interior de su pecho y él estaba a punto de descubrir cómo era el interior del suyo.

—¡No hay equilibrio en este intercambio! ¡No estás pagando un precio!

V le quitó a Jane la chaqueta y la mancha de sangre que apareció ante sus ojos, en su camisa, enmarcaba un agujero negro en el centro del pecho, entre sus senos, como la diana de un blanco de tiro.

—Ella regresará, pero no tal y como la conoces —siseó su madre—. Regresará como una mujer perversa. Ése será el resultado.

—Yo la amo. Puedo cuidarla de la misma forma que a Butch.

—Tu amor por ella no cambiará el resultado y tampoco lo hará tu habilidad para deshacerte de los restos del Omega. ¡Eso está prohibido!

V dio media vuelta y clavó la mirada en su madre, sintiendo un odio infinito hacia ella y hacia toda su maldita historia del yin y el yang.

—¿Quieres que sea equilibrado? ¿Quieres hacer un intercambio? ¿Quieres cobrármelo antes de que pueda hacerlo? ¡Bien! ¿Cuánto vale? Tú condenaste a Rhage a su maldición durante el resto de su vida, ¿qué me vas a hacer a mí?

—¡No soy yo la que exige que haya paridad!

—Entonces, ¿quién? ¿Cuánto le debo?

La Virgen Escribana pareció tomarse un momento para serenarse.

—Esto va más allá de lo que puedo conceder o no. Ella está muerta. No hay vuelta atrás una vez que un cuerpo ha quedado abandonado como se ha quedado el de ella.

—Mentira. —V se inclinó sobre Jane, preparado para abrirle el pecho.

—Vas a condenarla todavía más. No tendrá adónde ir excepto al Omega y tendrás que enviarla allí. Ella se convertirá en perversa y tendrás que destruirla.

V se quedó mirando el rostro sin vida de Jane. Recordó su sonrisa y trató de encontrarla en medio de su pálido rostro.

Pero no pudo hacerlo.

—Equilibrio... —susurró.

Estiró la mano y le acarició la mejilla helada con la mano buena, tratando de pensar en lo que él podía dar, en lo que podía entregar a cambio.

—No se trata sólo de equilibrio —afirmó la Virgen Escribana—. Algunas cosas están prohibidas.

Cuando la solución acudió a su mente con claridad, V ya no quiso seguir escuchando a su madre.

Levantó su valiosa mano normal, aquella con la que podía tocar a la gente y todas las cosas, la mano que era como debía ser y no una maldita carga de destrucción.

Su mano buena.

La puso sobre el altar y abrió los dedos, apoyando la palma y la muñeca sobre la piedra. Luego miró la hoja de su daga y se la puso sobre la piel. Al inclinarse sobre ella, la afilada hoja de la daga cortó el hueso.

—¡No! —gritó la Virgen Escribana.

A Jane se le había acabado el tiempo. Y ella lo sabía, de la misma forma que cuando un paciente sufría complicaciones y ya no había nada que hacer. Su reloj interno la avisó y la alarma comenzó a sonar.

—No quiero dejarlo ir —dijo, sin dirigirse a nadie.

Pero su voz no llegó muy lejos y Jane notó que la niebla se hacía cada vez más densa… tan densa que estaba comenzando a taparle los pies. Y luego se percató. La niebla no le estaba cubriendo los pies. Con pánico, Jane se dio cuenta de que, a menos que hiciera algo, se iba a disolver para ocupar su lugar dentro de la nada. Estaría sola para siempre, anhelando el amor que alguna vez había sentido.

Se convertiría en un fantasma triste e inquieto.

Finalmente se sintió invadida por la emoción y empezó a llorar. La única manera de salvarse era renunciar a su nostalgia de estar con Vishous; ésa era la llave que abría la puerta. Pero si ella lo hacía, sentiría que lo estaba abandonando, dejándolo solo ante un futuro frío y amargo. Después de todo, Jane podía imaginarse cómo se sentiría ella si él muriera.

De improviso, la niebla se volvió más densa y la temperatura bajó. Jane miró hacia abajo. Sus piernas ya estaban desapareciendo… primero hasta los tobillos, luego hasta las pantorrillas. Se estaba disolviendo en medio de la nada, su cuerpo se deshacía segundo a segundo.

Comenzó a llorar, intentando tomar una decisión y lloró todavía más por el egoísmo que implicaba lo que tenía que hacer.

Pero ¿cómo podía renunciar a V?

Al notar que la niebla subía por sus muslos, se llenó de pánico. Ella no sabía cómo hacer lo que debía…

Cuando se le ocurrió, la respuesta se presentó ante ella con todo su dolor y simpleza.

Ay… Dios… Renunciar a V significaba aceptar lo que no se podía cambiar. No tratar de aferrarse a la esperanza con el fin de producir un cambio en el destino… ni luchar contra las fuerzas superiores del destino para tratar de hacerlas capitular ante la voluntad propia… ni suplicar por la salvación porque creía ser más sabia que el destino. Renunciar significaba mirar hacia delante con serenidad, reconociendo que la libre elección era la excepción y el destino la regla.

No había posibilidad de negociación. Ni se podía tratar de tener el control. Había que darse por vencido y ver que la persona que ella amaba en realidad no era su futuro. Aceptar que no había nada que pudiera hacer al respecto.

Las lágrimas inundaron sus ojos y comenzaron a caer sobre la neblina. Ella empezó a renunciar a toda pretensión de ser fuerte y a luchar para mantener vivo su vínculo con Vishous. Y mientras lo hacía, se sintió completamente despojada de fe u optimismo, tan vacía como la niebla que la rodeaba: al ser atea en vida, también era atea en la muerte. Y al no creer en nada, tampoco era nada.

Y entonces ocurrió el milagro.

Un rayo de luz cayó desde arriba y la protegió, ofreciéndole calor y bañándola con algo que era como el amor que sentía por Vishous: una bendición.

Mientras se elevaba en el aire como si fuera una margarita que una mano bondadosa había levantado del suelo, Jane se dio cuenta de que todavía podía amar a quien amaba, aunque ya no estaba con él. En realidad, el hecho de que sus caminos se hubiesen separado no rompía ni profanaba lo que ella sentía. Cubría sus emociones con una capa de nostalgia agridulce, pero no cambiaba los sentimientos de su corazón. Jane todavía podía amarlo y esperarlo en el más allá. Porque el amor, después de todo, era eterno y no estaba sujeto a los caprichos de la muerte.

Jane estaba libre… mientras volaba hacia arriba.

Phury estaba a punto de perder el control.

Pero si quería enloquecer, tenía que esperar su turno porque todos los otros hermanos estaban en la misma situación. En especial Butch, que se paseaba de un lado a otro del estudio como un prisionero en una celda de aislamiento.

No había ni rastro de Vishous. Ninguna llamada. Nada. Y el amanecer se acercaba como un tren de mercancías.

De pronto Butch se detuvo.

—¿Dónde haríais vosotros el funeral de una shellan?

Wrath frunció el ceño.

—En la Tumba.

—¿Creéis que puede haberla llevado allí?

—V nunca ha sido muy fanático de los rituales y ahora que ha roto las relaciones con su madre… —Wrath negó con la cabeza—. No creo que haya ido allí. Además, él tiene que saber que ése es uno de los lugares donde lo buscaríamos y como cuida tanto su maldita privacidad… Supongo que si va a enterrar a su mujer, no querrá tener público.

—Sí.

Butch comenzó a pasearse otra vez. El reloj antiguo dio las cuatro y media de la mañana.

—¿Sabéis una cosa? —dijo el policía—. Sólo voy a echar un vistazo, si os parece bien. No puedo quedarme aquí ni un minuto más.

Wrath se encogió de hombros.

—Por qué no. No tenemos nada que perder.

Phury se puso de pie, porque él tampoco podía soportar más la espera.

—Voy contigo. Necesitarás que alguien te enseñe la entrada.

Como Butch no se podía desmaterializar, los dos se subieron en el Escalade y Phury se introdujo por un campo hacia el interior del bosque. Como el sol estaba a punto de salir, no se molestó en dar ningún rodeo sino que se dirigió directamente a la Tumba.

Los dos guardaron silencio hasta que Phury aparcó a la entrada de la cueva y se bajaron del vehículo.

—Huelo sangre —dijo Butch—. Creo que los hemos encontrado.

Sí, el aire traía un ligero olor a sangre humana… Así que no cabía duda de que V había llevado a Jane al interior.

Mierda. Tras entrar en la cueva, se dirigieron al fondo, deslizándose por la entrada oculta hasta llegar a la reja de hierro. Una de las puertas estaba abierta y había un rastro de pisadas que corría a lo largo del corredor con los jarrones.

—¡Está aquí! —dijo Butch, y sus palabras resonaron con alivio.

Sí, sólo que, ¿qué razón podría tener V, que odiaba a su madre, para enterrar a la mujer que amaba de acuerdo con las tradiciones de la Virgen Escribana?

Ninguna.

Cuando empezaron a avanzar por el corredor, Phury se sintió invadido por una sensación de fatalidad… sobre todo al llegar al final del corredor y ver que había un espacio vacío en las estanterías, que faltaba uno de los jarrones que guardaban el corazón de los restrictores. Ay, no. Ay… Dios, no. Deberían haber traído más armas. Si V había hecho lo que Phury se estaba imaginando, iban a necesitar estar armados hasta los dientes.

—¡Espera! —Phury se detuvo, sacó una antorcha de la pared y se la entregó a Butch. Después de coger una para él, agarró a Butch del brazo—. Prepárate para pelear.

—¿Por qué? Es posible que a V le moleste vernos aquí, pero no se va a poner violento.

—No, es de Jane de la que tienes que cuidarte.

—¿De qué diablos estás habl…?

—Creo que es posible que él haya tratado de revivirla…

De repente estalló una luz brillante al fondo y todo se iluminó como si fuera mediodía.

—¡Mierda! —exclamó el policía, cuando el estallido se desvaneció—. No me digas que lo ha hecho.

—Si Marissa muriera y tú pudieras intentarlo, ¿acaso no lo harías?

Los dos hombres comenzaron a correr hacia el centro de la cueva. Pero de pronto frenaron en seco.

—¿Qué es eso? —preguntó Butch jadeando.

—No… no tengo ni idea.

Con pasos lentos y sigilosos se acercaron al altar, con los ojos fijos en la imagen que tenían delante. En el centro de una de las piedras que servía de apoyo al altar había una escultura, un busto... de la cabeza y los hombros de Jane. El torso estaba labrado en una piedra gris oscura, pero era tan real que parecía una fotografía. O tal vez un holograma. La luz de las velas revoloteaba sobre los rasgos del rostro, proyectando sombras que parecían darle vida.

En el lado opuesto de la piedra había un jarrón de cerámica destrozado, la calavera sagrada de la Hermandad y lo que parecía un corazón estrujado y cubierto de aceite.

En el otro extremo del altar, V estaba recostado contra la pared que tenía los nombres de sus ancestros, con los ojos cerrados y las manos sobre el regazo. Una de sus muñecas tenía un torniquete hecho con una tira de tela negra y faltaba una de sus dagas. El lugar olía a humo, pero no había humo en el aire.

—¿V? —Butch se acercó y se arrodilló junto a su compañero.

Phury dejó que el policía se encargara de V y se dirigió al altar. La escultura era una representación perfecta de Jane, tan real que podía ser ella misma. Phury estiró la mano para tocarle la cara, pero tan pronto como su dedo índice entró en contacto con la superficie, el busto se desmoronó. Mierda. No estaba hecho de piedra sino de ceniza y ahora no era más que una montón de lo que debían ser los restos de Jane.

Phury miró a Butch.

—Dime que V está vivo.

—Bueno, en todo caso, está respirando.

—Llevémoslo a casa. —Phury miró las cenizas—. Los llevaremos a los dos.

Necesitaba algo donde guardar las cenizas de Jane y ciertamente no las iba a poner en uno de los jarrones para los restrictores. Phury echó un vistazo a su alrededor. No había nada que pudiera usar.

Así que se quitó la camisa de seda y la extendió sobre el altar. Era lo mejor que podía hacer, teniendo en cuenta que se les estaba acabando el tiempo.

El día estaba a punto de llegar. Y no había manera de detenerlo.

Dos días después, Phury decidió ir hasta el Otro Lado. La directrix había insistido en la necesidad de reunirse y él no quería posponerlo más. Además, tenía que salir de la casa.

La muerte de Jane había arrojado un velo fúnebre sobre el complejo, que afectaba a todos los hombres enamorados. La pérdida de una shellan, que era lo que había sido Jane a pesar de que ella y V no se habían unido formalmente, siempre era el mayor de los temores. Pero el hecho de que hubiese muerto a manos del enemigo era casi insoportable. Peor aún, esto había ocurrido menos de un año después de que Wellsie fuese asesinada de la misma forma y todo esto representaba un horrible recordatorio de una verdad que todos los machos de la casa sabían muy bien: que las compañeras de los miembros de la Hermandad se enfrentaban a una terrible amenaza por parte de los restrictores.

Tohrment lo había experimentado en sus carnes. Y ahora lo estaba haciendo Vishous.

Dios, todos se preguntaban si V sería capaz de seguir adelante. Tohr había desaparecido inmediatamente después de enterarse de que Wellsie había sido asesinada por un restrictor y nadie había vuelto a verlo ni a saber de él desde entonces. Aunque Wrath sostenía que podía sentir que el hermano todavía estaba vivo, todos habían renunciado a la idea de verlo reaparecer en esta década o en la siguiente. Tal vez regresara en un futuro lejano. O tal vez se muriera solo, en algún lugar del mundo. Pero estaban seguros de que no volverían a encontrarse con él en un futuro próximo, y, demonios, quizá sólo pudieran reunirse con él en el Ocaso.

Mierda… Pobre Vishous.

En este momento V estaba en su habitación de la Guarida, acostado junto a la urna de bronce en la que Phury había depositado finalmente las cenizas de Jane. Según les había dicho Butch, V no había hablado ni comido nada desde que lo habían traído, aunque aparentemente tenía los ojos abiertos.

Estaba claro que no tenía intención de explicar lo que había sucedido en la Tumba. Ni lo que había sucedido con Jane, o con su muñeca.

Después de lanzar una maldición, Phury se arrodilló junto a su cama y se puso el medallón del Gran Padre alrededor del cuello. Luego cerró los ojos y viajó directamente al santuario de las Elegidas, mientras pensaba en Cormia. Ella también permanecía encerrada en su habitación, comía poco y hablaba todavía menos. Phury entraba a verla con frecuencia, aunque no sabía qué podía hacer por ella, aparte de llevarle libros, de los que parecía disfrutar. Le gustaba especialmente Jane Austen, aunque no entendía del todo cómo algo podía ser ficción o, como ella decía, una mentira estructurada.

Phury tomó forma en el anfiteatro, porque todavía no conocía muy bien la distribución del santuario y pensó que ése sería un buen lugar para comenzar. Diablos, le resultaba extraño estar en medio de tanta blancura. Y todavía era más raro caminar hasta el fondo del escenario y echarle un vistazo a los distintos templos blancos. Vaya, el lugar parecía un anuncio publicitario de Ariel. No había color por ninguna parte. Y luego estaba el silencio. Todo era espeluznantemente silencioso.

Se decidió por una dirección y comenzó a caminar, pensando que podría terminar asaltado por un grupo de Elegidas. No tenía tampoco demasiada prisa por enfrentarse a la directrix. Para quemar algo de tiempo decidió echarle un vistazo a lo que había dentro de uno de los templos. Eligió uno al azar, pero, cuando subió los escalones que llevaban hasta la entrada, descubrió que las puertas dobles estaban cerradas con llave.

Phury frunció el ceño y se inclinó para observar la cerradura, que tenía un agujero grande y extraño. Movido por un impulso, se quitó el medallón del Gran Padre y lo metió en la cerradura.

Vaya. El medallón era en realidad una llave.

Las puertas dobles se abrieron sin emitir ningún sonido y Phury se sorprendió al ver lo que había dentro. A ambos lados del edificio, arrimados a las paredes, había contenedores de basura, llenos de piedras preciosas, alineados en filas de seis u ocho. Phury paseó entre aquel tesoro, deteniéndose de vez en cuando y metiendo las manos entre las piedras brillantes.

Pero eso no era lo único que había en el templo. Al fondo había una serie de vitrinas de cristal como las que se veían en los museos. Phury se acercó y las examinó. Naturalmente no había ni una gota de polvo, aunque estaba seguro que no se debía a que las hubiesen limpiado. Sencillamente no se podía imaginar que hubiese nada que contaminara el aire allí, ni siquiera con partículas microscópicas.

En el interior de las vitrinas había objetos fascinantes, que procedían claramente del mundo exterior. Había un par de gafas antiguas, un recipiente de porcelana de origen oriental, una botella de whisky cuya etiqueta databa de 1930, una cigarrera de ébano, una abanico de plumas blancas…

Se preguntó cómo habrían llegado esas cosas hasta allí. Algunas eran bastante antiguas, aunque estaban en perfecto estado y, desde luego, absolutamente limpias.

Se detuvo a mirar lo que parecía un libro antiguo.

—Por todos… los diablos.

La encuadernación de cuero estaba ajada, pero todavía se podía leer el título grabado en la tapa: DARIUS, HIJO DE MARKLON.

Phury se inclinó, asombrado. Era un libro de D… probablemente un diario.

Abrió la vitrina y luego frunció el ceño al sentir el olor que impregnaba el aire de dentro. ¿No era aquello olor a pólvora?

Phury observó la selección de objetos. En el extremo había un viejo revólver que pudo reconocer gracias a que lo había visto en el libro sobre armas de fuego del que había estado hablándoles a los estudiantes. Era un revólver de seis cilindros Colt Navy calibre 36, que databa de 1890. Y había sido usado recientemente.

Lo sacó, abrió la recámara en que se guardaban las balas y cogió una. Eran unas balas esféricas… e irregulares, como si fueran hechas a mano.

Ya las había visto antes. Cuando estaba borrando la historia clínica de V del ordenador del Saint Francis, vio una radiografía de tórax que le habían hecho a V… y un trozo de plomo de forma esférica y bordes irregulares alojado en el pulmón de su hermano.

—¿Ha venido usted a verme?

Phury miró por encima del hombro y vio a la directrix. La mujer estaba de pie junto a las puertas dobles, vestida con la túnica blanca que todas usaban. Alrededor del cuello, colgado de una cadena, tenía un medallón como el suyo.

—Bonita colección de objetos la que tienen aquí —dijo Phury, arrastrando las palabras, dándose media vuelta.

La mujer entrecerró los ojos.

—Pensé que estaría más interesado en las gemas.

—En realidad, no. —Phury observó atentamente a la mujer, al tiempo que levantaba el libro que tenía en la mano—. Esto parece el diario de mi hermano.

Al ver que la mujer subía ligeramente los hombros, Phury sintió deseos de matarla.

—Sí, es el diario de Darius.

Phury le dio un golpecito a la cubierta del libro y luego hizo un gesto con la mano hacia las gemas.

—Dígame una cosa. ¿Este lugar siempre está cerrado con llave?

—Sí. Desde el ataque siempre está cerrado.

—Usted y yo somos los únicos que tenemos llave, ¿verdad? No me gustaría que le pasara nada a lo que hay guardado aquí.

—Sí. Sólo usted y yo. Nadie puede entrar aquí sin que yo lo sepa o esté presente.

—Nadie.

Los ojos de la mujer brillaron con irritación.

—Siempre se debe respetar el orden de la cosas. Llevo años entrenando a las Elegidas para que desempeñen bien sus labores.

—Sí… Así que la idea de que aparezca un Gran Padre debe ser como una patada en el estómago para usted. Porque, ahora yo soy el que manda, ¿no es verdad?

La mujer contestó con una voz casi inaudible.

—Es justo y necesario que usted mande aquí.

—Lo siento, ¿podría repetir eso? No la he oído muy bien.

Los venenosos ojos de la mujer hirvieron con odio durante una fracción de segundo, lo cual le confirmó a Phury lo que ella había hecho y cuál era el motivo que la había impulsado a hacerlo: la directrix le había disparado a Vishous. Con el revólver de la vitrina. Ella quería seguir controlando el santuario y sabía muy bien que, si llegaba un Gran Padre, se convertiría en la segunda al mando, bajo las órdenes de un macho. Y si no le iba bien, podía perder todo su poder sencillamente porque a él no le gustaba el color de sus ojos.

Cuando falló al tratar de matar a V, se retiró… hasta que pudiera volver a intentarlo. Sin duda esa mujer era lo suficientemente inteligente y malvada para defender su territorio hasta que ya no quedaran más hermanos o el papel de Gran Padre comenzara a verse como una maldición.

—Estaba a punto de decir algo, ¿no es cierto? —insistió Phury.

La directrix acarició el medallón que colgaba de su cuello.

—Usted es el Gran Padre. Usted es quien manda aquí.

—Bien. Me alegra que los dos lo tengamos claro. —Phury volvió a darle unos golpecitos al diario de Darius—. Voy a llevarme esto.

—¿Y no nos vamos a reunir?

Phury se le acercó, pensando que, de ser un hombre, ya le habría retorcido el cuello.

—No, ahora no. Tengo un asunto que tratar con la Virgen Escribana. —Luego se inclinó y le susurró al oído—: Pero volveré a por usted.

Vishous nunca había llorado. A lo largo de su vida, jamás había llorado. Después de todas las cosas horribles por las que había pasado, había llegado a la conclusión de que había nacido sin conductos lagrimales.

Los sucesos ocurridos recientemente no habían cambiado eso. Cuando vio a Jane muerta entre sus brazos, no lloró. Cuando trató de amputarse la mano en la Tumba, a modo de sacrificio, y el dolor fue insoportable, tampoco le salieron lágrimas. Cuando su detestable madre le impidió continuar con la tarea que se había propuesto, sus mejillas siguieron secas.

Ni siquiera lloró cuando la Virgen Escribana puso la mano sobre el cuerpo de Jane y él vio, en medio del dolor, que su amada quedaba reducida a cenizas.

Pero ahora estaba llorando.

Por primera vez desde que nació, las lágrimas se deslizaban por su rostro y empapaban la almohada.

Comenzaron a brotar cuando tuvo una visión de Butch y Marissa, sentados en el sofá de la sala de la Guarida. Una visión vívida... muy vívida. V no sólo podía oír en su cabeza lo que ellos estaban pensando sino que podía ver que Butch se estaba imaginando a Marissa acostada en la cama, con un sujetador negro y vaqueros. Y Marissa estaba pensando en Butch y lo veía quitándole los vaqueros y metiendo la cabeza entre sus piernas.

V sabía que, en seis minutos, Butch le iba a quitar a Marissa el vaso de zumo de naranja que tenía en la mano y lo pondría sobre la mesita. Sabía que lo iba a tirar, pues la base del vaso aterrizaría sobre la esquina de un número de *Sports Illustrated* y que el zumo mojaría los vaqueros de Marissa. Y sabía que el policía iba a usar eso para llevarla al fondo del pasillo y desnudarla para hacerle el amor.

Sólo que, camino a su habitación, se detendrían junto a la puerta de V y perderían el impulso. Con una expresión de tristeza en los ojos, se refugiarían en su cama matrimonial y se abrazarían en silencio.

V se tapó la cara con un brazo y comenzó a llorar de manera incontrolable.

Sus visiones habían regresado, otra vez estaba condenado a ver el futuro.

Había superado la encrucijada que marcaba su destino.

Lo cual significaba que ésta sería su existencia de ahora en adelante: ya no sería más que un cascarón vacío que yacía junto a las cenizas de su amada.

Y con la exactitud de un reloj, en medio de su llanto, V oyó que Butch y Marissa venían por el pasillo, oyó que se detenían ante su puerta y luego los oyó cerrar la puerta de su propia habitación. Y no hubo ningún gemido erótico amortiguado por la pared que separaba las habitaciones, ni se oyó el golpeteo de la cabecera de la cama.

Tal y como había visto que sucedería. En medio del silencio que siguió, V se secó las mejillas y se miró las manos. La mano izquierda todavía le dolía un poco por el daño que había tratado de hacerse. La mano derecha resplandecía como siempre lo había hecho y sus lágrimas brillaban como manchas blancas contra el telón de fondo de su luz interior, blancas como los iris de sus ojos.

V respiró hondo y miró el reloj.

La única cosa que lo mantenía vivo era el deseo de que cayera la noche. Si no supiera que pronto se haría de noche, ya se habría matado, habría sacado su Glock y se la habría puesto en la boca para volarse la tapa de los sesos.

Pero se había propuesto la misión de acabar con la Sociedad Restrictiva. En eso emplearía el resto de la vida, pero no importaba, porque el mundo no tenía nada más que ofrecerle. Y aunque habría preferido dejar la Hermandad para cumplir con su misión, Butch moriría si él desaparecía, así que había decidido quedarse.

De repente, V frunció el ceño y miró hacia la puerta.

Al cabo de un momento, volvió a secarse las mejillas y dijo:

—Me sorprende que no entres.

La puerta se abrió sin que ninguna mano la tocara. Al otro lado estaba la Virgen Escribana, de pie, en el pasillo, cubierta de pies a cabeza por sus ropajes negros.

—No estaba segura de ser bienvenida —dijo en voz baja, entrando flotando en la habitación.

V no levantó la cabeza de la almohada. No tenía interés en mostrarle ni una pizca de respeto.

—Ya sabes cuál es tu bienvenida.

—Así es. Así que iré directa al propósito de mi visita. Tengo un regalo para ti.

—No lo quiero.

—Sí. Sí lo quieres.

—Púdrete. —Por debajo del manto que la cubría por completo, la Virgen Escribana pareció descolgar la cabeza. Aunque a V le importaba un bledo haber herido sus sentimientos—. Lárgate.

—Tú querrás…

V se incorporó de un salto.

—Tú ya te llevaste lo que yo quería…

De pronto entró una figura por la puerta, una figura fantasmagórica.

—¿V?

—Y he venido a devolvértelo —dijo la Virgen Escribana—. En cierto modo.

Vishous no oyó ni una palabra de lo que su madre dijo, pues no podía entender lo que tenía ente sus ojos. Era Jane… más o menos. Era la cara de Jane y el cuerpo de Jane, pero ella era… una aparición transparente.

—¿Jane?

—No tienes que darme las gracias —dijo la Virgen Escribana, desmaterializándose—. Sólo debes saber que lo que consi-

deras tu maldición es la única forma en que podrás tocarla.
Adiós.

Muy bien, para ser un reencuentro romántico, resultaba extraño
y bastante incómodo.

Y no sólo porque Jane suponía que podía ser clasificada
como un fantasma.

Parecía que Vishous estuviera a punto de desmayarse. Lo
cual resultaba doloroso. Era posible que él ya no la quisiera en
este estado, y entonces, ¿adónde podría ir? Cuando la Virgen Escribana se le presentó en el cielo, o lo que fuera ese lugar, y le dio
la opción de regresar, Jane no tuvo que pensarlo ni un segundo
para responder. Pero ahora que se encontraba ante un tipo absolutamente perplejo, ya no estaba tan segura de haber elegido la
opción correcta. Tal vez había sobre…

V se levantó de la cama, atravesó la habitación y le tocó la
cara con la mano resplandeciente, aunque vaciló un poco. Jane
suspiró, se recostó contra la palma de la mano de V y notó la calidez de su piel.

—¿Realmente eres tú? —preguntó con voz ronca.

Jane asintió con la cabeza y le agarró la cara con las manos.
Notó que V tenía las mejillas un poco rojas.

—Has estado llorando.

V le agarró una mano.

—Puedo sentirte.

—Yo también.

Luego V le tocó el cuello, el hombro, el esternón. Le levantó un brazo y se quedó mirándolo… bueno, mirando a través
de él.

—Hummm… también me puedo sentar en cosas —dijo
Jane, sin tener ninguna razón particular para mencionarlo—. Me
refiero a que… cuando estaba esperando ahí fuera, me senté en el
sofá. También moví un cuadro de la pared, puse una moneda en
el plato donde guardas el cambio, cogí una revista. Es un poco
extraño, pero sólo tengo que concentrarme. —Demonios. Jane
pensó que no sabía lo que estaba diciendo—. La, eh… la Virgen
Escribana dijo que podía comer, pero que no tenía que hacerlo.
También dijo que… podía beber cosas. No estoy segura de cómo

funciona todo esto, pero ella parece saberlo. Sí. Así es. En todo caso, creo que voy a tardar algún tiempo en entender cómo funciona, pero...

V le metió la mano en el pelo y Jane sintió lo mismo que antes. Su cuerpo invisible e incorpóreo parecía registrar las sensaciones igual que antes.

V frunció el ceño y luego pareció enfurecerse.

—Ella dijo que se necesitaba un sacrificio. Traer a alguien de vuelta. ¿Qué le diste? ¿Qué le diste a cambio de volver?

—¿A qué te refieres?

—Ella no da nada sin exigir algo a cambio. ¿Qué te quitó?

—Nada. Ella nunca me pidió nada.

V sacudió la cabeza y parecía que estaba a punto de decir algo, pero luego puso sus pesados brazos alrededor de Jane y la apretó contra su cuerpo, que estaba resplandeciendo y temblando de la cabeza a los pies. A diferencia de otras ocasiones en que Jane tenía que concentrarse para alcanzar la solidez, con V simplemente sucedía. Recostada contra él, se sentía otra vez como un cuerpo sólido sin tener que hacer ningún esfuerzo.

Jane se daba cuenta de que V estaba llorando pues lo percibía en la manera en que respiraba y en el hecho de que se abrazaba a ella, reposando en su hombro, pero sabía que si lo mencionaba, o trataba de consolarlo con sus palabras, él se intimidaría. Así que se limitó a abrazarlo y lo dejó seguir.

Claro que Jane también estaba más bien ocupada tratando de mantener el control.

—Pensé que nunca volvería a hacer esto —dijo V, con la voz quebrada.

Jane cerró los ojos, abrazándolo más fuerte, pensando en ese momento en medio de la neblina, cuando había renunciado a él. Si ella no hubiese hecho eso, no estarían ahora allí, ¿o sí?

«Al diablo con el libre albedrío», pensó Jane. Ella había confiado en el destino, sin importar lo mucho que doliera a corto plazo. Porque el amor siempre resistía, a través de sus múltiples formas. El amor era el infinito. Lo eterno. Lo que permanecía. Jane no sabía quién o qué era la Virgen Escribana, ni dónde había estado ella en esos últimos días ni cómo había regresado. Pero estaba segura de una cosa.

—Tenías razón —dijo Jane contra el pecho de V.
—¿Acerca de qué?
—Creo en Dios.

CAPÍTULO

53

A la mañana siguiente, John no tenía clase, así que se sentó en el comedor con los hermanos y sus mujeres para participar en la Primera Cena. El ambiente de la casa era considerablemente más festivo de lo que había sido en las últimas semanas. Pero, desgraciadamente, John no compartía ese júbilo.

—Así que, en todo caso —estaba diciendo Phury—, fui a ver a la Virgen Escribana y le hablé de la bala.

—Por Dios. La directrix. —Vishous se inclinó hacia delante, con la mano de Jane entre las suyas—. Yo pensé que había sido un restrictor.

V no había soltado a su doctora desde que se sentaron juntos, como si tuviera miedo de que ella desapareciera de repente. Lo cual era comprensible. John trataba de no mirarla, pero era difícil no hacerlo. Jane tenía puesta una camisa de V y un par de vaqueros y parecía llenar la ropa normalmente. Pero lo que había dentro era… Bueno, un fantasma.

—Claro que lo pensaste —dijo Phury, girándose hacia Bella para ofrecerle la mantequilla—. Todos pensamos que había sido un restrictor. Pero esa mujer tenía un motivo muy poderoso. Quería seguir a cargo del santuario, y con un Gran Padre rondando por allí, no sería posible. El clásico conflicto de poderes.

John miró a la rubia silenciosa que estaba sentada al otro lado de Phury. Vaya, la Elegida era hermosa… con esa belleza etérea de los ángeles, con ese resplandor sobrenatural que emanaba de ella. Pero esa muchacha no era feliz. Picoteaba la comida y mantenía la mirada baja.

Bueno, excepto cuando miraba a Phury. Lo cual ocurría por lo general cuando él miraba a Bella o hablaba con ella.

Luego se oyó la voz imponente de Wrath desde la cabecera de la mesa.

—La directrix tiene que morir.

Phury se aclaró la garganta, mientras recibía de las manos de Bella el plato de la mantequilla.

—Puedes estar seguro de que... eso ya está resuelto, mi amo.

Demonios. ¿Acaso Phury había...?

—Bien. —Wrath asintió con la cabeza como si entendiera y aprobara lo que había sucedido—. ¿Y quién va a reemplazarla?

—La Virgen Escribana me preguntó a quién quería en el cargo. Pero no conozco a ninguna...

—Amalya —dijo la Elegida rubia.

Todas las cabezas se giraron a mirarla.

—¿Perdón? —dijo Phury—. ¿Cómo has dicho?

Al hablar, la voz de la Elegida resonaba con la dulzura de un carillón, armoniosa y melódica.

—Si no resulta una impertinencia, ¿puedo sugerir a la Elegida Amalya? Es cariñosa y amable y tiene la edad apropiada.

Phury inspeccionó a la mujer con sus ojos amarillos y con una expresión de reserva en el rostro, como si no estuviera seguro de qué decir o hacer con ella.

—Entonces ésa es la persona adecuada. Gracias.

La Elegida levantó los ojos para mirarlo durante un instante y un ligero rubor coloreó sus mejillas. Pero luego Phury miró hacia otro lado y ella también.

—Hoy nos vamos a tomar la noche libre —dijo Wrath bruscamente—. Necesitamos un tiempo de reflexión en grupo.

Rhage resopló desde el otro lado de la mesa.

—Pero no nos harás jugar al Monopoly otra vez, ¿verdad?

—Sí. —En ese momento se levantó de la mesa un gruñido colectivo que Wrath ignoró—. Después de la cena.

—Tengo algo que hacer —dijo V—. Pero regresaré lo más pronto posible.

—Bien, pero entonces no podrás ser ni el zapato ni el perro. Ésos son los primeros que salen.

—Sobreviviré.

En ese momento entró Fritz con una inmensa tarta helada.

—¿Tal vez les apetece un postre? —dijo el doggen con una sonrisa.

Un unánime «Sí, por favor» invadió el comedor. John dobló su servilleta y pidió permiso para retirarse. Cuando Beth asintió con la cabeza, en señal de que lo disculpaba, John se levantó de la mesa y se dirigió al túnel que salía de la imponente escalera. No tardó mucho tiempo en recorrer el tramo hasta el centro de entrenamiento, especialmente ahora que sus movimientos eran más precisos y él se sentía cada vez más cómodo con su cuerpo.

Cuando llegó a la oficina de Tohr, trató de serenarse. Echó un vistazo a su alrededor. El lugar realmente no había cambiado mucho desde la desaparición del hermano. Excepto por el hecho de que la horrible silla verde estaba ahora en el estudio de Wrath, todo estaba más o menos igual.

John se colocó detrás del escritorio y se sentó. Sobre la superficie había una serie de papeles y carpetas, algunas de las cuales tenían encima Post-it con notas de Z, escritas en su estilo descuidado.

John puso las manos sobre los brazos de la silla y comenzó a moverlas hacia delante y hacia atrás.

Detestaba lo que estaba sintiendo en ese momento.

Odiaba el hecho de que le molestara que V hubiese recuperado a Jane, mientras Tohr había perdido a Wellsie para siempre. No era justo. Y no sólo con Tohr. A John le habría gustado tener a un fantasma de Wellsie en su vida. Le habría gustado contar con la única madre que había conocido.

Sólo que Vishous se había llevado el premio.

Al igual que Rhage, con Mary.

¿Qué demonios les hacía a ellos tan especiales?

John se agarró la cabeza con las manos, sintiéndose la peor persona del mundo. Molestarse por la felicidad y la suerte de los demás era horrible, sobre todo si se trataba de gente a la que uno quería. Pero era tan jodidamente difícil echar de menos a Tohr y soportar el dolor por la muerte de Wellsie y…

—Hola.

John levantó la vista. Z estaba en la oficina, aunque sólo Dios sabía cómo había logrado llegar hasta ahí sin hacer ningún ruido.

—¿En qué estás pensando, John?

—En nada.

—¿Quieres que volvamos a empezar esta conversación?

John negó con la cabeza y clavó la mirada en el suelo. Distraídamente notó que la carpeta de Lash estaba encima de una pila de papeles y le dedicó unos segundos a reflexionar sobre su relación con él. Demonios, los dos estaban enzarzados en una especie de competición y lo único que faltaba por saber era cuándo estallaría el conflicto.

—¿Sabes? —dijo Z—. Yo solía preguntarme por qué yo y no Phury.

John levantó la vista y frunció el ceño.

—Sí, me preguntaba por qué me habían secuestrado a mí y había terminado donde acabé. Y yo no era el único que se hacía esa pregunta. Phury todavía se siente culpable por el hecho de que haya sido yo y no él. —Z cruzó los brazos sobre el pecho—. El problema es que quedarse preguntándose por qué le sucede algo a una persona y no a la otra nunca te lleva a ninguna parte.

—Quisiera que Wellsie regresara.

—Me imaginé que ésa era la razón por la que te habías retirado. —El hermano se pasó una mano por la cabeza rapada—. La cuestión es que yo creo que hay una mano invisible que nos guía. Sólo que no siempre lo hace con gentileza. Ni actúa siempre con justicia en primera instancia. Pero, no sé, ahora trato de confiar en ella. Cuando me lleno de rabia, sólo trato de… mierda, de confiar en ella. Porque, a fin de cuentas, ¿qué otra cosa puedes hacer? Las decisiones que tomamos no nos llevan muy lejos. Y lo mismo sucede con la razón y los planes que hacemos. El resto… depende de alguien más. Dónde terminamos, a quién conocemos, qué sucede con la gente a la que amamos… no tenemos mucho control sobre nada de eso.

—Echo de menos a Tohr.

—Todos le echamos de menos.

Sí, John no era el único que sufría. Eso era algo que debía recordar.

—Tengo algo para ti. —Z se dirigió a un mueble y lo abrió—. Phury me lo dio ayer. Lo íbamos a guardar para tu cumpleaños, pero ¡qué demonios! Tú lo necesitas hoy.

Z regresó al escritorio llevando en las manos un libro antiguo y un poco ajado, con encuadernación de cuero. Lo puso sobre los papeles, pero mantuvo la mano sobre la tapa, de manera que no se podía ver el título.

—Feliz cumpleaños, John.

Z levantó la mano y John miró la tapa del libro.

Su corazón se detuvo en seco.

Con mano temblorosa, acarició las letras grabadas en el cuero que decían: DARIUS, HIJO DE MARKLON.

John abrió el libro con suavidad… Con una escritura hermosa y formal, llena de adornos y símbolos, aparecían las reflexiones de una vida que había tenido lugar hacía mucho tiempo. Eran palabras en lengua antigua, escritas por su padre.

John se tapó la boca con la mano, para evitar romper en llanto.

Sólo que cuando levantó la vista con vergüenza, descubrió que estaba solo.

Con su elegancia característica, Z lo había dejado a solas para que disfrutara de un poco de privacidad.

Y ahora… después de entregarle el diario de su padre… también un poco de felicidad.

Inmediatamente después de la Primera Cena, Vishous se materializó en el patio de la Virgen Escribana. Le sorprendió un poco que le concedieran permiso para presentarse allí, teniendo en cuenta las tensas relaciones que tenía con su madre, pero le alegró poder hacerlo.

Después de tomar forma, frunció el ceño y miró a su alrededor, vio la fuente de mármol blanco y la galería y el portal que llevaba al área que ocupaban las Elegidas. Había algo diferente en el ambiente. V no estaba seguro de qué era, pero algo…

—Saludos, señor.

V se dio media vuelta. De pie, junto a la puerta que suponía que llevaba al apartamento privado de la Virgen Escribana había una Elegida. Vestida con la túnica blanca y el pelo recogido en un moño en la parte superior de la cabeza, V vio que se trataba de la Elegida que había ido a consolar a Cormia después de la ceremonia de presentación.

—Amalya —dijo V.

Ella pareció sorprenderse de ver que él recordaba su nombre.

—Excelencia.

Así que ésta era la Elegida que Cormia había recomendado para que ocupara el cargo de directrix. Eso tenía sentido. La mujer parecía muy amable.

—He venido a ver a la Virgen Escribana —dijo V, aunque se imaginaba que ella ya lo sabía.

—Con el debido respeto, señor, su alteza no va a recibir visitas hoy.

—¿Visitas mías o visitas en general?

—No recibirá a nadie. ¿Quiere dejarle algún mensaje?

—Regresaré mañana.

La Elegida hizo una inclinación

—Con el debido respeto, señor, creo que ella aún estará indispuesta.

—¿Por qué?

—Eso no es de mi incumbencia —respondió la Elegida con un ligero tono de desaprobación. Como si él tampoco debiera preguntar.

Bueno, demonios. ¿Qué era exactamente lo que quería decir?

—¿Quieres decirle… que Vishous ha venido a decir…?

Mientras Vishous buscaba las palabras, la Elegida lo miró con una expresión llena de compasión.

—Si usted me permite el atrevimiento, tal vez pueda decirle que su hijo vino a agradecerle el generoso regalo que le dio y el sacrificio que hizo para que usted fuera feliz.

Hijo.

No, V no se sentía capaz de llegar tan lejos. Aun con el regreso de Jane, esa etiqueta le parecía una farsa.

—Simplemente Vishous. Dile que Vishous vino a darle las gracias.

La Elegida volvió a hacer una reverencia con una expresión de tristeza.

—Como desee.

V vio que la mujer daba media vuelta y desaparecía tras la puerta pequeña y adornada.

Un momento. ¿Acaso había dicho *sacrificio*? ¿A qué sacrificio se refería?

V volvió a mirar a su alrededor y se concentró en la fuente. De repente se dio cuenta de que el agua tenía un rumor extraño. Las otras veces que había venido…

V giró lentamente la cabeza.

El árbol blanco con las flores blancas estaba vacío. Ya no había ningún pajarillo cantor.

Eso era lo que faltaba. Ya no estaban los pájaros de la Virgen Escribana, sobre las ramas de los árboles ya no resplandecían sus colores, el aire inmóvil ya no se alegraba con sus cantos.

En medio del silencio relativo del patio, V comprendió la soledad de ese lugar, la cual parecía amplificada por el sonido del agua.

Ay, Dios. Ése había sido el sacrificio, ¿no es cierto?

Ella había renunciado a su amor para que él pudiera estar con Jane.

Encerrada en sus habitaciones privadas, la Virgen Escribana se dio cuenta de que V se había marchado. Podía sentir cómo su forma se transportaba de regreso al mundo exterior.

La Elegida Amalya se le acercó sin hacer ruido.

—Si no resulta impertinente, quisiera hablar.

—No tienes que hacerlo. Sé lo que dijo. Ahora déjame sola y regresa al santuario.

—Sí, alteza.

—Gracias.

La Virgen Escribana esperó a que la Elegida se retirara y luego dio media vuelta y miró a través de su inmenso apartamento privado, todo blanco. Aquel lugar no tenía prácticamente otro propósito que servirle de sala de estar para que se paseara. Como ella no dormía ni comía, la habitación y el comedor no eran más que espacios por los cuales desplazarse.

Pero ahora todo estaba tan silencioso.

La Virgen Escribana flotaba de una habitación a otra con inquietud. Le había fallado a su hijo de tantas maneras, que no podía culparlo por el hecho de que él no quisiera reconocerla como madre. Sin embargo, resultaba muy doloroso.

Y ese dolor venía a sumarse a otro.

Con una sensación de pánico, la Virgen Escribana miró hacia el fondo de su apartamento privado, hacia el lugar al que nunca iba. O, al menos, al que llevaba dos siglos sin entrar.

Porque ella también le había fallado a otra persona.

Con el corazón apesadumbrado, la Virgen Escribana flotó hasta el extremo del salón y abrió con el pensamiento la puerta que estaba cerrada con llave. Con un chirrido, la cerradura se abrió y despidió una fina capa de vapor debido al cambio en la humedad del ambiente. ¿Realmente había pasado tanto tiempo?

La Virgen Escribana entró en la habitación y miró la forma sombría que flotaba sobre el suelo, suspendida en una especie de burbuja que la mantenía congelada.

Era su hija. La gemela de V. Payne.

Desde hace mucho tiempo la Virgen Escribana había tomado la decisión de que lo mejor para su hija, y lo más seguro, sería descansar para siempre de esa manera. Pero ahora no estaba tan segura. Todas las decisiones que había tratado de tomar por su hijo habían terminado mal. Tal vez sucediera lo mismo con su hija.

La Virgen Escribana miró fijamente el rostro de su hija. Payne no era como otras mujeres y nunca lo había sido. Ella tenía el instinto guerrero de su padre, se sentía inclinada a pelear y tenía tanto interés en perder el tiempo con las Elegidas como un león de que lo enjaularan con ratones.

Tal vez era hora de liberar a su hija, tal y como había liberado a su hijo. Eso parecía lo justo. En efecto, la protección había demostrado ser una dudosa virtud.

Sin embargo, la Virgen Escribana detestaba perder el control. Sobre todo al pensar que su hija no tenía ninguna razón para quererla más de lo que la quería su hijo. Así que terminaría perdiéndolos a ambos.

Mientras se debatía bajo el peso de sus pensamientos, sintió el impulso de salir al patio y buscar el consuelo de sus pájaros. Pero allí ya no la esperaba nadie. Ya no había ningún canto alegre que le levantara el ánimo.

Así que permaneció encerrada en su apartamento privado, flotando en el aire quieto y silencioso, de un lado a otro de sus habitaciones vacías. Con el paso del tiempo, la naturaleza infinita de su no existencia se fue convirtiendo en un manto de puntas que se le clavaban en la piel, un millar de púas diminutas de dolor y tristeza.

No había ningún alivio o huida a la vista para ella, ninguna fuente de paz, de alegría o de consuelo. Estaba como siempre había estado: sola en medio del mundo que había creado.

J ane había estado en el apartamento de Manny Manello una
o dos veces. Muy rara vez, en todo caso. Pasaban mucho tiempo juntos, pero siempre en el hospital.

Vaya, aquél era definitivamente el apartamento de un tío.
Un tío muy deportista. Si llega a tener más accesorios deportivos,
hubiera pensado que estaba en una tienda especializada.

El lugar le recordaba un poco a la Guarida.

Jane dio una vuelta por la sala y se fijó en los DVD, los CD y
las revistas que tenía Manello. Sí, se entendería a las mil maravillas
con Butch y V: evidentemente llevaba toda una vida suscrito a *Sports
Illustrated,* igual que ellos. Y le gustaba beber, aunque Manello era
un hombre de Jack, y no parecía que le gustase el Goose ni el Lag.

Mientras se inclinaba hacia delante, Jane concentró su energía para poder levantar el número más reciente de la revista y se
dio cuenta de que llevaba exactamente un día como fantasma. Sólo hacía veinticuatro horas que había aparecido en la habitación
de V con la Virgen Escribana.

Las cosas estaban funcionando bien. Como miembro de
los inmortales, seguía disfrutando tanto del sexo como cuando
vivía. De hecho, ella y V habían quedado de encontrarse en el ático al final de la noche. V quería hacer un poco de ejercicio, como
él decía, y los ojos le brillaban ante aquella expectativa. Y Jane estaba más que dispuesta a complacer a su compañero.

Por supuesto.

Dejó la revista sobre la mesa y se paseó un poco más. Luego decidió esperar junto a la ventana.

Esto iba a resultar difícil. Decir adiós era difícil.

Ella y V habían discutido acerca de cómo iban a controlar su salida del mundo de los humanos. El accidente automovilístico que él había preparado explicaría en parte su desaparición. Claro que nunca encontrarían el cadáver, pero la zona en la que había caído el Audi era boscosa y montañosa. Con suerte, la policía sencillamente cerraría el expediente después de hacer una búsqueda y, en todo caso, las consecuencias no importaban, pues ella nunca iba a regresar.

En cuanto a sus pertenencias, la única cosa valiosa que había en su casa era una fotografía de ella y de Hannah. V ya la había recuperado. El resto de las cosas serían vendidas por el abogado que ella había designado desde hacía dos años en su testamento para administrar sus propiedades. Y el producto de la venta sería para el Saint Francis.

Jane creía que iba a echar de menos sus libros, pero V le había dicho que le conseguiría unos nuevos. Y aunque no era exactamente lo mismo, Jane tenía fe en que, al cabo de un tiempo, desarrollaría una relación cercana con sus nuevos libros.

Manny era el único cabo suelto que quedaba…

En ese momento se oyó el tintineo de un manojo de llaves que se incrustaba en la cerradura y la puerta se abrió.

Jane se ocultó entre las sombras. Manny entró, dejó su maletín de Nike en el suelo y se dirigió a la cocina.

Parecía exhausto. Y apesadumbrado.

Su primer impulso fue acercarse de inmediato, pero Jane sabía que lo mejor sería esperar a que se durmiera… Ésa era la razón de haber venido tan tarde, pues tenía la esperanza de encontrarlo dormido. Pero era evidente que Manello estaba trabajando hasta que ya no podía sostenerse en pie.

Cuando volvió a salir al salón, se estaba tomando un vaso de agua. Luego miró hacia donde ella estaba con una expresión de desconcierto… pero siguió hacia la habitación.

Jane oyó la ducha. Pasos y una maldición entre dientes, como si se estuviera estirando en la cama y le doliera la espalda.

Jane espero un poco más… hasta que finalmente se acercó a la habitación.

Manny estaba en la cama, envuelto en una toalla que le cubría de las caderas para abajo, con los ojos fijos en el techo.

No parecía que se fuera a dormir pronto.

Así que Jane decidió avanzar hasta el rayo de luz que proyectaba la lámpara que estaba sobre la cómoda.

—Hola.

Manello giró la cabeza con brusquedad y luego se incorporó de un salto.

—¿Qué…?

—Estás soñando.

—¿De verdad?

—Sí. Tú sabes que los fantasmas no existen.

Manello se frotó la cara con las manos.

—Pero parece real.

—Claro que parece real. Así son los sueños. —Jane se envolvió entre sus brazos—. Quería que supieras que estoy bien. De verdad. Estoy bien y feliz de haber terminado donde estoy.

No había necesidad de mencionar que todavía estaba en Caldwell.

—Jane… —comenzó a decir Manello, pero se le quebró la voz.

—Ya lo sé. Yo me sentiría igual si tú hubieses… desaparecido.

—No puedo creer que hayas muerto. No puedo creer que tú… —Manello comenzó a parpadear con rapidez.

—Escucha, todo va bien. Te lo prometo. La vida… bueno, siempre termina bien, de verdad. Me refiero a que he visto a mi hermana. A mis padres. A algunos de los pacientes que hemos perdido en el hospital. Ellos siempre están a nuestro alrededor, sólo que no podemos verlos… Es decir, tú no puedes verlos. Pero todo va bien, Manny. No debes tener miedo a la muerte. En realidad sólo es una transición.

—Sí, pero tú ya no estás aquí. Y yo voy a tener que vivir sin ti.

Jane sintió un dolor terrible al oír el tono de tristeza de la voz de Manny y saber que no había nada que pudiera hacer para aliviar su sufrimiento. También le dolía el hecho de haberlo perdido a él.

—De verdad, te voy a echar de menos —dijo Jane.

—Yo también. —Manello volvió a frotarse la cara—. Me refiero a que… ya te estoy echando de menos. Y me siento morir. En cierta forma… demonios, yo siempre pensé que tú y yo íbamos a terminar juntos. Me parecía que ése era nuestro destino. Mierda, tú eras la única mujer que conocía que era tan fuerte como yo. Pero, sí… supongo que no estaba previsto de esa manera. Los planes de los hombres son una mierda.

—Probablemente haya alguien por ahí que sea aun mejor que yo.

—¿Ah, sí? Dame el número antes de regresar al cielo.

Jane sonrió y luego se puso seria.

—No irás a hacer nada estúpido, ¿verdad?

—¿Te refieres a suicidarme? No. Pero no te puedo prometer que no me vaya a emborrachar como una cuba en los próximos dos meses.

—Hazlo en privado. Tienes una reputación de hijoputa que debes mantener.

Manello esbozó una sonrisa.

—¡Qué pensarían en el departamento!

—Exacto. —Luego hubo un largo silencio—. Será mejor que me vaya.

Manello la miró desde la cama.

—Dios, parece que realmente estuvieras aquí.

—No lo estoy. Esto sólo es un sueño. —Jane comenzó a desvanecerse. Un par de lágrimas se deslizaron por sus mejillas—. Adiós, Manny, mi querido amigo.

Manny levantó la mano y dijo, haciendo un esfuerzo:

—Vuelve a verme algún día.

—Tal vez.

—Por favor.

—Ya veremos.

Mientras se terminaba de desvanecer, Jane tuvo la curiosa sensación de que realmente iba a volver a verle otra vez.

Sí, fue una sensación extraña. Como aquella vez que supo que iba a sufrir un accidente de coche y que se iba a marchar del Saint Francis, al despedirse de Manny Manello, Jane tuvo la certeza de que sus caminos volverían a cruzarse otra vez.

Esa sensación le brindó un poco de consuelo. Realmente odiaba la idea de despedirse de él. De verdad la odiaba.

Una semana después...

Vishous quitó el chocolate del fogón y apagó la cocina.
Mientras servía el cacao en una taza, oyó un grito y un
«¡Ay, Dios mío!».

Al mirar hacia el otro extremo de la cocina de la mansión,
vio a Rhage prácticamente incrustado dentro de Jane, como si ella
fuera una piscina a la que él acabara de lanzarse. Los dos saltaron
de inmediato para separarse. Vishous enseñó los colmillos y le
gruñó a su hermano.

Rhage levantó las manos.

—¡No la vi! ¡De verdad!

Jane se rió.

—No es culpa de Rhage. No estaba concentrada, así que
me desvanecí...

Pero V la interrumpió.

—Rhage va a tener más cuidado de aquí en adelante, ¿no
es así, hermano?

La advertencia era que, si no lo hacía, terminaría en un catre con las dos piernas partidas.

—Sí, por supuesto. Mierda.

—Me alegro de que estés de acuerdo conmigo. —Vishous
cogió la taza y se la entregó a Jane. Mientras ella soplaba suavemente el borde de la taza para enfriar el chocolate, V la besó en el
cuello. Y luego la acarició con la nariz.

Para él, Jane era como antes, pero para los demás era una cosa extraña. Usaba ropa, pero si no estaba concentrada para mantener la solidez y alguien se estrellaba con ella, la tela se comprimía como si no hubiese nada dentro y la persona con la que se estrellaba prácticamente pasaba a través de ella.

Resultaba un poco extraño. Además, si Jane se estrellaba con uno de los hermanos, eso disparaba el sentido de territorialidad de V, como acababa de suceder. La cuestión era que ésa era la nueva realidad de la casa y todo el mundo tendría que acostumbrarse. Él y Jane se estaban acomodando a la nueva situación, pero no siempre era fácil.

Sin embargo, ¿a quién le importaba? Se tenían el uno al otro.

—Entonces, ¿hoy vas a Safe Place? —le preguntó V.

—Sí, mi primer día en mi nuevo empleo. Estoy que me muero de la emoción. —A Jane le brillaron los ojos—. Y luego volveré aquí para pedir el equipo que necesito para dotar la clínica. He decidido que contrataré a dos doggen y las instruiré como enfermeras. Creo que es lo mejor que podemos hacer por razones de seguridad…

Mientras Jane hablaba acerca de sus planes para la clínica de la Hermandad y lo que iba a hacer en Safe Place, V comenzó a sonreír.

—¿Qué sucede? —preguntó Jane, luego bajó la mirada y se alisó la bata blanca, antes de mirar hacia atrás.

—Ven aquí, mujer. —V la atrajo hacia él y bajó la cabeza—. ¿Te he mencionado últimamente lo sexy que me resulta tu cerebro?

—No, en realidad esta tarde estabas más interesado en otra cosa.

V se rió al sentir el tono provocativo de Jane.

—Estaba un poco preocupado, ¿no es cierto?

—Hummm, sí.

—Voy a pasar más tarde por Safe Place, ¿vale?

—Perfecto. Creo que Marissa tiene un problema con la red que quiere consultarte.

Sin darse cuenta de lo que estaba haciendo, V la apretó contra él y simplemente la abrazó. Esto era exactamente lo que él quería, que sus vidas se fundieran, estar cerca, tener un propósito común. Estar juntos, los dos.

—¿Estás bien? —preguntó ella en voz baja, para que nadie más lo pudiera oír.

—Sí. Sí, estoy bien. —V le acercó la boca al oído—. Es sólo que… no estoy acostumbrado a esto.

—¿Acostumbrado a qué?

—A sentir que… Mierda, no sé. —V dio un paso atrás, un poco avergonzado de resultar tan meloso—. No importa…

—¿No puedes acostumbrarte a sentir que las cosas vayan bien?

V asintió con la cabeza, porque no confiaba en la firmeza de su voz.

Jane le puso una mano en la cara.

—Ya te acostumbrarás. Al igual que yo.

—¿Señor? ¿Me disculpa usted un momento?

V miró hacia donde estaba Fritz.

—Hola, Fritz, ¿qué ocurre?

El doggen hizo una venia.

—Tengo lo que me pidió, señor. Lo dejé en el vestíbulo.

—Excelente. Gracias. —V le dio un beso a Jane—. Entonces, ¿nos vemos más tarde?

—Claro.

V podía sentir la mirada de Jane clavada en su espalda mientras se alejaba y eso le gustó. Le gustaba todo. Él…

Bueno, demonios. Estaba lleno de las alegrías de la vida, ¿no es así?

Al salir al vestíbulo, encontró lo que Fritz le había dejado encima de la mesa, al pie de la magnífica escalera. Al principio no sabía bien cómo cogerlo… pues no quería estropearlo. Pero al final lo aferró con suavidad y entró en la biblioteca. Cerró las puertas dobles con su mente y pidió permiso para ir al Otro Lado.

Sí, claro, no estaba siguiendo las reglas del protocolo en cuanto el código de vestimenta, pero estaba un poco preocupado por lo que tenía en las manos.

Cuando fue autorizado, se desmaterializó y reapareció en el patio de la Virgen Escribana para ser recibido por la misma Elegida con la que había hablado la última vez. Amalya comenzó a hacerle una reverencia, pero levantó la vista al sentir un alegre canto que provenía de lo que V sostenía entre las manos con tanto cuidado.

—¿Qué ha traído? —susurró la Elegida.

—Un pequeño regalo. No es mucho. —V se acercó al árbol blanco de flores blancas y abrió las manos. El periquito saltó enseguida y se posó en una rama, como si supiera que ésta era ahora su casa.

El pajarito amarillo brillante comenzó a moverse hacia arriba y hacia abajo por la rama blanca, agarrándose al palo con las garras. Le dio un picotazo a una flor, dejó escapar un gorjeo... levantó una pata y se rascó el cuello.

V puso las manos sobre las caderas y calculó cuánto espacio había entre las flores y a lo largo de todas las ramas. Tendría que traer una inmensa cantidad de pájaros.

La voz de la Elegida vibró con emoción.

—Ella renunció a ellos por usted.

—Sí. Por eso voy a traerle nuevos pajarillos.

—Pero el sacrificio...

—Ya está hecho. Lo que llenará las ramas de este árbol es un regalo. —V miró hacia atrás por encima del hombro—. Voy a llenar este árbol le guste a ella o no. Ella decidirá qué hacer con las aves.

Los ojos de la Elegida brillaron con una expresión de gratitud.

—Seguro que los conservará. Y ellos aliviarán su soledad.

V respiró profundamente.

—Sí. Bueno, porque...

Dejó la frase sin terminar y entonces la Elegida dijo con voz suave:

—No tiene que decirlo.

Él carraspeó.

—Entonces, ¿le dirá que yo se los traído?

—No tendré que hacerlo. ¿Quién sino su hijo podría ser tan amable?

Vishous miró al pajarillo solitario en medio del árbol blanco y se volvió a imaginar las ramas abarrotadas de aves de colores, otra vez.

—Cierto —dijo.

Y sin decir nada más, se desmaterializó de regreso a la vida que le habían concedido, la vida que estaba llevando... esa vida por la que daba gracias, por primera vez desde que nació.